此情此景

张永祎 著

南京师范大学出版社

图书在版编目(CIP)数据

此情此景/张永祎著. —南京：南京师范大学出版社，2021.12
 ISBN 978-7-5651-4940-5

Ⅰ.①此… Ⅱ.①张… Ⅲ.①随笔—作品集—中国—当代 Ⅳ.①I267.1

中国版本图书馆CIP数据核字(2021)第155876号

书　名	此情此景
作　者	张永祎
责任编辑	李思思
出版发行	南京师范大学出版社
地　址	江苏省南京市玄武区后宰门西村9号(邮编:210016)
电　话	(025)83598919(总编办)　83598412(营销部)　83373872(邮购部)
网　址	http://press.njnu.edu.cn
电子信箱	nspzbb@njnu.edu.cn
照　排	南京开卷文化传媒有限公司
印　刷	江苏凤凰数码印务有限公司
开　本	787毫米×1092毫米　1/16
印　张	41.25
字　数	752千
版　次	2021年12月第1版　2021年12月第1次印刷
书　号	ISBN 978-7-5651-4940-5
定　价	98.00元
出 版 人	张志刚

南京师大版图书若有印装问题请与销售商调换

版权所有　侵犯必究

倾情之作（代序）

与永祎兄相识，有好长时间了。一旦相识，也就成了挚友。平时有事无事，念到了，便会打一通电话。也有聚会，见了反倒言语不多，只感所要说的都已在对方心里。

永祎兄创作甚丰，笔下涉及多个领域，但文学自是他最重要的，每每倾情而作。即将出版的这一本《此情此景》，正表达了他的深深之情。

在书中，永祎兄写亲情：写外婆，写父亲，写母亲，写大姨、三姨、四姨，写他自己做爸爸，写他的表弟，写他的妹妹，写他的女儿。在《业余"红娘"》中："我要离开她家的时候，她忽然叫住我，只见她艰难地去爬楼，我赶忙上前扶着。到了楼上，我才明白，又是'老调重弹''故技重演'，摸摸搜搜地从一堆家什中搬出一个坛子，将里面腌的梅干菜拿出来要给我。我往里面一看，一点都不剩了，空空如也。她知道我喜欢吃梅干菜，我也知道她老人家喜欢吃梅干菜。我执意不要，她却坚决不肯。推来推去，如此再三，最后总算达成了协议，我拿一点，她也留一点。"他写得情真意切。

在书中，永祎兄写乡情：写故乡的歌，写故乡的情，写东坎的老街，写滨中的老师，还写到东坎的老电影院、滨海的老汽车站，写他家乡的桥，写他家乡的人，写他家乡的五香花生米。在《东坎老街，一个有故事的地方》中："我曾经打破常规，利用晚上时间，从西街往东街走，逆向而行，如倒啖甘蔗，没想到还真的渐入佳境。抬头望见，一轮明月正挂在天空中，皎洁的月光照在长长的街道上，形成了一条意犹未尽的光带，使人浮想联翩。'月是故乡明'，这种美好的遇见就是永不褪色的印记。"他写得自然，写得美好。

此情此景

在书中,永祎兄写感情:寄情于南师大的古典美,寄情于武大的樱花;怀念青春,怀念旧居;写他的眷恋,写他的喜欢,写他的朋友情,写他的同学谊。岁月如流中的一段一段的情。其中还写到我:"尽管友情源远流长,但我深知真诚相通、心心相印才是最初的源头!"他写得情意绵绵。

在书中,永祎兄写心情:在书房中,在电脑里,在共享单车上,在筷子间,在古塔中,在旧时的发言稿中,各种心情都在人生的风景中。在《听懂宁静》中:"但我还是忘不了那个不大的院落和古朴的房屋,忘不了那一排排摆放整齐的报刊,忘不了那济济一堂的鸦雀无声。如此刻骨铭心,如此恋恋不舍,都是来自岁月的深邃和回味。也许能够听懂宁静,就能理解一段旖旎的曾经时光。"他写得富有意境。

在书中,永祎兄写深情:他记录一台气势磅礴的联欢会,写一首歌的触动,写一篇文章在修改时的心情,写一段恩情,写一个谢意,写一种思念,写一处伤心。在《外婆》中:"天落泪雨,衰草摇风。我们常常会触景生情,看着她曾经住过的卧室、睡过的床、盖过的被子、坐过的轮椅,我们的眼眶湿润了,心情低落了。一叶飘落,这一切都已成为历史,变成过去。但在我们心灵的黑板上,却林林总总地写满了曾经的记忆,擦不掉,忘不了,哪怕是在天地辽阔的尽头,依然如影随形,追踪着我们一往情深的无尽思念!"他写得深情款款。

在书中,永祎兄写事情:写离别,写记忆,写拍照,写婚礼,写距离,写憾事,写上课,写家长会,写一件件的事情,那些小事和大事中都怀着种种情感。在《从头说起》中:"每每剪过头发我都会感到精神振奋,头发有型,人们也常会问我在哪儿理的,我说我有固定理发师。听说有固定的理发师,他们说那一定是花了大价钱吧!我说'20元钱'。有人摇头。你若不信,那就让我来从头说起……"他写得生动传神。

在书中,永祎兄写神情:他写天籁之音,写岁月如歌,写喜欢乐中的古典情调,写喜欢歌中的同中有异,写音乐中自有种种神情。在《天边》中:"原来奇妙的人生旅途,总是将悬念早早地吊起,然后在某年某月某日的某个时刻,会不经意地投放下来,悄悄找到答案。这时,哪怕是擦肩而过,哪怕是一句寒暄,哪怕是一个回眸,人生就好如初见。当所有的缠绵都化成岁月的轻烟,当过往的深情都变成复燃的灰烬,曾经的画面,不需要捡拾,已在心里,当年的情景,无须回忆,已浮眼前。作者挥之不去,辗转反侧,心潮澎湃,执笔抒写,手抚斑斓的岁月,漫步时光的回廊,在时空的交错中都演化成了生命原本的爱的词汇!"他宛如身临其境。

在书中,永祎兄写动情:他动情于历史与文化中,动情于艺术与电影中,动情于大自然与人的温情中,动情于大草原与小白兔。在《恍如隔世的老门东》中:"仿佛从遥远的春秋时代,经过汉唐,走到明清,又穿越回现实。沿着青青石板地面,顺着一排排粉墙黛瓦,细数着层层叠叠城砖上留下的斑斓岁月,看流水的曼妙,听花开的声音。在一眼看不到尽头的小巷里,发现左边似梦,右边如诗,突然一曲琵琶清唱从远处飘来,余音袅袅。应该说,穿过'老门东'的牌坊,就恍若隔世,也恍然大悟,一派郁郁葱葱的老城南风貌,竟如此真切地浮现在了眼前。"他是动情于心。

在书中,永祎兄写倾情:他写网络时代的书香,写煽情美学的现象,写责任使命,写审美效应,写崇尚纯真,写无人喝彩,写格言,写探索。在《诗意栖居的江南美学》中:"所以我们现在看到的许多江南符号,不管是莺、燕、鸳鸯、杜鹃、蜂、蝴蝶等,还是杨柳、桃花、梨花、琼花、海棠、竹子等,更有小桥、塔、寺院、驳岸、河埠头、轿子、舟、船等,这些安然飘逸的生命符码,虽揉碎了时光,却温柔了岁月,它们都不约而同地传达着江南人格的心灵意趣,体现出如春天般的生机勃勃。我们看到它们常常会有一种心照不宣的惬意和激动,就是因为能够各取所需地领略到其中的那种热烈活泼的生命能量。"他是美美与共。

在书中,永祎兄写凝情:他写巴黎,写悉尼,写嘉峪关,写风雨桥,写古镇,写新片,写蓦然回首,写时尚节奏。在《克劳莱斯女士》中他描述道,克劳莱斯女士说:"我今天都记住了大家亲切的面庞,以后如果到你们那儿去,请不要忘记我这张老脸呀!"大家都深感非常愉快。最后她郑重其事地给团组每位成员颁发了结业证书,但站在台上,大家根据翻译读到的名字,按顺序上台领取,非常有仪式感。大家拿到的就是印有德文的一张纸,却欣欣然如获博士学位证书一般,上面的德文除了自己的名字,其他都不认识。大家看到自己名字的汉语拼音没有搞错,深感于克劳莱斯一丝不苟的工作态度。他是触景生情。

在书中,永祎兄写激情:他写女排,写足球,写邓亚萍,写张继科,写用第三只眼看世界,写妙在懂与不懂之间。在《看球如看戏》中:"双峰并峙、双水分流、进进出出、来来回回、前前后后、左左右右、里里外外、反反复复。这些对立、对比、对抗的因素都在激荡着、澎湃着、呼应着、起伏着。时而暴风骤雨,穷追不舍,'上穷碧落下黄泉,两处茫茫皆不见';时而十面埋伏,四面楚歌,'曲终人不见,江上数峰青'。"他是球界追星人。

在书中,永祎兄写闲情:他写地名的文化底蕴,写数字的文化意趣,写名字的密码,写奇书怪信。在《"绰"海泛舟非闲情》中:"一般说来,绰号在一定的文化圈内,代表了一寸光阴、一片笑声、一个故事、一段情结。但一离开这个文化圈,绰号也就可能从此销声匿迹了。"他写得意趣盎然。

此情此景

永祎兄在这本书中,有文字展现出来的魅力,有古典诗词的熏陶,这些加重了作品的文学性,加重了文学的意味,加重了文学的色彩。那些经典作品对他的影响,显现他浸润于其间,已是很长很长的时间,与他的工作相对应的是他文化的丰富,是他审美的多重。

在这本书中,永祎兄从他的亲人,从他的家乡,从他的学校,从他的工作,从他的生活中,一层一层地表现他的情。他不是简单地表现情感,而是表现着激情。他的心胸宽广,喜欢各种风格的艺术与生活情趣,喜欢天地境界中的精神,这种具有文化积淀意味的情感,他都表现出来了。

所有过去的,都有着特殊的意义,都在文学的凝视中,显得独特。所有的风景,所有的人生,都在永祎兄的凝视中变得美好。对人之爱,对自然之爱,对天地之爱,旧时的文化,现时的社会,都融会于情感之中。

情感存在其中,他活得充实,他活得滋润。

永祎兄是个认真的人。他认认真真地表现情感,认认真真地表现对文化的理解和思考。这种思考加深了他的情感,这种文化积累拓宽了他的视野,使他的笔下变得丰富,变得多彩。

很羡慕永祎兄,因为从这本书中能看到他内心的纯真。他倾情之情,给予了他过往的一切,自然也会收获一切反馈于他的情。

佛法有说:自心所念,必有所现。你心中有什么,你所看到的就是什么。一切善都是内心的善,一切美好都是内心的美好!

储福金

原江苏省作协副主席、著名作家

2020 年 5 月 28 日

此情可待成追忆(自序)

  世间所贵者,唯情而已。情似日,情似月,情似山,情似海,情似春,情似秋,情似火,情似水,情似雨,情似雪……

  情感是一种很直接也很玄妙、很神秘的东西,如影随形,如梦如幻,"无声又无息出没在心底,转眼吞没我在寂寞里"。风起云涌,一飞冲天,壮怀激烈;风生水起,缠绵悱恻,绵绵不绝。在中国这个诗词的国度里,千百年来,洋洋洒洒,浩浩荡荡,不求山水共作证,万水千山总是情。因此,诗词歌赋,连篇累牍,情动于衷,思形于言,传神写照,格物悦己,每每言简意赅,却胜春风十里。

  就爱国情而言,我们读到的有:屈原的"路曼曼其修远兮,吾将上下而求索",杜牧的"商女不知亡国恨,隔江犹唱后庭花",王昌龄的"黄沙百战穿金甲,不破楼兰终不还",陆游的"位卑未敢忘忧国,事定犹须待阖棺",文天祥的"人生自古谁无死?留取丹心照汗青",岳飞的"臣子恨,何时灭!驾长车,踏破贺兰山缺",林则徐的"苟利国家生死以,岂因祸福避趋之",徐锡麟的"只解沙场为国死,何须马革裹尸还"等,还有"居庙堂之高,处江湖之远"的范仲淹,"一腔热血勤珍重"的秋瑾,"我以我血荐轩辕"的鲁迅,都深得"天下兴亡,匹夫有责"之要义。这些诗歌是在中华民族波涌浪叠的绵延发展中,涌现出来的许多仁人志士的铁血丹心,他们在面对国家生死存亡的关键时刻,通过直抒胸臆的方式,高奏起一曲曲激越高亢的爱国主义主旋律。爱国是最崇高的道德行为准则,爱国是中华传统美德的重要内核,爱国是中国人民的最大共识,爱国也是每个人的立身之本。历史风雨尽管浩瀚汹涌,却无法冲淡人们对祖国的热爱;岁月河流尽管曲折蜿蜒,却无法带走人们对祖国的深情。翻开历史的长卷,爱国情永远是一面高扬的旗帜,一直激励着世世代代薪火相传、自强不息。遥望历史的星空,爱国情早已融化成民族性格的身心血脉,积淀为华夏文明的灵魂精髓。萃取思想精华,展现精神魅力,爱国情必将随着时代的洪流滚滚向前,不断地焕发出无比旺盛的强大生命力。

就乡情而言,我们读到的有:陶渊明的"羁鸟恋旧林,池鱼思故渊",薛道衡的"人归落雁后,思发在花前",杜甫的"感时花溅泪,恨别鸟惊心",王维的"独在异乡为异客,每逢佳节倍思亲",贺知章的"儿童相见不相识,笑问客从何处来",宋之问的"近乡情更怯,不敢问来人",苏轼的"但愿人长久,千里共婵娟"等。记得董卿曾在《中国诗词大会》上询问康震老师:"如果请您向全世界推荐一首中国古诗词,您会选哪一首呢?"他毫不犹豫地就推荐了李白的《静夜思》:"床前明月光,疑是地上霜。举头望明月,低头思故乡。"他说这首诗语言如此浅白,内涵如此深厚,不管身在何方,没有哪一个人读了这首诗不为之感动!思乡之情是人之常情,甚至是物之常情,就像北燕南飞总不会忘记回家的方向,又像落叶纷飞都会找寻根的情意。乡情也代表着那个掠过天空的思念和风中翻飞的依恋,这是家的力量和根的魅力。即便时光再惆怅,也割不断思念的乡情;即便流云再汹涌,也遮不住心灵的归途。情系一片雨,莼鲈游子心。每每都有忘不掉的乡情与岁月共峥嵘、同频率,一段乡音,几多乡愁,"月是故乡明,人是故乡亲",心有千结,情有万缕,乡情总是离家游子心灵的归宿,也是他们永不消逝的记忆。

就友情而言,我们读到的有:李白的"故人西辞黄鹤楼,烟花三月下扬州""桃花潭水深千尺,不及汪伦送我情",王昌龄的"寒雨连江夜入吴,平明送客楚山孤",王维的"海内存知己,天涯若比邻""劝君更尽一杯酒,西出阳关无故人",岑参的"马上相逢无纸笔,凭君传语报平安""轮台东门送君去""雪上空留马行处"等。所谓千金易得,知己难求,这些诗歌中无不体现出对友情的尊重和珍惜。友情确实是联结朋友最为珍贵的财富,无论你历经春夏秋冬,还是走到天涯海角,友情在,牵挂就在,关注就在,伴随就在。有的时候朋友甚至比自己还要了解自己,比自己更希望完善自己。在你高傲的时候朋友会发出警醒,在你颓废的时候朋友会鼎力支撑,在你孤独的时候朋友会送来温暖,在你离别的时候朋友会表达不舍。患难之交,莫逆之交,刎颈之交,生死之交,这些都来自真诚之交,因此,真正的友情不是可有可无的情感联系,而是一个人终其一生所寻找的精神归宿。

此情可待成追忆(自序)

就亲情而言,我们读到的有:曹植的"本是同根生,相煎何太急",杜甫的"烽火连三月,家书抵万金",孟郊的"慈母手中线,游子身上衣",白居易的"想得家中夜深坐,还应说着远行人",周密的"村店月昏泥径滑,竹窗斜漏补衣灯"等。亲情是弥漫血缘关系的深厚感情,也是超越血缘关系的特别感情。亲情如空气,得之不觉,失之难存,渗透在生活里的点点滴滴,萦绕在日常中的方方面面。可以是送行时的千叮万嘱,也可以是回家后的兴高采烈;可以是缝衣时的一针一线,也可以是教诲中的一言一语;可以是含饴弄孙的天伦之乐,也可以是关爱老人的孝顺之心。亲情就是亲近的心和靠近的情,如醉人的春风,沐浴心灵;像绵绵的细雨,润物无声;为晶莹的白雪,净化灵魂;似不灭的火焰,温暖人生。

就爱情而言,我们读到的有:卓文君的"愿得一心人,白头不相离",司马相如的"一日不见兮,思之如狂",徐干的"思君如流水,何有穷已时",李白的"入我相思门,知我相思苦",白居易的"借问江潮与海水,何似君情与妾心",李商隐的"身无彩凤双飞翼,心有灵犀一点通",张仲素的"相思一夜情多少,地角天涯未是长",顾敻的"换我心,为你心,始知相忆深",秦观的"两情若是久长时,又岂在朝朝暮暮",张先的"心似双丝网,中有千千结",俞彦的"怕相思,已相思,轮到相思没处辞,眉间露一丝",晏殊的"天涯地角有穷时,只有相思无尽处",李清照的"一种相思,两处闲愁"等。爱情是关于男欢女爱的情感。纷纷扰扰的爱恨情仇纠缠了几千年,有情人终成眷属是中国爱情文化的终极理想,花好月圆更是人心所向。"你若不离不弃,我必生死相依",问题是在达成比翼双飞的道路上,常常是山重水复,曲折蜿蜒。"公子向北走,小女子向南瞧",欲进不得,欲退不甘。许多时候,许多情况,难舍难分成了有缘无分,望眼欲穿成了彻夜难眠,辗转反侧成了魂不守舍,两相情愿成了失之交臂。对于这种种爱情的事与愿违和鸳梦难成,我们不能做简单的逻辑推理,因为不同的爱会表现不同的样子,不同的情也会提供不同的答案,这些无法强求,也无须划一。水中花、镜中月,月朦胧、鸟朦胧,有时确实让人欢喜让人忧,让人疑惑让人愁,但这也许正是爱情如云浮空、如雨飘地的韵味之所在。

不管是爱国情、乡情,还是友情、亲情、爱情,通过许多经典栩栩如生地呈现在我们面前,言人所想言,言人所不能言,人人心中所有,人人笔下所无,它们也因此能够流传至今,魅力永存。这些不断积累起来的情感资源,让我们看到它们作为一种特殊的主观反映,其发生过程各不相同,但机理却殊途同归,都是人的大脑对于事物固有特性的刺激与感受的心理过程,它们和一般意义的刺激与感受的心理过程有所不同:刺激信号不是事物的物理或化学特性,而是事物的情感关系和情感特性,这种情感关系和情感特性必然遵循情感价值规律和情感反应规律。情感价值规律取决于情感投入的多少,投入得越多,情感的价值就越高。情感反应规律决定着该事物的情感价值"收益率"或情感价值"增值率",也就是说,情感价值投入比例越高,其反应率越高,人们对它的情感态度就会越肯定、越认同,人们对情感的反应程度就会越强烈,力度也会越大,在人们的记忆中留下的印象,也就越深刻。反之,亦然。

这种情感价值投入的内涵是什么,又是什么投入进去成就了情感的价值?这是我们需要进一步弄清楚的问题。换句话说,什么才是最能够打动我们感情的东西?对于这个问题,我想先举几个例子来说明。

大家都熟悉韩红创作和演唱的一首歌《天亮了》,其中有一句最为动人:"我看到爸爸妈妈就这么走远,留下我在这陌生的人世间。"这实际上来源于1999年在贵州马岭河游览区缆车坠毁的真实事件。在缆车发生坠毁的过程中,当时有23名游客,只有一个两岁的孩子最终幸免于难。他之所以能够生还,完全是因为夫妻俩在缆车坠地的一瞬间把儿子高高举起,用自己的生命保住了孩子的性命。每每听完这个故事,我们都会设身处地地想象那种濒临绝境的险情,是孩子的父母拼尽自己的全部力气,为孩子铺就了一张安全大网。这是他们在最后时刻毅然决然的姿态和毫不犹豫的选择,如此崇高,如此壮烈,如此深情,这是本性使然,也是爱心铸就。这种舍己救儿的行为深深地打动了韩红,也打动了整个世界。"感人心者莫先乎情",我想韩红在创作或演绎这首歌曲的时候,脑海中一定会不断地涌现出当时的情景。这是爱的接通和心的联结。真情实感才能打动真情实感,她听之、想之、感之、念之、写之、唱之,瞬间泪奔,一泻而下,无法阻挡,汹涌澎湃。

最近,我看到一篇散文叫《不肯退让的爱》,非常感人。我在这里部分转述:故事发生在西部的青海省,一个极度缺水的沙漠地区。这里,每人每天的用水量严格地限定为三斤,这还得靠驻军从很远的地方运来。人缺水不行,牲口也一样。一天,一头一直被人们认为憨厚的老牛渴极了,挣脱了缰绳,强行闯到运水车前,任凭驾驶员呵斥驱赶,不肯挪动半步,最后造成了堵车。恼羞成怒的主人扬起长鞭狠狠地抽打在瘦骨嶙峋的牛背上,牛被打得皮开肉绽,哀哀叫唤,但还是不肯走开。鲜血浸了出来,染红了鞭子。老牛凄厉哞叫,一旁的运水战士哭了,骂骂咧咧的司机也哭了。最后,运水的战士说:"就让我违反一次规定吧,我愿意接受一次处分。"他从车上取出半盆水——正好三斤,放在牛的面前。出人意料的是,老牛没有喝以死抗争得来的水,而是对着夕阳,仰头哞叫,似乎在呼唤什么。不远处的沙丘背后跑来了一头小牛。受伤的老牛慈爱地看着小牛贪婪地喝完水,伸出舌头舔舔小牛的眼睛。静默中,人们看到了母子眼中的泪水。没等主人吆喝,在一片寂静无语中,它们掉转头,慢慢往回走。我想,对于这样的故事不用多说,爱已经融化在我们心间,撒遍灵魂最柔软的角落。我们都能深切地感受到老牛对小牛的那种义无反顾的舐犊情深。

美国费城大学是享誉世界的著名高等学府,然而这所占地近百亩的综合性大学最初营建时,仅仅付出了57美分的采购地皮价。如今人们慕名前来费城大学参观时,第一个打卡的地方就是主楼的展览大厅,因为在那里悬挂着一个衣衫褴褛、面黄肌瘦小女孩的画像。而这个不知姓名、年龄和出生地的小女孩,居然被公认为这所著名学府的创建者。原来故事发生在1803年,当时一位体弱多病的母亲牵着幼小的女儿来到了费城,她们没有任何营生的手段,只能靠四处乞讨来维持困苦的日子。有一天,她们来到城郊一所学校大门外,这时从墙里传出的琅琅读书声和悦耳钢琴声深深地吸引了天真的小女孩。她问母亲这是什么地方,为何会有如此动听的声音?母亲愁苦一笑,告诉女儿这儿是一所贵族学校,是专门供有钱人家的孩子读书和弹琴的地方。小女孩被这里的美妙声音给迷住了,此后经常跑来谛听。

有次学校礼堂内举行音乐会,小女孩实在按捺不住强烈的好奇心,恳求看门人放自己进去,哪怕就是一会儿也行!结果还是被拒绝了。就在小女孩泪水涟涟、感到绝望的时候,有一位好心的老师恰好从旁边经过。他问清缘由后,以自己的名义做担保,带着小女孩进了校园。小女孩疑惑地看着那位老师说:"既然富人家和穷人家的孩子都喜欢这里,那么为何只接纳富人子弟而拒绝穷人的孩子进入校园呢?"

老师为了保护小女孩那颗脆弱的自尊心,没有如实回答,而是用善意的谎言解释道:"哦,因为这所学校太小了,小到只能容纳下富人家的孩子。如果等到学校扩建的时候,一定也会欢迎穷人家的孩子来读书的。"小女孩信以为真,此后还是一边憧憬着美好的读书梦,一边继续随着母亲在城市里乞讨。但是就在第二年,母亲不幸染病身亡,只留下孤苦伶仃的小女孩一人,她依然以乞讨为生。寒来暑往,饥寒交迫。在一个寒雪飘飞的冬日,有人在学校围墙外发现了这个小女孩,当时她已被冻死。收容人员赶来处理尸体时,意外地从其口袋里翻出57美分硬币和一张小纸条,上面歪歪扭扭地写道:"为了能把这所学校扩建得更大,使所有的穷孩子都能进到里面读书,我不怕忍饥挨饿,已经足足攒了57美分啦……"小女孩为了实现心中期盼已久的愿望,整整乞讨了一年时间才攒下57美分。她没有把这些钱留给自己,而是想着法子要捐给学校,用来扩建校舍,以便全城穷人家的孩子都能进去读书。

　　小女孩和57美分的凄婉故事被媒体报道后,人们无不为之动容落泪,同时也纷纷付诸行动。一个房地产富商主动请求把近百亩土地出售给那所学校,用以扩建校舍,售价仅仅是57美分;接着,商贾巨头们更是倾其全力捐献建材用品,继而又有无数能工巧匠到学校报名,甘愿义务出工扩建校舍。当一座座教学楼、图书馆和宿舍楼拔地而起以后,那所贵族学校逐渐被扩大为大型公立高等教育学校,并更名为费城大学。费城大学从正式建校至今已有二百余年,与美国其他名牌高等学府不同的是,它对待家境贫寒的优秀学子永远执行着减免费用和实行经济补贴的一贯政策。这一切都是因为当年那个小女孩,是她把纯洁的爱凝聚成美丽的花粉,传播给更多的花朵,因而酿造出人间最为甘甜的蜂蜜。

　　这些故事情感满满,令人动容,直击心弦,感人至深,细致而具体,丰富而阔大。它们不约而同、殊途同归:这一切美好感情的背后都是源于爱,爱是一切美好情感的基本答案。正如冰心所说"有爱,就有了一切",亦如泰戈尔所说"爱最伟大"。爱是心灵的呼唤,爱是人间的春风,爱是生命的源泉。爱重则情深,情深则爱浓,爱是情的本质,情是爱的表征。爱就是付出,就是奉献,就是给予,如果当这种爱超越了自身所限,甚至置己度外,达到奋不顾身的程度,其出人意料的情感价值也就一定会重如泰山。对人生来说,生命的旅程就应该是一个不断书写爱的过程。只要有爱,情感就是诗和远方,只要有爱,情感就能够充盈心间。

　　爱的感觉如风吹拂,穿过躁动的城市,穿过静谧的乡愁,穿过辽阔的人生,在安静与喧嚣的细缝中,悄然远去,不着痕迹地携带着人们的曾经和过往。这种爱的情感不是高悬空中的海市蜃楼,也不是华而不实的夸夸其谈,在词的属性上不是名词、形容词,更不属于副词,而是实实在在的动词,是行动中的实词。所以真正的爱不是突如其来的心血来潮,也不是假模假样的蜻蜓点水,而是一份自然而然的牵挂,一份不动声色的关怀,一份如影随形的惦念,一份发自肺腑的担忧。所谓飞鸿留痕、雁过留声,就是说把爱的行动汇成最美的风景,没有行动的爱不是爱,或者说只是虚假的爱,不是真正的爱。最深的记忆来自最爱的行动,最爱的行动能够重现最深的情感。

　　应该说,追忆在人们的思绪中确实属于时光倒转,但这种情思却根源于现实激发,是现实中的种种境遇,引导人们到历史的回音壁中,去寻找熟悉的声音、熟悉的感觉、熟悉的故事和熟悉的情感。追忆时间是现在进行时,追忆内容却是过去完成时。追忆的触发是因情因景因人因事,追忆的本质是实现某种生命的联结。"任时光匆匆流去,我只在乎你",每个人心中都有一个不曾忘记的人,一场相遇,一生记得,时光流逝,深情永在。"心若不动,风又奈何",人们希望说出自己的曾经,找到明确的答案,成就自己的心愿。这也就是诸如吉林卫视《好久不见》、重庆卫视《谢谢你来了》、深圳卫视《你有一封信》等情感节目为什么如此火爆的现实原因。怀旧就是怀念,怀念就是思念,当爱已成往事,此情可待成追忆!

追忆是铭刻记忆的情感触发。人们在认识事物或与人交往的过程中,总会带有一定的情绪色彩或情感内容。这些情绪色彩或情感内容也作为记忆的成分被悄悄地贮进大脑,成为人的心理区域比较深刻的一部分,也是比较敏感的一部分。所谓"爱过知情重,醉过知酒浓""深深的一段情,教我思念到如今",就是因为深刻的印象与情绪的记忆胼手胝足,即使人们对引发某种情绪记忆的所有细节未必都能记得,但情绪记忆仍然会保持着一触即发的活跃度,"星星之火可以燎原",它们会不断地触发回首往事的慨叹与顿悟。其中那些伤神、伤心、伤害的感情,永远都是抹不去的痕迹。特别是对爱情来说,往事难忘,"在梦里总有个秘密,总是让我挥之不去"。这里有"一日不思量,也攒眉千度",将曾经的故事留在风中叹惜;有浮生如梦、往事如烟的难舍难分;有"有些事你不必问,有些人你不必等""早知道伤心总是难免的,你又何苦一往情深";当我们读到"相见时难别亦难,东风无力百花残"时,才知道离别也是爱情最磨人的地方;当我们读到"曾经沧海难为水,除却巫山不是云"时,才知道有些故事,内心从一开始就被锁住无法靠近;当我们读到"来得轻描又淡写,却要换我这一生再也解不开的结"时,就知道流水中的落花,原来就是一场不可言说的莫名疼痛。夜听冷雨敲窗,总还是希望"金风玉露一相逢",没想到,"执手相看泪眼,竟无语凝噎",虽不是撕心裂肺,却也痛彻心扉。爱是最深的念,懂是最深的情,尽管世间好物不坚固,彩云易散琉璃脆,这里还是有别人给不了的感觉,所以要感谢生命中的所有遇见!

追忆是理性取向的情感认同。情感的产生总是与人的世界观、人生观和价值观联系在一起的,是与对事物的认知紧密结合在一起的。情感的激发离不开对事物本质的理性判断,是理性判断引导着情感的潮汐。当某些事物与我们的价值观趋于一致的时候,就很容易形成同频共振,刻骨铭心。"共和国勋章"获得者、"中国杂交水稻之父"袁隆平院士,择一事终一生,用一粒种子改变了世界。他的毕生梦想就是让所有人远离饥饿。为此,他始终躬耕于田畴,淡泊于名利,辛勤耕耘,不懈探索。他说:"我的工作就是生活的一部分,杂交水稻就像自己的孩子一样,从播种到收获,我只要有时间,都要到试验田里去看一看。"所以,他"不是在试验田,就是在去试验田的路上",为人类运用科技手段战胜饥饿带

此情此景

来绿色希望和金色收获,更为世界和平、造福人类树立了丰碑!"两弹一星"功勋科学家郭永怀在面临坠机的最后一刻,首先考虑的不是自己,而是国家的机密文件,他和警卫员紧紧地拥抱在一起。当人们把他们分开的时候,发现了中间夹着的公文包,尽管人已经被烧得面目全非,但公文包却完好无损,每个人都为之感动,崇敬之情油然而生。同样是"两弹一星"功勋科学家的邓稼先,为了解决氢弹试验中存在的问题,不顾生命危险,亲自闯入试验场,在遭到强烈辐射之后,身体每况愈下,仍然坚持工作,兢兢业业,直到生命的最后一刻。还有林俊德院士,52年坚守在罗布泊,参与了中国全部的45次核试验。他活了74年都默默无闻,却因离世前的一张照片,感动了整个中国!在生命的最后10小时,他放弃了所有治疗,抓住生命的最后一息,支撑起已经快支撑不住的身体,用尽全身的力气做完未尽的工作,鞠躬尽瘁,死而后已。这些无私奉献的科学家,他们热爱祖国、自力更生、艰苦奋斗、奋发图强、顽强拼搏、勇攀高峰,为国家做出历史性的卓越贡献!人们忘不了他们,人们会永远记住他们。每每想起他们的光辉业绩,都会心潮澎湃,由衷景仰!

追忆是重拾旧景的情感体验。人们追忆起当年的时光,不是空洞的,也不会留白,总是会伴随着某种画面感,就像电影镜头一样,滔滔不绝地从心头流过,浮现在眼前。当然这些画面可不是一件可以任意挥霍的东西,而是必须兢兢业业对待的珍品。它们看似平平常常、简简单单,却是经过心灵筛选的精品,是记忆深处的点睛之笔。"何当共剪西窗烛,却话巴山夜雨时",这是站在现在期盼未来能够回忆过去的美好时光,写法别出心裁,但毕竟也是一种回忆,抓住了最为典型的情境——巴山夜雨,朦朦胧胧,诗情画意,呼之欲出;"你是风儿我是沙,缠缠绵绵绕天涯",人们喜欢追逐曾经的场景,就是因为难忘,也是因为不舍。"缘分,让我遇上你;感觉,让我喜欢你;思念,让我记住你;寂寞,让我想起你;时间,让我爱上你;梦中,让我拥抱你。心中一切都是你,只是身边缺少你。"当你拥有爱情的时候,你没有读懂它,但当你读懂它时,已经时过境迁。这时,也许已没有合适的身份陪伴,也没有合适的机会见面,就只能放在心里,偶尔回忆,经常回味,曾经的期盼变成了回忆的本身,也就是说追忆取代追忆对象变成了目标,许多人把能够从追忆中得到重新体验作为首要任务,是否能达成与从前和解已经属于次要的问题了。

追忆是事无巨细的情感誊写。也许正是情感的循事而生和随机应变,才显出不同情感的不同色彩。有时像狂风大作,有时像月光恬静,有时像大海从容,有时像白云轻松,不同的逻辑推导出不同的状态,但总能以最简单的方式出现在人们的追忆之中。记得在上大学的期间,正值中国女排异军突起的时候,她们通过艰苦卓绝的努力和敢于拼搏的精神,横扫一切,所向披靡,创造了"五连冠"奇迹,给我们留下了非常深刻的印象,至今仍记忆犹新。在这次千年一遇的特大暴雨肆虐郑州和聚集性疫情袭击南京、扬州等地的艰难时刻,万众一心、众志成城,一方有难、八方支援,为了保护人民的生命和财产安全,涌现出了许多可圈可点、可敬可佩、可歌可泣的感人至深的故事。这些闯进我们记忆中的动情瞬间,许多细枝末节都会让我们终生难忘,可以说,越是特别的日子,越在特别的时刻,就越容易会有诸如此类的情感。同样,平凡的人生也会有不平凡的记忆,池水微澜,不惊不艳,却津津有味。人们站在岁月长河中回望,有些人、有些事,会随着时光流逝,但有些人、有些事却不会被岁月淹没。当我们在一起同学聚会致青春,一定会把心照不宣的袋口放开,变成开怀畅谈。大家心潮澎湃,感慨万千,时光荏苒,岁月如梭,青春芳华,念念不忘。没有在最好的年纪,辜负最好的情谊,不管是少年不识愁滋味,还是年轻时我们不懂得爱情,只要坐下来静静思考,慢慢梳理,就会发现,许多刻骨铭心的美好时光,都是来自极其简单而温暖的故事,它们很质朴平常,却引人入胜。

追忆是形诸笔墨的情感拷贝。无论是内心澎湃的激情,还是思绪纷飞的景象,追忆的结果都会叠印在喋喋不休或深情绵邈的表达之中,都要努力把心之所有变成言之所见。"思风发于胸臆,言泉流于唇齿",《毛诗序》对此讲得非常清楚:"情动于中而形于言,言之不足,故嗟叹之,嗟叹之不足,故咏歌之,咏歌之不足,不知手之舞之,足之蹈之也。"旧梦重温者都希望通过自己的方式,把沉淀在心中的意象变成可感的形象。面对猝不及防的灵魂闪光,许多人都没有辜负曾经到来的遇见,于心领神会之间,寄托在笔尖,抒怀于纸墨,通过那些深深浅浅的墨痕和字里行间的衍射,能够永远地凝成一种情之所至的热切召唤。因此,许多时候,我们以为时过境迁,烟消云散,以为那是渐行渐远的过去,但最终还是被我们灵魂的笔墨给记住了。"从前车马很慢,书信很远,一生只够爱一个人",白居易在少年时代就深爱着一个叫湘灵的女子,直到人至暮年,还难以忘怀,写出了"老来多健忘,唯不忘相思"的多情诗句;苏东坡19岁与王弗结婚,琴瑟调和,甘苦与共,10年后王弗亡故,但他对这位发妻爱深情重,多年之后因梦见王弗,还情不自禁地脱口而出"十年生死两茫茫,不思量,自难忘"。还有徐志摩的《再别康桥》、卞之琳的《断章》、林海音的《城南旧事》以及冯小刚的《芳华》等,都希望记载曾经,遥想当年。因为他们知道,那不是一段岁月,而是一种共鸣,哪怕是一枝一叶、一丝一毫、一点一滴,都会深入笔底。是的,许多情感放在心里总是飘忽不定的,只有落在纸上,才能变得唯美而浪漫。回眸处,岁月沧桑,云淡风轻,抬头望见的都是柔情。

因此,追忆过去的最重要意义,就是打开我们人生的两个层面:一个是经历的人生,一个是回忆的人生。经历的人生是自然而然的人生,回忆的人生是顺其自然的人生。这两个人生既有区别又有联系。首先,它们两者是断开的,因为这是两个不同框架里的故事;其次,它们两者又是连接的,经历的人生"只缘身在此山中",常常"不识庐山真面目",回忆的人生对于过去的再现、补充、延伸、珍惜、慰藉等,"远近高低各不同",这些都在一定程度上满足着人们对以往情感的需要。回忆不是饮酒,往事也不可能成为一场宿醉,因为醒来时,天依旧清亮,风仍然分明,而光阴的两岸,终究无法以一苇渡航。但人生有了追忆这件事情,不仅是对生活的丰富,也是对认识的添加,通过追忆还有着对人生进行总结的"企图"。尽管我们有的时候未必能够明确地意识到,但客观上这种作用是显而易见的。特别是对当年本应该处理好的感情关系没有能够及时地处理好,或者是在对的时间错过对的人,确实令人终生遗憾,但不能遗憾终生,对此应该有所洞见。"再回首,恍然如梦;再回首,我心依旧",寻求曾经的人生境遇,就是寻求解脱困境的心灵路径。随着时间和地点的推移变化,去掉了那些不正确的或者非理性的成分,人们对同样一件事可能会有不一样的认识,或者会有截然相反的看法,一般而言,失去往往要比得到的感悟多得多,也会更加深刻难忘。只是这种对人生经验的最终撷取,并不是那种提纲挈领的逻辑概念,而是饱和着从活灵活现的记忆不断悟出来的人生道理,或者伴随着诗意氛围提取得到的人生真谛,而这些在潜移默化中,更易转化为人们改弦更张的自觉行动。

人生有着酸甜苦辣,人生有着喜怒哀乐,人生有着悲欢离合。时空是存在的维度,也是存在的本身,有许多可堪回首的故事,也有一些不堪回首的事情。情感的视觉,不是眼睛,情感的听觉,也不是耳朵,它们都应该是心灵的直觉。情感如月相,不盈则亏。情感如金石,不喑则鸣。在那些寻而不见的日子里,在春去秋来时序更迭中,每个人的生活轨迹终将成为自己独一无二的人生印记。这里可能是一举成名的欢乐颂,也可能是一落千丈的咏叹调;可能是一帆风顺的集结号,也可能是一无所获的变奏曲。一个人的人生史就是一个人的情感史,一个人的情感史就是一个人的心灵史。生活不是简单的方程式,也没有统一的标准答案,许多复杂的感受只有自己能够体悟。梦牵魂绕,念念不忘。人生虽是一场回不去的远行,也代表着永远忘不掉的时光。

时光如白驹过隙,总是渐行渐远,纵使千方百计地挽留,也挡不住飘然而去的毅然决然,但有一点无法改变,那就是沿途的风景,都会留在匆忙的行程之中。不管是红芳满径,有如花蓓般的绚丽夺目,还是繁华落尽,到处布满着彩色的梦幻。蓦然回首的一刹那,这

此情可待成追忆(自序)

些都还会在那里,依旧是当年的模样,镌刻着不老的芳华。无心者,无所累;有心者,有所醉。这种情感一直蛰伏在时光的深处,不离不弃,不声不响,不慌不忙,不疾不徐,却在不断地划向心海的中央。记忆是用来怀念的,是用来留住美好的。为你留灯三千,为你留光皎洁。常常会在不经意的时候,以出人意料的方式喷薄而出,承载着许多难忘的回忆,炙烤心灵,放飞诗情,哪怕是在薄凉的日子里,也不会有丝丝寒意,眼前终将是一片春和景明和春暖花开!

张永祎

2021 年 8 月 30 日

倾情之作(代序)　储福金　/1
此情可待成追忆(自序)　张永祎　/1

一、亲　情

岁月如花　/3
父爱如山　/6
烛光里的妈妈　/10
陪护　/13
点歌　/15
"盐"重情深　/17
业余"红娘"　/20
颜值担当　/23
我的大伯　/26
做"今天"的爸爸　/29
自画人生版图　/31
妹妹　/34
交换生　/37
笑笑　/41

二、乡　情

故乡的歌谣　/47
悠悠故乡情　/51
苏州一家人　/56
东坎老街,一个有故事的地方　/60
滨中老师　/66
东坎老电影院　/71
老车站　/76
念念不忘家乡桥　/82
小巷里的往日时光　/88
家乡的淮剧　/93

滨海大排档 / 97
米面饼包油条 / 101
山芋腔 / 106
蜂窝煤 / 112
开往乡愁的直达车 / 116

邰六爷 / 119
邮递员的铃声 / 122
知了声起 / 126
五香花生米 / 130

三、感 情

八旬老友的见面 / 135
古典南师 / 139
武大樱花正浓时 / 141
致青春 / 146
无巧不成"日" / 148
眷恋 / 151
迁居 / 154
笑意写在脸上 / 157
小城故事 / 160
青春是一出戏 / 164
良师益友储福金 / 168

心有灵犀 / 173
友情无价 / 176
怀念吴功正先生 / 180
随园 / 183
同学是一首歌 / 187
一个都不能少 / 190
同桌 / 193
岁月有痕 / 198
爱如潮水 / 201
姜姜离别情 / 204
岁月是用来感恩的 / 207

四、心 情

父女校友 / 213
书房 / 218
听懂宁静 / 221
乐在"奇"中 / 225

共享单车 / 228
善待电脑 / 231
听"说" / 235
句号删除问号 / 238

读景　/ 243
筷子的哲学　/ 247

古塔尘缘　/ 250
可望而不可即的风景　/ 252

五、深　情

磅礴的气势，壮丽的画卷　/ 257
歌盈耳畔　/ 261
风从延安来　/ 265
咏言秋光盛春朝　/ 268
修改进行时　/ 270
往事值得回味　/ 273
著名男"走音"歌唱家　/ 277
外婆　/ 280
非我莫属的高考经历　/ 283

实实在在总是真　/ 286
彩云之上　/ 288
温差　/ 291
伤心总是难忍的　/ 294
卖报纸的老奶奶　/ 296
可爱的小白兔　/ 298
臭豆腐肥肠煲　/ 301
刊缘　/ 304
最后一班"地铁"　/ 307

六、事　情

佩斯：心想事成　/ 313
婚礼　/ 316
少年不识愁滋味　/ 318
从头说起　/ 321
还是电话好　/ 324
马克同志　/ 327
送行艾力　/ 330
下一站更精彩　/ 333
记忆　/ 336

离别　/ 339
喊声　/ 342
上课　/ 345
距离　/ 348
时光的渡口　/ 351
中山北路32号　/ 355
南京五台山16号　/ 359
四平路　/ 362
家长会　/ 365

碟片小记 /368　　　　　　　　点点滴滴"滴"心头 /373
憾事 /370

七、神　情
爱在古典中 /379　　　　　　　天边 /387
岁月如歌 /382　　　　　　　　听心灵的声音 /390
鸿雁 /384

八、动　情
美丽的草原我的梦 /397　　　　扬州东关街 /423
装满水乡情怀的高铁 /402　　　走进嘉峪关 /426
恍如隔世的老门东 /406　　　　成都：一个让人思念的地方 /431
一眼望千年 /409　　　　　　　留忆容闳故乡 /437
遇见黎里 /412　　　　　　　　躲进风雨桥 /440
七里山塘：一半是河，一半是街 /415　　白蒲古镇 /445
扬州：朱自清的源头活水 /420

九、倾　情
我的江南美学观 /449　　　　　光阴成就经典 /481
有一种发现，叫江南 /457　　　从"＋故事"到"故事＋" /483
诗意栖居的江南美学 /462　　　"团圆"，中国文化的神来之笔 /487
杏花春雨江南美 /468　　　　　有一种现象叫煽情美学 /490
令人陶醉让人沉思的《诗意江南》 /472　　微信诚心 /493
天空中最亮的星 /475　　　　　网络时代尤喜书香 /496

"阅读经济学"的机敏与智慧 /502
听于丹老师讲课 /508
用生命激活经典 /513
格言 /516
学会肯定 /519

自"造"自己 /521
冰点与沸点 /524
不显眼却有神 /528
"音"语逼人 /530

十、凝 情

温莎城堡 /535
巴黎郊外 /538
意外的巴黎 /542
在巴黎圣母院"走后门" /547
我在悉尼大学短暂"留学" /551

克劳莱斯女士 /554
无处不在的中餐馆 /558
伦敦罗大佑 /561
警察与小偷 /564

十一、激 情

中国女排,真的"神"了 /569
担当,就是横扫一切的霸气 /572
邓亚萍的"三头六臂" /575
张继科,应该感谢对手 /578
天地境界中的中国精神 /581

不负每一份热爱 /584
小球友 /590
玩的就是心跳 /593
看球如看戏 /596
妙在懂与不懂之间 /598

十二、闲 情

"绰"海泛舟非闲情 /603
地名的文化底蕴 /605
奇书怪信 /610
名字的密码 /615
数字的美学意趣 /621

此景凝眸入神中(后记) /628

一、亲　情

血浓于水指亲情可贵,亲密无间。润物无声,是它最平常的样子,也是它最美丽的姿态。

岁月如花

古人说，人生七十古来稀。而我敬爱的外婆，今年已是106岁了。她仍然思维清晰，精神矍铄。外婆99岁那年，四世同堂，拍了全家福。老人家穿着大红色的衣服，笑容可掬，喜气洋洋，挺高兴地坐在正中间，周围簇拥着一大堆的子孙重孙，充满着"绿叶对根的情谊"……

外婆是一个非常不容易的人，原来也算是大户人家的千金，父母掌上的明珠，一直养尊处优，在家不用做家务，也不会做家务。出嫁后，她被生活所逼，边干边学，自我提高，居然把一大家子的里里外外料理得井井有条。离异后，外婆只身带着六个孩子，靠帮人家洗衣、打零工艰难度日，有时恨不得把一分钱当成两分钱用。但不管怎样，把孩子养大成人，是她矢志不渝的信念。她宁可自己饿着，也绝不让孩子饿着，有吃的全都省给孩子，有用的也先留给孩子。对于教育这一块，她没有太多先进的思想和理念，但对犯错抓得很严。一错不可再犯，是她坚持的原则。不知为什么，她对读书异常重视，宁愿从牙缝里挤出钱来，也要给几个孩子读书。她不希望孩子像自己一样没有文化，可由于经济条件所限，不可能让他们一直读下去，但外婆认为哪怕就是读个小学毕业，对他们的人生启蒙，也是至关重要的！

记得外婆家是一个四合院子，正屋朝南，两边是厢房。据说这里原来都是外婆家的，后来因为生活困窘，陆续转卖给别人了。现在她自己住的一边厢房，虽门面很小，但进去以后，里面的空间还是相对较大的，有一个客厅和两个房间。只是光线不是太好，家具也比较简陋。我小的时候，基本上就是在这个环境中长大的。从坐小竹车开始，到牙牙学语，一直到上小学，才和父母住在一起，即便是这样，每天放学我还是会先到这里来，因为父母都忙着上班。那时外婆就会先烫点菜饭，她常说"吃饱肚子好做事"。天长日久，我们也好像习惯了这道"工序"，不饿时也吃得很香，饿肚子时吃得更香。老人家最拿手的菜是红烧鱼。烧鱼的功夫在配料和熬制上,水不能多也不能少,卤子基本熬干了,鱼烧得才非常入味,香甜嫩口,回味无穷。以至于多少年后,听说我非常怀念这种口味,她老人家不顾年迈,在八十多岁高龄的时候,还亲自下厨专门烧了一回。在我的心目中,这永远是天下第一菜!

外婆的农村亲戚比较多。那年头他们到城里卖菜,卖不了几个钱,之后照例要到外婆家吃午饭。不管来多少人,来多少次,外婆总是和颜悦色、热情款待。他们也时常会给外婆留一把菜,但外婆认为他们挣钱不容易,说什么都要给钱。多年后他们还记得这事,曾专门邀请外婆到他们那儿去做客。外婆是个小脚老太,走远路不行,他们就用独轮车把她推过去,听说到那儿以后,她就被人们潮水般的热情包围了,谁承想,这种汹涌而起的"波涛"竟是来自曾经的点点滴滴。情感的流动方式总是有来有往,血浓于水的主要成分就是体贴和关心。当年不是每家都有自来水,许多人家用水还是要靠挑水。外婆家墙外面有一条小巷子,她请人把自家的自来水龙头伸出墙外,就是为了方便周边的邻居来这里挑水。有的给钱,有的不给钱,她从不计较。对于路过的人,喝口水,洗个手,冲个脚,外婆也都提供方便。特别是在夏天,烈日当头,热中送水,还是颇受欢迎的;当然也有些小孩借此来打水仗,嬉闹不断,乐此不疲。有一次,一个调皮的小男孩竟然把水龙头拧断了,突然间自来水狂喷不止,很快就淹了一大片,外婆连忙请人来修理。当时那个小男孩也吓得够呛,愣在一旁,不知所措。外婆非但没有埋怨,反而赶紧把他拉进屋里,用毛巾将他身上的水全部擦干净。

几十年前外婆来宁看病,被查出得了乳腺癌。在宁治疗了很长时间,当时是住在我大伯家里的,大伯对她老人家很尊重。大伯一家不厌其烦,把她照顾得特别周到!她对此一直心存感激,每每提及这事,都是老泪纵横,觉得很是过意不去,给大伯一家添了许多麻烦。95岁那年,她跌了一跤,把腿摔断了,也是来宁做的手术。本以为老人家年纪比较大,恢复起来肯定会很慢,没想到,她恢复起来一点不比年轻人差,而且不论是手术时,还是手术后,都没有什么其他不良反应,几天就出院了。她在家静养期间,也很快就能下地走路了。老人家的身体素质真的很不错,但她总是夸赞医生水平高超。

外婆多年来养成了用盐水漱口的习惯,她还不断地向我们传授推广。牙好胃口就好,外婆在饮食上没什么讲究,平时喜欢吃油炸的大果子。她会在嘴里会裹着嚼动很长时间,然后再慢慢地咽下去,好像很美味的感觉,也许那代表着家乡的味道吧。外婆最喜欢用的化妆品就是雪花膏。不管多大年纪,她总是忘不了把自己擦得美美的,保持端庄的仪态。

一、亲　情

这种化妆品用起来很快,晚辈们都会争先恐后地给她买,外婆日复一日地涂抹。还甭说,效果真的不赖,外婆看起来年轻多了!上了百岁以后,外婆已经不能站立了,平时只能在家里坐坐,唯一的乐趣就是自己掷掷骰子,自娱自乐,自得其乐。我们去看她时,都会陪她玩上一会,老人家非常开心。外婆为人很宽厚,有一回,保姆用车推她出去晒太阳,一不小心,车翻了,保姆吓得不轻,外婆非但没有怪她,反而不停地安慰她。真是吉人自有天相,这么大年纪从车上翻下来,居然只是头上碰破了点皮,而且几天就结痂了。

　　她现在住在句容,我舅舅家里,我们隔三岔五地会去看看她。对去看她的人,她很开心,总是一一说出他们的名字。对没能去的人,她也很想念,问问这个怎样、那个怎样,我们也会把知道的情况一五一十地告诉她,只是近来外婆耳朵有点背了,跟她说话比较费劲,需要不断地提高分贝。当听说曾外孙今年高考成绩不错时,她非常高兴,喜形于色,嫣然一笑,百花盛开!

父爱如山

妹妹是先天性的智力发育不全者,很小的时候还不太明显,但到了一定年龄,就与同龄人有了差距,不管是思维能力还是言谈举止,都远远不如普通人。父母发觉苗头不对,心急如焚,赶快行动,从此开始了走南闯北、到处寻医的漫漫征程。那时我们家还在苏北,父亲每年都要来南京好几次,主要是带妹妹到儿童医院就诊。通过长期的治疗,效果确实有,妹妹方方面面有点长进,但不是很明显。于是家人又尝试中医针灸治疗,希望通过中西医联手,进一步改善她的病情。我曾看到长长的针从妹妹的脚面穿到脚底,应该是很疼的,但她硬是没吭声,坚持这样的治疗。有很长一段时间,妹妹也吃了不少苦头,父亲还四处打听祖传秘方,希望能够天降奇迹。可以说,在那个年代,只要有一丁点希望,父亲都不会放弃,总是想方设法,不遗余力。通过多年不懈的努力,妹妹身上确实有了许多积极的变化,但根本性质终究没能改变。最后各路医生都不约而同地得出结论,那就是还要加强平时的培养训练,通过后天的努力来改变先天的缺陷。

当年父母工作都比较忙。下班后母亲负责烧饭洗衣,父亲就试着对妹妹进行训练。首先从一件件小事开始,手把手地教,然后循序渐进,包括看图识字和衣食住行等。应该说在父亲坚持不懈的努力下,妹妹的生活自理能力慢慢有了点起色,还认识了很多字。后来父亲决定把妹妹送到学校,希望通过集体学习的氛围,帮助妹妹进一步改善自身。这个动机确实是好的,但没有达到预期的效果。当年没有专门收治特殊学生的特殊学校,面对智力健全的同龄人,妹妹确实会有一种新鲜感,但很快就陷入不堪的状态,成为那个经常被人奚落欺负的弱者。父母不忍心自己的女儿整天生活在这样的环境里,万般无奈之下,只好让妹妹退学回家。从此那个不足二十平方米的房子,就成了妹妹生活的场所和活动的空间。随着年龄的增大,智力水平的改变确实越来越困难,对于妹妹来说,生活能力非但没有提高,反而逐渐退化了,变得越发不能自理。也许是长期不与外界接触的原因,不

一、亲　情

知在什么时候,妹妹又失去了语言交际能力,不会说话了。忽然之间,妹妹的生活变得举步维艰。

父亲退休以后的主要任务就是照顾她,其中喂饭是首要的问题。她没有饥饱的概念,吃与不吃都没有关系,吃多吃少也没有要求,想吃不想吃更不会表达。大多数情况下,父亲还是靠蒙靠猜,靠自己的经验判断。开始时还能使用筷子喂,后来因为她对于那些块状的东西异常敏感,哪怕感觉到一点点菜渣都要吐出来,吃了吐,吐了吃,这就不得不改用勺子了,这样喂起来比较方便。再后来用勺子的节奏也跟不上趟了,遇到妹妹吐而来不及用盘子接的时候,父亲就只能用手,常常会看到他两手沾满了饭菜,还继续在那里一口一口地喂着,等着她慢慢地咽下去,好像心里踏实了一点。这一轮刚结束,下一轮又要开始,循环往复,来来回回,饭菜从热变冷,再从冷加热,每顿都要花上两个多小时。每次去父母那里的时候,看到最多的就是父亲喂饭的佝偻背影,这几乎成了父爱最典型的符号。

其实妹妹也是有自己的口味的。每天吃同样的东西,她也是不愿意的,只是无法说出来而已。父母知道她比较喜欢吃饺子,就会经常给她包,还熬了各种荤汤,配上各种面条,至于那些荤菜和素菜,也变着法子搭配在一起。吃的东西每天尽量有所不同,先用榨汁机将它们打成碎片,然后炒熟,再用勺子一口一口地给妹妹喂下。好在她对流食比较适应,不会抗拒,毕竟少了咀嚼的麻烦。有鉴于此,后来各样的水果也都给她榨了汁。我们家因此成了榨汁机的大户,买了很多,也坏了很多,在墙边已经立成了一大排。

一年四季,一日三餐,父亲总是兢兢业业、任劳任怨、一丝不苟。在父亲的眼中"妹以食为天",常常是早饭没完,就考虑中饭,刚喂好中饭,又要吃晚饭了。天长日久,逐步摸索,不断积累,这还真的变成了学问。妹妹吃饭时的一些规律,变成了父亲独有的经验,以至于别人想来帮忙也帮不上。我们即使上手了,妹妹也不买账,甚至连一口饭都不会吃,这也意味着父亲从此不能离她半步了。说老实话,对于年近七旬的老人来说,如此长时间地全身心投入,精力不济在所难免。请保姆不是不行,但是面对妹妹这样的特殊情况,许多保姆都望而却步,她需要生活护理,更需要亲情陪护。在父亲心中,无论何时何地,妹妹总是他的牵挂。

每到春节,亲戚们总要互相来往,今天到你家吃饭,明天到他家吃饭,父亲唯恐妹妹吃不上饭,总是婉言谢绝。有次实在推辞不掉,他就先忙着给妹妹喂好饭,本想尽快结束"战斗",但妹妹却没有时间的概念。有时你越是着急,她反而越是出状况,饭送进嘴里,她就一直含着裹着,怎么都不肯下咽。父亲只得先给她喂上一点,至少保证她暂时饿不了肚子,然后乘公交车,七弯八转,匆匆忙忙地赶到亲戚家。父亲肯定要说上几句抱歉的话,当然不说亲戚们也都知道。对此他们很理解,也很同情,然后寒暄几句,交流下彼此的近况,待坐到桌上,时间稍一长,父亲就显得心神不宁,常常是心不在焉地吃上几口菜,便忙着打招呼告辞,然后三步并两步地往家赶,接着把妹妹的饭喂完。据说那次可能是在街上买的卤菜不太干净,赴宴的亲戚们都食物中毒,上吐下泻,苦不堪言。因我父亲先回来了,躲过了一劫。他十分庆幸,心存感激,说那是妹妹救了他。

前几年妹妹患上了心脏病,心律过缓,我们是从她发乌的嘴唇中看到这一苗头的。开始时她心跳每分钟 50 多次,后来每分钟 40 多次,待到入睡时每分钟只有 28 次,非常危险!父亲又踏上了新一轮寻医找药的漫漫征程。当时名医的号很难挂到,他早早地就去排队,一次不行就两次,两次不行就三次,找遍了能够找到的名医,也穷尽了自己所能穷尽的办法。医生大多非常认真细致,却都无能为力。妹妹不能口述症状,也听不懂医生的要求,全凭别人感知。当时妹妹已经病入膏肓,唯一的办法就是装心脏起搏器。但医生考虑到她的具体情况,担心她手术时不配合,经过再三斟酌,还是决定采用保守治疗的方法。为了此事,医生专门召集我们全家一起商量,非常正式地表达了他们的意见。如果不能手术,也就意味着不能根治,所能采用的方法,只能靠每天吃点兴奋药来增加心跳次数,目的也只是让她好受些,能否延长生命周期,或者延长多少时间,他们都不敢打包票。父亲是明白人,知道这是没有办法的办法,也是没有选择的选择。他最后还是拍板遵从医生的安排。自此以后,父亲按照医嘱一天三顿,先把药敲碎,然后和着水用勺子给妹妹喂下,每天晚上睡觉前,还要适当增加药量,因为睡觉时心律一般会更慢。

等这一切安排妥当以后,他才坐下来歇歇,喝喝茶、翻翻报纸、看看电视、在室内跑跑步,利用这点空隙,把自己的事情做一做。我曾建议他在妹妹睡觉时同时睡觉,这样可以多补充些睡眠。但他始终没有采纳,依然每天等到夜里 12 点左右,帮妹妹上完厕所,再为她摆好睡姿,盖好被子,特别小心地不压迫到她的心脏,之后才上床休息,算是卸下一天的担子。如情况正常,父亲则可以睡个安稳觉,一夜到天亮。但一般情况下,妹妹半夜里就醒了,不是睡眠不好,而是因为心里难受导致无法入眠,这时父亲就会起身,为她捶捶胸口、敲敲背,平复一下情绪。他常说妹妹很可怜,有病睡不着,有痛说不出,所以他哪怕自己捞不到睡觉,也从无怨言。

但长此以往也难以为继,特别是看到恹恹难眠的妹妹,父亲一直心如刀绞。有一次,父亲向医生请教办法,医生提议可让妹妹身体稍微直起来点,这样她能够好受点。父亲叫我赶快买个医用病床,可以把床摇起来,保持一定的倾斜度,这样她的睡眠会好点,起码能

一、亲　情

让她有个完整的睡眠。但毕竟病情越来越重，到后来，她自己都无法保持平衡。父亲又催我赶快做一张椅子，要有保险带，这样他就能够在吃饭的时候把妹妹固定住，不让她倒下来。后来我们请人来按照父亲的设想做了，效果真的比较好。不知这些奇思妙想他是怎么想出来的，确实很有针对性和实效性，其实背后最基本的出发点就是对女儿的爱。如果没有深沉的爱，怎么会有如此周全的思虑？

　　但是这么整天坐着也不是回事儿，父亲时常会带着妹妹在屋子里慢慢地走走，算是活动活动筋骨。以前妹妹身体好的时候，这种锻炼的机会比较多，她经常会沿着房间走来走去，但现在只能蜻蜓点水，点到为止，因为心脏受不了。当然，父亲每周还要带妹妹出去一次，春看花开，秋赏净空，看看外面的世界。按照父亲的要求，我专门为妹妹买了辆手推车，只是踏板设计是按照常人思维来做的，需要坐车人自己把脚摆好。但对于妹妹来说，这肯定是做不到的，且不说她不知道把脚放在哪里，就是帮她把脚放到踏板上，妹妹也不能一直保持把脚放在上面。车子推动起来以后，她控制不住自己，脚很容易就会掉下来，如果不能及时发现，就会夹伤脚踝。对此父亲又动起了脑筋，让我们做个抽屉状的木盒，将其铺在踏板上，这样她的脚放在里面就安全了，肯定不会再掉下来，问题又解决了。

　　那天说好了我们一起带她出去玩的，父亲一高兴就把妹妹拉到床边，准备给她换上新衣裳，可能是着急去拿衣服，忘了她不能平衡自己，以为她还能稳住，没想到，刚一松手，她就跌下来，躺在地上，两眼上翻，脸色煞白，我们都吓得不轻。父亲连忙拉着妹妹的手，仔细观察着妹妹的情况，一副后悔不迭的样子。好在那天妹妹身上穿着棉袄，没有跌到头部，给她喝了点水，过了好一阵子，妹妹才缓过神来。我们又将她抬到床上，让她休息了一会儿。父亲看着妹妹状态还可以，决定还是推她出去转转，因为对她来说，这也是难得的机会。因为她出去一次需要几个人帮忙，平时我们都上班，只有休息日才有时间，但如果碰到阴雨天，计划又会泡汤，所以，她能出去的机会屈指可数。我们先把手推车拿到楼下，然后把妹妹抱到椅子上。父亲和我们一起把她慢慢抬到楼下，再小心翼翼地把她移到手推车上，把她的脚放好，给她系上安全带，然后才能出发。我们负责平稳住手推车，父亲在旁边抓着她的手，保证她坐稳。

　　那天，我们一起推着她走到大街上，春风拂面，行人如织。后来还到了玄武湖，流连在山水之间，穿行在繁华之中。她那张很少有表情的脸上，渐渐地漾开了笑容，而且愈来愈灿烂。我们心里充满了阳光，父亲脸上也露出了喜悦的微笑。一般来说，他心情的好坏都取决于妹妹的表情，今天更是如此。因为一时失手造成的失误，就像是压在心头的沉沉雾霾，直到这时才慢慢地烟消云散，云开日出！

烛光里的妈妈

以前多次听毛阿敏的《烛光里的妈妈》,那旋律轻柔优美,余韵袅袅,似溪水潺潺,穿越时空,贯注经年。这永不褪色的母爱,曾多少次滋润着我们的心灵。有次陪母亲上街,她走在前面,我跟在后面。看着原来那年轻高大的身影,逐渐变得佝偻起来,加上膝关节老化变形,双腿不太利索,走起路来显得一瘸一跛的,我的内心不禁袭来一阵酸楚。这时路边商店正好播放着这首歌曲,那绵绵不绝的慈母之爱,弦振声鸣。忆随情动,关于母亲的回忆忽然一下子便涌上了心头。

母亲是个非常聪明能干的人。当年单位派她参加会计培训,她在班上不仅心算速度最快,算盘也打得很溜。她那一手字写得尤其漂亮,娟秀中带有劲道,不像是女同志写的,所以哪家需要誊写东西,都会请她帮忙。她喜欢唱歌,会把歌词抄得整整齐齐的,人家看了之后,没说歌词好,都先说字漂亮。母亲也很会过日子,当年工资水平不高,她总能平衡家庭的收支,每月在保证生活的基础上,还能略有结余。她精打细算,一分钱都能掰开来用,但向别人伸出援手时,却毫不吝啬。在做家务方面,母亲也是一把好手。当年住房只有二十平方米,基本上两张床就把空间挤满了,但母亲总能把家里收拾得干干净净、井井有条,至今依然如此。记得小的时候,只要下雨,母亲就会忙着用坛坛罐罐接雨水,她说天水洗衣服干净。不知是什么原因,结果还真的如此,特别是白衬衫,确实洗得很白。这种习惯,多少年不变,直到现在,她还是喜欢在雨天接水,并将雨水视若珍宝!

母亲在单位里开始时从事会计工作,后来又当上了工会主席。她性格豪爽,做事干脆利落,喜欢热闹,乐于同人打交道,退休后又热衷起跳交谊舞,虽没有专门学过,但几乎不论什么舞,她一看就会,各种花样层出不穷。更有意思的是,母亲不跳女步跳男步,而且跳得娴熟,有模有样,由于她带人轻盈,走步潇洒,许多大妈都喜欢跟她跳,还争着跟她跳。可有一天,她却跳不动了,突然觉得腿疼得不行,到医院一检查,医生说她膝盖部分的半月

一、亲　情

板基本都磨光了,全靠两个骨头在硬碰硬。骨头碰撞挤压会引发钻心的疼痛,接下来肯定不能跳舞了。这要换成别人,也许因此就停下来了,我母亲却很不甘心,这不等于堵住了自己快乐的源泉吗?怎么能憋得住?于是她依旧我行我素。疼痛使她不能像从前那样全力以赴地跳了,只能跟着音乐节奏走走。有人劝她换一个人造的骨关节,她却坚定地摇头,说还是原装的好!

　　父母到南京来生活以后,离我们近了,但离他们原生的环境却远了。他们自己买了房子,在南京有了自己的家,但原来的老朋友没有了,熟悉的人际交往几乎被清零了。母亲本来就是闲不下来的人,现在更加不习惯了。城市的邻居并不都像县城的邻里那样喜欢热热闹闹,更多的是崇尚各自安好,对门邻里不相识的也大有人在。母亲因为没有了以往的人际联系,又很难接上新的社会关系,整天就只能过着单调的生活,除了看电视还是看电视。长此以往,怎么能够受得了?以母亲那种风风火火的急性子,眼里揉不进沙子,她天天面对二人世界,难免会因为不同的喜好和不同的看法,与父亲产生争执。连绵的"战火"有时也会燃烧到我这儿。有次,在她不知道的情况下,我在整理房间时,看到一双破旧的鞋子,已经坏得不成样子,就擅自扔掉了,没想到她知道后大光其火。当时我很委屈,那双鞋子确实不能再穿了,也穿不出去,不就是再花几十元钱买双新的吗?但后来想想也能理解,她从小就是过穷日子的,在持家方面,一直非常勤俭、艰苦朴素,对自己挣来的东西非常珍惜,不仅对别人,就是对自己也非常"抠门"。我曾听她说,晨练之后,她肚子很饿,连自己喜欢的麻团都舍不得去买一个,哪怕只要一元钱。那天她虽然很生气,但看到我没吃晚饭,二话不说,立即转身,开灶点火,置锅动铲,很快就端上了热菜热饭,可口美味。看到老人家颤巍巍忙前忙后的样子,我心里有种说不出的滋味,因为对于他们来说,平时自己烧饭都是一件非常困难的事。

　　有天父亲和我商量,母亲生日很快就要到了,能不能给她举行个简单的仪式。我说这太应该了,作为儿子竟没记住这么重要的日子,真是太惭愧了!我们征求母亲意见的时候,她却不同意,她不愿麻烦别人,但我觉得虽不必那么隆重,但家里人聚一聚总是应该的,毕竟也要有点仪式感,所以不管三七二十一,还是如期安排了。到了那天,我连拖带拽地将她搀到饭店,看着墙上挂着一个大大的红字"寿",她脸上还是露出了喜悦的笑容。几家亲戚代表悉数到场,济济一堂,嘘寒问暖,其乐融融。还有一家专程从江都赶来,母亲看到他们感到分外亲切,精神矍铄,言如泉流,张家长李家短地问个不停。她好像要把平时没机会说的或没捞到说的话,一股脑儿地全都说出来,用她自己的话来说,就是"话山倒下来了"。大家坐定以后,有人把灯关掉,这时小侄女端上了个生日蛋糕,插上蜡烛,点起火苗后,我请母亲许个愿,大家齐声唱起"祝您生日快乐"。老人家顿时脸上乐开了花,眼眶里涌动着点点泪光……

这时在我的耳畔忽然又响起了《烛光里的妈妈》:"噢妈妈,烛光里的妈妈,您的黑发泛起了霜花;噢妈妈,烛光里的妈妈,您的脸颊印着这多牵挂;噢妈妈,烛光里的妈妈,您的腰身倦得不再挺拔;噢妈妈,烛光里的妈妈,您的眼睛,为何失去了光华……"当母亲的身影和烛光叠印在一起的时候,我忽然发现,几十年艰辛走来,母亲脸上的皱纹变多了,头发变白了,腿脚变瘸了,腰也被压弯了,但那不停闪耀的烛光,仿佛就是母爱的温暖,汇成春暖花开的力量。"谁言寸草心,报得三春晖。"对于儿子来说,最大的愿望就是母亲永远快乐,身体健康!

陪 护

老同学来电询问我国庆节什么时候回老家,我说可能要等到放假。"能不能提前一点?"我觉得有点怪,问其缘故,他才支支吾吾地告诉我母亲吐血住院了。这种事情为什么不早说?我连忙请假,飞也似的跑到车站,坐上最早的车,风风火火地赶回老家,我知道若不是情况比较严重,老同学是不会打电话来的。

在家乡的医院,我看到了面容清瘦的母亲,她很惊讶我突然之间出现在面前。尽管她埋怨不应该告诉我,说这会影响我的工作,但意外的惊喜确实给她带来了许多安慰。母亲病恹恹的,却还问这问那,嘘寒问暖,对儿子的关心胜于对自己的关心。母亲这次的病真的很重,据说是夜里突然发作的,当时吐了很多血,是父亲请人帮忙一起将她送到医院的。因为我在南京工作,对于这种突发事件,真是鞭长莫及。为了弥补自己的愧疚,同时也是为了防止夜间再出现这种情况,我准备留下来在医院陪护母亲。母亲坚决不同意,说我刚坐长途车回来需要休息,让我第二天再来陪她。看着那种不容置疑的态度,我不得不从命。

母亲一辈子勤俭,对别人非常慷慨但对自己有时过于苛刻。以前我只是有这样的感觉,在陪护的过程中却对此有了更加深切的体验。第一天吃剩下的饭,她说什么也舍不得倒掉,留到第二天接着吃;天气凉了,我想帮她找件像样的衣裳都找不到,她的鞋子穿了不知多少年,袜子也全都是破的……此情此景真让人吃惊又辛酸。我这儿子做得真的不够格,对母亲关注太少了甚至漠不关心。这固然有许多客观原因,但归根到底还是主观上不够重视,好在这次发现了,是个机会,我想方设法,恨不得一下子把所有的缺憾都补上。但母亲每每都不同意花钱,哪怕是多买一瓶小菜,她也觉得是多余和奢侈。问她晚上有没有蚊子,她说有又总说没关系。我跑到街上为她买个电蚊香器,为的是让她夜里睡好觉,可她还是责怪了我。

此情此景

母亲对生活的要求很低,倒是很喜欢跟我聊天。说实话,以前我回家就是忙着和朋友聚会,很少有机会陪母亲说说话。以前我对《常回家看看》中所唱的"妈妈准备了一些唠叨"不是太理解,但是通过这次,觉得自己的妈妈与天下的妈妈一样,也是喜欢唠叨的。难怪这首歌会如此强烈地引发大家的共鸣。但就是这么一点点起码的要求,她也只有到了生病时才能得到满足。我天南海北地与她聊了好多,她也把家里、邻居、街道以及县里的许多情况,一五一十地告诉了我。考虑到她身体比较虚弱,我常劝她少说一些话,或者只听我说,可她非要说而且还要强打精神。她谈起我小的时候是那么亲切,回忆起往事时又是那么动情,言谈之中仿佛把人带回她所熟悉的那个年代……

由于母亲的病情没有稳定,我又向单位续了假。有一天,母亲突然提出要出院,医生很惊讶,我也很奇怪,因为她的病虽有好转但还不至于马上可以出院,病因还需要进一步检查,但母亲说什么也不肯留。我进退两难,再三劝说也无效,最后不得不与母亲顶争了起来。尽管我知道跟病人计较有一千个不是、一万个不对,可那也是没有办法的办法呀!道理很简单:病没治好怎么能出院呢?家里的保障条件怎么能与医院的相比呢?

后来我才知道,母亲并不是有意给我出难题,而是想借此催促我赶快回去上班。她知道如果自己不出院,我是不可能放心回去的。可怜天下父母心!无奈,我只好答应先回宁上班,但前提是母亲必须继续住院治疗。可父亲还要照顾妹妹,每天又要烧饭送到医院,那时候医院里也没有多少护工,确实蛮难的!离开老家那天,我到医院去看望母亲。为了不让母亲看到,我只是透过窗子往里看,但病房里没有人。我正纳闷时,忽然看到母亲一手提着盐水瓶,一手拎着裤子,正从卫生间里出来,步履蹒跚地走回病床前,先是颤颤抖抖地挂好盐水瓶,然后缓缓地抬起双腿,在床边坐了很长时间,直到喘息定下来以后,这才慢慢地躺下。看着如此孱弱无力的母亲,怎能说不需要有人陪看呢?从她的希望中,我明白她也许更需要精神的维护,与其设法照顾她不如顺意服从她,所以我最终还是忍着泪水离开了医院,但心中总是有悬而未决的陪护问题,好在跟亲戚打了招呼,请他们有空时去帮帮忙。

点　　歌

因为自己在南京工作，父母在老家生活，在母亲过60岁生日的那天，我希望通过广播电台点歌遥寄祝福之意，这在当年比较时兴，自己也顺便赶个时髦。这样点歌的关键是要打进电话，但那天能不能打得进去，就是未知数了，具有很大的不确定性。听说写信也可以，我便提前把信给寄了过去，没想到，收到了回音，同意在当天的节目中播出我点的歌。

记得那天是星期天，我一大早起来就忙开了，打开收音机进行调试，可不知怎的，信号总是不太理想。于是我翻箱倒柜，把家里的旧收音机都翻了出来，还是没达到应有的效果。当时的我真是心急如焚，因为如果收听不到，就等于前功尽弃！于是我赶忙蹬车跑了大半天，从朋友那里借来了一台收录两用机，一试效果很好，这样既能听到又能把它录下来，一举两得，岂不美哉！按照广播电台的频率和千赫旋到相应的位置，并按时把家人召集在一起，聚精会神地等待那个激动人心的时刻。然而，收音机传出来的却不是点歌节目。忙乱之中赶紧再调，头上冒汗，心里着火，也没忙出所以然，大家都很扫兴，我一时也懵了，不知是什么地方出了差错。

同时在老家，母亲也组织了一大家子在收听，一帮老头老太都在竖耳谛听，结果也是竹篮打水。在电话连线的过程中，我觉得有点对不起老人家，赶忙补上了祝福！母亲非但没有责怪的意思，反而劝我，点上点不上无所谓，有这份孝心就行了。她虽然没有听到，但还是很开心，毕竟儿子想到她了。母亲的意思很清楚：孝心的关键并不在于有没有办成这件事，而是在于有没有用心去办。意到了，尽力了，即使没有成功，她的心里也如沐春风。母亲年轻时也是非常喜欢唱歌的，现在对许多老歌还记忆犹新，只要老姐妹们在一起，基本就是"红歌联唱"，所以她对这次点歌也是热切期盼的，这点我很明白。要是母亲埋怨我几句，我的心里反而会好受些，因为自己毕竟把好事办砸了，但她老人家的通情达理却使我局促不安。没有听到就等于没做，不要说报答三春晖了，就是寸草心也没有表达出来。

母亲是心直口快的人，做起事来也风风火火，几个人干的活她常常一个人就行，特别是在三九寒天，人们戴着手套还"呼啊哈啊"，可母亲在冰冷的水里洗东西一洗就是几个小时，从未有怨言！母亲舍不得用温水，我就给她买了一副橡胶手套，这样可以把冰冷的感觉隔在外面，但她嫌戴着手套，不能直接接触，许多东西洗不干净。许多时候，我看到她还是把手套扔在一边。原以为这样，她的手上一定会长满冻疮，但偏偏就是没有，也许经常在冷水里浸泡能增强血液的流通与循环，那些长冻疮的威胁反而没有了立锥之地。可毕竟那是冷酷的水，容易冻麻勤劳的双手，但老人家无所畏惧，视为平常。她整天忙这忙那，好像家里总有做不完的事。门、窗、桌、凳、床、地、被、衣等，都容不得一点马虎。有的时候，她一天忙到晚，手脚不停，也听到她说今天太累了，腰都要疼断了，甚至哼哼哎哎一通宵，可第二天她照样精神抖擞。哪怕是生病，只要稍微一转好，马上就起身下床，她自己也说这辈子就是干活的命！

"儿行千里母担忧"是她经常说的一句话。记得我上大学离家的前一天晚上，什么都准备好了，她还是在那儿收收拾拾，唯恐还有什么没想到。还真的让她发现了：一件衬衫上少了一颗纽扣。我觉得这些事并不是巧合，而是母爱的自然状态和必然结果。"慈母手中线，游子身上衣"绝对不仅仅是诗歌中的动人意境，更是千千万万母亲的真实写照，只不过是孟郊将其提炼了出来，写出了人们熟视无睹却耳熟能详的情景。也正因为如此，它才会有如此震撼人心的力量！对于我来说，这是记忆犹新的也是似曾相识的感动！如今我自己的女儿也已大了，但母亲还是把我当孩子看，回家时总是千叮万嘱：饭要吃饱，路上车子多要当心，晚上不要睡得太晚……看到母亲两鬓染上的白发，点一首《世上只有妈妈好》是我的夙愿，以歌代言却未能遂愿，我怎能不懊恼呢？

没办法，只好再点，但却很难点上，最关键的是过了生日时间点，兴致也不浓厚了。这时有位朋友来电说他听到了我点的歌。我说：我们怎么听不到呢？他说是不是你记错时间或电台了，到这个时候我自己也一头雾水，想不起来，也不去想了，关键是想也没有用。我只想问听到的是什么歌，他铿锵有力地回答：《世上只有妈妈好》！我把这个消息告诉母亲，她显得异常激动，脸上如漾春风，写满了喜悦和宽慰，这不仅是意外的收获，更重要的是母亲感受到了自己在儿子心中的分量。其实这首歌对我来说，分量也是很重的，但对母亲来说也许更加重要，从她的表情就可以明显读出那一种无比幸福的感受！

"盐"重情深

　　大姨是个老实巴交的人,她整个人的长相精神,言谈举止都写满了这种感觉。她没有城府,待人诚恳。大姨好学上进,打小就很用功,常常是晚上家人休息了,她还偷偷点着油灯,深夜苦读。由于常年在这种昏暗的灯光下读书,她把自己的眼睛都读坏了,看人时总会眯觑着眼。刚开始工作的时候,她被安排在乡里医院当护士,大小夜班"三班倒",挺辛苦的,但她一边努力工作,一边抓紧自学,后来还被组织派出去进修深造,因成绩优异,学成之后,回到县医院当上了医生。小时候,我是属于病恹恹的那一类,经常要"麻烦"医院,无论是在门诊看病,还是在病房住院,都是大姨帮着忙前忙后,找医生找床位,不厌其烦。有次我住了很长时间的院,她每天都要到我病房去看望一下。我原以为这是对我的特殊照顾,后来许多病人告诉我,她对所有病人都这样,很富有同情心,做事非常认真,尽职尽责。

　　那时县医院的墙报栏里,时常贴着人生格言。许多医生的人生格言都写得洋洋洒洒、辞藻华丽,满是豪言壮语。我至今印象最深刻的就是大姨写的:要把病人当亲人。多么朴素、真心、深情、接地气。她是这样写的,也是这样做的,她的行为准则就是这句话的精准诠释。别看县级医院当年还比较简陋,但对于农村病人来说,那可是了不得的大医院,遇到小毛病自然不会找上门来,只有得了急病大病才会匆匆赶来。每每遇此,大姨总是全神贯注、循循善"问"、认真检查、逐项排除、全力以赴、综合施治。看到病情严重、家境特别困难的病人,她还慷慨解囊,自掏腰包,主动伸出援手。其实当时她的工资也不高,而且家里上有两位老人,下有三个小孩,负担也挺重的,需要节省的地方太多,但她对病人从来都是"大手大脚",倾其所能。大姨做事厚道善良,为人却十分低调,骨子里也有"我和谁都不争,和谁争我都不屑"的那种劲儿。在我的印象中,她是坚决服从组织分配,组织叫干啥就干啥的人。我经常去找她,发现她上班的地方不停地在调换,科室从内科调到传染病科,办公地点从大楼高层调到简易平房。在那种临时搭的房子里,一到了夏天,人刚进屋就会感受到从铁皮屋顶传导下来的阵阵热浪。整个房间只有一张桌子和几把椅子,唯一能让人有丝丝凉快感觉的,就是地上的那个不紧不慢的摇头电扇。工作条件极其简陋,但丝毫没有影响大姨认真的工作态度。她还经常被安排值夜班。有时医院食堂会给值班医生做点夜宵,也就是一碗米饭和青菜烧肉丸之类,她总是把几片青菜吃了,省下几个肉丸带回家,给三个孩子当第二天的中饭菜。

  大姨注重勤俭持家,也善于持家,但在用盐这个问题上,却异常任性,也非常"洒脱"。许多"食客"对此深有体会,"咸"不堪言。据他们反映,大姨的如此操作非但没有收敛的意思,而且还有愈演愈烈之势。对此我却不以为意,因为我本身口味就比较重,知道盐多不好,但还是我行我素,哪怕遇到再咸的菜,我也还会倒点酱油蘸蘸。所以,我觉得他们确实有点大惊小怪了。无盐就无味,菜不咸多难吃呀?菜咸点不是更能下饭吗?我清晰地记得,那天大姨端上的第一道拿手菜,就是我们家乡的招牌菜烧肉皮。菜的成色非常漂亮,看上去就很鲜美,在座的个个垂涎欲滴、急不可耐。但吃了以后,大家突然就变得大眼瞪小眼,不敢再伸筷子了。第二盘菜是青椒炒猪肝。没想到,刚一下筷入嘴,就有人吃不消喊了起来:这是要把我们腌成咸肉吗?我那个"金刚不坏之舌",这次也没能顶住如此的"汹汹势头",同样不堪一击,匆匆败下阵来。确实太咸了,几乎跟腌过一样,说得好听点,就是盐放多了,说得不好听点,是不想让人吃啊!其实大姨真不是那种人,客人吃得越多她越高兴,但看到大家都皱眉头,她慢慢地走了过来,尝了一下,还笑呵呵地说:"这还咸呀?我今天还特意少放了盐呢!"现代医学已经证明,摄入过多食盐对人真的是有害无益。我还是希望大姨口味能够淡点,这样有利于健康。

  大姨来宁看病,需住院检查治疗。她儿子特意从老家来看她,因手机没电就想在病房里充电,没想到,她老人家特别较真,不让充。说那是公家的电,不准占便宜,儿子无奈,恭敬不如从命。出院后,大姨在女儿家待了几天,其实她也没闲着,尽量做些力所能及的事,但看到女儿女婿又是忙工作,又是忙照顾自己,就觉得过意不去。住女儿家本是天经地义的事情,但她觉得是给子女添麻烦了,在事先没打招呼的情况下,就自己买车票直接回老家了。女儿下班,看到家里被打扫得干干净净,锅碗摆放得井井有条,衣服叠得整整齐齐,打开桌上放着的一封信,只见上面写着:"母亲来的这几天,打乱了你们的正常生活,给你们添了不少麻烦,看到你们这么忙,做母亲的很心疼,我帮不上忙,也不能增加负担!我回家了,放心,我们会照顾好自己的,你们要做好工作,多保重!"说老实话,我没看到信,但听

一、亲　情

到这段话时,我已感动得热泪盈眶了。

近年来,大姨出现了说话重复的现象,而且非常容易忘记事情。与人交谈,她刚讲完一件事,一会儿又回到同样的问题、同样的话题。如此这般,一而再,再而三,家人这才发现不对劲儿,马上带去看医生。医生说,这是老年人神经系统的一种退行性的自然变化,关键是不能让其转化成一种进行性的疾病。家人很焦急,也很茫然,尽管治疗一直在进行,但从她的表现来看,好像病情越来越严重了,而且有些行为方式匪夷所思,甚至不可理喻。没想到,这个干了一辈子为人治病的医生,到了老年自己却成了病人。这时的她,最需要家人的理解和宽宥,需要亲情的呵护和悉心的照顾。按照医生的嘱咐,家人要经常训练她的思维能力,如数数、做题、认人等,尽量阻止和延缓病情的发展。

我回老家看到她,家人开玩笑地指着我问大姨这是谁。她脱口而出:"小永祎么!"回答时她一脸不屑,认为这个问题太小儿科了。这时,她的脸上忽然又漾出了我们熟悉的笑容。大家笑了,我也笑了!

业余"红娘"

  三姨是个憨厚、豪爽、热情、大方的人，与人接触，迅速熟络，不用多久，就会与人像久别重逢的老友似的，所以一直以来，她的人缘都很好！三姨早年在粮站工作，凡顾客来买米面搭不上自行车的，她都会主动上前帮忙，对顾客不慎漏到地上的粮食，她也会一粒一粒地捡起来，非常珍惜；同样，看到地上有灰尘，哪怕是一点点脏，她都忍受不了，会立马拿起扫把，将地打扫得干干净净。对三姨而言，她觉得这些都是自己的分内事，她已习以为常，并以此为乐。

  她在许多粮站都干过。家乡的一条老街上有多个站点，三姨最先工作的站点应是西街粮站。走到西街的尽头，还要走一段路才能到这个粮站。记得粮站的前面有一块很大的广场，上坡后就可以看到门市部，所有的购买活动都是在那里完成的。有一条过道通到后院，后院里面尽是粮墩，一堆堆，一座座，都是用草和席子围成的。也许是面粉生性比较娇贵，没有让它待在外面，而是专门安排了一个很大的室内仓库。当时三姨家就住在里面，有两间草房，面积还算比较大，门前有个空阔的地方。那个时候，孩子们玩的地方并不多，只是在几个亲戚家来回轮着跑。有时放学后，我就会跑到三姨那儿玩，其实也没什么好玩的，就是在那儿看看人来人往。她总是先把我安顿好，然后再去忙她的事。她忙里忙外，好像总有忙不完的工作，给我的感觉，上班时她是营业员，下班后她是保安员，平时还是兼职的保洁员。

  三姨告诉我，她结婚的那天要带上我，我信以为真，还真的闹着要跟去，后来被父亲一阵呵斥，这才没敢闹腾。这档子事，今天说来，叫人脸红，但作为童年趣事，也算是一段有料的回忆！每每提起这些，都会引得大家哈哈一笑，在家里也变成了一个保留已久的谈资笑料。

  我到南京上大学，每次放假回去，她总要请我吃饭，好像不吃顿饭，就没有尽到长辈职责似的。在吃饭时她总会趁我不备，冷不丁地给我加上一勺饭，害怕我作假，吃不饱。有时属锦上添花，但更多的还是雪中送炭，因为到别人家吃饭总不能像在自己家里一样放

一、亲　情

肆,哪怕是在亲戚家也是一样,要懂得收着点。每次去看她,她都非常高兴,跟你有说不完的话。临走时,她总是要在家里寻寻觅觅,只要是家里有的,就会往你的包里塞,不管是蒸熟的香肠,还是新鲜的萝卜干、花生米等。几十年来,她都是这样"强势霸道",几乎次次如此,回回这样。

　　我们家的三姨还有个嗜好,就是特别喜欢给别人介绍对象,人家避之犹恐不及,她却乐此不疲。我曾说三姨就像居委会主任一样,什么杂七杂八的事都管。要知道,当"红娘"这种事一般人都不太愿做。如果小两口生活得好了,会被认为是理所当然,也没媒人什么事;但过得不那么遂心如意,共同埋怨的对象一准就是媒人。其实媒人也就是介绍人而已,合不合适还是男女双方说了算。理是这个理,但每每遇此,媒人都是"在劫难逃",成为名副其实的"受气包",而且是两头受气。家里人曾多次劝她不要再多事,但她依然我行我素、坚持不懈、乐在其中、自寻其乐。常常在街上碰到合适人选,马上就开始"工作",一谈就是半天,从个人情况到家庭情况,条件、标准、要求,说得没完没了。我们站在边上就好像是路人,她视而不见,甚至有时还把要去办的事忘得一干二净,让人"苦不堪言"。三姨如此勤勉,"成绩"也是比较骄人的,确实也给不少男女青年牵了红线,许多人也因此走进了婚姻的殿堂。但就总体而言,失败的多于成功的,分手的多于牵手的。三姨对此毫不在意,光记着成功的了。她常常沉醉在那些兴高采烈的喜事之中,每每道来,总是引以为豪!

　　到了法定退休年龄离开工作岗位,这本是很正常的事,但一直开朗的她,却不知为什么对这件事格外在意。有段时间,她心里就过不去这个坎,总觉得忙忙碌碌了一生,现在突然清闲下来,反而不适应了,总觉得有点飘着,没有着地的感觉。而以我对她的了解,可能还有更深层次的原因,那就是她认为工作不需要自己了,忙人变成闲人,自己成了没用的人了!尽管事实并非如此,她还是跟我想的一样,她说那一阵子,她整天待在家里,就是不想见人,偶尔出门,也是低头侧身。

　　这种情况看起来好像与她为人的风格相悖,突然结束职业生涯,对她来说确实难以马上适应。好在这一页很快就翻过去了,她依然故我,秉性依旧,又变得风风火火、热热闹闹了起来。春节回去,我们一大家子吃完团圆饭以后,总是喜欢聚集到卡拉OK厅里吼几嗓子。她首先是个好听众,听了都叫好,结束都鼓掌,不管是跑音的还是走调的,她都是以鼓励为主,而一旦轮到她唱时,呈现给我们的都还是那些老歌老调,演唱风格也是"老古董",一首接着一首,独唱、二重唱、合唱,不堪其旧,也不厌其多,更不厌其烦,演绎得深情款款,却未必句句都在调上。看到她唱到高音时拼命喊破嗓子的那种劲儿,着实唱出了当年的奋斗青春和激昂风采。年轻的时候，三姨就充满着朝气和活力，据说她曾是运动员出身，会打篮球，爱好多样，文武双全。

前年，三姨不小心在家里跌了一跤，把胯骨跌断了。她原本是想在家乡治疗，我们考虑到省城医疗条件更为先进，再三邀请她到南京做了手术。当天的手术非常成功，但术后因骨质疏松，无法完全复原，她还是落下了一跛一跛的毛病。最近我回家看她，她这个毛病好像没有什么明显改观。我建议她再到南京来看看，毕竟专科医院可能办法要多一点，但她坚持不肯，说不用了，上次手术已经麻烦我们了。其实她不说还罢，说了我倒很不好意思，其实我们许多方面都没能照顾到，有些事情还没来得及做。她怕给我们增加麻烦，未等拆线，就提前出院了，让我们措手不及，也后悔不迭。她平时就是这样，不想给别人添麻烦，对别人给予自己的帮助，总是带着几倍甚至几十倍的感恩心情。

我要离开她家的时候，她忽然叫住我，只见她艰难地去爬楼，我赶忙上前扶着。到了楼上，我才明白，又是"老调重弹""故技重演"，摸摸搜搜地从一堆家什中搬出一个坛子，将里面腌的梅干菜拿出来要给我。我往里面一看，一点都不剩了，空空如也。她知道我喜欢吃梅干菜，我也知道她老人家喜欢吃梅干菜。我执意不要，她却坚决不肯。推来推去，如此再三，最后总算达成了协议，我拿一点，她也留一点。

出了家门后，我叫她不要送了，但她还要送。看她腿不好，走路十分吃力的样子，我说："您再走，我就不走了。"她听后确实停下了脚步。说老实话，自从我父母来南京定居后，回老家的次数确实比以前少了很多，我们都深感见一面很不容易，所以告别也显得非常困难。看到她站在原地向我挥手，我赶紧加快步伐，希望尽快逃离这种场面，更希望她尽快回去。没想到，我走她也走，看到她走我就不走，直到她站着不动了，我这才抬步继续走。

当我走到路边的时候，再回过头来，猛地看到，她还是慢慢地跟了上来。当时的画面至今刻骨铭心、历历在目：她沿着河边一步一拐地走了过来，随着两脚的缓慢转换，身体重心也在不停发生变化，走起路来总是忽高忽低、摇摇晃晃的。那种小心翼翼的样子，看着让人揪心，也令人担忧。我干脆跑回去扶她，还是和她一起走到了路边。本以为到此为止，"送君千里终有一别"，但最后还是她说了算，非把我送到了公交车站。看着我上了车，找到了座位，她这才正式挥手告别。但接下来，更让我担忧的是，她要走回去，而这又是一个十分艰难的历程。

前几天，听说她又跌倒了，我赶忙打电话过去，邀她到南京来医治，她却笑呵呵地说，没关系，休息几天就好了。后来我才知道，送我到公交车站那会儿正是她腿疼得最厉害的时候……

颜 值 担 当

　　四姨长得很漂亮,颜值爆表,年轻时喜欢文艺,性格比较外向,属于活跃分子,单位的职工宣传队总是少不了她。那个年代的人都熟悉的基本动作,抬头、挺胸、弯臂、弓步、指手等,绝对是集体舞的"标配",而她总是跳得最好的那一个,非常出彩,也非常抢眼。可惜当时没有新媒体,要不然她早就成为"网红"了。她最早在通榆公社食品站工作,那里离县城大概有十几里地。因为演出任务比较频繁,经常是下午用卡车将她们拉到县里剧场,晚上演出结束后再拉回来。她们就在车上化妆、卸妆,其实当时也没有什么妆,就是在两个腮帮子上涂点红色,有点青春焕发的意思,这也是对舞台的尊重和对演出的负责。那年小学放寒假,我"受邀"到四姨那里生活过一段时间,对她们的演出活动以及日复一日的工作流程耳闻目睹、了如指掌。在印象中,我每天早上都被嘈杂的声音所吵醒,凄厉的杀猪声音刺破夜空,然后渐渐销声匿迹,接着就是打开店门,许多人一拥而进,都想买块好肉,个人买的,食堂买的,饭店买的,络绎不绝,非常杂乱。这时四姨就负责在窗口开票,一单一单,心算、口算、珠算一起来,忙得不亦乐乎!我好像也乐在其中,看看这个,看看那个,别有趣味。有天晚上,四姨突然往我嘴里塞了个东西,说是外国进口的水果,事实上就是香蕉,尽管现在这玩意儿非常普通,但在当时却难得一见。我也没吃过,入嘴的那种特别感觉,至今仍回味无穷。

　　那年头能嫁给军官可谓时髦,身边有一个挺拔帅气的军人,或许就是许多姑娘的梦想。这点四姨好像也没能免俗。她谈了个对象是海军,英俊帅气,还会吹口琴,据说又是部队的爬竿比赛的第一名。当时我只知道这么些,具体长什么样并不知道,但从四姨喜不自禁的眼神中,轻易就可以获得明确的答案,见上"真人"的面,果然不出所料,一表人才!按照四姨的择偶标准,一般人也不可能入其"法眼"。当然最重要的还是两情相悦,这才是两个人走到一起的"硬道理"。这个人也因此顺理成章地成了我的四姨父。要知道在那个特殊年代,与军人结婚并不是易事,最基本的条件就是成分要好,而恰恰四姨的家庭成分并不那么理想。尽管当年的家庭生活并不富裕,甚至很苦,但背负着前辈留下的历史印记,四姨也无法摆脱这个先天的"缺陷",这也注定了他们的婚姻有一段艰难跋涉的过程。对于当年经历了怎样曲折复杂的情况,他们从未说起过,也不愿说,但从他们给自己第一个女儿起名"峥嵘"来看,也就不难想象其中坎坎坷坷的轨迹,"忆往昔峥嵘岁月稠"嘛!可坏事也变成了好事,或许正因为经此磨难,却越发凸显真爱可贵,他们的感情也越发深厚。这么多年来,我没见他们吵过,也没见他们红过脸,日子一直都过得和和美美的。有一点很明确,四姨绝对是家里的"一把手",四姨父只能排到"二把手"。有一个孩子,四姨父便降成了"三把手",有两个孩子,他就降成了"四把手"。但四姨父对频频"降职"并不在意,还乐在其中。他对孩子宠爱也许可以理解,但对四姨处处唯命是从,我就有点想不通了,这么一个彪形大汉,怎么就怕起了那个弱小的身躯呢?后来我自己也建立了家庭,这才明白,这其实是夫妻间的一种尊重,也是一种生活的默契,是爱的语言。"怕老婆"实际上就是"爱老婆"的代名词,通过看似极端的反差,酿制出来的却是非同小可的浓情。事实也正是如此,爱出者爱返,情重者重情,平日里四姨对丈夫的那个关心,可真叫一个体贴入微、无微不至啊!

四姨思维快、决断快、动作快、雷厉风行、风风火火、一言九鼎,是家庭中能够张罗大事的人才,从某种意义上讲,有点男孩子的性格。我们经常开玩笑地说,她适宜当领导,而且最好是"一把手"。她说她没想过,也没那个命,但我们感觉她有那个派头,好像无师自通。每到春节,她都会主动给亲戚家送年货,一买就是一大堆,而且逼得你非收不可。考虑到礼尚往来,我们家也会照例给她们回一些礼。这个时候她的倔强就暴露无遗了,死活不肯要,最牛的是她还能用无可辩驳的理由,让你的礼品从什么地方来回到什么地方去。开始我以为她就是对家人这样,后来发现,她对朋友也是如此。总是给予,不求回报,给人感觉似乎很有钱、不在乎,可事实上并非如此!当时四姨父在邮局工作,属工薪阶层,四姨也就是一个普通的企业职工,生活并不宽裕,但她对家人、亲戚和朋友,哪怕是倾囊而出,也在所不惜。四姨就是这么无私,一直都是这么慷慨!退休以后,四姨靠养老金生活,可她雄心犹在,还想如此,可这时有谁能忍心?必须"以强对强",寸步不让!

前几年,四姨家里的生活逐渐好了起来,因为两个女儿工作了,后来成家生子,整个家庭生活无忧无虑。谁知,有天突然接到家乡的电话,说四姨父不行了,突发脑出血,本来要到南京来做手术,后来说来不及了。我急忙赶回老家,这才知道,四姨父早就有头疼的毛

一、亲　情

病,一直以为无大碍,那天感觉头疼得厉害,就去睡了一会儿,但被人发现时,已经不省人事了,赶紧送医院,却为时已晚,不久便天人相隔。如此突如其来的变故,如晴天霹雳,似五雷轰顶。当时,四姨痛不欲生,呼天抢地,涕泪滂沱……

后来好长的一段时间,她都不能从悲伤的情绪中走出来,无法适应没有四姨父的日子。以前他俩每天都形影不离,忽然她变得形单影只。在熟悉而陌生的生活里,她又怎能不睹物思人、触景生情呢?但四姨毕竟是一个非常坚强的女性,她强忍着内心的悲伤,一如既往地承担起家庭的重任。孩子要上班,第三代要照顾,她不撑起来也不行!一大家子要在一起吃饭,她必须忙前忙后,为了两个小外孙子,还得跑上跑下,里里外外一切照旧安排得妥妥帖帖。为了照顾好百岁高龄的老母亲,她学会了骑三轮货车,后面既可以带人,也可以放菜,一举两得。我以为这个车子很好骑,没想到,骑上去以后,"龙头"很难把控,让人不知所措。但四姨骑起来却得心应手、轻车熟路,也许只有在这个时候,她又找回了往日的感觉。

多年前的一个冬天,雪下得很大,路不好走,回通榆公社的车子都不得不停开了,但四姨必须赶回去上班。这时,只见她手一挥,对我说:"我们走回去!"于是,一个大手拉着一个小手,冒着凛冽的寒风,踏着深深的积雪,高一脚,低一脚,边走边笑,边走边唱:"红军不怕远征难,万水千山只等闲……"此情此景,早已时过境迁,过去几十年了,但声犹在耳,形犹在目,深刻难忘,温暖如昨!

我 的 大 伯

我的大伯叫张德进,今年96岁,身体一直硬朗,前不久因为偶感不适住院检查,无意中发现了食道癌,而且还是晚期。医生考虑到其年纪太大,不建议手术治疗,于是他便居家服药接受治疗。应该说治疗效果还是有的,但非常有限,跟不上癌细胞潜滋暗长的速度,肿块变得越来越大,没到一个月,病情就已经发展到阻碍进食的地步。这以后每天只能食流质,但基本是怎么进去的,还怎么出来,有时哪怕吃上一点点,他也会呕吐半天,真叫人心酸心疼!最后不得已再次住院放疗。开始一两次还行,"杀敌一千,自损八百",12次放疗下来,老人家身体就支撑不住了,垮塌了下来,甚至出现了休克状况。万般无奈,大伯只好回家继续静养。

我们去看大伯时,他的身体状况确实大不如从前。以前还能坐着,现在只能躺在床上;以前讲话声音非常洪亮,现在发出来的声音,只能在喉咙里转,可能是化疗带来的反应,许多话根本听不清楚。大伯全身已经非常消瘦,大腿跟膀子差不多粗细,可思维依然敏捷,思路非常清晰,脸上的笑容依然如故,慈祥、温暖、亲切、感人,还是我们多年来熟悉的那个样子。

大伯的个子高大,长得非常帅气,年轻时就像电影明星一样。早年在复旦大学读书的时候,他既是颜值担当,又才华爆棚,学习成绩一路领先,知识面非常广,文学功底也很深厚,特别是一手钢笔字写得漂亮、潇洒又遒劲。记得小的时候,我看到他写给我们的家信,就像出版的字帖一样,这是我们也是许多人所望尘莫及的。说来大伯对我还是有所期待的,我名字中的"祎"字,就是他精挑细选并千里迢迢寄给我父母的。在那个年代选用这个字作为名字的并不多,因为容易写错,更容易读误,但有一点好处,就是不会重名或者重名很少,至今依然如此。所以,我从小到大一直都对大伯深怀感激之情。

他老人家参加工作很早,中华人民共和国成立初期就担任了南京市三牌楼小学的校长,一干就是32年。立德树人,尽心尽责,呕心沥血,兢兢业业,他为学校做了许多实事。在他任职期间,仅校址就迁了好几个地方,学校条件越来越好,环境越来越美。很早的时

一、亲　情

候,我们就知道三牌楼小学是所非常出名的学校,至少在我们的心里是这样。我曾专门到学校去过,不是为办事,就是想去看看。在校园里面走了一圈,发觉它好像与其他小学相比也没有什么特别,只是因为大伯曾在这里工作过,就变得"一枝一叶总关情"了。他当年在学校里既是管理者,又是教学者,平时他还要兼任五年级两个班的数学课。他在复旦大学里学的是新闻,但不知道何以要去教数学,也不知道他什么时候学的数学。看来那个时候师资还是比较缺乏的,教师需要一专多能,或者说他自己也很注意多方面知识的积累,再就是他自己主动担责,乐于育人。据说陈昊苏也曾是他班上的学生,他还因此与陈毅和张茜见过面,相谈甚欢。每每谈及,都像回到从前。几十年来,老师是一代一代的,学生也是一茬一茬的。他教过的学生不计其数,不可能记住所有人,但许多学生却记住了他。有次我们家庭在一个小饭店聚会,饭店正好是他学生妻子开的,那个学生见到多年没见的老校长,情感温度马上升到100摄氏度以上,热情过火,感恩有加,毫不掩饰、溢于言表。我们从中读取的更多的是大伯曾经对学生所付出的真情和给予他们的殷切教诲。

我们刚来南京读书的时候,年龄都比较小,从未有过这么长的时间离开过家。"每逢佳节倍思亲",对我们来说,绝对不仅仅是朗诵的诗句,实际上就是彼时彼刻的心情写实,每每想起总会心生涟漪、莫名神伤。于是他老人家就会亲自跑到我们学校来,把我们叫到他家去一起过节,热热闹闹、不亦乐乎,冲淡了许多乡愁,也增添了浓浓的亲情。平时,我们也是他们家的常客,他家那台电视机就是我们大学时代的灵魂伴侣,我们基本上是从黑白看到彩色,从小电视看到大屏幕。时间虽已过去几十年,这些点点滴滴的往事,我们依然记忆犹新。要说关于大伯当年对我们的无微不至的关照,感触最深的还是现在,因为通过与当下的比较,更显得当年的难能可贵。他们家本身孩子就比较多,还忙中偷闲,把我们照顾得如此周到。事实上,我们也有许多亲戚的小孩在南京读书,但我们自愧不如,还无法达到他老人家当年的热心程度。

后来他被选为鼓楼区人大常委会副主任,分管科教文卫工作。在这个重要的领导岗位上,他不忘初心、牢记使命、严于律己、宽以待人,一干就是12年。据说他退下来若干年后,许多人还未忘记他。被邀请到区里去参加老干部活动,区委书记对他的评价就是四个字——"德高望重"。开始我不太明白为什么人们都叫他"德老",按照首姓尾名的习惯,应该叫他"张老"或"进老"才对,怎么偏偏选了中间一个字呢?听说了这个故事以后,我终于恍然大悟,称他"德老"确实是因为他名字中有个"德"字,但更重要的应该是他德高望重。我想这四个字虽出于别人的定义,但也来之不易,这顶桂冠不是谁想戴就能戴的,这一定是与许许多多令人信服的具体事实紧密联系在一起的。这种尊重不是别人的恩赐，而是靠自己的努力才能获得的勋章。

他从工作岗位上退下来，回归家庭以后，依然心系教育，利用各种机会建言献策。他的许多有价值的建议也被采纳，深得好评。同时，我们家族老一辈人，也都陆续退休了。这时他又主动担当起牵头重任，把工作抓得有板有眼、有声有色，不仅带领大家通过各种方式健康养生、自娱自乐，还利用大家在一起的机会协调家庭矛盾、解决家庭纠纷等。他对自己儿孙满堂非常满意，卧室的正面赫然挂着全家福的照片，他端坐在最中间，四世同堂、满面春风、神采奕奕。平时后辈有任何一点点成长进步，他都啧啧称赞、鼓励有加、引以为豪。大家对他也非常敬重，不管是第二代还是第三代，就连第四代也是这样，凡是他提出的要求，他们都一丝不苟地遵照执行。因此，他非常开心，就这样天天享受天伦之乐。这种快乐与满足一直持续着，几乎从他能走能行到拄着拐杖，一直到后来坐上轮椅⋯⋯

他对自己的整岁生日非常重视。每次庆生的时候，都要发表"重要讲话"，许多话事先都是经过深思熟虑的，也是他人生的总结。记得他在70岁的时候说过，自己是"三乐牌"的老人，就是"助人为乐""知足常乐""自得其乐"，这好像是贯穿他一生的基本线索。在这之后的80岁、90岁的生日宴上，他都说过同样的话。平时我们在一起聊天时，这也是他的口头禅。他不仅是这样说的，也是这样做的，帮助许多人解决了实际困难。他说自己多年来做过许多工作，秉持的原则就是"正直、清廉、关爱、宽容"这八个字，对此他再三强调。即使在病榻上，他还是这样奉行着。

实际上，在这之前，大伯就已经经历过失去妻子和大儿子的情感伤痛，没想到几年之后，自己也病入膏肓。就基本的人性来说，无论在什么情况下，人们的求生欲望都是非常强烈的，"生命诚可贵"，哪怕是过了90岁的老人也是一样。在最初的期盼中，他希望能够迎来自己的百岁生日，但随着病情的加重，他希望自己能够过上第二年的春节，再后来他发现自己的大限将近，于是希望能安安稳稳地度过一个月。对于这样一位可敬可亲的长辈，我们大家都会真心地祝福他，但愿他心想事成、了无遗憾。可最终还是事与愿违，难偿所愿，不要说一个月了，他就连一个礼拜都没能熬过去，真的让人悲从中来。病情急转直下，没有给他带来更多的痛苦，他走得非常安详。后来知道，他把自己身后事早就料理得妥妥帖帖，还为自己选好了一张最满意的遗像。他希望我们看到他快乐的样子，听到他爽朗的笑声，这是他矢志不移的追求和自始至终的愿望！

做"今天"的爸爸

我平日里工作比较忙,属于自己家庭的事情只能在星期天考虑,可许多时候由于要加班,星期天也没有办法落实自己的计划。因此,女儿几次缠着要春游,我都无法如她所愿,也很无奈,看着她每每都把小嘴巴噘得高高的,只得允诺下次。待到新工时制实行,每周休息两天,这样等于把现代人的生活节奏由快三节拍改成了慢三节拍,我们都感到生活多了一点喘息之机和休闲时光。于是,在第一个双休日,我便积极履行诺言,陪女儿去了莫愁湖公园。

当年我们就住在南湖小区,离莫愁湖公园不远。由于没时间去,女儿对这里的一切都感到新鲜,刚进大门就问个不停:为什么叫莫愁湖?为什么有莫愁女?这里的房子为什么与街上的不一样?湖的对面为什么还会有高楼大厦……她的肚里似乎装了十万个为什么,可我没有十万个答案,任凭我左推右挡,耍小聪明,打马虎眼,一连串的问题还是把我问得难以作答。但吾辈没忘"知之为知之,不知为不知"的先圣遗训,对自己真的一点不懂的问题,也不自作聪明,不知道就是不知道,所以时常被女儿瞧不起,说"我爸真笨",也确实很笨。带孩子出来玩也是一种学习,"见多才能识广",孩子可以有玩的心态,但你不能光有玩的劲头,事先要做足功课,做好准备。这样在引导孩子时,方能"兵来将挡,水来土掩"!

我们来到一片风景地,不知为什么,我蓦地感到心旷神怡,看那平静的湖水和远处的黛山,躺在茂盛的草坪上,仿佛一下子找回了孩提时代的感觉,自己也仿佛年轻了许多。我站起身来,指着眼前的一片美景问:"张涵,这儿好不好看?"女儿天真地仰着头回答说:"好看!""那你能把它画下来吗?""能!"我知道这个时候,女儿正对画画很感兴趣,我也希望通过画画,提高她对生活的观察能力和审美水平。其实许多美感都是在许多具体而微的活动中逐渐形成的,只可惜我没有帮她带来画板画笔,所以美好的愿望还是落空了。好在女儿自己找出了笔和纸,勾勒了一个草图。大致的感觉是有了,因为无色无彩,让人感受不到那种春到湖上的生动和神采。

我倒是没有免俗,还是带上了照相机。女儿穿着短短的裙子,满脸天真,特别是一双大眼睛扑闪扑闪的,炯炯有神,她还一个劲儿地在草坪上兜着圈子,玩得可开心啦,真是活泼又可爱!我赶紧抓拍了一张,原以为抓得又好又准,却发现相机里面还没有上胶卷,就这样白白地浪费了一个动人的瞬间!亡羊而补牢,未为迟也。我赶紧装上胶卷,重新补拍,但怎么也找不回那种感觉了,我后悔不已。此时,正好有游人走过,女儿嘴巴甜甜地对那人说:"叔叔,请您帮我们拍张照片,好吗?"于是,就有了父女俩精彩的瞬间,那也是我和女儿在那个时期拍得最好的一张照片……

拍完照,女儿又到草坪上去玩了,玩了一会儿,她又转起了呼啦圈,原来她跟同在那里玩的小朋友熟悉后,把人家的呼啦圈借过来玩了。她尽情地转,我尽情地数。呼啦圈刚开始转了 18 下就掉落了,接着转了 18 下又掉落了下来。我不失时机地问道:"张涵,18+18 等于多少?"但没想到,这一问扫了女儿的兴致。她有点不高兴:"人家才学到 20 以内的加减法。"其实,我知道这类题目她是完全可以做出来的,只是她正在玩的兴头上,我来这么一出,有点扫兴。作为父亲,我该抓住的机会没抓住,不该出的题目却提出来了,看来我对孩子的心理还不太了解。所幸我学会了改变,按照此时女儿的情绪及时进行调整,主要以陪玩为主。你别说,真的行之有效,马上女儿的心情就"转阴变晴"了。她拿起呼啦圈又转了起来,而且转得越来越潇洒熟练。我在一旁按捺不住地一边击掌一边又数了起来"一、二、三、四……三十"。其实,呼啦圈比她人大很多,人套在里面,看上去还有点不大相称。但她看上去好像比较从容自信,不慌不忙,只见她两手悬在胸前,身体有节律地前后摆动着,时而上,时而下,时而左,时而右,不亦乐乎!呼啦圈就像贴在女儿身上一样,就是不肯掉下来。"八十……九十……一百……一百五……"她直到精疲力尽才停下来,扑到我的怀里撒起娇来。我拿出纸巾帮她擦擦额头上的汗,连忙对她说:"今天玩得开心吧,以后还说不喜欢爸爸?"女儿说:"喜欢,特别喜欢今天的爸爸。"

嘿,爸爸还分类呢!喜欢"今天"的爸爸,也就是说不喜欢"以往"的爸爸。"以往"的爸爸是什么样呢?就是有那种"逼"女成"凤"的世纪病的爸爸,要女儿学琴,又要让她学画,还要她学跳舞……不仅自己每次去送她上课送得非常辛苦,女儿学得也非常辛苦,关键是那些都不是她的兴趣,而是绑在她身上的家长的梦想。其实健康快乐地成长,对于孩子来说是第一重要的,而我们常常将这种关系搞颠倒了,结果也适得其反。想到这些,作为爸爸,我还是觉得有点愧从心来。

自画人生版图

表弟长得一表人才,高高的个子,黑黑的脸,小小的眼睛,清清爽爽的打扮,也属于吸引眼球的帅哥一枚!他虽然学的是文秘,可偏偏爱上了经济,商业思维尤其敏锐,据说在上学的时候就因给省经贸委提了一个合理化建议,还得了个奖呢!奖金虽不多,但对他的鼓励可不小。

他毕业以后被分到省城的一家监理公司工作。刚开始还好,渐渐地,他就脚不着地了,有点急于求成。理想大得很,目标也很多,争取"速胜"的心态溢于言表,特别喜欢与同龄人比,最好能够一夜暴富,马上就有房有车。可各人有各人的具体情况,没人家的实力,却偏要获得同样的享受,非要把那些不可能马上兑现的事说成立即可取,这就难免会给人一种天马行空、好高骛远的感觉了。若要说他是言语的"巨人"、行动的"矮子",也有点冤枉他,他也在努力做一些事情,而且还真是个"鬼灵精"。在工作之余他做了几笔生意,竟然都成了,可到处喜欢炫耀的毛病,又让他遭到许多同事的"白眼",祸从口出使他尝到难以立足的苦果。

他只好辞掉了那份工作,满世界地再找单位,可都不是很理想,家人都埋怨他不应该轻率地把工作辞掉,他自己却始终不认这个理,认为跳槽是当今职业选择的常态,而且他也希望通过自己的努力,打开一片新的天地,用事实来证明给别人看。其间他做过广告、做过代理、跑过报纸发行,通过市场调查,他发现人们对新颖小吃颇感兴趣,于是专门到北京学习做日本小丸子,又特地在一所学校旁租了个门面。开业那天很热闹,来的人很多。尝尝鲜是可以的,但这新鲜劲儿一过,人们就感到索然无味了,感兴趣的并不多,再加上学校正值放假,生意日渐冷清,花了一万多块钱买的那套精美机器,最终就只能回家"睡觉"了。

这小子的"艳福"不浅,听说他租了一个大房子,住了一段时间,觉得太奢侈,于是便打出广告,把另外一间房给租出去,希望通过租房来补贴租金,应该说很有经济头脑!据说有一天一位女护士前来问询,没想到他一见钟情,更没想到这个女护士对表弟也有好感,这大概就是缘分吧。这样一来二去,本来是房东和房客的关系,居然成了同在屋檐下的一家人。表弟肯定是"外貌协会"的,但女方却坚定地认为,自己是看重了他心地善良和为人忠厚(但最近又有补充,说他思维超前)。对于这一点,我深有同感。人与人之间情感联系的过程中,最令人感动和难忘的地方还是在人品。在时间的长河里,五官永远不敌三观,岁月就是外貌的"磨损器",心灵才是情感的"增长极"。与他相处的过程中,能明显地感受到他许多地方不成熟,但也能通过许多细微之处,明确地感受到他的真诚、真挚和真实,许多彰显爱心的行动犹如涓涓细流,清纯明亮,波光闪闪。有时人家请他帮忙,他家虽住得比较远,但为了守约,他宁愿打车也不愿迟到,尽管自己兜里没几个钱;他对残疾人关心备至,在街上只要看到他们过马路,总会上前帮忙,诸如此类的情况还有很多。外婆90岁生日庆祝宴会上,他发表了一番慷慨激昂的肺腑之言,谁也没料到,他会讲得那么好、那么动情,听后大家无不为此而动容,掌声雷动,说他非常有才气、有骨气!后来他在家庭微信群里发表的一些人生见解和现实洞见,也准确且深刻,更让我们对他刮目相看。所以,我们一直认为,他不是"飘"在太空或别的星球,他只是至今没能找到充分发挥才华的用武之地。

  那年听说他要到北京发展,在走的前一天晚上,我约他到茶馆里坐了坐。记得那天茶馆里灯火辉煌,顾客却并不多,只有我俩面对面坐着,我们在一起聊理想、聊人生、聊工作、聊爱情。他毫无保留地把自己的人生经历从头到尾地捋了一遍,我也把自己的看法开诚布公地说了出来,希望对他日后的发展能够有所帮助。他向我提出了很多问题,其实对于这些问题,我也没有深入地思考过,只是根据自己的经验谈了谈体会,但他说受益匪浅。不知不觉中,我们谈了很久,考虑到他第二天还要去北京,尽管意犹未尽,我们还是不得不中止了交谈。当起身离开茶馆的时候,我们才发现外面淅淅沥沥地下起小雨。他颇有先见之明,预先带了一把伞。从这个细节中可以看出他是有备而来的,而我却没有做这个准备,自以为不会下雨,也懒得带。他坚持要把伞给我,我却觉得不要紧,反而是他,住得远而且第二天还要乘车,不能淋出病来。但他就是不肯,推来推去,最后还是不由分说地把伞硬塞到我手中,一头冲到了雨地里,朝公交车站飞奔而去。那个背影给我的印象非常深刻,至今犹在。

  看到他这样积极,我想到了北京,他一定会闯出一片天地来。但不久就传来消息,说

一、亲　情

他又故技重演，还是那样懒洋洋的，一如既往地喜欢睡觉，而且还说北京的太阳升得太早。他的舅舅在北京办的公司很不错，能在这个单位谋到一份差事，可以说是许多人梦寐以求的理想，但他看法与人不同，有着一份不错的工作，拿着一份不菲的薪水，还偏要坚持离职，据说理由是忍受不了那种寄人篱下的感觉，而且他还非常不习惯喊自己的舅舅叫"老板"。我听后有一种恨铁不成钢的感觉，但总觉得描述有夸大的成分，也许事实并非全部如此。正好有机会到北京出差，想找他再聊聊，我提前给他打了个电话，他说在福建出差，我说出差就算了，好好在外面把事情做好，我会经常来北京的，下次再见。可当我到北京后，却接到了他的电话，说已从福建赶了回来，他这个举动，让我另眼相看，也证实了自己的眼光。与别人不同，作为表哥，我看到他的优点比缺点多，他就是这么一个非常奇特的综合体，有自己独树一帜的成长版图。在离开北京的时候，我思考再三，还是给他发了个信息"只要努力就会成功"，他却说"选择比努力更重要"！

妹　　妹

　　我的妹妹是先天性的大脑发育不全者,生活逐渐不能自理。多年来,父母为其倾注了满腔的爱心,她自己也经历着不平凡的人生历程。

　　很小的时候,她并没有显得与智力正常的孩子有什么两样,一对水灵灵的大眼睛,一笑起来,就会显出两个深深的酒窝。她身材高挑,有一种超凡脱俗的美丽,特别是脑门非常阔大,只可惜未能预示聪明和智慧,却渐渐成了不及于人的表征。七八岁时,同龄的孩子就不爱和她一起玩了。因为智力水平跟不上,她只能与比自己小的孩子在一起玩,没想到不久她与小孩子也玩不到一起了。她很孤单!

　　她总是上一年级,也只能上一年级。她还是有一定接受能力的,不长的时间里就认识了许多字,一两千个总是有的。在老师和同学们那里,也获得了许多的关爱;但不少顽童却以欺负她为乐,希望从中寻找居高临下、恃强凌弱的感觉。有一次,父母下班回来,看到妹妹还没到家,便慌忙分头去找,找遍了整个校园,最后在堵矮墙下面看到了令人心酸的一幕:只见她死死地抱住自己的小书包,一只鞋子被抛得远远的,脸上布满了未干的泪痕……

　　从此,我们家二十平方米的居室就成了她唯一活动的场所,而与她相伴的,最后也只有一个茶杯和一个收音机。那些年样板戏很流行,可收音机调来调去,也就那么几个波段,不断地循环往复,也培养了她在这方面的兴趣和爱好。她天天跟着唱,也就滚瓜烂熟了。只要提到头,她就能唱到尾,以至于在若干年后,还是那样的记忆犹新。有回到公园漫步,亭台之角蹲坐着几位京剧票友,他们在那里自拉自唱。我们都没在意,可是妹妹却站住了,不觉动情地跟唱了起来,而且声音很大,旁若无人,在瑟瑟的秋风中唱得别有情调。我们没有阻拦她,因为这倾注了她太多的投入,也可唤醒她太多的回忆。

　　后来父母亲来信说,妹妹的情况有了较大的变化,变得整天不讲话,也没有表情,我急

一、亲　情

急忙忙地赶回家。那天她饭吃得很香,好像知道我是专门为她而来的。在家期间,我尽量协助父母,也希望能为她做点什么,但明显地感觉到她真的回到了默声的时代,沉默是金。离家的时候,我与妹妹打招呼,她低着头,紧闭双唇,没有什么反应,可当我再回首的时候,她的眼泪从脸上落了下来,其实在她的心灵深处,也有一个感情涌动的世界。对亲情的依恋,对生活的热爱,别人也许不会理解,我在这一刹那间却感受到了很多,体会也非常深刻。

我们一直认为她身体的其他方面很好,因为没有发现什么特别的征兆。其实人怎么能不生病呢?只是妹妹说不出而已,她除了用简单的身体语言表达外,几乎不会用口头词语来交流,对自己的身体更是一无所知,甚至连肝、胃的部位都分辨不清。这样,父母只能通过观察症状来辨别了。她不肯吃饭了,父母开始以为是胃口不好,后来发现不对,便赶忙带她到南京查病,被诊断出为心律过缓,心跳很慢,低于常人很多。医生一方面要求装心脏起搏器,另一方面看到妹妹不同于常人的样子,又害怕她手术不合作会出现意外。专家们也举棋不定了,经过反复会商,最后还是决定不装。医生说:心律过缓给人带来的不适非常严重,一般人是难以承受的。想必对妹妹来说也如此,但她却默默地承受住了,原来她也有着一般人难以想象的忍耐力!

妹妹一开始还能够自己打理自己。后来,她的生活就完全不能自理了,连吃饭喝水都要人照料,原来还可以自己走走路,后来突然就不会了,可能是因为心脏的原因,对此当时我们还不知道。她只能靠别人搀扶着,一步一步地慢慢往前走。那时父母一边上班,一边还要照顾她,也挺累的。除了吃喝拉撒之外,每天还要带着她散散步,后来他们退休了,搬到了南京,这理所当然地也成了我的分内之事。

妹妹平时只能坐在那里,一站起来就无法平衡自己,所以帮她走路,我几乎是在拉着她,很吃力,而且走三步还要停一步,若是不按这种规则行事,就可能有跌下来的危险,所以要做好这项"日常工作",确实需时时留神、处处小心。有时我也想让她活动量稍大一点,但又害怕她心脏受不了,因为她心跳很慢。所以开始走的时候一定要慢,然后逐步加快点速度,不能太急,最后还要减下来,再慢慢地把她扶坐到椅子上。从她的感觉来看,她是乐意走的。每次把她从座位上拉起来的时候,她脸上就会呈现出一副开心的样子。整天坐着,谁不想站起来活动活动呢?当然走路时她脸上间或也会浮现出一些痛苦的神情,当她眉头紧锁、嘴唇发乌时,我就会让她停下来休息一下,或者放慢节奏。后来我听医生说心律过缓的人,有时走起路来胆战心惊,脚下就好像弹棉花一样,飘飘的。

此情此景

　　我每天单位里事情挺多的,工作来不得半点马虎,所以每每只有等到晚上下班以后,才能回家扶她在屋里走一走,帮她改变改变体位。这是每天必须完成的任务,也是我经常想着的问题,好在家离我的单位并不太远,比较方便。说老实话,节假日如果没事或者事情并不紧迫的时候,我也会千方百计地抽出时间来,小心翼翼地拉着她走半小时或一小时,这本身对她身体是一种调节,当然也是自己应尽的一份关心和责任!在走路的时候,她的整个身子全部会依靠在我身上,我基本上都是用自己的力量拽着她走,常常是她气喘吁吁,我也是筋疲力尽。但凡事都有特殊,若哪天晚上有加班任务或者有其他事情的时候,我自己心里一着急,就希望能够尽快完成这项"规定任务",想拉她走得快一点,可越是这样想,她越是迈不开步子,脚下很沉重。她可能也知道我心里有事,也想提前结束散步,但身体就是不听自己使唤,欲走还留使她两腿在原地抖得非常厉害,反而走得更慢了。每每遇到这种情况,我也就只能以工作为重,"偷工减料"了,有时会缩减到二十分钟,甚至还不到。要是再碰到心情不好或体力不支的时候,我也懒得再去拉她散步,心想偶尔一两次不走也不要紧。但这恰恰意味着她要坐很长时间,如果这些情况忽然集中叠加在一起,对妹妹而言,就一下子会失去很多。这是我不能原谅自己的地方,也是不该被原谅的地方。

　　有次我出差到外地,在车上坐了九个小时,中途我们还有机会下车走了走,后来因为天黑,就没法老停车了。这么连续坐下来,只觉得头晕眼花,脚也肿起来了,好像疲惫得不得了,好几天都没有缓过神来!不知为什么,这时我忽然想到了自己的妹妹,她每天都要这样坐十几个小时,而且长年累月都是这样,其中难言的痛楚可以说是度日如年,而她却能坚持几十年如一日,真的是很不简单,也很不容易!其实,这应该说是苦不堪言。父亲曾经说过,谁要觉得坐着不难受,那就自己坐十几小时试试看吧。当时也觉得话是这个理儿,但体会绝对没有这么深。只有自己体验过了,才会理解得更深。所以当我再次拉着妹妹走路时,我的心中就少了几分急躁,多了几分责任,更增添了几分敬重,乃至于每天不帮她散散步就好像缺少点什么似的,总有一种惴惴不安的感觉,因为那些早已成为我生活中的一部分……

交 换 生

女儿要和几位同学一起到香港去当交换生。那天他们约定十一点半在机场集合,我们按时到达了,可领队班长一点数,发现还有七八名同学没有到。女儿有点发急了,怎么讲好了时间,还要迟到呢?眼看就要整队入关了,那几名学生还没有到。许多家长也跟着急了起来,因为手续需要统一办理呀!这时,只见那几名学生风风火火地冲了进来。来了就好,大家急切的心情总算平复了。可通关的时候又发现有两名学生忘了带港方邀请函,按规定没有这个邀请函,即便到了香港也是出不了关的,再后来又听说有一名学生到现在还没有到机场呢!领队班长打电话过去问,他说汽车坏了,后来换车又走错方向,直到最后一刻他才匆匆赶到……

看着他们出了这么多的状况,送行的家长们都感到前所未有的担心和忧虑。大家七嘴八舌,怨声四起:有的说学校为什么不派个老师来组织这样的活动,让学生自己负责不出现问题才怪呢!有的说班长事先应该把各种需要准备的事项讲清楚!也有的干脆说这些孩子生活自理能力太差,连生活的基本常识都很缺乏!其实,从学校方来说,让学生自己办理自己的事情,就是在强化他们的自我管理意识和自我组织能力。但从今天这个情况来看,确实不尽如人意,几乎乱成一团。但我倒觉得这不是一件坏事,反而恰恰说明他们有加强锻炼的必要性,到香港后可能遇到的困难比这还多呢,最终还得要靠他们自己!我只是希望他们能够学会总结教训,不断成长。毕竟那才是最重要的。学会生活是需要历练的,主宰生活的能力也是需要培养的。对于这些孩子来说,今天就是他们的开考之日,挑战的大幕刚刚拉开。他们确实没有考好,增添了家长们的担心,但这也呈现了他们未经雕琢的真实状态。

相比较而言,我们家的女儿在这方面有自己的主见,这几天都是自己在谋划筹备,她把需要准备的东西分为三类:第一类是各种证件和费用,第二类是生活用品,第三类是学习用品。对此,我们几乎没有过问,也无从过问,因为她自己准备得有板有眼,我们能想到的她都想到了。我们除了叮嘱还是叮嘱,其他方面插不上嘴,也插不上手。当初她告诉我们被学校选中参加交流项目时,我们并不太同意,因为我们在那儿既没有亲戚,也没有朋友,一个女孩子在外,遇到问题怎么办?但女儿坚持,丝毫不退步,我们也没有办法。鉴于这也是个难得的机会,最后我们只得顺水推舟,勉强同意了。只是她长这么大还从来未离开过家,一个人到外地去生活,我们确实有诸多的放不下,心存的担忧也是非常多的。但既然达成了共识,所有的努力都要朝这个目标来进行,对此我们有心理准备,倒是怕她在关键时刻顶不住,没想到在去机场的车上她一路谈笑风生,全然没有要去过独立生活的感觉,她憧憬未来,好像一片大好河山,正等待着她去描绘。唯一的动作就是她从前座伸过手来跟我们拉了一下,算是一种恋恋不舍的感情表达吧!但她没有让这种情绪延续下去,到机场后很快就投入帮这个拿行李帮那个去叫人的高涨热情中,满脸喜气洋洋,也与大家非常热络。这时我忽然发现她的组织能力还不错,大概到了香港之后,遇事也会不慌不忙,这让我们心里踏实了许多。等她办完检票手续进入候机大厅后,我们告诉她要回去了,但电话那头却传来:"怎么这么快就走呀,再等一会不行吗?"听得出,这时她的声音中已弥漫起了浓厚的离别情感。作为一个孩子突然离家,尽管心中万马奔腾,但也不可能没有一丝涟漪,只是因为这是她自己的坚定选择;同时也可能是为了照顾父母的情绪,她才在过关的那一刻装得如此平静而已。但等到我们真要离开机场时,她的内心之弦还是迸发出了情感的强音,我们也能感受到这一点,当即决定等航班起飞后再走。尽管我们站在外面,但只要在那儿,就如同站在她的身边一样!孩子的情感毕竟是脆弱的,特别是在这个时候更需要细心的呵护,我们确实做到了。尽管人生包含许多离别,一次次的离别也是生活的一部分。这毕竟是女儿第一次离开父母,她的心里不会很轻松,果不其然,这时又见她匆匆忙忙地跑到安检口,我们以为她又忘了什么东西,没想到,她跑来只是朝我们深情地挥挥手。我们也大声地告诉她,要照顾好自己,要经常打电话。这时情感忽然风起云涌,大家都激动不已,她的泪水从眼眶里涌出,我们也忽然感到有点抑制不住了。

第二天我们通过网络视频见了面。她告诉我们登机后,因为航空管制,飞机还是晚点了。但到了香港以后,一切却非常顺利,她配合着班长,带着几个同行的同学先买地图,然后坐地铁,再转公交,折腾了大概一个多小时才到香港教育学院。从她的叙述中,我们知道那是一座非常美丽的学校。学校坐落在山腰处,面朝大海,风景如画。女儿说她们看到如此漂亮的校园,差点高兴得要跳起来。在办完报到手续后,大家就把整个学校逛了一

一、亲情

遍,据说校园非常宁静,图书馆是读书的最好去处,不仅有公共的阅览室,还有单独的小包间,"躲进小楼成一统",可以不受别人的干扰,能够自由翱翔在广阔的知识天地。对于我们关心的吃饭问题,她说也有多种选择:可以到食堂吃,可以到路边店吃,也可以自己烧。宿舍里每个楼层都配备有厨房和厨具,她们几个尝试后觉得自己烧饭比去食堂买便宜,当然更比路边店划算。其实在香港的生活成本还是比较高的,女儿刚到那儿很不适应。比如,当时香港的青菜五港币一斤,南京几毛钱一斤;从新街口到山西路这样的路程,香港的巴士要二十港币,南京才两元钱;最让她们惊讶的是水果特贵,最便宜的是西瓜,也要十五港币一斤,每天能吃一点水果,简直就是一种神仙过的日子。她们真后悔没有多带点水果过去。后来,我的同事到香港出差,专门去看了我女儿,给她们带了一大篮子水果,各种各样的。她们高兴得跳了起来,拍了好多照片到处炫耀。尽管她们馋了很久,但一直舍不得吃,大家每天分一点,维持了好多天,那种滋味一直甜到心里。现在每每提起,女儿还觉得回味无穷!

  女儿去香港做交换生,虽然时间不长,但对生活的认识应该是翻天覆地的,对自己的锻炼也是前所未有的。以前在家靠父母,现在什么事都得靠自己。我们认为,她肯定会遇到不少困难,但她从未谈到过困难。这也许是怕我们担心,当然也可能是她自己完全有能力解决。即便不能解决,告诉父母,我们也鞭长莫及。庆幸的是,他们那一拨同去的孩子相处得非常融洽,有事大家帮,特别是几个女同学几乎是同进同出,就像亲姐妹似的。她们利用休息天还一起跑到广州和深圳去疯玩了一趟。尽管她们是不同的专业,毕业以后已天各一方、各奔东西,但她们那时播下的友谊种子,到今天已经长成了参天大树,给彼此遮风挡雨。更让我们高兴的是,她在学校里对自己的学习一刻也没有放松,每门功课成绩都不错,写作能力也得到了极大的提高,不仅论文选题、角度好,写作水准较高,而且培养了自己每天必写博客的习惯。我们基本上都是从她的博客中了解到了各种信息,开始只是关心她的生活,后来逐渐被她博客的内容吸引住了,她的文笔流畅、叙事朴实,文科生的功底显而易见,文章写得跌宕起伏、有滋有味,也不知道她是什么时候练就的这等笔法。我曾给许多学生进行过作文辅导,唯独没有指导过她,近水楼台不仅没有先得月,根本就是没有得到过月,以致到今天她还会有这样的怨言。但我觉得生活是写作之母,勤练是写作之途,因为有了生活体验,才会有所感悟,没有先入为主,反而能随心所欲,那些博客之所以打动人心,就是因为写出了自己的真情实感,写出了自己的亲身经历。后来她将这些博客和自己在香港的作业以及论文进行了集中整理,出版了自己的第一部散文随笔集《走过港岛的记忆》，记录了自己在香港学习生活的所见所闻和所思所悟。当年南师大文学院院长何永康教授看了以后，认为一名本科学子在大四的时候，就能出版自己的书籍是值得肯定的，欣然为其写了序言；著名美学家吴功正先生读后，也拨冗为其作序，给予她很大的鼓励！这也进一步增强了她的写作信心，至此一直以写作为好，勤耕不辍。她还应邀为一些报刊写过专栏文章，许多网文获得过十几万的点击量，她已是江苏省作协会员和三级作家。

　　应该说，自从去了香港之后，她成熟了，独立思考能力增强了，对社会也更加了解了，做人做事亦更加大方得体。对她人生来说，也是一个转折点，从这以后，许多事情都是由她自己决策、自己选择和自己办理的。记得她从香港学成归来时，亲戚朋友都到机场去接她，而作为父母，我们真想马上见到女儿，毕竟半年多没见了。但那天我们还是等了很长时间，以为是航班延误了，后来才知道，她在飞机落地后，帮助同学拿行李，耽误了些时间。在我们的脑海中她还是那个稚气未脱的小女孩，但看到她最后拖着行李箱出来以后，我们都惊呆了。她不仅个子长高了，整个人的精神面貌也发生了较大的变化。我们问这问那，她都从容应对、应答尽答。不俗的谈吐，自信的笑容，随和的态度，让我们分明感受到，这已是一个见过世面的大学生了。我们看在眼里，听在耳里，喜在心上。没想到，这么短的时间她就取得了如此意想不到的成果。看来孩子不要老是捂在自己身边，该放飞的时候就要放飞！

笑　　笑

　　在2020年2月2日,离第二天还差20分钟的时候,一个健康快乐的小生命来到了我们的家庭,他就是我可爱的小外孙。因为疫情,我们不能到医院去,只能在家等候消息。孩子爷爷奶奶在等,我们也在等,全家人都在等。一直等到女婿打来电话,告诉我们自然顺产,母子平安,我们那颗悬着的心才算放了下来,举家欢腾,笑逐颜开!

　　这个时间的寓意非常棒,蕴含着全家人对他到来的热切期盼和无限爱意,满心的欢喜通过"爱你爱你爱爱爱你"的谐音充分地表达了出来,冥冥之中注定了一种血浓于水的缘分。不一会儿视频就传过来了,这个孩子天庭饱满,满头黑发,接生的医生都说没见过刚出生的小孩,会有如此茂密的头发。这说明孩子身体健康、体质良好。孩子刚出生时体重3.8公斤,是个很敦实的小伙子。小外孙一脸喜气洋洋,自有一种与生俱来的灵气。那双清澈的眼睛,宛若一泓清泉。他皮肤也特别好,又细又白,有点透明的那种感觉,背上还有几处青斑,代表着与生俱来的印记,两个膀子和两条腿就像藕节一样,结实饱满!

　　这孩子非常乖,一旦适应了环境以后,很快就进入了有规律的生活模式。每天定时定点吃奶,上午、下午各睡一觉,除了上半夜的一次喂乳,之后可以一夜睡到天亮。睡觉时也是一副讨人喜欢的样子,身上散发着一股奶香,小鼻子有规律地一歙一动着,长长的眉毛,于无声处凸显动人魅力。细细地看着他熟睡的脸庞,父母之间就开始争抢"地盘"了。这个部分像爸爸,那个部分像妈妈。在我们看来其实孩子集合了他们的优点,像爸爸也像妈妈,那线条分明的单眼皮,绝对像爸爸了,真有点韩范帅男的风采,那个端庄的脸型,肯定是像妈妈了,他妈妈也因此引以为豪。后来他们居然还在孩子嘴巴的右边,发现了一个小酒窝,经这么一提醒,大家认真观察后,发现还真有呢,一笑起来就能看到,酒窝是为快乐而生的,快乐就住在酒窝里!

　　疫情期间,为了孩子的健康,我们尽量避免与孩子直接接触。但我们两家都相互协作、密切配合,努力把服务工作做到位,该出谋划策的出谋划策,该提醒的及早提醒,该买菜的买菜,该买生活用品的买生活用品。为了便于掌握孩子的情况,我们和孩子的爷爷奶奶共同建了一个群,孩子父母天天在群里发视频和照片,动静结合,形神兼备,基本上都是孩子日常的生活纪实。我们看后都很兴奋,忙不迭地点赞和评论。可以说,我们每天都是伴随着这种快乐度过的,也是这样看着他一天一天长大的。孩子变化确实非常快,几乎就是一天一个样。

开始时他躺着睡,还不会翻身,但能自娱自乐,随着音乐的节拍,小手小脚会不停地用力运动,就好像要展示自己似的。既然他是个喜欢运动的小伙子,那就把他翻过身来,让他趴在床上。这时,他就开始用力地向前爬,爬一到两步后就爬不动了,自己会趴下来休息,你再怎么鼓动,他也不会听你的,但歇过一会儿,他自己又会继续往前爬。小外孙从刚开始的"埋头苦干",到后来知道抬头看路,而且头越抬越高,专注能力越来越强,时间保持也越来越久。他本来趴在床上自娱自乐,还挺享受的,但后来感觉到被妈妈抱起来更舒服,而且在运动的过程中,还能看到不同的风景,就默记在心,更加肯定后一种的亲子互动方式。他不仅享受被抱的感觉,还希望能够出去看看外面的世界。父母带他去散步,带他去看街景,带他去婴儿馆尝试游泳,他乐见其成,也乐在其中。妈妈带他去打预防针,第一次没见过,哭了;第二次哭一声,就不哭了。看来,他还算是个坚强的小伙子。他此时虽还不会讲话,但交流的欲望特别强烈,每天早上一起来,就会和他爸妈咿咿呀呀一阵子,绝对是属于很能"韶"的那种,你只要有工夫跟他"聊",他就会一直不停地说下去,不厌其烦,滔滔不绝。最近他的"招牌动作"又有所更新,以前只是抓耳朵、吃手指,现在都会做"恭喜恭喜"了,两只小手交叉在一起,不停地作揖,好像还真有点懂传统礼仪的味道!

他爸爸学着给他喂奶和换尿布,虽然动作不太熟练,但小家伙还是配合的,没有为难自己的父亲。妈妈也喜欢给孩子打扮,小时装一穿,再戴个小帽子,或者在他照片上添加点修饰,一头油光锃亮的好发,一脸稚气的笑容,显得非常帅气、洋气、大气、神气。我们看到他最多的表情就是笑,喜欢笑是他的天性,脸上的肌肉好像都是为笑准备的,只要你逗他,他就会不停地咧嘴,现在就是不逗他,他自己也会乐不可支,你瞅他,他会笑,你不瞅他,他会主动逗你笑。最近几天他非常喜欢被人高举过头,只要一举,他就很开心,居然能笑出声来了,无所顾忌。有次我在书房听到客厅里爱人突然地大笑了起来,我以为是因为电视上的相声小品节目。出来后一看,她压根儿就没开电视,原来她是在看小外孙的视频,情到深处自然乐,小外孙的视频看多少次也看不够。我不禁好奇地凑过去看看,小家

一、亲 情

伙还在那里咯咯大笑,天真的笑容确实富有感染力,我也禁不住哈哈大笑起来。

小外孙第一次到我们家来的时候,好像来到了一个陌生又熟悉的地方。他外婆急急忙忙地把他抱过来,小心翼翼地捧在手里,铺床垫枕,忙得不亦乐乎。小家伙眼睛到处乱转,对这个似曾相识的新环境,觉得还是先要搞好调查研究,熟悉一下这里的情况,承蒙他的"厚爱",对我的书房情有独钟,第一站就亲临现场视察,用手碰了碰书柜的玻璃门,敲了两下,算是试试质量、看看效果。他还专注地盯着里面的书看了很长时间,他没有书的概念,却对这种形状的东西有点兴趣,总体来说,他对我这个书房印象还不错,最后露出了满意的笑容。

第二次来的时候,他已轻车熟路,毫不犹豫地把这里当成自己理所当然的家,但他"调查"的范围似乎更加广泛,也更加深入了。先是参观了外婆的工作间,看了洗衣机、水池、晾衣架、拖把等,然后又去看了他妈妈住的房间,看看墙上画的画、看看梳妆台、看看照片墙、看看各种化妆品。他那目不转睛的样子,就像是"追根寻源"一样,非要弄清楚这里一切东西的来龙去脉。为了这个小外孙,我们也都豁出去了,外婆抱着他转圈子,我拿着衣服在他前面不停地抖动,就像小丑表演一样,脚底下时不时来几个花步,手上再来几个花招,也许正是这种不专业、不正规、不规范,有点四不像的感觉,小家伙看得才格外开心,一路笑个不停。我们也硬生生地被他逼成了拙劣的"知名"演员。

看着这么可爱的小宝宝,究竟给他起什么名字呢?这是个非常严肃的问题,也是个非常重要的问题,名字是要相伴一生的独特"符号",对人的暗示有着始料不及的影响,孩子的父母都非常重视。早在孩子出生前,取名这个光荣的任务就落在了我的肩上,这项工作看起来比较容易,但真正要起好一个合适满意的名字,其实还是非常困难的。女儿讲,你不能光自己想,也得要看看《诗经》和《楚辞》,整点有学问的!她说得不错,给孩子起名字,确实有"女诗经、男楚辞"的文化传统。南怀瑾先生的名字就是来自《楚辞·九章·怀沙》的"怀瑾握瑜兮,穷不知所示","怀瑾"用以比喻人具有纯洁高尚的品德;琼瑶的名字取自《诗经·卫风·木瓜》的"投我以木桃,报之以琼瑶",这是一种投桃报李的爱情表达。可见他们都是参照古代经典作品来起名的,不过前者是由父亲起的,后者是由自己起的。既然这种取名法则的成功案例无处不在,我也得学习借鉴,按图索骥。这样,我就把《诗经》和《楚辞》都搬了出来,上上下下、里里外外找了一遍,把觉得好的字词都挑选了出来,分别给他们提供了男孩、女孩名字的多种选择。待知道生的是男孩后,我们觉得《楚辞·离骚》中的"思九州之博大兮"一句还不错,建议就用"思博"。孩子父母也认可,后来考虑到还应该加点自己的想法进去,这样才能体现学用结合、知行合一。于是他们稍加调整,改成了"彦博"。望子成才的前提是望子成人,望子成人的目的是望子成才。这包含着父母对于孩子的深爱与期望,也蕴含着一种积极进取、不懈努力的人生态度。后来,孩子的外曾祖父知道这个名字后,告诉我们历史上就有一个名人叫文彦博,他是北宋时期著名的政治家、文学家、书法家,被誉为"介休三贤"之一。我查了下,确有此人,但之前并不知道。

转眼间,已是笑笑的一百天了。我们在市中心的一家大酒店举行了家庭贺宴,之所以选在市中心,因为无论作为儿子、孙子还是外孙,笑笑都是我们的"中心"。围绕这个"中心",我们喝了第一杯祝贺"酒";围绕这个"中心",我们一起吃了蛋糕;围绕着这个"中心",我们拍了一张集体合影照。照片在屏幕上生动地呈现出来,大家的表情都非常好,但还是数他笑得最开心、最灿烂。

直到这时,我们才理解为什么孩子有了大名以后,父母还要给他起个小名。他们说看到孩子喜欢笑,就又给他取小名"笑笑"。通过这些天来的观察,我们也觉得名副其实。他确实是一个爱笑的孩子,喜欢咧嘴笑、吐舌笑、眯眼笑、哈哈笑等,已经给我们提供了许多笑口常开的表情包。爱笑的孩子,运气都不会差。最后我们大家一起举杯,共同祝福孩子健康成长,人生快乐!

二、乡　情

"举头望明月,低头思故乡"。美不美,乡中水;亲不亲,故乡人。思乡如春草,更行更远生,放眼眺望去,草色葳蕤深。

故乡的歌谣

小的时候就盼着过年。过年有好吃的,有好玩的,还能穿上新衣服,好像这一年的美好都在这时。我们家乡过年的时候,年味确实比较浓厚,年前比过年时还要热闹,那时家家户户都在忙年,炸肉丸、炸鱼丸、炸膘(肉皮)、炒花生、炒瓜子、买年货、备食材等。县城里到处都是热热闹闹、生意兴隆的景象。每年蒸馒头是主打项目,但不是你想什么时候蒸就能什么时候蒸,因为家家都要蒸,所以需要提前预约,领号排队,一个一个地来。等轮到时,似乎整个世界都会围着自己家转,大师傅们忙上忙下,家人也要跟着跑前跑后,需要什么就去买什么,不时地还要去打打下手。馒头的口味取决于馅的品种,有萝卜的、咸菜的、大白菜的、马荠菜的等,当然里面还要加点肉馅,各家喜欢,多少不同。如果馒头蒸得熟透松软,比较成功,这家人会非常高兴,是个好兆头;有的时候也会因为火候不够,技术欠佳,结果不尽如人意,比如有点夹生,有点粘牙,那么这家人就会不太开心,因为他们也会把这件事与新一年的运气紧密地联系在一起。

我从小比较喜欢吃黏糊卷子,就是在卷子当中夹上糯米屑,每年家里都会给我专门蒸上十几条,够我美美地享用一个春节。这个黏糊卷子,不管是刚出笼的,还是已经冷却的,都很好吃,甚至是放了几天后的,里面的糯米糊已变得硬茬茬的,咬上一口还是别有风味。有的人家还喜欢蒸方糕或圆糕,主要是为了讨个好的口彩——寓意高就、高薪、高寿、高兴等。小姑母每年都会给我们送点,父母拿到后就会将它们浸泡在水里面,据说可以防止干裂或发霉。同样,在馒头蒸好以后,父母也会把它们摊放开来,让它们在外面凉个透,然后再放进坛子里,如果时间长了,就要把坛口敞开,甚至还要不停地回锅重蒸。当时我就不太理解,既然有如此多的后顾之忧,当初又为什么还要蒸那么多馒头呢?长大了以后,我才明白,这不仅是一种深入骨髓的文化,也是一种薪火相传的习惯,更是一种其乐融融的情感,所以多少年来谁都无法改变!说老实话,春节的时候好吃的东西太多,很多时候馒头是排不上趟的。待到春节过后,气温趋暖,当时没有冰箱,馒头没几天就开始长霉了,但父母总是舍不得扔掉。"谁知盘中餐,粒粒皆辛苦",他们会将有霉斑的部分洗掉或撕掉,再放在炉子上烤着吃,或在油锅里炸了吃。

  过年前走在老街上,那时到处都大红灯笼高高挂,满眼都是中国红。各种各样的摊子上货品琳琅满目,有对联、窗花、大糕、萨其马、果子、花生糖、炒米糖、汤圆等,还有一些价廉物美的新衣裳。在如此热热闹闹的氛围中,总会有一块闹中取静的地方。五金公司门旁,当年有位个子高高、满脸皱纹的老马爹,每天都在那儿摆小人书摊,吸引着很多小朋友。他把一块比较大的木板斜靠在墙上,上面钉了一排排木条,木条上面摆放着一排排小人书,再用一条长线箍住这些小人书,防止被风吹开或被人蹭掉。当时的价格,就是一分钱看两本,平时因为没钱,不能由着性子来,我最多只能看两三本。那些没钱的孩子,就只能伸着脖子在一旁蹭看,有的让蹭看,彼此一起看,有的则把小人书一合,不让人家蹭看,等人家走后,再打开自己欣赏。可到了过年的时候就不一样了,我身上有了压岁钱可以自己支配,所以看起来比较阔气,也有底气,常常一坐就是半天,中国四大名著的启蒙教育就是在这里完成的。那时也不讲什么条件,只要有几张小凳子就行,凳子被人坐满后,我就席地而坐,也不觉得多凉,常常会被小人书迷得神魂颠倒,不知早晚。

  我们家乡在过年的时候,理发、洗澡也是不可或缺的事情。每每这个时候,理发师傅总会比平常多要点钱,等于是一年到头来点小费,看来小费这玩意儿也并非是外国人的专利。有次我没多带钱,还是按照平时价格缴费,那位师傅硬是不让我走,当时我还是小孩子,哪知道这些名堂,吓得就要哭了,后来不得不将"三片瓦"帽子押在他那儿,这才允许我回家取钱,待如数交纳后才算完事。理发师傅拿到钱后,还高声地唱收,说某某又交了多少钱。看来这主要不是说给我听的,而是说给那些还没有理发的人听的。这也就明白地告诉他们,你看人家小孩都已经交这么多钱,你们这些大人好意思少交吗?打那以后我自己也学精明了,每到过年,就有意避开,要么早早地就把发理了,要么就等到春节后再说。

  至于洗澡嘛,一般都是在腊月二十八、二十九。那时父亲总是在五更头就把我叫醒,带着我去洗澡。当时县城只有两家浴室:一家在桥南,县医院对面,是新建的;一家在桥北,阜东巷子里,较为老旧。我们的县城是以一条河流作为分界线的。南面是新城区,北面是老城区,当年大部分人家都居住在老城区,这也是为什么许多人要到阜东浴室来洗澡的原因。那里常常是人山人海,人满为患。平时洗澡,马马虎虎就算了,到了年尾,人们都希望洗得干干净净,清清爽爽地过新年。但这么多人,一天下来,满满一池清水,就会变得

二、乡　情

浑浊不堪,所以大家对此避之又恐不及,都希望起个大早,抢个头汤,可以看着那碧清碧清的池水,探探适宜的温度,躺在里面泡个澡,赛过活神仙。那里面还有擦背师傅。春节人多,要预先取号,老主顾当然优先,但小孩子必须自己动手,靠自己抓挠解决。冲洗干净后,回到休息室,还有服务员打个"热把子",他们动作十分麻利地把你的背擦干,这一点对小孩倒是一视同仁。室内有用煤炉做的暖气管道,里面温暖如春,泡上一杯茶,躺在椅子上,用大浴巾一盖,有人就呼呼地大睡了起来,瞬间鼾声如雷。但更多的人还是比较自觉的,不会在这儿睡觉,因为看到你上来以后,已经有人尾随而来,到铺前等候了,虽然人家没催,但也不好意思慢慢悠悠的。我们常常还未等身子干透,就赶快穿衣,生怕耽搁,有时自己还没穿好就先让位,让人家脱衣服先下去洗澡,自己穿好后,再把他们放在一旁的衣服用大浴巾盖好。殊不知,在这个时候还会有十分甜蜜的事情等着你。你会看到一个熟悉的面孔,拐着篮子转来转去,冰糖葫芦插满篮子,篮中的玻璃盒里,还放着许多薄荷糖球。他不厌其烦的吆喝吸引了许多眼球,我也是最忠实的消费者,要么拿冰糖葫芦,要么拿薄荷糖球,两者必选其一。每每这时父亲都会笑着满足我,从不拒绝,以至于今日嘴里甜味好像还未散去。

　　到了大年三十晚上,鞭炮声声,就意味着要响当当地迎新年了。你家炸鞭我家响炮,声音此起彼伏,连绵不绝,整个县城里到处都是噼噼啪啪、砰砰咚咚的声音。那时候还没有电视,更别说春晚了,为了守岁,大家都自娱自乐、各取所需,但欣赏鞭炮声却是大家不约而同的福利。我们家在贴好对联、吃过年夜饭之后,总要放上一挂鞭,而且每年都是由我来执行。对此我仍感不足,还要多放几个爆竹,特别是看着它们,一溜火光摇曳着直往天上冲,空中一声炸响,然后又悄无声息地消失在天际,让人很有想象的空间,更符合喜欢热闹、追求新奇的感觉!

　　据说大年初一上午,到别人家拜年是最有礼貌的。因为亲戚比较多,我们要一大早就起来,然后一家一家拜过去才行,要不然半天是拜不过来的。"莫道君行早,更有早行人",常常是天还没亮,就有人来敲门了,我们还没来得及出去就被堵住了,左邻右舍、亲戚朋友一拨接着一拨地过来。这时我们全家总动员,一起招呼人家入座,又是拿烟又是泡茶,又是抓糖又是递糕,桌上已经摆上了许多糖果,但父母还忙着从坛子里一个劲儿地往外抓花生和瓜子,摊满整个桌子,诚心诚意,就是为了不怠慢人家的贺年之意!好在上午一过,拜年的人就少了,大家基本上都奔向电影院,或打扑克牌,后来舞场和歌厅兴盛时,那里又人满为患。

我们初一上午最后要去的地方肯定是外婆家。小的时候我就在那里长大,她也是我们整个家族的根,大家从四面八方聚到外婆家,代表着绿叶对根的情意,也意味着这一顿团圆饭要在这里落实。我们家乡以汤菜为主,热菜总是烧得汤汤水水的。我们一边享受佳肴,一边还可以喝点鲜汤。菜之品味十之八九在汤,一般都是肉汤,如果在汤里加上蟹黄,则是美中之美、鲜中之鲜了。但要做出这样高品质的菜肴,功夫贵在平时,要记得把螃蟹的黄和肉一块一块地掏出来,用油煸一下,然后将其浸泡在油里保持不变质,待到烧菜的时候,再打开来用,哪怕是少许放一点就会动人心魄,更不用说豆腐羹这样的菜品,蟹黄几乎就是为它而生,非它莫属。外婆是个省己待客的人,看到晚辈们争先恐后地来看她,笑得合不拢嘴,指挥着舅舅拿这拿那,把平时舍不得吃的东西都拿出来,倾其所有。记得外婆家上的第一道菜是烧膘,因为有所谓"无膘不成席"的说法,接下来就是烧肉丸、烧鱼丸、一道鱼、牛肉烧白菜、韭菜炒鸡蛋等。中间还有一道甜菜,要么是烧白果,要么是烧元宵。外婆家印象中两道都上了,而且分量很大。最后就是青菜豆皮汤,一阵清香掠过,终于给这个有滋有味的美食之旅画上了完美的句号。

小的时候,我最讨厌的就是听淮剧,咿咿呀呀的,不知所云,一句唱词拖半天,哪会有这么多的耐心去等待。但许多人特别是年纪大的人却陶醉其中、乐不思蜀。我常感到不可思议。每年春节的时候,也会有这样的演出,父母要带我去,我心里十万个不愿意,有时勉强去了,看着看着,也就进入了梦乡,用尽情的睡眠来"回报"深情的演出。

近期有一日,在自己居住的小区里,忽然听到坐在花园旁的老人的收音机里传出来的淮剧唱段,不知为何,仿佛心有触动,觉得格外好听。我定在那儿听了很久,这让我想起了以往在家乡的日子,看到了曾经的过年景象,也似乎闻到了孩提时代那些熟悉的味道!

悠悠故乡情

宝应是我的祖籍所在地。父亲离开家乡40多年了。他在十几岁的时候，响应国家的号召，支援老区建设。最开始时从事教育工作，后来又到机关工作，几十年如一日。父亲已经习惯了苏北的生活，但总也忘不了宝应老家，时常会讲起当年的故事。我去过许多市县，唯独没有去过宝应。父亲多次说要带我回去看看，我非常乐意，但几次因故都没能去成。那年春节父亲又旧话重提，我也正好有这样的打算。我们一拍即合，说走就走！

那天我们早早地就上了高速路，也许是过节的关系，路上车子不多，开起来也比较顺畅。回乡的愿望，盼了多少年，终于要在今天实现了。看得出父亲挺高兴的，也很兴奋，一路上讲个不停，童年的记忆就像放开闸门的洪水，一泻而下、汹涌澎湃、源源不断，一幅幅画面，随着他的叙述栩栩如生地呈现在我们眼前。虽说这些陈年旧事相隔遥远，但听来依然还是那么亲切动人。特别是那些幼年趣事格外引人入胜，饱含深情。父亲对奶奶尤为情重，也许是爷爷忙着外面的各种应酬，他与奶奶接触最多，印象也更加深刻。当他到外地工作以后，对奶奶的思念更加迫切，总觉得自己在家的时候，很多地方做得不好，对不住奶奶，便写了一封信表达歉意，奶奶感到很奇怪，同时也很感动！他说奶奶是一个非常善良的人，知书达理、勤俭持家，对儿女体贴入微、无微不至。她总是以家为中心。家在她的心中一直有着至高无上的位置。孩子是她永远的牵挂，她却唯独忘记自己。对孩子没事也当有事，对自己有事也当没事，别说小毛小病马马虎虎凑合，就是得了肺结核这样当年十分重大的疾病，她也没当回事，不愿去医院。她主要是不愿麻烦别人，以致病越拖越重，病入膏肓。大伯知道后，特地从南京带钱给她治病，她拿在手里，攥得紧紧的，知道这个情感的分量，却始终舍不得花，希望把钱留着以备家用。她想着家里要用钱的地方很多，直到临终的那一刻，也不愿花掉这笔钱。不知为什么，这些感人至深的故事，却听得人心生悲凉，尽管也由衷地升腾起敬意。我没有见过奶奶，她老人家在我出生前就去世了，但她的照片我见过。她头发是盘起来的,脸是大大的,眉清目秀、朴实无华。这张照片中,她身穿单襟衣服,好像是坐在那里拍的,脸上洋溢着微笑。特别是那慈爱的目光,我一直难以忘怀。所谓相由心生,相随心转,从她身上透露出来的气质,可以肯定这是一个非常可敬可亲的奶奶,难怪父亲能够如此深情描述,许多细节也如此印象深刻!

车子大概开了三个多小时就下了高速。在进城之前,我想象着宝应会以什么样的姿态进入视线,并反复构思着这个画面。我知道这里是《柳堡的故事》中的故事发生的地方,也是金庸先生多次描写过的地方。我希望能够探究它的与众不同。这时,我按下车窗,习习春风扑面而来,只见远处天地广阔、草木葳郁、风景怡人。进入市区以后,许多高楼大厦马上跳入眼帘,宽敞的大道也近在咫尺。因为是第一次到宝应来,感觉很新奇,虽然是一闪而过,都希望尽收眼底。"搜尽奇峰打草稿",尽览诸多,积累库存,去粗取精,深入提炼,我希望尽量能够勾勒出属于自己的整体印象。

而父亲与我不同,他是沿着自己魂牵梦绕的线索去寻找记忆的对应点,因为这里毕竟曾是他生活过十几年的地方,他对这里的一草一木,都有着深厚的感情,也有着深刻的理解。因为比我多了一层文化背景和一段人生经历,也就必然比我多了一份寻找记忆的急切心情。听父亲说,爷爷是个生意人,主要是做木材买卖,风里来雨里去,吃尽千辛万苦,维持着一家十几口人的生活。创业的过程充满曲折,开始并没有想象得那么好,经过几起几落,才了解生意的门道,找到路径,在逐步建立起稳定的客户群之后,这才渐入佳境。如此庞大的家庭,十个兄弟姐妹都能茁壮成长,确实来之不易!当年我们家还算比较风光,不仅有自家的院落,建有许多间房子,还有专供堆放原木的木场,据说场面挺大的,至今在父亲的记忆中还是到处有木材,堆得高高的。他说小的时候还在里面玩"躲找找",许多孩子都非常羡慕他们,但后来因为经营不善,错失机会,家道中落,一落千丈,甚至连生活都岌岌可危,难以为继。

经过父亲的再三辨认,确定现在宝应宾馆就是我们家当年老宅所在的位置,父亲还能清楚地描述出院子的方位,里面的堂屋和厢房的位置,甚至对门的形状、砖雕的图案以及门环的样子都记忆犹新。只是随着城市化的改造,这些早已被拆除,有点可惜的是当时没有留下一张照片,以致我们今天无法想象当年的情景,但我们还是专门选择在宝应宾馆吃了一顿午饭,也算是回家看了看,了却了一份悬在心中的愿望。饭后我们又仔仔细细地围着宾馆转了几圈,想看看是否残存蛛丝马迹。听着父亲讲的许多碎片化信息,努力把它们拼成完整的图片。

在离宝应宾馆不远处就是渔市口。我不知道为什么许多地方都有渔市口,可能当年的渔市口就是宝应古城的一个商业中心吧。老城区应该都是整座城市历史文化积淀最深

二、乡　情

厚的地方。渔市口贮存着许多历史的记忆,也留住了曾经的光阴,成为许多游子归来怀旧探幽的乡愁之地。现在这里依然还有许多老的门店,各种各样的小商品堆得满街都是,琳琅满目,还依稀透露出纷繁多姿的市井气息。据说要买宝应的土特产,这里是最正宗的。我们走进了一个不大的店,看到了宝应纯藕粉,据说这是宝应最经济实惠的土特产,所以不管三七二十一,就买了整整一大包。老板听说我们是回乡探亲的,非常热情,还说给了我们最优惠的价格。我们继续往前走,又看到了一家油炸豆腐干的小店,外面摆着几张小桌子和小凳子。我们不由自主地坐了下来,希望尝尝家乡的味道。店主很客气,一面和我们拉家常,一面手脚非常麻利地炸了起来,一会儿就给我们弄了几串过来,浇上点辣椒酱,还给我们倒了几杯水。我拿起一串油炸臭豆腐干,呲呲地撕咬了一口,经过反复咀嚼,辣椒酱和臭豆腐干在嘴里已浑然一体,那种原汁原味的感觉便从牙缝中迫不及待地钻了出来。这也许就是舌尖上的宝应!我知道父亲多少年来都非常喜欢油炸臭豆腐干,也把我培养成了死心塌地的追随者,今天终于在这里找到了历史源头!

过了渔市口来到"小仙桥"(现在改叫"小新桥"),看到附近有一个小巷子,据说宝应老城区这样的巷子比较多,所谓"巷子宽,巷子长,大巷小巷不同样,巷通巷,巷连巷,巷中还有巷中巷"。巷子之间彼此都是相通的,即使走错了也不要紧,穿过一个巷子拐个弯,又可以回到原来的巷子。于是我们就这样信马由缰地走了进去,看到两边的房屋因为时光的侵染,苍老的墙体变得斑驳陆离,墙脚之处潜滋暗长的厚厚青苔,也变幻着岁月的沧桑。如此穿越时空的慵懒倦态,反而让这里变得十分安静,也让我们细细地玩味着、品赏着。走着走着,父亲好像记起来了,有一种似曾相识的感觉,不无激动地说,这是我们小的时候经常来玩的地方。他还能说出这里有哪几个住家。亏得这条巷子还在,要不然我们就会与父亲的童年擦肩而过。

我们沿着巷子继续往前走,快到尽头,就看到不远处有一排老式房子的院落,父亲说这里曾经是他们亲戚居住过的地方,他小的时候也经常到这个地方来串门,但现在不知道是谁家住了。这话激起了我浓厚的兴趣,很想进去看看里面现在是什么样子,在没有明确认知的情况下,居然下意识地敲起门来。本以为这里早已改换门庭,但看到来开门的人,父亲笑了起来,有点激动地说:"还是的,还是的!"原来开门的是表姑父。表姑母见到父亲也欣喜若狂。应该说,久别重逢,老人们都喜出望外。他们互相询问了许多,家长里短,东南西北,好像有说不完的话,越聊越多、越诉越浓。过了很长时间,才想起了我,表姑父和表姑母盯着我看了很长时间,看得出第一次见到我,他们也非常高兴。我也是生平第一次见到他们,有着心心相印的感觉。为了不打断老人们回忆当年,我便先退到了屋外,打量起这个并不太大的院子。经过几十年的风吹雨打,这里显得有点"老态龙钟"了。房屋的门窗到处伤痕累累,墙面也斑驳陆离,但整个环境还是非常温馨的,顶上的棚架子的轮廓还在,夏天应该是用来结藤长瓜的。看得出,表姑父、表姑母他们非常重视家庭的整洁,打扫的工具一溜边地整齐摆着。我不知道,到了高楼林立的今天,表姑父、表姑母的收入水平也应该算是不错的,为什么不去买个新的商品套房,却还要住在这样的老房子里呢?他们解释说,孩子们多次叫他们搬去新居,但他们恋旧,住习惯了,也就不想移动了。还好他们住在这里,要不然也不会有今天这样感人的遇见。待到父亲起身告辞时,表姑母已是老泪纵横了。看得出表姑母体态衰老且身体有恙,她扶着表姑父,颤颤巍巍地将我们送出门外。我们走到了巷子的尽头,他们还一直不停地挥着手。当时,我就有点奇怪,我的大伯和许多姑母基本都在南京,怎么就没听说过还有这样一个姑母在宝应?父亲说这个姑母是他叔叔家的一个姐姐,年轻时长得很漂亮、勤快又可人,奶奶在世时很喜欢她。

回到大街上,父亲一边走一边给我介绍宝应历史。他说宝应县历史比较悠久,在秦朝时就已建县,宝应名字就是因为当年向唐肃宗献上境内的"八宝",被皇帝视为定国之珍,还因此改上元三年为宝应元年,并赐县名为"宝应"。宝应确实是一座古城,大概有2 200年的历史,现存的许多历史遗迹就是最好的说明,还有许多历史记忆也许正在恢复之中。宝应城里可看的地方比较多,我因为对《柳堡的故事》的印象比较深刻,就提出想到柳堡去看看。但请教当地人,如果要去的话,就不能当天赶回南京了。看来是去不了啦!那就在城里再多看几个地方吧,比如城墙、祠堂、寺庙、衙署、城河、嘉定桥、纵棹园等。父亲继续踏着他童年记忆的脚印,到处寻寻觅觅。我的主要任务就是当好摄影师,凡是父亲觉得需要强调的地方,我便赶快按下快门,特别是那些经过岁月刷新的最新变化,基本都已被我记录在镜头中。

其实到宝应,我们还想证实另一件事情,就是父亲最近找到了一张自己小时候在家里的合照,坐在中央的人是查镛,而金庸的原名叫查良镛。听父亲说,他当时在宝应,经常到我们家里来玩,与他们都很熟悉。这是他离开宝应前和父亲他们拍的照片,因为金庸的原名叫查良镛,父亲就想证明这个查镛究竟是不是查良镛。从照片上看似乎有点像,也有点不像,因为人在年轻时与老年时,相貌确实会发生较大的变化,问题的关键是金庸究竟有没有去过宝应。如果去过宝应就有这种可能;如果没去过,那就是另有其人。我认真翻阅了《射雕英雄传》,在第十五、第十六回中,确实有许多对宝应的生动描写,甚至把故事发生的主要场景就安排在宝应的刘氏宗祠:"……用过饭后,郭靖道:贤弟,我先走一步,赶上去

二、乡　情

探探。催动小红马,倏忽之间已赶过三个站头,到了宝应,果然无人来接"。"宝应刘氏在宋代原是大族,这所祠堂规模本来颇为宏大,自金兵数次渡江,战火横烧,铁蹄践踏,刘氏式微,祠堂也就破败了"。这段故事写的是郭靖和黄蓉到了宝应后,为了解救程大小姐,与欧阳克进行殊死搏斗,洪七公赶来助阵。后杨康与完颜洪烈进了祠堂,与郭靖、黄蓉相遇,杨康赶忙掩护完颜洪烈逃走。这时,郭靖和黄蓉在棺材中发现了穆念慈,带着她一起离开了宝应。这段情节中所提到的刘氏宗祠,在《宝应县志》中有明确记载:"刘氏宗祠,在刘猛将军庙迤西。"关于刘猛将军庙所在地,在该县的县志上也有记载:"刘猛将军庙,在城东。"由此可见,宝应刘氏宗祠大抵在宝应城东偏西的地方,也就是东门之内。我们不知道金庸有没有到过宝应,但他对宝应的刘氏宗祠这么熟悉,有可能他是在书上看过,当然也不排除他到过这里的可能性,如果来过这里,也就有可能与照片上的人有关系,但是我们无从考证,也就无法证明照片上人就是查良镛。我们在宝应也请教了当地的老人,也没能得到明确的答案。我们只能寄希望于通过其他方式来证明,本来想直接给金庸先生写封信,没想到他"大闹一场,悄然离去"。这个想法已无法实现,就再不可能有证明的机会了。但看到金庸先生对宝应如此情有独钟,至少说明在他的心目中,宝应自有不同寻常之处,这才被描绘得绘声绘色、栩栩如生。不是每个地方都能有这份荣幸,我们也因此感到十分骄傲和自豪。

　　我每每都会有这样的感受,回程的速度要比来时的速度快得多。这是因为来时满怀期盼,急切的心情就让时间显得比较慢;回去时心情比较轻松,没有自我苛求,反而速度就显得比较快。我们车子上了高速,感觉还没过多久,就已回到了南京。这确实是有心理作用的因素,更应该得益于交通的发达。父亲对此十分感慨。他说要是在过去,坐船起码得两天两夜。他当年就是因为交通不方便,坐船从苏北赶回老家,在路上耽搁了太久,以致没能见到奶奶的最后一面,那时的奶奶特别渴望能见到他,因为他离家太久,所以一直睁着眼睛等着、等着、等着,但最终还是未能如愿、不能瞑目,这也成了父亲永久的悔恨和遗憾。

　　总体来说,这次故乡之行,父亲是惬意的,也是愉快的!他要我尽快把在宝应拍的照片冲洗出来。我理解他的心情,很快就把照片交到他手中。每张照片拍得都很好,并不是我的技术好,主要是跟父亲心理的契合度比较高,父亲很满意,只是后来发现还是缺少了一张,就是没能给父亲和表姑父、表姑母拍一张合影。父亲后悔当时考虑不周,其实这主要是我自己大意了,如果能够抓住这个瞬间,应该是非常有意义的一张照片。父亲感到很可惜,我也很自责,但不管怎样,这张照片虽没有印在相纸上,却一定会印在我们的心底。悠悠此心,悠悠此情,永远都会血浓于水……

苏州一家人

我的家乡在苏北的滨海县。虽说地处黄海之滨,我却一直没看过黄海的样子,倒是有一条穿城而过的河流,跨越了自己的童年时光,这条河叫响坎河。大概是响水和东坎相连的河流,对于县城来说,这是一条主要的水上通道,也把县城划分为南北两个部分,水上最早有新建桥、中市桥和西土桥贯通。记得河面还比较开阔,河水也比较清澈,最热闹的一段就是在新建桥和中市桥之间。为什么会对这一段印象比较深刻,主要原因是外婆的家就住在岸边。小的时候我经常到大堤上去玩,也喜欢拿个小板凳坐在河边看风景,来来往往的船只,炊烟袅袅的渔家,上上下下的货物,一幅一幅的画面在我眼前掠过,就好像看电影似的……

有一年忽然来了很多船,一条接着一条,船上装着满满当当的家具,船上人说话的腔调与我们的不同,我们一句都听不懂。听大人说那是从苏南来的"下放户",难怪呢,他们的行为举止和穿着打扮跟我们不太一样,裤脚特别小。这些"下放户"如此轰轰烈烈地到来,人生地不熟,对当地的风俗也不怎么了解,开始肯定是一头雾水。他们急切地渴望融入社会、融入生活,那就只有主动与当地人加强沟通这一条道了。因为机缘巧合,我们也与其中的一户人家有了往来。他们觉得我们这个家庭不错,我们家也觉得他们家庭素质较高,彼此也就认准了,把对方当作亲戚来相处。

那是一个非常典型的书香门第。男主人姓洪,女主人姓曹。他们在苏州都是从事教育工作的,下放到我们县里后,被安排继续当小学老师,所以我们全家叫他们"洪老师"和"曹老师"。记得他们刚到滨海落脚的地方是蔡桥公社,其实这个地方我也没去过,但名字却记得很清楚。他们家有两个孩子,一男一女,大的是儿子,小的是女儿。一家人在一起,温馨和睦,其乐融融。他们经常到县城里来,我父母每次都会热情地招待他们。家里来了客人,就像过年一样,气氛非同寻常,比平时热闹多了,对于我来说,每每这时也可以享受

二、乡　情

一顿美餐,这在那个年代也是我们翘首以盼的,因为平时不会有那么多好吃的。他们和我们交流时,用的都是我们家乡话,奇怪的是要么不讲,讲起来比我们说的还要地道,可见他们融进当地生活的能力很强。但他们彼此讲话时,就马上秒变苏州话,柔声柔气的,语速非常快,我们对他们的上一句话,还没反应得过来,下一句话又过去了,懵里懵懂之中,就只有大眼瞪小眼的份了。他们彼此喜欢用苏州话交流,这是一种非常自然和让人习以为常的"切入"方式。但对于我们来说,这里好像隐藏了一个容易让人误解的动机,就是他们喜欢自己讲讲悄悄话,有意不让我们听懂。这多多少少有点不信任我们的感觉。尽管我们没有这样的想法,也没有流露出丝毫的不悦,但从我们的尴尬中,他们多少也能感觉到点什么。后来再到我们家来,他们都用一种语言,就是只讲我们能够听得懂的家乡话。如此步调一致,可见这是他们事先商量好的。别看就这个小小细节的改变,尊重之意和良苦用心,让我们非常感动,也心生敬佩。那时他们也会经常带一些自己种的蔬菜来,自己拣、自己洗、自己做。别看他们平时温文尔雅,但干起活来却雷厉风行。至今还能记得他们用爆火炒芹菜肉丝的味道,烹调的技艺非常高,非常讲究配菜佐料,还总喜欢加点糖。他们说这很起鲜,因此让我们有了不一样的口福。他们还特别会做年糕,这大概是苏州人的特长,他们在一块糯米面做好的大饼上,通过各种图案,点缀着五颜六色的枣子、杏仁、瓜子、红丝、绿丝等,不仅让人有食欲,品相也好看,就像一件精雕细琢的艺术作品。看着它,就让你享受到了美,有时真要动起刀来,还真的舍不得,下不去手,也不忍心进嘴。

我不知道蔡桥公社离东坎究竟有多远,大概几十里地还是有的。只知道他们有的时候坐公共汽车来,有的时候,干脆骑车子来,一般都选在星期天。他们来了以后,大人们做他们的事,我们几个小孩就出去玩,因为我们家旁边有个公园,那里就成了我们天然的"游乐场"。他们家的儿子比我要大七八岁,就像大哥哥似的,身材高大,英俊潇洒。那时我刚学骑自行车,瘾还比较大,他便拖着车子,在后面摇摇晃晃地扶着我,常常累得满头大汗。他经常会给我们讲一些新鲜的事,有许多是我们闻所未闻的。比如说,他告诉我们蔡桥公社名字,就来源于蔡家桥,这是清康熙年间一个姓蔡的人家修建的,当时是木桥,现在的石桥是民国九年(公元1920年)改建的;他还生动地描绘说这是一座梁式桥,桥墩是用砖柱支撑起来的,桥面是水泥做的,两边有铁栏杆守护着安全,站在桥上可以看河里的风景。我每每对他都有一种英雄式的崇拜,但他每次陪我们玩一会儿,就去干自己的事情了,不是去逛街,就是去买书。倒是他们家的女儿小我几岁,还属于天真烂漫的那种。她刚来我们家的时候,我记得最清楚的是她头上扎着的两个羊角辫子,摇摇晃晃地像个拨浪鼓,一脸的稚嫩，个子挺高，性格也比较活泼。面对她，我不像在大哥哥面前那样唯唯诺诺，反而会有一种居高临下的气势，可以发号施令。有次她不小心跌了一跤，马上放声大哭了起来，弄得我一时手足无措，不知如何是好。哄也不是，训也不成。回家路上，我既害怕被父母埋怨，更害怕被她父母怪罪。好在这个妹妹还比较懂事，未到家门口已"多云转晴"了，甚至"阳光灿烂"了。我一直悬着的心这才算放了下来。

他们全家一般都是上午来，在我们家吃个午饭，然后下午回去。在他们走之前，父母照例会安排一顿简餐，不是水饺就是馄饨。他们家人常常参与其中，自告奋勇担当主力，他们对这套"业务"非常熟悉，可能在家里也经常做。从和面到擀面再到包馅，一条龙操作，又快又好，一会儿工夫，就可以看到整齐摆放的水饺或馄饨。俗话说，面食关键在汤，兑汤也是他们的拿手绝活。他们的理论是，吃饺要喝汤，吃馄饨要品味。他们首先把鸡汤或骨头汤熬好，然后再加上各种配料，其实这和我们当地做法差不多，但出来的感觉却不一样。边吃饺子边喝汤，那真是一种享受；边吃馄饨边喝汤，也是味道好极了。没想到，在面食这个北方人的优势项目上，他们也能做得得心应手、出神入化，后来就成了他们多少年固定不变的"保留节目"。

也许是因为洪老师和曹老师的教学实绩比较突出，他们不久就被调到县城里工作，在第一实验小学当老师，一个教语文，一个教算术。当年他们就住在中市桥附近老县直幼儿园的院子里，从过道进去，右手边的那一家就是。记得当时他们家有两大间房子，里面有一个卧室，外面是一个客厅，因为面积都比较大，还可以根据需要临时添加铺位或改作其他用途。屋内除了几个橱子、办公桌和吃饭桌以外，没有更多复杂的东西，给人的感觉是一目了然、清清爽爽。我每次到他们家去，总能看到洪老师在认真看书，有时还拿着放大镜在"寻寻觅觅"，曹老师则忙里忙外、忙前忙后。他们都非常热爱自己的教育事业，对工作也极为负责，他们批改的作业，常常会伴随着一段又一段的文字，用红笔写的批语，正确的给予充分肯定，错误的讲清错在何处。我当时就想，能够做这样老师的学生也确实够幸福的！每每看到我来了以后，洪老师总会笑呵呵地拿下眼镜，问问这问问那。那个时候他虽然只有40多岁，但看上去显得有点苍老，但没想到与我这个十几岁的小毛孩，也能谈得非常投机，因为他的平等意识比较强，尊重小孩。与其说我俩谈得投机，还不如说他老人家口若悬河，主要都是他在讲，常常是三句不离苏州。也就是通过他的介绍，我才知道苏州有许多私家园林，他家就住在拙政园的旁边，他当年就坚持拙政园就是《红楼梦》里大观园的观点。他还给我描绘了江南古镇家家临水、户户通舟的景象，这些对于我来说，都是

二、乡　情

当年星星之火的启蒙教育。我常常听得入迷入神,但更多地能够从他的眼神中看到他对自己家乡的热爱和思念。

所以,他们家每到春节基本都要回苏州。给他们看家的任务就光荣落在了我的肩上,我觉得这是至高无上的信任。我绝不能辜负人家的希望,每每坚守岗位,忠于职守,认真履职,严格把关。晚上睡好觉,早上锁好门,隔三岔五地,在白天还要来开开门、透透风,对此我还比较胜任。从他们长年累月,一而再再而三地委以重任,就看出他们对我的工作还是十分满意的。进城以后,他们家的儿子就到工厂上班了,他在电工方面比较擅长,所以对于电灯、电路、电源这方面出现的小毛小病,我们经常会请他到现场解决,他每次都能出色地完成任务。记得在参加工作两年后,高考制度恢复,我到县中报名参加复习,很巧的是他们家女儿也被编在这个班上,那时她刚好高中毕业。我因为眼睛近视,坐在教室的前排,她因为个子高坐在后排。虽然是在同一个课堂上课,但除了上课还是上课,我们几乎没再有过任何交流。可能是彼此都已长大成人的缘故,反而失去了孩提时代的那种无拘无束。拿到高考通知书以后,我曾在路上遇到过她。她说她也考上了,但具体哪个学校就记不清楚了。

那年我放暑假回到家后,听说他们全家落实政策,已返回苏州。洪老师和曹老师继续从事教育工作。他们兄妹都在工厂里上班。这是他们写信告诉我父母的,那时我们到苏州去还不太容易,他们回到我们这儿来的机会也很少,只有零星的信件往来,所能谈的事情也不是很多,只是通通信息、互致问候而已。时间一长,渐渐地也就失去了联系。但最近不知为什么,我们忽然聊到这件事情,父母都说他们这一家子都是好人。虽时隔多年,但我们没有忘记他们,尽管已记不清他们的名字了,更不知道他们现在苏州何处,也无从找寻他们的联系方式,但推算起来,洪老师和曹老师都应该是耄耋老人,他们兄妹也应该是接近或已经到达退休的年龄了。

其实人生也真的非常奇怪,在生命历程中,人影憧憧,有许多人没有留下印记,也有许多人被记住。记住了,就会有不停地浮现,还会有一种猝不及防的怀念,这是人之常情。多少年后,我们确实盼望能有一个彼此见面的机会,但不知道有没有这个可能和缘分。也许想象很丰满,现实很骨感。但有一点可以肯定,他们也一定不会忘记我们这一家人,就像我们不会忘记他们一家人一样,因为我们曾经共同拥有一段不是亲戚胜似亲戚的美好时光!

东坎老街,一个有故事的地方

在每个人心中,都会有自己家乡的一条老街,那是留下脚印最多的地方。在我记忆中的东坎老街,就是这样一条由东向西大约有一两里地的街道。据说最初这个地方叫汪家村,因后来的村庄建在黄河南堤东侧的坎坡上,改为了汪家坎。到清代乾隆年间,这里开始兴集,史称东坎,但追根溯源,在明代崇祯年间,就有了街市,有所谓"先仁和,后东坎"的说法。也就是说先有仁和镇,然后才有东坎镇。据说东坎街最早是由姓吴的商人家,在清代道光十五年(1835年)开始建造的。历经了沧桑,至今两边鳞次栉比的商店和琳琅满目的商品依然如故,当年的痕迹依旧赫然在目,路面是用砖头铺砌而成的,簇拥着两条青石板构成的中轴线一直蜿蜒而去,有的石板因为经年历久已被磨得铮亮。历史里的前前后后,生命中的来来往往,许多人、许多事、许多情、许多岁月都是从这条老街走出来的。

东坎老街起步于东街头。东街头是一个比较开阔的地带,类似于市民广场,是当年最繁华的地方。周边有医药公司、大众饭店、人民剧场、日杂果品公司等"热情相拥",还有一个比较大的菜市场。每天都有许多农民挑来各种各样的新鲜蔬菜售卖,人头攒动、熙熙攘攘,拣菜挑菜、讨价还价也就成了司空见惯的一景。后来不知是巧合际会还是因地制宜,干脆就在此处设立了蔬菜公司,统管全县的蔬菜供应和监管。记得它的旁边还有一个酱醋厂的门市部,属于前店后场式的买卖,现货都是从场里直接拉过来的。所以那里的酱油、酱瓜还有豆腐乳都比较正宗地道,慕名前来的人比较多。

东街头这个地方,也属于一个南北交通的要道,各种车辆的通过,常常会打乱原有的队形,打破慢悠悠的节奏。后来为了安全起见,适当地做了一些围挡,这样老街的进口就形成一个喇叭形。从这里进去,就等于步入了热闹。在这条街上最不缺乏的就是人,人来人往,川流不息,而且因为地方小,许多都是人不熟面熟,彼此面面相觑之后,又好像似曾相识。不聊则已,一聊惊人,不是老友就是亲戚,反正七弯八拐地都能沾亲带故。有时走

二、乡 情

在街上,七大姑八大姨的,可能会招呼不停,也招架不迭。但以礼待人,礼多人不怪,也是淳朴的民风之一。

记得糖烟酒公司就在街的右面,门楼很高,一看就比较大气,进去以后四周都是柜台,那里是烟酒的集聚地。只是在计划供应的年代,名烟名酒还是比较少见,特别是洋河酒,还是那种玻璃瓶简装的,价廉物美,在当时就非常紧俏。因为自己还是个孩子,与抽烟喝酒无涉,也没有必要涉足此地,但偏是会经常光顾,乐此不疲。因为那个时候,流行着拍打烟壳的游戏,拍来拍去,有输有赢,自己也常常拔得头筹。因此收集了不少烟壳,举凡中华、牡丹、大前门、光荣、秦岭、大铁桥等一应俱全。有时我会把零花钱积聚起来买一包烟,就是为了得到一个烟壳,人无我有,引为自傲。现在看来,当年喜欢拍打烟壳确实是一种失误,玩心太重,以致后来严重影响了学习。在老师的教育下,我"改邪归正""金盆洗手"了。这代表着自己的醒悟,但看着许多同学还是津津乐道,自己身心煎熬,手又痒了,忍不住重操旧业,再赴"战场",又成了名副其实的执迷不悟,直到成绩直线下降,这才发觉自己为了芝麻丢了西瓜。多么痛的领悟,多么深的教训,自此我痛改前非,扔掉所有烟壳,也坚决地告别了这里,所以每每重回此地,总觉得有一种欲说还休的人生醒悟。

其实在小的时候,就觉得向阳饭店是一个挺大的饭店。走过路过看过,就是没有进去过,更没有到里面吃过,只是传出来的香味闻过。之所以对这个地方印象深刻,主要是因为当年母亲下班后因来不及买菜,曾到那里炒过一道菜带回家。毕竟是饭店里做出来的,味道就是不一样,很专业,比家里的好吃多了。我至今仍有清晰的记忆,又嫩又爽,津津有味。现在想起来,我还余味满口。后来看到许多大师傅的精彩"演绎",基本都是在旺火热锅中爆炒,手持铁锅在空中颠来倒去,娴熟自如,辅之以佐料点缀,一个大勺子在坛坛罐罐中翻来覆去,最后一挥而就。常常还未放进盘子里,那种诱人的味道就会扑鼻而来。记得当年母亲用一个铝制饭盒带菜回来,以致后来我形成了条件反射,只要看到那个饭盒就以为是向阳小炒,但常常是失望大于希望。要知道,哪个过日子的家庭,能舍得天天去买小炒呢?只能是不得已的偶一为之。

在向阳饭店边上还有一个香肉馆,里面的猪头肉比较出名。喜欢喝酒的人都会到那里买上一包,有猪头肉、猪舌头、猪肚子和猪大肠等,当然也会买一些花生米、豆腐干、什锦菜等,有了这么几样,家人围在一起就是一顿热热闹闹的美餐。我印象比较深刻的是小狗肉,红彤彤的,一串一串的,吃起来肉比较鲜美,就是那骨头嚼起来也是有滋有味的。家里人也时常以此为诱饵,允诺只要表现好就给我买小狗肉吃,但常常是糖抹在鼻尖上——看到吃不到。后来我们知道,其实那不是狗肉而是兔肉。我们不知道为什么要把兔肉说成狗肉,是狗肉比兔肉更容易接受,还是狗肉比兔肉更好卖?我们宁信其对不信其错,直到现在,还是坚定不移地认为那就是狗肉。前不久家乡的亲戚给我们带了一点,刚打开来,熟悉的味道就溢满了整个屋子,我们仿佛又回到了孩提时代。

五金公司的门店并不大,曾几何时,那里也曾引导过时尚潮流。当年的"三转一响"首先转起来的就是自行车,那时时兴的是"凤凰牌""永久牌"或"飞鸽牌"。这是五金公司的主营业务,也是主打项目。因为自行车的红火大卖,也带动着缝纫机、手表和收音机的疯涨大卖。要买缝纫机就是"飞人牌"或"熊猫牌";要买手表就是"上海牌",偶尔也有"钟山牌";要买收音机就是"红星牌"或"红灯牌"。如果说在这个老"四大件"时兴之际五金公司只是打头阵的,那么到了新"四大件",即黑白电视、电冰箱、洗衣机、收录机出现时,五金公司就要打主力了。应该说,电子时代的到来极大地丰富和改善了现代家庭生活,它使人们在八小时以外有了更为新颖的生活方式。因人们追逐潮流,五金公司一时变得顾客盈门,络绎不绝!记得当时五金公司门市部的柜台与收银之间,是用一条铁丝线联结起来的。柜台营业员把钱款用夹子打给收银员,收银员再用夹子把发票打回柜台,来来回回的,异常繁忙。当然,不管是老"四大件",还是新的"四大件",都代表着当时所能提供的比较稀贵的家用大件儿。那时,能够骑上一辆自行车,其得意的劲头儿和现在开辆"大奔"的心情差不多;如果顶个大背头,穿个喇叭裤,戴个蛤蟆镜,手里拎个三洋收录机,声音再开得大大的,以这种"标配"走在街上,基本上就等于香港来的时尚青年。应该说,五金公司伴随着一代人走过了一段难忘的岁月,他们对这"四大件"有着难以割舍的情感。许多人心中都有难以磨灭的印象。当时我们在五金公司也买了一台东芝的收录机,一般都是单卡的、手提式的,而我们买的是双卡的、台式的。它不仅在造型上标新立异,而且在功能上也丰富多样,有单卡循环播放功能,也有双卡自动连接功能,不需要人工换带,音质听起来也非常纯净。为了买下它,我们花了800多元,代价是蛮大的,那个时候一个月工资只有50元左右,尽管后来比较拮据,但还是认为物有所值。因为它传递歌声,营造快乐,愉悦精神,给我们带来了邓丽君、张蔷、沈小岑、苏小明的歌曲等。现如今收录机早已过时,但我们一直都舍不得扔掉,当年的五金公司也烟消云散,但我们依然记得从它那里买过一件称心如意的家用电器。

当年在五金公司的对面,还有一个烧饼油条的老店。每天开门后,老板都会将棚子支出屋檐外。一个师傅不停地往炉子里贴饼和铲饼,一个大妈拿着两根长长的木棍在油锅

二、乡情

里不停地翻动油条。这里每天早上都会有人排队，有时还比较长，其实当时炉子上和漏篮里都有现成的烧饼和油条，但大家都不愿意拿。因为他们认为新鲜的总是最好的，宁肯等一会儿，也要买到刚出炉锅的烧饼油条。这家做的烧饼和油条也确实有自己的特色，特别是把油条包进烧饼里，咬上一口，油条的脆和烧饼的酥就混合在了一起，形成的那种过口难忘的感觉，从此就再也放不下了，形成了天然的磁力。烧饼油条店不仅早上做生意，晚上也做，这就顺应了当年大家晚上喜欢吃粥的饮食习惯。既然是以稀为主，那么买点饼，搭上点干食，也就顺理成章了。晚上与早上唯有一点不同，就是只有烧饼没有油条，我们也不知是什么道理，至今也没弄明白。那时我还比较喜欢吃糯米粉做的油炸麻团、麻棍，记得从烧饼油条店往东走一点，就有一家，炸得最好，有甜头、有嚼头、有想头，当然还有让我至今想流口水的发糕和水糕，更兼有响彻大街小巷的"米面饼"叫卖声。这些都是家乡著名的"点心"，当年的价格就不算太贵，就是要粮票，偶一为之还行，过分奢侈就有点困难，所以也只能是吃上一次算一次。

百货公司是当年街上最大的卖场，坐南朝北的一个长方形的建筑。我记得一共有两层。第一层主要是卖文娱和生活用品。我们那个时候到玩具柜台比较多，大部分是饱饱眼福。最让人眼馋的是那种大件的塑料枪，但价格不菲，自己买不起，只能买个可以喷水的小塑料枪，却也玩得不亦乐乎。记得当年还曾拜邻居为师，学习吹口琴，口琴也是在那个地方买的，再就是通过自己的劳动赚来的钱，还买过一只篮球。说老实话，对自己的心仪已久的东西，我都是斟酌再三，反复考量，最后才下决心买的，因此印象很深。第二层是卖布的。什么卡其、的确良、棉布等，一卷一卷的，整齐排列着。因为当时很少有成衣卖，都是先买布然后请裁缝做。我们家有个亲戚，做衣服是一把好手，所以母亲都是先从这里买布，然后请他量身定制，从小到大一直如此。对百货公司来说，销售出来的是层出不穷的布料，但对于我们来说，却是见证了许多成长的岁月。

大德生药店在百货公司的对面，也是老街上知名的老字号。因为当时订牛奶，只能送到药店，每天要自己去拿，所以我对那个地方也比较熟悉。整个一大间的门市，都是以暗红色为主调的，柜台看上去很高，里面都是中药抽屉，一排一排、一格一格，许多都是"顶天立地"。一张纸、一服药，全部打好以后，营业员会麻利地用细绳子一扎，在手上一转，系个扣，然后摇下铃，让你拎着就走。那里的药碾子有碾槽和碾盘两个部分，碾槽是铁制的，有一个比较长的壕沟，碾盘就像轮子一样，可以推来推去，对于像赤小豆、酸枣仁、白蔻等这样的药材，要通过碾压研磨进行分解和脱壳，把碾碎的部分配置到中药饮片中，据说可以获得更好的疗效。中药铡刀是用来切中药材的,刀口非常锋利。对那个玩意儿,一般人不敢碰,会用者熟能生巧,有板有眼,切得整整齐齐,不会用者则手忙脚乱,费死劲也是乱七八糟,切不出个形来样来。至于铜制的捣药罐子里传出来的捣药声,我是最为熟悉的,那一连串的声音,非常清脆悦耳,至今犹在耳畔,余韵不绝。

不管是百货公司还是大德生药店,当然还应该补上一个糖果店,它们都坐落在渔市口这个四岔路口上。糖果店坐落在西南,比较出名的食品有金刚麒、糖麻花、花生糖、炒米糖、棒棒糖和薄荷糖等,非常诱人,也是我们小孩子比较喜欢去的地方。既然叫渔市口,就应该是卖鱼的地方,卖鱼的地方就是当时的主要市场,也就是说那里最早是东坎老街的中心地带和东西街的分水岭。

以东的部分是东街。东街还有邮局、新华书店、阜东浴室等。邮局是信件的使者,也是集邮者的家园;阜东浴室是街谈巷议的集中之地,也是年前洗澡"抢头汤"的必争之地。新华书店则是心灵的书屋,我最初接触文学的大门就是在那里打开的。《红楼梦》《红岩》《林海雪原》《青春之歌》《斯巴达克斯》等都是在这里买到的。

以西的部分是西街。西街也有许多值得记忆的地方,比如银行、老文化馆等,但最有意思的还是东坎镇医院、西街杨井和孟家茶炉。东坎镇医院很多人把它叫成西街医院,它立在街的南面。门诊部有两层楼,一楼是挂号、药房和急诊等,二楼是几个常规的主要科室。上楼梯的台阶和楼上地面都是用木板铺成的,走在上面咚咚作响,那里的医疗技术也是响当当的。除了县院之外,它就是"第二大医院",一般的小毛小病在那里都能得到解决,确实为周边群众提供了就医便利。西街杨井是供水的地方,与人们的生活息息相关,开始时我们吃用的都是河水,但后来发现从杨井打上来的水更加清澈,于是我们都不约而同地到那里去挑水了,但比较起来,路途明显要远得多。记得出了杨井的小门,向北有一段巷子非常难走,因为到这里挑水的人比较多,许多水都洒漏在地上,加上常年照不到太阳,地上总是非常滑,防不胜防,肩上挑着重担,脚下必须小心翼翼,如履薄冰。也许是井打得不是太深的缘故,刚挑回来时是清的,但放了点明矾,还会沉淀不少杂质,但这个源源不断的井水,在当时却造福了一方百姓,对于现在唾手可得的自来水来说,这些也许微不足道,但于我们却刻骨铭心。至于孟家茶炉,也是普通人生活里的自然风景。我记得他们用大铁锅烧水,锅的上面用木板围起来,箍成一个桶状,保证更多的蓄水量,然后用一个木头盖子盖在上面,待水烧开以后,通过这个方式可以持续保温。如果有人来打茶,只需打开锅盖,用聚口放在水瓶上,然后慢慢地把开水舀入瓶中即可。每瓶水开始的时候是一

二、乡 情

分、两分、五分,后来是一角、两角。后来为了方便好像又装了水龙头,于是打茶变得更加便捷了,但古老的市井风情,味道也好像淡多了。

西街的主体是挨家挨户的店铺。平时可能"各人自扫门前雪",到了春节前,大家都不满足于待在家中,把摊子直接摆到了大街上,各种南来北往的食品或土特产应有尽有,包括冬天的棉袄、鞋子、袜子、三片瓦帽子、五醍浆酒、五香花生米、山芋团、何首乌粉、土制香肠、猪肉皮、大乌子、手工肉丸和鱼丸等,还有应景的礼盒、水果、对联、年画、鞭炮等,满街都是红红火火、喜气洋洋的感觉,年味因此变得更浓了。倒是那一条条小巷子闹中取静,这里时光依然静悄悄。老街上确实有许多非常著名的巷子,比如双游里巷、中市巷、渔市口巷、阜东巷等,还有一些直接用单位命名的巷子,则更加简单明了,比如派出所巷、工商联巷、银行巷、文化馆巷等。这些巷子在记忆中早就如雷贯耳,却永远都是从前的样子,高高的围墙,斑驳的砖瓦,淡淡的风,浓浓的情。岁月风雨也许磨损了当年的风光,沧桑变化还是痕迹宛然,它们都没有因为坐落冷寂而被老街遗忘,恰恰是因为它们的存在,才让我们找到了回家的路。记得当年著名电影艺术家庞学勤回乡探亲,对许多巷子都记忆犹新,也情有独钟,他说跑了一遍以后,还是能找到许多童年的感觉。

由此可见,东坎老街确实是一个有故事的地方。从东街头起步,就是一个引人入胜的"凤头"。接下来,整个老街变成了跌宕起伏、惊艳迭出的"猪肚"。直到西街头的丁字路口,这才戛然而止,忽又变得四通八达,还是给东坎老街留下了一个坚定有力而又余味无穷的"豹尾"。许多时候回到家乡,我总是希望到街上去走走,其实并不需要买什么东西,就是看看乡景、听听乡音、念念乡情,走路本身就是目的。离开家乡这么多年,东坎老街早已时过境迁,与时俱进,我们感同身受着,但曾经的许多温暖,许多感动,却没有随着时间流逝,飘向远方。我曾经打破常规,利用晚上时间,从西街往东街走,逆向而行,如倒啖甘蔗,没想到还真的渐入佳境。抬头望见,一轮明月正挂在天空中,皎洁的月光照在长长的街道上,形成了一条意犹未尽的光带,使人浮想联翩。"月是故乡明",这种美好的遇见就是永不褪色的印记。所以当我走到东坎老街的牌坊前,总会情不自禁、重拾旧梦、重温旧情。岁月汹涌而至,往事并不如烟!

滨中老师

记得当年滨海县中学的大门是"八"字形砖门，是敞开式的，就像张开的臂膀，每天都在热情地迎接师生们的到来。我在这里和许多同学一起，度过了宝贵的学习时光，初中两年、高中两年。许多老师在我们的成长中发挥过至关重要的作用，或雪中送炭，或锦上添花，或精雕细刻，或画龙点睛。虽然已经过去了几十年，但在岁月深处，依然蝶舞翩翩、情意绵长，因为那些曾经的往事已经植入我们的脑海深处。在这个充满激情的夏天，又变得如此清晰而生动。

许崇林老师是我们初中的体育老师，一派运动员的气质，个子高挑，身材颀长，长年累月穿着运动服，脚上永远蹬着一双白色的足球鞋。刚进校的时候，关于说他头比较小的绰号就"灌满"了耳朵，待看到本尊，确实如此。头虽然不大，却绝对是个聪明灵慧的脑袋。那时每周只有一节体育课，我们对此"如饥似渴"，但常常因为天公不作美就会临时改成室内上课，这时许老师的竞技思维就会格外活跃，幽默风趣的他会跟我们聊许多体育趣闻，谈起足球来，更是津津有味、头头是道。我们最初的足球知识就是他"硬"装进我们脑袋的，对此我们也没有抗拒。据说他踢足球时喜欢用头球，可惜我们没看过他的精彩瞬间，但看过2018年俄罗斯世界杯，加辛斯基的"暴力"头球破门，C罗的头球攻门、希门尼斯的头球"绝杀"，以及姆巴佩的迅猛头功。那高超绝妙的球技，好像真的凝聚着足球惊天动地的美学魅力，我才深切感受和理解了为何许老师几十年前就对足球那样的如痴如醉，并且他也成功地感染了我们。他曾对我们说自己是南京体育学院毕业的，专业是长跑。这所学校位于南京东郊，校园幽静，风景美丽，原址为民国时期的首都中央体育场，现在更是场馆标志。因为工作关系，我去过多次，也许那曾是我们老师的母校，不知怎么的，每每都会比别人多出一份感觉。

钟振培老师据说原来是在苏联学习俄语的，发音标准，音色纯正。他毕业后被分配到

二、乡　情

滨中当音乐老师,虽没能从事外交工作,但那种外交官的气质却没有因此而减弱。他英俊潇洒、风流倜傥,"飞机头"一直往后梳,头发总是一丝不乱,黄油锃亮。他是上海人,长相清秀,皮肤白皙,有点像电影中那个讲"马尾辫的功能"的农学院教授一样,特别是一口地道的俄语,英语也非常流利,时不时地来上几句,就把我们这些小小少年给"整"懵了。谁听过有人会这样讲话?关键是还讲得如此动听,令人神往!我没做过调查,但我相信当时的钟老师就是我们的"校红",吸粉无数,女粉丝一定不在少数。那时朝鲜电影《摘苹果的时候》正放映得热火朝天,他教音乐也与此同步,追赶时髦,教我们唱主题歌《欢乐的果园》,随着他的手指在风琴上跳荡"舞蹈",优美旋律倾泻而出,欢快悠扬的歌声随风飘荡,弥漫在整个校园里:"翠绿的山冈一望无边,鲜红果实枝头沉呀沉甸甸,枝头结满红苹果摘呀摘不完,欢乐的丰收歌飘扬在果园,快快摘呀,快快摘苹果……"这时,我们眼前浮现的都是电影中的朝鲜姑娘在摘苹果时候的那种笑逐颜开的画面,真的太美丽、太欢畅、太童真了。这也许是我还能够清楚记得的一次音乐课,也是经常盘桓在脑中的一首动听的歌。为了筹备"五四"青年节演出,钟老师想导演一个小品,有天突然把我叫去,让我读了一篇课文。我至今记得那篇课文的题目叫《慧玲生病了》。当年我是语文课代表,读起来朗朗上口,感觉不错,但后来钟老师提出要我担任男主角,就有点出我意料了。我犹豫了,觉得自己没什么把握,从未演过戏,赶鸭子上架容易,下架就难了。胆怯的结果就是把机会拱手让给了一位姓赵的师哥,把他推到了舞台中央。至今我对此仍后悔不迭,对于自己没有尝试过的事情,怎么能轻言放弃呢?你怎么就知道自己不行呢?万一行了呢?

　　同样英语超级棒的就是陈健老师,我记忆中的陈老师每天早上都会雷打不动地听英语节目,而且听得津津有味。每当我从他的办公室走过,都会看到他站着,侧耳听着收音机。他负责上我们整个年级的英语课,也是我们班的班主任。他在教育和引导学生方面很有经验。许多家长都希望自己的孩子能分到他的班上,确实整个班级在他循循善诱的管理下,总是团结紧张、严肃活泼。对于同学出现的问题,他会根据不同情况,采取相应方式,语重心长、润物无声。记得最清楚的,是在我们毕业时,陈老师给我们朗读了《钢铁是怎样炼成的》中保尔·柯察金的人生哲言——"人最宝贵的是生命。生命对于人只有一次,人的一生应当这样度过:当回忆往事的时候,他不会因为虚度年华而悔恨,也不会因为碌碌无为而羞愧;在临死的时候,他能够说:'我的生命和全部精力都献给了世界上最壮丽的事业——为人类的解放事业而斗争。'"这段话不仅激发了我们对保尔·柯察金的崇拜和景仰,也如定海神针般地影响了我们的人生。陈老师的普通话非常标准,字正腔圆,我们非常喜欢听,关键给我们输入的内容都是正能量,树立的都是正确的价值观。在我们心目中,他是最早的朗读者,也是最美的朗读者。后来我们班级每次聚会,都会请陈健老师参加,希望他给我们多讲讲。他也非常乐意,一如既往,继续朗读,慷慨激昂,声情并茂。有一年,由我和另外一名同学负责将陈健老师夫妇送回扬州。一路上,他给我们讲了自己人生中许多曲折的经历,以及从中获得的感悟和成长,陈老师鼓励我们要正确面对挫折和困难,他说这是人生的必由之路,其循循善诱的教诲,至今言犹在耳。

陈沐三老师当年教我们初中语文。他并非科班出身,属于靠自己的勤奋,自学成才。他读书很多,学问高深,文化底蕴深厚,但也不是"老学究",目光充满着狡黠与智慧,言谈举止也富有灵性,只是滨海的"山芋腔"比较浓重,虽乡音难改,但老师讲起课来,思路开阔、思维敏捷,常引经据典、知识丰富,他标志性的特征就是喜欢做手势,经常比画比画东,比画比画西。因为当时自己年龄比较小,对此不太理解,总会埋怨,上课就上课,不能安静点吗?为什么老是要这样手舞足蹈?回来请教父亲,父亲说这样的老师才棒呢!说明他对课文以及课文背景烂熟于心,希望自己的学生能学到知识,于是在融会贯通之时,就会不由自主地辅肢体语言来帮助学生理解。所谓"言之不足,歌之,歌之不足,舞之蹈之",就是这个道理。我的语文在所有课程中是拔尖的,恰逢学校组织创作比赛,自己自告奋勇地写了一篇小说,只是记流水账似的把事情写出来而已。陈老师看后直摇头,觉得不行。在他的多次悉心指导下,我逐渐了解了小说应该怎么写,开始、发展、高潮、结局究竟是怎么回事,如何才能写得跌宕起伏、耐人寻味甚至惊心动魄……经过反复打磨,小说终于得到了陈老师的肯定,终稿与我的第一稿相比,确实有天壤之别,我也因此最终在比赛中如愿以偿地拔得头筹,小说还被作为范文摆放在了学校的橱窗里。这是我写的第一篇小说,也是到目前为止的唯一一篇小说。但陈老师对我在写作上的指导,却不仅仅限于这篇小说。后来陈沐三老师被调到盐城师专当教授,记得当年参加研究生考试时,我还住在他家。后来我在《盐阜大众报》上发表了许多散文,他还专门打电话给我,祝贺我的作品发表,也指出了不足。

季德贵老师是高中语文老师。他工作非常认真,也非常勤奋,还担任过滨中分管教学的副校长。季老师是江苏师范学院毕业的高才生,喜欢咬文嚼字、精益求精,对学生要求非常严格。当年我们非常渴望获得他的认可,都希望他能够在自己的作文里,多画上几个肯定的圈圈,但他对此好像非常吝啬,有时比登天还难,倒是对文章不足的部分,精批细改、密密麻麻,整篇作文满眼都是红色,一丝不苟,让你不得不肃然起敬,读后受

二、乡 情

益匪浅。他读起古文很有韵味,有点儿吟唱的感觉,就是会把"善(shàn)"读成"xiàn",常常引得同学模仿,一片哄笑。其实他的文言文功底非常扎实,且博览群书,对古汉语有比较深入的研究。后来家乡的许多具有文化标签的文字都是出自他手。他所写的《滨海赋》,大气磅礴、文采斐然、深情盎然,曾一度刷爆网络和朋友圈,引发大面积的强烈共鸣。有次我在省中医院碰到过他和夫人,记得他跟我说,没想到他的晚年会如此幸福,夫人贤惠,对他照顾有加。当时季老师身体不好,夫人每个月都陪他到南京来开药,看到他们伉俪情深,作为学生,我由衷高兴。但后来不久,就听说他的夫人在一场车祸中遇难,深感震惊。那年我们高中同学聚会,大家都希望能邀请到季老师,他最终未能参加,但仍给大家写了几句深情的话,直到后来偶然在网上看到许多悼念他的诗歌,才知道那时的他已病入膏肓,并不是他不想来,而是他不能来了。但他还是叮嘱前来邀请他的同学,千万要保密,不要因此影响大家的情绪。

王宇明老师,严格意义上讲不是我们班的数学老师,而是邻班的数学老师,只是偶尔会因我们班的数学老师另有任务,临时过来救救急,当当替补老师。有才华的老师,不需要朝夕相处,一两次的授课就会光芒四射,给我们留下了难以磨灭的印象。整个课堂对于他来说,就是充分释放魅力的舞台,只见他手舞足蹈,语调抑扬顿挫、波澜起伏。在他的眼中,数字不是枯燥的东西,而是世间最美丽的语言,像音乐一样流畅,像美术一样生动,像语文一样潇洒,像历史一样厚重,像生物一样自然,像化学一样精致。我对数学算有点兴趣但并不浓厚,因为王老师的"磁力"作用,我被他深深地吸引了,也爱上了数学。当然,我们班的数学老师也教得非常好,也是一位认真负责的好老师。平时下了课,若看到王老师在邻班的课还未结束,我总是忍不住驻足,隔窗仔细谛听,哪怕一两分钟也行,就想感受他那种强大的气场。王宇明老师曾到南京来找过我,我们师生之间促膝长谈,进行了许多方面的交流。但留他吃饭,他死活不肯,非常执拗,走的时候,还是露出那个陌生而熟悉的倔强笑容。我一直将他送到公共汽车站,看着他上了汽车,打开窗子,挥手告别。

在滨中四年的读书岁月,不能算长,也不能算短。我们在时光的操场上,写下了葱茏的诗行;在安静的课堂里,奠定了人生的基石;在空旷辽远的蓝天下,也曾经留下过许多悦耳的歌声。老师们传道、授业、解惑,不忘初心、牢记使命、操守有责、兢兢业业。他们自己也许不知道,但对于我们来说,他们就是那个年代大名鼎鼎的明星。透过岁月,我们看到了他们年轻的样子,也看到了我们幼稚的样子。曾经的时光,风华正茂,是他们带领我们攀登书山,是他们带领我们畅游学海,是他们带领我们看遍了孩提世界最美的风景。对于我们曾经在滨中读过书的许多同学来说,谁的心里没有几位刻骨铭心的老师?谁的记忆中没有几位值得仰慕和尊敬的先生?不论过去、现在,还是将来,一应如此!每个人都可以从自己的角度,清清楚楚地记得并叫出他们的名字,是他们让我们获得了知识和智慧,提高了能力和素质;懂得了礼仪,知道了责任,学会了感恩;明白了拼搏与奋斗的意义。同样是他们,点亮了我们的心灵之灯和灵魂之烛,告诉我们什么才是真正的友谊、爱情与幸福,启示我们人生需要的理想和信念……点点滴滴记在心头,早凝成为脑底岩石和人生年轮。岁月可以远去,但记忆却召之即来。这其中有我们对母校的最深惦念,也有我们对老师的无尽感激!

东坎老电影院

电影院确实是放映故事的地方,其实它们本身也充满着故事,许多时光都留在故事里。每一座东坎老电影院,都是一部记忆的放映机,播放的影像和闪烁的画面,不是历史的浮光掠影,而是人生的刻骨铭心。

西街电影院应该是东坎比较早的露天电影院,离我们家大概有十五分钟的路程。因为我小的时候经常到这儿看电影,所以印象比较深刻。记得它的外墙朴实无华,是用石灰刷白的,道道砖痕凸显,行行沟壑分明。有个售票的小窗口,从上面探出脑袋来,窗脚下还有两级台阶,便于小孩买票。一条用立砖铺就的小路从门前穿过,电影院就地取势、转角柔和,拥揽着一幢房子和四面砖墙,简单地围起来就是一个不大不小的扁平空间。说老实话,要是没有外墙上那些剥落的电影海报,人们不会认为这是一家电影院。这里白天"没精打采",晚上却"精神抖擞",异常热情地"张开双臂",迎接来自四面八方的观众。当年看电影是人们喜闻乐见的主要娱乐方式,所以每天晚上这里都人头攒动,热闹非凡。一只明晃晃的超大瓦数的白炽灯,把门前照得辉煌透亮。人们来到这里,先要买票,大概一两毛钱一张,然后持票进场,尽情享受。大家看电影时心潮澎湃,看完电影后还余兴不衰。

事实上这里准确说应该叫电影场,因为它是露天的,但这么多年来大家都叫电影院,也就这么叫了。到这个地方看电影唯有一点不方便就是里面没有凳子,所以每次都必须自己带。如果家住得近还好办,要是远点,扛个大板凳走上几里地,确实比较累。后来我们想了办法,就是到住在电影院附近的亲戚朋友家里去借,就地取材,用后即还,以此消除来来回回的劳顿之苦。但能不能在电影院找到好位子,还要取决于能否早点进场,只有早点进场才有更多的选择权,这是大家心知肚明的规则,也是暗暗较劲的地方。如果是晚上六点半的电影,有的人下午五点半左右就进去了,目的就是找一个好位子,却愣是要在里面等上一个多小时。大部分的观众都在电影开映前赶到,那时大板凳、小板凳、方凳、圆凳交响曲一起"联奏",人们在门口挤得水泄不通,比肩接踵地往里挪。有时凳子拎在手上不好往前挤,不少人就把它们举过头顶,如果看到熟人,还要忙中偷闲地跟人打招呼,顾此不失彼!这一批人进去以后就会出现新的问题。中间的好地段肯定是被先到者占领了,晚到者只能在他们的前后方寻找地方。如果凳子是摆在他们的后面的还好,一旦摆到他们的前面,要是凳子矮也没问题,但常常人们更愿带高凳子。这就容易挡住先到者的视线,他们肯定不会乐意,总会出来阻拦,这时如果处理不好,就容易"燃起战火",动起手来也未可知。

但我有次发现一对小夫妻在这里刚刚争得地盘,突然看到两位老人进来,二话不说就让出自己的"领地",让爷爷奶奶坐在了中央,自己到外面重新寻找地方落座。本以为他们是一家人,后来一问才知原来他们也不认识,纯属毫不利己、专门利人。刚才看起来还威风八面的凶相,居然还能够有如此温暖的柔情,他们突然间就像变了人似的。我当时还真的蛮感动的!至于那些找不到更好位置的观众,就只能把凳子放在四周,随着前面层层垫高,他们必须"水涨船高",到最后也就不得不站到凳子上去了。对于他们来说,这也是别无选择的选择。

那些在门口负责验票的人把握着电影院的"咽喉",有着"生杀予夺"的大权。只见他们站在两边木头做的岗台内,认认真真、兢兢业业,洞察秋毫,严格把关。当时也不乏有人使用过期票来以假充真,但哪怕是形状和颜色一样,也绝对逃不过他们的火眼金睛。

当年放电影很简单,就是在北墙边上挂起一个银幕,放映机"潜伏"在南面的房子里,悄悄地通过一个洞口,透出一束光来,投射到银幕之上,然后画面就开始演绎起栩栩如生的悲欢离合。当时也会有人刻意在北墙外面偷看电影,只不过看到的影像都是反的;同时因为围墙的遮挡,银幕只能看到上半部分。但不管怎么说,能看到多少是多少,只要能看到,也能一解看电影之馋。当年放映的操作规程是这样的,先放《新闻简报》,再放故事片,人们对此习以为常。等到影片放映到一大半,这个时候就不会收票了,那些卖票的和验票的也该下班了,人们也可以自由进出了。因此,许多人都喜欢这个时候来"拾大麦",也就是说不花钱来看影片余下的部分。情节到了二半吊子的阶段,还能有什么看头?只是因为人们曾反复多次看过这些影片,对其中的情节了如指掌,他们对能不能看到前面的情节根本就不在乎,随时都可以把它们从记忆中调取出来,然后与看到的情节联系在一起,通过心理蒙太奇,组合成一部完整的影片。他们来"拾大麦",既能讨便宜,又能赚乐趣,还能娱乐心情,何乐而不为?

后来因为家搬到了城南,灯光球场就成了我们看电影的新去处。灯光球场,顾名思义就是晚上可以在灯光下打球的地方,因为打球的人越来越少,后来就索性把它改造成了电影院。在这里看电影有两大好处:一是地方大了,比较宽敞,没有那种寸步难行的逼仄感;

二、乡 情

二是不用带凳子了，这里有一排排的水泥长凳。但如此水泥长凳，在夏天骄阳的暴晒下，常常是滚烫滚烫的，一屁股坐下去，还真的受不了，必须用报纸垫上才能入座。同时，多带几张报纸，我们还可以提前给亲朋好友占上位置。天黑下来就是开机的命令，三十五毫米放映机转起来就相当于电影拉开了帷幕。当年的电影都是一本一本地放，一本放完以后再换另一本，但问题是当时的拷贝不是很多，往往一部片子同时在几个影院错时放映。这就是我们熟悉的所谓"跑片子"，现在还有这种说法。比如有人在春节期间受到三家亲友的邀请，你不可能分身到三家吃饭，但也不好意思拒绝人家的好意，怎么办呢？于是他们就只能采用"跑片子"的方法，也就是在第一家吃一点，打个招呼，赶忙往第二家跑，在第二家喝两杯，打个招呼，再往第三家跑。这样三家都到了，三家都满意。但电影"跑片子"不可能每次都卡得严丝合缝，有时也会因故迟到几分钟，出现断档，举座愕然。这时银幕上就会推出"等片"的字样。我们最怕的就是银幕突然没有影像、黑成一片，嘴快的马上就会喊出"片子烧掉了"，确实就是片子烧掉了，放映机因此转不动了。好多时候都是在情节发展到关键时刻出现这种情况，好像专门与观众作对似的，越是想看的地方越是看不到，越是悬念绷紧的时候越是煞风景，但是放映员好像对此见怪不怪，胸有成竹，总是不慌不忙地先打开电灯，然后把胶片拉出来，把烧的一部分剪掉，再把后面的接起来继续放下去。

在灯光球场电影院，我看过不少国产片，还看过许多外国译制片，包括《卖花姑娘》《摘苹果的时候》《母亲》《雾都孤儿》《流浪者》《大篷车》《叶塞尼亚》等。应该说，在这个电影院里我几乎没有错过任何一部片子。比如，当时对这些外国影片就有这样的比较形象的概括："越南电影是飞行大炮，朝鲜电影是哭哭笑笑，印度电影是唱唱跳跳，墨西哥电影是搂搂抱抱，阿尔巴尼亚电影是莫名其妙。"应该说，这些经典的影片都是沙里淘金，每一部影片都值得回味咀嚼，它们也一刻不停地在为曾经的岁月深情歌唱。朝鲜影片《卖花姑娘》放映的时候引起了轰动，大家笑逐颜开地进去，满脸悲戚地出来，影片放了几天了，电影院的门前还是人潮涌动，许多人百看不厌。《卖花姑娘》以其强大艺术感染力，彻底拧开了中国人泪腺的阀门，让人的眼泪一泻而下，不仅淹没了电影院，也涌进了千家万户。我们对这些影片的记忆几乎是与灯光、球场、电影院的记忆紧密联系在一起的。深刻的印象、凝聚的情思、沉淀的生命，都变成了审美感觉风生水起的历史痕迹。只可惜这里也是露天影院，晴天没事，但下雨天就不好办了，大家都会把自己的伞撑开，这时基本已不是在看电影，而是在看密不透风的伞了。许多人因此半途而退，也只能看"半拉子"电影。

在这一点上，到师部礼堂就要更胜一筹，因为风雨无惧。当年的驻军是独立师，师部设在东坎。师部有两个大院子,东面的是生活区,西面的是办公区,平时都有岗哨守卫,一般人进不去,但周末也会定期放电影。我们同学中有部队首长的孩子,会经常给我们送票。同时,父母单位和我们学校也会经常在这里包场,所以我与师部大礼堂也会有经常性的亲密接触。大礼堂属于西大院,坐北朝南,巍峨高大、威风凛凛、气度不凡。我们从大门进去,向右转,走四十米左右,再爬十几级台阶,就能到达大礼堂门口的平台。当时我对这里的一切都颇感新鲜,特别是第一次来的时候,发现这是一个多功能的礼堂,可以开会,可以演戏,也可以放电影,完全是对号入座,不需要提早进场,一排排木头做的椅子"虚席以待",那种有了"依靠"的感觉真好,不需要总是抬头挺胸。这里放映的影片大都是军事题材,而且战争片居多,有《地道战》《地雷战》《南征北战》《列宁在十月》《列宁在1918》《打击侵略者》《铁道卫士》《奇袭》《永不消逝的电波》《渡江侦察记》《平原游击队》等。当我品味这些依稀的记忆,回过头来,深感当年也并非"空空如也",还真的看了许多优秀的作品。我至今还能记得许多经典的台词:《小兵张嘎》中的"别看今天闹得欢,就怕将来拉清单";《永不消逝的电波》中的"永别了!同志们,我想念你们";《英雄儿女》中的"为了胜利,向我开炮"等。这些至今依然清晰地存放在我的记忆里。曾经的喜悦与快乐依旧在心里潜滋暗长,成为我们记忆中不可或缺的资源。那些滚瓜烂熟的桥段奈何去时已远,但心灵的悸动却代表着对翩翩少年时代的怀念。许多有趣的往事几乎触手可及。比如和同学们一起经常会扮演影片中的不同角色,互相对峙,各出奇招,陶醉其中,自得其乐:如果是安慰战友,就会深情地说"面包会有的,一切都会有的"(《列宁在1918》);如果是争取胜利,就会高声喊道"为了新中国!前进"(《董存瑞》);如果抓住"敌人",就会斩钉截铁地说"在中国的土地上,绝不允许你们横行霸道"(《平原游击队》),还会用木头枪一指,"我代表党,代表人民宣判你的死刑"(《党的女儿》);如果是被"敌人"抓住了,就会宁死不屈地说"头可断,血可流,共产党员的意志是打不倒的"(《烈火中永生》)。有的同学在扮演正面角色时,并不气宇轩昂,也没看出他有多大的能耐,但扮起反派人物来,却神气活现、惟妙惟肖,模仿口吻丝毫不差,还有摇头晃脑、低头下腰、垂死挣扎的搞笑动作,真的让人捧腹大笑。如:《地道战》中的"高!实在是高";《闪闪的红星》中的"我胡汉三又回来啦";《南征北战》中的"看在党国的份上,拉兄弟一把";等等。这些不仅我们记得,许多人都记得,在当年就是大家的口头禅和社会的流行语。重温着这些从电影院"飞"出来的妙词佳句,许多事情依然令我记忆犹新。

当然,师部大礼堂主要是为部队解放军指战员服务的,地方上也应该建有全封闭的影

二、乡情

院。滨海电影院由此应运而生。当时只要是周末，电影院里基本上是满座的，遇到新上映的热门影片，人更是络绎不绝，有时还会一票难求。如果买不到票，就只能到票贩子手里买二手的，不过要稍微多费点钱，有时确实有点心疼，但一咬牙也就过去了，反正想看的电影一定要看到。这时电影院的门前今非昔比，已经改变了画风，呈现繁荣的景象，各式各样的摊点，各式各样的零食，瓜子、山楂串、爆米花等一应俱全。看电影已不再是一个艺术欣赏的过程，还是一个物质消费的过程，边吃边看成为了时髦，边看边聊变成了时尚，这里也就顺理成章地变成了大批年轻人的主战场，成了谈情说爱的地方，他们为了把恋爱谈深、谈足、谈实、谈透，居然能够坚持不断地看完一场接着下一场，通宵达旦、不知疲倦。想起这些与老电影相处相伴的日子，许多看来微不足道的事情，以为随着时间的飘逝，都会灰飞烟灭，没想到，在日后念念不忘的回味中，却被永远地记住了。当年的影片主要分三类：一是新时期拍摄的故事片，有《小花》《庐山恋》《牧马人》《天云山传奇》《芙蓉镇》《少林寺》《西安事变》《保密局的枪声》《吉鸿昌》《归心似箭》《泪痕》《苦恼人的笑》《生活的颤音》《巴山夜雨》《人到中年》《大桥下面》《被爱情遗忘的角落》《今夜星光灿烂》《小街》《城南旧事》等；二是20世纪30年代的经典老片，有《马路天使》《乌鸦与麻雀》《一江春水向东流》《八千里路云和月》等；三是恢复放映的优秀影片，有《舞台姐妹》《早春二月》《兵临城下》《天仙配》《阿诗玛》《五朵金花》《李双双》《今天我休息》等。有多少往事变成了故事，有多少记忆变成了回忆。记得庞学勤在《甲午风云》中扮演了有胆识、有血性的王国成，"老乡见老乡，脸上有荣光"，当年走进电影院的影迷就是冲着他是我们家乡人的这个号召力，人数日益增多；在《野火春风斗古城》中，王晓棠一人分饰金环和银环两个角色，性格各异、风采各具、演技娴熟，也是因为其弟王栋辉在滨海从医，并以开大剂量中药方闻名乡邻，所以许多人误以为王晓棠也是滨海人，人们在看电影的时候也会引此为豪，殊不知，王晓棠原籍江苏南京，出生于河南开封。

随着社会的发展和时代的变迁，过去风靡一时的老电影院已经难觅踪迹，取而代之的是大型商圈中的现代化影城，无论是观影环境还是放映效果都已更上一层楼，再加上电视、电脑、平板电脑等涌入了寻常百姓家，人们看电影变得非常容易。面对现代观影方式的翻天覆地，许多东坎老电影院毫无疑问都已成为历史，但不复存在并不意味着可以磨灭，推陈出新更不排斥怀念过去。人们总会不自觉地停留在自己曾与东坎老电影院的种种瞬间，虽斑驳陆离，虽模糊不清，却绝对值得被长久地记忆；我们不是为别的，就是还想看看青春的芳华和当年的模样。东坎老电影院这一路走来，也许回忆很拥挤，但满满的都是岁月的味道！

老 车 站

当长途汽车伴随着漫漫人生旅程不断出发的时候,长途汽车站注定成了令人难以忘怀的地方。滨海老汽车站作为家乡著名地标"大花园"的紧密邻居,车子转过来,就进入四周围墙圈起来的大院子。有两个门并排朝东,一个是靠南面的供汽车进出,另一个是靠北面的供旅客进出。前者车子进站出站,来来往往,络绎不绝;后者主要是候车室。这座建筑在当年看来还是比较像模像样的,门楼上用草书写着"滨海县汽车站"的字样,白天非常醒目,晚上被灯光照得清晰透亮。整个外墙好像是用砂浆抹面做成的,呈淡棕色,看上去有点老旧,好像已经沧桑剥落,却经年历久、耐磨耐用。与车站毗邻的还有许多商场,最主要的是车站饭店。这个饭店不仅蹭了车站的"名",也蹭了车站的"客"。上下车的旅客,很多都会到这里歇脚吃饭,既方便了客人,也让商家赚得盆满钵满。

进入老汽车站大厅,一眼望去,南面有售票窗口。那个年代还没有私家车,除了找到顺风车,凡是要出行到外地的,都必须到售票窗口买票。开始售票窗口人还比较少,后来上大学的人多了,售票窗口也变得拥挤不堪。特别是在春节期间,车票格外紧张,有时一票难求,发现这种情况后,我们一般都会在下车后就赶快跑到售票窗口,提前把返程票买好。手中有票,心中不慌。但并不是每次都很顺利,有的时候,我们要在这里排很长时间的队,还免不了遭遇插队的情况。有的人确实急着买票上车,这是可以理解的;也有的人就是想投机取巧,他们会自作聪明,搭讪已经排队的,故作一家人,并肩而行,然后乘虚而入,巧取胜似豪夺;那些没有滑头心思的人,只能老老实实地排队。问题是有时刚刚排到,正好售罄,这是最让人挠头的事。当时我们知道老汽车站总会留下几张控制票,以备不时之需,但因为突发事件概率很小,他们留到最后一天,就没有必要再"披着藏着"了,会主动拿出来卖。这种机会非常难得,但事有凑巧,有次居然"砸中"了我。当时我正急得像热锅上的蚂蚁一般,要赶回南京,多次去都买不到票。在万般无奈的情况下,待拟买车票期限

二、乡 情

的前一天,本想去碰碰运气,没想到歪打正着,还真的"终于等到你"。后来发现,如果实在买不到票的话,还有一个办法,就是先上车后买票,当然也就只能是站票了。

那时候开往南京的车只有两班,分别是早上6:10的和6:40的。记得考上大学那年,买的是6:10的票,前一天晚上我把一切都准备好了,第二天4:30起床,简单地吃了早饭,父亲就忙不迭地推出了二八大杠的自行车,把我的木箱放在后座上,然后用绳子扎好捆紧。要外出读书四年,我把该带的生活用品和学习书籍都带上了,自己胸前只挎个帆布包,主要放证件和水果。一切就绪,然后出门,父亲在前面推,母亲在后面扶。那辆自行车基本属于"除铃铛不响其他都响"的"古董"。路上还会不停地掉链子,"磨磨叽叽""慢慢吞吞"。花了半个多小时我们才赶到老汽车站。老汽车站大厅迎面就是一堵墙,好像起着屏风的作用,两边都是可以进出候车室的门。我们先在大厅办好托运手续,然后进入候车室,找到对应的检票口,就近处找个位置坐下。好像乘车的逻辑千篇一律,至今依然如故,现在候车的还是如此。候车室虽不大,却是大千世界的缩小版,充斥着各种各样的社会世相:大声喧哗的,来回走动的,悄悄看报的,匆匆吃早点的,扔东西的,扫地的,倒水的……当然也会经常遇到"彩虹般"的人物,让我们眼前一亮。当年候车室里摆的都是长条木椅,有紫红色的,也有黄色的,有新的,也有旧的,都混搭在一起,但总是供不应求。许多乘客涌进来以后,很快就坐满了,但时常也会发现,有人主动给老人和小孩让座。

车站不仅是迎来送往的"集散地",也是情感表达的"高潮区"。事实上对于离别这件事,大家早就心知肚明,只是心照不宣,好像情感都在酝酿之中,潜伏在心底处,只有到了离别的那一刻,才会如电光石火,瞬间点燃,如山洪暴发,泪崩如泻。我曾看到一位母亲哭着来给考上大学的儿子送行。只见她慈爱的眼光一刻都没有离开过儿子,儿子就像她的手心肉、掌中宝;只见她一会儿帮儿子理顺头发,一会儿又帮他整好衣裳;千叮万嘱要好好照顾自己,不要省钱,正在长身体,饭要吃饱,菜可多买点,不要忘了有时间多给家里写信。最后一句话在当年很时髦,"家书抵万金",这对于现在的年轻人来说,好像有点"洞中一日,世上千年"的感觉,写信已经变得不可思议了,因为今天传送信息的方式特别发达便捷,没有必要沿袭"传统"的方式,但当年信件还是交流信息、维系情感的主要工具,鸿雁传书、纸笔传情,这是多少家长希望了解孩子学习和生活情况的美好使者啊!家书在他们的心目中都有着十分重要的地位。刚才眼前发生的一幕,对于我来说,本以为是一个有趣的插曲,只是看看热闹而已,但没想到的是,同样的事情也会发生在自己身上。通过检票口后,我准备上车,回头向父母挥手致意,父亲还能控制情绪,而母亲早已哭得稀里哗啦。

此情此景

记得当时用钳子在票上打个洞或剪个缺口,就可以通过检票口了,拿着这个票上车。当年的客车还没有能够把车下的空间开发出来,许多行李还要放在车顶上。我看到自己的那个木箱就是被人慢慢地移上去的,还有人托运的自行车,也是被倒放在上面。待陆陆续续、大大小小的行李装满了以后,驾驶员再把油布盖上,然后用网兜全部罩起来,将绳子拽到四周,在铁栏上多绕几圈,扎紧绑牢。这样"任凭风浪起",也会"稳坐钓鱼船",保证那些行李万无一失,也不怕"风吹雨打"。

乘客上车必须对号入座,这是默认的规则,但也有以为空座先占着的——万一没人坐呢?待座位主人来后再让也不迟。当年人们认为客车最好的位子是1号和2号,也就是驾驶员的后面一排的两个座位,那儿空间比较大,视野也比较开阔。其他座位当然也不错,就是空间小了点,坐的时间长了,腿要受点委屈。最不舒服的要数最后一排,车子开起来以后,颠簸得非常厉害,瞬间就可完成从腾空到跌落的过程。当时还没有高速公路或一级公路的说法,只有沙子路、土路,最多就是柏油路,到南京要开七八个小时,这一路颠簸下来,骨头都会散架,所以如果前排有乘客中途下车,后排的乘客都会争先恐后往前移,就是为了减少劳顿之苦。

待全部乘客上车以后,驾驶员一般都会准点发车,也有多个几分钟的。没想到,这时那个千叮万嘱的母亲又窜了出来。她很可能是绕了一大圈,从前面大门进来的。她叫儿子把车窗打开,紧紧拉着儿子的手,又是一阵万叮咛千嘱咐,还耳语了几句,看到车子开动了,这才恋恋不舍地松开了手。其实,那位母亲的心情,我是能够理解的。儿子上学就要开始过独立生活了,没有以往无微不至的关心在身旁,确实会有一千个一万个不放心,可她应想到,儿子长大了总是要出去的,必须学会面对自己的生活,能管得了他一阵子,不可能管不了他一辈子,凡事还得靠他自己!在这一点上,我觉得挺自豪的,我的父母可没有像她那样婆婆妈妈、喋喋不休。但当车子转过弯来后,我忽然发现两个熟悉的身影,原来我父母也进来了,看来人同此心、心同此理。谁的父母都一样,只是牵挂的方式不同而已。可怜天下父母心!

我们从南京回来的时候,到了通榆桥,就离大花园不远了,到了大花园就意味着到站了。当时每家都会早早地派人来接客。只要车子一到站,就有一群一群的人围过来。从哪儿来?几点的车?大家都在寻找自己要接的人,如果这班车没有接到,就等下一班,再没有,再等下一班,直至接到为止。所以我们一下车,就能感受到满面春风。他们笑容可掬,嘘寒问暖,帮助我们拎大提小,一路小跑地从车站的小门出去。这里好像也没有设立

二、乡　情

验票的岗位,但出去以后就是繁华的街道。事实上有人来接,开始时我们还是蛮期待的,只是当年有些"老掉牙"的客车不太"架势",经常会在路上抛锚,无法保证准点到达。当时也没有手机,家人只好在车站干等着,特别是冬天冒着凛冽的寒风,一等可能就是几个小时。我们真的于心不忍,后来干脆就不让他们来接了。其实那时回去也很方便,三轮车到处都有。只要汽车一进站,就会有人主动上来揽生意,许多三轮车夫甚至会跑到院子里来拉客。有时车站内停满了车子,只能停在站外。车门一打开,许多三轮车夫就一拥而上,招揽声一声更比一声高,先是问你到哪里,然后就是互相杀价,但我总喜欢避开喧闹,到安静的地方,叫上三轮车。我知道,那些喊得最凶的,看上去最热情的,也是宰客最狠的。我就曾经遇到过,在讲定价格以后,他们在路上还会继续想方设法抬高价格,不断重申这样那样的理由。因为考虑他们营生不易,也没有多少钱,面对这种情况,我常常都会遂其所愿,但这种强买强卖的方式,感觉还不是太好,总觉得有点别扭,也缺少基本的交易诚信。总体来说,大多数三轮车夫还是遵守规则的,待客似亲。特别是那些不声不响的三轮车夫,总会不声不响地把你送到目的地,默默无语胜过千言万语,这时我反而会主动加价,不让老实人吃亏。他们是体力劳动者,特别是从事服务行业的,真的很辛苦。这样一来二去,我就与其中的一位混熟了。这种缘分的奇妙之处还在于,每次回来我都能在车站外碰到他,看来我也非他莫坐,许多三轮车夫都很不理解,还以为我们是亲戚,殊不知这是我们多次合作建立起来的默契。

每每都会在老汽车站候车室门前停一下,我要去买点吃的。这里到处是小摊点,有卖卤鸡蛋的、卖玉米棒的,还有卖包子的等。我要隆重推荐的,是一家卖山芋团子的,做得非常漂亮,热腾腾的蒸笼一打开,山芋团子透明、粉嫩、油亮,让人垂涎欲滴,迫不及待地就要咬上一口。山芋团子有各种各样的菜馅,我比较喜欢的还是马菜,一口下去,细腻松软、清香盈舌,那种味道特别正宗,确实是家乡味道!但有几回我却没有看到他们,这让我心有所失,待再次见到他们的时候,那种熟悉的感觉又回来了。老板告诉我因为家里砌房子,有一段时间没能再做,现在又开始重操旧业,还请多多关照!因为喜爱,我向很多人做了推荐和介绍,没想到许多人慕名而去,都满意而归。这份记忆中的山芋团子,那独特难忘的口感一直都留在我的味觉里。

有次暑假回家,到站后就下起雨来,当时三轮车夫大多躲雨去了,我们只好向候车室跑去,希望在那里躲一会儿,当大家一起涌到检票口,本来是检票上车的地方,现在却成了退回候车室的通道。外面的雨越下越大,只见检票员十分麻利地打开锁,把我们放了进去。这时一位满头银发老太在年轻小伙子的搀扶下,也随着我们一起走进了候车室。他们一直都在东张西望,好像是在寻找接站的人,不一会儿果然有两个大妈带着三个姑娘,从外面急匆匆地赶来。没想到,她们一见面,就抱头痛哭起来。当时我对此心生好奇,饶有兴趣。原来这位老太早年离开家乡去了广东,近年来因为老伴瘫痪在床,她整日在家忙前忙后,须臾不能离开。去年老伴离她而去,她现在一个人生活,于是就想回老家来看看。老太说她离开家乡的时候还没有这个汽车站呢!"浮云一别后,流水十年间。欢笑情如旧,萧疏鬓已斑。"不仅翘首以盼的归来人银发飘飘,翘首以盼的等待人也已两鬓斑白。久别重逢,她们相谈甚欢。这时,雨还继续下着,雨滴匆忙,雨音成诗。一声声不停,散作万千琵琶语;一线线不断,就像思念如注,情深意长。

　　为了适应乘客的需要,后来在城西又建了一个汽车站,原来的叫老汽车站,这里本应叫新车站,但家乡人偏不这样,反而称老汽车站为大车站,称新站叫小车站。可见人们对老汽车站的感情非同一般!老汽车站直接面对市场,也焕发了"青春"。在南京这条线上开拓出了中午班次,一般是12:30,因为这个时间段,路上车辆比较少,花5个小时左右就可以到达南京,人们当晚可以稍微休整一下,第二天正常上班。有了这样班次,上班族就可以多"赚"半天时间与家人在一起!因此,在南京工作的朋友,许多人都喜欢乘这趟客车。那天我和朋友正好在老汽车站相遇了,真是喜出望外。我粗略算了一下,我们这些人在南京工作的时间,大部分都已超过了在家乡的生活时间。因为长期在南京工作,就要入乡随俗,也是为了交流的需要,特别要在方言口音方面及时调整,要不然人家听不懂,不仅会误会,还会误事,所以我一直努力把舌头"翘"起来,争取向标准的普通话靠拢,但结果却出乎意料,有时还适得其反。有回到镇江出差,有人认为我是扬州口音;后来到了南通去,又有人猜我是扬州人。既然他们都有这么肯定的判断,我也就认了。想想也是,家乡在苏北,工作在苏南,两种口音综合起来,在中间打个折,就应该是苏中的口音了。再加上我原本祖籍就是宝应,追根溯源,也应该是苏中人,何乐而不为!但如果回到家乡,就应该马上变回原调。在这一点上,确实需要随机应变,要不然你会频遭白眼,我算是切换得比较快的,能够秒变一口土得掉渣的"山芋腔"。这也许是喜欢吃山芋、山芋干和山芋团打下的"童子功",但也有人切换得比较慢,甚至还有人根本就切换不过来。我们其中就有一位朋友属于这种类型,本来大家见了面,就是简单地寒暄一阵,各自问好而已,但这位朋友偏是喜欢热闹,大张旗鼓,洋腔阔调,滔滔不绝,如果这是在南京又作一说,问题是我们都还沉浸在家乡的语境里,他的南腔北调,许多听起来,就觉得非常别扭。有时卷舌,有时不卷

二、乡情

舌,有时"土",有时"洋",有时是"洋夹土",有时"土夹洋",严格意义上,还不能算是"滨海普通话",更准确点说,应该是"滨海南京普通话",不像滨海话,又不像南京话,更不是普通话。三不像、三不靠,最后整出来的却是一个"三合一"。这家伙来了这么一招,还真的成了活宝,一下子就抓住了我们的兴奋点,大家鹦鹉学舌,惟妙惟肖,用夸张的方式进行模仿。他因此成为"众矢之的",被作为取笑对象,好在他性格开朗,幽默风趣,不管大家怎么说,爱咋咋地,哥们儿就是坚持做自己,依旧我行我素。没想到,这个打打闹闹,那个开开玩笑,时间过得飞快,慢条斯理的等待过程,反而变成了嘻嘻哈哈的快乐时光。

有人说,如今你的气质里,藏着走过的路、读过的书和爱过的人。但我要说,其中还藏着自己曾经从老汽车站进出的印迹。在这里相遇有着许多猝不及防,在这里离别也会有许多迫不得已。但不管怎样,也无论如何,在老汽车站的日历上,已经写满了许多故事和难忘情怀。虽然这里早已失去了往日的熙熙攘攘,但在我们心中,从来都没有冷冷清清!

念念不忘家乡桥

我的家乡在苏北滨海。尽管这里水道纵横,却还没有达到水网密布的程度。很早的时候,人们出行的方式就是以陆上步行为主,没有那种桨声欸乃的满城游弋。虽不是严格意义上的水乡,但这里的人们对水却有着深厚感情。正所谓一方水土养一方人。以东坎老街为中心,南面有一条河叫前河,北面有一条河叫后河,东面有一条河叫东圩河,西面也有一条河叫西坎河。这样的河道结构,基本上是把县城像一块宝地一样裹围在中间。为了方便人们的出行,沟通两岸的往来,各种各样的桥在这些河流上陆续建起。人们来往于此、依仗于此,也密切于此。日久生情,便形成了这样那样的亲近关系。在许多人看来,这些桥并不是没有生命的冷冰冰的建筑物,而是不断散发着温暖岁月的柔情、律动翩飞的张扬和与人们心心相印的爱的味道。

我们在嘴上说得最顺溜的就是四八桥。你经常会听到这样的对话:(小声地问)"你家现在住在哪儿?"(大嗓门回答)"四八桥外。"四八桥外就在东坎的东郊。这也是一座饱经风霜的桥,开始的时候是木桥,后来改建为水泥桥。当年我们只知道说这个名字,也经常会到这个地方去,但对为什么叫"四八桥",确实不是很清楚。我这次专门去查了下,得到了这样一种说法:这座桥当年是为了纪念叶挺和王若飞烈士而建的,因为他们乘坐飞机,于1946年4月8日在山西兴县的黑茶山遇难,所以叫"四八桥"。县城的东面有西八桥,西面则有西坎桥。它这好似东坎与西坎交界上的一座桥,桥这边是东坎,桥那边就是西坎了,此疆彼界,泾渭分明。在南面还有一座立新桥,有着为社会主义建设再立新功的寓意,立新桥南就是南郊。这个地方我比较熟悉,因为我曾在商业职工学校工作过一段时间,学校就在立新桥附近。当年我天天都要从桥上经过。这座水泥桥跨度并不是很大,但知名度却颇高,只要一说起,老东坎人都知道。在北面还有一座东升桥,水天一线,毫无疑问那是最适宜看日出东升的地方,东升桥外就是北郊。东升桥最早叫北牛桥,当年也是座木

二、乡　情

桥,这个名字也许与大批牛群经常从这里路过有关。

有些桥因为我们走过,记住了;有些桥因为我们没有走过,也记住了。其实我对于东坎以外的桥,还有两座印象比较深刻。一座是蔡桥。知道这座桥是从知道蔡桥公社开始的,知道蔡桥公社又是从知道蔡家桥开始的。据说在康熙年间,当地有个姓蔡的人家修建了一座木桥,极大地方便了两岸的老百姓,人们都很感激。既然是蔡家修的桥,大家也就毫不吝啬地把它叫作蔡家桥,希望把感恩永远镌刻其上。还有一座是通榆桥。这座桥给我们有趣的童年染上了瑰丽的色彩,它跨越在浩浩荡荡的通榆河之上,因为其体型比较修长优美,当年在我们的心目中,不亚于南京长江大桥。我们经常靠两条腿的"11"路车去,也靠"11"路车回,十几里地走下来,还真不容易,偶尔在路上碰到"二轮车",就像现在"打的"一样,我们也会招手叫停,跳上车子,坐在后面,把自己从劳累不堪中解放出来。等到自己学会了骑自行车,就方便多了,可随心所欲、随时随地踩个来回。去的时候,要爬一个很大的坡,有的时候要站起来踩,才能一步一步地蹬着上去,但回头下坡的时候,我们一路顺势而下,只要没人,就可以放胆"狂奔",衣服都会被吹到后面,吹得好高,一个字就是"爽"!

说老实话,东坎的桥确实很多,但真正我们走得最多的,还是新建桥、中市桥和红星桥。这三座桥正好处于城区的中心地带,"提携"着两岸枕河而居的人家,"庇护"着河道的潺潺流水,它们各自独立,遥相呼应,夜以继日地迎接着南来北往的人们。

最东头的是新建桥,这座1954年建成的钢筋混凝土结构的现代桥,在家乡人心中是县城最著名的桥。它是贯穿南北交通的主要枢纽,也是人们日常生活的必由之路,每天都毫不懈怠地装载着许多急切的繁忙和肆意的繁华,不仅留下了家乡发展的历史轨迹,也落满了每个家乡人的温暖脚印。现在我们看到的桥是1989年重建的。尽管从旧桥到新桥发生了多次变化,让我们感到非常惊喜和无比自豪,但它始终不变的情怀就是运送着一批又一批的人生梦想和生活目标。这座桥的重要作用不仅在桥上,而且还在桥下。大家知道,响坎河水在进城前绕了一个大弯子,待到经过新建桥的桥洞后,就好像进入了老东坎的黄金水道。这里基本都是人们想要到达的目的地,所以来来往往的大小船只都停泊在新建桥的内侧尤其是北岸。如果停不下了,他们才会考虑到外侧去驻足,许多相应的部门单位和服务行业也因此风生水起。我们耳熟能详的有滨海饭店、粮食局大楼、航运公司、滨海纺织厂、面粉厂等。

顶西头的是红星桥,最早的时候这里也是一座木桥,后来改建成了水泥桥。因为路途比较远，从这一带过桥的人相对要少些，除非是家住在那附近或要到这个地方办事的。我记得自己曾沿着西耙头街上去，踏着被时间磨得珠圆玉润的青石板一直往南走，爬了个小坡就来到桥上，穿桥而过，便能见到乡村的广阔天地。就当年情况而言，我们已觉得这座桥"年事"已高，有点"老态龙钟"，桥面上也显得破烂不堪。虽说这座桥在我们的印象中是"高龄老人"，但在有些人心中却还是那样青春焕发。我曾跟朋友聊起过这个话题，这位朋友的家就在西耙头街，当年他的生活圈就是以红星桥为中心，不管是上学还是玩耍，好像都离不开它。他时常会惦记着家乡的这座老桥，每一个细微之处都有他的心灵之光，而且永远是那样清晰，那样生动，每每提及，他总能侃侃而谈。他说经常会在梦里遇到它，看来他是真的忘不了它。虽然他的老家已不在西耙头街，早就搬到新居，但每次回去，他总要到桥上走走，去看看它、陪陪它，寻找当年的记忆，也感恩它的陪伴。因为时间的隔膜，不解就会求解，求解才能理解，在那些丝丝缕缕的牵挂中，总能找到许多温馨如昨的美感。美不仅是美的本身，还在于特定的审美关系，正因为红星桥聚焦在他人生的审美点上，所以才能见人所未见。

如果说新建桥代表着繁华与时尚，红星桥代表着娴静与空灵，那么居中的中市桥则代表着知性与优雅。当年的滨中和东坎中学都在中市桥南的这条线上，而第一实验小学和县直幼儿园也都在中市桥北的这条线上。应该说这座桥串联着当年家乡的一系列十分重要的知名学府，服务教书育人，畅通来往通道，对它来说，责莫大焉！我们家住在商业职工宿舍，每天都要经过鱼市口巷子，直接上中市桥，过桥后还要走两里地才到滨海县中学。我从初中到高中几乎天天都是这样与桥"亲密接触"。对于我来说，这座桥就是穿越整个中学时代的青春之歌。

"中市"也许就是市中的意思。但不管怎么说，它在前河的三座桥中，地处"C"位。据说这座桥是在20世纪30年代建的，是东坎第一座钢筋混凝土桥。一般人很少叫它的学名，都喜欢叫它的俗名"洋桥"。至于为什么叫"洋桥"，还需要进一步考证。有人说这是崇洋媚外，应该清除糟粕，但我却不以为然，这或许是从比较中呈现出来的个性特点。正如新建桥是相对于中市桥这些比较早建的桥一样，体现出来的是新旧对比，那么洋桥与红星桥凸显的就是洋土映照。红星桥最早不就是叫西土桥吗？当年的西土桥看上去确实有点土里吧唧的，"面相苍老""身材单薄"，跟洋桥不可同日而语。洋桥在与它的比较中，肯定会脱颖而出。洋桥柔情似水，湘绮生春风，流光泄水面，远远望去，如蝶如虹，翩然水上，洋里洋气，美不胜收。

二、乡　情

中市桥还有一个特别洋气的地方,就是北桥头堡上有一个亭子。飞檐翘角,生动活泼,亭子上面可以入座,四面透空,可以饱览景色,无遮无挡。到了炎热的盛夏,爬到亭子上面,习习微风吹到身上,感觉特别凉爽! 所以当年许多人把它称为凉亭。但奇怪的是,这个凉亭居然无梯可上,凭空高悬,只有通过攀缘才能上去,不知道是当年的设计,还是后来的变化,反正我们没见过,也没听人介绍过。当年能够上去的道,还是我们首先发现的。在亭子的下面有两排石柱,中间有两个"×"字形的支撑,我们开始摸摸索索,就是从这儿慢慢爬上去的,一般分为"两步走":先要爬到"×"字形的中心点,然后再站起来,用一只手紧紧抓住亭子上的栏杆,慢慢爬到入口处再用力翻上去。因为整个身体悬空,爬的过程还是蛮惊险的,既没有保护,也没有牢靠的把手,稍不注意,就会掉下来。曾经发生过这样的事情,但我们不知道天高地厚,也不知道害怕,更有"无限风光在险峰"的激励,所以屡屡"得手",非常熟练,一跃而上。好像具有这样勇气和技术的孩子也不在少数,我是其中之一。

只要爬到了上面,我们就可以"站享其成",接受八面来风的洗礼,眺望沿岸人家,聆听鸣琴流水,特别是看到机电船出其不意地从桥下面"突突"地出来时,确实还有一种喜出望外的感觉。这一带水质比较清澈,也是天然的游泳场。以前在这里曾举行过若干游泳比赛,还包括一些武装泅渡、百米竞游等。每到夏天,这里便是纳凉的好去处,河面上黑压压的一片,有老、有少,有男、有女。有人拿了个竹床子在河里扑腾,有人扶着大桶到处出击,有人躺在或趴在门板上优哉游哉,有人穿着五颜六色的救生服在学"狗刨",更有一帮年轻人戏水击水、各不相让。激烈水仗热火朝天,喧闹之声此起彼伏,要是游累了、闹够了、玩腻了,他们要么赶紧上岸,北岸有个码头可以接应他们,要么就是挤在桥墩上歇一会,但这个地方人多拥挤,常常难有立锥之地。人中有人,人外有人,人上有人,人下有人,这在当时确实也算奇特一景!

许多人对中市桥都情有独钟,也在情理之中,因为从这里可以比较方便地通往任何地方,我们与其朝夕相处,脉脉含情,自然而然,顺其自然,对其安危从没挂在心上,也从没有怀疑过。直到有一天中市桥中部突然下沉出现断裂,情况刻不容缓,桥需要紧急抢救时,我们这才切切实实地感受到它在我们生命中的重要性。我们惊异于它怎能会在一夜之间突然变成了耄耋老人,为什么平时没有注意到这一点? 看来我们确实使用它多于关心它。其实这么多年来,它一直都在默默奉献、任劳任怨,把我们一代一代人驮过河去,鞠躬尽瘁、耗尽心血,现在它已经到了筋疲力尽的地步,实在驮不动了。人们常常因为看到桥可以帮助人渡过难关的这一点,会把老师、同学和朋友等比喻为桥。这种比喻无疑是非常形象贴切的,他们确实在我们的人生中发挥着举足轻重的作用。我们能不能反过来做一下比喻呢?我觉得不但可以而且应该,无生之物同样有着非常值得尊重的蕴命之情,它也是我们的老师、同学和朋友等。这么多年来,中市桥给我们的感觉就是一直秉持坚定执着的信念,忍辱负重、勤勤恳恳、兢兢业业,即便是"重病缠身",依然是"咬紧牙关""挺身而出"。我们对此感同身受,也无不为之动情。认识它们、了解它们、理解它们、学习它们,那份安安静静的努力、悄无声息的坚强,就是无形的教诲和启迪。

　　没想到,这些年来对中市桥的依恋心理一直在暗自积聚,早就寄存了一份难舍难分的深厚情结。"人非草木,孰能无情",患难时刻见真情。桥的维修之日,就是我的期盼之始,从此天天都要绕道上学,我也天天都去看它。工程进度按期推进,通过一段时间的"休养生息",它也慢慢地缓过神来,渐渐地恢复了元气。约莫过了几个月,中市桥又恢复通行了,所不同的是桥的中部突然隆起了一块,是用许多厚厚的木板条密密匝匝固定起来的尖顶部分,这是外科"手术"所致。为什么要做这样的处理?据说一方面是因为力学的要求,一时难以用钢筋混凝土浇筑,就只能用木板条在高空中进行对接。这样至少在把"腐烂"的部分切掉之后,还能够通过这样的"缝合",短暂地维持正常的交通。另一方面随着桥洞的抬高,也便于更高的大船从这里通行。

　　说老实话,起初人们走在木板条桥上,总有些胆战心惊,担心这些木板条承受不了,透过隙缝还可以看到桥下流水淙淙,确实蛮害怕人的。其实完全没有必要,这些木板条都是精挑细选的,非常结实,木板条下面还有许多钢筋支架,人们无须为安全担忧!倒是我的近视眼,让我有了意外的收获。大概从小学开始我的眼睛就近视了,并不是因为读书多,主要是因为用眼不当。当年正好流行"登高望远"治疗近视眼的有效方法,有人告诉我:站在高处极力眺望远方,努力看清远处的景物,每天做 10 次,拉长视觉的焦距,就可以慢慢提高视力,甚至可以恢复到 1.5。在没有隐形眼镜的年代里,我对此笃信不疑,每天都要跑到桥上,站在最高处遥望水天相接的地方,坚持倒是一直坚持了,也从未松懈过,但效果却没有他们说的那么神奇,收效甚微,以致到今天我都没能痛快地摘下眼镜,但最近倒要摘下了,并不是因为近视的消除,而是因为老花的对冲,小字看不清了。在那个年代,我还是非常感激中市桥,毕竟让我站在高处,看到了许多别人没有看到的风景……

　　从 20 世纪 80 年代开始,家乡对许多老桥相继进行了改建。简单的维修只是权宜之计,只有彻底改变才能造就开阔的通途。这些新式的桥梁都有一个共同的特点,就是在保

二、乡 情

证安全和质量的前提下,都能积极地追求因地制宜的舒适感和有利观瞻的美观性。据说中市桥是在1982年重建的,现在我们看到的中市桥要比以前的规模大多了,也阔气多了,桥面拓宽了,桥身变长了,桥架垫高了,桥的栏杆和栏板均为镂空的混凝土造型,记得当年那些都还是实心水泥桥的桥檐,现在都变成雕龙画凤了。走在桥上,如沐春风,我东看看、西瞅瞅,30多米长的距离,在桥上面来来回回地走了大半个小时,几乎把它的建造时间、设计者、样式特点以及与周围环境的协调程度,都仔仔细细地琢磨了一遍。所谓"从无字处读书,从无形处看桥",就是要能够有中见无、无中生有,如此这般地看着摇曳的桥姿,轻轻徜徉在它的怀抱里,我如痴如醉、如梦如幻,许多行人好生奇怪,不时地指指点点,对此,我置若罔闻,一点都不在意。

也许这时我真的"发呆"了,与其说是对这座桥"发呆",还不如说是对往事"发呆"。那些留不住的韶光年华,那些放不下的温软岁月,那些忘不掉的远去背影,那些握不住的皎洁月光,在我们心灵最温润柔软的地方,总有着愈演愈烈的一席之地,因为如今的岁月静好正是因为它们曾经的负重前行。

这一座座家乡的桥啊,连接着东西,跨越着南北,更连接着岁月,把我们从现在摆渡到过去,从过去摆渡到现在,还要从现在摆渡到将来。对此,我们不仅要珍视今天,也不能忘记昨天,更要期盼美好的明天!

小巷里的往日时光

每次回到家乡,都想到处走走,随便看看,因为这里有太多的记忆,所到之处都会有意想不到的发现,也会有意想不到的收获。贺知章《回乡偶书》言:"少小离家老大回,乡音无改鬓毛衰。儿童相见不相识,笑问客从何处来。"我们也同样会碰到这种境遇,不是儿童相见,而是成人相见。当他们知道你是外地回乡的,都会表现得格外热心,不仅给你指点路径,还会给你带路前往。这种素昧平生的温暖,确实让人特别感动。多年来,家乡发生了翻天覆地的变化,沿路的景色让人目不暇接,我们由衷地感到高兴。每次回来,我们还想走走自己以前走过的路。这次回去同样如此,肯定要穿大街,但我更在意走小巷。

许多小巷都是曲折在年轮的温情里,从历史的深处走来,窄窄的、细细的、长长的。小巷两边有高墙,也有矮墙,看似寻常,却很崎岖。整个东坎街这样的小巷,纵横交错,路路相通,随处可见,随处可走。徜徉其中,优哉游哉,司空见惯,独辟蹊径,总会有峰回路转的惊喜。

我们首先走进的是邮局巷子。这个巷子一头连接着喧闹的大街,一头伸向幽静的人家。我以前经常来这里玩,因为四姨父当年就在东坎邮电局工作。他们家就住在邮电局后面的宿舍,所以我对这里非常熟悉。这次去看,基本没有什么太大的变化,就连巷头的厕所,也还是原来的样子。少年记忆深入骨髓,一丝一毫都不会漏网。对于这个巷子的历史,我们了解不多,但很想了解。有人推荐我们去找这个巷子的"活字典"张大爷,据说他在这里住的时间比较长,知道的情况也非常多。果不其然,他从古到今,来龙去脉,如数家珍,说起来滔滔不绝,许多事情时过境迁,离我们太远,我还真的是第一次听说。直到他提到著名的中医左荫璜先生,我依稀有了印象。当年他老人家是滨海县中医院的副院长,早在20世纪80年代就被评为副主任医师。据说当年,他作为随队医生参加过淮海战役,还得过许多嘉奖。他在家乡威望很高,只要提起"左大爷",无人不晓。他每天上班要接待许

二、乡 情

多病人。病人会排长长的队,但不管什么时候,不管什么情况,他都会耐心细致地询问病情,一丝不苟地开出药方。对普通老百姓,他更是充满着深情,希望让他们花费最少的钱,治好最难治的病。回到家以后,他刚吃上两口热饭,又会有许多人找他,尤其是邻居家附近的人,只要有个头疼脑热的,一抬腿就到他家,请"左大爹"开个方子,每每药到病除。有时还会有人求医上门,请他出诊。为了及时解除病人的痛苦,不管刮风下雨,他从不推辞,年轻时如此,年迈时也是如此。据说在去世的前一天,他还在病床上给人号脉看病。

记得小的时候,我也被母亲带去看过一次。具体看什么病我已经忘记了。只记得他个子很高,块头较大,讲起话来慢条斯理,语气温和谦逊。他看病的方式主要是问情况、看舌苔和搭搭脉。那天他给我查得非常仔细,上看下看,左看右看,最后非常肯定地说"这孩子没什么问题",那慈祥的笑容和自信的语气,让人感到非常踏实、真诚,使人心生信任感。他工作勤勉,善于思考,敢于创新,辨症施治的中医理念炉火纯青,在许多处方中都体现得淋漓尽致,这是他的医院同行向我们介绍的。他对治疗热病时疫更是精益求精,主张以攻为主,寓补于治,喜用大黄,常收奇效。后来他又尝试着中西医结合,不断探索和总结临床经验,聚沙成塔,熟能生巧,开辟出了内应外合、综合施治的新天地。

记得明人裴一中在《言医·序》中说:"学不贯今古,识不通天人,才不近仙,心不近佛者,宁耕田织布取衣食耳,断不可作医以误世!医,故神圣之业,非后世读书未成,生计未就,择术而居之具也。是必慧有夙因,念有专习,穷致天人之理,精思竭虑于古今之书,而后可言医。"对于这段话,当代医学泰斗裘法祖理解得非常透彻,他将其概括为"德不近佛者不可以为医,才不近仙者不可以为医"。"左大爹""慧有夙因",不仅才华出众,更心地善良,替人除病,受人爱戴,悬壶济世,草药洞天。他就是从邮局巷子里走出来的一代名医。

其实,邮局巷子是俗名,因为它紧挨东坎邮电局,许多年大家都这么叫了,也就习以为然,反而对他的大名不太清楚了。陪我的同学倔劲上来,非要弄个明白,他主动请教了许多人,答案都不一样。有的说叫双游里巷,有的说叫红旗巷,孰对孰错,莫衷一是。这时一位四十几岁的女同志正好路过,他又上前打听。她非常干脆利落地回答,这里最早叫双游里巷,后来改名为红旗巷。为了证明自己的权威性,她说自己曾在这个居委会工作过,对这里情况非常熟悉。所以对这个答案,她很自信,我们也非常认可,毕竟把原来矛盾的说法给统一了起来,也算是取到了"真经",学到了知识。我的同学很高兴,赶忙作揖,说"谢谢大姐"!谁知对方听后却很不乐意。她说,你喊我大姐,难道你年纪还比我小吗?我赶忙"打圆场"说,他跟您年纪差不多。没想到这句搪塞话还挺管用,她信以为真,冲着我那头发稀疏的同学说:"那你长得太着急了吧。"其实,一点都不着急,他这个岁数,多数会这样,他掉的不是头发,那是岁月。

邮局巷子,我们是从北往南走的,到了百货巷子,我们决定从南往北走。第一家就是我的外婆住的地方,也是自己小的时候,一直留存的记忆。虽然房子已经很破旧,但基本的样子还在。以前的木门现在变成了铁皮门,门槛、过道还在,院内坐西朝东的三间房子,就是我外婆家,过道南面是另外一家,还有一家则是坐北朝南的堂屋。我小的时候,放学后都是先到外婆家做作业,作业做好后,外婆会给我们煮菜汤饭,味道确实鲜美可口,至今回味,余味回甘。外婆家对面是县粮食局宿舍,原来旧门是在北面的,后来又在南面破墙开门。记得这里面,都是立砖铺地,两边是楼房,爬上几级台阶,平台上还有一栋平房,现在整个院子被挤得满满当当,看起来严严实实。当年百货巷子里就这么几户人家,我至今还清楚地记得,分别是周家、金家和柳家等。几壶人家烟火,几杯人生起落,粗茶淡饭、酸甜苦辣,流传着许多跌宕起伏的故事,关键是早成了远去的背影。唯有这些老房子依然死心塌地留在这里,鳞次栉比,一如既往地传递着世事人情。记得靠近大街的还有一个钱家,他们是独门独院。孩提时代的我很傻很天真,看了许多阿尔巴尼亚的影片,对神奇的万能钥匙产生了浓厚的兴趣,就想找个地方试试。有次我正好路过那儿,一时兴起悄悄地模仿起电影里的英雄,试着用铁片充当万能钥匙去开他家的锁,只是还没来得及试验成功,就被从外面回来的主人当头棒喝,差点被当成小偷抓起来。我们再往前走就是当年的老百货公司了,印象中的大天井现在看起来如此之小,也许里面的人家还是岁月静好,但地面上已是落叶无数……平平淡淡总是真,安安静静也是情,依然勾勒着这里一如从前的神韵。

我们走到对面的派出所巷子,原来巷口就是东坎派出所,再走一段就是中市居委会。记得巷子的南北分界线是一条小河,严格意义上说,就是一个封闭的大水塘。当年却与我们的日常生活息息相关,淘米、洗菜在这里,洗衣、洗被在这里,甚至钓鱼钓虾也在这里。至于自己后来为什么如此钟情于江南水乡,是否与童年的这些记忆有关,也不得而知,或者受到了潜移默化的影响。在我的记忆中,这里的水是很美的,桥也是很牢固的。一座水泥桥非常简洁明了,在两三个桥墩上铺几块预制板,就方便了许多人,连接了许多年。如今水不见了,桥也不见了,早已成为道路。想知道当年水泥桥的大致位置,只能寻寻觅觅,却找不到蛛丝马迹,正在抓耳挠腮之际,同学遇到一位熟人,指明了桥的起讫地方,在我们心里又恢复了当年水泥桥娇小玲珑的样子,仿佛又有了一种过桥的感觉。过了这个

二、乡情

水泥桥,就应该是当年的福利厂。记得当时里面有不少残疾人,至于生产什么,已经记不太清楚了,好像还做过"油炸馓子",但是这个福利厂有次举行集体大合唱,许多员工喜气洋洋、热情高涨的劲头,至今我还记忆犹新。

新民巷其实是一个非常小的巷子,但这里却住着家乡的大书法家李敦甫先生。他当年在文化馆工作,与家父非常熟悉,父亲说他的书法古朴浑厚,遒劲有力!记得有次在街上碰到他,父亲告诉我,这就是李敦甫先生。只见他眼睛较小,颧骨高耸,头发往后梳,手上点着一支烟,思维敏捷,语速较快,笑容可掬的样子一点不像大书法家,就像普通的路人,他的艺术气质全部隐藏在平民的风格之中。记得当时父亲跟他开玩笑索字,他满口答应,至于后来有没有给就不知道了。因为这次要写到他老人家,我又与父亲闲聊了起来,父亲对他依然赞不绝口。

我们在小巷尽头迎面的墙上,看到"李敦甫故居"几个金色大字,把我们引入了一个非常简单的院落。一方陋室,心境自如;一壶淡茶,墨韵生花;一份闲情,岁月安好。凡是在书法上要成大器者,首先要练的就是基本功,对此来不得半点马虎。据说东汉大书法家张芝每天练字洗笔,居然把一池清水变成了一池墨水。其次,要在书法上形成自己独到的风格和个性,还需要非同寻常的想象力。据说萧何"变通并在腕前,文武遣于笔下",手腕的变动好像是在指挥千军万马,写出来的字好像带领的文臣武将各展其长;草圣张旭"数尝于邺县见公孙大娘舞西河剑器,自此草书长进",非凡的想象力,把流畅浑脱的剑道与淋漓顿挫的字迹,融会贯通,使得他的书法如飞龙在天,潇洒自如,一骑绝尘,难望项背。

李敦甫先生能够练得一副好字,肯定不是一日之功,不仅在于学,更在于悟。他的书法享誉海内外。他在庆祝中日友好书法大赛上获得大奖,引起日本书法界的轰动;赵朴初先生对他的书法大加赞赏。滨海之所以是书法之乡,与他老人家多年悉心培养新人的努力是分不开的。他的许多学生在书法上都拥有很高的造诣。有的已成为全国著名的书法家。他家的门上依然贴着他写的对联:"书山有路勤为径,学海无涯苦作舟。"虽然红纸已破旧不堪,却难掩字迹筋坚骨强。这是他自己人生的写照,也是他传至后人的关照。

浴室巷子,顾名思义,就是因为当年的东坎浴室在这里。最早在东坎街上只有这么一个浴室,一楼是男浴室,二楼是女浴室。每年农历大年三十晚上,这里是最热闹的,半夜里就有许多人赶来排队,为的是抢头汤,也就是没人洗过的清水。平常这里也是络绎不绝,因为县城的人都到这里来洗澡,我们每个礼拜也要来洗一次。随着后来浴室的铺天盖地,条件越来越好,这里变得门可罗雀,后来索性就关门了。大概到了20世纪八九十年代,随着交际舞的盛行,这里在二楼兴办起了舞厅,又着实红火了一阵,每天晚上灯火辉煌、热闹非凡……

往事如烟早已成为过去时。一楼大门紧锁,二楼铁门生锈,就是现在的完成时。看到人去楼空,沧桑在目,未免让人触景生情,伤感怀旧。还好它至今没有被拆掉,至少让我们的记忆,还有个落脚的地方。我们徘徊左右,逡巡再三。看着红砖墙体斑驳陆离,青砖墙柱老态龙钟,防护砂石也渐渐脱落,许多玻璃不复存在,寒风从这些缺口呜呜地钻进去,长驱直入,只有那些实木的窗框,依然坚挺,坚守岗位,忠于职守,顽强地抵抗着风雨的侵蚀。最令我们叫绝的是,在大楼的背后,房檐之下,高墙之上,居然长着两棵小树,昂首挺胸,迎风站立。不知什么时候有的,据说一直都在,尽管现在已是枝枯叶无,缺乏生气,待到春天来临,又会精神焕发、郁郁葱葱、焕然一新。

岁月以同样的方式经过每个人,每个人却以不同的方式经历着岁月。渔市口是我们当年每天的必经之路,代表着我们的童年和少年,放眼看去,有着一望无际的过往。这个巷子是最安全的地方,当年的公安局、检察院、法院等都在这里,甚至看守所也在这里。同时这里也是径直通往当年滨海公园的巷子。滨海公园作为整个县城的"绿肺",花木葱茏,亭台掩映,是人们呼吸新鲜空气和放松心情的最佳之处,这里人来人往、潮起潮落,渔市口巷自始至终、不厌其烦地担当着来来回回的摆渡重任。

其实,对于我而言,最有韵味的是两条青石板铺的路面,质朴古拙、遗风余韵,特别是下雨天,当自己的球鞋与青石板在水中不停碰撞后发出的"嚓嚓"声音,在巷子里回荡起来的时候,基本是形"音"不离,特别是一个人走在里面,就像是奏着悦耳的音乐,有着非常辽阔的音域,也有着非常鲜明的节奏……

如今这个巷子已经变成了贯通南北的一条大马路,这是社会发展带来的喜人变化。但我们到了这里,还想能够借助其他的坐标物,回忆起原来巷子的大致位置,抒发思旧之幽情,感叹变化之巨大。虽然那种熟悉的踩水声音没有了,但回荡在我们心中的这一段几乎能够净化灵魂的美妙旋律,却永远在耳,绵绵不绝……

家乡的淮剧

家乡有位高中同学有事来宁,我们几个在南京的同学相约聚了一下。虽然同在南京,但真要见面,好像也不是那么容易,所以有这样的机会,大家都很开心,吃饭倒是次要,聊天最为重要。我们海阔天空、随心所欲地谈着,但基本的范围,还是局限在校园生活。有些故事老生常谈,大家早就耳熟能详,甚至可以倒背如流。但如果没话说时,这些再听听也无妨,我们不怕重复,但对于那些不为人知的趣事,却更加饶有兴趣。我提到了淮剧,一下子打开了深有同感的局面。大家针对这个话题,各有体会,各抒己见。淮剧对于我们这一代人来说,好像是一件很有年代感的事情,不管你曾经有没有兴趣,毕竟生于斯,长于斯,脑海中总会浮现唱淮剧的画面情景,必然粘连着岁月的记忆和难舍的情愫。从这个意义上来讲,淮剧确实也是可以用来怀念的。

淮剧是一种古老的地方戏曲剧种,发源于今淮安市以及盐城市的里下河一带。早年苏北的灯会、庙会和神会活动比较活跃,也非常热闹。为了达到人神共喜、娱乐大众、教化民众的目的,间或也会出现由童子装扮人物、演唱故事之类的形式,之后经过香火戏、田歌、江淮小戏等阶段的不断锤炼,逐步形成了注重情节化、特色化和系统化的固定形态,现代意义上的淮剧也就应运而生了。淮剧来自土生土长的苏北,喜欢它的,也都是乡里乡亲,因此在演唱风格上紧贴实际,紧扣民风,就有了所谓"西路淮剧"和"东路淮剧"之分。西路淮剧主要在淮安和宝应地区,唱法以"老淮调"为主调,表演略显生硬;东路淮剧主要在盐阜地区,唱法以"自由调"为主调,表演比较灵活。

淮剧语言是以今江淮官话的方言为基础,兼顾淮安、盐阜等地方方言,直接变为戏曲化的一种舞台语言。当时我就不太明白,既然有淮安和盐阜的地方方言参与其中,为什么不直接就用淮安话或盐城话?哪怕就是到县级层面,也可以用滨海话或阜宁话,为什么偏偏要说建湖话、唱建湖腔?这是因为江淮方言区,属北方语系,又受到吴语影响,无卷舌音,建湖一带的语音应该说比较纯正,四声分明,尖、团字吐字清楚。作为淮剧的念白来说,具有较好的稳定性和通畅性,也便于观众理解。于是,1961年淮剧艺术考定委员会正式界定淮剧语言以建湖方言语音为基调,同时适当吸收周围地区具有普遍意义的个别字音加以丰富。既然建湖方言能够"捷足先登",为什么当时不叫"建湖剧",非要叫淮剧呢?这是因为淮剧在苏北流行的范围比较广泛,主要集中在淮河两岸,一个"建湖剧"确实难以涵盖,名不副实。当然,淮剧入沪后,也曾经有过"江北戏""江淮戏"等称谓。到了1951年,以何叫天、筱文艳为正、副团长的联谊剧团和以马麟童为团长的麟童剧团合并,重新成立淮光淮剧团,才有了"淮剧"的称谓,也因此于1953年被国家正式定名为"淮剧"。

筱文艳作为"淮剧皇后",早在上海就家喻户晓。她与何叫天于1939年在上海高升大戏院演出的《七世姻缘》,不仅奠定了"筱派旦腔"的坚实基础,还拓展了淮剧唱腔的空间。她的气质精华全在起承转合之中,一开口便唱红了整个"江湖"。对于这样的淮剧偶像,人们心仪已久,翘首以盼。当年听说她来滨海演出,人们奔走相告,争先恐后,人山人海,一票难求。幸好家父单位发了两张票,他自己没舍得看,让我和邻居去了,希望我们能够长长见识。记得筱文艳扮相俊俏,戏妆浓抹,一举手,一投足,寥寥几句,就把整个剧场唱得一片沸腾,众多观众情不自禁地附和跟唱,掌声如惊雷滚过,喊声像海啸涌来,满堂喝彩此起彼伏,真没想到,淮剧在家乡人的心目中有这么大的号召力!但对我而言,却兴趣不高,当戏曲进入四平八稳的阶段以后,我的两眼皮就一个劲儿地在"打架",稍有空闲,便酣然入睡。管你如痴如醉,管你山呼海啸,在我这儿全部静音,置若罔闻,演出结束时还是邻居推了几次才醒。回家后父亲询问演得怎样,一问三不知,他说我错失了这么好的一个机会,也损失了一张票,多年后,我才发觉十分后悔。但自己那时毕竟还小,不知道淮剧已是融化在我们血肉中的原始密码,而筱文艳的置顶水准,还是后来听父亲说的。

当年滨海淮剧团也有几个名角,最著名就是裔小萍和梁锦忠,他们夫妇后来都被调到省淮剧团,裔小萍在苏沪两地有众多"粉丝",被人称为"苏北筱文艳"。她的代表剧目很多,但当年在滨海唱得最响亮、最红火、最经典的就是《秦香莲》。我们知道,淮剧唱腔因表现内容不同、状态不同、心理不同,会采用不同的曲牌,诸如《叶子调》《穿十字》《南昌调》《下河调》《淮悲调》《大悲调》等。裔小萍擅用《大悲调》,唱得缠绵悱恻、悲痛欲绝,面对陈世美的忘恩负义,面对自己的人生劫难,她满心悲凉,那道被生生割开的伤口,就好像在不停地流血,字字血、句句泪,在哀婉的控诉中充满着情感的能量和力量,整个唱腔细致入微,感人肺腑,声声入耳,调调有情。"秋风起,谁在叹息;眉目里,悲恨交集。"没有秦香莲

二、乡　情

哪有陈世美,没有陈世美哪有秦香莲。就是这么一段深藏在淮剧岁月中的凄婉故事,却在我们的心头烙下了深深印记。

记得滨海淮剧团最早的驻足地,是在滨海教师进修学校。这个校园跟滨海县中学是"隔壁邻居",大门朝北,门楼巍峨,由两面喇叭形的围墙支撑着,延伸到两边的末端就是校河。进入校门后,一条大路贯穿南北,大路的两旁,一边是教室,一边是淮剧团。当年淮剧子弟们主要练功的地方,就在学校的大礼堂。我自己没去看过,只是听同学说起,他们还记得当年的情景。但在滨海剧场里,我曾看过演员们的练功场面,他们鱼贯而入,一个接着一个地翻跟头,有位老师站在剧场边上,用手臂不停地给他们垫个腰、撑把力,帮助他们完成动作。"台上十分钟,台下十年功",难怪他们一个个在演出的时候跳得那么高,翻得那么顺,演得那么好,娴熟练达,炉火纯青,英俊潇洒,青春洋溢……

当年我们家住商业职工宿舍,有个邻居叫高学林,是我们叔叔辈。那时他风华正茂,年轻帅气,在县食品公司从事会计工作。他对淮剧非常痴迷,恋得极深,用现在的话来说,就是超级票友。他有很多淮剧界的朋友,几乎滨海剧团的演员,他都认识,经常三五成群地喊来小聚。他们边吃边唱,喝到开心处,还不停地飙腔飙调,看谁唱得高,看谁拖得长。在那些寻常的日子里,他把内心的浪漫全部释放在自己喜欢的事情上,自得其乐,也乐在其中。每天下班,他从渔市口巷经过大堰再回到自己的宿舍,一路歌来一路情,主打就是淮剧,有声有韵,有腔有调,有高有低,有板有眼,有滋有味。特别是在晚上,人很少、夜很轻、声很重、传得远,未见其人、先闻其声。每每他到大堰的时候,我们就知道他回来了。那蜿蜒而来的唱腔早就穿透耳膜,常常是这段刚结束,下段又接上来,曲如泉涌,层出不穷,不知道他肚里哪来那么多的"存货",反正每天都不带重样的! 只可惜当年我对淮剧还不太懂,也只是听听而已,根本没往心里去。后来他搬家了,我这才幡然醒悟,一旦听不到了,反而又有点不习惯。这么多年没见,但往事并不如烟,不知他老人家还是否一如既往地活在淮剧里。

二十多年前,滨海淮剧团排了一部现代淮剧叫《三秀才》,到南京来参加全省会演,我的朋友当年在文化局工作,也随团来宁,邀我前去看戏。当时坐在边上,他频频给我介绍该剧的写作背景和创作动机。我清楚地记得,他说要能够真正欣赏这类淮剧,就必须做到得神、得趣、得味,但前提是要具备相应的生活基础和审美素质。只见他兴致盎然,看得津津有味、旁若无人、谈兴更浓,但好像已经影响到别人看戏了。在人家的干预下,只好悄悄地告诉我,在盐阜地区,淮剧就是一种惊心动魄的存在,许多人为此飞蛾扑火、勇往直前。

"让我身心如此癫狂,任凭天涯海角,任凭天马行空,此生为你守候",确实有许多淮剧票友如痴如醉,难以自拔。

《三秀才》讲的是一个乡里供销社的文书"三秀才",被工友推选为"民办经理",在他的带领下,大家团结一致,重整旗鼓,想方设法,再创辉煌。情节并不复杂,演出效果却异常火爆,人物活灵活现,对话妙趣横生,唱腔虎啸风生,造型刚柔相济。当年大学同学刚好在报社负责文体部,他看后也深有感触,评价颇高,专门辟版配发评文和剧照。据说该剧是在经费极其困难的情况下艰难启动的,许多演员都是临时召集起来的,没想到置之死地而后生,居然一炮打响,不同凡响,频频获奖。

前不久,滨海县淮剧团又来宁参加会演,这次演出的剧名叫《首乌花开》。大家知道,何首乌是我们家乡的特产,乡土气息,与生俱来。朋友专门送来了几张票,正好报社也邀我作为闪评作者。所谓闪评,就是要求在演出结束后马上出稿,有话则长、无话则短,关键是要真情实感,精准到位。我以前也多次写过剧评,但都是在看完之后,正襟危坐,聚精会神,在电脑上精雕细刻、反复修改,时间相对比较充裕,文章也能精益求精。但这次必须打破常规,边看边想,边想边写,在看戏的同时,就要把想法变成文法,把文法变成文字,把文字变成文章。

那天江苏大剧院里灯火通明。我本以为人不会太多,毕竟受众群体主要在苏北,没想到许多观众兴高采烈,早早地就进了场。更没想到的是,通过何首乌这个小切口,居然能拉开"扶贫攻坚"的大舞台。开场不久,我很快就入戏了。不知在哪个环节上,突然按下了快捷键,触发了思风涌动,在手机上迅速地写了起来,波涛汹涌,不择地而流。一个"赶"字把所有事先的担心一扫而空,压力和动力在这里直接画上了等号,思维加速,快挡超车,居然也写得非常顺意顺手、一气呵成,总共写了两千多字。第一时间发表在新媒体"交汇点"上,题目叫《婉转乡音中的乡情审美》。因此,这次闪评对我来说,也是一种写作能力的即时考验。与其说是在急切写作,不如说是在乡情的氛围中尽情徜徉。应该说,全剧不负时代精神和审美召唤,主题深刻、情节生动、结构精巧、细节感人,现代剧能够写到这个份上,确实具有很高的水准。只是现场主要赶着时间出稿,剧评有些地方写得还比较浅显,没能条分缕析,回过头来看看,难免挂一漏万,未能尽兴。事后自己对该剧又进行了系统分析,从内容到形式进行了全面梳理,写了一篇长文发表在《滨海日报》上,终于了却了自己的心愿。

我发觉,经过几次与淮剧零距离的接触,自己不仅上心了、用情了、入境了,好像已经悄悄地喜欢上它了,也更能懂它了,毕竟是能够听到心跳的声音!

滨海大排档

家乡的菜肴基本属于淮扬菜系,蒸、煮、炖、炒、爆、溜、炸、煎、拌,各种烹调手艺应有尽有,尤以汤菜为主,不仅能吃菜,还能喝汤,绝美的菜和鲜美的汤,相辅相成、相得益彰。许多人知道我是滨海人,常会问,滨海究竟有什么特色的东西呀?我会满怀深情地告诉他们,有五醍浆酒、何首乌、香肠、五香花生米等,美食应有尽有、数不胜数,但要说品尝地道的滨海菜,就得到滨海的大排档。

大排档并非出身于贵族,但味道绝对是上品。对此,我有切身体会。当年回去,几位老同学在一起聊天,到了深夜,肚子有点饿了,许多餐厅早已关门,只有大排档还闪烁着"惺忪的睡眼"。同学开车,转了几圈,把我们拉到了美食一条街,挑选了一家相对比较宽敞的大排档,坐定后,服务员就笑盈盈地拿来了菜单。菜谱很全,品种很多,我们四个人准备"大干一场",但服务员叫我们不要点太多,吃不下会浪费,也消化不了。我们听从了她的建议,当时也就四菜一汤,八十多元钱,不仅分量足,而且质量高、味道好,清清爽爽的,吃得舒舒服服的。原来乡情的距离并不遥远,近在咫尺,不仅在于厚道实诚,还在于色香味俱佳。其他三位同学常年生活在家乡,对此早已习以为常,没感到有什么特别,但对于我来说,却有了一种久别重逢的感觉,好像吃出了地道的家乡味,原汁原味原来是这么的有滋有味。在这一刻,仿佛舌尖在时光里穿行,寻觅到的不仅是味中之味,还有味外之味,不知不觉中,人菜之间浑然一体达成了灵魂的相识,因此水到渠成的默契也就不可阻挡,不仅驱散了饥饿,温热了寒冷,还唤醒了乡情。

滨海靠海就应该吃海。沿海盛产着鳗鱼、铜蟹、对虾等海鲜。海产品确实比较丰富,但大排档之所以能够唤醒人们的胃口,可不是靠这些海味,而恰恰是那些并不起眼的家常菜。在这里打头的肯定不是生龙活虎的海鲜,而是大行其道的普通食材。一眼望过去,就有猪头肉、小狗肉(兔肉)、五香花生米、炸藕夹、生炝牛肉、生炝河虾、椒盐猪手、溏心皮蛋、一锅鲜的大杂烩、农家锅巴、徽子炖蛋、爆炒田螺、烧皮肚、大肉团、小鱼丸、角干鸡汁粉丝、青菜烧牛肉、炒鳝丝、爆腰花、芹菜炒猪肝、滨海羊肉、萝卜烧乌子、沙光鱼炖豆腐、豉椒小银鱼等。这些我们不仅"眼熟能详",也"嘴熟能详"。许多大排档在家乡土菜的菜谱上,又进一步发挥想象,精打细敲,推出了自己的招牌菜。仅举滨海香肠为例,就有各不相同的做法。当然蒸香肠是最正宗的,也是最本色的,除此之外,还有香肠面皮卷、香肠炒果蔬、香肠烩丝瓜、小笼香肠等。不管哪样,这些菜肴都是货真价实、名副其实,不会花里胡哨。在有的酒店菜单里,乍看菜名非常诱人,待端上桌一看,才发现原来就是我们再熟悉不过的家常菜。而在大排档里没有这么"矫情","明明白白我的心",它们是最朴实的地方,最坦诚的地方,也是最善解人意的地方,更是家乡最具特点的美食天堂。

这些大排档所呈现的五花八门的美食地图,是家家户户多年耕耘不辍的共同成果。现在逢年过节,大家都喜欢到饭店订餐,但这要放在以前,都是各自家庭操持。今天你到他家吃饭,明天他到你家吃饭,每家都有自己拿手的功夫菜品,通过互相品尝、互相反馈、互相借鉴、互相提高。这种氛围造就了许多没有名头的美食家和没有等级的大厨师。当这些人哪天开起了大排档,这种手艺瞬间就转换成五颜六色的菜肴,可以说是无缝衔接,顺理成章。随着到这里来吃饭的人越来越多,也越发锻炼了这些能工巧匠的厨艺。业精于勤,那种大张旗鼓的烟火气,就这样在袅袅升腾的岁月中,不断激励着无数沾沾自喜的"吃货",整日沉醉在美味的曼妙中而不能自拔。

大排档的平易近人与生俱来,最初可能野蛮生长在街头巷尾中,后来逐渐成群结队定居在南庵市场。这里是桥南的市场中心和交通的要道,也是许多老住民的集中区。当年大排档密密匝匝地"一"字排开,把"民以食为天"的景象,展现得淋漓尽致。随着摊点的增多,容纳越发受限,后来又陆续向纬中路迁移。每到晚上各自搭棚,一家挨一家,人来人往,热闹非凡。这次回去看的时候,大排档都已全部从路面撤出,隐形于两边鳞次栉比的门店之中,畅通了道路,也严谨了两旁的秩序,成了夜晚里璀璨的风景,但推陈出新没有变得曲高和寡,依然一以贯之地保持着平民化的气质。每家门店都不是很大,一个柜台,几张桌子,两三个人就能把店开得风生水起,而且名头也没有"环宇""世纪"这些高端大气上档次的招牌,还是一如既往地普通、接地气。比如,六千排档、相聚排档、福星排档、高飞排档、城际排档、郑大排档、老婆当家、老渔翁等。这些都是团结在滨海大排档这个"总标题"下熠熠闪光的星星点点,而一旦它们自成格局,也有标签着独具特色的"小标题",像正红排档、蔡桥排档、八巨排档、通榆排档、大套排档等。这些大排档都在共同谱写地方美食的

二、乡情

大文章,用的是我们熟悉的美食语言,基本句式也不会有太大的变化,只是在遣词造句方面可能会有不同追求,主要是在酸甜苦辣咸的配比上,稍稍呈现出不同的风格。"一方山水养一方人""五里不同俗,十里不同音"。不同的地方有不同的习惯,不同的地方也有不同的口味,哪怕是不同的乡、不同的村,也是如此。

领略大排档里的各种美味,许多时候,许多地方,尽在不言中,却在成色里。有激情四射的主菜和辅菜,也有温存动人的主食和辅食,种类繁多,不一而足,有春卷、蒸饺、锅贴、水饺、刀削面、细挂面、红汤面、白汤面、米面饼、油多多、小馄饨、山芋团子、油痴子、小银鱼粥、五粮粥、麻团等。这些林林总总,零零碎碎,是不时之需,不缺之食,顾客的喜爱就是他们的追求,只要你吆喝"点播",他们会应声而上,立马兑现,让你顿时大饱口福。

临离开家乡的那一天,几个朋友邀约,又来到了一家大排档。不点全套的,就点喜欢的。第一个上来的是烧皮肚。用我们家乡话来说,就是烧膘。"无膘不成席",这道菜肯定是要有的。所谓"膘",就是把猪皮晒干了以后,放在油锅里炸一炸,形成一个个泡状的大片,在准备烧的时候,要提前放在水里浸泡半天,然后拿出来切成小片,与蟹黄同烧,出来的效果,不仅色泽金黄,而且入口松软饱满,食之有滋有味。第二个上来的是烧肉丸。这是我们家乡的特产,肉丸用料非常讲究,主要以猪前腿精肉为主,用刀切成块,然后和着芡粉或荸荠一起绞成肉泥,再在油锅中炸成圆形,冷却后存放在冰箱里,随用随取。这次厨师是用肉丸与青菜汇烧的。这样吃起来既柔软,也有韧劲。第三个上来的是烧鱼丸。这种鱼丸一般都是用鲢鱼做的,当年我们家每年都要买一条大鱼,肉剔出来做鱼丸,剩下的骨架用来红烧。我比较喜欢吃鱼丸,每次也吃得较多,没想到,这家的鱼丸特别嫩,后来一打听,原来在其中放了些肥肉,这才获得如此喜出望外的鲜美口感。第四个上来的是乌子烧萝卜。这两个食材天生绝配,其他食材无法成为它们的"第三者"。自我知事时起,它们就"情投意合""牢不可破",是打不散、拆不开、割不断的"鸳鸯蝴蝶梦"。确实乌子也比较高傲,目中无人,与其他无法搭配。我们不知道最初发明这道菜的人是谁,但这么多年来家家户户都这么烧,谁也没去破坏这个规矩。第五个上来的是韭菜炒鸡蛋。这道家常菜到处都有,大家非常喜欢吃,炒得咸咸的,下酒下饭,特别带劲儿,几乎每次必点,也每每没让人失望。韭菜叶要特别嫩,入口即化,韭菜头子却要坚挺,要有嚼头,这样才能与大块鸡蛋相配为伍,吃起来也才能更有感觉。第五个上来的是豆腐羹。这是非常"吃功夫"的一道名菜,不仅体现在豆腐的刀功上,更体现在汤的配料上,喝着这样的羹汤就如同进入仙境一般,永远让人回味无穷。只是我觉得那天的豆腐羹,好像缺点什么,跟服务员要来点胡椒粉，稍加其中，立竿见影，立马就有腾云驾雾之感。

滨海大排档就是一个地地道道的原味菜品的陈列馆。一道道刻骨铭心的家乡土菜，就仿佛一台台极速时光机，可以瞬间把我们带回到从前，探索光阴深处的生活底蕴，留住舌尖上的浓郁乡愁。如此诱人的味道，排山倒海，不可阻挡，已成为我们生命中的不朽记忆，这才让我们对琳琅满目的滨海大排档念念不忘，心驰神往！

米面饼包油条

我们家乡人早上都喜欢大饼包油条或烧饼包油条。大饼是大块的圆饼,需要切成小块来卖;烧饼是小圆饼、方饼或长方形的朝牌。我更喜欢的是米面饼,圆圆的、润润的、绵绵的。不像前两者那样粗糙旷达、大大咧咧,而是脸如白玉、颜若朝华,更有一种清爽婉约的神韵。吃入口中,非常细腻,食后时常会有一种甜习习的感觉。

提到米面饼,我们的眼前总会浮现一个当年大名鼎鼎的人物,他就是严五爹。只记得他个子不高,眼睛也不大,头发也不是太多,衣服似乎也比较邋遢。但声音非常嘹亮,很有穿透力,可以穿过院落、穿过墙壁,甚至穿越时空,据说是当年滨海的"三大男高音"之一。因此,在我们的少年时代,与其说对他的人熟悉,不如说对他的声音更熟悉。他整天挽着个小笆斗,里面装着满满的米面饼,走大街,穿小巷,总是精神抖擞,斗志昂扬,不停地喊着:"卖米面饼啊,卖米面饼啊……"那声音忽远忽近、忽高忽低、忽大忽小,一直飘来荡去,回荡在街头巷尾,回荡在人们心中,成为那个年代印象最深的声音符号。

我们这些小孩对这个声音可以说是再熟悉不过了。一旦有风吹草动,立马就会缠着大人要钱。如果大人不在家,我们只好拿出自己攒下的私房钱,循声追饼而去,当年五分钱就可以买一块了。有时虽然我们动作响应很快,但那种高亢嘹亮的声音,却会戛然而止,像神出鬼没一般。这个时候,严五爹可能是转到另一个巷子里去了,或许有人在买他的米面饼。找不到他,可不要着急,稍微要有点耐心。不一会儿,他的声音就如山呼海啸般腾空而起,循声而去,必有收获。

我记得在冬天他的笆斗里总会捂着个小棉胎,这是用来保持温度的。米面饼刚出锅的时候是软的,非常好吃;如果冷了,就会变硬,干苍苍的、呆板板的,不可能栩栩如生,更谈不上动人心魄了。所以他每每打开小棉胎,都会很快从笆斗里拿出热乎乎的米面饼,然后又赶忙盖上,还特别注意把四边压压实,捂得紧紧的,唯恐有一丝热气跑掉。那感觉即使跑掉,也要及时把它们抓回来。米面饼固然好吃,但"红花虽好,还要绿叶扶持"。人们通过自己的实践,发现如果能够包上油条,味道就会更佳。始创者得意扬扬,效仿者紧紧跟上,也就变成了风行一时的吃法。人们如此热情主动地给米面饼与油条牵线搭桥,它们也乐在其中,变得更加情投意合,相得益彰:外面甜一点,里面咸一点,这是称心的混搭;外面软一点,里面硬一点,这是如意的嚼头。

对油条的选择,许多人也不会将就,还特别讲究。当年东坎派出所巷旁边的烧饼油条店,是我们那个年代的知名品牌。用家乡话来说,就是"家拖拖最莱斯的店铺"。每天早点时分,都会有人在这里排队,说明大家所见略同,要么不吃,要吃就吃最好的。但有时队排得比较长,说明这里受欢迎的程度真的不容小觑。这是个老字号,在面粉、鸡蛋、泡打粉、小苏打、清水、食用油、味精、盐等方面,有自己的搭配智慧,比较科学合理,因此口感较好,既挺又脆,非常爽口。关键是他们在用油方面,也独出心裁,特别关爱顾客的健康,基本是用过几次就出清一锅,不会让一锅炸得时间太长。为了始终保持油品的纯净,他们宁愿把旧油倒掉,也不会反复利用,不像有的地方就害怕自己倒贴,对用油斤斤计较,缺一点就补一点,这样旧油的残渣永远清除不了,新油的活力也不能充分发挥。他们用得省心,但我们吃得不放心,也不安心。所以我们非常钦佩老字号的特立独行,大家从四面八方奔涌而来,就是最好的口碑,他们的良心善心,最终也让他们赚得盆满钵满。

每每去排队的时候,就见门店前挺着一口大铁锅,里面装着大半锅的油。炉口有个小电风扇一直在煽风,炉火总是旺旺的,引得油在锅里异常兴奋,不停地翻滚。只见大爷在案板上麻利地把面团擀匀,拳打手拍,腾挪颠倒,乒乒乓乓的一阵过后,从面团的两边往中间一折,将其压扁后卷成条状,用刀切成一个个小块,再分别将两个小块叠放到一起,用筷子在中间向下一按,再稍微拉长一点,将两端捏紧拉直,把这个油条生胚轻轻地放到锅里,接着就会溅起一阵油花。它们从此跳入快乐的氛围,在里面自由自在地与油共舞。这时站在一旁的大妈开始担起重任,只见她气定神闲,拿着两根长长的棒子,远远地在锅里翻来覆去地搅动,仿佛在操练队伍,调动棋子——太近的,分开;太远的,拉近;正面炸过,再翻过来,让背面再去炸炸。如此这般,颠来倒去,三混两混,终于混熟了。最后按照新来的、中间的和快熟的进行归类,一字排开,炸至金黄,成熟一个拣起一个。一根根经过"千锤百炼""脱颖而出"的油条,就这样被陆续地选拔出来,拣到网状的漏篮里。我们去的当口儿,有时漏篮里已经"站"满了这些直挺挺的油条,但我们一般都不会去拿,因为不知道

二、乡 情

它们是什么时候出锅的,不想吃冷的。其实有时用手摸摸,都还是热的。正如大妈所言,都是刚出锅的,都一样,但人们总是坚持眼见为实、耳听为虚,最新的才是最好的,新鲜的才是我要的。只有那些赶时间的人,他们来不及排队,才直接插到前面来,不管三七二十一,拿着就走。而我们这些人宁愿等那些快要出锅的油条,唯爱是举,再"慢"不惜。但问题是那些刚出来的又会特别烫手,还得要让它们在漏篮里冷却一会。待一切完备之后,我递上八分钱,买上两根油条,包在了米面饼里,边吃边走,到了学校,早餐的任务基本完成,站在教室门口,用两手在嘴巴上一抹,好像揩干净了,没想到自己嘴上变得油光锃亮,还全然不知,直到被同学们冷嘲热讽,方才恍然大悟。有时候,因为排队时间太长,匆忙赶路,也会来不及吃掉。当时就只能用报纸一裹,放在书包里,等下课后再慢慢品味。其实这个时候已经没有味道可品了,不管是米面饼还是油条,都已变得僵硬了,充饥还行,享受免谈。

在南京生活这么多年,我似乎还没有发现有哪家做米面饼的,好像南京人不爱吃这个。有次到南湖小区去,偶然发现了一家小店,居然还开展这样的传统业务,而且还自行配套,既做米面饼,也炸热油条。这个门店虽不大,但家乡气息非常浓厚。我就像见到久别重逢的老友一样,当时心情一激动,就买了两份。虽早饭已吃过,还是慢条斯理地坐在那里品尝享受。雄心固然可嘉,最终还是嘴大喉咙小,餍饱餍足。顾客不多,与老板闲聊,彼此因为"山芋腔"很快就拉近了距离。我问他是滨海的、阜宁的,还是射阳的、响水的?这四个地方,讲话都差不多。他说自己是滨海人,果然是老乡!他姓赵,祖辈都是做米面饼生意的。全家随着儿子搬来南京后,也把这个手艺带了过来。看到南湖小区这一带有许多苏北人,他们都喜欢吃米面饼,就在这里开起了店,每天生意还不错。他对米面饼的前世今生了如指掌,说起来眉飞色舞。我隐隐地感到,他们家与严五爹应该有点关系,可问他时,答案却是否定的。他说你有所不知,当年严五爹只负责销售,主要是拿我们赵家的货,真正做米面饼的是赵二爹。他是当年老东坎最好的师傅。他说跟赵二爹家是亲戚,也是在他的带动和培养下,才学着开始做米面饼的,后来他们家也做得不错。他所描绘的情景,正是我们亲历的过程,特别容易引起共鸣。但问题是既然他们家当年也比较有名,我们为什么从未听说过呢?也许并未得到真传,或者还没有打开品牌的知名度。这也就难怪他做的米面饼,今天吃起来,还稍稍显得不那么正宗。

我记得家乡的宾馆里,早餐是非常丰富的,有小鱼烧咸菜、五粮粥、山芋团子、豆腐卷、水糕等,当然也少不了米面饼和油条。问题是我后来去的几次,米面饼热乎乎的,油条却是冷冰冰的,虽不尽如人意,但毕竟还在,岂料后来再去,一切都烟消云散了,"众里寻他千百度",哪怕就是在"灯火阑珊处",也不见米面饼的踪影。我只得到街上去寻寻觅觅,来来回回地转了几圈,也看到有人家在做米面饼,但大都是用玉米面作原料的,这是适应人们希望多吃粗粮而做出的改变,可以理解,但不习惯。听说在东街头旁边有一家还在坚持做原始的米面饼,口味比较纯正,我兴冲冲地跑了过去,确实如此,图一时的畅快,可还是咀嚼不出当年的味道。

在姨妹妹家住的时候,他们很热情。每天早上忙得不亦乐乎,又是烧鱼又是煮虾。吃早饭的时候,没想到还有更大的惊喜等着我。打开桌上的塑料篮子,里面买了很多米面饼和油条。也许真有吸引力法则,想什么来什么,几乎与自己的期盼不谋而合!这肯定不是为我量身定做或专门去找的,因为她不知道我的偏好,也许只是遵循主人的待客之礼,拿出家乡特色的待客之道。但这种喜出望外的感觉,突如其来的遇见,却有着始料不及的感动。据说这些米面饼所用的原料,都是自家磨的米粉,采用的也是地地道道的传统做法,所以吃起来口感与超市里买的米粉还是不一样的。

当年怎么磨粉我是知道的,主要有两种方式:一种是大磨,用驴子拉出来的。在昏暗的房子里,把驴子蒙上眼睛拉着转圈,很快就有许多米粉被磨出来,这种方式米多量大,出活也比较快。另一种是手推磨。手里抓着一把米,不断给磨孔里放点,然后放些水,细细的米粉就会从磨盘和磨底之间流出来,白花花的一片,晶莹剔透,情意绵绵。记得这两种方式最后都要用水涮一下磨,把旮旮旯旯的米粉全部冲出来,等到它们全部沉淀下来后,再把水倒掉,剩下的就是米面了。通过晾干或晒干后存放起来,用的时候拿出来就可以了。

关于米面饼的做法,当年我还真的看过,虽不是出自赵二爹之手,但我觉得,应该大同小异。只见师傅先在平底锅里滴一点点油,把整个锅底刷上一层,就等同于现在的不粘锅。然后把事先搅拌均匀的米粉,用勺子一下一勺地往铁锅里摊放。如今不用这么麻烦了,都有现成的圆形模子,只要把米粉倒进去就行,但当年没有,还得靠手上的细微功夫。其实工艺并不复杂,关键是掌握好火候,要恰到好处,不能生,也不能糊,水平的高低也就在这一刹那的分寸。当年的米面饼都是以一面烤为主,熟了以后才能将两块饼对脸合上,亲密无间,便于一次铲出。我们买到手后,再打开来,就可以看到,每块一面白白净净、玉琢粉妆,而另一面则会金黄灿烂,非常诱人。

二、乡　情

　　许多时候爱是不要理由的。对于米面饼包油条的爱好,也是如此。如果非要说出理由,那就是因为孩提时代养成的"胃"习惯和"嘴"嗜好。如今已听不到严五爹的叫卖声,也看不到赵二爹的精湛手艺,更欣赏不到那对大爷大妈的默契配合,岁月渐行渐远,记忆却愈发清晰。我们都是吃着这些童年的记忆长大的,原生味蕾早已蕴深植厚、根深蒂固。不管到哪一天,那种细腻的、甜甜的感觉,总会把我们催发得津液肆流。这么多年来,就是没能忘记米面饼包油条这档子事!

山 芋 腔

我不知道"山芋腔"是自谦,还是被人授予,但对我们来说,这种讲话的方式是与生俱来的。我的腔调我做主!本来以为只有我们滨海人这样讲话,后来发现阜宁和射阳灌溉渠以北以及响水中山河一带的人,也跟我们一样,遂引以为同类。听到同类,不免要问你是滨海阜宁还是射阳响水?既然叫"山芋腔",那就一定与山芋有关,即与"红薯"和"白薯"有关,这可是我们家乡的特产。每到山芋丰收的季节,你会看到许多人围在一起切山芋条块,欢声笑语、其乐融融,接着就是到处晒满挂着的或躺着的山芋干,再后来就是农家屋一堆堆的山芋干和走向市场的一袋袋山芋干,很壮观,很拉风,也很煽情。我们最喜欢吃的是山芋干的心子,后来发现把山芋煮熟后晾干更有"咬头",也更甜。这大概就是现在薯条的前身,我们早在少时就已乐此不疲。

当年我们几乎一天三顿都离不开山芋,可以说是吃着山芋长大的,蒸山芋、炖山芋、山芋茶、山芋粥、山芋饭、山芋渣子、山芋团子、煮山芋片子、炒山芋丝子、山芋干子掺粥等。各种各样的做法,想方设法的吃法,万变不离其宗,就是一种与山芋为伍的活法。吃多了、装满了、消化了,就融入血肉之中。对山芋也就情动于衷,感恩之、顺从之、响应之、承接之、演绎之,口音因此变成"山芋腔",也就顺理成章了。

什么叫"山芋腔"?当局者迷,旁观者清。在外地人听来,他们觉得就是一种土不啦叽的泥土芳香。最多的口头禅就是"嗯哪",最喜欢说的感谢话是"难为",最大的特点是没有卷舌音,最不分的是 l、n、r,最混淆的是前后鼻音。对于这样的说话方式,人们用普通话的标准来衡量,肯定是难以合格的。因为有史以来,这个地方的说话方式就很别致,读音方式自成一体。比如说"你吃过了吗?"会读成"你漆果了嘛?""鞋子"读成"孩子","看电视"读成"看弟四","下雨"读成"哈雨",等。作为方言,它们至今保留着古人的讲话方式。有人说"街"是中国史上最神奇的字,人人都认得,3000年仅一个读音,但很多人都会读错,

二、乡 情

现代汉语中读"jiē",但在古代汉语中读"gāi",而"山芋腔"完全继承了古音的传统,现在还读"gāi",同样还有"巷",普通话读"xiàng",但古人读"hàng"。我们的读音与古人如出一辙。最有意思的是刘禹锡的"朱雀桥边野草花,乌衣巷口夕阳斜"中的"斜",如果读成"xié",就不是与前面"花"同韵,应该读成"xiá",这是古音,也是我们现在的方言。特别是那些正宗的发音,基本都是在原始的"山芋腔"里停滞不前,恰恰是坚持不懈地保留了古音传统,是宝贵的方言文化遗产,我们听起来顺风溜耳,但在外地人听来,确实不知所云。许多时候也会造成理解的障碍,更要命的是,一不留神还会"误入歧途",以致大相径庭,让人哭笑不得。比如,"自己杀鸡子",用"山芋腔"来读,就是"自己杀自己",自己把自己杀了。这还了得,其实根本就不是那么回事!还有,我们说"香烟",人家常常会听成"乡音",说话者表达的是"自己把香烟盖掉了",但接话者却说"在外这么长时间,乡音改掉也是正常的"。意思相差了十万八千里!其实我们的家乡话,确实有自带矛盾的体质,比如"家"在"家里头"一定是读"gā",但在搬家时又读成了"jiā",绝对不会读成搬"gā"。

这至少说明"山芋腔"还是有着浓厚的普通话潜质。我们家乡的人对普通话一直都有着不懈的追求:一是在唱歌的时候,绝对都用普通话。闲聊的时候,满屋都是"山芋腔",但只要一拿起话筒,马上就会争飙普通话,"山芋腔"一时出现严重变形。普通话也未必标准,但就要这样硬打硬上,似乎有点靠近或接近普通话了,但还不能算普通话,最多只是滨海普通话,没有剔尽的"山芋腔",也让普通话多少有点变味。但谢天谢地,在这些场合上,我们家乡人总算主动把舌头卷了起来,也希望投入到人们更加容易听懂的话语体系之中。二是如果对象是外地人,也一定会学着用普通话交流。当年我们有个邻居姐姐,到北京给亲戚带小孩,时间一长,免不了京腔京调,回来以后,我们听着那忽洋忽土的音调就会觉得有点别扭。但这种半生不熟的普通话,确实也给她提供了与外地人畅通交流的基础。凡是碰到外地人,她立马就能够对答如流,不像我们力不从心、事倍功半,也让我们好生羡慕,还曾悄悄地以她为榜样。

当年有许多苏州、无锡的下放户来到滨海,我们自己对话都是"山芋腔",但跟他们交流时,立马就调换频道变成了"京腔"。同样他们彼此在一起的时候,满嘴叽里咕噜的"吴语",但需要跟我们讲话时,又秒变成了普通话。他们说我们是"侉子",我们说他们是"冒子"。他们确实开始时是听不懂"山芋腔"的,但后来比我们说得还"溜",倒是我们到最终都没整明白"吴方言",至今对苏州、无锡话,还是一头雾水,十分茫然。

家乡人好客有口皆碑。"摆开八仙桌,招待十六方""有朋自远方来,不亦乐乎""来的都是客,全凭嘴一张"。作为主人就要主动改变自己的说话方式,适应客人的需求,尽量实现无障碍交流。这是随机应变的欢迎之意,也是尊重他人的待客之礼。对于像我这样土生土长的滨海人,虽在外地工作,你们就不要当主为客了,也没有必要对我改腔换调,但有些亲友却不以为然,居然还是一视同仁。他们打电话时,都是统一的"滨普"往前冲,听得我很别扭,反而觉得有点生分。难道是因为我在外地时间待长了,他们觉得应该用普通话才是对我的尊重?难道是自己改变了,听不懂家乡话了吗?后来我也进一步反思,或许是因为自己先把舌头卷了起来,才引起了他们的舌头联动,但转念一想,也不完全是呀,因为他们在微信里的语音留言,同样是一派京腔。本乡本土的一家人,没有必要"洋腔阔调",初听起来,确实觉得汗毛直竖,听多了也就习惯了,毕竟人家是在考虑我的感受,也得真诚地感谢他们。后来再听到那种"京夹土"的讲话,我便非常享受,就像听相声一般。

  自从到南京来工作以后,"从故乡到异乡",开始还是"山芋腔",但有些咬词发音,人家听不懂,这就不能不学习普通话了。环境塑造人也改变人,我现在讲的话已逐渐向普通话方向发展,人家基本能听懂,只是个别词语还需琢磨。我以为自己通过两片嘴唇多年持续不断的训练,虽不可能达到标准普通话的水平,但至少还应该算是靠近南京话吧。但许多人见到我,都不假思索地说我是扬州人。这让我大感不解,他们怎么知道我的祖籍是宝应的呢?他们说我的口音太明显了,一听就能听出来,难不成我这么多年彰显的就是扬州评话的味道?后来想想,可能也是事出有因。自己是苏北人,在苏南工作生活了很长时间,苏北、苏南双水合流,两个声音长期混合在一起,也就有可能变成了苏中的腔调。所以他们说我是扬州人,抑或大差不离五,可能也是这么回事。但其中还有一个原因,那就是日常受父亲的影响,难免会多多少少地带出宝应的咬字习惯和口音风格。但"山芋腔"就是"山芋腔",不可能完全蒸发,不管我们怎么努力改变,其实"山芋腔"早就渗透到骨子里去了。那次在央视做节目,录制结束后,导演笑呵呵地对我说,你讲的内容肯定没问题,只是普通话扣了不少分,有些方言听不懂,这会影响观众的接受程度。对此我也有自知之明,也希望自己今后能够更加努力,有更大的改观。但谁也没想到,就是这个被导演揪出的"山芋腔",却切切实实地帮了我一回。

  当年在央视节目录制现场,自己觉得机会难得,很想留几张照片,只因做嘉宾无法拍摄,录制结束后,自己已觉无望,可就在这时,现场的摄影却主动来找我,他说听我讲话很亲切,猜想一定是老乡。"老乡见老乡,两眼泪汪汪",一时,我俩都很激动!他说自己是滨海大套人,大学毕业后,在央视专门从事摄影工作,许多对外宣传的照片都是出自他手,今

二、乡　情

天也是他负责全场的拍摄工作。吸引力法则果真威力无比,没想到在这里也通行无阻。"老乡见老乡,有事伸手帮",后来真的感谢他,精选了几张拍得比较好的照片发给了我,满足了我小小的愿望。

由此可见,山芋腔已经自成一体,最大的特色是识别度比较高。我到过许多地方,碰到过许多在外工作的家乡人。有一种类型的人,就是我行我素,多年始终保持着家乡话的不变风格。与他们一见面,就是因为乡音同频,情脉相通,很快就进入"山芋腔"的轨道,彼此不需要客套,就已撤除所有的防范距离。也有许多家乡人,他们走南闯北,需要入乡随俗,甚至"入乡随音","山芋腔"被其他语系严严实实地覆盖着,但天生的东西有时是掩饰不住的,不管用什么方式都会自觉不自觉地流露出来。我们第一次听不出来,多听几次,便会发现苗头。有时也许整体讲话我们听不出来,但通过个别字的咬音,会肆无忌惮地露出马脚。也就是说,不管怎么口若悬河,怎么天花乱坠,只要有山芋长期浸泡的历史,哪怕脱离乡音时间再久,跑的地方再远,我们只要仔细谛听,都能闻到山芋的味道。当年看到有名中国留学生与老外交流,虽然听不懂他们讲话的内容,但从他的腔调来看,我断定他有几分山芋发酵出来的味道。虽经过英文的强力包装,稍稍有点变味,但还是能够被我检索出来,后经验证果然就是英语"山芋腔"。

当年我们到江北看房子,碰到一位负责销售的小伙子,人长得很帅很精神,为人非常热情,普通话说得特棒,口若悬河,舌灿莲花。他告诉我们自己是在北京上的大学,以前一直在北京工作。我们都以为他是北京人,直到我们决定买房后,他才告诉我们自己是滨海人。他说第一天就听出了我们的山芋腔。只是以前有过教训,不想事先因老乡关系让彼此变得束手束脚,不仅影响客户的判断,如果产生分歧,自己也会觉得很尴尬。他说自己不愿忽悠,只是客观介绍情况,希望彼此是愿卖愿买,不掺杂质,公平合理,各得其所,哪怕买卖不成,乡情还在。他说得挺有道理的,但普通话说得这么溜,怎么可能是我们的老乡呢? 他明白我们的疑惑,转过脸来,就是一口的"山芋腔",连珠炮似的,喷薄而出,连绵不断,遣词造句比我们还要土,土得都能掉渣,看来他这些年也经常到家乡"回炉",没有忘记自己的乡音。

一般情况下,大家在职场上都努力讲好普通话,但平时积攒起来的乡音,只有等到几个老乡碰面时,才能全部爆发。有次还听到他们讲过一个故事。据说有两个在外地工作的男女,因为停车位发生了争执,开始大家都是用普通话,文质彬彬的,后来发现是同乡,觉得用普通话吵有点放不开,许多话没法说到点子上,不过瘾,不爽快,不够味,彼此索性就卸下面具,甩开膀子,大干一场,据理必争,寸步不让,用山芋腔痛痛快快地热火爆吵,十八般武艺都用上了,以致把许多掩藏在时间深处的老词土语都捞了出来,张牙舞爪,挥霍殆尽:什么"拗不溜秋"(流里流气),什么"武二八鬼"(鬼头鬼脑),什么"跷么奇怪"(稀奇古怪),什么"老干皮味"(老气横秋),什么"麻里木足"(狂妄,不安分),什么"二不囵吞"(办事不果断,不痛快)等,不仅吵出了情调、吵出了境界,也吵出了享受、吵出了火花。两人最后相对一笑泯恩仇,相见恨晚成夫妻。没想到,山芋腔真比《非诚勿扰》还要厉害,就像强烈的吹风机一样,原来的一地鸡毛,被腾腾地吹飞上天,居然成就了情投意合的一对"天仙配"。

　　如此生动鲜活的词语不仅能够牵线搭桥,更能反映出这是民间长期语言实践的重要成果。虽然许多词在词典上查不到,有些词也不一定写得对,但在赓续传承中,已经成了约定俗成,牢牢地生长在这片土壤里,活跃在这片天空中,它们早已与人们生活密不可分,口口相传,心心相印。它们是贯穿"山芋腔"的或坚硬或柔软的外壳,也是保留"山芋腔"的逻辑自洽的深情载体。它们野蛮生长,精力充沛,从古到今都具有一种不可阻挡的原始生命力!就表达者而言,许多词语确实能够呈现毫厘之间的差别,很富有情绪的张力;就接受而言,许多词语也很接地气,习惯成自然,一点就通,一说就明。诸如此类的来自生活表层的俗词俗语,遍布在"山芋腔"词库的各个角落,举不胜举,如"不刁不马"(忠厚老实)、"不像咙咚"(不像样子)、"哭声乌拉"(说话带哭腔)、"老人八咔"(充老资格)、"半里不顿"(气量狭小,优柔寡断)、"血骨邋遢"(血淋淋的样子)、"死猫烂狗"(不分好孬)、"瘟里不神"(病态,没有精神)、"佯大傲真"(装聋作哑满不在乎的样子)、"没娘掉气"(颓伤的样子)、"厮打脚哇"(胡搅蛮缠)、"四腿拉吧"(四肢胡乱摆放,举止粗鲁)、"愣头不叽"(言语粗鲁,不讲分寸)、"狗脸歹毛"(说翻脸就翻脸)、"冒不投空"(突然行动或突然出现)、"醉么哈拉"(喝醉酒气喘吁吁的样子)、"乱不倒缨"(乱糟糟的)、"拼投拼投"(商量)、"杀窝鹐"(自相残杀)、"挖小锹子"(暗中整人)、"做锅铲子"(跟随别人去做客吃饭)、"不上道子"(不讲道理)、"没得胡数"(很多很多)、"没得过身"(难以恕罪,过不了关)、"捣膀节弯子"(捣鬼,走后门)、"克地头"(膝盖)等。这些词语对于不懂的人就是一头雾水,对于懂的人,却异常传神,只要听到这些词语,我们就能立马进入现实,回到过去,看见生活。

　　但要说对这些词语用得准、用得好、用得活、用得有趣、用得有味、用得流畅、滚瓜烂熟、信手拈来的,还要数那些用滨海方言创作的许多小视频。曾看到一位女顾客在网上叫了车,驾驶员开到地方却不见人影。也许是定位不准确,于是驾驶员就给她打电话。两个

二、乡　情

人通过误会打岔的方式,硬是碰不到一起,最重要的是,他们都非常熟练地运用地地道道的土词土语插科打诨,开始还好像一本正经,彬彬有礼,后来就变得声嘶力竭,针锋相对,喋喋不休,层出不穷。这种土言土语的交流还真热闹,听起来真的特别有意思、有味道。

随着时代的进步和社会的发展,人们希望抓住机缘,都会放飞自己的梦想,就像风筝一样,飞向四面八方。但乡音就像是那个割不断的绳子,不管飞多高,飞多远,到什么时候,到什么地方,只要你一开口,乡音未改,泥土芬芳,就能找到回家的路。

陪伴我们的不可能是天涯海角,也不可能是天荒地老,最有可能的,就是那个总也改不掉的"山芋腔"!

蜂 窝 煤

真不知"蜂窝煤"是谁命名的,大家都这么叫着,习以为常,也没究其缘由,可当我看到真正的蜂窝以后,这才惊愕于这种比喻是多么形象和贴切。

以前家家户户都烧蜂窝煤,炉子也大同小异。当时炉子的款式不是很多,印象最深的就是炉门不太一样,有上下开门的,也有左右开门的,炉膛始终只有一个,不像后来发展成两个、三个的。单个炉膛只能装三块蜂窝煤,我们家每天大概也就用三四块:上午一块,下午一块,晚饭后再换上一块,多的时候也会加上一两块。令人比较尴尬的是,有时四块嫌多,三块又嫌少,特别是在烧中饭时,其实只需加把力,没有必要再加一整块,问题是即便加上去了,一时半会儿火劲也上不来,哪怕你再心急如焚,也无可奈何。后来陆续出现了半块或小半块的蜂窝煤,算是比较好地解决了这个问题,既节省又实用,火势来得猛,效果来得快,比较切合实际,也颇受欢迎。

蜂窝煤要能够烧得着,必须眼子对眼子,这样上下一贯、通气顺畅,有利于开足马力,"全力以赴"。火力的大小主要取决于对炉门的掌控,炉门关小,火力变小,炉门开大,火力变旺。每天做饭炒菜肯定是热火朝天,但到了夜间,就需要"偃旗息鼓"了。炉子只要保持炉火不灭就行!当时我们家为了节约煤炭,在过夜的时候,会有意识地把上面的煤眼与下面的煤眼错开,通过反向的操作,阻碍煤炭不能尽快燃烧,应该说效果不错、立竿见影。但因为炉子制作工艺不精,或者使用时间过长,当年的炉门总是关不严实,我们就用纸头叠个折子夹在门缝里,严禁空气"自由出入",我们也因此过上了自我约束的"低碳生活"。问题是有时也会过犹不及,因为用力过猛,闷得太紧,反而把炉子给闷熄了。

第二天早上我们就得赶快去邻居家换煤,也就是把人家烧红的煤夹到自己的炉子里,然后再把自己的煤给人家加上。一般情况下,邻里都能伸出援手,但有时人家也急着上班,也要做早饭,换了煤以后,还要等上一段时间才能接续火力,可能会因此耽误人家的生

二、乡 情

活。如果真的让别人犯难,就不要难为别人了。凡事还得自己动手,赶快重新生火,于是从家里找来几个木块助燃,以前对家里收藏这样那样的木块,我不甚理解,到这时才恍然大悟,原来这就是有备无患。那些小木块可以直接用,对于那些比较大的木块,还需要用斧头把它们劈成小块,再把它们放进炉膛里,然后用纸点着,把煤放在上面。开始时不见火苗,只见冒烟,我们就得用扇子在炉口拼命扇,风推火势、火借风势,不久就会窜出火头,从四面八方来吞噬掉蜂窝煤;但有的时候,好像你急它不急,总是慢悠悠的,姗姗来迟,特别是要急着赶时间,我们即便是面对烈火干柴,还嫌它们不够积极主动,非要火上浇油,浇上点煤油,这样才能激起其高涨热情,让其呼呼燃烧,蜂窝煤也因此慢慢地由冷变热、由热变烫、由烫变红、由红变旺。随着那些木块渐渐地化为灰烬,蜂窝煤也渐渐地掉进炉膛,正式"登基"就位。在没有生火之前,炉膛里早已放置了一块煤渣,作为垫底,这时煤渣就要挺身而出、勇于担当,成为已经变旺蜂窝煤的前提基础和有力托举。这时,我们赶紧把这两块煤眼对对好,如果灰烬障目,还得用通条通一下,待上下一致、齐心协力后,再放上一块蜂窝煤,保证炉膛填满,即可恢复正常功能。

每天还要及时清理煤渣。因为渣多,就会影响通风,进而影响炉火,最初我们家在烧煤球的时候,有些煤渣会自然脱落,也有些煤渣会残留在炉膛里,需要用炭钩子去把它们钩下来,然后再慢慢地将它们扒出门外。后来有人据此发明了抽屉式炉门,这样煤渣都会掉落在抽屉里,清理起来就变得方便多了,每天将其拉出就行。而对于蜂窝煤而言,清理煤渣就没有那么复杂了。因为它们在烧尽后依然能保持形态不变,只要把上面两个没烧完的煤拣出来,再把下面烧完的那块煤渣剔出来就万事大吉了。但有的时候,烧过的煤渣也可能在炉中散碎,这时就得从上面往下捣,或者从下面往上钩,总之要想方设法把它们弄出来。其实当年人们对炭渣也十分看重,基本都舍不得扔掉,等着派上用场。特别是在下雨天,弄上一块煤渣放在那些小洼塘上,不仅吸水,还能给路人垫个脚,不会让人湿到鞋子。这也算是物尽其用吧。

记得当年的炭场是在东街头,好像门朝西,院子里面一片黑金世界,除了高高的煤堆,就是成排成箱的蜂窝煤,还有各种各样忙忙碌碌的人们。平时我们买炭都是自己用平板车去拉,但结果损坏比较严重,而且次次如此,主要是自己拉煤技术不过关;更让我们头疼的是,每次到炭场都要排很长很长的队,不知为什么总会有那么多人,好在当年炭场里有许多等待拖炭的劳务人员,只要谈好价格,就可以请他们帮助拖炭。他们的平板车比我们多了一圈围挡,可以保证不会出现掉漏。作为炭场老手,他们拉起车来,驾轻就熟。我空手一人，跟在后面都赶不上趟；他们也不要帮忙，觉得在后面推着反而多事，越帮越忙会造成车子前后的不平衡，不利于他们的全盘把控。这样，我们只在上坡或坑坑洼洼的地方帮助推上一把，其他时候只管跟着跑，及时指引他们自己家的方向就行！到了地方后，他们动作也很麻利，三下五除二就卸了货，然后又一阵风似的再去接活。这样一来二去，我们就混得比较熟了，知道谁的技术好和服务质量高，以后也就主动把自己的随机选择变成了固定客户。

那些从炭场出来的蜂窝煤，基本都是潮湿的，根本没有干透，不能马上放到家里，而先要将它们放在门外摊开晒晒，使之接受阳光的沐浴和清风的洗礼，而且间隔一段时间，我们还得去给它们翻翻身，保证让它们全身都变得干爽通透。当年我们家房子比较小，蜂窝煤都放在房间里，炉子也放在房间里，其实这样是非常不安全的。后来我们家就在门前搭了个锅屋，用芦材糊墙，用茅草做顶，虽然简陋点，但毕竟有了专门的空间，炉子可以放进去，蜂窝煤也能找到安身立命之所。记得我们当时是把它们放在大桌肚里，因为囤积较多，就需把它们码得整整齐齐的，一排一排、一摞一摞的。每个都要摆好，摆不好就会溃于蚁穴，产生连锁效应，所以我们每每都会小心谨慎、小心翼翼。炉子紧靠大桌子，要换煤时就用火剪把煤从大桌子肚里夹出来。天长日久，烧煤不止，近处用完了，就要"打入内部"，把隐藏在里面的全都挖出来，常常要弯着身子、蹲下来，用火剪慢慢地向前探去，看不清时，还要用手电筒照着，一个一个地慢慢移出来。

应该说，请炭场劳务人员拖煤，他们确实比我们有经验，虽一路颠簸，但他们稳得住，偶尔坏掉一两块也属正常，总体来说损耗不大。但如果我们自己拖，情况就截然不同了，因为车载太重，一拖起来，就会向两边摇晃，特别是道路不平时，愈发厉害，如果这时稳不住，蜂窝煤就会一块一块地从车上跌落下来，有时还会忽如山倒，不可收拾。届时只能在路边望煤兴叹。这样一次、两次、很多次，就会积少成多，也会积重难返。平时，我们在家里夹煤时，也保不准会因为不慎或不够小心，跌碎或损坏许多蜂窝煤。于是，如何把这些散碎的煤块收集起来，重新做成蜂窝煤就成了当务之急，这时有一种适合于家用的炭模子便应运而生了。我们经过一番唱作念打的实践之后，也觉得效果非常好，后来就干脆不买蜂窝煤，只去买煤屑，回家来自己做蜂窝煤。开始时，我们主要是借用人家的炭模子，后来我们也请人专门做了一个。

记得那个炭模子拥有一个长臂，上端有一个横向的扶手，下端是圆形的模子，里面装有活舌，粘着许多圆形的短柱，主要是用来打蜂眼的，因整个用料是铁铸的，所以分量显得

二、乡　情

比较重。我们拿着它,可以在炭堆里到处胡乱寻觅,不停碾压,只要能咬住一块,就让它"吃饱""喝足",再把它敲实、压紧,然后轻轻往下一推,一块蜂窝煤就"脱颖而出"了。如此这般,循环往复。不一会儿,一排长长的蜂窝煤队伍就集结完毕,密密层层,整齐划一。随着劳动战果的不断扩大,这支队伍也日益壮大,变得声势浩大。

这项任务确实非常光荣。但要知道,这可是个地地道道的体力活儿,每次弄完之后,都会让人腰酸背痛好几天。还需要说明的是,要出色地完成这项光荣的任务,光有那种不怕苦、不偷懒的精神还是远远不够的,还要能够真正懂行会做、精通业务。对那些煤场蜂窝煤的碎块进行重新改造,倒还是比较简单的,先期的技术投入已经隐含其中,不需要我们再大做动作,而对于自己买来的煤屑要制作蜂窝煤,就显得不那么简单了。这里不仅涉及兑水多少的问题,还有煤土配比的问题,凡此种种,都要拿捏得十分准确才行。如果加少了,煤难成型,会不结实;如果加多了,又不能形成充分燃烧或者燃烧不力。要真正达到炉火纯青、熟能生巧的地步,又岂能是一日之功?几次搞下来,效果并不好,许多都需要重新返工,非但不省力还要费力,非但不省钱还费钱,非但不省心还费神。频频撞到南墙之后,我们这才幡然梦醒,自己并不是那块料,最终还不得不再去买蜂窝煤……

从我记事的时候,我们家就开始烧蜂窝煤,一直烧到改用煤气罐,再后来是管道煤气,直到现在的既方便又洁净的天然气。但蜂窝煤是人间烟火气的最初来源,作为曾经生活的"标本",不管什么时候,不管在什么地方,只要你扫一扫记忆中的"二维码",就会立刻浮现出当年那种家家生火、户户炊烟的世俗景象!

开往乡愁的直达车

家乡通上高铁,是我的夙愿。2020年12月30日,新盐铁路的正式通车,标志着家乡从此迈入了高铁时代,五个半小时就可直达北京;去年盐通高铁开通后,从上海到滨海,这个跨"海"的距离,也就只要两个半小时。应该说,随着人流、物流和信息流的加速,这几年从四面八方"涌"来的高铁,正以风驰电掣般的速度"奔"向自己的家乡。高铁让距离不是问题,化漫长为瞬息。当我们在短视频里,看到家乡人迎来高铁时那种欢呼雀跃的激动心情,我们也深受感染,心潮澎湃。当即几个朋友就约定,准备尝试着从上海乘高铁一起回家乡,探寻高铁历程,感受高铁速度,体验直达感觉。只是因为疫情影响,我们后来不得不作罢。

但我还是专门抽空回去看了看滨海港高铁站。远远望去,那弧形的候车大楼,巍峨、大气、灵动、有神,就像展翅的雄鹰一般,将要腾飞到辽阔的蓝天之上。这是从芸芸众"生"中脱颖而出的新地标,也是在目不暇接的老城区中抢夺眼球的新符号。我们沿着行车道,索性把车子一直开到候车室的门口,就像没有受到邀请的参观者一样,不需要人招呼,只管自说自话。殊不知,却遭遇阻拦,被告知不能随便进去,于是我们只得通过目光所至,从上到下,从内到外,反复逡巡,仔细端详,恨不得把所有蛛丝马迹都收入眼帘。这座高铁站设计确实比较新颖,注重科学合理,各种设施比较先进,各项功能也非常完善。当天的乘客比较少,他们都戴着口罩,提着行李,有说有笑,谈笑风生,深感便利出行,乐在其中!其实对高铁站,我并不陌生,我曾经途径或到达过许多高铁站,但看到自己的家乡有如此唯美醉心的高铁站,说实话,内心还是非常激动的!高铁站外面的广场比较开阔,树木井然,整饬有序,构思精巧,妙趣横生。我拿出手机准备拍个全景,巧的是正好一列高铁就像子弹头一样呼啸而过,仿佛瞬间划破漫漫的历史烟尘,顿然揭开了焕然一新的"加速度"。

我很早就到南京上学,后又在南京工作,细细地算起来,在南京生活的时间已远远超

二、乡　情

过在家乡生活的时间。家乡一直是我们念念不忘的牵挂，也是吸引我们的"强磁场"。我们忘不了家乡的老街小巷，两岸的枕河人家，桥南桥北的热闹气氛，还有那堆满各种各样土特产的路边摊点，以及舌尖上那些令人难以忘怀的美味佳肴。这些不仅"耳熟能详""眼熟能详""嘴熟能详"，更"心熟能详"。家乡就是经久不衰的风景，也是百读不厌的经典，特别是少小离家的人，更有着老大回家的热切意愿。离开家乡越久远，家乡在他们的心中就愈清晰，因此常回家看看，是他们长久以来的愿望和永不餍足的情感。记得当年回去，主要的交通工具只有长途公共汽车。要在平时还好，一到节假日，就会一票难求，每每都要提前好几天去排队。每次乘车都要起得很早，还要坐大半天的时间；早上六点左右坐车出发，下午四点左右才能到。这是一般的情况，但常常会有例外。有次我们坐的客车在洪泽湖大堤上抛了锚，"前不着村，后不着店"，驾驶员对此也显得很无奈，捣鼓了几次没有成功，只得前去搬"救兵"。我们也只能耐心地等待，众多旅客就这样在车上干干地耗着，"起了个大早，赶了个晚集"。那天我们约好要与家人一起共聚晚餐，最后不得不改吃夜宵了。

　　有了高速公路以后，道路截弯取直，路面质量变好了，自驾车的应有速度，也被彻底地释放了出来。我们基本都是节假日才能回去，值此思乡之情风起云涌的日子，也是不约而同地人同此心，同路的浩浩荡荡的返乡大军，最终汇聚成了一股股争先恐后的返乡车流。大家都归心似箭，心急如焚，却车缓如蚁，欲速则不达。我们常常会因为拥挤不堪，被夹在车水马龙之中，进退不得，只好安分守己，稍有机会便蠢蠢欲动，"得寸进尺"，分秒必争。好不容易摆脱了一段拥堵，车轮越发变得勤快了起来，以为接下来肯定就是畅通无阻，殊不知转瞬之间，又可能因为前面遭遇交通事故而又动弹不得。就这样走走停停，停停走走，车子不是开回去的，而是爬回去的，我们的脾气不是变没的，而是被磨没的，无可奈何，叫苦不迭，"高铁赶快到我家"便成为这时频频翘首以盼的心情。

　　我对高铁情有独钟，且"宠爱有加"。凡是能坐高铁的，我绝对不选择其他交通工具。高铁不仅购票简便，而且安全平稳，最重要的是高速准点。这点让人心里非常踏实，所以我对家乡高铁的建设进展情况高度关注，点点滴滴记在心头。自从盐通高铁正式运营之后，从南京到滨海也可以乘坐高铁了，这意味着我们回家更加方便了。为了检验效果，我还抓住机缘主动尝试了一把。从南京乘车到南通，再从南通换乘至滨海，连接还算比较流畅，但从时间上来看，与自己的开车时间也差不多，如果再加上车次的衔接和进出站所要花费的时间，有时还可能多一点。应该说，高铁开通已随我心，但没有直达高铁还不能尽如我意。

大城市与小地方的生活方式,现在已大同小异,基本趋同,但考量到常常对面邻居老死不相往来的现实,那种邻里之间朝夕相处的无拘无束,倒显得更加亲切,令人十分怀念。父母对此深有感触,他们对直达高铁这件事情比我更加关切。退休以后为了向我"靠拢",他们离开了原来的生活土壤,来到一个相对陌生的环境,可以说一直到现在还有很多不适应或无法适应的事情。他们期盼着能够经常回到家乡看看,寻寻亲、访访友、聊聊天、打打牌、说说"山芋腔"、谈谈本地事,对此我特别能理解,也特别支持。因为他们在家乡生活工作了几十年,同事朋友都在那里,突然隔断原有的各种关系确实比较难受,而建立新关系也不可能一蹴而就,更不能一厢情愿,所以他们的生活会显得非常单调孤独。只是因为年过八旬,行动有诸多不便,他们更希望能够乘坐直达的高铁,这样更方便、更来去自由。看着他们对家乡眺望的急切之情,我也愈加期盼高铁能够早日实现他们的愿望。

这么多年来,高铁建设一直都是按照人们的需求,以史无前例的速度,将铁轨连绵不断地铺到人们希望的远方,其范围之广、规模之大、质量之高,不仅鼓舞人心,也催人奋进。我们深受其益,深感其恩,也深蕴其盼。希望能够尽快地看到从南京发往滨海的高铁直达车,让回家的路越来越快、越来越便捷。没想到,身处高铁时代,我们的心情,也变得愈发"高速",追赶高铁速度,催促高铁建设。

未来可期,指日可待。一日千里的高铁,一定会高歌猛进地开往血浓于水的乡愁里!

邰 六 爹

想起邰六爹,就想起他走街串巷地叫卖"五香素鸡芒蚕豆"的声音,可以说这声音一直都是我儿时的亲切记忆。当年的邰六爹有五十多岁,个子很高,颧骨突出,眼睛凹陷进去,有点老外的感觉,只是那一双枯柴般的老手、满脸的皱纹和并不太整洁的衣服,处处显露出不修边幅的苏北老头的本色。不管在什么季节,他总喜欢带个帽子,在帽檐口会露出里面垫的白纸,帽檐边还有一溜油渍,据说这是为了遮挡阳光,但脚上永远是一双解放鞋,有时会看到鞋帮上沾满了尘土,鞋面上也会浸出的一溜儿汗渍。他只要出来做买卖,就挎个大扁篮子,里面放两个钵子,分别存放着要卖的素鸡和蚕豆,篮子上面盖上一层布,大概是用来挡灰和保温的。他就这样一路走着,吆喝了许多年……

说老实话,邰六爹叫卖的东西,工艺并不复杂却有自家特色。蚕豆经过水泡变得松软后,进行水煮,放进五香八角等配料,非常入味,吃到嘴里香香的、面面的、细细的;素鸡的制作方法也差不多,只是工序稍微复杂点,先包圆扎紧,然后放在料锅里煮熟煮透,切出来就是一块一块的,因为卤子已浸透到食材之中,到了口中就会别有一番滋味。这些说起来虽简单,做起来并不易,选材、配料、火候要非常讲究,功夫尽在不言中。没有精准的判断和分寸的把握,无法达到炉火纯青和独此一家的境界。

卖素鸡时,他用夹子夹,一块、两块门儿清,不会多也不会少。但他卖蚕豆时就改用手抓了,一分钱五六个,一把也非常有数,大差不离五,偶尔会多上一两个,对不起,从哪儿来还得回哪儿去,它会很熟练地从手指的隙缝中漏下去。大概很多人都有过这样的经历,很快便有顺口溜风靡开来,引得小孩们经常围追着邰六爹,跟在叫卖声的后面,齐整划一地高喊:"邰六爹,卖蚕豆,一分钱,五六个,投机倒把第一个,抓起来就批斗。"当年除国营、集体单位外,凡个人做点小买卖都会被认为是搞投机倒把,对此邰六爹早就习惯成自然,充耳不闻。反正你喊你的,我还是卖我的,依旧不停地扯着嗓子高叫"五香素鸡芒蚕豆"!

此情此景

那时候我还在上小学,父母给买早点的零花钱,有时也会剩下点。碰到邰六爹的时候,我就会买五分钱蚕豆,大概有二十七八个,放在口袋里作为零食,可以慢慢地享用。我不是不喜欢素鸡,只是两分钱一块,买少了不过瘾,买多了又捉襟见肘。当年我们吃素鸡,不是一口一口地咬着吃,而是一层一层地撕着吃,强调的是慢慢咀嚼、慢慢回味。有同学居然说,长大以后,一定找机会把素鸡一次吃个够!有次放学回家,肚子饿得不行,又身无分文,我便向邰六爹赊账,没想到他居然同意了,也许是因为经常买他的"产品",天长日久建立起了信任。但第二天找他还钱时,他却不见了踪影,满世界都找不到。

后来我才得知他生病了,而且病得还不轻。在医院住了好几个月,身体没怎么好利索,就又挎着他的篮子走街串巷了。我连忙追上去,说把钱还给他,他好像已经忘记了这码事,怎么也不肯收,非要等我比画着帮他回忆起来以后,才勉强收了。但临走时还是抓了一把蚕豆,非要塞给我,这可是千载难逢的特殊待遇啊!我有点受宠若惊。这是表扬、奖励,还是感激、答谢?我不得而知,但欠债还钱,天经地义!让我没想到或者十分惊讶的是,原本十分抠门的主儿,怎么忽然之间就变得如此慷慨大方了?

他每天依旧从东街跑到西街,从桥南跑到到桥北,每天要换好几次篮子,忙得不亦乐乎。可见生意还挺红火。他每天要见很多人,可从来不记人,自从我们那次打过交道以后,对我好像印象更加深刻了,每次照面都会点头示意。经常去买他的东西,我也逐步看出点门道来了。别看他到处跑,好像漫无目标,其实,对自己的消费群体门儿清,主要锁定在学校,重点对象便是学生。他经常驻足在学校的门口,把篮子往地上一放,戴个帽子,自个儿蹲在那儿。放学后,周围就会涌来一圈学生,都是来买吃的,争先恐后,交钱找钱,走了一波,又来一波。那年头,要说不同年级或不同班的同学相互不认识可以有,但不认识邰六爹的,没有,绝对没有!

每每和大家回忆起这些事情的时候,我总以为是自作多情,没想到话匣子刚一打开,犹如琴弦一拨,出乎意料地引起了共鸣,好像大家对这事都不陌生,还很有兴趣。他们对邰六爹都印象深刻,倍感亲切。在各人鲜有交集的生活轨迹里,邰六爹居然都能占有一席之地。他已成为那个年代的标志,也是我们家乡的明星,集聚着我们的共同记忆。大家都津津乐道于曾经与邰六爹的过往经历,我也想起了一则有趣的故事。记得有年夏天,正值午睡时分,邰六爹的叫卖声又从巷子的那头传来,由远及近,越发清晰。忽然听到惊天动地的呵斥声,大概是影响到人家休息了,人家嫌他烦了,嫌他吵了。邰六爹好像没有正面回应,也没有与人发生争吵,但无奈无辜的表情却可以想见,叫卖声自此停止,以后再也没

二、乡 情

有在这里出现过。整个巷子确实变得安静多了,而我们却不习惯了。要知道,在物质匮乏的时代,这种叫卖声并不是可有可无的,对于当年贪婪的"吃货"来说,应该是召之即来、来之解馋,是一种再美不过的动听旋律。

  大学毕业那年我回到家里,再次听到熟悉的声音,真的特别兴奋。赶忙去看看邰六爹,他也认出了我。这次进步可大啦,不仅寒暄了几句,而且还深入下去,关心起我的工作来了。聊了几句,还是挺温暖的。据说这位老人平日不愿与陌生人搭话,甚至对家人也常常是惜字如金。我给了钱,买了素鸡和蚕豆,便迫不及待地往嘴里塞,真的是好长时间没有尝到家乡的味道了,这可是伴随自己一路成长过来的岁月味道啊!嗯,味道还是那个味道,感觉还是那个感觉。没错,可口、醇厚、经典、悠长,依然回味无穷!让人有点惊讶和辛酸的是,没想到,几年不见,邰六爹身上的沧桑之变如此巨大。原来高耸挺立的腰板,变得佝偻,头发少了,牙齿掉了,说起话来,总是咳咳喘喘的……

  这以后我离开老家,到外地工作,这种叫卖声从此与己隔绝,无缘再听到了,更不要说见到邰六爹本人了。但童年时光的流动风景,一直在我心中,从未走远,时常萦绕!一位老人,一声叫卖,一把蚕豆,一块素鸡,不知不觉中,已凝为自己人生的一种生命书写和别样乡愁。每每回想起来,依然如故,历历在目,有滋有味,粲然于衷!

邮递员的铃声

记得小的时候,我们家订了一份报纸。每天下午三点多,听到"叮当"一声车铃声,我就知道邮递员来了。待铃声与邮递员之间建立了联系以后,我们对这个铃声就更加敏感,有了条件反射,听起来也更加亲切了。当年我们家住在商业职工宿舍,那里前后有四排平房,一排大概有十间房子,也就是十户人家。房子紧密相邻,大家朝夕相处,彼此融洽,远胜至亲。邮递员来的时候,基本都是驻足在顶头的那一家。我们大家循声而去,各取己件,寒来暑往,岁岁如此。假期的时候,负责报纸信件的人非我莫属。那时邮递员已统一着装,一身草绿,精神抖擞,非常帅气。自行车也是通身绿色,印有明显的邮政标签。他们常常是车龙头前面挺着一个大帆布包,后座的两边分别有两个帆布袋,车的大杠下面还系着一个帆布兜。有时邮递员身上还会背着一个大挎包,满满当当、密密匝匝、拥拥挤挤、晃晃荡荡,一路下来走家串户,只见其少,不见其烦。

每年三百六十五天基本无他途,都是同一条路。他们对自己辖区里的家家户户倒背如流,甚至对有些家长里短也能了如指掌。因为天天要见面,邮递员按时按点地"签到",也成了我们生活中的"必备场景"。"这是你家的""这是他家的""还有吗""谢谢",这种对话已经成为我们每天的标配。熟悉了以后,我们也会多聊上几句,偶尔插入街谈巷议时,也还会泛起点点波澜。如果哪家有挂号信,他还会拿出一个本本,让你签字,每每我都很神圣地签上自己的名字。有的时候,邻居家里没人,我们就先代收下,然后再转交,等于当了一回"二传手"。这时该感谢我的人就轮到他了,是我帮他解了燃眉之急。

记得经常给我们送报刊信件的,是一个个头儿不太高的邮递员。他圆圆的脸蛋,充满着稚气。他的身体非常强壮,从他的衣服上就能看到挡不住的块块肌肉。他每天都很准时,人也非常热情,除了业务比较精湛以外,给我印象最深刻的还有他一身绝顶的车技。那时候,我们还是小孩,对此非常羡慕和崇拜。他上车基本不经踏板,都是跑跳上去的,上

二、乡　情

车姿势特别酷,骑车技术也特别棒,好像能够把车子玩于股掌之间。因为当年的邮电局职工宿舍就在商业职工宿舍的隔壁,休息天,我们经常会看到他在路上的精彩表演:有时双手脱把,紧抱胸前,享受着自由自在的骑车乐趣;有时把车龙头立转过来,与车身形成丁字形,把车子定在那里很长时间,就像钉子钉住一样;更有甚者,还能坐在车龙头上倒着骑车,就像玩杂技似的。当路人用掌声表示肯定时,他也会用铃声进行回应。他之所以能够如此胆大妄为,剑走偏锋,完全得力于长年累月练就的扎实基本功。他们整天与自行车打交道,穿街过巷,在车水马龙中走南闯北,在人来人往里钻来钻去,不仅爱车、懂车,更会用车、"耍"车。他们的技术一流,无人可及,也无人匹敌。

从东坎老街邮电局到商业职工宿舍有两条路:一条是从派出所巷子进来,经过中市居委会,再通过小石桥,绕过福利厂,转个弯就可以到;另一条是从渔市口巷下来,经过县中队,再通过大堰,然后一直走就到。这两条路的巷子里,基本都是砖道或青石板,但出了巷子就是土路了。那时的土路不是夯实的,而是自然形成的,是许多人天长日久行走出来的,平时还算勉强能够通行,到了下雨天就变得一塌糊涂,到处都是烂泥。在"烂啪淤"中行走,除了滑还是滑,大概是"行路难"最生动和最形象的诠释。当年我们出门都要穿高筒胶鞋,还得小心翼翼地走,要不然等着我们的也许就是"鲤鱼打滚"。在这种情况下,推着自行车走就更不方便了。不出两步,烂泥就会把挡灰板塞满,这时邮递员就得停下,把车撑起来,找一根小树枝,赶快把里面的烂泥掏干净,不然就无法继续前行。后来我发现有人把前后轮上的挡灰板都卸掉了,也许就是为了雨天行车方便,但邮局的车子不能这么做,它们仍要风雨兼程、艰难行进。如果是蒙蒙细雨,他们要把前后帆布包扣紧;如果是大雨滂沱,他们则会把雨衣盖在帆布包的上面,宁愿自己被淋透,也不让邮件被淋湿。当时我就不明白,不就是报刊和信件吗?为什么一定要这样顶风冒雨?等雨停了以后再送不行吗?问题是他们常常会与风雨不期而遇,但他们从未因此停下自己的步伐。有次我看到他在泥泞的道路上挣扎着出不来,赶忙过去搭了把手,帮他把陷到泥里的车子抬了出来。没想到这个举手之劳,让他铭记在心,以后对我格外客气。他告诉我,在县城里还算好的,乡镇里的邮递员还要艰辛。如果雨天在垄上行遇到困难,他们只能靠自己了,因为有时根本就见不到人,更谈不上帮助了。事实上,即便是大晴天,在我们这个地方也不是很好走。下雨天留下的乱七八糟的凹凸痕迹,经过阳光曝晒,居然顺理成章地留在了路面上,到处都是高高低低、歪歪扭扭、坑坑洼洼,在上面骑车子,心里会很不踏实,时时都要提心吊胆,不是车龙头晃来晃去,就是车轮跳上跳下,就像在跳自由发挥的现代舞一样,没有两把"刷子",在这儿你根本玩不转!

以前我们家里的报刊信件有,但不多。待到我大学毕业工作后,投递到我们家的信件,忽然就有了爆发性的增长,如果要画出曲线图,这个时期肯定是峰值。主要是因为自己喜欢投稿,投出去的多,退回来的也就多;投出去多少,就退回来多少;屡投屡退,屡退屡投。开始收到的都是冷冰冰的铅印退稿信,后来逐渐有了一些温度。有些编辑开始亲自写回信了,有肯定,有鼓励,也有指导,但就是没被采用。有一天晚上,我刚吃过晚饭,忽然听到了铃铛的声音,天都黑了,怎么邮递员又来了?我很诧异。原来是编辑部把联系地址和人名都写错了,让他白跑了一大圈,最后才确认应该是我的,一看果不其然,而且这封信对我来说真的尤其重要。那是山东大学《文史哲》编辑部寄给我的留用通知。多少次的望眼欲穿,就是为了等到这一刻。当时整个人都有一种神清气爽的感觉,深感邮递员送来的不是信件,而是久旱逢甘露的及时雨。如果说当年还有什么会麻烦到邮递员的,那就是买书了。因为县城的新华书店,有些书来得不及时,有些书根本买不到,我就自己根据书讯目录,摸索着通过邮购的方法进行购买。那以后凡是我订购的书,邮递员总能及时送达到位。

那天又听到了熟悉的铃声,我知道他来了。但出来一看,却是一个新面孔。怎么换人啦?还是个女的?这在当时非常新鲜,就像在司空见惯的男司机队伍中,忽然出现了一个女司机,大家都会诧异万分。女邮递员一脸笑容,干净利落,英姿飒爽,落落大方。她说原来的邮递员今天请假,她是临时代班的。按理说,她对我们以前形成的默契并不熟悉,但也未见陌生,张三李四王五特别门儿清,都能说出个子丑寅卯来。看来她事先是做了大量的"功课"。她说自己就住在邮电局职工宿舍,虽然没有跟大家接触过,但面孔早就熟悉,因此她没有把自己当外人,与大叔大妈们聊得很嗨。伴随着一串串银铃般笑声,也给大家带来了一阵阵的欢乐。送报刊信件这份工作看起来很容易,但要真正做到投递准确又及时,需要的是细心、耐心和责任心。特别是面对那些龙飞凤舞的天书,他们都练就了一身明察秋毫的高强本领。兵来将挡,水来土掩。女邮递员几乎是逐字逐字核对准确后才交件的。后来我们知道,这位女邮递员原来是那位男邮递员的爱人,他俩是地地道道也是真真切切的邮递夫妻!

人生当中许多时候是需要等待的,等待不是一种时间,常常是一种心情。高考前是前所未有的紧张,高考后是前所未有的放松。但到了发榜的时候,平静的心情又会再起波澜。不是担心能不能考上,因为分数已经超出录取线,而是担心能不能考上自己心仪的学

二、乡 情

校。面对"临门一脚"的关键时刻,那些天,自己就像热锅上的蚂蚁一样,心神不宁,如坐针毡。只要听到铃声一响,立马就会冲出去,希望能够实现梦想,但每每都是满怀期待而去,满含失望而归。特别是看到有人已经收到了录取通知,自己就更加盼望邮递员快快到来。有天我在睡眼迷蒙中好像听到了铃声,一骨碌就爬了起来,以为是通知书来了,但还不是。我左等右等,一盼再盼,就是不见邮递员踪影。越是心急如焚,越是姗姗来迟。

  我告诫自己,越是在关键的时刻,越要冷静,越要淡定。老是居家心神不定,还不如出去散散步。没想到,偏偏就在这个时候,邮递员来了!他到我们家砰砰敲门,见没有动静,跟邻居打听,邻居说刚才还看到我了。难得他这么热心,不停地打铃,房前屋后的铃声就像召唤,我立马飞奔了过来。只见他笑嘻嘻地递给我一个信封,说应该是录取通知,让我先签收。我打开来一看,果然是录取通知,而且录取学校就是自己的第一志愿。一种喜从天降、春暖花开的感觉,顿时从我的心里荡漾到全身,"终于等到你",梦想成真!这时邮递员也不愿再打扰我,悄悄地推着车子走开了,我连忙追过去,向这位传递喜讯的使者高喊了一声:"谢谢您!"只见他回头一笑,说了声"不客气,祝贺你",伴随着一串铃声,一溜烟地消失在我的视野之中。

  虽然时隔多年,但当年的情景历历在目。看着现在满世界都是飞来飞去的快递,还有手机、微信、短信等点对点的连接,确实这些方式更为便捷。那种通过铃声来召唤人们的方式,已经一去不复返!但那种熟悉的铃声与过往岁月早已水乳交融,牢不可破地攫住了我们的灵魂,化成了自己的血肉。不管到什么时候,听起来依然会是那样的清脆响亮,触发遐想!

知了声起

当自己泡了杯茶,坐在电脑前,打开屏幕,移动鼠标,准备进入码字砌文的境界时,只听得一阵阵知了声响起。此起彼伏,声声入耳,让我想起了自己的童年时光。

当年我们家的附近就是公园,虽然不是很大,但也不能算小。里面树木繁盛,一到夏天,个个婆娑多姿,精神抖擞。它们联袂出场,齐心协力,为无数的知了搭建了一个大大的舞台,于是到处歌声一片,绵绵不绝。不是独唱,而是大合唱;没有统一指挥,却永远整齐划一。这种诱人的叫声,对于孩提时代的我们,有着非同一般的亲切感和吸引力,好像声声呼唤声声催,不断激发起我们去粘知了的强烈愿望。说干就干,我们先把干面粉和起来,捽来捽去,反复拿捏,让它慢慢变稠,充满黏性,用手一拉,会变老长,不会断掉,而且粘在手上怎么也扯不下来,这才算是达标;然后再去找根竹竿,这种竹竿当年每家都有,人们要用它来支撑蚊帐,但有些竹竿毕竟不够长,我们就把两根竹竿接在一起,用绳子扎牢,或用黑色的电工胶布把它们紧紧地缠裹在一起。

待一切准备就绪,我们就会跑到公园里去粘知了。干这个活儿得要点耐心,要一听二看三寻找。首先耳朵要非常敏锐,要从密集的知了声中发现敌情,找准主攻方向,说起来好说,听起来难听,因为到处是叫声,你在明处,它们在暗处,不会让你轻易找到它们的藏身之所。有时感觉好像它们就在近处,有时又感觉它们好像还在远处。看来光听还不能解决问题,"听其言,还要观其行",要通过自己的仔细观察然后进行判断,找准位置,发现目标。因我眼睛近视,树矮一点,视力还能凑合,要是树太高了,竹竿就比较模糊,我只能靠同伴进行定位了。我们蹑手蹑脚,用竹竿在树间悄悄地行进,慢慢地探寻,虽然也比较麻烦,但这比用弹弓打麻雀容易多了,因为发现麻雀,如果不能命中,麻雀就会飞走。知了虽也有翅膀,但基本都是趴在树上,纹丝不动,好像乖宝宝一样,对来临的危险不太敏感。如果我们看到一个黑点在那里一动不动,十有八九就是它了。只要把竹竿头上的面筋粘

二、乡 情

到它的背上,哪怕它再有能耐,也在劫难逃,乖乖地成为我们的囊中之物。

知了的学名叫"蝉",因其翅膀振动发出像"知了"的声音而得其俗名。作为一种不完全变态昆虫,其生长过程也是富有戏剧性的。它的妈妈在树上产卵,幼蝉孵出后却不愿继续待在树上,直接钻进土壤,潜伏到隐蔽战线,开启暗无天日的地下活动。这个时间不是几周或几个月,而是两三年,甚至十几年,特别漫长。它们在那里慢条斯理,慢慢掏洞,有时我们在稀泥的盗土洞里还能发现幼蝉,这也是它们苦苦修炼的童年时代。一旦茁壮成长、精力饱满以后,它们就会不失时机地破土而出,神不知鬼不觉地在夜间爬到树上,巧妙实施金蝉脱壳。彻底挣脱束缚之后,拍着翅膀就可以自由自在地飞行了。需要强调的是,脱下的那些外壳也是宝,可以入味中药、治病疗伤。待万事俱备、一切就绪以后,它们就会大模大样地趴在树上,大摇大摆地享受着自己的短暂"人生"。为了延年益寿,它们会把坚硬的口器插入树干,从早到晚地吮吸汁液,大吃大喝,从不节制,把大量的营养与水分源源不断地吸入体内。

对于它们来说,在树上几乎是无法无天,不仅如此,它们还非常狡猾,有时我们很难发现它们的踪迹。"意欲捕鸣蝉,忽然闭口立",在多次搜索无果的情况下,我们也就只有"华山一条道"——爬树了。说老实话,我对爬树不怎么在行。但同伴不仅行,而且很行。只见他把鞋子一脱,双手扒住树,两脚一蹬,蹭了几下,很麻利地就上去了。但鞋子里冲出来的那股味道,实在太浓郁,让人难以忍受,气味萦绕不绝,凡是他爬过的地方,都散发着阵阵"奇香",至今想来还恶心。然而他在树上却能"屡建奇功"。小心窥视,精心抓捕,不一会儿,一个小塑料袋就被装满了。他兴高采烈地把塑料袋从树上面扔下来,我也开开心心地接住了,心满意足。但问题来了,粘了这么多知了究竟有什么用呢?这位同伴堂而皇之的答案就是烧烤着吃。知了看着都让人瘆得慌,怎么能下得去口呢?但他吃起来却有滋有味。而今我看到知了都能够上餐桌了,这才知道当时他是多么前卫啊!尽管他不停地鼓励,还耐心进行示范,我还是不敢尝试,不愿吃。一个小塑料袋子的知了,确实无法填满他的胃。不一会儿,就吃个干净利落底朝天!而我只是带两个知了回家玩玩,想听听叫声,无奈那两个家伙对立情绪比较强烈,到了家就再也不叫了。

同伴第二天照例又来约我。他总是显得意犹未尽,继续爬树,动作依然非常迅捷。我在下面接应,依旧当好帮手。这一次他发现树上密密麻麻,到处都是知了。于是便展开大面积的作战,进行全面围剿,定点清除,力求全歼。只见他从这根树枝,跨到那根树枝,就像鸟儿一样在上面跳来跳去。他手起"刀"落,知了一片一片应声倒下。看他兴致正浓,我也喜不自禁,这时就听得"咔嚓"一声,树枝突然断了。他从树上掉了下来,直接将我砸倒在地上。我还好,爬起来看他的时候,他说膀子不听使唤,估计摔断了。面对这种突发情况,我有点惊慌失措,赶快去拉他。他拼命喊疼,情急之中,我觉得还是应该先跑回去告诉家长,把他送到医院治疗,经检查发现,他的右膀断了,医生给他接起骨头,打起石膏,加了绷带。看到亲密的战友受伤,我的心里很不是滋味,虽然人家没有埋怨我,但我也不敢面对他父母的目光。事实上造成这样的结果,确实与我无关,可也好像脱不开干系。毕竟我们是一起的,没有做好保护,我肯定有不可推卸的责任,所以我唯一能做的,就是下次再也不去粘知了了。

每年入伏之后,就好像进入了蝉鸣炙热的模式。这么大热的天,你们难道不累吗?为什么还要这么起劲地引吭高歌?对这个问题我自己也进行了探究,了解到夏天是成年蝉的多情季节。它们的生命非常短暂,要在这有限的生命里为无限的家族做出自己的贡献,就必须完成繁殖后代的崇高使命。但不可能大家都能立马闪婚,总得要有个谈情说爱的选择过程吧!那么这时许多雄蝉就挺身而"唱",主动示好,毕竟人家雌蝉比较腼腆。还有更重要的,雌蝉本来就是"哑巴蝉",不具有发声功能,"小曲好唱口难开"。雄蝉却拥有巨大的发音器,它们的腹肌部位就像蒙上了一层鼓膜,只要发出声音,共鸣声就非常强烈。雌蝉对唱功好的雄蝉,是完全没有抵抗力的。敢情你们这些雄蝉的叫声,原来就是"撩妹"的高招啊!难怪许多帅哥都喜欢给靓妹唱情歌呢!真没想到这些黑不溜秋的家伙还有这一手。那些雌蝉还偏偏吃这一套,常常陶醉其中,不能自拔。雄蝉通过歌唱主动自我介绍,但凡家庭成员、成长经历、收入情况、是否有房有车,一应俱全。雌蝉常常是先故作姿态,欲擒故纵。一看雌蝉反应并不强烈,雄蝉就急了,我们可没时间再等了,时不我待。不管你同不同意,我们只管一个劲地放开嗓子,各显神通,互飙高音,一直唱到你意乱情迷为止!雌蝉看看也闹得差不多了,还真的静下神来谛听,通过音高、力度、节奏来判别众多追求者中,哪个身体最健壮,哪个最合适作为自己的伴侣。经过再三考察,认为各方面条件都满意了以后,雌蝉才会羞羞答答地投入心上人的"怀抱"。

当年我家里还没有电风扇,更谈不上空调了,主要是由蒲扇带来凉意,还有就是吹自然风。在太阳下山时,各家都会先把床铺好。我们家专门有个竹床,供我们吃过晚饭洗过澡后躺在上面,非常凉快。知了在天黑以后就好像不怎么叫了,也许叫了一天也该歇歇了。但在傍晚时分,它们还没有放松自己,还要孤注一掷,发泄最后的疯狂。我躺在冰凉的竹床上,手拿蒲扇,听着知了的歌唱,那歌声就仿佛是穿脑透心的"天外魔音",有一种说

二、乡　情

不出来的意境。直至读到杨万里"落日无情最有情,遍催万树暮蝉鸣"的诗句后,这才完全理解落日与蝉鸣之间的微妙呼应和唯美达成。

　　同伴膀子好了以后,又兴冲冲地来约我。我死活不肯去,仍心有余悸。没想到,这位老兄非但没有吸取教训,反而经过这次"光荣"负伤,胆子更加大了。他软磨硬泡,尽管我左推右挡,还是拗不过他。更何况自己也到了手痒的时候,最后也就半推半就地答应了,但头脑还算清醒,毕竟吃了一堑长了一智。我对他提出了明确要求,就是必须答应不能再爬树了。只有这样,我们才能"重操旧业"。因为害怕被父母们发现,我们这次没有到家边的公园去,而是舍近求远,跑到公路两旁的树上去"寻寻觅觅"。从事这份"事业"特别需要敬业精神,容不得半点马虎,必须稳打稳扎,步步为营。因为专心致志,时间过得非常快,常常会把自己上学的事情给忘记。老师跟家长一通报,所有真相又都大白于天下,回到家里,热情等待我们的就是一顿免费却不免疼痛的"小棍汤"。

　　从此以后,我们便成了家长、老师甚至同学关注的重点对象。"你们不是精力过剩吗?那就多为全班同学做些服务。"各种差事排山倒海,滚滚而来,要么是擦黑板,要么是扫地,要么是温习功课,要么是汇报学习,我们整天忙忙碌碌。那些原来可以自由支配的时间,全部给活生生地占用了。对于知了,我们只能说爱你不容易,套用现在的话来说,就是把它们从心里给彻底删除了,把所有的精力全部投入学习和学校之中。即便是还有点儿空闲,也被更好玩的篮球、排球和乒乓球等项目替代了。我们的兴趣点在内应外合的夹击下,也慢慢地实现了战略性的大转移。

　　自从彻底"戒"了以后,不是没有知了,其实知了一直都在,但哪怕是满世界的知了声,我们也听不到了,因为置若罔闻,就等于充耳不闻。算起来,从匆匆那年听不到知了声,到匆匆这年又听到知了声,这中间已经跨过了几十年。现在回想起来,小小的知了何德何能,当年能够对我们构成高达百倍的吸引力?后来仔细想想,其实也没什么,既没有名利,也没有功利,大概就是童年应有的情趣吧!就是用孩子的思维,做孩子喜欢的事。每个人的童年里都应该有自己听得懂的知了声,我们并没有刻意地去做什么,只是没有让天真、活泼和可爱离我们远去。

　　回到了家乡,与儿时的伙伴相约,笑言我们能不能再去粘一回知了,找找当年的感觉。他不停地点头,肯定而坚决地表示同意!

五香花生米

每年春节,家乡的亲戚总会给我们带点五香花生米,好像多少年来已成"惯例"。炒熟的花生米并不稀奇,到处都有,烹制的方法也多种多样,味道千差万别。但家乡的就是家乡的,别的地方是别的地方的,我们从不排斥其他的味道,但最熟悉的还是家乡的味道。只要五香花生米一到,我就会不由分说抓上几把,先尝为快。这些花生米初看上去,有点暗淡,其貌不扬,放进嘴里,也没什么两样,只在与牙齿碰撞的瞬间,通过一咀一嚼,神采乍见,滋味尽在不言中。特别是随着花生米碎散开来,五香便发扬光大了,激情四射,四处发力,脆酥的感觉扑腔而来,满口怡香,久久回荡,即便是穿肠下肚、不见踪影,那种渗透在骨髓中的诱人味道,还牢牢地萦绕在咽喉之际,不断地激发着你的食欲,欲舍不得,欲罢不能,不吃到打嗝不知停止,不问多少。如果你遇上这么一遭,基本上这顿饭也不需要再吃了,满肚子只有五香花生米了。

有次我回老家特意去买五香花生米,找了好多地方,问了好多人,好不容易在小巷的深处,找到了正宗烹炒人家。真所谓酒香不怕巷子深,好货不怕没人买,据说,制作五香花生米看起来比较容易,但做起来还挺难的。要经过若干道工序,主要包括浸泡、清洗、配料、煮熟、晾干、烘炒等,这些程序确实十分重要。关键技术却在于配比的精准和火候的掌控。比如烘炒,如果烘炒过了,煳味就会形成碾压的优势,哪怕是五香满腹,也难有"出头"之日,口感也会一落千丈。但如果烘炒不到位,五香花生米也会变得老皱生硬,那种脆酥的感觉千呼万唤亦不会出来。即便是达到香酥的标准,不同的人家,在方法上也会有细微差别,这里就涉及独家秘方了,这是他们的制胜之道,也是核心的竞争力。人家不会告诉我们,我们也说不出子丑寅卯,但产品一经比较,不同人家的口味确实会不太一样。

家乡人过年,总爱弄上两杯,五香花生米就成了"酒"的"伴侣"和"挚友",是下酒的必备小菜,常常是上顿吃完下顿吃,顿顿都是座上宾,饮酒者也好像对此毫不厌倦。有时主

二、乡　情

人家考虑不周,忘了放五香花生米了,客人便会主动吆喝起来:请上盘五香花生米啊!记得邻居有位老人平时就爱喝点酒,一天三顿,天天如此,就没看他讲究什么菜,特别是早晚,桌上只有一盘五香花生米和一瓶老酒,自斟自饮、自给自足,居然也能吃得津津有味,喝得如痴如醉。他有一个标志性动作,我至今记忆犹新:右手拿起一颗花生米,非常熟练地一捻,皮就脱了,然后放进嘴里。有时,还来点小杂耍,把花生米抛到空中,用嘴上前接住,然后咀嚼回味,转悠再三,再抿上一口小酒,眼一闭,哼上一段小曲,快活好似活神仙。后来我回去再看他,他对自己的吃法也进行了"重大改革",不再捻皮了,而是直接将花生米放进嘴里,速度比以前快多了。他说花生皮有营养,可不能浪费,对以前的吃法好像悔之不及,现在是尽力弥补。

既然花生米是家乡的特产,每每我们也会给南京的亲戚朋友送点尝尝。他们都乐于接受,从不拒绝,特别是有位亲戚,总是赞不绝口,第一次吃到后就说印象很深,回味无穷。今年春节前夕,那位南京亲戚又跟我提起,言下之意,不言自明,但我没去接茬,因为疫情影响,不知家乡现在有没有五香花生米。事有凑巧,不久老家便来人了,又给我们带来了一大包五香花生米。我们赶忙给他送了一些过去,他又是一阵兴高采烈。我们找来各种瓶子将剩下的花生米装进去,花生米放在密闭的空间里,能保持香酥如故,如果放在外面,用不了多久,就会变软,"香"也许可能还在,但"脆"肯定是不见了。老家人告诉我们,他们一家今年到长春过年,这次是路过南京,年前在长春已退休的叔叔,打电话来邀请他们北上团聚,很想见他们,特意关照要带点家乡五香花生米过去。我这个亲戚是办事非常靠谱的人,他跑了好多家,认真鉴别,最后选中了自己认为最正宗的一家。长春的叔叔听他介绍后,也非常高兴,连说"好,好"。原来,思念五香花生米的也不独是我们!

我们把亲戚一家送到机场,回来以后赶忙把五香花生米分别送给其他亲朋好友,他们都笑逐颜开,乐不可支,好像久旱逢甘雨。他们都是南京人,但在面对五香花生米时,皆没有什么抵抗力,而对于我们这些几乎伴随着五香花生米长大的人来说,更是一往情深,思乡之情油然而生。五香花生米也是一种乡愁,我们不管在什么时候、什么地方咀嚼起来,总是能感受到一如既往的有滋有味!

三、感　情

能够触摸到的细微之情,都有温度的成色,虽近在咫尺,却能千回百转。

八旬老友的见面

我父亲在滨海工作了几十年,以前的许多老友,也都陆续地随着孩子来到南京定居,以前请他出去玩玩,他比较积极,但随着年纪增大,有诸多不便,后来就很少出去了。因为父亲不用微信,所以他们都先跟我联系,在征得父亲的意见后,我再及时回复他们。那天我又接到一个邀请信息,我以为父亲还是婉言谢绝,没想到这次却愉快接受了。因为邀请者是他曾经的老师章士藻先生。章先生确实与大名鼎鼎的章士钊姓名同音,听上去就好像是一个人,但此章士藻不是彼章士钊,同为章家人,他们之间还真的有渊源,确系同一血脉的不同分支。章士钊家在湖南,章士藻全家则从湖南迁到了江苏海安。

父亲是20世纪50年代最早一批支援苏北建设的知识青年,十五六岁就来到了滨海,一直从事教育工作。开始并没受过高等教育,当老师也是从头学起、边学边教,不仅教语文,还教数学;同时也边教边学,不仅自己刻苦学习,勤勉努力,也积极争取各种学习机会,包括函授教育和短期培训等。当年父亲考到盐城教师进修学校学习时,章士藻就是他的数学老师。他们的师生之情由此开始。

章老师这次来南京是和自己孩子一起过春节的,希望跟我父亲见上一面,是他"蓄谋已久"的愿望。我父亲也怀着同样的心情,一直翘首以盼。两位八旬老人约好第二天中午在饭店碰面。因我父亲的年纪比章老师还稍大一点,章老师对此也考虑周到,特地关照要我陪他一起去。我也是这样想的,老人年迈确实需要家人陪同。第二天上午章老师早早地就到了饭店,很快就给我发来了定位(老人家挺时尚的)。其实我是知道那个地方的,但不知什么原因,他中途又换了一家饭店,马上发来微信告之变化,老人家办事逻辑非常缜密,思维清晰。父亲那天也很早就在不停地催我,但我们出发后却遇到堵车,稍有耽搁。这时章老师又打来电话,告诉我们,他们已提前到饭店门口等着了。

到了地方后,我父亲急得不得了,连奔带跑,赶快乘扶梯上楼,三步并两步直奔店面。

看到章老师站在那里,感觉十分过意不去,连忙迎了上去,觉得自己应该先到才对。我也是第一次见到章老师。他个子不高,满头白发,但精神矍铄,笑容可掬。"他乡遇故知",老友又重逢,自然格外激动。两位老人彼此紧紧握手,互相仔细端详,此时此刻那种因往日时光的浸入而掀起的情感风暴,是我们晚辈所无法体会的。应该说随着年轮的累加,情感的内涵会不断深化,我们站在一旁对此有所觉察,但内心的轩然大波,也许只有他们自己能够切身体会。章老师后来一直在盐城工作,我父亲退休后早就来到了南京。他们属于那种"不会常常想起,但永远不会忘记"的朋友类型。不知章老师通过什么渠道,找到了我的电话,主动跟我联系上了,又互加了微信。断线再接,再续前缘,父亲听后很高兴,也很激动,由此扯开话题,聊了许多如烟的往事。

  章老师是江苏师范学院数学系毕业的高才生,开始在盐城师范专科学校工作,后调至滨海工作,先在农中,再到教育局。听父亲说,章老师到滨海工作后,很快就在数学领域展露出过人的才华,成为解决教学疑难问题的中坚力量。有次他发现在已经开考的试卷题目上存在着所给条件不足的问题,在请示得到同意后,及时做了进一步说明,避免了考生无从下手、不知所措。20世纪80年代初,盐城师范专科学校需要加强师资力量,他也在被选拔的优秀教师之列。我在网上看到关于他的报道,在盐城师范专科学校和后来在盐城师范学院工作期间,他从教从研,从严从专,在数学教育学科、课程、教材等方面成就卓著,出版了《中学数学教育法》《章士藻数学教育文集》等多部专著,系享受国务院特殊津贴的专家。多年来,他对教师这个职业一直充满着深厚而特殊的感情。不仅是因为自己有六十年的教学生涯,也是因为自己的父亲、祖父及外祖父都有过从教的经历,更是缘于曾得到著名数学家、教育家,北京师范大学原校长王梓坤院士多次的指导与帮助。深感教书育人,乃百年大计。

  我父亲后来离开教育部门,被调到机关工作,主要从事宣传工作。他在认真学习党的重大方针政策的基础上,为县直和乡镇机关的党员干部做过多次深入浅出的宣讲,写了许多理论研究文章和新闻报道,当年还有一篇人物通讯被中央人民广播电台采用,播了将近十二分钟。记得在我小的时候,他每天都是早去晚归,经常加班到深夜。有时为了深入调查研究,还会利用休息日,骑着自行车到基层一线,深入工厂车间,跑到田间地头,风里来雨里去,不断发现,不断提炼,不断总结,不断思考。父亲还经常被派到基层蹲点,有时一蹲就是一年。他对工作全身心投入,无暇顾家,当年家庭还是有困难的,确实存在着许多后顾之忧。这么多年来,不管在什么岗位上,他都坚持服从组织安排,勤勤恳恳、兢兢业

三、感 情

业,努力干好自己的每一份工作。

　　看着他们相谈甚欢,我深受感染,恍惚间,思绪也渐渐从眼前抽开,跳入某种幻境之中,仿佛看到他们年轻时的模样。那时他们青春年少、风华正茂、意气风发、指点江山、挥斥方遒。尽管当年的条件非常艰苦,但他们义无反顾地响应号召、服从安排、远离家乡。其间不知经历过多少艰难曲折,也不知尝过多少酸甜苦辣,但他们始终树立理想、坚定信念、不忘初心、牢记使命、斗志昂扬、乘风破浪,努力把职业变成事业,把事业变成专业,抓铁有痕、踏石有印、认认真真、踏踏实实,把青春献给了担当,把汗水留给了使命。曾经的时光就是他们互相学习、互相鼓励、互相支持的岁月,通过半个多世纪的浓缩凝聚,这份情感显得更加弥足珍贵。"珍惜所有的感动,每一份希望在你手中",无论曾经如何风雨交加、跌宕起伏,这一刻,他们是惬意的、温暖的,也是非常美好的!

　　但在我的童年记忆中,父亲的形象并非都是十分美好的,父亲对自己要求很严,对我也是如此。他规定我每天在完成学校的作业以后,还要练字四百个。我练的是那种工工整整、一笔一画的正楷,有时也会偷工减料,草之快之,但结果却是要付出双倍的代价。他还经常买些课外书籍,包括四大名著,还有《鲁迅作品选》《红岩》《青春之歌》《林海雪原》等,导致我每天所剩可玩的时间少之又少。对此我一开始非常抵触,也很委屈,别的小孩可以在外面随心所欲地"疯",凭什么自己老是被限制在斗室之间。但是在看了这些书籍之后,我好像打开了一扇天窗,看到了里面的五彩斑斓和无限风光,自己的兴趣也逐渐被激发了出来,慢慢从"要我看"变成了"我要看"。平时不要人催,只要有空,我就会安安静静地坐下来看书,聚精会神、爱不释手。同时,父亲对自己孩子人品人格的锻炼,也从未掉以轻心,常常通过点滴之事,剖析毫厘之差。在具体问题上,逐步让我明白事理,懂得是非。如果是明知故犯或死不改悔,那就对不起了,一而再,再而三,等待我的一定是"皮肉之苦",对此我也没少领教过。章老师谈论他们的家风时,也头头是道,如数家珍。所以他的几个孩子特别优秀,都在各自的岗位上取得骄人的成绩。

　　那天章老师很高兴,不停地给我父亲夹菜。过一会儿,我父亲也不停地给他夹菜。看到两位老人这样的你来我往、互相谦让,我主动担当起了夹菜分菜的职责。章老师看到我体型有点胖,建议我要加强锻炼。我知道章老师喜欢打乒乓球,其实我也喜欢,不约而同的兴趣,让他喜出望外,仿佛又多了一个球友。他们夫妇住在盐城康乐年华养老院,那里的环境条件比较好,吃住医都有专人管理,这等于把他们从一日三餐的家庭事务中彻底地解放了出来。这样他们就能够自由地支配时间来实现自己的所思所想所求所乐。对于章老师来说，打乒乓球就是每天第一等重要的任务，以球会友，交友打球，否则他会茶饭不思。他说自己原来是打正胶的，后来改成了长胶，长胶节奏相对比较慢，所有旋转都是反向的，别人不好对付，自己也很难控制。这种胶皮主要是打旋转的，对力量和速度的要求不高，激烈的程度相对比较低，应该说非常符合老年人那种慢条斯理的风格。

他说他自己的拍子会随身带着，每到一处都会去找球馆，看到球馆手就痒，看到球友就开心。他们全家在春节期间专门组织了乒乓球比赛。他既当队员，又当教练，还当裁判。他把现场照片发给了我，看得出比赛很正规，双方交战也很激烈，只是没能看到章老师的精湛球技。我父亲的兴趣更多地集中在医学方面，他看了许多医书，也订了许多报刊，非常热衷于电视上"祝你健康"之类的栏目。每次看完他都会做许多笔记，如果有头疼脑热、小毛小病的，他就兼职家庭医生，很专业，也很奏效。

我父亲最近一直催促我邀请章老师，但几次准备落实时，都因我临时有事被耽搁了。这次我们正式邀请他时，他说要急着赶回盐城，主要是为了参加乒乓球比赛，对此他好像格外看重。他说自己的房子正在装修，如果装修好了，他们将来要移居南京，会常住"沙家浜"，以后见面的机会有的是。话到这种份上，父亲只好说"恭敬不如从命"，那我们就约定下次再聚。父亲还特别提醒我要陪章老师打一次球，章老师听后顿时笑逐颜开，心花怒放！

古 典 南 师

我的母校现名为南京师范大学,当年还称南京师范学院。有一天路过宁海路,我不自觉地拐进母校走了一遭。现在的校园变化确实挺大,但基本格局我并不陌生,还是有一种温馨如昨的感觉。

记得1978年参加高考前,父亲对我说,南师的前身是金陵女子大学,建筑都是古典式的,很漂亮!因此,我曾在多少个日日夜夜里想象着和刻画着她的形象,希望能够成为这个校园里的一员。应该说,这个目标激发勤奋、砥砺动力,带给我很多信心和力量,以至于后来,还真是如愿以偿,考进了南师中文系。当年我走进校门,就感受到了整个校园古色古香的氛围,迎面的100号大楼充满着诗情画意,两边对称性的建筑掩映在环抱的苍松翠柏之中。走到近处才发现,100号大楼底宽厚重的基座,全力支撑着飞檐翘角、斗拱彩画的建筑主体,就像展翅欲飞的大鹏正在扑扇着,而勾连侧楼的是回廊和过道,它们自成曲调地蜿蜒着。大草坪更像是一块绿色的地毯,让人看到它就想到上面坐坐。以它为中心,向四周放射出许多小路,有的延伸到南山,有的延伸到体育场,有的延伸到教室,有的延伸到宿舍区……初次见面的感觉是,似乎这里并不是校园,而是一个花团锦簇、繁花似锦的古典式花园。

这个被誉为"东方最美校园"的地方确实洋溢着一种独有的氛围,让人着迷。时间待长了,还潜移默化地培养出居此怡然、以此为好的审美习惯。那时我只要一有空就去图书馆,坐在那间并不宽敞的阅览室里。除了因为有自己喜欢阅读的时尚报刊外,还有一个重要原因,那就是离音乐系很近。当年的音乐系就在图书馆的对面,音乐天才们不时地扯着嗓子,或高或低、忽长忽短、时快时慢、拖声拉调、柔情委婉,常常成为推动阅读的一叶小舟,慢慢地把我们摆渡到宁静的状态,我们伴随着美妙的旋律,渐入佳境,宁静致远!

每到夏日的夜晚,体育系楼后的荷塘便成了同学们的纳凉之地。那时没有深情的石凳,也没有时尚的装点,就是一个非常朴实的水塘。树木茂盛,池水清澈,荷叶田田,月光映照,在许多人看来,这里并不亚于朱自清笔下的"荷塘月色"。可笑的是,虽然知道此荷塘并不是彼荷塘,但为了加强对朱自清先生散文的理解,我曾几次到那儿去用心感受,希望寻找到散文大家散落在错落有致中的沧桑心情和犀利灵感。

凡是到过南师的人,大概都不会忘记那醉人的丹桂飘香。每当八月来临,芬芳馥郁,暗香飘动,满园都会弥漫在这种氛围之中,不用嗅就沐浴在其中。如果你非要嗅一嗅,就要往深处走一走,靠近一点,再靠近一点,顿时浓香沁脾,醉在其中!每次只要进入校门,香味就会扑鼻而来,欲寻来源却又寻不到,或者说找不到是来自哪一棵树上的桂花,所谓"处处不在处处在",大概就是对"桂花香溢"四字的准确描述吧!当年同学聚会,商量着具体时间,大家异口同声地说选在这个季节最好,看来大家对"暗香浮动"的印象太深刻了,念其香,忆其香,思其香,还想再闻其香,最终聚会还入了其香。反正那次大家都"醉"了,现在谈起来,还有一种余味回甘的感觉。

有人曾出题"南师给我留下什么印象"征答诸君,大家的答案自然五花八门。一方面各人所说的角度不一样,另一方面也是为了让自己的观点不同于别人。那次我没有说,因为我觉得怎么说都有言说不尽的感觉:多少年来,南师创造了一个又一个奇迹,那里凝聚着多少师生的智慧、汗水和泪水!树叶黄了,绿了,又黄了,又绿了,她总是在不断地诠释着自己的深厚内涵和无穷韵味……

说你超拔,说你柔情,说你潇洒,说你英俊,都不足以表达我们南师学子的至情评价和内心感受,不知在什么时候我的头脑中跳出了"古典"二字。是的,用"古典"再恰当不过了。古典的样子、古典的情调、古典的诗意、古典的氛围、古典的神韵……"正德厚生,笃学敏行",在我的内心深处就像酿酒一样,时光越久远,味道越醇厚,给人的感觉就越发回味悠长。

武大樱花正浓时

提起武汉大学,人们首先想到的一定是灿烂盛开的樱花。每年三月,到这里来看樱花的人很多,有本地的,也有外地的,有大学生,也有中学生,有年轻人,也有老年人。春天里的樱花大道,人来人往,人山人海,喧嚣不迭,络绎不绝。"昨日雪如花,今日花如雪",繁华满树,花团锦簇,层层叠叠,密密麻麻,似雪非雪却胜雪,似花非花还是花,朵朵随风婀娜多姿,若隐若现白里透红,矗立枝头,争奇斗艳,姹紫嫣红,风情温婉……

其实对我来说,关注起武汉大学的缘由还真的不是因为樱花,而是从短篇小说《女大学生宿舍》开始的。作者喻杉是武汉大学中文系80级的学生。这篇作品在湖北文学月刊《芳草》上发表以后,引起了很大的反响。青春的活力、友谊的精彩、爱情的青涩、人生的希望,如同一缕久违的春风吹醒了20世纪80年代刚刚思想解禁的无数青年。写者无心,读者有意。我当年正是就读中文专业的大学生,赶忙找来这本小说阅读,彻底被小说中所描写的景象所吸引。小说非常贴切、真实地反映了那个时代背景下的大学生生活。后来这篇小说又被改编成了同名电影《女大学生宿舍》,也受到了许多大学生的欢迎和追捧,并获得文化部1983年优秀影片奖、优秀故事片二等奖。原来小说中相对比较简单的情节,在影片中又得到了进一步的丰富和拓展。影片讲述20世纪80年代初,东南大学中文系的205号女生宿舍住进了五位刚入校的姑娘,分别是骆雪梅、辛甘、匡亚兰、宋歌和夏雨。这五位姑娘经历不同,性格各异:骆雪梅来自农村、淳朴善良;辛甘则生活在城里,家境优越,自视清高;匡亚兰自幼失去双亲,性格倔强独立;宋歌表现积极,要求进步,但内心深处却有着一丝丝的冷漠;夏雨年轻单纯,活泼可爱,充满着诗人的气质。整个故事围绕着大学生的学习和生活两个方面展开叙述。影片的焦点集中在匡亚兰这条线上,开始大家都以为她是一个孤儿,所以一致推荐她获得甲等助学金和生活补助费。但事实上她并不是孤儿,只是她的母亲很早就抛弃了他们父女而另嫁他人,后来她的父亲又不幸在一次事故中丧生。这些都成了她创作小说《山的女儿》的动力。但没想到宋歌在背后上演了捣鬼的戏码,匡亚兰的助学金因此被降级,她不得不到码头上去干活挣钱。事有凑巧,在学校里匡亚兰意外地遇到了自己的母亲,也就是辛甘的妈妈。母亲知道这些年的情况后,流着泪请她饶恕自己的过错,可她忘不了父亲和自己所遭受的痛苦和伤害,拒绝母亲送给她的300元钱。但这300元钱的事情,却引起了同学们的注意,也引发了大家的误解,在迫不得已的情况下,她道出了不堪回首的往事,这时大家才明白《山的女儿》原来写的就是她自己。在江边码头上,同学们找到了正在搬砖劳动的匡亚兰,她们都不约而同地伸出热情的援手。

虽然影片虚构的校名是东南大学,但我们早就心照不宣地默认为武汉大学。作者是这儿的,故事是这儿的,影片也是在这儿拍的。后来看到介绍,果不其然,影片中的女大学生宿舍就是在老斋舍取景的。这是建在狮子山南坡的一联排老建筑,也是武汉大学的标志性建筑,最早确实是学生宿舍,却不是女大学生宿舍。作者在武大读书的时候,住在桂园老八舍,那才是真正的女大学生宿舍。影片把女大学宿舍移到老斋舍,这种移花接木的做法,更多的是从艺术角度考虑的,同时老斋舍建筑本身也更具韵味、更有特色。四栋宿舍一字排开,三座罗马拱门充满西洋感,民国风的门窗透露着历史的斑驳,新时期的女同学在这里来来往往、上上下下,好像更有女大学生宿舍的感觉,这里楼梯的多层石阶拾级而上,更富有历史的纵深感,也能很好地传达镜头应有的时代感。

刚到武汉大学,我确实有点摸不着头绪。因为武汉大学的门特别多,至今我还弄不清究竟有多少个门,只知道正大门是在有着"国立武汉大学"牌坊的地方。我一见到正大门就深感震撼,从这儿往里走,越走就越能感受到武汉大学的宏大气概和磅礴气势。尽管校园建成今天这种规模是一个不断发展和不断完善的过程,但也离不开最初设计者的超前眼光和博大胸怀。武汉大学前身是湖广总督张之洞于1893年创办的自强学堂,1928年改名为国立武汉大学。当年,地质学家李四光和林学家叶雅各受命寻找新址,他们各骑一驴子,到处寻寻觅觅,进行实地勘察。他们在东湖边上转悠了很长时间,最终选定了"罗家山"这个地方开锹奠基。也许是感觉到"罗家"的名字比较俗气,或者说还不能贯通此山的精神风貌,当年国立武汉大学首任文学院院长闻一多先生就利用谐音关系,把"罗家"改成了"珞珈"。珞,是石头坚硬的意思,呼应着这里山石峥嵘;珈,是古代妇女戴的头饰,呼应着这里山色秀丽。"珞珈"合并在一起,雄幽兼备,刚柔并济,更能体现出当年筚路蓝缕的苦乐与共!

三、感 情

自此武大之弦歌、珞珈山的文运,全寄托在湖畔山间陆续崛起的校舍上。当年校长王世杰和李四光、叶雅各等负责进行总体规划,同时聘请美国建筑设计师凯尔斯、结构设计师莱文斯比尔主持设计。工程分两期进行:第一期是1929年3月至1932年1月,主要项目有老斋舍、文学院、理学院主体、教授别墅群、珞珈山水塔等。主体工程刚刚完工,1932年3月,他们就迫不及待地把学校从东厂口旧址迁入珞珈山校区。第二期是1932年2月至1937年7月,主要项目有半山庐、图书馆、宋卿体育馆、理学院侧楼、工学院、华中水工实验所、法学院、农学院等。这个总体设计应该说非常超前,也非常有远见,在空间的规划方面,可以说直到今天都不显落后。建筑思路既引入西方古典式样,又融合了东方土木韵味,遵循"轴线对称、主从有序、中央殿堂、四隅崇楼"的中国传统原则。采用"远取其势,近取其质"的艺术手法,因山就势,因势而动,起承转合,变化有序。图书馆、工学院、理学院三个建筑群的密切配合,实现了整体建筑美与单体建筑美的交叉呼应和建筑与自然环境的有机融合。

老图书馆是武汉校园的神来之笔。如果把武汉大学的建筑比喻为一首恢宏的交响曲,那么它就是那个让人怦然心动的高潮部分。"初听不知曲中意,再听已是曲中人"。这里是书籍的世界,也是阅读的天堂。穿过古色古香的门廊,步入明亮高穹的大厅,顿然就会感觉进入了一个宁谧的世界,穿透灵魂的不仅是空灵飘逸的感受,也有那种争分夺秒的态度。许多人在此度过了难忘的时光,这是一个博览群书、修炼素质、提升境界的好去处。透过宽大的老式的落地窗户,我们可以看到绿草青青的唯美景色,埋头看书的时候,能够感受到不一样的宁静,偶尔抬头看一看,也能瞥见落在桌椅上的缕缕阳光,令人身在其中,温暖无限。老图书馆是学子们的心灵之家,也是武汉大学的著名地标。当人们走在校园里,无论从哪个角度看过去,都能感受到那个脱颖而出的故宫式房顶和飞檐翘脊的无穷魅力。

行政楼是武汉校园的点睛之笔。据介绍,1952年全国院系调整后,工学院被撤销,学校便将工学院大楼改作办公大楼。行政楼是四角重檐攒尖顶的正方形大楼,坐落在两座火石山之间的凹地上,在填补空缺中实现了雄姿英发。它就像是在绿色的挂毯上绣出来的精美图案一样,从背景中凸显出来的不同凡响,好像武大的精气神都在这个"阿堵"之中。当它们与下方依照山势建的地下室和操场看台连在一起,再把操场上的绿茵油油的草坪添加上去以后,从远处取景来看,就好像把这个挂毯从上往下铺展开来一样,形成了一个构图统一、色调温暖、栩栩如生的完整画面。行政楼里面一共有5层,中央为一个集中采光的封闭天井,形成一个上下贯通的共享式大厅,透过顶部玻璃盖,阳光可直射到大厅内,形成富有变化而又非常生动的空间意境。每层都有内部回廊,顶楼也有外部走廊,站在这个走廊上,视野豁然开朗,举目远望,整个武大校园尽收眼底。

理学院是武汉校园的"冷静"之地。理学院的主楼是单檐歇山顶的建筑样式,绿琉璃瓦熠熠生辉,最具吸引力的还是穹窿圆屋顶,这与对面行政楼的四角重檐攒尖顶遥相呼应。理学院以理性而著称,整个建筑风格好像也颇具冷静气质,满腔热情潜藏在理性的深处,情感的冲动滞后于逻辑的力量。这种逻辑的力量,不仅体现在与外在风格的息息相通,我们看到,曲径通幽的走廊里,每每都能够通过大窗与外界环境形成水乳交融的意境,而且还能体现在室内空间的统筹区别上,分门别类,有板有眼,循序渐进,层次分明:多边形阶梯教室注重在不规则中创造了一种和谐,矩形小教室洋溢着一种小巧玲珑的美感,多边形普通教室有一种窗明几净的透明感。也就是说,不管你有什么样的空间需求,这里都可以满足,不管你坐在哪个教室里看书,都会有恰如其分、恰到好处的感觉。

武汉大学是一所完整规划和统筹设计,并能够在较短时间内一气呵成的大学校园。其布局精巧,气势恢宏,中西合璧,美轮美奂。不同的建筑群就像一座座"花园"和"宫殿",漂浮在一片片绿色的海洋里。"舟行碧波上,人在画中游",凡是到过武汉大学游览的人都会不虚此行,凡是到过武汉大学读书的人,都会终生难忘。记得清华老校长梅贻琦先生的名言:"所谓大学者,非谓有大楼之谓也,有大师之谓也。"也就是说,大学不仅仅在于高大轩敞的楼阁殿宇,还在于桃李天下的学术宗师。当年武大的校长王世杰就认为:不栽梧桐树,引不来金凤凰。为了招纳天下杰出英才,他在珞珈山麓修造了十八栋英式别墅,辟为武汉大学教授们的住宅区。许多大师硕儒都在这里居住过,包括王世杰、王星拱、陈源、周鲠生、杨端六等知名教授。每一栋房子住一户人家,楼有四层,负一楼是厨房,一楼是饭厅、客厅和书房,二楼是卧室、洗手间,三楼是储藏室。家具、电话、冰柜、热水管道等一应俱全。学校还请专人负责每位教授一家的饮食起居,专门配备几台当时最新式的福特牌轿车,用于接送教授们上下班。

关于这"十八栋"的故事流传很多,但我一直都没能去看过。那天我独自一人,怀着强烈的愿望,专门绕到珞珈山的背面,去寻找历史的遗迹。不看不知道,一看知奥妙。原来在林深茂密、摇苍飞翠之中,确实错落着许多红瓦白砖的小洋楼。它们巧借山势而建,彼此又呼应相连。据说1938年武汉抗战期间,周恩来与邓颖超就居住在十八栋27号,即"一区27号"。这是一栋标准英式田园别墅,哥特式风格的拱形门畅通着进出渠道,院子中间有一个精致花园,还有一棵当年种下的大芭蕉树。据说当年周恩来与邓颖超经常会

三、感 情

沿着下山的小径,走到东湖边去散步。同时,周恩来也多次在这里会见斯诺、史沫特莱、斯特朗等国际友人,与各界民主人士、国民党高级将领等共商抗日大计。

当年学校把拖家带眷的教授宿舍问题解决了,同时对那些单身教授的住宿也做了考虑,这便是半山庐的来头。这是一座两层砖木结构的住宅建筑,精致玲珑、环境幽雅、设备齐全、条件优渥。在1933—1937年,凡是来武大任教的知名单身教授都在这里住过,这也是一个有故事、有激情、有担当的地方,如今韶华依旧、气质非凡,依然掩映在满山的绿树之中。

大学之所以为大学,在于师贤于弟子,但同时还在于弟子不必不如师。大学是教学机构,教授的质量代表着教学水平,学生能否成才也代表着教学成果。雷军曾说过:他在武大度过了人生最难忘的青春岁月,对它的感情特别特别的深刻,而武大教会他最重要的是获取知识的能力。他斩钉截铁地说,在我心里,武汉大学是全球最好的大学,没有之一。他的话代表了武大莘莘学子的心声和共识。他们都积极践行"自强、弘毅、求是、拓新"的校训,通过自己的茁壮成长和斐然成就不断回报母校曾经的滋养。后来听说喻杉又带领电视剧《女大学生宿舍》主创人员回到母校,她说,对于剧情继续关注20世纪80年代的年轻人还是聚焦当下的大学生,她不参与定夺,唯一的要求是,电视剧必须在武汉大学拍摄。

樱花吐蕊,荆楚春回,草长莺飞的三月,正是武大最美的时刻;漫天花雨,宛如盛宴,铺天盖地,生机盎然,这是最美的季节,这是最美的大学。别后相思最多处,春风才起雪吹香。

致 青 春

赵守祥同志早就打电话,说受大家的委托邀请父亲和我参加聚会,后来孙相滨同志又把请帖寄给我们,深情款款、其意殷殷,我们非常感动!

近两年来我参加了许多聚会,初中的、高中的、大学的,还有县委党校86届党干班的聚会,每次都有呼必应,踊跃参加。大家在一起见见面、聊聊天、叙叙旧挺好的,没有任何功利色彩,有的只是一片纯净的蓝天,不同群体在不同时间团聚,确实承载着不同年代的深情厚谊。所以面对53名同学充满期盼的邀请,我们无法拒绝,也没想过拒绝!有一种感情不在生活里,却在生命里;有一种岁月不计时间,却总在心间!对我来说,这里确实种植着一段青葱的岁月和一份滚烫的热情。距离让思念生出美丽,理解让心灵有了温度。那些该讲的故事,你们都讲了,倒是那些说不出的话,也许你们最懂;那些熟悉的笑容,我却最熟。所以看到大家,我立刻身临其境,情感马上汹涌澎湃。致青春、致同学、致曾经、致友谊,于心灵是一种温暖,于生命是一种感动。当人们的生活变得越来越富足无忧之后,精神层面的记忆便变得更加耐人寻味,特别是经过岁月的酿造越发变得弥足珍贵。

当年你们进校门的时候,我也是刚出校门不久的懵懂青年,生活阅历、人生经历和教学能力都还在"发育"阶段,小荷才出,嫩苗初露!我在商干校从事了两年职工教育工作,基础脆弱,尽管培训了许多年轻的职工,到了县委党校又担任了两个班的语文教员,与大家互相学习、共同成长。当年也许为了简化称呼,你们与84级互叫大班和小班。当年我就觉得用幼儿园的方式来进行称谓有些不妥,至少不够尊重。今天看来却十分美好,让人兴奋,不失为一种亲切的回忆和有趣的噱头。

记忆是心灵的年轮,打开记忆确实需要时间的节点。你们每一个人的面孔,就是一件件具体的事情,每个人的表情就是一幅幅生动的画面!当年你们都是来自各单位的精英骨干,在许多方面表现出卓越的才能和综合的素质。后来事实也证明,毕业后,你们在各

三、感 情

自的岗位上,都用努力的杠杆,"撬动"了自己的"地球",发挥了自己的特长,做出了自己的成绩! 当年我离开县委党校的时候,那种难舍难分以及互道保重的深情一直被珍藏在心灵的深处。岁月的刻刀对你们并不锋利,还充满温情,没有在大家脸上留下过多的沧桑痕迹,有些同志好像还出现了惊天的逆生长,依然意气风发,精神抖擞! 这些年来,我与部分同学还保持着联系,但说句心里话,我对大家的感情一如既往,从未褪色,更不可能遗失、丢失,恰恰是因为时间的累积,在悄悄地添色增色,彰显亮色! 所以,今天我来到这里,还像当年走进教室一样,与大家欢聚一堂,感到十分的荣幸和高兴!

30年的风光,一挥而就,唯有记忆不老,青春焕发! 面对由内而外的真情坦露,大家三言两语,言不在多,有情为重! 依然是朴实无华的风格,却是特别温暖而又贴心,哪怕看过再多的景,听过再多的歌,上过再多的课,读过再多的书,还是没有这样的话语直达灵魂。有些朗读者毕竟不是参与者,只有亲历者变为朗读者,过去时的人生、现实版的故事、经历过的情景,才可能是最为动情、最为感人,也最有魅力的文字!

县委党校对于我们每个人来说都不仅是人生的重要站点,也是我们凝聚情感的立足点。时间没有亏待我们,人生没有亏待我们,命运没有亏待我们,机遇没有亏待我们,生命也没有亏待我们! 非常有幸与大家在共同学习的路上相遇相逢,情同手足,勠力同心,携手同行! 未来肯定会有许多惊喜在等待着我们,回头望却已是满眼春风,我们满怀深情,心中装满了30年的惦记、牵挂和不舍。当我们唱起"月亮在白莲花般的云朵里穿行"的时候,依然感受到的是满心温暖,因为那是我们曾经刻骨铭心的青春岁月和人生境界!

无巧不成"日"

连续三年的 4 月 8 日对我来说都有着特别的意义。第一年是入党的日子,第二年是结婚的日子,第三年是调南京工作的日子。如此巧合的这一天,已经不由分说地融入了我的生命历程之中……

当年县委党校招了两届干部中专班,我有幸成为第一任语文教员。那时年纪比较轻,刚走出大学校门,是个毛头小伙子,愣头青。许多学员年龄都比我大,他们都是科委办局和乡镇的领导干部。看到一个小老师在课堂上传道授业,他们非但没有反感,反而非常尊重,上课的时候聚精会神,毕恭毕敬,都在认真做着笔记。而我也从不懈怠,每次上课前都精心准备,对教案反复修改,包括一些互动环节,也都进行了有针对性和系统化的设计,力求能够取得事半功倍的效果。若干年后,他们班级学员举行毕业纪念活动,还提到请班上年长的学员背诵《荷塘月色》的事情。当年确实有这么回事,我也清楚地记得。这位学员站起来背诵,沉着冷静、记忆准确、朗朗上口、声若洪钟,只是乡音浓重,但也别有风味。没想到这次在同学们的鼓动下,他还能够背得一字不差,真是让人钦佩,事隔多年,记忆犹新,说明他当年的文学素养功底非常扎实。现在想起来,对于成人教育也要尊重规律,应该多发挥他们的理解力,而不是过多地强调记忆力。但至少可以看出,他们对教员布置的任务还是高度重视的,认真完成的,对知识的渴望也是非常迫切的。课上我是教员,课下他们是老大哥、老大姐。他们经验丰富,世事洞明,对许多问题的看法比较成熟,面对一些棘手的问题,也会有正确而妥善的处理方式。每每请教他们,我都如醍醐灌顶,在潜移默化中助力人生成长。大家相处融洽,教学相长,配合默契,相得益彰。我自己在各方面也严格要求、努力进步,再加上组织的积极培养和许多老师的关心帮助,不久我就被发展成为一名光荣的中国共产党党员。面对党旗庄严宣誓,那一刻是我人生中最重要的时刻,那一天也是自己最值得纪念的日子。我永远地记住了,4 月 8 日!

三、感　情

　　男大当婚，女大当嫁，到了适婚的年龄，家里也在张罗着诸如此类的事情。记得那个时候，男女对象即便是非常熟悉的，也要通过媒人介绍，自己主动表白的有，但不是很多。我和我的爱人也是走了"父母之命、媒妁之言"的道路，所不同的是在征得我们同意后，双方父母才去采取"中国式相亲"这种套路的。也就是说恋爱是自主的，方式却是老套的。曾有朋友托我给其女儿找对象，我将自己熟悉的一个小伙子介绍给了他们。双方看了照片没有意见，我就非常热心地给他们牵线搭桥。先将他们共同约到茶馆里，分别给他们做了介绍，然后又给他们泡了壶茶，点了水果和瓜子，一切安排就绪，我才放心离开。回到家后，自己还挺沾沾自喜的，没想到女儿说我真是"老土"，说现在都什么年代了，告诉彼此微信，他们互加了以后，可以自己谈，不需要我这么具体地从中做媒，完全是多此一举。看来时代真的变了，恋爱的方式也变得如此简明扼要了。但我们那个年代还是习惯于有媒人这个环节，因为双方万一看不上眼，通过媒人传递消息，也免得彼此尴尬。所以许多时候以这种方式进入恋爱程序，还是当时男女双方的首选。我们结婚的时候，倒没有那么复杂，就是请亲戚朋友简单地吃了饭，向大家宣布而已。只是这个日子的选定，好像很踌躇，最终由双方家长做主，我们唯命是从。记得那天也是 4 月 8 日。当时主要有三点考虑：一是谈婚论嫁已到了瓜熟蒂落的时候；二是阳历月份和日子成双，农历这一天也是双日子，体现了双喜临门；三是这个日子有"8"，"8"就是期望未来有很好的发展。

　　记得那是一个细雨霏霏的诗意日子，在苏北的小县城里，一对年轻人手牵手走进了婚姻的殿堂，为人们谱写了一篇普普通通的爱情故事。男的喜欢文学，从很小时就开始投稿，为了"小小豆腐块"竟夜以继日，乐此不疲，如痴如醉；女的天生丽质，温婉大方，普通话标准超凡，曾担纲县里会演节目《一盘萝卜干》的女主角。男的大学毕业后，这段情缘才被提上议事日程，由男方请两位姨娘出面做媒，牵线搭桥，这才用月下老人的红线将两个人紧紧地系在了一起。按照当时娶亲的风俗，男方从家里出发，走到女方家里，然后把女方接到了自己的家里。从这一天起，两个青梅竹马的青年男女就变成了朝夕相处的一对夫妻。有次爱人叫我下班后早点回家，她做了许多菜，我以为家里要来什么客人，但爱人说不是。既然不是来客人，那肯定与什么高兴的事有关，我一连想了几个都不是。赶忙往日历上瞥了一眼，原来今天是 4 月 8 日，是我们结婚的纪念日！我并没有说出来，反而继续顾左右而言他，爱人马上有些不快地说"怎么连这个日子都忘记了呢？""我怎么会忘记呢？一直记在心里！"我回答得很响亮，但内心有点虚，虽然这个日子早已刻在心底，怎么就在该想起来的时候，没有想起来呢？以后不会的。

此情此景

当年因为工作需要,我被调到南京工作,记得那天来宁的时候,是爱人送我来的。大概下午四点多到达南京,我俩抬着个大木头箱子,走在北京西路上,一阵春风吹来,感觉非常清爽。这个地方我们并不陌生,因为我们都曾经在这里上过学或生活过,也许这次是前来工作的缘故,所以感觉也有点不太一样。当年我对这个时间点是记得的,只是随着岁月的流逝,在记忆中逐渐变得模糊不清了,只记得大概的时间,具体日子不太能确定。在一次家庭聚会上,我们谈到这件事情,有位亲戚十分肯定地说,就是4月8日。"这个我记得非常清楚,你们是4月7日到南京的,第二天正好是我儿子的生日,本来是想请你们来吃饭的,但你说要到单位报到。"其实对这个日子我自己也反复寻找过,只是一直都没有明确的下落,亏得他的神记忆。

最近因为爱人和几位同事要一起出国旅游,需要房产证等证件。当年在办房产证时,我们也没有注意那个日期,待这次把房产证拿出来,无意看到核发时间也是4月8日。当时我们都惊呆了,竟然有这么巧的事!这几个重要的事情,居然在一个日子上连成了一条线了!关键这并不是事先的刻意为之,而是事后的发现,才会有冥冥之中的一种出人意料的惊喜。每个人都会有几个特别重要的日子,但这几个日子集中在同一个日子里的,并不多见。4月8日,对我来说,也许就是其中之一!

眷 恋

到南京工作后,我曾住过好几个地方。最早的落脚点在南湖小区。每天上下班,都要骑车一个多小时,有时还要带着女儿。当年的路没有这么直,要绕好大一圈子,也没有这么宽,没有单独的自行车道,机动车和非机动车都在一个道上跑,车子骑起来不仅要有力道,还要聚精会神,来不得半点走神,所以回到家后,那种释放出来的惬意之感便显得无可比拟。我们住在四楼,窗子正对草坪,如果是亲戚到我们家来,远远就可以看到。要是没事,一家人挤到窗口,看看草坪上那些玩耍热闹的孩子,天真活泼,充满活力,也是一道别样的风景,感觉很好!后来我们搬了几次家,条件在不断改善,房子面积也在不断变大,却没了这样辽阔的视野,南湖小区的这套房子一直让我们难以忘怀。

多年以后,我们全家不约而同地想到,要去看看我们那个旧居,说去就去。"儿童相见不相识,笑问客从何处来",不用背诗,我们到那儿,就感同身受了,住家户问我们来找谁,我们相视而笑。诗作的同频共振竟如出一辙,落实到我们身上,也算是经历永流传!那个我们曾经住过的四楼已经几易其主,现在已不知道主人是谁。但一踏上那段熟悉的阶梯,拾级而上,一层,二层,三层,就好像进入了那段熟悉的岁月。那时早出晚归匆匆忙忙的景象,又立即出现在了眼前。尽管四楼住家没人应答,门也是锁着的,却锁不住我们穿越时空的回忆!这里装满了我们过去的故事,好像每一个细节都能触及灵魂。是的,无论这里是如何的狭小逼仄,我们却始终对它充满深情,满怀感激。因为在人生起步阶段,有这样一个成套的房子,是我们始料不及的。记得拿到钥匙的那天,我们开心得不得了。我们在这里住了六年左右,它是助我们一居之力的"有功之臣",不失时机地给我们全家带了许多惊喜。这些回忆伴随着曾经的油盐酱醋茶,已经成为栩栩如生的历史一页,融入骨髓,化茧成蝶。

我和女儿都毕业于南师大。在她考上大学那年,我曾写了一篇文章叫《父女校友》,就是说女儿考大学考上了父亲的母校。不同的是我就读的是随园校区,她上学的地方已经移到仙林校区了。不同的校园地点,把我们的年代感也区分得清清楚楚。女儿的同学聚会总是在仙林校区,回来跟我讲起来,热血沸腾,激情澎湃。我却不以为然,我说你们应该去随园校区,那儿才有历史的厚重感。她却不以为然,说那里是你们的岁月,不是我们的时光。文化的厚度确实不同,但情感的厚度却因人而异。对我们来说,随园校区是曾经的朝夕相处,也是今后最长情的告白!言之凿凿,不容置疑。我自己的单位离随园校区很近,有时中午休息的时候,我也很乐意到校园里去走走。看到古色古香的建筑,走在绿树成荫的校道上,一下子就会把人的心情过滤得非常纯净,什么烦恼到这儿都会灰飞烟灭。但女儿告诉我,她们重拾当年记忆的方式,就是同学相约再去把仙林校区走一遍。真是萝卜青菜,各有所爱!

女儿在读大学的期间,还有过一段到香港教育学院做交换生的经历。开始我们不太同意,但她坚持己见,还是去了。她的变化很大,变得很独立,自主自律的能力有了明显提高。我去香港看她,她领着我从头到尾把校园参观了一遍。整个校园建在半山腰上,依山傍海,环境优美,红墙绿瓦掩映在一片郁郁葱葱之间。学校教学设施比较先进,宿舍管理十分严格,不仅有公共的阅读场所,还有满足个性化的学习空间。这些点滴的细节,在女儿的散文集《走过港岛的记忆》中,都有详尽的文字描写。其中一篇《父亲的背影》,就是写那天傍晚父女告别时的情景。我转身的一个背影,没想到在她心里会如此地恋恋不舍、触景生情,真情实感,感人至深。那天我离开她们学校的时候,也是情斛满满,有一肚子想写的东西。谁料还未提笔,女儿就"捷足先登"了,写出了她自己的感受,也留住了往事,定格了刹那。时至今日,我们依然会经常聊到这个话题,也特别关注这个学校的发展,有次我在画报上看到介绍,还专门去买了收藏,不时翻翻。

对学校如此充满感情,也与自己曾经从事教育工作有关。当年我培训过许多商业职工,有的人年龄比我大。在课堂上我是老师,他们是学生,下课后,他们就是哥哥姐姐,我就是他们的小弟弟。彼此没有界限,我与他们打成一片,其乐无穷,至今难忘!当年调离这个学校的时候,大家都觉得离别时难,就争先恐后地通过照片记录下我们的友情。按照现在的标准,这些照片在构图上显得稚嫩,色彩及清晰度也不令人满意,但毕竟是那时的纪念,非常珍贵,现在看起来也津津有味。回到老家,我专门到自己曾经工作过的商业职工学校去看了看。可惜那天恰逢放假,校门口的老大爷也不是当年的那个老大爷了,听说以前的同事,有的也到其他地方工作了,但老大爷听说我曾经是这里的教员,非常热情,破

三、感　情

例为我打开了校门,让我重新走进了青春。这个校园并不大,也没有高大的教学楼,仅有几间平房,一间大教室,几间小教室,还有两间办公室,目光所及,却让我在曾经的岁月里又徘徊了几趟。

人们对有些地方充满感情,实际上是对这里的人和事充满感情。或许是亲人,或许是恋人,或许是朋友,或许是同事,林林总总,生动绚烂。其中最重要的是自己经历过的感觉。一段段人生,一道道印记,一幅幅画面,不管是关于青春、梦想、爱情、友谊、亲情、温暖、甜蜜、欢笑、痛苦、忧伤、成功、失败,都会给你留下深刻的记忆。

人生每一个路过的结点都有满贮心灵的粘连,让我们想念、思念、怀念、眷恋。这种感觉如酒日浓,不时回望,情不自禁,迫不及待。有时哪怕是一个微不足道的触发点,都会让你心潮澎湃,浮想联翩!

迁　　居

　　20世纪80年代中期,我来南京工作,分得南湖小区一套住房,虽只有40多平方米,但从无房户变成有房户,拥有自家的独立空间,我很感恩,也很激动!南湖是当年南京市最大的住宅小区,整体规划严谨,功能分割科学。对于我来说,唯一不足的就是离单位比较远。好在附近有13路公交车的起终点站,上下车还比较方便。因居住人口较多,为了扩大容量,承载更多,当年的车身都比较长,用两三节车厢连接到一起。尽管如此,每天等车还要等上很长时间,后来我干脆改骑自行车了,有时还带着女儿。来也匆匆,去也匆匆,朝往夕返,风来雨去,不知骑坏了多少辆车子。

　　南湖是我们在南京第一次拥有自己住房的地方。对此深情,不言而喻。我一直认为,住家与住房之间也是有缘分的。我们不期而遇,其乐融融,我们非常珍惜,因为这里记录着我们的青葱岁月,也见证了我们的快乐时光。记得当时邻里之间相处得非常融洽,我们对此十分留恋,也非常怀念。搬出南湖小区之后,我们还会经常去看看,去走走。有时哪怕就是在当年家边的操场上站一站,眼前都会立刻浮现曾经的岁月,更感受到南湖小区的新锐变化。每到傍晚时分,有时太阳还未落山,广场上的大妈就开始舞动青春了。设备音响洪亮、节奏明快,大妈们热情洋溢、笑容满面。我还记得从自家阳台上看过去,前面都是开阔地。现在看来,荡然无存,全部挤满了房子,鳞次栉比。邻居告诉我们,这几年南湖的条件比以前好很多,配套设施也在日益完备。

　　大概到了20世纪90年代中期,我们搬迁到了华侨路。华侨路最早是一条小路,全部是用鹅卵石铺的地面,一直从山上蜿蜒下来。当年我们去看房子的时候,马路正在拓宽,马达轰鸣,热火朝天。我们单位建的职工宿舍靠近华荣大厦,在《新华日报》老楼背后,属于黄金地段,闹中取静。我家住在七楼,采光非常好,到处见光透亮,结构比较合理,居住条件也有了明显改善。但好像还没完全到位,特别是孩子大了以后,或者家里来人,就显

三、感 情

得有些局促不安了。几年后,恰巧又遇到一次分房机会;地点也不错,在龙江小区。我想积极报名,争取抓住机会。回家征求夫人和女儿的意见,她们异口同声地不同意。理由简单而直接:这里多方便呀,一出门就是大商场,到那边有点远。我耐住性子,扳着指头,算了一笔账:在我们的日常生活中,这些地方能去几次?总不能每天都去吧?但住房面积扩大以后,却能够天天给我们带来方便,这是明摆的事情,何乐而不为?但她们还是固执己见,坚定不移,绝不松口。女儿还嘟囔着,新街口马上还要建几个大商场,那多爽、多幸福呀!果不其然,没几年又有许多高楼大厦拔地而起,商场多了,品牌多了,琳琅满目,但也没见她们整天去逛,即便有时去逛了,也没见买什么东西,这就奇了怪了!他们不就是为了买东西方便才不愿离开的吗?后来她们居然告诉我,逛商场的本身就是一种享受!

在这住了没过几年,许多同事都陆续搬走了。据说他们都在其他地方买了房子。当一些陌生面孔进来以后,我们这才深切地感受到房地产市场的春潮涌动,已经卷起千堆雪,直接拍打在我们脚下的河岸了。说实话,既然在这里住了,时间长了,各方面都习惯,也就从未动过新的念头,得陇不会望蜀。要不是一石投水,也不会激起心中的千层浪,尤其是看到别人已捷足先登了,她们母女俩便有点坐不住了,深感形势严峻,刻不容缓,催促我们家赶快行动。我懵懵懂懂地就匆忙上阵,本以为亡羊补牢,为时未晚,其实比人家已慢了不知多少拍。

跑了许多地方,看了许多房子,虽都觉得很不错,但归根结底,就是房价太高无法承受。我们算了下,就是不吃不喝,我们到退休也还不起贷款。有个亲戚住在江北,希望我们到她那儿去买房。我们还笑话她。我们生活重心在江南,更何况还是住过市区中心的人呢,为何非要到江北去买房呀?她让我们先不急,去看看再决定。没想到,看了以后我们一下子惊呆了,一排排欧洲风情的时尚新款楼房非常抢眼,富有魔力。而且,房子结构比较合理,楼的间距格外宽敞,最关键是价格低廉,我们完全能承受得起。真是"百闻不如一见",一见钟情,情不能已,马上行动,立竿见影。当时买房的人并不多,不需摇号,也不需排队。我们在售楼中心优哉游哉,一边喝茶,一边商议,签了合同,缴了首付。当时我们不知道价格的总体水平,后来回过头来看,这才发现,价格确实比较低。那时候江北小区的楼盘不多,小区院子里晚上也看不到几家灯火。但一眨眼的工夫,周围楼盘如雨后春笋,入住居民蜂拥而至,各家各户的灯光辉煌,几乎照彻整个世界。另外,多条交通路线的开通,使得这里变得车水马龙;隧道、地铁还有更多的公交,都已雄起赳赳气昂昂地跨过长江。据说我们这个小区被划定在江北新区的范围内,也就意味着,这个区域的发展将比其他地方来得更快。看来我们这次的决策是做对了,而且还有点超前。

但问题是我们住在顶楼,没有电梯,当时考虑还不是很周全。年纪轻点尚且可以,年纪大了怎么办呀?据说现在已允许用户自己申请装电梯了,江北有的地方已经开始行动了!真是利好的消息,如能锦上添花,我们会心花怒放,这也免得再次去挖空心思琢磨迁居别处了!

笑意写在脸上

有位外地朋友到我家里,第一次见到我女儿就说:你的女儿非常阳光,有这样的女儿真幸福!我知道他讲的意思,这也恰恰是我引以为豪的地方。我对女儿的教育基本是以引导、疏导和指导为主,并没有把她管得束手束脚。我曾听人说,赏识性教育对于孩子的发展至关重要,该批评的地方确实要批评,但该鼓励的地方也一定要鼓励。我们家时常会有谈心聊天的习惯,时间不长,但效果很好,看到我们如此平等地与她交流,她也愿意把自己遇到的问题以及想法说出来。对的部分,我们肯定她;不对的部分,我们启发她。我们很少摆架子、耍脸色,所以孩子的心态还算比较健康,不古怪、不别扭、不急躁、不气馁,脸上总是洋溢着喜人的微笑……

据说一般的孩子来到这个世界,都要闭着眼睛睡几天。很神奇的是女儿从产房一出来,就睁开了一双大眼睛,那是一种多么美妙而难忘的瞬间啊!她的到来给我们增添了许多快乐。她那美丽的脸庞和天真的表情,总是会让我们把身心疲惫忘得一干二净,苦中有乐,其乐无穷。

女儿上小学的时候,我们每天都要接送她;上初中的时候,她立马就不让我们接送了;上了高中以后,她平时都不让我们到她学校去。但我们每天都要叮嘱几句,虽然这种话都是老生常谈,几乎是所有父母的共同词汇,但我们对女儿是有期盼的,只不过我们并不想把自己的梦想强加在她的身上,也没有把她限制在我们的条条框框之内,基本是尊重她自己的兴趣,她也有自己的独立思考。很小的时候,女儿就显出比较高的情商,相融性和凝聚力比较强。记得有一年单位举行春节联欢会,同事的孩子都集中到了一起。本以为这帮孩子很难"伺候",但在她的照看下都变得服服帖帖,晚会结束了有个小女孩还恋恋不舍地拉着女儿的手,哭得像泪人似的,希望女儿继续带着他们玩。其实她那时也很小,大概上小学四年级吧,没想到会有这么好的人缘。上高二的时候,她自己曾悄悄地组织了一次初中班级聚会,许多同学都来了,她很感动,也很激动,连夜写了篇散文,发表在了《扬子晚报》上!她说组织这次活动主要是为了增进同学间的友谊,所以她全力以赴,深情投入。文章写得有声有色、有板有眼,于平淡朴实的字里行间透露出孩子纯真无邪的至情至性,读来如入其境,如沐春风。

  有天晚上我突然接到女儿的电话,说她已在医院。我当时心里一惊,后来她说是同班同学的手受伤了,她请学校派车把这名同学送到了医院,他们发现钱不够,叫我马上赶过去。待我赶到现场,医生已经在帮那名同学处理伤口了。这时女儿一边安排其他同学照看现场,一边自己赶忙拿着钱跑去缴费。我拿出手机,问她是不是要打个电话,告诉同学的家长。她说,现在不能打电话,这名同学的父母年纪较大,他们知道后一定会急坏的,等第二天再说吧!事后这名同学的父母万分感激,特地赶到学校,非要女儿尝尝他们亲手做的"八宝饭"。

  作为父母,和孩子见到面总免不了要自以为师地说上几句。其实孩子对这种翻来覆去的话题是厌烦的,有时候不想听又不得不听,实在听不下去了,就会产生逆反情绪。特别是上了大学以后,这种现象更为严重。有几次我们之间还发生了小冲突,女儿都不愿回来了。说老实话,女儿整天在家里我不觉得,一旦几天不见,还真的不太习惯。那天早上,我到医院去看病,之后急急忙忙赶着上班。这时听到手机响了,是女儿的电话,她问我检查得怎么样,我说没什么事。她说:"老爸,我晚上回家看你。"几句热心话,真的很受用。想想也是,如果妻子出差,基本都是女儿做饭、洗衣服。其实小的时候,我们宠着她,她在这方面很少涉及。但她现在能够主动做起来,尽管做得不那么尽善尽美,但知道关心父母,帮父母解忧,还是让我感到女儿懂事了,真的长大了。

  不知从什么时候开始,女儿对某明星产生了崇拜之心,家里几乎到处都有那位帅哥的照片!有一次参加了一个采访活动,她抢到了他喝剩的一瓶矿泉水,竟然像宝贝一样珍藏着。谁说跟谁辩,谁动跟谁急,所以好几年,可能水已经变味了,那瓶矿泉水仍被放在十分显眼的位置。当时我们不理解,其实小孩子在成长的时候,都有一个偶像崇拜的阶段,这个阶段可能迷恋、可能疯狂,但过了就没事了,一切都会烟消云散。我们对女儿特定时期的兴趣是尊重的,但从家长的角度来说,总希望她在学习上再多下点功夫,"一寸光阴一寸金"。不料有次竟批评错了,看得出她很委屈,但没有顶撞,什么话也没说,拿着书包就回学校去了。那以后,我们也没有到学校去找她,她自己冷静了以后,也认识到错了,觉得与父母发生矛盾,也要及时沟通,她自己还是主动地回来了。

  当年女儿要考初中,对于要不要给她请家教和要不要参加奥赛班,我曾专门请教过朋

三、感　情

友。朋友说，人家都在为小孩拼命，你却在"望天收"怎么行？以前我总以为家长的主要责任就是培养孩子的学习态度和良好习惯，至于学习本身还得靠她自己的努力才行。事实上她的勤勉的确使她有了长足的进步，她自己的兴趣非常广泛，也喜欢投稿，陆续在许多报刊上发表文章。学校办的《作文园地》曾收录了她发表的五篇文章。但朋友说得对，现在不是拼课外，而是考课内。考试竞争很激烈也很残酷，就是那么一搏，所以必须从基础认真抓起，非下功夫不可！

自此之后，我改变了做法，每每都抓得很紧。女儿每天回来也早早地把作业做好，遇到不懂的问题，我就把课本认真地看一遍，如此这般地讲解一通。她认真倒是挺认真的，我也常常振振有词，但结果十有八九是错的。记得我教孩子汉语拼音，还是用的我们当年的二拼法和三拼法，其实到了她们这个年代，这已经落后了，她们已经改用直呼了，也就是没有拼的过程了，见字读音、一锤定音。事实上我既不懂现在的教学发展，也不了解科学的教学方法，一味地因循守旧还真的不行！与其教错不如不教，但不教也不行，那就得请家教！

然而，家教请谁，请几位家教，到哪儿请，都需要与孩子商量一下。本来说好利用晚上的时间聊聊，但我一连几天加班，这事就给搁置了。到了周末，以为可以认真筹划一下，但朋友结婚，这人生大事，人家盛情相邀，不去祝贺自然不好。几个朋友正喝得开心的时候，我突然接到表弟电话，他劈头盖脸地给我来了一句："你到现在还没有回家？""你怎么知道我在外面？""是你女儿讲的，你可要多关心孩子的学习哟！我刚才打电话过去，她说她妈妈今天也加班，她有道题目不会，还在等你回去呢。"听了这话，我跟朋友打了声招呼，急急忙忙地赶回家，女儿已经睡觉了，书包收拾得整整齐齐，在桌上留了张纸条：爸爸请您回来以后帮我检查一下作业，我有一道题不会，我明天早点起来……

我赶忙打开作业本，看到作业本上空着一道题，我当时还想怪女儿没有及时打电话给我，但转念一想，女儿可能是怕影响我，我就是回来了，其实可能也不会，看来家教一事不仅要提上议事日程，更是迫在眉睫。在孩子需要帮助的时候，确实要能够及时助上一臂之力，这点我常常做得不够好。女儿是有理由埋怨爸爸的，然而她没有那样做。第二天，我跟女儿商量了以后，赶快为她请了家教老师，同时，还给她报了奥数班。家教老师确实发挥了我们发挥不了的作用，但女儿对奥数班兴趣不浓，她说很多都听不懂，既然听不懂，就不要再浪费时间，我们果断地停掉了奥数班的课程，女儿的脸上又漾起甜美的微笑。

我真的相信，爱笑的女孩，运气不会差！女儿爱笑的特点，让她的生活一直充满着阳光！

小 城 故 事

江南小城,如梦如幻,如诗如画,水巷乌篷,一摇一曳,小桥流水,枕岸人家,到处都充满着令人神往的灵动和神韵。"小城故事多,充满喜和乐,若是你到小城来,收获特别多"。小城里的一场偶然遇见,带来了一个凄婉动人的爱情故事。

他并不认识她,只是在电视上见过她。她是小城电视台的新闻主播,以清纯甜美的风格赢得了观众的喜爱。她也很快被收藏到他的心里,她应该就是自己未来妻子的样子。他们之间不仅隔着一个屏幕,还隔着难以逾越的陌生。对此,他只能自嘲地笑笑,想想就觉得很美好。但不久在一次文联活动中,他看到了朝思暮想的熟悉脸庞,他们果真相遇了。真是天赐良机,心有灵犀一点通。利用会议的间隙,他主动自报家门,希望与她认识,可她只是礼节性地笑了笑,就像面对自己的粉丝一样。

他身材高大,脸型棱角分明,双眼炯炯有神,不属于很帅的那种,但很聪明睿智。他酷爱写诗,基本都是大众文学,情感肆流,灵感无处不在,诗意无所不及。常常思风陡起,信手拈来,因此题材广泛,漫无边际。但自从有了心上人之后,他仿佛找到了精准的用武之地,许多现代诗都写成了爱情诗。我认为他是"情感的印象派",善于把自己的点点滴滴化为真情的字字句句,这些对于接受者来说,真正发自肺腑的文字,杀伤力无疑是十分巨大的。这也是许多文人不约而同的套路和一般人可望而不可即的优势。

婚前,梁思成问林徽因:"有一句话,我只问这一次,以后都不会再问,为什么是我?"林徽因回答:"答案很长,我得用一生去回答你。"钱钟书对杨绛说:"没遇到你之前,我没想过结婚,遇到你,结婚这事我没想过别人。"李敖在《画梦——我画胡因梦》里面这样写道:"如果有一个新女性,又漂亮又漂泊,又迷人又迷茫,又优游又优秀,又伤感又性感,又可理解又不可理喻,一定不是别人,是胡因梦。"同样,沈从文先生给张兆和写了许多情书,我们最熟悉的就是:"我行过许多地方的桥,看过许多次数的云,喝过许多种类的酒,却只爱过一

三、感　情

个正当最好年龄的人。"其实当年最能打动张兆和的,还有一句:"如果我爱你是你的不幸,那么这不幸是同我生命一样长久的。"其实,张兆和开始对沈从文是非常反感的,甚至还向胡适校长告了状,但就是因为这些文字的频送秋波,"随风潜入夜,润物细无声",逐渐赢得了她的芳心。诗歌自有诗歌的力量,尤其在爱情中总能化冰解冻。

我们这位女主角也经历了这个过程。开始看到他寄来的情诗,总是觉得此人有点癫疯,莫名其妙,甚至连看都不会看,就会扔到一边。对于他来说,这是热火朝天的追求;对于她来说,却是不堪其忧的烦恼。有次她实在忍无可忍,就随手打开了一封,看看他究竟写了什么,没承想,读着读着,就读进去了:"在我们生活的这个星球上/站满77亿人/我算了一下/两个人遇见的概率/只有两千九百二十万分之一/在最好的时光遇见了你/我也希望拥有这份幸运/发现更懂得爱的自己。"这几句确实写得非常精彩,不仅抓住了她的眼球,也抓住了她的灵魂,自此之后,她对他态度有所改变,至少不再拒绝他的情诗,隐隐约约之中,他似乎也感觉到了这种悄悄的变化。但诗人就是一个特别容易冲动的个体,不懂得循序渐进,不懂得稳打稳扎,在没有达成共识、还没有得到首肯之前,就急急忙忙地手捧鲜花前去表达,好像是热恋中的男女朋友一样,这显然有点操之过急,也必然欲速不达,肯定不会迎来女主角的笑逐颜开,反而会因此彻底浇灭刚刚出现的星星之火。他终于败下阵来,无功而返。

从那以后,他就有点萎靡不振,也似乎想打退堂鼓了,因为从她那天的表情来看,她不但不喜欢这样,而且对他的莽撞还有点厌恶。他认为这是自己没本事,把一手好牌给打砸了,自尊心也因此受到极大的挫伤。他后来再没去找过她了,他害怕那张冷若冰霜的脸,拒人于千里之外,他也试着想把她忘记。可总是事与愿违,奋不顾身的感觉非但没有消失,反而会格外地疯长起来,挥之不去。他把自己关在家里,写了一首长长的爱情诗,飞蛾扑火般地把痛不欲生的失恋之苦全部发泄了出来。本以为这样能够把大脑的许多区域清空了,能够腾出来存放其他东西,没想到还是被她牢牢地占满着。他不想看电视,但忍不住还是打开了电视。说是不想看她,其实就是忙不迭地在找她。作为新闻主播,本该天天见面,但一连几天下来,却不见她的踪影。他急了,慌了,怕了,终于还是忍不住跑到电视台去找她。同事回答她有事请假了。他好不容易打听到她的手机号码,可是关机了。

他凭着不屈不挠的坚强意志不停地打,不停地打,终于打通了手机。她回答了他的关切,言语之间却显得有气无力。原来她这段时间是带着父亲到省城看病去了。他知道她是独女也是孝女。她现在最需要的也许就是帮手了。于是他放下电话,二话没说就乘车赶往省城。她几乎还没来得及反应,就见到他笑呵呵地站到了病房里。她父亲是癌症晚期,尽管她在小城里颇有知名度,在省城却人生地不熟。而他也不愿给我们多添麻烦,虽然我们知道后还是主动给予了帮助,但更多寻医找药的事情,他都是通过自己努力来完成的。闲暇时间,他还想着法子烧点可口的饭菜或买点水果什么的,做一些力所能及的事情,帮她减轻一些压力。最难能可贵的是,老人排便不畅,痛苦异常,他索性用手去抠。做人所愿做,这是人之常情;做人所不愿做,才会感人至深。

尽管他们不遗余力,却最终没能留住她父亲的生命。处理完丧事以后,他们也开始了爱情长跑。她是典型的江南女子,具有温柔、优雅、清丽的性情与气质,其专业素养也不同凡响:在屏幕上,端庄大气,超凡脱俗,缜密细腻,字正腔圆;在生活中,为人谦和,充满热情。她最迷恋的就是旗袍。一段短视频中,只见她身材曼妙,气韵古典,一手执香扇、一手撑油纸伞,款款起步,蜿蜒而来,就好像"风乍起,吹皱一池水"。玲珑的曲线婉约着动人的风情,清澈的纯粹闪耀着生命的华章。知道她非常钟爱旗袍,他为此忙前忙后,成为随叫随到的摄影师,也为她拍了许多精美的照片。有的还附上了小诗:"你动起来,就像一首宛转悠扬的歌,飘动在风中;你静下来,又如一幅婀娜杨柳的画,安然于眸底。"不管是眺望远方,还是俯瞰近水,不管是独倚栏杆,还是端坐亭中,不管是大街小巷,还是小桥流水,"人生境界真善美这里已包括"。她不是坐在幸福里,就是站在幸福里;不是走在幸福里,就是跳在幸福里;不是美在幸福里,就是爱在幸福里。她是小城一道亮丽的风景,也是他心中最美的风景。

他们买了房子,也买了车子,爱情已"瓜熟蒂落",正等待着新婚的"春暖花开"。突然间却传来了噩耗,她因心脏病突发,不治而逝。他闻讯后如五雷轰顶,痛不欲生!他怎么也不会想到,如此活生生的一位美丽的姑娘,为何忽然之间就与他阴阳相隔?他又怎么能相信,万事俱备只欠东风的美好,转瞬间成了灰飞烟灭的泡影?不仅他不相信,许多观众也不相信。人生无常,世事难料,现实就是这么残酷,带走了美丽,留下了悲伤,往事并不如烟,成为永久的纪念。曾经的美好时光,也因此被折叠成一朵朵思念的花。

我与他是因为江南文化而相识。听说了他的不幸遭遇,我专程去看了他。我们在小城里走了很长时间。风景依然如画,街上人来人往,只是他们欢乐的往事,已化作一缕轻烟,消失在小城的记忆里。琴声音起,细柔惆怅,每每说起他们之间的故事,他就会有一股凄切苦涩的味道涌上心头。

三、感　情

　　坐在乌篷船上，看着夕阳余晖，望着暮色渐近，"一橹摇碎波心镜"，船娘摇橹溅起的水花声音，就像是轻拢慢拟，诉说着情归何处。

　　他说最忘不了的就是她的笑容，真挚、纯净、朴实、灿烂。他第一次记住她，也是被她的笑容所吸引，暖暖的、柔柔的、美美的，非常富有感染力，"看似一幅画，听像一首歌"。我想这个笑容已经融化在他的血液里，也永远盛开在他的心灵间！

青春是一出戏

现在许多人都在致青春、忆芳华,"时光已逝永不回,往事只能回味"。对我来说,青春也确实有一段难忘的记忆。

记得在上初中的时候,有天同学急急忙忙地跑过来,说音乐老师找我有事。我们的音乐老师是一位非常帅气的上海人,曾在莫斯科留过学,不仅俄语讲得好,英语也很棒,随口一说,就能让我们瞠目结舌,歌唱得就更加好听了,所以学校让他来兼教我们的音乐课。第一次给我们上课的时候,他穿着浅灰色的中山装,头发一直往后梳,看上去抹了不少发油,闪光锃亮。他的皮肤白里透红,棱角分明,青春洋溢,意气风发,整体气质充满着乐观自信。他教我们的第一首歌是朝鲜影片《摘苹果的时候》的插曲。当时这个片子在我们县城里放得正火,其插曲曲调非常优美,朗朗上口,男女老少都能哼上一段,就是哼不全。大家都想学完整,于是老师便选了这首曲子。只见他潇洒地弹着风琴,随着悠扬的琴声,醇厚的男中音就像是从天外飘来的一样,低沉绵长而富有磁性。他唱一句,我们学一句;一段学会了,再学下一段。待我们整歌会唱了,他要我们全部站起来,从头到尾来一遍。他为我们热情伴奏,非常投入。我们大家也深受感染,都满怀豪情地放声歌唱,欢快的歌声飞出窗外,飞进校园……

听说他要叫我,我很激动,也很诧异。老师跟我平时没有什么接触,怎么会有事找我?我赶忙跑到了过去。在音乐教室门口,我看到老师正在指导一名同学唱歌,好像说这儿高了,那儿低了;这儿应该带点感情,那儿应该慢慢地转过来;等等。当他抬起头来看到我后,赶忙放下手中的活儿,笑呵呵地让我过去,随手拿出一个课本,叫我用普通话朗读一下。我不知道是何用意,疑惑中还是接过课本大声地朗读了起来。值得自豪的是,想当年咱已正儿八经地做了一回"朗读者"。我们的家乡话原本就没有卷舌音,前鼻音和后鼻音也分不清,既然让我用普通话来朗读,我就希望能够朗读得好点。因此我刻意地把舌头卷

三、感 情

起来,虽然比较勉强,也不是很自然,但毕竟对自己的声音进行了精心"修饰"。这样离家乡话可能会远点,但是不是接近了普通话,就不得而知了。记得那天开始读的几句是"钟宁患感冒了,几天没上学了……"后面内容记不清楚了,大概也就读了一两段,老师就让我打住,笑着跟我说,行了,你可以回去了。

我当时也没在意,以为就是去朗读一篇课文。至于为什么叫我朗读,我也没想那么多。但没想到的是,几天后,班主任老师通知我,说学校看中我了,要选我去演戏。让我演戏?没有搞错吧?我的天哪!我哪会演戏呀!我身上突然一个激灵,心里一阵慌乱,莫名其妙地就紧张了起来,一时不知如何是好。既然已经被选中,就得按照要求到音乐老师那儿去报到。这时他才告诉我们,为了纪念"五四"青年节,学校将隆重举行一台晚会,要我们参与他创作的节目,即让我和一名女同学演出一段小戏。这时我才注意到女主角早就笑盈盈地站在那里了。她好像很老练,一点不怯场。老师介绍过后,她就主动和我打招呼:"很高兴认识你,希望我们合作愉快。"原来她是与我同届不同班的同学,但我以前并不认识她。看得出老师选她参加演出,她很激动兴奋。但对于我来说,不知怎的,情绪就是提不上来。老师把我们拉在一起,十分动情地给我们讲授他的排练计划和具体安排,还给我们发了铅印的剧本,叫我们回去以后赶快熟悉内容,做好排练的准备。他还说这个戏与校园生活贴得很近,主要是反映新一代青年充满着青春理想,由他亲自导演。最后他再三交代,学校领导对这台晚会高度重视,希望我们要全力以赴,进入角色,不怕吃苦,认真排练,只能成功不能失败!记得那天老师还讲了很多,女主角非常认真,笔记本上记得密密麻麻的,好像还不时地提问和发表看法。但我就是个演出"素人",从没有上过舞台,根本就不会演戏,跟我谈这些,就是对牛弹琴。尽管老师耐心讲解,我听得云里雾里。

在回家的路上,心里直犯嘀咕。根本没想到有人会叫我演戏,我也根本不想演戏。但在老师面前,又不敢说不接受,徘徊在两难之间,这倒有点像是在演戏了。哦,我忽然想起来了,原来老师那天让我朗读课文,就是预先检验一下我的普通话水平。其实我对自己有自知之明,普通话确实不怎么样,好像至今也没有很大的突破。但不知为什么他就是听不出来,让我这个希望标准却并不标准的普通话能够蒙混过关,也许是那天运气好,没有遇到需要翻转舌头的句子,也就没能及时暴露出自己的明显缺陷。

但更重要的问题还不是朗读课文,而是为什么会选我去朗读课文?想了半天,可能是自己在上音乐课时比较认真,对老师特别尊重,唱起歌来也从不偷懒,都是用尽全力,对高音部分也从不惧怕,常常高八度也能够爬坡过坎,甚至还有"余额"。老师叫我起来唱歌,我还真能豁得出去,声嘶力竭,引吭高歌。老师对此从未表明肯定,但对我应该是留下了深刻的印象。那个时候自己的形象,虽说不上英俊,却写满了青春,面容清癯,皮肤黝黑,关键是不属于五大三粗的那种,还算是比较典型的学生相,一种呆呆萌萌的样子。这也许与老师的要求比较接近。当年还有一件比较荣光的事情。当时有部影片叫《红雨的故事》,有同学说我长得像片中的男主角红雨。究竟像不像,我也不知道,是不是老师比较中意这个男主角,也希望把我变成他戏里的男主角?

但想到要在大庭广众之下,面对那么多的师生去演出,没有两把"刷子"肯定是不行的。万一要是自己演砸了,影响了整台晚会,那可不得了!经过再三纠结,我觉得还是应该把自己的情况向老师汇报一下,免得到最后不可收拾。但看着老师对我如此信任,到了他的面前,我又不敢挑明了,所能做的就是找个理由来请假。最终还是被老师各个击破,分别瓦解:以身体不舒服为由,老师说没什么大问题,不会影响演出;以跟不上学习为由,老师说都是业余时间,而且如果排得顺利,也用不了多长时间,如果真的因此耽误了课程,他已经跟班主任打过了招呼,负责安排同学帮忙补课。看来老师是铁了心要逼我,或许是他已经看穿了我想溜的企图。躲得过初一,躲不过十五。眼看就要进入排练流程了,我对角色没有认识,台词没有记住,心中也没有把握。这样躲来躲去,也终究不是回事,临了临了,还得面对,最后我只好请家长出面协调。老师觉得匪夷所思:别人求之不得,我却轻言放弃!但要更换演员,也得有个过程,好在经过再次磋商,总算把这几天压在自己身上的担子卸了下来。据说,后来递补上来的男主角,是一个军人家庭的孩子,他是我们上一年级的师兄。

到了"五四"青年节的那天晚上,果然盛况空前,学校的大礼堂里张灯结彩,师生悉数参加。经过前期的精心准备,舞台上也是繁花似锦,争奇斗艳。每个节目都显示出很高的水准,但我最关注的还是那个压台的小戏。没想到,他们一出场就令人眼前一亮,配合默契,演得惟妙惟肖,情生意动,笑料不断。同学们欢呼雀跃,掌声雷动,我也看得热血沸腾,兴高采烈。但不知为什么,突然间就有一种莫名的失落感,他们如此超常发挥,演得活灵活现,不正凸显自己裹足不前而相形见绌吗?有个同学还特意凑过来打趣,说我是没敢上台的"男主角"。虽然是句笑话,但事实就是如此。当时我就在想,如果起初我能够坚持住,也许不会有他们这样出彩,但效果也不一定很差,尽管不能与他们相比,但能参加演出,也是一份难得的经历。他们就像专业演员一样,信手拈来,潇洒自如,有时还腾出手来与观众进行交流,调动现场气氛。我敢断定,他俩一定是有着丰富舞台经验的"老江湖"。

三、感 情

后来一打听,他们也是第一次。

　　这个事情虽然过去了多年,在我的印象中,男女主角已经模糊不清。当年的老师也离开了我们的学校,回到上海,现在可能早就退休了,但这出戏依旧给我留下了深刻的印象。事件本身其实并不重要,但其中透露出的人生意义却非同小可。不仅是敢不敢走上舞台的问题,更是敢不敢挑战自我的问题。如果你敢于接受挑战,哪怕就是不行,也能经受一次锻炼,可以很好地总结经验,为以后打下基础。更何况,没接受挑战,怎么就知道自己不行呢? 如此现实的教育,如此后悔的教训,我深受启迪,引以为戒。对于自己熟悉的领域,应坚持不断地努力精益求精;对于自己不熟悉的领域,也要积极地鼓励自己去大胆尝试。哪怕是遇到前所未有的挑战,咬着牙也要挺过去,努力做出最好的自己。或许也正是这出戏的深刻记忆,在这之后才把许多原以为自己的不可能最终变成了可能!

良师益友储福金

记得我与储福金先生认识是在省作协的一次会议上,那是我第一次参加这样的会议。在小组讨论时,我粗浅地发表了自己的看法,后来被组长认可,直接指定我为大会发言。那天座无虚席,来的都是省内的名流"大咖",当主持人叫我发言时,说老实话我心里直打鼓,这不是班门弄斧吗?但发起言来也就豁出去了,我敞开胸怀,直抒己见,针对网络文学的现状和趋势、文学评论,以及应该关注的新问题,发表了自己的观点。当时我想,在这些老师面前不要怕,即使说错了,也是极好的学习机会。没想到的是,居然歪打正着,还受到了与会者的认可。散会后,作为省作协副主席的储福金先生专门来看我,受到如此重量级大家的青睐,我更加受宠若惊。他知道我是业余作者,对我抓紧业余时间从事创作表示赞赏,比较详尽地询问了我的相关情况后,还与我探讨了一些网络文学问题。那个时候网络文学还刚刚兴起,所以话题还比较多。他的许多观点都是真知灼见,一针见血。事也凑巧,我们的家住在同一个方向,正好同路,而且彼此又都有散散步的愿望,于是我们便边走边聊,一路上聊得也非常开心,好像多年失散的兄弟又见面似的,几乎有聊不完的话题,到了分手的时候,还有恋恋不舍之意。

其实对于我来说,储福金先生的大名早就如雷贯耳。我读过他的许多小说,后来更多见的是他在报刊上的各种各样的散文。记得那时候,他几乎是《扬子晚报》的"座上客",每每都会有他的文章,而我们这些业余作者,要想发表一篇文章比登天还难。有时翘首以盼等来的还是石沉大海,所以储福金先生的"捷足先登",对于我们来说,不是"羡慕嫉妒恨",而是"羡慕嫉妒敬"。读了他的文章让我们确实有望尘莫及之感,他的散文短小精悍却寓意深刻,尺幅之中常有波澜跌宕。但说句老实话,后来因为工作比较紧张的缘故,我失去了读长篇小说的耐心,对他新出的长篇小说也读得不多。那天在路上,我只是如此随口一说,能不能赐本近作一读?没过几天,就收到了他寄来的新作《黑白》。既是意料之外,因

三、感 情

为没想到他这么快就赠书了;也是情理之中,因为我又读到了那老道的熟悉笔法,婉约如湖光山色,运笔如行云流水。对于这样的作品,我无法抵抗,基本一上手就有离不开的感觉。我当天晚上一口气读完,第二天又"打扫"一遍"战场",对重点章节进行了认真的温习。

读了他的这部小说,我的第一感觉就是,储福金先生文胆惊人。他实际上是在写一个完全不属于自己时代的故事,而且时间跨度还比较大,基本是从民国初期到抗战胜利几十年间的风风雨雨。看得出,他希望通过主人公陶羊子与围棋互为表里、息息相通的沉浮命运,来生动再现这一历史进程的波澜壮阔。据他介绍,《黑白》是一气呵成的,但从定下"黑白"书名来写棋与人生,断断续续地构思有十多年了,所以下笔千言,灵感不止。至于为什么要起名"黑白",他没有说,我也只是猜度。我想最初的落脚点肯定离不开围棋的黑棋白子,无非是想表明题材的范围和取向。为了进一步加深对作品的了解,后来我陆续看了一些评论文章,他们认为在此基础上,还有对人物性格的暗示和寓意。他们列举了许多黑白分明的性格特征,我都表示赞同,只可惜他们到此就裹足不前了,其实还可以进一步深挖下去。我觉得用人物的性格结构来呼应围棋的黑白结构,这确实是一种匠心独运,但如果仅仅看到这样一种浮在表面的结果,就容易忽略黑白相间和黑白交织的复杂过程。其实这其中就像围棋一样,充满着纠缠、搏斗、厮杀、吞噬等激烈的场面,这才是作者淋漓尽致表现的重点和我们应该寻求的答案。读者只有把这一份答卷做好了,这才能与作者一道达到更深的人性层次。我想,周老夫子和任守一是这样,任秋和梅若云也是这样,方天勤和陶羊子更应该是这样。他们都是从黑白混合中逐渐走向泾渭分明的。作者从中提炼出来此疆彼界的分水岭,就是对格局的高度重视!

棋如其人,人寓棋中。棋的格局也就是人的格局。格局小者,终将折戟沉沙、败走麦城;格局大者,"夫不争,故天下莫能与之争"。这是作者所想表现的,也是我们应该感受到的,对我来说,或许希望了解的还应该比这更多。"故事里的事说不是就不是",因为都是来自作者的虚构;"故事里的事说是也是",各种棋路棋风基本都来自他与棋友的实践。

储福金先生喜欢下棋,这我是知道的。但是透过这部小说更让我惊叹的是,他不仅喜欢下棋,更深谙其中三昧。他对许多棋局战法烂熟于心,运用如神,是一个没有段位的围棋高手。他曾说:"到目前为止,作家圈内还没有哪个作家的棋艺与我相当。"据说他从五岁学棋继承父亲搏杀型的棋风,之后便一直在此纵横驰骋,享誉圈内圈外。

如果套用现在流行的说法,储福金先生应该是"作家圈中围棋下得最好的,围棋圈中作家做得最好的"。我总认为,人都应该有自己的爱好,这样生活才有多面性,也会丰富自己的业余生活。比如我是学中文的,我就不想把它丢掉,始终把写作作为自己的业余爱好,而且一直坚持不懈;但对于作家来说,原本写作就是他们的主业,他们的业余爱好应该更加广泛。比如,储福金先生除了围棋,还对茶艺、戏曲乃至佛教有着深厚的修养。这些算是业余爱好,也可以看成是生活积累,因为当它们转化为文字之后,就会变成鲜活的实践体验。

小说就是百科全书,要求作家能够万事俱通,对生活的方方面面都能够了解,甚至还要有足够的研究,才能胸中有明月,笔下变皎洁。正如马克思所说,他在巴尔扎克的小说中所了解的法国比历史学家笔下所描述的法国要丰富很多,因为作家描写得更为全面、细致、具体和生动。作家就是生活,生活就是创作。凡是作家熟悉的生活一定是他们写得最精彩的部分,他们也一定会从自己最熟悉的生活写起,因为他们对那里的一草一木都了如指掌、信手拈来。写作的关键就是在于把握住这一股气,灵气到了,气就顺了;气顺了,也就一顺百顺了。因此储福金先生在书中展示出的围棋招数,真的让人眼花缭乱,甚至瞠目结舌。见人所未见,到人所未到,这跟他自己在这方面的日积月累确实是分不开的,厚积而薄发。

孟子曾谆谆教导我们,从事文学批评必须学会使用两种方式:一种是"以意逆志",朱自清先生将其解释为"以己之意迎受诗人之志而加以钩考",说得再具体点就是"以己度人",这个方法我们在上面已经用过了;另一种是知人论世,即"颂其诗,读其书,不知其人,可乎?"也就是说阅读作品时也要对作者本人的思想情感、人生经历以及所处时代等进行全方位的把握。跟储福金先生相处久了、交流多了,掌握的信息也就更加丰富了。我常自觉不自觉地运用起这种方法,对一些碎片化的内容进行整理,形成了一个他的基本的人生脉络:他1952年出生于上海,17岁插队至父籍江苏宜兴,后转插金坛,1977年进入金坛县文化馆工作,1980年调江苏省作协《雨花》编辑部任小说编辑,1984年到北京鲁迅文学院进修,遂考入北京大学首创的作家班,后转学至南京大学中文系,毕业后就一直从事专业创作,直到现在。通过比较系统的梳理,我忽然发现,他的整个创作历程,有三个明显特点。一是"早产"作家。他很早就开始从事创作。二是高产作家。他著有长篇小说《心之门》《奇异的情感》《羊群的领头狮》《紫楼十二钗》《柔姿》《雪坛》《魔指》《黑白》《念头》等,还有50多个中篇、100多个短篇,以及各种随笔、剧本等。三是优产作家。他的《心之门》获江苏省政府文学艺术奖,《石门二柳》获首届《钟山》文学奖,《平常生活》获《天津文学》奖,《黑白·白之篇》获第六届紫金山文学奖长篇小说奖。

三、感　情

按照一般心理学的原理,有着如此高的文学成就的人都会希望过上与自己身份相称的生活,可储福金先生这么多年来始终没有生活在光环里,也没有活在别人的框架里,依然过着他的低调而平实的生活,不追求惊天动地,却更愿意细水长流。他特别重视听取自己内心的声音,勤勤恳恳地从事着日复一日的小说创作。我曾到他家去过,在我的想象中如此大家,应该有一个金碧辉煌的豪宅。但去看了以后,我发现他的家非常简朴,从某种程度上说,还有点寒酸。书房对于作家来说,是一个非常重要的生产基地,我认为自己的书房已经属于很一般的了,但看了储福金先生的书房以后,觉得还赶不上我的呢!一眼看过去,就是几个摆满书的书架,一张不大的写字台,一台电脑和一台打印机,都是老式的,室内也显得比较窘迫。但就是在这个不太大的地方,他却长年焚膏继晷,夙夜在公,创作出了一部又一部的精品力作,影响着一批又一批的读者。他曾告诉我"写作不仅是脑力活,还是体力活",这个地方是他呕心沥血的地方,也是他创作出精彩纷呈的作品的地方。所谓"酒香不怕巷子深",也就是说,凭实力说话,靠作品立足,这才是写作的王道。这些年来,他就是这样,一路凭着自己雄厚的实力闯荡天下、驰骋文坛。

我与储福金先生虽然是多年的好友,彼此见面机会并不多,但心中都有对方。也许不会时时想起,但永远不会忘记。平时我们会通过微信进行交流,他凡是遇到好的消息,总会第一时间与我分享,有一些好的作品,我也属于第一方阵的读者;同时我有高兴的事情,也会及时与他分享。我们能同甘,也能共苦,生活中难免会遇到一些不如意的事情。他有我也有,而且经常有,我们彼此都会宽慰对方,想方设法助对方一臂之力。储福金先生比我年长,但他总叫我"永祎兄"。我知道这是他对我的尊重,而且不仅对我这样,对其他朋友也是一样,这就是他为人非常谦逊的一面。所以与他在一起总有一种如沐春风的感觉,这是我们大家的不约而同的印象。

这些年来,只要有时间,我就喜欢写点东西,也陆续发表了许多文章。有次报社对我进行专题报道,记者知道储福金先生和我比较熟悉,就主动找他进行了采访。采访的内容开始时我并不知道,只是后来看到报纸,才发现他说了这样一段话:"永祎是文艺评论尤其是影视评论的顶级高手,没想到他把江南古镇也能写得如此出神入化!在山清水秀的文字背后,凝聚着他重新认识江南文化的心灵过程,也是他不断行走江南古镇的文学升华。'蓦然回首,那人却在灯火阑珊处',流淌出一篇篇至情至性、至纯至美描写江南的妙文。"看到他这样的评价,我真的不敢相信。因为在以往的交流中,他从未对我的作品发表过看法,我一直认为自己的这些"小儿科"难入他的"大雅之堂",许多作品都不敢请他看,甚至一篇都没请他看过,总觉得自己还达不到那样的水准,但他能够讲出这种评价,说明他对我的文章还是十分关注的,也是了解的,甚至是认可的。但这样的评价对我来说,确实言之过誉,受之有愧,我想更多的还是鼓励,是一个文学大家对爱好者提携的殷殷之情。

我早年就加入了省作协。这么多年来,申请加入中国作协一直是自己的梦想,按照规定必须有两位作家推荐才行。这时我想起了储福金先生,在电话那头,他满口答应,并十分肯定地认为我已达到这样的水平。我说马上就去他家,谁知到的时候,他已经在大街上等我了。他在路边找了一张桌子就准备写起来,看他站着写实在太不方便,我赶忙从小店里借来一张椅子。记得那是春节后不久,春寒料峭,寒风刮脸,有点凛冽的味道,拿笔还有冻手的感觉。但看着他十分专注的样子,我非常感动,一股暖流顿时涌上心头,我情不自禁地拿出了手机,拍了几张照片,定格了这个感人的瞬间。这种生活化的场景,也见证了我们的深情厚谊,我也趁机请过路的人帮我们拍了一张合照。那年我顺利地加入了中国作协。当我告诉他时,他说,永祎兄还真的不简单,有的人三四次都没能通过,你第一次就成功了,也说明中国作协对你创作水准的认可。但我心知肚明,这其中还有他这个知名作家推荐的重要分量!

2019年端午节的时候,他发微信告诉我,他最近这一两年没有出去,主要是在写长篇小说《念头》,现在已经脱稿,即将在《作家》杂志第七期上发表出来,人民文学出版社也准备在第三季度出书。对于新鲜出炉的作品,我当然希望先睹为快,一言为定,书出来以后,他立马告诉了我,我要去拿,他不肯让我跑,说我太忙,不要因此耽误工作。可我深知,时间对他来说,也是分秒必争,但他就是这样处处为别人着想的人。我很快就收到长篇小说《念头》,寓目之初,我就觉得非常有创意。封面上一系列似连非连的圈圈,就仿佛生生不息的念头一样。所谓"古城、故人、故事,岁月凝练下的追忆之书",就是说整个小说围绕着主人翁张晋中一生的人事沉浮,打捞记忆的时光碎片。"念念相续,便是一生",念念不忘,也是友情。人生难得一知己。看了他的《念头》,我心中忽然涌起了想写储福金先生的念头,尽管友情源远流长,但我深知真诚相通、心心相印才是最初的源头!

心有灵犀

说起与慧骐兄相识,还是在他担任《风流一代》主编的时候。这一说,时间已经过去几十年了。《风流一代》是一份面向青年的刊物,当年就非常火,阅读者甚众。我曾在上面发表过《李向南和钟情他的三个女性》一文,在社会上引起了不小的反响。其实这背后,责任编辑下了很大的功夫。这个编辑的名字叫杨杰,至今记忆犹新,有些部分是经她改写的,非常流畅,也非常到位,许多句子我想不出,她都想到了,而且都讲在点子上,成为文章的金句和亮点。那天专程去拜访杨杰,诚心拜师,经她引荐,那次认识了慧骐兄。我们一见如故,相谈甚欢,从此结下了难解难分的文字缘。他以编者的方式,不断地体现着对作者的重视和提携,每逢重要选题都会主动约我写稿,而我也会全力以赴、照单供"货"。自己也主动投了许多稿子,说实话也不是每投必登,不符合要求的,他一样果断"枪毙",若有修改基础的,他会提出中肯的意见,我每每从中受益匪浅!

后来他调到江苏文艺出版社工作,又创办了《东方明星》杂志。我也因此"移步换形"。在创刊号中,他给我出了命题作文,要我写明星的纪实,我唯"命"是从,收集资料,寻找角度,认真完成。只是发行会那天,我因故没能参加,朋友都看到了我的文章。看他们都挺感兴趣,我也有了成就感,从此开始踏上关心明星文化之路。将文字变铅字,一直是我矢志不渝的追求。只要报刊需要,我就会不停地写,但当时也有个小小的担忧,就是经常在一个刊物上发表文章,会不会给慧骐兄添麻烦?或者要不改用笔名?他听后爽朗一笑,说我们编稿子是根据稿子质量定取舍的,没有规定同一作者不能多发呀!对于自己能够成为一本杂志的主要作者之一,我是非常荣幸的,能够与编者心心相印,常有呼应,也更显难得,但我觉得更重要的意义还在于,随着注意力的改变,我也找到了自己新的兴趣点,也因此培养了适应不同文体的写作能力。如果没有这种机会,就不会被人校正,也就不能掌握这类题材的写作规律,更不会后来得到更多肯定的机会。因此,从这个意义上说,慧骐兄帮助我打开了一扇穿越明星文化领域的天窗,让我看到了许多平常视而不见的东西。那些年我确实写了不少那个时代的明星,现在家里还保存着成堆的杂志,见证着当年"力耕不息"的岁月,也因此看到明星们岁月静好的一面,更看到他们负重前行的一面。写明星,实际上就是写风云际会的人生际遇。许多明星的脱颖而出,并不是一夜成名那样简简单单,那样轻而易举,因为从来都不会有随随便便的成功,成功的背后都有着可以追根寻源的历史因果。回眸他们的成长历史,进入他们的人生轨道,我时常会走进他们的心灵,看到情感深处的喜怒哀乐,体会他们不同于镁光灯下的那一份独自的寂寞和挣扎,确实会给人许多启迪。我也努力地把自己能够感悟到的林林总总毫无保留地诉诸笔墨,传给读者。

后来《东方明星》因故停刊,我感到非常惋惜。同时也为慧骐兄惋惜,他确实是办刊的好手、高手,不管他主持什么刊物,都饱含着深情,兢兢业业、一丝不苟,伴随着时代的审美流变,总能把刊物办得风生水起、有模有样。当年我看到介绍慧骐兄的文章,知道他早就是驰名文坛的散文诗人,只是因繁忙的编辑工作,留给自己的时间太少,抑制了他这方面才能的充分发挥。倒是这回不当编辑了,好像有点空闲了,那个曾经生龙活虎、充满活力的诗人又回来了,好像又多了一套散文的笔墨,涉及的内容更加广泛,体裁更加多样,思维不同凡响,笔法愈加老辣,就像长期关着或开着最小流量的水龙头,突然打开,开到最大量,水流哗哗而下,一发而不可收,繁星满天,灵动四溅。他在许多报刊上写亲情、写爱情、写友情,写得认真,写得细腻,写得波澜跌宕,写得感人至深……

时隔多年后,他到办公室来看我,还十分关心我的业余创作。知道我没有停下笔墨,他目光中流露出赞许的肯定。那天我们谈了很长时间,毕竟多年没见了,好像有说不完的话。谈着谈着,不知是哪句话触动了他的心弦,他马上拿出笔记本,认真地记起来。当时我也不知所由,一脸迷茫,后来他告诉我,他已到《新华日报》担任一个刊物的主编,又干起了老本行。最近刊物正在策划推出一批业余作者的报道,他觉得我的许多状态与选题不谋而合,于是乎乘机抓住我不放,从内到外、从远到近几乎整个询问了一遍。我也对自己的心路历程进行了客观的剖析。时问时答,即问即答,只见他笔头不停地在动,那种认真的姿态倒是我非常熟悉的,以前也经常看到。看来"老毛病"多少年还是没改,半天时间他整整地记了一大本。后来,我打电话给他,他说正在江南小镇写文章,过了不久,一篇介绍我这个业余作者的文章,便在装帧非常精美的杂志上刊登出来了。

最近我接到他的电话,约请我为一位中学老教师的著作《福山村史话》写一个书评。福山村是常熟市海虞镇的一个古村落,历史悠久,古迹众多。我对江南文化一直情有独

三、感　情

钟，对古村落自然会充满渴望，拿到书后，我便如饥似渴地阅读起来。这本书的文字描述深深地感染了我，诚如慧骐兄所言，这本书确实倾注了作者对福山村的一往情深，对福山村的来龙去脉、前世今生娓娓道来，很快就激发起我诉情笔墨的灵感，于是我立刻打开电脑，敲击键盘，花了一个晚上，写出自己的全部感觉，一气呵成！慧骐兄为人仗义、乐于助人，这我是知道的。他一根筋、一头劲，由来已久。但我没想到的是，他对这位乡村教师如此关心备至，其中有对传承江南乡村文化的担当和责任，更有对作者的尊重和激励，除了这本书是经由他推荐出版的外，他还帮助出版了某中篇小说和散文集等。他说自己一直对教师十分景仰，他们在教书育人的同时，还能够笔耕不辍，实属难能可贵！应该让更多的人了解他们，他们的成果也应该早见天日！诸如此类的事情，他做得很多，不只是对一位作者，对许多作者都是这样。这次让我有点意外，其实也不意外，因为从认识他那天起，他就一直如此，在职时十分热心，退休后好像情意更盛！

其实，最近有件事很对不起慧骐兄。在我出版的《水做的江南》一书中收录了评论他作品的文章。但是书出来以后，忽然发现把他名中的"骐"字，写成了"琪"字，校对时也没有发现，所以自己一直不好意思送书给他。但我记住了，下次如果再版时，一定要改过来，届时再送他正确的版本。

友 情 无 价

  我和大张是同学,一直相处得很好。事实上,读大学时,我们不在一个班,也不在一个系,彼此的结识,纯系偶然。
  那是一天晚上,天下大雨,我骑着车子急匆匆地赶回学校,途中不知被谁在后面突然撞了一下。我连人带车压在了前面一个行人的身上,这个人就是大张。等我爬起来,再找后面的人,他早已不见踪影。我赶忙转过身来,把大张从地上拉了起来,这时我有口难辩,毕竟是自己撞到人家身上的。但我还是据理力争,为自己辩护一番,再三说明自己是先被后面人撞到,然后才撞倒他的,并一边打量着他,一边问他有没有伤着。没想到他站起来,跑到前面找回自己的雨伞,抹了一把脸上的雨水,抖了抖身子,什么也没说,只是看了看我,觉得我好像也不是那种赖账的人。借着路灯的亮光,他又看了看我的校徽,反而突然笑了起来,说真是大水冲了龙王庙,自家人不认识自家人了,原来我们都是一个学校的。真是"不打不相识",此时我也转忧为喜,感情一下子就拉近了起来,彼此互报了姓名,说出了系科和班级。我在中文系,他在政教系!说老实话,要不是这次偶然事件,我们真的不会成为朋友!我推着车子,和他边走边聊,非常投机,大有相见恨晚之感。但也庆幸那时认识也犹未为晚!
  在我们那个年代,20、30甚至40岁,不同年龄段的同学都可能在一个年级上课,大张比我年长几岁,各方面都比我更成熟,但我俩性格甚至志趣爱好还是属于同一种类型。他看起来比我健壮点,也比我更加外向点。我把他当成老大哥,他也把我看作小弟弟,我们平日里经常会在一起,包括一同自习、交流体会、谈论人生等。他专业是政教,但对文学也心向往之,当时他比较喜欢古典文学,我比较爱好文艺评论,彼此无话不谈,知情知意,有时候我们也会争论不休,但许多时候都是他带着我,关心我,照顾我。他是个非常细心的人,甚至可以说无微不至,用这个"微"字最能够准确形容他,好像只有用它才能道尽他言

三、感情

谈举止的全部内涵。其实他也没有做什么惊天动地的大事,我们之间又能有什么大事呢?同时,也不属于千辛万苦的难事,更多的都是微不足道的小事。其实人与人之间的相处之道,未必都是刀山火海,需要两肋插刀,很多时候都是毫厘之间的有呼有应。因为这些人人可以想到做到的小事,并非人人都能看到想到,看到想到也未必愿意做到,凡愿意想到做到的人,必定是个暖心人和贴心人,也一定是面对自己特别想要珍惜的人。不论我是否有明确需要,大张总会及时出现,出手相助,或提前预备,于心之细,于行之微,常给我带来出其不意的感动。我时常也觉得奇怪,他是怎么想到的,又为什么会如此心甘情愿。他的回答非常简单:我乐意!也许人与人之间确实是有一种缘分。人以群分大概就是这个道理。我们之间就像天生的兄弟一样,根本没有什么附加条件。应该说,跟着他,我也受益匪浅,学了许多东西。

他曾经当过民办教师,教的就是语文。在学校的时候,他平时喜欢创作古典诗词,对格律和音韵亦颇有研究。他在这方面功力确实深厚,没想到这仅是他的冰山一角,其实他的知识体系非常丰富,好像样样都精通,不要问他知道什么,你只能问他不知道什么。记得那天,我觉得自己有点不舒服,不想去教室了,就想去看场电影放松放松。他二话没说,马上放下手中的活,陪我去看了场电影,我们去的是延安电影院,看的是《英雄儿女》。这部片子在人情的底色中充分地绽放了爱国情的伟大和崇高,我们都看得很激动,也很入戏。在回来的路上,我只是开始讲了几句,后来就是他一刻不停地讲,滔滔不绝,几乎从主题、情感、结构、情节、细节、语言等都分析了一遍。那么多高深的理论,那么多新鲜的词语,那么多生动的语言,一下子把我听得目瞪口呆,我们之间忽然就有了天壤之别,也令我顿生敬意。

毕业以后,我们各奔东西,大张也回到自己家所在省份的某师范大专教书。离开了校园,我们不可能再像学生时代那样朝夕相处,好在经常有书信往来,也频频互通有无。他仍是那么斗志昂扬,年年先进,教学研究两不误,学术成果频见报刊,在圈内知名度也日渐提高。后来他很快就晋升为系主任,独当一面。而我利用业余时间,也喜欢写写稿子。我曾把一篇论文发给他,请他推荐给他们的学报,他看了我的稿子后,很快就给予了回复,觉得选题不错,论述也比较透彻,但在有些地方还差点火候,如果再深入一点可能更好,建议我再修改一下。我也认同他的看法,觉得他言之有理,也切中要害,但让我更为感动的是,他在退还稿子时,还专门写了三页纸的文字,字迹工整,字斟句酌,详尽地把他对这个课题的认识、理解以及修改的建议条理清晰地梳理出来,并对哪几个部分需要进一步论证,也做了明确标注,对此我算领教了什么叫精益求精。在他的引导和影响下,我又认真地看了许多文献,理清了当前研究的主要成果,并在这些研究成果的细缝中寻找新的生发点,对自己的思路重新进行规划,把自己想写的、能写的、该写的都充分地表达了出来,更加强化了文字的系统性、逻辑性和美感性。当这一稿落成后,我亦感到如释重负,改成的文章看起来舒服得多、鲜明得多、丰富得多,也深刻得多。前些年,他忽然笑呵呵地出现在我面前,说他要去援藏了,这次他是专门来看望我的。他能来看我,我当然非常高兴,但他说要去援藏,我以为这是开玩笑。但看到他那一本正经的样子,我就觉得八成是真的了,后来我还了解到,这是他自己报名去的。

正好是周末,我想陪他到处转转。他说什么地方都不去,只想到母校去看看。那天我们在南师大随园校区转了几圈,就那样漫无目标、随心所欲地到处看看,穿梭于教室、图书馆、阅览室、体育馆、体育场、文学院大楼、政教系教室等地,来来回回地重走着学生时代的路,回忆着当年的情景。到了午饭时间,我本要请他到饭店,他却执意要去学校食堂。当年我们刚入校的时候,实行的是包伙制,八个同学一个桌子,都是站着,没有凳子,菜饭都是额定的,不管肚大肚小,大家一视同仁。汤是一大桶,可以自由裁量,拿着勺子,"靠边到底慢慢提",所呈现的实质内容可能不太一样。后来改为饭票制,自己到窗口打饭打菜,选择的余地便大多了,但还是免不了大锅菜,都是同样的味道。现在食堂不同了,可以"私人定制"。我们找了个僻静的角落,炒了几个热菜,又点了几个冷盘,拿了两瓶啤酒,痛痛快快地吃了一顿回忆餐。看着那些来来往往、吵吵闹闹的年轻面庞,以及他们那无忧无虑的样子,我们也仿佛回到了曾经的时光。

临行前,我跟爱人商量给大张准备些东西,可我了解他的脾气,事先也考虑到他那种由来已久的"拒腐蚀永不沾"的劲儿,没有敢买高档的商品,只是买了一些特产,就是一点心意。本以为是水到渠成的事情,却偏偏还是卡了壳,大张婉言拒绝,再三推辞。看着他走进高铁的候车大厅,一副决绝的样子,我的心里说不出的难受,对这件事情一直不能释怀。

时隔不久,大张来信了,字里行间洋溢着掩饰不住的激动和兴奋。看来他的事业起步不错,很有大干一番的劲头,最后也提到我送他特产的事:"……关于上次推辞之事,我一直抱愧于心,也许是多年养成的毛病,不太希望接受别人的馈赠,没想到这次混淆了'两类不同性质'的矛盾,实在对不起。不过,我想,我们的友谊本来就不是建立在这些事情上,想你也会谅解。友情无价……"

三、感 情

后来听说他被安排在西藏某高校工作,各方面干得都很出色。在干完了一期以后,接着又干了第二期,结束后当地还希望他留下来。许多师生对他评价很高,也充满感情,只是因为其夫人身体欠佳,他最后不得不离开了西藏,离开了他奋斗了几年的校园。据说许多师生都是挥泪告别,献上了一车哈达。回来以后大张继续在高校从事领导工作。我出差时,曾到他单位去看过他,感觉他精神依然非常饱满,谈规划、谈思路、谈未来,头头是道,处处有心,整个学校也被管理得井然有序,师生的面貌充满生机与活力。走在校园里,草木葳蕤,葱茏叠翠,温馨宁静。

忽然有一天我收到了他寄来的一本散文集,朴实的封面下收集着他在西藏的生活点滴和工作情况。这里面也有许多西藏的风土人情,还附有许多工作时的照片,这是一种图文并茂的心灵总结,也让我进一步了解到他在那里的工作和生活的许多细节。不经意之间,我从书中知道了他夫人在他回来后不久就去世了。从时间上推算,大概也就是我去看他的时候。也就是说那时夫人刚去世不久,他就回到了工作岗位。他当时非但没说这件事,而且从他的状态中一点都看不出来。他依然对工作兢兢业业、一丝不苟。当时我在他办公室里等了很长时间,他不停地与同事商量学科建设、教师队伍建设和基础设施等问题。等到中午,他才忙中偷闲陪我吃了个简餐。我劝他不要那么拼,他同意我的观点,但根本就没有落实在行动上。后来他因为脑出血突发,最终还是倒在了自己的工作岗位上。

友情可以穿越时空,甚至也可以超越生死。每每想到他,我都会情不自禁地回到当年,特别是那第一次的遇见方式,总是历历在目,浮现不去……

怀念吴功正先生

2019年春节,我照例给功正先生发了一条拜年的短信。因为功正先生年纪大了,一般活动都不参加,我们的见面机会也就少了许多。但每逢过年过节我们总会互致问候,每每他老人家都是"快操作",第一时间回复,都会用非常严谨的文言方式表情达意。这次我发过去后,他却没有秒回。虽然翘首以盼,奈何节日期间人事众多,可能还来不及看短信,所以当时也就没当回事。直到初六的早晨,突然接到电话,是功正先生夫人打来的。她说看到我的短信,觉得应该给我回个电话,并告知功正先生已于去年10月份因病去世。

听此噩耗,如雷劈顶!我后悔自己消息闭塞,没能及时去看望他,也没能送他最后一程,在此愿老人家一路走好!我知道功正先生是从他的《小说美学》开始的。这是很厚实也很具有美感的一本书,整体布局撒得开、收得拢,内容汪洋恣肆,古今中外、概莫能外,既有古典的华彩辞藻,也有现代的时尚语言。我非常喜欢这样的风格,也希望学习这样的风格,因此翻开第一页以后,就爱不释手了。我如饥似渴,大概用两天时间就读完了全书,还做了许多体会性的旁注。这本书对我启发很大,具有引领性的价值。最近我又拿出来看了一眼,上面还留着当时画的条条杠杠和密密麻麻的符号,有些已经看不清了,但那种读书时心潮澎湃的感觉还在。当时我并不知道功正先生是美学大家,作者介绍里的客观表述,也好像语焉不详,但自从读了他的书以后,对关于他的消息我非常关注。曾看到报道介绍他平时两耳不闻窗外事,一心埋头做学问。家人害怕他累倒,为了调整他的工作节奏,硬是把他拖到电影院里看了场电影。

后来有一次参加省委宣传部召开的影片讨论会,这部影片是他的学生导演的,他也去了。当时我并不知道功正先生在座,只是觉得,有位胖胖的、戴着彩色眼镜的专家气度不凡,讲起话来有板有眼,非常专业到位。从内容到形式,侃侃而谈、条分缕析、不落俗套、非常犀利,尤其最后一句话给我留下了特别深刻的印象。他说:"我以有这样的学生而自豪,

三、感　情

他们也以有我这样的老师而骄傲!"很霸气,也很自信,当时听了觉得不太符合我们文化习惯中的谦逊态度,但没有底气的人是讲不出这样的话的!奇怪的是我们听了也不觉得突兀。这时有人向我介绍,这位就是大名鼎鼎的吴功正先生。远在天边的偶像突然成为近在眼前的专家,自己真的非常激动!于是赶忙交换了名片,互相认识。我已知道他是如皋人,曾在如皋师范学校和南通师院教过中文,许多学生在他的精心"浇灌"下都已脱颖而出,应该说现在已是桃李满天下,享誉省内外。后他因学术成就卓著,被调到省城工作,担任研究员、博士生导师,是国家级有突出贡献中青年专家和享受国务院颁发的政府特殊津贴的专家。据说他在1983年就加入了中国作协。通过这次会议,我们一见如故,格外亲切,好像是神交已久的好朋友。他说他也早就知道我了,经常在报刊上看到我的文章,见地独到,文辞华美。其实我的那些"小儿科"遇见他的"大部头",实在不足挂齿。但他能关注到我,至少说明我们还是相当有缘分的。

　　他当时在省社科院工作,而且还担任《江海学刊》主编,我当然希望能够在这样的大刊物上发表文章,于是自己认真准备了一篇稿子投了过去。记得好像是介绍和研究韩剧的文章,本以为发表不成问题,但他看了以后觉得总体框架基础不错,角度也很别致,只是叙事性过强,学术性不够,应该加强观点的论证。他专门给我写了一封信,具体阐明了方向和重点,希望我能够好好地修改一下,我按照他的要求又进行了认真的修改,结果还是没能通过,他觉得还是未能达到标准。通过这次投稿经历,我发现吴功正先生对稿子的要求极严,一把尺子、六亲不认,但他也担忧会因此打击我写作的积极性。他老人家骑个自行车专门来到办公室看我,其实就是当面做个解释,更希望我深入研究,继续投稿。面对这样慈祥长者的谆谆教诲,我很意外,也很感激。我的文章能够一路写过来,确实得到过许多像他这样的老师的指导提携和严格要求,能与这样大师级的专家面对面地交流,真是三生有幸!这时,我赶忙请同事帮我们在办公室拍了一张照片,留下了难忘的瞬间。那天他很高兴,我们谈了很久,意犹未尽。我送他下楼,看到他骑着那辆破旧的"老牙车",属于只有铃铛不响其他都响的那种,但他跨上车子,雄赳赳地骑着,渐渐地消失在巷子的尽头……

　　那年我受邀在中央电视台中文国际频道(CCTV-4)《文明之旅》做节目,讲了近一个小时的《张永祎　梦里水乡江南镇》。很巧,那次也被他看到了。他第一时间就给我打电话,向我表示祝贺,同时对我在江南文化方面的研究表示赞赏。他说那天在调电视频道时,无意中听到了非常熟悉的声音,抬头一看,恰是旧相识。他便从头到尾认真地听完了。他说我讲得都很好,知识开阔、思维缜密、逻辑严密、表达流畅,以前看到我写的都是文艺评论或影视评论,没想到对江南文化还有如此深入的研究。他说,唯一不足的就是方言口音比较重。但他后来又补充说,有口音对于我们来说也不是坏事,要不是这个口音吸引了他,他还真的会错过那期节目,但从传播学来说,中央电视台毕竟要面对全国观众,还是应该尽量说好普通话!

其实我知道,这是功正先生对我的鼓励和严格要求。说到功正先生的成就,真是举不胜举,令人高山仰止,以他送我的书来说,就有《六朝美学史》《唐代美学史》《披星戴月集》《中国文学美学》等等,其他的还有《明清短篇小说概论》《郭沫若历史剧研究》《古文鉴赏集成》《六朝园林》《六朝文学》《古今名作鉴赏集粹》《山水诗注析》等。他的著作面广量大,涉及的领域非常广阔,不能用著作等身来形容,而应该说是"著作超身";这些著作都是经过精敲细打的心血之作,是经得起时代和岁月检验的精品之作。对于我们来说,不要说写这么多书,就是用手抄一遍或敲打一遍这么多字,也算是一个奇迹了。前年他还专门托人给我捎来一套六本古典诗词、小说、散文和戏剧的鉴赏作品。从理论到实践,从整体到示例,几乎把鉴赏美学研究了个底朝天,非常通透!我记得他到台湾去讲课,还顺便写了一部台湾的游记回来。当时他也送了我一本,书名叫《走进台湾》。他一边准备教案,一边认真教学,一边游山玩水,一边还能见缝插针地写书,真是非常人所能为!这本书由江苏文艺出版社出版,一改以往的理性思维,而更多以感性文字见长,富有情趣,蕴有情感,含有情韵。记得那年他还在全省散文评比中获得了大奖。

纵观功正先生的整个学术生涯,总有一种大气磅礴、居高临下的感觉。他研究的都是大课题,展开的都是大思路,集成的都是大手笔。他是一位名副其实的大学问家、令人尊敬的大师,但他为人却非常随和,很有相融性,只要有机会能聚到一起,我们总是那样的亲密无间,有聊不完的话题,十分开心。那年我女儿到香港做交换生,回来后写了一本书稿叫《走过港岛的记忆》。功正先生知道后,觉得应该鼓励鼓励孩子,主动要求为她写个序。如此宗师级的大家能给孩子写序,我真的非常感动,把书稿呈给他老人家看了以后,没几天,一篇非常棒的序就写了出来。我还记得开头是这样写的:"说来有点搞笑,我在拿到这部书稿时,还不知道作者的性别身份,究竟是男孩还是女孩。读着读着,一名活灵活现的女孩便蹦跳在我的眼前……"老人家不仅写得很快,而且写得好,写得生动,处处有意!

斯人已去,但音容笑貌依然。他为人大气、为文典范。对我来说,他亦师亦友、亦雅亦俗、亦语亦文,似大山的权威,也似江河的亲切,似日月的光辉,也似风雨的滋润。我最近正在利用业余时间,重温他的美学著作。一本一本、一篇一篇、一字一句,著作的字里行间充满着学术的广度、思考的深度和研究的厚度,也充满着人情的温度,不断散发着永恒的热度!

随　　园

  2007年6月《扬子晚报》刊登了"高考三十年"纪念特刊,史无前例地发表了1977年和1978年南京几所著名高校入学的学生名单。我是南师78级中文系的新生。当时报纸上也赫然刊载着自己的名字,一时心情激动,浮想联翩,岁月如歌,时光如梭。恰在这时接到了《扬子晚报》记者的电话,希望我能谈谈对此的感受。当时,我不假思索,脱口而出:"它唤醒了一代人的美好记忆。"其实这就是自己的真情实感,一种朴实的表达。但没想到记者抓住了共情点,把它作为标题放在了醒目的位置,在第二天的《扬子晚报》上就发表了出来。许多同学纷纷来电,说我讲出了他们的共同心声,看来大家对此大有同感。

  此前我们班级已提前组织了一次入学30年的聚会。同学们都非常重视,"有约而同"地完成了共同的夙愿。但好像此情难了、绵绵不绝。听说年级还要组织聚会,我又不假思索地报了名。本以为那种回首往昔的激动伴随着频繁的聚会已逐渐回复了平静,不会再度掀情感大涛,可事实却不尽然。10月18日,我早早地来到随园校区的小礼堂,发现已经来了许多人,他们面容已变,但个个如沐春风。再看那小礼堂里,除长条椅变成了沙发凳外,几乎还是原来的样子,感觉不到太大的变化。悠扬的音乐突然响起,我们恍若回到了30年前,身临其境,铭感其情。我们对这里太熟悉了。我们曾经在这里看演讲、听讲座、观演出,《于无声处》《雷雨》……

  我们都是学中文的,对"触景生情"有着天然的敏锐,但这种突然性的感觉接通以后,反而觉得自己仍停留在直觉的层次,这没有什么不好,更能体现出多年文学熏陶精神气质的积淀成果。回眸我们走进走出校门的30年,许多当年朴实而嬉闹的生活非常完整地留在了我们的记忆深处,与母校建立起牢不可破的血肉联系。不管我们有没有意识到,它总是那样亲切地鲜活地存在着、生长着、繁衍着和昌盛着,给我们留下了许多津津乐道、没完没了的共同话题。有的说他当时是从江苏最西北县的最西北村来的,却住在学校最东南宿舍的最东南的那一间;有的不称自己是曾经的少女而偏称是曾经的少年,原来当时她特别崇尚做假小子;有的说自己跨进校门那天就被班主任的英俊潇洒惊呆了,真没想到大学老师还有长得这么帅的;有的说边排队边学外语、边打饭边背单词的情景至今仍历历在目……在我的印象中,最深刻的当数秋天校园里无处不在、无时不有的桂花暗香;还有夜深人静时远处传来的火车笛声,如梦如幻,很容易惹起自己的思乡情怀……

我不知道这次聚会在时间的设计上有什么讲究。有位同学告诉我,主要考虑30年前,大家就是10月17日报到,10月18日开学的,所以组委会就决定放在这一天。记得当年的开学典礼也是在这个小礼堂举行的。"历史常常有着惊人的相似",那天我们也坐在大致同样的位置,如出一辙地聆听着领导和老师们的教诲。今天在主席台就座的王臻中先生、郁贤皓先生等都是我们非常崇敬的老师。何永康老师用我们非常熟悉的意识流方式,彰显出他对学生的了如指掌,抑扬顿挫的"海安普通话",汹涌澎湃的激情演讲,让我们仿佛置身于30年前的课堂。他说今天的主题不是"向后看",而是"向前看":30年对每一个同学来说都意味着各不相同的酸甜苦辣,可当我们回到30年聚会这个平台上的时候,这一切又都被熨平了,情感也因此升华了!我们确实是时代的幸运儿。改革开放的春风吹开了高考的大门,也把尊师重教的灵魂吹进了我们的生命历程,如果没有曾经的同窗经历,很难想象我们今天能够殊途同归地欢聚在一起。"正德厚生,笃学敏行",百年校训春风化雨、润物无声,给我们注入了愈挫愈勇的生命激情和昂扬基调,尽管毕业后大家都各奔东西,但对此信条始终执着无悔!

随园校区是中国传统宫殿式建筑的"展览馆",许多建筑基本采用了青石基座、红柱黄墙、歇山式大屋顶的古典形制,对称性地分布在中轴线的两侧,中轴线跌宕起伏,最高潮部分就是中大楼。中大楼与南大楼和北大楼相对呼应,是由两幢宫殿式大屋顶建筑组成的,呈"T"字形,东西两幢,前横后竖,门楼挺拔,广场青翠,三层教室,宽敞通透。两个主楼由过道和楼梯巧妙连接,曲径通幽,过道南门通体育场,过道北门通宿舍区。中大楼是当时中文系的所在地,也就是我们"躲进小楼成一统"的地方,现在叫"文学院",最近经过整修,又焕然一新。我们一爬上平台,就可以看到门楣上有"文学院"这三个朱底金色的大字,这是中文系的系友、著名书法家尉天池先生的题字。这里是我们文学梦想腾飞之地,也是我们往事难忘的记忆之所。

我们那一届分四个班。平时都是小班上课,公共课时集中为一个大班,上课地点基本

三、感　情

都是在东楼南北两翼的阶梯教室里,还有就是在三楼的大教室,人数众多却鸦雀无声,如饥似渴却有板有眼。我们整天在一个大楼里进进出出,朝夕相处,看书、上课、做作业。我们彼此早已是熟悉的陌生人,30年前如此,30年后依然如此。见到面眼熟,知道是同一届的却不知道是哪个班的,久别重逢,热情无比,就是叫不出名字,好在经过时间的发酵,我们的感情已经酿造成香醇的酒,大家也就没有必要非得睁大一双双"慧眼",把什么都看得真真切切,弄得明明白白,只要知道是同学就好,就像朦胧诗一样,反而更有味道!打乱班级的界限,打乱宿舍的界限,打乱地域的界限,打乱年龄的界限,大家济济一堂、谈笑风生,以各得其意、各显其能的方式,表达着30年后重逢的激动,和30年前没敢或没来得及表达的情感。虽然"混"杂一片、"乱"作一团,但看得出大家很高兴、很尽兴、很时兴,同时也很得体。几位"高干"同学也光临现场,只是被暂时"解除"了职务,以同学的身份,与大家打成一片。他们在拍集体照时,并没有坐在第一排"带领群众",而是"高高在上"地站在后排"深入群众",充分体现出"从群众中来,到群众中去"的革命觉悟,也不露痕迹地诠释了同学那种本应无级别、无差别的原始含义。

　　上午我们四部车子从随园校区出发去参观仙林校区,去感受母校飞速发展的新轨迹,下午又从随园校区开到各自分班活动的地点。看来"在民主基础上集中,在集中指导下民主"的组织原则并没有改变。我们班同学依然回到了随园校区,来到了校门口"随园"纪念石前,这是我们78级中文系同学的集体创意,是全年级同学此次敬献给母校的礼物,许多同学为做成这件有意义的事,在人力、物力、财力方面都不遗余力。因此同学们都以各种名义和组合在这里留下他们的倩影俊照,记录着他们此时此刻的美好瞬间。看着这块巨石,我当时就猜想,何以要命名为"随园"?这太通俗了,不言自明,无非是说明这里是随园校区而已。大家都是中文系的同学,用这样的题名,是不是肤浅了点,好像也没有什么创意。我琢磨再三,觉得好像还有另一番言外之意。"随园"暗含着"随缘"的谐音,这个也许正中下怀,我们不就是在这里结下了师生缘、同学缘、朋友缘,甚至有的还结下了爱情缘吗?但转念一想,这样的表达还显得比较狭窄,对于30年来的情感也只能表于万一,因为需要表达的东西确实太多了。既然不能让偌大的石头遍体刻字、满身经文,我们的同学深谙"言简意赅"的三昧,非常聪明地运用起了他们最拿手的"以少少许胜多多许"的美学本领。"随园"虽然只是一个简单的词语,却囊括着空间概念、时间概念、情感概念、文化概念等,满贮着无限的思绪和难忘的记忆,不管什么时候,也不管哪届学生,只要他们重游母校,重温"随园",就一定会激发起各自不同或各取所需的美好记忆。它不需要更多的文字,只留下更多的空白,让大家去填写。立在外面的是一个标识,写在上面的是一条线索,想在里面的是一种触发,一块平常的巨石在我们莘莘学子的心中永远都是岁月的分量、情感的能量和溯源的力量。

只要你曾经来过、待过、看过,甚至听过随园校区,当你再次来到这里时,面对"随园"巨石,面对往昔,随时随地,随分随秒,都会触景生情,穿越时空,妙笔生花,旧梦重圆!

同学是一首歌

现在人们都已进入"微时代""圈生活",好像以前难以联络的问题变得简单了。同学之间有事没事都会在群里逛逛,发个表情,通个信息,聊下养生,发个网文。有事就拨号视频,马上就能面对面,几乎没有任何障碍。既然联系已经如此方便了,何以还要组织同学聚会?在群里互相交流不行吗?后来,我们自己也认真地梳理了一下,确实发现还是不一样的,因为在经历过风华正茂、风霜雨雪的漫漫征途之后,人们越发感觉到那些年走过的岁月,温馨如梦,需要慢慢地找寻,细细地品味,那种键对键的间接肯定赶不上面对面的直接,而且那种亲切的氛围,也只有大家聚在一起时,才会毫无顾忌地释放出来。在我的记忆中,有个同学不太会唱歌,在学校时,就没怎么开过口,这次同学聚会却一反常态,变得非常积极、踊跃,表演欲望特别强烈。他几乎是抢着话筒上去的,非常深情地唱了一首《同学情》。据说他为了唱好这首歌,已经练习了两个多月。功夫不负有心人。不能说尽善尽美,但唱在这个节点上,这首歌恰逢其时,因为煽情爆冷门,所以大放异彩!

高中同学 20 年聚过,30 年聚过,到了 40 年,还要不要聚?大家一开始意见不一、各抒己见,在群里讨论得热火朝天。有同学为了方便与外地同学进行交流,调整了口音,变得既不是普通话,又不是家乡话,像是个"夹生饭"的腔调。尽管话语热情滚烫、深情款款,但听起来总不是滋味,让人全身直起鸡皮疙瘩。有同学还上传了前几次聚会的照片,包括当年的毕业照等,大家触景生情,感慨万千,"曾经熟悉的笑脸,已变换了容颜"。许多皱纹已悄悄地爬上额头,跑到了脸上,这些皱纹是笑意的刻本,是岁月的年轮,也是经历的风霜。时间都去哪儿了,生命就去哪儿了,时间本来就在自己时间里,生命也在自己的生命里,只有同学的聚会,才能驻足在集体的时光中。

事实上,我们参加过的同学聚会形式很多。大学的聚过,初中的聚过,今天高中的要聚,后面还可能小学的要聚,甚至幼儿园的也会聚。我想如果再往前推,聚会的主角当属母亲们了。千年修得共枕眠,百年修得同船渡,十年修得同窗读。学生时代是生命中最灿烂的时候,所有的音符都汇成了青春的旋律,在我们的人生年轮上铭刻着一道道深深的痕迹。对于每个同学来说,同学情都是无法卸载、值得永远保存的感情。不同的聚会代表着不同的岁月。沧海浮尘,芸芸众生,不早不晚,不前不后,恰到好处地相遇,红尘中你我同行,青葱岁月,时光荏苒,同学缘分,由来已久。青山在,人未老,水长流,情依旧,愈久愈纯正,愈久愈珍贵,愈久愈甘甜。

这就是由来已久的心灵磁石,我们无论身在何处,都能被吸引回来。这就像是放风筝人手中的线一样,不管风筝飞得有多远,总能把它拉回来。聚会时间安排在假日,许多同学都迫不及待,有的提前几天就到了。我也很期盼这次聚会,但时间点与工作冲突,无法前往,好在同学们都能理解,当时自己只希望大家能多拍些照片,最好留个空位,后期能把自己合成进去。好在那天工作任务结束较早,出乎意料,我觉得时间还来得及,也能赶上当天的长途汽车,就飞奔到车站,直接登上了开往家乡的车……

回首半生匆匆,恍如一梦。有的同学彼此虽有联系,但感觉不甚明显;有的同学毕业后就音信杳然,再见时早已变了模样,恍如隔世。岁月肯定会改变许多事物,但同学情感至真至纯,久别重逢,不需要点火加热,温度就会一下子蹿过100摄氏度,还会像当年一样,但我感觉已经超越了当年,因为经过时间的沉淀,大家愈发感到同学之情的珍贵与难忘。这时,有人提议到大套梨园看看,大家马上响应,冒雨前往,看着那些沉甸甸的果实,脚踏泥泞,不忘初心,还像当年一样,你争我抢,你摘我接,不停地展示自己的成果,满脸的快乐飘满世界。雨越下越大,兴致却变得越来越浓,大家好像对秋雨没有感觉,自然不可能考虑到其寓意的内涵,后来竟发现这恰与同学们连绵不断的情谊不谋而合!原来在同学们的心中,它是那样的润物无声,那样的细腻润滑,那样的诗情画意,竟是恰好遇见的那种美出天际的风景。

同窗数载,凝聚了无数美好瞬间,哪怕是习以为常的故事,在今天看来,都可能是经典的回顾。既然大家"聚"在一起,免不了先开个"会",翻翻曾经的记忆,谈谈过往的岁月,这是聚会的基本主题、共同套路和普遍桥段。但这一次,却别开生面、别具一格。一大清早,我们就被拉到大海边,参观生机勃勃的港口建设。我看过许多海,可就是没有到过家乡的海边,好多次都有这个愿望却没能达成。这一次终于看到了辽阔灵动、浪漫唯美的黄海,心潮澎湃、浮想联翩。吹着海风长大的人,似乎都有大海的性格或大海的品质,在回程途中,那些豪放的特质便毫无顾忌地释放了出来,大家情绪异常高涨,耳熟能详的歌声此起

三、感 情

彼伏,独唱、重唱、合唱纷纷登场。

感谢组织者的精心策划和周到安排,但越积越浓的感情好像还没有找到全面喷发的井口,就戛然而止。刚逢又别,归帆离岸,对于难得相见的同学们来说,好像意犹未尽,情有不甘,兴还未尽。面对着岁月摆下的筵席,大家相互叫嚷,殷勤劝酒,仿佛说不完的话语,都被收藏在行动的背后。因为大家都已明白,此时再也没有比手中这一杯酒,更醇更美的了。这时,有同学唱起了《相见难别亦难》:"从今后梦萦魂牵。道不尽声声珍重,默默地祝福平安。人间事常难遂人愿,且看明月又有几回圆。"这首歌抒发了真挚感人的离别之情。这个时候唱起此歌,也许是最合适的,唱出了大家依依不舍的心情。但也有人认为,在这个时候唱这样的歌,或许又是最不合适的,没有必要如此过度渲染相见之难和离别之痛。因为网络时代已不同于农耕文明时代,现实情况也并不是这样了,我们只要想见,随时都可以见,没有必要把如此盎然激情的火热场面,瞬间淋得七零八落。

确实不在那种特定氛围,这类歌曲无法推波助澜,一旦身临其境,这类歌曲就成为人们心情的表达。这时一个嘹亮的女高音又突然响起,更能撩拨起感伤的情绪,大家也情不自禁地跟着哼唱了起来。我无意中一转头,发现许多同学已泪流满面,特别是外地同学,更是抑制不住,揉眼揩拭。对此我深感愕然,赶忙抓拍几张,并以此调侃同学"人真是情感动物,泪点太低了",同学反说:"你也没有好到哪里去,眼圈不也一样红?"我下意识地抹了一下眼,果真湿漉漉的,原来自己也不知不觉沉浸到这个情绪之中,没有自拔,也难以自拔。

许多同学不知道为这次相聚期盼了多少个星辰夜晚。暖风轻吹,光阴匆匆,各奔东西,又怎能不难舍难分?尽管人生告别乃寻常事,人们几乎一直都在告别,但真正告别时却又难说再见。为了打破这种气氛,有同学站起来提议以后要多聚常聚。有人说,五年、三年,甚至是一两年,大家举手同意,鼓掌通过。同学情是一种最纯洁、最高尚、最朴素、最平凡的感情,也是最浪漫、最坚实、最持久的感情,就像歌曲里唱的:"一辈子同学,三辈子情。"一生牵挂,三世相亲,情脉相通,心心相印。大家都会给彼此留下最蔚蓝的净空,那一<u>丝丝</u>真诚肯定胜过千两黄金,一<u>丝丝</u>温暖必能抵御万里寒霜,一声声问候必定送来无限温馨!

一个都不能少

  同学是春天的雨,细腻润泽,诗情画意;同学是夏天的阳,激情似火,流光溢彩;同学是秋天的风,硕果飘香,万里送爽;同学是冬天的雪,晶莹剔透,洁白无瑕。一别经年,几度春秋,能够久别重逢,特别让人期待。

  对于同学聚会,有人认为这是富人炫耀的机会、穷人寒酸的时刻,其实也未必尽然。同学聚会还是比较纯粹自然的,返璞归真的色彩比较浓厚,大家都会在心里顾及彼此的情感。但若干年以后,大家生活的轨迹不一样,客观情况的比较必然存在。为了尽量避免此类情况的发生,班长还是事先打了个"预防针",说这次聚会的唯一身份就是同学,你的"乌纱帽""含金量"以及"铜锈臭"只能先放在一边。以前是共读同窗月,现在是共叙同窗情。大家见见面、聊聊天,就是希望在一起讲讲那些年的那些事。事实上经过风霜雨雪的酿造,孩提时代的往事早已封瓶入库,现在再由大家一起来打开,必然清芬扑鼻、满室飘香,这是一件多么浪漫的事情啊!

  让全班同学聚在一起,首要的任务是"一个都不能少"。本地同学还好找些,外地同学毕业后若无联系便难找了。于是他们利用出差的机会,自己摸到当地的小区去追根寻源,挨家挨户地问。频频受阻是肯定的,即使问不到情况,也会问到线索,然后再按图索骥。这种一追到底的精神令人钦佩,同时,在群里,也充分发挥互联网的力量,不断地击鼓传花,互相借力、前后接力和共同发力。可以说为了找全同学,他们真的费尽心机。他们寻找的直接动机,看上去好像是为全员聚会在尽自己的一份努力,但更深层次的情感是想对毕业后几十年的断档岁月进行完整的修复。所以对于那些被找的同学来说,有人记得他们确实有一种暖人心窝的激动;而对于那些乐于寻找的同学来说,没有放弃就是对每一名同学的最大尊重。

三、感 情

  同学找得差不多了,当年的毕业照就被晒了出来。那可是一段不可磨灭的记忆。花草成荫岁月盛,时光似水留昔影,挤在一起的青春脸庞,或圆润透红,或刚毅粗糙,或英俊挺拔,或玲珑秀气。当年班上的名人,大家都能脱口而出,叫不出名字的,大家一起想,想起来就记下来,有同学还细心地将其对号入座地写到照片背面。照片与名字对准了,但真人与照片又出问题了,这么多年过去了,俊男靓女的青春容颜,转瞬之间,就被抹杀大半,有的几乎判若两人。见面时出现短暂的陌生感,也就在所难免,相见不相识的情节屡屡发生,彼此的互相猜认,迅速回忆,幡然猛醒,再度确认,也就成了这些熟悉的陌生人再度重逢时的一种独特乐趣。

  当大家交谈起来以后,那种过分立体交叉的问题又出现了,各种想法好像不在一个频道上,总有点对不上榫头的感觉。大家几十年的经历不尽相同,对人生的理解千差万别,所处的位置和看问题的角度也不可能一致。本来在相同的时间里遇到不同的风景,是一件特别有意思的事,但为了让大家把话题尽快聚焦到同学主题,班长居然把自己"精心保存"的当年用过的许多东西拿了出来,钢笔、铅笔、擦皮、三角尺、圆规等,就像摆龙门阵一般,一样一样地展示出来,讲述了许多与此相关的故事。由此,不断激发大家感兴趣的话题,掌声、笑声、调侃声和口哨声不断,整个气氛迅速升温!

  他能够把这些保存下来,真是有心人!后来一打听,原来这些并不是原件,而是他孙子的学习用具!他说,直接拿来做道具,就是为了作为联想的触发点。我们一直以为是他当年用过的东西,他说我也没说是我用过的呀?对此大家当然有种"上当受骗"的感觉,可他们愿意"上当受骗",事实上除了这些学习用具是"赝品",那些故事都是真品,是真实存在的,要不然大家不会如此兴趣盎然。

  心态放松了,心情放开了,一举打破了岁月的隔膜!大家好像又回到了曾经肆无忌惮的年代。这时年龄可以忽略不计,五十岁、六十岁的人照样返老还童,互相揭发,揭开谜底,互相感谢,情同手足,互相挑破,不再神秘,互相检讨,言归于好。你和我之间成了一杯水,清澈纯洁,一眼见底;我和他之间成了一杯酒,感情醇厚,回味无穷;他和你之间成了一首歌,高亢放声,激情奔放……

  全班只有一个外地同学未到,对此大家颇为遗憾。几十年来才聚这么一次,错过了就永远错过了。通知她的时候,她就说可能来不了,具体原因却语焉不详。当大家玩得正开心的时候,她打来电话。我觉得她可能是自己觉得不妥,主动来致歉的,有几个同学跟她通了电话,不知为什么,说着说着,她哭了。后来我们才知道,不是她不肯来,而是丈夫刚刚去世来不了；不是她不肯说原因，是因为怕扫了大家的兴！电话中，她提出了一个请求，她说自己通过微信发来一张照片，希望大家能够放到这次集体的照片上。她不想失去这次难得的机会，我们也不愿她失去这次机会。现在真的有这种技术！一张以假乱真的照片诞生了，不知道内情的人，可能看不出来，但作为我们几十年后相聚的特别版，也定格了我们对同学特别的情感！

同　　桌

　　记得老狼有首歌叫《同桌的你》,刚出来时就很火,至今依然炉火很旺。每每有人唱起,都成了合唱一片。据说老狼高三时,在北京中山公园看见了一位穿着蓝色背带裤的长发女孩正静静地坐在木椅上看书,那种专注的动人情景,一下子就抓住了他的灵魂,就好像酵母一样,在心里不断发酵膨胀,他整日魂不守舍。不久,老狼得知女孩跟自己一个学校,他觉得这是上天的安排,于是对女孩展开了猛烈的追求,穷追不舍,坚持不懈,最终俘获芳心。在他俩相遇后的那年夏天,女孩考取了北京大学,老狼倒也不差,考取了北京的另外一所大学。从此,他和恋人在北京共同描绘着两情相悦的恋情童话,憧憬着花好月圆的明天。两人最终修成正果,浪漫变成了现实,同学变成了"狼嫂"。人们熟悉的歌曲《同桌的你》也因为这段佳话更加风靡大江南北。在歌声中,我们也仿佛看到那个同桌的女孩,长长的睫毛掩映着清澈明亮的双眸,薄薄的双唇绽放着玫瑰花般的笑意……

　　也正是因为有了这首歌,同桌成了爱情的代名词。事实上,现实生活并不完全是这样。当年老师们排座位的重点,前后按个子高矮,同桌按成绩好差,前者比较好理解,后者的主要考虑,是希望能够用成绩好的同学来带动成绩差的同学。"男女搭配"原本就不是老师们考虑排座的出发点,更何况每个班的男女生比例本身就不平衡,所以男女同桌并不是爱情的天然土壤,而是既有规则的衍生品。当年我因个子较高,基本都是坐在后面几排,同桌既有成绩比我好的,当然也有比我差的。

　　记得高中时有个学期,我的同桌是一名来自无锡的男同学。尽管已经生活在苏北,他长相还很"苏南",看上去就像是个白面书生,初一见面,如沐春风。他非常斯文,但偏偏在学习方面基础比较薄弱,反应显得比较迟钝,接受新知识的能力不太强。我们课堂上都能听懂的,他却感到如隔重山,下课后我常常耐心地给他讲解,如是再三他就是不明白,有时看着他好像有点开窍了,可一句不着调的话又回到了原点。但到了体育场上,他却神气活现,焕然一新,威风凛凛,斗志昂扬。他特别擅长短跑,爆发力很强,速度也非常快,就像子弹飞出去一样,从出发到奔跑直到冲刺,环环相扣,一步不弱,风驰电掣,一气呵成。他不仅个人项目实力超群,集体项目也非他莫属。像那种高对抗的 4×100 米接力赛,他总是担当最后一棒。前面的人尽管也全力以赴,但总让人提心吊胆,唯独棒交到他手中,大家才会松一口气,他会让人感到十二分的踏实,他的速度、他的能力就是胜利的保证和成功的希望。每每他也不负众望,不管是拼命追赶的后来居上,还是旁若无人的一马当先,他总能在赛场上帮助人们落下心中的石头,成为那颗引人注目的最亮的星。因此他的高光时刻就是在每年学校的运动会上,其他时候好像都是黯然无光,特别是考试成绩出来的时候,他总是垫底的那几位之一。

有次大学暑假结束,我从家乡乘车返校,没想到在经过洪泽湖大堤时,与他意外相遇了。当时我就坐在客车的前排靠门口的那个座位。因为大堤上弯道比较多,车子的速度相对比较慢,一辆跟着一辆。我看到前面有辆卡车装满了家什,慢慢地"爬"行着,开始没太注意,后来突然发现有个熟悉的面孔坐在上面,仔细一瞧,原来就是他!我们的客车尾随在他车子的后面,我赶忙站起来向他挥手致意,他开始对此没有任何反应,也许在他的视野里,后面就是一辆客车而已。哪怕动静再大,也是客车内部的事情,根本不会想到里面还有他多年不见的老同学。现实情况有时就是如此奇妙和不可思议,我们竟能在这八竿子打不到的地方发生奇遇。我看到车子又靠近了,就想再往前窗靠近一点,直接站到驾驶员的边上,是想让他能够看得清楚,没想到两辆车子忽又拉开了距离,等到车子再靠近时,我赶忙抓住机会,脱下衣服抓在手里,大幅度地挥动着。如此突如其来的夸张动作,搞得车内人面面相觑、一脸诧异,还好他这次总算看到了我,我立刻做了个鬼脸,看得出他也非常激动,只见他使劲往车后挪了挪身子,似乎想靠近和我讲话,我也非常期待,下意识地往前再挪着身子。没想到这时道路突然畅通了,前面货车驾驶员一踩油门,一溜烟地就跑远了。我们的客车没有跟上,也没必要跟,这不是人家的任务。当时他好像也没料到,情急之中,只记得他挥了挥手,还用双手做了个喇叭放在嘴上,拼命地说着什么,看嘴型好像是希望我们加强联系。我也以为后会有期,也就没有把这次邂逅放在心上,只是因为后来没有找到彼此的联系方式,这次的擦肩而过,就成了我们的一次特别的久别偶逢!

在初中的时候,我的同桌也是一位非常喜爱体育的男生。他的篮球技术非常高超,球打得非常漂亮,尤其上篮的动作极其优美,常常引得许多女生哇哇叫好。他只比我们大几岁,看上去却比我们成熟,心思也比我们活络。他很早就盯上了我们的班花,也许是一厢

三、感　情

情愿,但绝对是一往情深。别看他写起作文来像挤牙膏,但写起情书来就像玩滑雪一样,非常溜。尽管他早已心潮澎湃,但表面上却不见风吹草动。我们根本不知道他有这种想法,也不会想到他有这种想法,毕竟那个时候我们都还是小孩子,心智没有发展到这个阶段。但那时他心中已有爱情的种子,按照一般的逻辑,他完全可以自说自话地"悄悄进庄",在神不知鬼不觉中暗送秋波,但他不知道哪根筋搭错了,每次准备把情书交给班花前,总要让我先看下。一开始不知道是情书,看后我不仅十分惊愕,也非常抗拒,真没想到他还有如此的花花肠子,但他对此却不以为然,理直气壮,还是非常强势地要求我帮他看看。我几次都拗不过他,只好勉为其难。我本以为这是他对我语文能力水平的信任,希望我能够帮他完善完善,但当我读到那些耳目一新、层出不穷的滚烫句子时,真的感受到了爱情力量的无比伟大。许多语言我根本写不出来,甚至是第一次看到,不知他是抄来的还是自己想得出来的。但不管怎样,那些发自肺腑的深情,确实能够转化成打动人心的文字。我如实告诉他,已经写得很好了,不需要做任何改动。但没想到他说,我的文字还需要你改吗?不需要改,给我看干吗?给你看就是让你给我当一个证人。证人?证明什么?就是要证明他的这些情书,纯粹是情感的抒发,没有那些低级趣味、乱七八糟的东西。后来我感觉到这家伙太厉害了,还没开始,就留好了后手。为什么要证明呢?原来当年学校对这一块的管理非常严格,初中就谈恋爱,这还了得?一旦被发现,后果会相当严重。他自己心知肚明,但爱情疯长起来确实无法阻挡。"明知山有虎,偏向虎山行",他只有勇敢地往前冲,爱他所爱,才能达成鸳鸯梦,只不过为了增加保险系数,需要提前做好"应急"预案。我的天真无邪就这样被这个"老奸巨猾"的家伙弄得天昏地转,稀里糊涂地就充当起了潜在的"证人"。至于后来班花有没有收到情书,她有什么反应,以及他们发展得究竟怎样,我就不得而知了。我只是看到他总是不停地写信,至少说明在学校时,对方没有明确拒绝。他那一往情深的样子,如果与班花站在一起,还真的属于那种有夫妻相的"天生一对"。可惜这朵爱情之花,还没有结果就因为毕业而枯萎了。想想当年的这档子事,既幼稚,又可笑,也有趣!

当然我的同桌不都是男同学,也有女同学,在小学里就遇到了这么一个。我们那个年代男女同学界限是划得很清楚的,同班男女,平时很少说话,同桌男女,也是如隔重山。前排的男同学只跟后排的男同学交流,后排的女同学也只跟前排的女同学交流。我们各自都非常看重自己的领地,神圣不可侵犯,常常会在桌上用粉笔划清分界线。谁过了就用肘子捣过去,当然这种事情男同学干得比较起劲,频率也比较高。当时女同学坐在靠墙的一面,我这边靠着走道,她里面没有什么空间,上课时候还好,只是看看课本,做作业时就要铺开身子、拉开架势,免不了就会越过"楚河汉界",其结果就可想而知了。有时我刚做好的作业,因为冷不丁地遭到突然一击,就会多出来一条带波浪的横杠,这样势必影响整个书面的整洁,我不得不重新写上一遍。因为事先有过约定,既然越界了,接受惩罚,也无话可说,谁叫自己违规了呢!但我的这位同桌没有就此罢休,当年的课桌不是很长,都是多少届同学用过的,上面还密密麻麻地刻着许多图画、公式和文字等,可利用的空间本身比较小,同时我们又都坐在同一张板凳上,凳子本身就比桌子短。这位女同学便利用早到学校的机会,只管把凳子往墙里拉,待她坐定后,我才到校,这时"木已成舟",我没法再往外拉,只好妥协,将就着。其结果就必然是凳子的长度与桌子的长度不能匹配,就着桌子,凳子就坐不舒服,就着凳子,桌子就顾不过来,这样就必然会造成自己的频繁"出界"。这时她就会毫不客气,以迅雷不及掩耳之势,又快又狠,重拳出击。我因此常常措手不及,还哑巴吃黄连——有苦说不出。说她是女中豪杰一点不假,当时给我的感觉就是霸道、彪悍、强势,避之犹恐不及!现在看来锋芒收敛了很多,也温婉了许多。同学聚会时,跟她聊起这件事,她笑着说:不记得了,怎么会呢?但我对此记忆犹新!

  在大学里,选修课程的同桌都是随机的,因为都是大课;主修课程的同桌是固定的,因为是在小班上课。我的同桌应该属于比较刻苦的那一类,非常喜欢刨根问底。中文系的学生最头疼的大概要数古汉语了,他却对此津津乐道。改革开放初期,许多课本还不是很完善,老师讲的知识点都会沉淀在课堂笔记里,所以我们对此都很重视,不敢懈怠,因为考试都会考到。但我们未必能记准记全,而他的课堂笔记做得非常认真,比较喜欢用活页纸,我们在课堂上记不下来的,或者翘课了的,都会找他的课堂笔记补抄。虽然我们每天坐在一起,但我对他却未必十分了解。打开他的课堂笔记,我真的为之一怔:不看不知道,一看吓一跳,不仅字迹端正,而且层次清楚,至少说明他在课堂上没有开小差,而且善于概括总结,老师讲的重点,他都记了下来。更难能可贵的是,在笔记旁边还有许多小注,那是他自己的随机妙想和心得体会。特别是对古汉语这门课他尤为用心,笔记更为细致,我真的佩服他能在这个比较枯燥的领域里转来转去,最后还真的转出了名堂,写出了这方面的专著。即便他后来调入机关工作,在繁忙工作之余,依然没有忘记这块恋恋不舍的自留地。

  同学是一种缘分。同校、同届、同班,是同学这个统一身份不断扩大或派生的名词,只能作为同学的定语而存在,没有同学这个主语,它们是无法成立的,但同桌却是同学的进

三、感情

一步聚焦和凝结,更富有引人入胜的价值。所谓铁打的同学,流水的同桌,也许是朝夕相处、事无巨细,虽过了这么多年,许多同桌的故事依然如此刻骨铭心。谁没有过同桌,谁又能忘记同桌?它是同学的简版,也是同学的底板,更是曾经的校园生活的原版。《同桌的你》之所以会有这么大的影响,就是因为它唱出了人们共同的心声,就像导火索一样,不经意之间,就点燃了人们的青春记忆。

岁月虽已走远,但青春还未散场。许多往日的时光,依然摇曳多姿,哪怕是一首歌,也会给我们带来许多的惊喜!

岁 月 有 痕

高中毕业20年的时候,我们班聚会过一次。10年光阴很快就过去了,30年又快到了,同学们还要搞聚会,而且此次的倡议者还是班主任陈健老师呢。他说人生有多少个30年呀,此时不聚该当何时！如雷贯耳的召唤就像点燃"星星之火"一样,很快便形成了"燎原之势"。我们班的同学立马成立了班委会,其他班级也闻风而动,外地同学在"五一"长假时,纷纷如约而归。我们尊敬的陈建老师携夫人丁澄老师也专程从扬州赶回滨海。

我们是滨海县中学76届的高中毕业生,那时一个年级人数相当多,一共有8个班。教室都是平房,而且都在同一排,最多是前后两排,下课时同学们的活动基本都在一起,彼此很熟悉,有的与邻班同学的感情甚至超过本班同学。所以有人起初提出全年级聚会,也是一个很不错的设想,只是不知为何有始而无终,缺少了下文。好在我们班有名女同学是经营餐饮的,似春来茶馆阿庆嫂一般八面玲珑,每每像磁铁一样,把班委会的活动吸引了过去,为他们提供方便,给他们创造见面商议的机会,后来班委员就干脆把她的饭店作为这次同学的聚会地点。

那天,许多同学从四面八方涌来,基本都按时到达。对于那些姗姗来迟者,他们采取了一个"惩罚性"的措施,即凡后来者必须说出先到者的姓名,才算过关。这对于那些经常保持联系的同学来说肯定没问题,可对于毕业30年后,第一次见面的同学,要他们一下子说对所有同学的姓名,就显得非常困难了。抓耳挠腮者有之,张冠李戴者有之,张口结舌者也有之。有名从外地回来的女同学刚一进门,就操着一口家乡普通话,热情似火地问候大家,那个劲儿还没来得及充分张扬开,就有人很不客气地给打断了:对不起请你先"认人"。她第一个没有叫出来,第二个也叫不出来,第三个还是叫不出来,也许除她自己的姓名能叫出外,其他可能都是熟悉的陌生人！一场哄笑把她羞得面红耳赤,也吹散了人们因此而带来的不快,毕竟是30年没见面,情有可原啊！

三、感　情

我们班组织的这次聚会,没有大张旗鼓的喧闹,也没有奢侈豪华的仪式;没有"高官",也无"大款",倒是有不少下岗职工,还有同学以蹬三轮车为生。大家聚在一起,难免要介绍这么多年来的变化和感受,言语之间都能感受到他们真实的生活状况。大家也表达了他们对彼此幸福健康的期盼和祝愿。20 年聚会的时候,有名女同学身患癌症仍坚持参加,如今早已远赴黄泉,与我们分隔阴阳两界,让同学们在唏嘘之中顿感人生的沧桑。此时不聚,更待何时?令人感动的是,有位老师刚刚做过大手术,听说我们 30 年聚会,还是不顾身虚体弱,赶到了会场。其他四位老师都是 80 岁以上,最年长的已年届 93 岁,他们都比我们来得早。为人师表依然如故,而且每位老师的发言都是经过了认真的准备,既语重心长,又鼓励有加,既朴实真挚,又充满深情,也许在他们的心目中,学生永远是自己期盼着的最好"作品"。班主任陈健老师满怀深情,非常激动,对每位同学高中时代的特点,都进行了简单的概括,话语不多,却画龙点睛,大家频频点头,都非常认可。同时,他也希望大家继续认真做好自己的工作,过好自己的生活,锻炼好自己的身体,就像当年给我们开班会一样,依然语重心长。那时他对我们讲得最多的,就是要把个人的理想与实现共产主义的远大目标结合起来,我们深受教育,深受启发。这些也是伴随我们一路走过来的用之不竭的正能量的资源。

我们在一起回忆曾经共处的岁月,是那样的津津有味、无拘无束。大家的思绪如脱缰的野马,从记忆的深处拼命地挖出曾经的往事,也试图揭开许多笼罩多年的神秘面纱,甚至还有异想天开的童话故事和未能花好月圆的动人爱情。有同学因此咋咋呼呼,拿着相机,到处乱点鸳鸯谱,美其名曰"重圆旧梦"。在现实的各种社会关系中,同学情应该属于比较晶莹剔透的那一种,就像一名同学在发言中所形容的,"它就像高山上的雪那样不受污染"。在实际生活中,任你多么位高权重,任你多么风光无限,只要你回到班级里来,我们就是同学,曾经一起同窗苦读的学子。既然同学还是那些同学,班长也就肯定还是那个班长了。说来也怪,这位班长进入角色挺快,刚才还嬉皮笑脸的,可眼一翻就威严了起来,大家在匆忙之中赶紧适应,老老实实、规规矩矩的,一切行动听指挥,拍照、发言、喝酒、唱歌、任班长折腾……大家如此自觉自愿地投身其中。同学聚会不仅是回归记忆的大本营,更是情感洗礼的大联欢。从人生的愿景来说,年龄越大,他们越知道什么最珍贵,也越希望留住这份珍贵,这是一种价值信念的重塑,也是一种人生经历的升华,它让我们在这个过程中懂得应该更加珍惜我们已经拥有的感情。在这期间我还有幸参加了一次小学同学的聚会,小学的记忆时间就更为遥远了,这也就难怪小学班主任老师看到我们这些早就

"大"甚至于"老"的学生时,激动得热泪盈眶,尤其是她在结束时那种久久不愿离去的眷恋,让我对师生情的纯真与凝重有了更为深刻的体验。

"相逢就因曾相识",一天的时光在欢声笑语中很快就度过了,看到大家余兴未尽的样子,我这才真正懂得了这次聚会的全部意义:不是可有可无,而是呼应心声;不需要条分缕析,把它的好处一一列举出来,许多事情,只要从反向一看,就会十分清楚明白。人生能有几个30年?试想如果在高中毕业30年这个节点上,大家不能聚会一次,估计大家都会埋怨的,日后也一定会后悔。机不可失,时不再来,当今世界不是有权人的世界,也不是有钱人的世界,而是有心人的世界、有情人的世界。这次活动举办得非常成功,大家很满意,确实道出了"老师""学生""同学"这些词语的含义,以及它们在我们每个人心中的突出分量。

陈健老师把我们这个班带到毕业以后,就调到扬州工作了,活动结束后,由另外一名同学和我一起负责把陈健和丁澄两位老师送回扬州,他们夫妇一直挂念着自己的学生,我们也非常尊敬这两位老师。在回扬州的路上,我们知道丁澄老师由于脑瘫的缘故,已失去了对往事的记忆,难怪她在活动中很少讲话。但我想,她对与我们相处的那一段经历肯定不会忘记的,要不然她何以在车上不断重复"有意思"呢!到了扬州以后,我们慢慢地把两位老人扶回了家,尽管他们再三要我们赶快走。已经到了晚饭时光,我们决定在楼下的小店请他们,不想让两位老人再自己烧了,陈健老师坚持要自己请客,但我们毕竟年轻,动作快。之后不久,两位老师先后去世,噩耗传来,如雷炸顶,时常怀念,无法忘却。

应该说,高中时代的那一段难忘的岁月,早已镌刻在我们生命的年轮之中。30年的感觉可能不同于20年,40年的感觉也可能不同于30年,但有一点可以肯定,那就是它将越来越深、越来越浓、越来越厚……

爱 如 潮 水

2020年,春节前表妹打来电话,说他们在南京买了房子,今年准备来宁过年。每次回老家,他们都热情似火,但他们来南京总是"悄悄地进庄"。这次能主动告诉我,我真的非常开心,马上联系饭店,请他们在大年初一中午一起聚聚。殊不知,那个时候订餐为时已晚,许多饭店早就被预订出去了。我最后好不容易与饭店老板反复商量,"调剂"出了一个包间,这才发出正式邀请,他们也欣然接受。万事俱备,只待初一。腊月二十九父亲打来电话,建议取消这顿聚餐。我当时不太理解,父亲说现在新冠肺炎疫情严重,报纸上都已发出号召了,要求亲朋好友最近不要聚餐,少吃一顿饭影响不了亲情友情。我当时认为疫情离我们还很遥远,吃一顿也没什么关系,没想到父亲斩钉截铁,没有任何商量的余地。我只好遵示从命,但先约后退,总觉得有愧于人。

和表妹的聚餐取消了,年三十的聚餐却遇到了难题。原来大伯早在一个月前,就邀请我们全家一起吃团圆饭。老人家今年九十五岁,重情重义,也很讲规矩,好几次打电话给我,不断提醒。父亲说,大伯的工作由他来做,但没想到他也没做通,大伯不仅不同意,还说难得聚一次,大家都要珍惜。面对老人家的如此深情厚谊,无奈,我们只有等等看再说。到了年三十的中午,父亲来电说,大伯同意了,但这一百八十度的大转弯,究竟是怎么转过来的?据说他自己通过电视也了解到了疫情的严重性,再加上几个子女的好言相劝,大伯最终取消了聚餐。

我的家住在江北。年前单位就排好了值班表,遇到这种特殊情况,值班人员显得格外重要,所以那天我起了个大早,预留了足够的时间,径直地就往单位赶。但乘公交车时,司机看到我没有戴口罩,就将门关上了;打出租车,我招手,可司机理都不理;网约车来到了身边,司机因为口罩问题也不让我上。我只好徒步赶到地铁三号线,还没进站,就被工作人员挡在外面,以没戴口罩为由阻止我进去。其实,我并不是不想戴口罩,只是家里没有存货,但既规定如此,我只好赶回家里再找。我翻箱倒柜,好不容易找到了一个旧口罩,总算把值班的问题给解决了。

但口罩的问题依然没有解决,据说外面买口罩都要排队了。我便在家族群里求助,但好像大家的口罩都很紧缺。我又到处联系,效果也不明显,平时一个微不足道的问题,忽然之间就让人变得焦头烂额起来。到了晚上有人敲门,我开门一看,是亲戚来访,只见他戴了一个特大口罩,把整个脸遮得只有眼睛露在外面,但可掬的笑容还是能够从口罩的皱褶中透露出来。他是来给我们送口罩的,每到冬天他都比较容易感冒,医生建议他入寒后就要戴口罩,他一直坚持着,所以每年都会备些口罩,之前他已经给周边邻居分送了一些,听说我们没有,就主动上门解决燃眉之急。我请他进来坐坐,他坚决不肯,严守不聚集、不串门的规定。看着他送来的口罩,我们真的很感动,平时无足轻重的小事,在雪中送炭中却有着重于千钧的情义。

大家都说,能够老实待在家里,就是对社会的最大贡献。那几天我待在家里,除了吃饭、睡觉、看书、写稿,就是看电视,及时了解抗击疫情阻击战的进展情况,看到中央做出一系列重大决策和各地采取的果断措施,看到一线工作人员的忘我工作和争分夺秒的繁忙景象,看到支援武汉的医护人员割舍亲情逆向而行的动人场景,看到武汉人众志成城、守护家园的信心和决心……这一幕幕都让我们热泪盈眶,也倍加振奋。我们深感"隔离病毒,没有隔离爱"及"我们在这里过年,您却用爱帮我们过关"等蕴含的深情厚谊。作为疫情的抗击者和阻断者,我们要同心协力,群防群治,全力以赴地做好自己的工作,通过自己的努力防患未然。

亲戚打电话来说还要送点蔬菜给我们,我不让他再跑了,自己赶过去拿。但没想到,我到了他们小区,被保安挡在了门外,撼山易撼保安难,我只好让亲戚把菜送到门口。我看着他们小区的宣传报栏,听着不停播放着的如何预防病毒的广播,虽被保安拒之门外,但我对他们的管理有方还是挺佩服的。没想到,回到我自己的小区,同样的故事再次上演,在门口又被保安给拦住了。我们小区也一改往日的自由畅通,规定只能从正门进出,其他门全部关闭。保安虽然有点认识我,但还要查两样东西:一是看我有没有电子门的钥匙,二是在我脑门上进行体温测量。我还没有到家,物业人员就尾随而来,进一步了解情况,部署任务,要求我们做好自我防护。这期间,我还听朋友说,他的亲戚家在湖北恩施,原来准备来宁过年,后被当地要求不允许过来了。我们家也有亲戚春节前就到云南去玩了,我们通知他们赶紧回来,同时大家异口同声,必

三、感　情

须自己先行隔离，他们也乐于接受！

这个年过得确实不一样，亲戚朋友都是用"键对键"代替了面对面，祝愿的语言也随之发生了变化，从"新年愉快"变成了"新年安康"。是的，许多习以为常在这个特定时刻就变成了不同寻常。走动变少了，车辆变空了，外面变静了，年味变淡了。这一切的一切，都是今年独特的变奏，饱含着热切的关心和生动的情怀。如果要在这些变奏前面加上个曲名的话，那就应该叫"爱如潮水"！

萋萋离别情

每当听到"长亭外、古道边"的歌声,我总会有一种伤离惜别的感觉。晚风轻拂,笛声悠扬,深情绵邈,哀而不伤,"人有悲欢离合,月有阴晴圆缺","黯然销魂者,唯别而已矣"。离别,是人生难免的遭遇,也是人类共同的无奈,古人对此感受尤为深切。他们常常站在岁月的渡口,细细地品味着种种离愁别绪,墨绘盼归情,染尽离别殇:"执手相看泪眼,竟无语凝噎",这是离别的伤感;"未登程,先问归期",这是离别的不舍;"晓来谁染霜林醉,总是离人泪",这是离别的痛楚;"劝君更尽一杯酒,西出阳关无故人",这是离别的叮嘱;"海内存知己,天涯若比邻",这是离别的劝慰。由于交通和通信的不发达,兼有战乱频仍,仕途失意,人生艰难,对于古人来说,生离常常意味着永别,至少意味着长别。"相见时难别亦难,东风无力百花残"。画阁魂销,高楼目断,灞桥折柳,情意绵绵,昔我往矣,杨柳依依……

人世间,最大的遗憾莫过于离别。"多情自古伤离别",在中国传统文化中,因为"柳"与"留"谐音,所以"柳"就有了留别、留情、挽留的意思,柳絮的"絮"与情绪之"绪"谐音,同时柳丝之"丝"又与相思之"思"谐音,所以古人常常会把依依惜别寄托于娇柔细柳。通过折柳、赠柳、咏柳等来表达希望离别之人能够留下来的美好心愿。时至今日,人们仍然要面对种种离别的情境。这是从古至今的一道必答题,只是因为现代生活速率的提高,压缩了空间距离,也就缩短了时间距离,所以与过去截然不同的是,虽然还有那种不忍离别的感觉,却明显少了那种一步三回头的分量。曾几何时,"孔雀东南飞""出国热"以及涉外婚姻的蓬勃兴起,把人生的离别推到了前所未有的广度,与家人离别、与朋友离别、与爱人离别,这是选择的必然结果,也是无法回避的问题。许多人来自义无反顾的使命和目标,主动眺望天涯,只身远赴海角。那种牵肠挂肚的离情别绪,在这个交汇点上,再过分地强调提炼,倒显得有点不合时宜。只有在那个"车马很慢"的从前,那种离别,哪怕短暂的离别,

三、感 情

才能镌刻成画、芳菲成诗。

有位青年作家在上海的朋友家里邂逅了一位美丽的杭州姑娘,他俩一见钟情,感情迅速升温,结为伉俪指日可待。可就在这时,姑娘提出要回杭州探亲。这位作家欣然同意,可随即就后悔不迭,因为姑娘回去,就意味着自己要承受离别的痛楚,相思难熬,不要说几天,就是一刻也不愿与之分离。但一言既出,驷马难追!更何况人家是探望父母,不可拒绝。即便想再去阻拦,也未必成功,出尔反尔,反而会适得其反,不仅于事无补,还会激起反感。这时,他唯一能做的就是顺其自然、耐心等待,他常常独自一人跑到上海车站,守"站"待"人",人家刚刚离开,怎么能马上就回?结果必然屡屡失望,后来他实在耐不住了,便索性直接追到杭州,可又不知道地址,当时也没有手机,家里也未必有电话,就是有电话也不一定知道号码。无奈,他只能在寒冷的街头乱转,异想天开地期待与恋人偶遇,大雪纷纷下,他冻得直跺脚,但不后悔……这便是郁达夫与王映霞的离别故事,后来郁达夫说,那时"我对映霞已入了迷,着了魔,勾了魂,摄了魂"。那种情感的黏稠已经到了难以分离的地步,哪怕是一分一秒都如坐针毡。"在思念之前,让分离变成一瞬间",也许所有的离别就是为了更快地相遇。

不用说爱人、恋人之类,就是朋友、同事、老乡、邻居在一起相处日久,其情愫也会与日俱增,更何况"以情为重"一直没有离开过人们生活的版图。世间有太多的不可多得和擦身而过,有时候确实是造化弄人,美梦短暂,唯有眷念永恒。

我因投稿结识了一位很棒的编辑,虽从未谋面,却神交已久。后来听说他已调到北京去了,打他手机已经是另有其主,当年也没有微信,我的心中不免有些缺憾。当时我工作比较忙,一直都想前去拜访他,但总是被耽搁,寄希望于下一次,但下一次等来的却是没有机会了。这以后,我会时常给北京的报刊投稿,自然有自己追求拓展的一面,但也不乏"千里寻友"的热情。希望他能看到我的名字,或者正好还是他编稿,这样能够重续我们的友谊。有人说你没有必要这样自作多情,你与编辑的关系就是作者与编者的关系,在众多陌生投稿者中,也许你在他心中的分量并没你自己想的那么重。可我觉得他不辞而别的原因,也可能是多种多样的,人家没有和我打招呼,也不代表对友情不重视。在我的心中,他很突出,而他对我的稿件也很看重,经他手编的稿子都非常出色。我们有过许多愉快的合作,每每想起,我都心生怀念,往事难忘,温馨如昨!

有位朋友对国外一直充满着向往,每次见到他,我就看他在忙出国,考托福、找担保、跑签证,终于如愿以偿。他到了国外以后,先是读书上学,然后就是找工作,现在已经做到公司高管,可以说衣食无忧、心想事成。去年,他回到南京,我们相聚的时候,问他出国后的最大收获是什么,是学问、金钱,还是家庭、环境?他摇了摇头,说"只有离开了以后才知道什么是最重要的"。这句话从他口中说出,我有点诧异,他与以前判若两人。那时他那么希望到国外生活啊,甚至忙不迭地就把妻子和孩子接了过去,这时全家团圆应该是其乐融融才对。但他却说:"任何一种珍惜,都不应该是在失去之后,而应该是在拥有之时。出国了之后,自己才真正知道什么是乡愁。那种刻骨铭心的感觉,梦牵魂绕的情绪,无时不在的挂念,也许你不能理解。我以前也不会理解,但现在是深深地理解了……"

这也让我想起,早年到国外去考察,看到有位大提琴手在做街头艺人,我主动上前与他聊天,才知道他原来是国内一流剧团的首席演奏家,属于比较早出国的那一拨人。他本以为到国外会有更好的前途,但现实并非他想象的那样,"理想很丰腴,现实很骨感",在学习工作上碰到了许多意想不到的困难,因为文化的不同,对音乐的理解也不同,他在交响乐团中也难有容身之地,本以为前途多路,结果却走投无路,只得沦落街头,以卖艺为生。听了他的介绍,我既同情他,又不能完全理解他。既然在国外不能够施展自己的才华,国内现在还是非常需要你这样的人才,为什么不干脆回国呢?他说这是自己的选择,他混得这样寒碜,不仅对不起自己,也对不起家人,更没有面子回去见人,所以宁愿在国外这样撑着耗着,看看有没有鲤鱼翻身的机会,争取能够混得好点再回去。何必非要这样死要面子活受罪呢?你又什么时候才能等到时来运转?难道你就不想家,不想自己的孩子吗?现在祖国的发展一日千里,"这边风景独好",在这广阔的天地里可以大有作为,何必要在这里吃嗟来之食?这段话也许对他是有触动的,我看到他眼里噙满了泪水,就知道他对祖国、对家乡、对家庭的思念,是一张无时不有、无处不在的网,而且有着一触即发的高能效应。这是许多年前发生的事情,我想他应该早就回国了,靠着自己的才华,也应该会有不错的发展。

应该说,随着现代社会通信手段的迅猛发展和交通的日益便捷,特别是互联网移动时代的到来,人们"键对键"就可以瞬间实现面对面,远隔千山万水,就仿佛近在咫尺。应该说,人们对远方的担忧都来自未知和模糊。视频通话的现场直播,如同真实生活一样,这种零距离的交流方式,不仅增进了彼此的了解,更打消了彼此的顾虑,这无疑会冲淡和消解人们因离别而带来的痛楚,进而改变人们对离别的看法和态度。山一程,水一程,风也过,水也走,聚散离合就像花开花落、云卷云舒一样,已经是生活的常态,不足为奇。但那种因离别而激起的满贮心灵的思念,却是自古已然,一直未变,好像这种情感在任何时候都不应该发生改变,因为发自内心,总是生生不息!

岁月是用来感恩的

我与《南京日报》的渊源始自读大学期间。有名同学在看了日本电视剧《排球女将》之后,写了一篇文章在《南京日报》上发表,大家争相阅读,好不羡慕。工作以后,每天吃过晚饭,我便就着饭桌摊开稿子,一笔一画吭哧吭哧地写了起来,努力用笔墨塑造自己的灵魂。这时,城市的喧闹嘈杂被专心致志隔在九霄云外,唯一能瞥见的,就是影像世界的形形色色以及驰骋思绪的广袤疆场。我反复修改、斟酌、誊清,常常开始是几千字,最后只剩下几百字,写作的甘苦冷暖,只有自己能体会,可看到手写体变为印刷体以后,那种兴奋之情,又让这一切的艰难险阻烟消云散!记得电视剧《渴望》热播的时候,我激情满怀,热泪盈眶,急急忙忙要诉诸笔墨,于是一个晚上,一气呵成,用散文笔调写出了《漫评〈渴望〉》一文,发表在1990年11月23日《南京日报》的"影剧百花"版上。因为《渴望》影响面极大,我循着大家追问的目光,去探究了剧中人物的各种渴望,我希望用自己的审美判断给出不同的答案:"有人渴望雪中送炭,有人渴望锦上添花,有人渴望天伦之乐,有人渴望再续前缘……但最基本的是渴望自己的人生被理解,渴望真诚的生活,渴望爱满人间!"我认为改革开放不仅开辟了经济社会发展的新天地,也打开了人们精神面貌的新局面,人们开始自觉地梦想着自己的梦想,追求着自己的追求。电视剧正是在这个节点上,体现了与时代的同频共振、与感情的息息相通。

那些年我们走过许多电视剧的岁月,也路过许多中国电视剧的"第一"。第一部室内剧《渴望》,第一部系列喜剧《编辑部的故事》,第一部海外拍摄剧《北京人在纽约》,第一部偶像剧《将爱情进行到底》等。在这些电视剧相继风声大作、姹紫嫣红之后,许多港台电视剧也悄悄地席卷而来,《追妻三人行》《戏说乾隆》《八月桂花香》《雪山飞狐》《新白娘子传奇》《义不容情》《包青天》等,它们都以不同的审美方式和审美经验,凝聚成了我们记忆中那些不可磨灭的经典。当年翁倩玉唱的《含羞草》主题曲很美、很嗲、很动听,清清纯纯,缠缠绵绵，遍布大街小巷，我深感这部琼瑶剧已深入人心。正当我准备动笔的时候，《南京日报》编辑来电约稿，我们不约而同，一拍即合。但这次编辑给我提出了一个额外的要求，就是希望我的字迹能更清楚点，有时因为赶时间，我的字写得比较潦草，害得他们连估带猜，苦不堪言。既然编辑已经提出了要求，我便请朋友帮助打印，当时还没有电脑，只有老式的打字机。只见他看一个选一个，一个字一个字地打，上上下下，转来转去，慢慢吞吞。现在看起来很好笑，但在那时能有打印稿算很奢侈了，出来的效果确实比手写的要强，一清二楚，一目了然。记得文章题目叫《美，在叙事与文化层面中叠合》，发表在1991年7月21日的《南京日报》上。编辑很满意，社会反响也不错，该篇文章还因此获得省首届影视评论"百花奖"二等奖。

问题是，偶尔叫人家帮次忙是可以的，但每次都请人家打，就有点不太合适了。这时正好赶上"四通"打字机横空出世，我自己就学着打了起来，虽然慢一点，还算将就，毕竟可以自己动手、自产自销了。当时我的操作方式，还是先写出来，然后再打出来，还没能实现二合一，但在这个阶段"四通"帮了我很多忙，我写了许多电视评论，特别是对那些隔靴搔痒、不能反映我们身边的火热的生活，胡编乱造的游戏化和低级趣味的娱乐化以及豪华光鲜的贵族化等，进行了严肃的批评。随着《宰相刘罗锅》《水浒传》《一场风花雪月的事》《永不瞑目》等优秀电视剧的涌来，特别是《英雄无悔》的出现，我们看到了英雄的本色、人间的真意，原来崇高就是在平凡的普通生活中拥有不平凡的生活态度！于是我第一时间写出了《崇高自有崇高的魅力》（刊登于《南京日报》，1996年7月19日），在这篇文章中我酣畅地表达了自己的观点，突出了主旋律，强化了正能量。就写作方式而言，这次也是我自己写作中的一个重大转折，我从此摆脱了"四通"小屏幕的束缚，改为使用电脑。彻底摆脱了手写模式，视野开阔了，操作方便了，写作也顺畅了，从初稿到成稿我都是在电脑上完成，写作速度明显加快，写作热情也特别高涨，几乎在《南京日报》上每周一评，那年发稿量达到峰值，我还因此被《南京日报》评为优秀作者。记得那时我还写了《别有意味的"蕙"》一文，对此我饱含深情。我评论的这部电视剧叫《大屋的丫鬟们》，记述的是发生在20世纪30年代楠溪江畔一个偏远村落的故事，其题材富有地域的陌生感和年代的遥远感，大宅院里，封闭家族，一群出生不同的丫鬟们演绎着各自不同的命运。"蕙"是一个从被侮辱、被损害到被尊敬、被解放的美丽姑娘，她处于生活的最底层，但天生就有一种追求自由曙光的信念，压迫愈深，渴望愈烈，挣脱愈勇，她的人生看上去好似秋来春去红尘难脱的宿命安排，但在冰雪不语的寒夜里，却难掩奋力抗争的夺目光彩……

三、感 情

真的有幸生活在这样一个波澜壮阔的改革时代,电视剧作品伴随着改革大潮,展示了一幅又一幅绚丽斑斓的生活画卷。当年我只是因剧生情,一时忠勇,好似零零散散地跟着感觉走。回过头来才发现,自己的评论历程几乎与中国电视剧发展相向而行,及时呼应、与时俱进。我的许多电视评论都是通过《南京日报》发表出来的,成了当时自己心灵的真实写照,也记录了时代脚步的清晰投影。时光荏苒、岁月如梭,看着那些被青春吹动的时光,牵引着曾经的梦想,飘去飘来的书写笔迹,原来深藏着激情迸发的红尘心语,红红心中蓝蓝的天,写作的景观竟是那样五彩缤纷,纯净深情。尽管现如今移动写作已使灵感与屏幕实现了水乳交融,让有感而发变得随时随地随心情,但作为一个时代的见证者、建设的参与者、技术的享受者和电视的评论者,我将让曾经的岁月永远定格在我的血液中、骨髓里。那些年的点点滴滴、字字句句,令人刻骨铭心,无法忘却!

不管是《外来妹》中"我不想说"的精彩和无奈,还是《射雕英雄传》中郭靖和黄蓉的出生入死;不管是《法网柔情》中倪博文在雨中给舒敏留下雨伞的那个动人细节,还是《上海滩》中许文强撑着大伞和程程在雪中漫步的款款深情……这些都饱含着我曾经的欣赏和玩味,甚至是剖析揭示的审美直觉和想象空间!在那些春雨不眠深夜的日子里,我真的要特别感谢《南京日报》留给我的满满的回忆!虽已过去多年,但写影视评论的日子还是那样美好,那样清晰,那样动人。往事近在咫尺,触手可及。

四、心　情

晴朗的心空就是激昂优美的进行曲，永远都是春天的节奏。

父女校友

　　女儿考上的大学就是我的母校。我俩都喜欢文学,也都学的文学,所不同的是当年我们叫中文系,现在他们叫文学院。父女成为校友,虽属巧合,但也事出有因。记得在她很小的时候,我就从砥砺学习的角度谈到考大学这件事。我这样描绘过自己当年读大学时的情景:美丽的校园、古典的氛围、飘香的桂花和悠扬的琴声,还有那些宫殿式的建筑以及许许多多的名师大家……她听得非常入神。也许这些闲聊给她带来了潜移默化的影响,激发起她对我的母校的热切向往。既然她兴趣浓厚,我便带她到母校认认真真地参观了一圈。她很开心,处处好奇,流连忘返,特别喜欢校园里的那种典雅和温馨的感觉。爱美是女孩子的天性,校园里不仅有生活美,还有艺术美。学中文专业的人是离美非常近的,写作本身就是为了发现美和表现美。我看得出她在高考前就有了自己的打算和志向,为此她超常刻苦,争分夺秒,下了很多的功夫,最终梦想成真。记得著名作家柳青说过:"人生的道路虽然漫长,但紧要处只有几步,特别是当人年轻的时候。"考上大学是人生的重要一步。对于家长来说,就像一直养在家里的鸟儿突然要高飞一样,高兴之余难免会隐隐担心。母亲主要考虑的是生活问题,衣食住行,无所不包;而父亲可能更要注重精神层面,为孩子提供有益的人生指导。

　　我对写赠言之类还是有一定兴趣的,从小学到中学再到大学,这一路走来,也没少实践过。大学毕业时写过,中学毕业时写过,在小学毕业时也写过。最近遇到久未谋面的小学同学,他说至今还珍藏着我在他笔记本上写的毕业赠言。他记得特别清楚,连当时的具体细节都说得有板有眼,而我对此事已没什么印象了,毕竟几十年过去,早就模糊不清了。他还告诉我,我写的那几句鼓励话,很符合他当年比较消沉的实际情况,因此对他的影响一直都比较大。我没想过我的赠言能影响别人,更没想到已影响了别人。看着他一脸认真的样子,不像是在开玩笑,似乎真还有那么回事!我的心中也不免暗自窃喜。人生都是酸甜苦辣咸相互交织的辩证过程，每个人都会有自己的体会和思考，都能形成某些哲理性的认识，不管是作为自己的心灵支撑，还是送给别人的赠言，那些意想不到的句子都很容易被人认同，成为由此及彼的共享经验。我自己平时对此类金句比较关注，特别喜欢通透洒脱、说到心里去的话，自己也学着琢磨，炼字炼句，反复推敲，希望能够写出充满哲理的文章和画龙点睛的句子。我曾经说过，文章写得再多，如果读者找不到一句可以记住的话，说明你的文章不能给人以启示，也说明你对生活的认识还不够透彻。既然自己如此执着用心，那么我究竟有多大的本事，到了女儿上大学的时候，也该拿出来发挥发挥作用了。父母的语言中潜藏着孩子的未来，我觉得应该给女儿写几句话。本以为这是"小菜一碟"，没想到真要是写起来就不那么简单了，满腹的话儿涌上心头，但到了笔下，竟不知写哪句是好。大学是一种全新的生活，涉及学习、生活、情感等方方面面，每一方面都很重要。我们要写的不是那些鹦鹉学舌的话，而是自己想说的、该说的、要说的、必须说的话。我记得有位父亲给出去打工的儿子就说了两句话，非常管用，叫作"没事别惹事，有事别怕事"。他希望儿子出去以后踏踏实实地工作，不要去惹事，但如果遭遇了别人的欺负，要学会通过法律的方式来解决问题。简单明了，直接适用，我只看过一眼，就铭记在心了。可要达到如此凝练的程度，不是谁想说就能说得出来的，但写赠言就应该这样写，要真实、有效和管用。顺着这个思路，我翻来覆去，冥思苦索，绞尽脑汁，尝试着写了若干条，又不停地推倒重来，只觉得后来越写越不到位，越写越没有感觉，甚至有点怀疑人生了，好像考虑的重点已不是能不能写的问题，而是要不要写的问题。

　　在孩子上大学的这个特殊时刻，究竟要不要给出自己的经验，提出自己的建议，不同的家长肯定会有不同的答案。我想，关键是有没有可说的和必须说的话。如果没有，就不必硬说，装模作样反而弄巧成拙。即便有可说的和必须说的话，表达途径也可多种多样，不要捆起自己的手脚，拘泥于一种形式。我思前想后，觉得这是个机会，应该抓住，至少要给女儿明确几点要求，找个时间去说说固然可以，但我觉得写出来比较正式、更显慎重，也会给孩子留下深刻的印象。后来我读到有位年轻的大学教授在女儿考入大学后专门给她写的一封信，提出了九点建议，涵盖了道德、专业、知识、恋爱等方面，这封信不仅打动了万千父母，《人民日报》对此也专门转发荐读。这位父亲的举动与我的想法如出一辙，天下父母，人同此心，心同此理。该拿出你的主张的时候，就得拿出你的主张，关于孩子的有些事可以含糊，有些事绝对不能含糊。听说这位父亲在女儿读高三的时候，就着手准备写信了，只是到了女儿高考结束后才把信交到了她手上。这个女儿看完信的反应并不强烈，但

四、心 情

一定有所触动,要不然她也不会主动将其放到网上去,使该信成为热搜。我想这封信之所以能感天动地,主要是因为那些发自肺腑的真挚教诲全部是大实话,是有用的话。所以给孩子写上几句话,不是有没有必要的问题,而是太有必要、很有必要!最终我决定还是继续写,而且应该继续写,写得多或写得少,写得好或写得坏,都无所谓,关键要把自己认为最重要的问题指出来,给孩子提供自己所能提供的思考和解决方案。

一时写不好,我就暂时放下,本以为自己放下了这个问题,事实上自己并没有完全放下。尽管忙这忙那,不亦乐乎,但对这个问题的思考一直都没有停止过。经过很长时间的酝酿,终于有一天,好像真正的灵感来了,我写出了这样几句话:"要学会抓紧时间,要学会面对困难,要学会关心他人,要学会独立思考。"虽然平平淡淡,但也是披沙拣金提炼出来的,所能考虑的点都兼顾到了,自己觉得还是比较全面的。提示女儿进了大学校门会面临许多的选择,首先要确定自己选择的标准。大学的学习与中学的学习不一样,更强调学习的主动性,自己不抓紧时间,没人会帮你抓紧时间。入学在同一起跑线,不代表毕业还是同一水平,到那时会产生很大差别,甚至有天壤之别,其奥秘就在于如何合理支配和有效利用四年大学时光,"学好每一天"对于每名大学生来说,都是当务之急。俞敏洪在谈到他上大学期间如何抓紧时间读书时说:"不管北大给我什么样的影响,大学期间读的 500 本书,才是真正决定我人生和未来的关键。"抓紧现在就能抓住未来,这大概是他提供给人们的有益启示。进入大学就要适应新的学习环境,可以想象,新生进校,许多问题都会扑面而来,在家靠父母,出门靠自己,哪怕有再大的困难,都要学会自己去面对,要在实践中不断积累经验、总结教训,努力提升自己解决问题的能力。集体生活是大学生生活的一部分,与人相处,切不能以自我为中心,要学会主动关心别人、体恤别人、帮助别人,要善于从别人的角度去理解问题。这是人际交往的必由之路,也是有效之策。大学生最重要的还是要学会独立思考,这可是自己的立身之本。大学生活不仅培养大学生的学习能力,也会注重提高大学生的研究水平,做学问的关键在"做",这里没有捷径可走,唯有刻苦努力方能奏效。"衣带渐宽终不悔,为伊消得人憔悴",但凡希望追求真理,就不能人云亦云。"随大流"成就不了人才,人要有独立之思考,具备自由之精神,这才是学术的品格,更应该是创新的人格。

在女儿很小的时候,我们就非常重视她的人格培养。我们一直平等相处,就像朋友一样,这种模式让我们体会到了妙处和好处,赢得了她对我们的信任。她在学校里不管遇到什么问题,都愿意跟我们讲。家长若不知道孩子心里整天究竟想着什么,就根本无法找到有效的应对之策。只有知道孩子心里的"小九九",才能够及时化解他们成长的烦恼,因此,多沟通就能少走弯路。多少年来,我们的家庭成员坚持晚饭后半小时交流的习惯,谈谈新鲜事,聊聊家常事,也讲讲心上事。那天晚上,我们又在一起聊上学的事情,我把写的东西交给了女儿,没想到,她看后差点没笑出声来,说:"您能不能好好说话,说点管用的!""我认为很管用、很实用啊!难道有问题吗?"她说:"你们家长并不了解我们的心理,总是用你们的想法来要求我们。刚进校门,你们就把这么多的期盼压到我们身上,担子很重,压力也很大。其实,我们已经是成人了,对于成才定义的理解与你们不一定相同。我们知道自己应该做什么,我们会有自己的活法!"

没想到她还一套一套的呢!看来孩子真的是长大了,对自己内心的追求有明确的认知,希望通过自己的努力来主宰未来的世界,只不过,他们希望实现自己的价值目标,而不仅是我们所希望的价值目标。这是我们容易忽略又恰恰是在这个时期应该充分尊重他们的东西。她还说:"你们最关心的未必就是我们最关心的,我们最关心的才应该是你们最应该认真考虑的。"什么才是她最关心的,什么才是我们最应该考虑的?我一头雾水。多年后,我看到北大校长王恩哥提出的十句话,最终解开了心结,他真的说到同学们的心坎上了,不仅受到北大学生的欢迎,也受到全国许多学生的广泛欢迎。他第一句话是结交"两个朋友":一个是图书馆,一个是运动场。第二句话是培养"两种功夫":一个是本分,一个是本事。第三句话是乐于吃"两样东西":一个是吃亏,一个是吃苦。第四句话是具备"两种力量":一种是思想的力量,一种是利剑的力量。第五句话是追求"两个一致":一个是兴趣与事业一致,一个是爱情与婚姻一致。第六句话是插上"两个翅膀":一个叫理想,一个叫毅力。第七句话是构建"两个支柱":一个是科学,一个是人文。第八句话是配备两个"保健医生":一个叫运动,一个叫乐观。第九句话是记住"两个秘诀":健康的秘诀在早上,成功的秘诀在晚上。第十句话是追求"两个极致":一个是把自身的潜力发挥到极致,一个是把自己的寿命健康延长到极致。王校长讲得真好,非常简练,非常具体,也非常管用。句句入脑,字字戳心,所谓"听君一席话,胜读十年书",就应该是对这种启迪人思考的语言的褒奖吧!

眼看女儿就要开学了,已经到了报到的前一天晚上,我依然没什么头绪,也理不出头绪,根本就写不出自己想要的句子,我观察着女儿对这事好像也不怎么感兴趣了。我觉得也没必要非要强己所难,硬要把石头往山上背,于是就此打住,不再费那些无用功了。没想到,这次倒是女儿拿着笔记本来找我,希望我能在笔记本首页写上一句话。我想了想,

四、心　情

毫不犹豫,拿起钢笔,顺手就写:"人生靠自己塑造。"她看了看,若有所思,好像还是蛮认可的。

诚然,每个人都有自己实现人生价值的目标。这种目标包括不同阶段的不同目标,也就是说一个大目标是由许多小目标构成的,但不管怎样,只要明确了目标,就要全力以赴,不遗余力,这就要求我们必须重视每一件事、做好每一件事,踏石留印,抓铁有痕,用最好的努力,去争取最好的结果。所以"人生靠自己塑造",就是这题中应有之义!这句话也是受女儿那天一番话的启发,所谓"踏破铁鞋无觅处,得来全不费工夫",不仅体现了我对她的尊重,也说出了我的人生准则。真正的言外之意,就是自己的命运不要依附于任何人,一定要牢牢地掌握在自己手中。

多年后,我们全家又谈起这件事,大家还是那样的津津乐道。很多事情在当时是难事,回忆起来就变成了趣事。女儿说:"当年爸爸的心愿我明白,那句写在笔记本首页上的话,我一直记在心里,对我确实是有影响的,但影响不是最大的。因为我们都懂这个道理,要说影响最大的还是爸爸对写作的热爱。写作是一切思考之源。当我要写一篇文章时,我对某一个问题就必须进行集中思考,还会迫不及待地想去了解前人的成果。当我充分厘清了这些研究思路以后,就希望能够独辟蹊径,有所突破,提出不同于别人的观点,看到别人所看不到的风景。同时,爸爸常说'好记性不如烂笔头',写作是最好的记忆,通过不断的写作,我不仅能够提高记忆、丰富记忆,更能积累记忆。许多知识都是通过这样的方式,陆续被装进脑袋里的,在自己的内心建立图式,不断地建构起自己的专属体系。"

不说不知道,一说才知晓。原来"言传"并没有给孩子多少帮助,倒是"身教"产生了极大的影响。至此,我对"父母是孩子的第一任老师"这句话有了更为深刻的理解!

书　房

　　有了自己的书房,就等于给那些散落的书安了固定的家。我的藏书基本有两类,一类与工作有关,一类与兴趣有关。书房自然就是书的世界。书橱顶天立地,胸怀宽广;书架囊括所有,鳞次栉比;书籍分门别类,各以类居。惠普尔说,书籍是屹立在时间的汪洋大海中的灯塔;爱迪生说,书籍是伟大的天才留给人类的遗产;莎士比亚说,书籍是人类知识的总统;寇第斯说,书籍乃世人积累智慧之长明灯。书籍是人类的财富,书房是知识的银行。书房这种得天独厚的自我空间,绝对拥有聚精会神、激发思维的强大磁场。

　　书房是一个不太大的地方,把人隔在喧嚣和浮躁之外。置身其中,自己就好像放"慢"了节奏、宁"静"了心情,也"简"化了生活。岁月静好,时光悠然,反而能够海纳百川、静养灵魂、内修自我、风度徐炼。从书房阅读出来的破璞出玉,往往会使人神完气足,精神抖擞。面对纷繁的世界,有些美丽确实只能观望,不能触及,但阅读让我们实现这种跨越和超越,始终走在一条通往美丽的路上。每读一本书,就等于呼唤白纸黑字上的不息灵魂,只要我们潜心涵泳,它就能活起来,生动起来,充满着热力,甚至心甘情愿地领着我们到达人性的深度,穿越心灵的旷野,去许多人没有去过的地方,看许多人没有看过的风景。多年来,我们已经习惯于用两只眼睛看世界,一只眼睛看到纸面上的文字,另一只眼睛看到纸面背面的含义。这就注定要在幽微的光亮中寻找希望,在沉默中寻觅那种积极向上的力量。所以,翻过去的是页码,留下来的却是精神,不露声色,润物无声,波澜不惊,细水长流,风云过处,往事已轻,人生简洁,岁月有序。曾经的圈圈点点是脉动,曾经的勾勾画画是领悟,光阴在字里行间悄然流走,书房成了我们到达彼岸经过的一个又一个的生命渡口,永不疲倦地记录着我们读书破万卷的青葱年华。

　　爱因斯坦说,人的差异产生于业余时间。这个差异很重要的因素就是看你在书房待的时间。书房因此成了人生境界的源泉和密码。是的,书房排列着许多有形的书,书房也

四、心 情

有许多无形的书。当我打开电脑的时候,一键上网,网罗天下,琳琅满目,扑面而来,这就等于把书房扩张成了笼盖四野的穹庐,忽然间就能打开辽阔的视野,立于天地间,"浏览"地球村。有人说互联网阅读就是浅阅读,我认为判断它是深阅读还是浅阅读没有什么意义,关键要看在什么地方读,是否用心阅读。毫无疑问,书房是一个可以学而不厌的地方,是一个可以宁静致远的地方。不仅可以深阅读,还可以广阅读、细阅读、微阅读,阅读方式多姿多彩,阅读途径多种多样。看累了,可以听;不想看字了,可以看画面;不想看综合的,可以看专题的;不想看理性的说教,可以看多彩的节目。电脑成了航站楼,搜索是直达的航班,鼠标就是指挥的塔台,指令发向哪里,你就会飞到哪里,希望有多远,你就会走多远!

风吹拂过浅夏,空气中弥漫着丁香花的味道。我端坐在时间的一隅,用心聆听着风中飘落的絮语,只有敲字的声音打破了宁静。书房也是一个书写灵感的地方,许多人生的美好遇见,都悄悄地从这里经过,不惊扰,不打扰,却注定温暖,令人难忘!所谓精骛八极、心游万仞,那是无边无际的思维跨度,我却时常在自己的半亩方塘里,看着天光云影共徘徊,唯一需要不懈努力的,就是要不断地摇曳出自己的一泓清水。"问渠那得清如许,为有源头活水来",纵有荫翳蔽日,也会在斑驳的枝叶间,透露出一朵明媚,于眸底,让花儿缓缓开,一缕香息,沁人岁月肌理,终会开成自己想要的样子。我试着一边听音乐一边写作,原以为会互相干扰,后来发现这是一个相互抚慰和相互激发的过程。有时真的很美妙,音乐声飘荡在并不大的书房里,同时也飘过了布达拉宫,飘过了泰姬陵,飘过了广袤的大草原,飘过了蓝色的地中海!这时自己就像乐队指挥一样,调兵遣将,千军万马,遣词造句。于是在这个生气灌注、酣畅淋漓的书房里,我告别了一个又一个夜晚,告别了一篇又一篇文稿,也告别了一个又一个曾经的自我。

一个人坐在书房里毫无疑问是孤独的。有时一坐就是半天、一天或一个晚上。其实这种孤独所表达的意思却是不孤独,因为只有一个没有找到契合感的灵魂才是孤独的,只有一个没有找到归属感的生命才是孤独的,但在书房里这些都不缺,甚至很富有。我们可以见到亚里士多德、莎士比亚、达·芬奇、托尔斯泰等,我们也可以跟杜甫、李白、汤显祖、曹雪芹等打招呼。春暖花开,春色满园,春风拂面,人来人往,川流不息,何来孤独之有?阅读好书不就是与许多杰出的人物进行对话吗?读书不就是在别人见识的教诲下,不断建构起自己的认识体系吗?学习前人积累的经验,不就是给未来人生带来更多的有益启迪吗?因此,书房是一个充满生命高度、厚度、广度、深度的地方。纷至沓来的滋养会让我们变得充实饱满、神采奕奕,不仅可以获得精神上的愉悦感、满足感和幸福感,还会不断激励生命毅力发挥到极致，超越自我，喷发出一股股熔岩般的昂扬旋律。因此，人在书房里不是漂泊无依的孤帆，而是精神高贵的坚守。所谓"我善养吾浩然之气"，所谓"三人行必有我师"，就是说，这里不是一个人在阅读，也不是一个人在写作，而是一支或几支浩浩荡荡和源源不断的队伍，从四面八方赶来，与你并肩作战，冲锋陷阵。生命不息，战斗不止。

这是灵魂与灵魂的遥相呼应，是审美感觉的幡然猛醒；这是灵魂与灵魂的最深抵达，是海洋深处的心灵奇观；这是灵魂与灵魂的深情碰撞，一定会有"众里寻他千百度，蓦然回首，那人却在灯火阑珊处"的独到发现。在这里，没有比靠近你就会温暖我、启发我、引导我那种灵魂间互相慰藉更让人快乐的事情了。所谓灵魂伴侣，就是灵魂与灵魂的深情对望，就是心与心的同频共振，就是"金风玉露一相逢，便胜却人间无数"的震撼与惊喜，就是千般疼惜万般疼爱的懂得与理解。没想到，书房竟是创造传奇的地方。所到之处，遍布着流连忘返的回望和玩味，还有那种才下眉头却上心头的牵挂和思念。

因此，对我来说，书房就是不断打开知识和情感天窗的广阔天地！面对波涌浪叠的移动阅读，我也顺势而为，时常凌波其上，微步其间，也乐在其中。但我对书屋始终情有独钟和恋恋不舍。这可能源于习惯，但绝不囿于习惯！

听 懂 宁 静

刚来南京工作的那会儿,自己只身一人,下班以后,最喜欢去的地方就是南京图书馆。记得第一次去的时候,看到的就是一个不大的院落和古朴的房屋,但丰富的馆藏,令我印象深刻。当年我去办借书证时,因为手续不全,未能如愿,却意外地发现了中文报刊阅览室。那里集中着全国各地各种各样的报刊,应有尽有,而且没有烦琐的手续,只要交上工作证,就可以进入。闻到书香,我便迫不及待地到处翻看了起来,但服务人员示意要放轻脚步。我这才发现,这里已是满堂读者,大家都在埋头阅读,几乎连一根针掉在地上都能听到,彼此很注意,打招呼用手势,哪怕是咳嗽也会捂着嘴巴。

在没来南京图书馆之前,我会经常到大学的教室里看书。尽管那里也比较安静,但有时还会有窃窃私语。因此我对南图的中文报刊阅览室,几乎是一见钟情。有一段时间像着了迷似的,每天下班,只要有空,就挎着包,骑着自行车匆匆地闯进了这个阅读的世界。面对书墨喷香,放下焦虑,放宽视野,放松心情,放纵感觉,让思维脱缰在辽阔的知识草原上一直奔到很远很远的深处,只有偶尔一两声划破夜空的火车汽笛声,才会把我从"梦"中惊醒……

当年我刚出校门,平时工作虽比较忙,但对自己所学专业依然兴趣不减,因为文学的知识体系刚刚建立不久,犹如浮萍,根基不牢,对彼此之间的内在联系,也缺乏融会贯通,迫切需要继续浇水培土,必须及时了解和掌握有关研究动向和理论成果。自己不可能订阅许多报刊,但在这里却可以看到许多报刊,所以每每如饥似渴,想看的、能看的或可看的报刊都乐意去翻一翻,希望能发现邂逅的惊喜。游动在那些轻翩舞姿的美丽文字中,偶见芳菲,携手共进之际,悟意红尘,漫步恬静,拥有淡淡情怀,书写诗意人生。朱自清和俞平伯两位先生,曾相约写了同题散文《桨声灯影里的秦淮河》。对这两篇经典之作,我也反复阅读过,觉得都很美,难分伯仲。那天正好有刊物对这种现象进行集中剖析,深入肌理,透视骨髓。我翻来覆去地读了几遍，还认真做了摘抄，随着他们的思路，就好像乘着一条游船，几个人一起划桨把我们送到了当年的秦淮河，带进那个特定时代两位大家的灵感世界，如梦如幻，如痴如醉。后来为了还原他们的认证，我还专门到夫子庙码头登船重游秦淮河。物是人非，江河依旧，微波起伏，曲径通幽，两位大家的审美直觉和终极情怀，仍会不停地回荡于胸际。正如评论家们所说，他们的风格各有千秋，他们的用笔各具特色，但对于现实的犀锐和责任的担当，却殊途如此同归、难分高下。他们穿行于红粉胭脂之间，力透于桨声灯影之际，为我们描绘了一种茫茫人生的沧桑之变和秦淮夜晚的宁静之美。

许多人都喜欢听蔡琴的歌。她的嗓音醇厚自然，演唱深情款款。透过低回委婉的歌声，抒发着一种成熟女性对男女恋情的依依不舍，如此沉静动人，却又独树一帜。那些红尘俗世在轻烟缥缈中，看似轻描淡写，不着痕迹，却有一种从消逝岁月中提炼出来的动人味道。古老的传说，古典的浪漫，古朴的感伤，夜阑人静，诉尽心事，听起来就像散文诗样优美、水墨画般悠远。"像一阵细雨洒落我心底，那感觉如此神秘""那是你的眼神，明亮又美丽""虽然不言不语，叫人难忘记"，满心的欢喜，满脑的回忆。岁月是温柔的，心情是湿润的。有人说她的歌像酒，有人说她的歌像花，有人说她的歌像海，有人说她的歌像云，但这些背后的唯一答案，就应该是宁静。因为只要她一张开口，歌声飘出，人们纷繁的心情就会瞬间宁静下来。可以暂停人间琐事飞舞的念头和内心运行的各种逻辑知识体系，关闭所有眼耳鼻舌摄取的纷繁信息，不被任何观念所羁绊，置身于世外桃源，仿佛清涧流水，洗尽人间铅华……

因此，蔡琴的歌声就像一首首《月光小夜曲》。随着《明月千里寄相思》，我们能够听到流水般淡淡的月光，在静谧无垠中款款洒下，弥漫大地，渗透心灵。借着月光，在朦朦胧胧中，我们可以看到停泊在这里的《渡口》，闻到曾经的《夜来香》，希望在这个时候，能够《给我一个吻》，给《不了情》画上一个句号，让《最后一夜》的分手，还是那样《恰似你的温柔》，没有后悔在最好的时光遇到你，这是因为在遇到你以后才是最好的时光，彼此拥有一份共同美好的记忆，不会因为时过境迁、岁月如梭，成为渐行渐远的《被遗忘的时光》。蔡琴吟唱的人生沧桑十分到位、格外细腻，清幽雅洁，远离尘嚣，音色渲染轻辉，音调挥洒浪漫，丝丝清风醉在夜色朦胧，缕缕情怀融于盈盈皎洁。原来心如止水，也能宁静如水。也许觅得片刻之间，静享禅风深意，江风霁月，那才是人性的底色和生命的情趣。

人生的风景，多是内心的风景。我特别喜欢钱钟书先生婉拒记者的幽默："假如你吃一个鸡蛋觉得不错，何必要认识那下蛋的母鸡呢？"钱钟书先生作为学术泰斗、文化昆仑，

四、心情

有德识学养、才情胆略,更有精神风骨。如此拒人于千里之外,就是不想浪费别人的时间,也不想别人浪费自己的时间;不借他人口舌而扬名,不屑故意作秀而闻达。他潜心学问、甘于寂寞、乐于恬淡、甘饴宁静、宁静地生活、宁静地思考,是他矢志不渝的人生主调。心若宁静,耳畔无噪声。心若安然,灵魂则生香。孔子说:"芝兰生于深林,不以无人而不芳。"名利不扰,尘世不扰,内心不扰,僻壤不能易其香,闹市也不会变其色,真正能够静得下来的人,也许并不需要刻意地避开车马喧嚣,只要能够在内心积极地修篱种菊即可。钱钟书先生如此淡泊宁静,并不是对情感置若罔闻,恰恰相反,他对妻子杨绛"见她之前从未想结婚,娶她之后我从未后悔",对真挚的友情也视若泰山。同时,他博学多才,口若悬河,并非不善社交的木讷无趣之人,而是能够急流勇退,退守宁静地带的有趣之心,这是他的独特之处,也是过人之处。

把宁静刻画得出神入化的古诗随处可见,但最为人津津乐道的还是王维的"明月松间照,清泉石上流"。宁静的夜晚,皓月当空,夜色如水,群芳已谢,青松如盖;山泉清冽,清幽笛奏,弦弦扣心,流泻于山石之上。月静梦恬,栩栩如生,诗的画面感极强,仿佛就在眼前,身临其境。难怪苏东坡说"味摩诘之诗,诗中有画"。但我对此稍有异议。我觉得,他的诗句文人化倾向比较严重。想常人不敢想,写常人不敢写,道常人不敢道,这是诗人的卓越之处,但也是他不太善于接地气的地方,倒是李商隐的"留得枯荷听雨声"来得更加通俗易懂,好像就是对生活的原始记录,这对他来说,好像也有点不可思议,因为他向来主张构思新奇,许多诗作隐晦迷离,难于索解,但这一句却明晓易懂,是站在普通人的角度来感受的,看常人所看,听常人所听,自然也就写常人所写了。大家知道,枯荷自带衰飒伤感之风,到了秋天已是残枝败叶,没想到,一阵秋雨,却迎来了不期而遇的喜悦,淅淅沥沥,洒落在枯荷之上,跳动着婀娜多姿的舞蹈,发出错落有致的声响,忽然之间,就有一种"鸟鸣山更幽"的动人情趣。因为枯荷的存在,这些雨声变得更加响亮和富有神韵,或大或小,或急或缓,或密或疏,滴滴答答,噼噼啪啪,反而写尽了铺天盖地的宁静世界,别有一番美感在心头。

有记者曾将我对江南文化的理解,概括为"三个境界,四个江南,四种审美关系"。他说所谓"三境"就是物境,情境,意境;所谓"四个江南"就是视觉里的江南,听觉里的江南,时间里的江南,空间里的江南;所谓"四种审美关系"就是客观美主观不美,客观不美主观美,客观不美主观不美,客观美主观也美。我真的没想到,他会这么用心,梳理得这么细致!他还说"看得出这些观点还有一以贯之的主线,就是你津津乐道的'水做的江南'"。

我认为他概括得非常准确。我以前曾经讲过,也一直这样认为,江南确实是因水而成、因水而盛。但我最近忽然发现,这种认识还不够全面,可以进一步挖掘。因为江南最显著的特征不仅仅是水。其实水到处都有,所谓"每家门前都有一条弯弯的河",沿水而居是人类生存的基本特点,江南所不同的地方,或者说更有明显的区分点,还应该在于宁静。这种宁静是因为世俗而变得脱俗,固守原有的风格,却不同于现在的喧嚣,不动声色变得有声有色,默默无闻变得名声大噪,特别是在江南水乡,这种特点尤为明显。

  记者对我这种说法饶有兴趣,赶忙问我:"那么你对江南文化的喜爱,会不会有新的答案?"其实对这个问题,我曾经做过解答。最开始的原因肯定是不可褫夺的美,后来就看到了无处不在的水,现在观之,好像光水还不足以充分解释江南水乡的魅力,还应该是无时不有的"静"。不同时间会有不同的答案,说明自己的认识在深化。其实认识自己是最难的。许多时候的不知不觉,实际上掩盖着有知有觉,只不过变成了后知后觉。应该说,自己比较安静的性格与安静的江南在频道上是一致的,不管是自己内心模仿着江南,还是江南恰好就在自己的审美点上,这种内心的契合带来了外在的呼应,里应外合凸显的正是水乡的命脉之本,即所谓宁静而致远。那些热闹非凡的地方,应该说离水乡的初衷相去甚远,倒是那些商业氛围比较淡漠的地方,更能体会到内心的宁静,守住古镇的宁静,才能在小桥流水人家中欣赏到最美的风景。

  不知为什么,突然有一天我又想去看看南京图书馆了。这个地方已经很久没去了,以前是"去不了"成为"不去了"的借口,现在是"不用去"成了"不肯去"的理由。确实,随着互联网时代的到来,许多知识可以在网上得到,许多报刊可以在网上阅读,许多讲座可以在网上聆听。特别是随着微信、微博、短视频APP等客户端的大量出现,学习变成了多种多样的形式,阅读也成了随时随地的行为。这些更为便捷的途径确实是在推动人们远离传统的阅读方式,而远离传统的阅读方式并不代表彻底远离图书馆。南京图书馆早已乔迁新居,高高耸立的大厦,宽敞明亮的环境,设施设备,堪称一流,线上线下,"键"步如飞,云里云外,行"云"流水。

  但我还是忘不了那个不大的院落和古朴的房屋,忘不了那一排排摆放整齐的报刊,忘不了那济济一堂的鸦雀无声。如此刻骨铭心,如此恋恋不舍,都是来自岁月的深邃和回味。也许能够听懂宁静,就能理解一段旖旎的曾经时光。

乐在"奇"中

我非常羡慕许多人讲的一口纯正英语,不仅非常帅气,而且非常潇洒,真希望有一天能够达到流畅表达的水平,不仅是个人的强烈想法,后来也是工作需要。因此,我对学习英语一直保持着浓厚的兴趣,最早是跟电台、电视学,后来还报了班,甚至请了私教。但多少年来,却一直没有长进,除了了解点语法,记得点单词,说上几句应景口语外,还是一片懵懂,不是不得法,还是功夫不到家。

正好有机会到国外进修培训,为了能够多学几句日常会话,我又回到了熟悉的培训班上。上第一节课的时候,年轻的女老师叫了几个同学用英语介绍自己,这是为了了解学员的水平及能力,以便于有针对性地进行教学。开始我还是作为看客,在旁边幸灾乐祸地哈哈大笑。没想到,最后也叫到了我。只见她用美式英语讲了一大通,我听得云里雾里,还好到了最后一句话,我总算听懂了:"Do you mind?"(你介意吗?)。我不假思索地答道:"My name is Zhang Yongyi."(我的名字叫张永祎。)全场哄堂大笑,我却丈二和尚摸不着头脑。既然老师要了解情况,肯定先要知道我的名字吧。这样的回答,难道有错吗?事实上,当时只要回答"I don't care."(我不介意。)就好了。

到了国外后,在学习之余,许多同学都成了疯狂的采购员,化妆品、家用品、包包等,什么都要买。而我对此兴趣不大,因为我不会买,也买不好,但晚上一个人待在宾馆里,好像也没什么意思,还不如陪他们出去走走。身处英语的氛围,多少还能练习练习口语。看到一件衬衫,我本意想问"How much?"(多少钱?),出口却是"What is your name?"(你叫什么名字?)。肯定是讲错了,但我没感觉到,心里还记着自己是在问价钱!对方是一位女士,听了我的发问,感到莫名其妙,旋即用一种怪怪的眼光看着我。要知道在国外开口就问陌生人的姓名,是一件很不礼貌的事情,特别是对女士。其实,即使她告诉我,我也听不懂。但直到这时,我才发现自己错了,便忙不迭地说"Sorry,

sorry!"(对不起!)。接下来便又是毫无悬念地收获了同学们的一阵取笑。不怕丢脸是学习英语的关键之招和必由之路,出几个"洋相"也在所难免,这种小小的挫折,岂能阻止本人海阔天空的口语步伐?但死不悔改肯定无路可走,总结教训就必须痛改前非。在这之后,我自己也注意稍微改变了点方式。如果人家听不懂,我就先去请教华人店员,然后再用他们教的语言去问,这样比较准确,也容易让对方接受,关键自己也能够记得住。

与我同住的是一位曾在德国培训过半年的同学。德语不用说,英语更厉害,就是助人为乐的精神差点。一般情况下,他也会帮助你,但问多了,就有点缺少耐心,有时还会来点"恶作剧"。我们住在808房间,每天早上要到一楼吃早饭,这跟国内一样,到餐厅门口,也需要主动报房号。他走在前面,看到服务员马上流利地说出"Eight o eight.",本来他也可以帮我代为解释一下的,但他假装自顾自地走了进去,没想到,这时我灵机一动,非常溜地说出"Same."(一样。),看得出,那位黑人对他的回答,没有太多的反应,但对我的回答却颇感兴趣,马上调动了脸上的全部神经,露出了满嘴白牙,喜形于色,甚至有点兴奋过度,连说两次"Same,same."(一样,一样。)。这样的结果,我始料不及,但后来想想,他的表述太平了,是习惯性的,没有什么新奇,但我在情急中,急中生智,只用一个单词就解决了问题。没按套路出牌,却能出奇制胜!当然我还要十分感谢他,没有他的铺垫,我的"same"也没处生根呀!

在回国的航班上,乘务员走过来问"Have something?"(喝点什么?),我睡眼惺忪,本意是想讲"Orange."(橘子。),没想到话到嘴边却变成"Australia!"(澳大利亚!),我这张冠李戴地一说不要紧,却不经意地打开了人家的"脑洞"。空姐以为要澳大利亚生产的饮料呢!她说没有,另外拿出几个不同生产地的饮料给我选。我赶忙说"No, no!"(不,不!),我确实也不是那个意思,但我无法再有更多的表达,这时我的那位同学赶紧解释,请空姐倒了杯橘子汁,算是帮我解了围,我用感激的目光看着他。如果没有他的出"口"相助,我的尴尬处境又要在悬空中下不来了。

到了南京禄口机场以后,我们在等行李时,同航班的老外问我到南大怎么坐车。我正在绞尽脑汁地组织词句时,又被那位同学抢先了。他的脑子确实快,表达也非常流畅。他如此这般地说了,只见老外满脸笑容,点头称是。我说不过他,但我总能比画吧,更重要的是我还有行动。出了机场,同学乘家人的车子一溜烟地走了,看着那个老外还在东张西望的,肯定是懵圈儿。我就自告奋勇地为他引路,一起坐大巴进城,一路上我们用手比画着

四、心　情

进行聊天,有时就直接蹦单词。看得出他很开心,我也很高兴。到地方后,他满怀感激地说了一大堆,可这对我要求也太高了,不是没听明白,就是没听懂,但有一点我十分明白,那就是没有一句坏话。如果不是夸我的话,至少也应该是感谢我的话,所以当他收尾到"Thank you!"(谢谢你!)时,我赶忙回答"You're welcome!"(不客气!)。瞧!这次对上了,多么清晰,多么流畅,果然很有成就感。

自此之后,我还是在努力地学英语。虽然英语依然讲得不好,但胆子却越来越大了;不能说张口就来,但张口结舌的状况比自己以前减少了。我在英语学习的路上依然乐此不疲,乐在"奇"中!

共 享 单 车

急着参会,我坐完地铁等公交,公交车老是不来,越等越急,只好打了个的。会上有人告诉我,刚时兴的共享单车很方便。通过扫二维码,可以获得手机软件下载链接,注册缴费后,就能成为它的用户。只要有共享单车的地方,你就是它理所当然的"骑士"了。经人这么一说,平时没有注意到的路边共享单车,很快便跳入了眼帘。既然城市提供了这种便捷,我们没有理由不去使用它。如果不愿或不去使用它,只能说明你自甘落后。会议结束后,公交却来得很快,我想试试共享单车,就是挺着不上,抓住了一辆共享单车,摸索着打开了锁,因此开启了自己时尚生活的新体验。

这种时尚生活的突出亮点不在于车,而是在于新颖的使用方式。自行车是我们最先学会使用的交通工具,也是伴随着我们成长的难忘记忆。很小的时候,父亲经常骑着一辆"老牙车"上下班。只要他下班回来,我就赶忙推着出去,当时天真地认为,学会自行车,走遍天下不用愁。所以当年热情高涨、动力十足,只是年龄太小,个子不高,骑着二八式的大车尚不够格。如果我坐在车座上,脚就够不到踏板,只好离开座位,一脚踩在左面的踏板上,另一只脚从杠下面伸过去,搭在右面的踏板上,这样互相协调,配合起来,才能勉强把车子蹬起来,开始时只能蹬半圆,后来才能蹬整圈,一上一下,一摇一晃,不知跌了多少跤,交了多少"学费",还好总算掌握了自主平衡的本领。大概也就是从这时候起,我们便一发不可收拾地蹬起了自行车,经风历雨,越沟过坎,骑过最远的路,看过最美的景。

随着城市公共交通的日益丰富,出行愈发便捷。公交车、地铁四通八达,更为重要的是,当下还践行走路是最好锻炼的健康理念。几种因素叠加在一起,就把我们骑自行车的故事给忘记了,或者说几乎就没有机会了。但在遇到某些特殊情况的时候,比如说,堵车的时候,走在小巷小道的时候,就不免想起自行车的种种好处来。因为在这个节骨眼上,它反而是最便捷也是最快捷的交通工具。但不能为了满足这些特殊情况的需要,我们就

四、心情

买个自行车,躺在家里吧,这好像也没有太大的必要。现在的交通出行方式,选择概率最大的应该是"组合拳",单一的方式难以独撑天下,但在某个公共交通的盲点或空隙间,对那些短暂的、随机的、应急的自行车的需要,确实还是客观存在的,而且极富普遍意义,公共自行车的应运而生,也就充分说明了个中道理。但公共自行车必须要在固定站点之间寻寻觅觅,让人觉得没有恰到好处地实现对人们不时之需的无缝对接,熟悉者无虞,不熟悉者无奈。当这个空白点出现了以后,无处不在的共享单车这才飓风出击、势不可当。

我跨上共享单车,感觉车子挺好骑的,一路歌来一路情,驾着春风,踩着兴奋,顺道就拐进了南京师范大学,那会儿共享单车是可以骑进校园的。美丽的校园,阳光灿烂,草木葳蕤。特别是100号楼门前的大草坪,还是那样绿油油的一片,依然让人怦然心动。我对自己曾经学习过的地方,还是充满深情的,我时常会到这里来,重温那种没有波澜的恬静和随意的芬芳。但因步行所限,只能蜻蜓点水、慢条斯理,而今骑着共享单车,却可以大张旗鼓、随心所欲。偌大的校园,干净的校道,我把图书馆、大礼堂、教学区、宿舍区等,都很轻松地又浏览一遍。春风吹来,温柔体贴,抚慰脸上,透彻全身。间歇,免不了停下车来,请同学帮自己拍拍照。没想到,遇到一位小伙子超常热情,各种角度,应有尽有,全部收入框中,然后盯着我的车子,很是好奇,问这是什么车,我便如此这般地介绍了一遍,他马上询问如何注册使用。我同样热情相助,他很快就获得了应用程序,成了我的"共享单车车友"。我们也因此都有了"帮助别人就是帮助自己"的那种似曾相识的温馨感觉。

本打算出了学校的大门,就结束自己的骑程,但仔细想想,好像骑瘾未过,意犹未尽!于是又折回头,沿着学校围墙外宽阔的马路,昂起头,直起身,抖擞着精神,铆足了脚劲,风驰电掣般地冲向北大门。行程途中,又看到路边有"傅抱石故居"的牌子。是的,就是那位与关山月联袂创作《江山如此多娇》的大画家!我赶忙下来,把车子停好,放在门前。沿路上山,两层楼房的故居坐落在这个小山包的顶上。从阳台往下俯瞰,依然可以看到南师大的美丽校园。

再回校园,我骑行至文学院。文学院的大楼耸立在学校的最高处,"摆渡"上下的任务肯定是由多层的石阶来完成的。那一级一级石阶,仿佛一层一层的年轮,记录着我们大学时代的美好时光。而今天我必须携车而上,人车合一,车随人走。其实车子不重,轻盈小巧,一拎就走,只是块头儿稍有点大,要是能有折叠功能就更好了,但这并不影响我一鼓作气就能捎带上去。我随手推着共享单车来到几间教室,伸头探望,依然一如既往的静悄悄。我不便打扰,也不能打扰,赶忙穿过楼道,来到了篮球场上,此时正在"鏖战",剑拔弩张。我坐在车上，看了一段时间，跟着吼了几声，像以前一样在场外助助威，然后跳上车子，沿着田径操场又骑了一大圈，这才心满意足地从南大门出去了。

  我到了地方，把车子锁在路边，跟其他车子摆齐。本以为要像滴滴打车那样，结束以后跳出费用，然后通过微信支付。事实上当你把车子锁好之后，在你预支的钱包中，就已自动扣款，这种"不用你烦神，方便至上"的原则，一直是共享单车的经营理念和运行模式，至此依然如故，坚定不移。

  没想到，第一次学会使用共享单车，就体验了一把追随时尚的激情，也重返了一回校园生活。惊艳在历史与现代之间，一路骑来忆旧悟新，点点滴滴，喜不胜收。

  听说在国外这项业务也很火，我以为老外们也在赶时髦，没想到，还是中国企业提供的商业模式和定制产品。随处可见的单车能够骑出了国门，最重要的是适应了绿色出行的发展趋势，特别是有氧运动，正中下怀。同时随着管理的不断完善，这种随时随地都被唤醒的公享单车，极其方便，不服不行，不骑不行！但随之出现的乱停乱放、恶意破坏等不文明现象，也令人担忧，所以这种新的出行方式，也是让人欢喜让人愁！

善待电脑

在互联网时代,电脑是必学技能。我始终认为,当时代提供某种新技术可以运用的时候,如果不能顺势而为,跟上步伐,那就意味着自甘落伍。所以,当初看到有人用电脑开始写作的时候,我便产生了危机感,跃跃欲试,早早地就报班参加了培训。最初操作系统没有现在成熟,程序太多,比较烦琐,学起来也比较困难。老师讲得云里雾里,我们听得糊里糊涂,讲其十,我们大概只能得其一。但不管怎样,电脑的魅力已势不可当,蒸蒸日上,就好像是特地奔着写作者而来的,或者说专门为其量身定做的:首先,它省去了反复誊写的麻烦,编辑起来简单方便,不需要改一次,再誊一遍;其次,写稿子也不需要一气呵成,可以随心所欲,写写停停,有了灵感,可以行云流水,笔涩思枯,也可以先存后续;再次,写好的稿子也不用寄了,发个邮件就行。

电脑是个好东西,但要用好这个东西,需要反复练习,方可熟能生巧。我曾在印刷厂里看过录入人员的工作,他们快速输入,炉火纯青,一分钟居然能打一百多个字。只见他们双手在键盘上不停地跳动,常常是第一个键还没按到位,第二次击打又来了,上上下下,来来回回,前前后后,看得出键盘也经不住这番连珠炮式的快速打击,常常应接不暇,疲于奔命,甚至叫苦不迭,也正是因为这种机被人役的惨状,才彰显出"打"字神速的壮观。相比而言,我们当年的打字速度,不可同日而语,就像蜗牛爬行一样,一个字一个字地看,一个指一个指地动,一个字一个字地敲,虽然比较慢,倒是有板有眼,也是循序渐进。这是一个漫长的训练过程,也是一个不断选择的过程。记得当年在学习输入法时,老师在课堂上讲,如果希望从事写作的同志,最好不要用五笔字型输入法,因为它是通过拆分来进行组字的,一边要考虑思路,一边要考虑笔画,两者重叠,会各不相让,这种情况对写作来说,绝对是灾难性的。听懂了老师的话,我没有学习五笔字型输入法,所以至今依然不会。当时我选择了拼音输入法,希望通过音字合一来提高效率。可后来我看到许多朋友,他们写作并没有受到五笔字型的束缚,反而如虎添翼,这才感到凡事都不绝对。那位老师的话也未必正确。事实上当你对五笔字型烂熟于心以后,只要心手之间加强训练,达到不用思考的自动化程度,边思边打也是没有问题的。通过手的记忆熟练输入,非但不会影响思路,反而会因为快速优选,提档加速,达到事半功倍的效果。

  运用电脑进行写作,现在已是司空见惯,但在当时还比较少见。电脑不仅改变了文字的生存方式,也改变着人们的思维模式。要学会用电脑思维来识别电脑语言,也要学会用电脑思维来驾驭电脑语言。有次接到编辑约稿,要求第二天交稿。我赶忙坐到电脑前面,发动思维,马上出发,搜索枯肠,垒字砌句,断断续续地把大脑中有效信息发送到电脑屏幕上,为此整整熬了一个通宵,总算写出了成稿。这时,本想小憩一会儿,然后再润饰一遍,谁知起来后,再打开电脑,发现稿子居然不见了,恰好这时编辑的催稿电话又来了,还说就缺我一篇稿子,急得我真像热锅上的蚂蚁,不知怎么办才好。幸亏有专业人士及时赶到,他先安慰我说只要存盘没删就没问题,然后就看到他在电脑里"翻箱倒柜",到处寻寻觅觅,通过各种方式进行查找,最终奇迹出现,他把丢失的文档清晰地复现在屏幕上,让我沮丧到极点的心情又一下子兴奋了起来,真的感谢这个"及时雨"救了我一把。我不知道为什么"如来佛"一来,这个"孙悟空"就会如此服服帖帖,而对我却"爱理不理,不肯待见"!后来专业人士告诉我,这个文档已被另存别处,所以在桌面上并不显示,也许是我匆忙中摸错了键,自以为是"明修栈道",实际上已"暗度陈仓"!

  俗话说,吃一堑长一智。通过一次又一次的犯错,我也逐渐积累了经验,与电脑达成了某种默契,很长一段时间,彼此相安无事。但忽有一日,电脑又借机出来挑衅,主动发难。那天我上网查资料,指令发出后,却遭遇拒不执行,窗口迟迟不肯打开。我非常震怒,严格按照程序发送的命令,它居然如此"抗命不从"。坚决实施高压政策,连发了"十二道金牌"。没想到,这一系列的点击,平添了许多网络链接,反应速度非但没有提高,反而变得更加缓慢,所谓欲速则不达,大概就是如此。等到水落石出之时,又莫名其妙地跳出了许多网页!我赶忙关掉主机,希望将这些全部清空,但没想到,重新打开以后依然如故,丝毫都没有"痛改前非"的样子,看来这次它是铁了心地要与我"作对"了,于是我赶忙搬来救兵把它从头到尾好好地"收拾"了一遍,对整个电脑操作系统都进行了重装。本想压一压它的气势,后来才发现是电脑程序中毒所致,它不仅"藏毒""贩毒",还"吸毒",表现得如此猖獗,"肆无忌惮"。看来窗口打开得太多了,确实会给病毒带来可乘之机。我们必须"删除"一些急躁,才能获得更多的喜悦。

四、心　情

　　对于电脑,我们不仅要了解共性,还要了解不同的个性,有针对性才能达到便捷性。有次我出去讲课,课件里插入页面和视频,我在家里试放过多次,都没有问题。听邀请方说,他们电化教学设备比较齐全,只要带上优盘就可以了,我便遵照执行。但到了课堂上,没想到麻烦出现了,页面和视频在电脑上都打不开来,重新下载了播放器也不行,换了几台电脑也不见效,最后不得不抛开这些现代化教学设备,恢复了传统授课。后来他们告诉我,主要原因还是设备不兼容。看来很多事情,我们不能想当然,要有超前考虑,特别是对于电脑的细节,应该引起高度重视,否则不定在什么时候,就会打乱你的原有计划。

　　我们家的电脑是十几年前买的,我的业余时间基本都是与它"相依为命"。电脑装满了我的生活,也储存着我的时光,于我而言,不仅是助手,更是帮手,一路相伴而行,风雨兼程,有功劳,有苦劳,也有辛劳,但我唯独就忘记了,还应该有疲劳。这么多年来,电脑一直坚守岗位,坚持不懈,见过太多的悲欢离合,驮过太多的酸甜苦辣,气喘吁吁,步履蹒跚,大汗淋漓,筋疲力尽。但它从不叫苦叫累,也没有停下脚步,实在坚持不住了,才释放出种种难以为继的信号,却偏偏没能引起我的足够重视。比如,开机的时间明显变慢,鼠标有时拖不动箭头,屏幕打开也变得犹豫不决,直到有一天突然黑屏,晕倒了,跌了下来,不省人事,我这才感到事态严重,马上停下手来,急急忙忙请"医生"前来抢救。一番"望闻问切"之后,迅速对症下药,中西医结合,恢复得还算比较快,但因为久病乏医,还是在电脑的屏幕上,留下了泛黄色彩的"后遗症"。

　　那天女儿回家,正好看到了这种不正常的情况。她说:"这哪还能再用啊？不伤眼睛才怪呢,赶快换掉!"但我却不以为然,本来电脑还可以用,也不影响文字处理,更重要的是舍不得,因为相处久了,对各方面性能都比较熟悉,用起来也比较顺手,更何况,堆积如山的原始材料都在里面。但女儿对此好像置若罔闻,动手比动嘴还要快,直接买了台电脑就搬回了家,当时我还是有点抗拒的,甚至提出只换屏幕,不换主机。女儿说如果这样换,旧的不像旧的,新的不像新的,双方都可能存在不匹配的问题。后来好说歹说,她建议我先用新的试试看,保准效果会很好。"至于那台老掉牙的电脑,您没日没夜地折腾人家这么多年,也该让人家歇歇了。"

　　是的,确实该让人家歇歇了。既然新电脑买来了,还是先装起来看看吧。对于旧电脑,我没有一扔了之,而是专门找个地方进行了妥善安置,我想必要的时候,还可以作为备用。大家知道,人与人或人与动物相处会产生感情,其实人与实物相处也会产生感情。以前我对老人们舍不得扔掉老旧的物什确实不太理解,现在全都明白了。因为那是一段与他们相依相伴的历史，更准确地说，已经变成了他们生命中不可或缺的一部分，即便是偷偷地把它们扔掉，他们还会千方百计地找回来。我与这台电脑的关系也是这样，尽管以前我们也会有这样那样的冲突，但彼此从未分开过，甚至就连这些冲突所形成的张力本身，也是我们难以忘怀的桥段。它参与了我许多以前的生活，从现在开始，将不再参与我的未来人生，它在我的心目中却无法替代，永远都值得怀念和感恩！

当然更换了新电脑以后，也确实大不一样。不仅屏幕大，光线柔和，看起来也非常舒服，而且速度非常快，操作起来格外便捷，可以尽情地复制生活、粘贴感情、删除不快、预览喜悦，想你所想、急你所急、办你所盼！看来这次换电脑是换对了。我把自己的真实心情告诉女儿，女儿不无得意地说，让您换您不肯换，换了以后您才知道它的好处很多。其实早就该换了，现在电子设备发展这么快，只有领技术之先，才能享受无穷魅力。当然电脑是可以换，但与电脑之间的感情却不能丢，还要继承光荣传统，继续发扬光大。打这以后，我也更加爱惜电脑了，经常把它擦得干干净净，每天都以崭新的电脑和崭新的自己"见面握手"。我自己也因此更加长记性了，不用电脑时，随手就关机，绝不无端地"浪费人家的情感"。对于做PPT、画图这些高难度的动作，我也不会像以前那样野蛮操作，虚心学习，慢慢摸索，始终与电脑保持着良好的沟通。

这么多年来，与电脑生活在一起，也让自己明白了许多道理：如果你用0℃的情感去对待它，它就会即刻成冰，对你的颐指气使、为所欲为，它绝对不会买账，甚至比你还要趾高气扬，冷若冰霜；如果你用100℃的热情去拥抱它，它也会立刻沸腾起来，热情高涨，为你两肋插刀，为你冲锋陷阵，让你风光无限；如果你用50℃的感觉去对待它，它也会对你一样不冷不热、不理不睬、不多不少、不进不退。因此，将心比"芯"，以心换"芯"，才能心上有"芯"，得到真心诚"芯"。有什么样的人脑，就会有什么样的电脑。善待电脑，就是善待自己！

听 "说"

  当今人们基本通过"三屏"看世界：在家看电视屏，路上看手机屏，单位看电脑屏。特别是微博、微信等平台正以令人难以置信的速度，制造出了几何级数的过载信息，沧海横流，波涌浪叠，虽眼观六路，却挡不住四面八方，因此低头一族随处可见。原以为这是别人的风景，其实我自己也在风景之中。我每天都要通过手机阅读大量的信息，常常不知疲倦，连续作战，眼充血丝，最严重的时候是血管破裂，瘀血块块！医生的建议不能不听，一定要注意保护眼睛，既然不许看，就只能另辟蹊径，多多"劳驾"耳朵来担当重任了。确实也是，耳朵总不能光站两边"只听话不干活"呀，也得要挺身而出，"主动走向舞台的中央"！不是说听力越强责任越大吗！这样一来，视频、图片、文字就靠边站了，朗读、讲解、对话、播音的功能就热门起来了。

  记得当年父母托人从上海买了一台小型的红灯牌收音机，以前我们只看到学校里的大喇叭，还没见过这无线电的小玩意儿。那天我很是兴奋，在家里整整待了一天，翻来覆去地听，久听不厌！打那以后，许多小说都是从广播中听到的，特别是黎汝清的《万山红遍》，直至今天还能如数家珍。这些听觉的故事，本是用来怀念的，没想到如今还得"重操旧业"，让听的故事在看的世界里，忽然变得愈加妩媚动人。现如今我们的"声"边确实包罗万象，"声线"层出不穷。现在已经不是充耳不闻时代了，而应该是充耳"多"闻时代了，可我总觉得广播电台留给自己的选择空间并不大，能不能有个性化的服务，让一款节目永远等着自己，由自己来安排呢？

  原以为这是痴心妄想，没想女儿还真的给我推荐了一款可以听书的手机软件，并给我购买了课程。我一点进去，立即就被各种各样的声音包围了，耳朵里汇集着各路"大咖"慷慨激昂的声音。原来当手机的终端与互联网连接以后，早已悄然改变了以往的授课方式，只是我不知道而已。现在许多平台集约配送，多点合一，分门别类，资源共享，不断地扑

"耳"而来,顺"耳"而去,线上的课程都是在"听"中完成的。试听之后,凡是我喜欢的就会放进收藏夹,比如我对余秋雨先生的"中国文化课程"一"听"钟情,这门课程是对中国文化中具有世界身份现象的独家解读。早年我与余秋雨先生有过一面之缘,也许是对他渊博学识有着切身感受,这次再听他的课,尤感亲切。他叙述的角度总是新颖独特,观点也不落俗套,好像是一个精心设计的"美"局,时时惊心,步步传奇,循循善诱,娓娓道来。他的语言简洁凝练,表达形象生动,好像一出口就是金句,一讲话就是名言。有人说他是中国最会讲话的男人,诚如斯言!他真的会用动听的方式讲出我们心动的感觉。每每我总希望一气呵成听完他的所有课程,但常常被打断,"人在江湖,身不由己",好在即使听不完,课件也有记忆功能,是继续听,还是重新听,任君选择。

现代人的生活节奏很快,整块的学习时间不太多,但需要了解的信息又不能迟缓,这样就要争分夺秒填满碎片化的时间。于是,我们学会了边走边听,"一心二用"。每天上下班路上,"听"让单调变成了多彩,让索然变成了有味。进到车厢里,环境虽比较嘈杂,但我也会刻意排除干扰,督促自己专心致志。所谓"心近,天涯咫尺,心远,咫尺天涯",一路下来,时间充裕,也能听到不少故事。随着听觉功能的"声"嚣尘上,娉婷而来,这里也成了娱情娱乐的真正入口,许多扣人心弦的情节,引人入胜的悬念,动人心魄的旋律,感人至深的故事,可以随时走入我们的生活,让我们补充满满的元气,焕发蓬勃的朝气,释放淡淡的怨气,解解积压的火气。于尘世里,只要你喜欢倾听,一定会精彩无限,受益无穷!

也许正是这种读的方式的改变,新一轮的英语学习热,又在"听"中悄悄地崭露头角,有许多这类的公众号相继见缝插针地在刷着自己的存在感,当年我们学的都是哑巴英语,而有一个公众号提供了一个比较精准的治疗方案。"服用方法"为每天十五分钟,两个月一个"疗程",四个板块词汇、金句、段落、文章,都是以听一以贯之,特别强调听力训练。这也说明开发耳朵不仅得由浅入深,而且要由内而"外",业已成为这个时代的鲜明特征。我每次跟读英语,都会有不一样的感觉,有时澎湃,有时低回,还真的像那么回事!听了说,说了听,而且每天必须"打卡"的机制,就逼迫我们今日事今日毕,哪怕再晚,也要"听"从安排。

当阅读从眼睛中解放出来以后,我们的阅读方式更加立体,耳朵的作用也当仁不让地迈进主流社会,做好了不同时段的插入播出的准备,让我们乏善可陈的日常生活,忽然又充满了生机。

四、心 情

  我喜欢这样的光阴,不惊不扰,坐在自家的阳台上,看一朵悠悠的云飘过,剪一段流年的素锦,许一份心灵的安暖,听一段优美的散文,浅拾岁月点滴,内心一路盛装。心若懂,最是怡人,如果再配点音乐,就会让婉约成风景,使明媚变安恬。

  时光的窗口总会飘出新的歌声,"最远的你是我最近的爱",春暖花开,风儿吹来,好像不动声色,却嫣然洗耳恭"听"!

句号删除问号

我儿时的伙伴是个摄影的发烧友,好多年前辞职后,举家移居到皖南古镇。对于他这个决定很多人不理解,包括我在内,几次三番的劝阻都无济于事,他依然我行我素。这次我正好有机会路过古镇,顺道就去看了看他。那是地处黄山脚下一个相对偏僻的地方,因为商业开发还欠火候,所以道路不太好走,从山里拐了几道弯才拐进去,属于那种"养在深闺人不识"的静静村落。但到了地方,历史的沧桑随处可见,那种质朴的感觉也扑面而来。找他倒是挺容易的,老街上有他的工作室,经营拍照、洗照等业务,因为技艺颇佳,所以口碑拔群,一打听,镇上的人都知道他。看到他的工作室确实与众不同,自然气质比较浓厚,橱窗里许多人像拍得非常精致,很是抢眼,屋内挂着的《古宅情思》和《春山图》两幅图画也是出自他的手笔,韵味浓厚、意境深远。

老友相见,格外亲切,我们紧紧地拥抱在一起。他的变化比较大,一头乌发已变花白,只是笑嘻嘻的样子还没有变。令人惊奇的是,他人看上去反比以前精神多了。我们寒暄了一阵,他就拉着我到对面的土菜馆,招呼着老板把拿手的菜都端上来。我说就两个人,多了浪费,他依然点了满满一桌。后来,他又把夫人叫来紧急增援,我们"联手围剿",还是"寡不敌众",没能彻底消灭有生力量,还好后来打包,没有浪费。倒是他喝得挺嗨,我们也聊得很嗨,许多少年往事好像历历在目。来之前,我没告诉他,就是想见识见识他真实的情况,看个究竟。现在看来他有车有房有事业,更有状态、神态和心态,夫妻恩恩爱爱,孩子也很争气,已到国外留学,一切都妥帖安稳,日子过得有滋有味,总体情况不错。但对于他们起初为什么会选择到这里来,依然还是一个大大的问号,他对此并不急于回答。

饭后,他干脆把自己的工作室关上了,专门陪着我到处走了走。时值杏花春雨天,我们撑着雨伞信马由缰地行走在弯曲的田间小道上,不由自主地、贪婪地深呼吸着新鲜的空气,一路神清意爽,移步换景,一片片田野绮丽的风光渐次跳入眼帘,我们就好像走在春天的画卷里:纤如星芒的小雨在微明的天光中织起一阵薄烟,陌上春泥,酥润如膏,远处的青

四、心 情

山,层层叠叠,路边树上倏然的新绿,枝头上冒出了轻红,喜气洋洋,一时间红梅绿萼,飘散着阵阵吹来的春意,别有一番风情。

我们走了好一阵子,来到一座比较典型的徽派建筑门前。这座古宅并没有掩映在层层叠叠的建筑群中,而是独此一家,茕茕孑立,四周都是空旷地带,在群山的衬托下,看上去有点落单,却并不孤独,多少年来仿佛置身红尘之外,静静观赏着人世间的风霜雨雪。门前有一条煌煌大道仿佛从古街"飞驰"而来,屋后有一条弯弯曲曲的小路通向山里,曲径通幽,引人向远。整座建筑古色古香,应该是整个家族几代人前赴后继累积的成果。那力道十足、腾飞天际的檐角,隐然透出某种峥嵘气象,那斑斓沧桑的粉墙黛瓦,仿佛穿透岁月,破空而来,大气而不傲气,神气却不俗气,一砖一瓦,一草一木,都包裹着一层又一层的意外惊喜,拥有着与生俱来的故事性和欲露还藏的神秘感。

朋友告诉我,这座建筑有许多特别之处。他看了多少年都没看够,也没看透,其中凝聚着丰富而复杂的内涵,非常值得玩味,每每到此都会有不同的感受。要真正弄懂它,需要我们清空杂乱的内存,保持头脑的空明与清静,聚精会神,心无旁骛,方可超脱,独辟蹊径,然后与之悄悄相遇。他说:"我们不必过分迷恋过去,但透过传统事物的切面,却能更加深入地了解和熟悉民族文化之根;不拒绝历史来袭,就是要能够从中获得自以为是的人生感悟,去领略文化给予我们的澎湃力量。"建筑确实是留住记忆的重要载体,很多时候都能提供前往过去的现实标本,徜徉在那些看似空荡的宅第里,只要把零散的记忆有机地串联在一起,就可以重现当年热火烹油的热闹场景。大戏即将开演,我们迫不及待地跨过了那个高高的门槛……

在大厅里,迎面看到的就是一个顶天立地的木板屏风,据说这是为了藏富,也是为了聚气,它的前面横放着一个古色古香的条台,上面放着花瓶和圆镜,看来主人是希望自己"平静"点,条台前面有一张四方桌,左右两侧摆放着太师椅,两边的圆柱上写着楹联"诗追太白元和体,书仿黄庭内景经"。前面左右分别摆放着一排黄杨木椅,据说每张都价值连城。我们走过去仔细端详,圆圆细细的椅背和扶手,木纹清晰,椅面上自然地呈现出各种各样的原木花纹,其中还嵌镶着透亮的银线,但抚摸它,却没有凹凸感,平滑流畅,坐在上面确实高端大气上档次。对于正堂的空间安排,可能会有不同时代的调性,但内在的生活逻辑应该是一致的,它们的功能与我们现代的客厅差不多,只是在空间的投放上更为大方和奢侈。

我们从木屏风转过去,来到了第二进,这也是一个很大的堂屋。这个地方正在进行维修,虽然木梯和脚手架已经密不透风,但依然可以看出内部宽敞得疏可走马。人字形的屋顶桁梁整齐清晰,纵横之间,井井有条。整个屋子中间竖立着十多根硬木柱,顶着高大的梁檩,意志坚定,痴心不改,圆形的柱础也咬紧牙关,不遗余力,个个都是肩扛道义的"鼎力担当"。所有的土木结构都如此丝丝入扣,全部的卯榫衔接也都如此丝毫不乱。用心之细,用力之深,于此可见一斑。只是目前还未彻底完工,许多结构美学的魅力还没有完全呈现。

我们到了第三进,这里好像是卧室,两边厢房里都摆着两进的拔步床,又叫"八步床",应该是比较大的床。俗话说,一世做人,半世在床。又说,日图三餐,夜图一宿。古人对床非常重视,几乎到了细致入微的地步。从床框到床架再到床沿,几乎无处不雕、无处不刻,锦被绣衾,软玉温香,床帘钩上挂着小小的香囊,不时飘来一阵阵淡淡的幽香。八步床在层层木框的包围之中,确实怡然自得,冬天睡在里面应该是比较暖和的,但到了夏天麻烦就来了,如果把蚊帐放下来,里面就像蒸笼般闷热,但如果不放,这里就成了蚊虫的"集中营"。替古人着急可以,却不要替古人担忧。他们早有预案,据说到了夏天,他们可以把四面的框板抽掉,就剩一个空荡荡的架子,不会阻挡蚊帐内外的空气流通,更因为拆除了四周的围挡,一下子就会变得更加通透简单,非但不会太闷,还会比以前更加凉爽。

楼上属于小姐们的"绣楼",这是一个"闲人免进"的地方。我们庆幸今天能够上去看看,要是在古代可能门都没有。这里的空间分割与楼下差不多,只是两个厢房相对小点,把更多的空间腾出来,形成一个较大的开阔地带,大家闺秀们从小到大的活动范围就是以此为限。闺房里洋溢着女儿家的细腻温婉:有玳瑁彩贝镶边的梳妆台,华美无比、绚丽夺目;有花梨木的书桌,摆放着宣纸,砚台里搁着毛笔,好像抒发心扉刚刚歇笔;还有大大小小的橱子,高高低低地排列着主人的兴致。透过屏风可以看到,后面还躲着琴台,依稀余音袅袅,紫色薄纱的窗帘,随着阵阵微风吹来,徐徐飘动,充满着诗情画意。前后楼以天井为中心,打通了彼此的过楼道,形成一个方形,这也意味着她们可以在这样的楼道里自由走动。这种设计好像多少有些人性化的考虑,但对于正值青春期的少女们来说,这些地方太局促了,太小了,但谁又岂敢越雷池一步?

透过窗子,她们可以看到花园里的假山小池,碧色流水,粉色水花。这里有浮在水面上的九曲小桥,小亭翼然,不染纤尘的池水,平静得就像一页铺在地上的大纸。伫立岸边,微风起后,柳丝笼烟,幽淡如梦,细细的涟漪像被磁针划着唱片,浅吟低唱。划破天空的鸟鸣从远处传来,就仿佛是天外飘来优美的音乐。我本想在这里多待一会儿,还真的是看不

四、心　情

够,但朋友硬拉着我往山里去。远看山不高,近看山难爬。密密匝匝的树木早就热情相拥,几缕阳光从缝隙里照射下来,投出斑斑驳驳、疏密铺垫的树影,这里几乎没有上山的道路。我们好像探路者一样,看到哪儿好走,就往哪儿走,见缝插针,左冲右突,好不容易才爬到半山腰,来到一块空旷地带,赶快走出去透透气,满目春光,满山苍翠,这里的景色确实不错。

我本以为到此可以告一段落了,没想到朋友好像意犹未尽,干劲冲天,还是要一个劲儿地往上爬。由于我平时爬得很少,突然这么大的运动量,真有点吃不消。小腿肚子直打颤,脚也站不稳,在缓慢往上爬的时候,一不小心还被绊了一下,差点摔跤。我真的不想再爬了,但他却不由分说,念念叨叨地嘀咕"无限风光在险峰",最后还是被他连拖带拉地拽到了山顶。到了山顶,我才知道其实前面还有一条光明大道直通这里,许多游客都是从那儿上来的,放着大道不走,偏偏要走人迹罕至的"旁门左道"。他笑言我们走的是近道,但我看到的却是难道。毋庸置疑,他对这座山非常有感情。他说每周都会来爬几次,不是看同一座山,而是看同一座山的不同风景,这里的风景时时有变、处处有异,充满变幻,魅力无穷。我们站在山顶,放目远眺,四周山色,秾丽清奇,如烟似梦,如诗如画。

回去以后,听他夫人说,老宅可以看看,但爬山就没有必要了,耗时耗力,其实古镇里还有许多特色的博物馆可去一览。朋友却笑着说,任何轻而易举都不是美的真谛,美应该是克服困难以后的境界。这个话题激起了我们的兴趣,本想继续进行深入探讨,没想到第二天情况有变。他夫人告诉我,昨晚邻居孩子突然发高烧,他连夜开车把他们送去了县城医院。他已经不是第一次这样了,诸如此类的事情做了很多。据说当地人有什么困难,也都会想到他。对于他来说,助人为乐不是刻意为之,而是本性使然。这时,我的手机突然响了,是他打过来的。他向我表示了歉意,我却对他表示了敬意。我说刚接到通知,马上就要赶回南京,我们后会有期,希望他多保重。

每个人与生活的切线确实是不一样的。我原以为他来到这里是遇到了与自然对话的难得机会,其实他在这里收获了更多的人生快乐。他说自己也是因为一个偶然的机会,发现了这里的美丽和壮阔,那种深静的美,那种纯真的爱,伴随着山水人文的凝思和遐想,一下子就在心中升腾起热切的期盼和渴望。起初为了能够来到这里,他们夫妻之间发生了巨大冲突,几乎到了不可调和的地步。后来还是他放下口头之争,与夫人商量着先看地方然后再决定。不看则已,一看则喜,他夫人比他还要喜欢这个地方,态度大变,很快就达成了共识。但做出与众不同的决定必然要面对种种非议,还要克服重重困难。还好他们蹚过了这段河流,一切都挺过来了,其实他们在这里,也没有给自己设定很高的目标,就是希望把自己的心灵安放到一个钟情的地方,把以后的人生过成自己内心喜欢的样子,身如琉璃,内外清澈。"此心安处是吾乡",于袅袅娜娜的因缘中,他们开始了一个久违的梦。

  听了他的介绍,我几乎沉入他的心底,那种琉璃般的纯净之心,触发的思考面更加广阔。很多时候,我们没有设身处地,或者没有身临其境,总觉得别人不可理喻。其实问题却在于我们没有找到他们的灵魂支点,如果能够沿着他们的思路放目望去,一切的不可思议都会变得水到渠成,顺理成章!正如日本作家村上春树所说:"所谓理解,通常都是误解的总和。"看清这样的人生常态,才会拥有正确的心态,我希望把他的故事写出来。他建议不要用真名,我同意了。于是我利用一个晚上,写出了以上拉拉杂杂的文字。画上结尾的句号,已是半夜时分,自己轻轻地舒了一口气,总算可以把一直以来飘忽不定的心中问号,给彻底地放下了,这些是自己写出来,也不是自己写出来的,看到的一切就是现成的答案。

读　　景

　　所谓风景,实质上是由山水等自然景观以及某种人文景观所构成的,足以引发人们审美体悟的景象。风景的构成有景物、景象和景悟三要素。景物是风景构成的客观因素,是那些具有独立欣赏价值的风景素材,包括蓝天、白云、阳光、沙滩、群山、海浪、草木、动物等;景象是风景构成的直觉因素,是人们通过内心来浏览到的风景,是景物流经心里渠道的审美呈现。景悟是风景构成的创新因素,是由主体与客体特殊关系而构成的独特感悟。

　　这样看来,风景就像是一本书,不同的人站在不同的地方,透过不同的阅历,看到的景象是不一样的;同一个人在不同的时间里欣赏,看到的景象也是不一样的。所谓一片风景就是一片心情,大概就是这个道理。

　　在上大学的时候,我就读过刘白羽先生的《日出》,并深深地被他描写的日出东方的景象所吸引。其实他在写日出之前,列举了许多文人描写日出的文章,竭尽所能的蓄势,使得那一轮红日在他的心目中突然跳出,显得那样的激动人心!大气磅礴的笔法,华彩美丽的语言,精准卓越的比喻,淋漓尽致的铺陈,完整地记录下了他在飞机上偶然所见的动人情景。徐志摩也写过《泰山日出》,与刘白羽的散文笔调不同,他的文章更充满着诗人的气质和横溢的才华,通过奇特的想象和散文诗的语言,以无比开阔的视野和狂飙突进的风格,描绘出了一幅翘首以盼而又回味无穷的迎日图。当然,写日出的人还有很多,不胜枚举,这些作品,无形中都为我们登泰山打好了草稿,我们在反复修改之后,也迅速地将其转化为我们急不可耐的动力源泉。我正好有机会到泰安,第一天到达就立马上了山,那时还没有直达的缆车,必须靠自己一步一步地爬上去。晚上我们就住在了山上,为了能够第二天看日出,我们几个都定了闹钟,不到半夜就闹个不停,此起彼伏,大家爬起来披上租来的军大衣,就急急忙忙地来到观看日出的最佳点。我们本以为自己起得很早,其实还有早行人。大家都是为了一个共同的目标走到一起来的。人虽然很多,黑压压的一片,但大家都出奇地安静,都目不转睛地,用急切期盼的眼光眺望着东方。但是,在我们眼前飘动的,却是那些带着惺忪睡意的晨雾,一阵一阵的,一团一团的,山雾缭绕,如在云间,优哉游哉,慢慢吞吞。这时,天边终于有了黎明的曙光,但好像一切还在孕育之中,千山万壑也都仿佛屏住呼吸,等待着那个庄严时刻的到来。

忽地,地平线上露出了一线红光,照射云层,把各种各样的云朵都打上了灿烂的金边。转眼之间,血染的面积越来越大,隐隐约约之间成了一团橘红,渐渐地火愈烧愈旺,把整个天空都彻底烧红了。这时一轮红日,在目不暇接之间,就像一个大火球似的,突然腾空而起,痛快淋漓地赶走了所有黑暗,带着可掬的笑容,焕发出一片生机和活力,整个大地一片光明。大家惊异于这种雄伟的景象,也被深情地感染了,整个山顶一下子沸腾了起来,有的相拥而笑,有的拉手而跳,有的放声高歌,有的鼓掌祝福,我激动,我高兴,我欢呼,我跳跃!因为我们从中领略到了生命的价值和意义。如果你没有这种亲身经历,就不会有切身感受,也就不会理解那种超乎寻常的举动和陶醉其中的激动心情。所以生活处处有启示,人生时时有哲学。太阳的东升意味着新的开始,代表着一种新的希望,无论怎样详尽的描写,怎样卓越的比喻,都不可能完美地表达这种推陈出新的精彩过程,只有经过漫漫长夜的人,才能更加深刻地感觉到这种来之不易的温暖和可贵。

人们对自然有一种天然的亲切感。其实人本就属于自然的一部分,所以人在大自然中会显得自然而然,哪怕大自然已经成为审美对象,它们也会我行我素。那年到连云港,我们乘坐着快艇取道直线,直往大海的深处进发,离岸越来越远。当乘风破浪、兴致正浓的时候,突然,云霭低垂,雷声隐隐,狂风乱作,海水沸荡。见此情形,我们知道不妙,立即返航回撤,还好在暴风雨来到之前上了岸。这时整个海面一下子都被昏暗所包围,在黑暗的淫威之下,天公抖抖索索地下起雨来了,开始还是点点滴滴,羞羞答答,接着就是铺天盖地地扑向辽阔的海面。刚才还是诗情画意,其乐融融,一下子仿佛千尺瀑布,气势汹汹。不知从哪来的充沛雨水,站在九霄云外飞泻而下,雷雨发飙,威风凛凛。这种突如其来的发作,就像机关枪在疯狂地扫射,许多人都躲闪不及,四下逃窜。但毕竟是雷阵雨,来得快,去得也快,在一阵"总攻"和"狂轰滥炸"之后,突然一扫阴霾,一片璀璨,整个世界又变得柔和温婉了起来,慢慢地天边烧起了娇媚的晚霞,多姿而唯美。

我们因为上岸以后,还要跑一段路程,没有躲过大雨的洗礼,一个个还是变成了落汤鸡。不少人直喊倒霉,说早知道下雨就不来了,对此我却不以为然。恰逢其事,也恰如其意,因为生活本来就是这样,谁也没有办法预料愉快和不愉快哪一个先到,无论发生什么

四、心 情

情况,只要我们以一颗平常心去接纳它们就好了。许多时候确实需要我们正确地看待事物,能够与意料之内外的一切做到和睦相处,顺其自然也就会自然而然。其实人生也和自然界一样,有云有雨,有风有雪,关键并不是你会有什么样的遭遇,而是你会在种种遭遇面前有怎样的承受力、抵抗力、理解力和化解力。既然遇上了暴风骤雨,我们无法逃避,也就必须接纳,可当你具备了这种乐观心态以后,什么都不是事,也恰恰正是因为打开了自己的心结,世界才会给你带来意想不到的美好。那天晚上,雨后空气变得格外的澄净,我们站在宾馆的阳台上眺望大海,一片宁静,皎洁的月亮洋溢着非常亲切的笑容挂在深蓝色的背景之上,所谓"海上生明月,天涯共此时"的诗句,正是对这种景象准确而深刻的诠释。

中国文化一直以来都把自然当作抒情言志的载体,把握自然如人生一样的生命律动,常常会寄托着独特的情怀,举世闻名的钱塘潮就是如此。钱塘江发源于皖南山区,经杭州湾注入东海。由于杭州湾呈巨大的喇叭形状,湾口最宽处达到约100公里,然后迅速变窄,到海宁盐官时仅三公里,这样涨潮时,大量潮水便从湾口拼命涌入,由于受到钱塘江两岸越来越窄的约束,后浪推前浪,波峰叠波峰,卷起千堆雪,有时会形成陡立如墙的涌潮,最高可达4米。涌潮潮头到盐官一带,江面更窄,潮水卷着浪花,像飞舞的银龙、咆哮的群狮直扑海塘堤坝,掀起排空巨浪,涛声震耳,雷霆万钧,令人惊心动魄。每年八月十八潮汛最大,涌潮现象最为壮观,古书记载,江潮"声如雷霆,震撼激射,吞天沃日,势极雄豪"。每每八月十八,都是人山人海,络绎不绝,许多文人墨客身处其中,沿着历史的足迹,留下了许多精彩的诗篇佳作。北宋进士潘阆在《酒泉子》中写道:"长忆观潮,满郭人争江上望。来疑沧海尽成空,万面鼓声中。弄潮儿向涛头立,手把红旗旗不湿。别来几向梦中看,梦觉尚心寒。"如果说古人是对那种特别的景象进行着原始记录,那么对于现代人而言,则可能更多的是享受着心灵的撞击。随着文明的发展和分工日益多样,本来能够达成多样化的成果,但对许多人来说,却可能出现期望值和实现值之间的巨大差距,或者是因为社会节奏的加快而形成紧张焦虑感,反而使主体精神处于一种被压抑、被割裂的状态。他们希望在复归自然中寻找自我、探索自我。因此人们喜欢陶醉在自然之中,在这种状态下,主体价值与自然形象就容易发生生命意识的共振融合,个体的生命节奏与对象的感性生命贯通,神游而忘机,迷途而忘返,使得人们忘记现实生活的束缚、困顿、烦恼,超然物外,悠然自得。但钱塘潮的那种磅礴气势,依然体现着"天地有正气""于人曰浩然"。对于沉湎其中的主体来说,不仅是精神满足,还具有醍醐灌顶的作用。尽管他们在观赏时会感到自身与对象融为一体、物我合一,对这种体会好像没有更多的理性认识,但当潮水带着不竭的生命力和刚劲的气魄奔涌而来的时候,每个人都会被深深地震撼,只是当时无以表达,或难以言表而已,即所谓"此中有真意,欲辨已忘言"!

  由此可见,自然的审美本质都是充满着人文秉性,即渗透着人的自然属性与社会属性中所应该具备的主体精神。我们每个人都可以从个体的生命节奏与对象的感性生命的贯通中,抒发着主体发现的生命意识。诗人汪国真在《山高路远》中说:"没有比人更高的山。"说明人类永远都是高山的征服者,哪怕再高的山峰也会被踩在脚下。这是汪国真带给我们的一种认知,但在无腿老人夏伯渝的眼中,还有另外一种认知。在他看来,珠穆朗玛峰不仅是自己的对手,更是自己的伙伴,没有对手就没有较量,没有伙伴就没有合作,因此他的人生几乎就是在这种较量与合作中留下清晰的登峰轨迹。1975年5月,作为国家队的登山队员,夏伯渝和队友们一起攀登珠峰,没想到在途中遇到了恶劣的天气,在被迫下撤的过程中,夏伯渝将自己的睡袋让给了队友,自己的双脚因此被严重冻伤,成为一名无腿的残疾人。后来他又被检查出癌症,他积极配合治疗,依然矢志不渝地追逐自己的梦想。从2014年到2016年,他连续三次向攀登珠峰发起挑战,都因为遭遇到极端恶劣的天气,没有成功。2018年5月14日,夏伯渝开始了第五次挑战世界最高峰的历程。这一次,他凭借着自己的毅力和多年积累的经验,终于成功登顶。43年的等待,终于有了圆满的结局;43年的坚持,他终于实现了人生的理想。夏老说,他人生的理想就是不断历练自我,用拼搏去向命运挑战,努力去追求那些值得自己将来回忆的事情。是的,站在珠穆朗玛峰上能够看到别人看不到的风景,但他没有想到的是,在追求绝境风景的过程中,他自己也因此成了我们无法忘却的风景。"无限风光在险峰",这是他坚韧与执着的高光时刻;"世上无难事,只要肯登攀",也是我们阅读到的最为奇绝的风景!

筷子的哲学

对于筷子,我们再熟悉不过了,天天见面,顿顿需要。一双筷子在手,可以夹,可以翻,可以拌,可以戳,可以撕,灵活自如,纵横捭阖,随心所欲,无所不能。桌子是它的领地,饭碗是它的舞台,盘子是它的战场,米饭、水饺、面条等各种各样的美食都是它的道具。朱淑贞在《咏箸》诗中写道:"两个娘子小身材,捏着腰儿脚便开。若要尝中滋味好,除非伸出舌头来。"前两句是拟人化的描写,生动而形象,巧妙地将筷子比喻成两个小娘子,捏腰叉脚,栩栩如生;后两句则笔锋一转,另出奇境,强调筷子与人的呼应关系,心心相印原来就在息息相通之中。

如此一页思绪,初心早就写就,坦率地讲,筷子不就是两根精致的小木棍吗?为什么有它?为什么是它?据考证,我国在新石器时代就有筷子了。先秦时代称"梜",汉代称"箸",此称谓一直延续到明代,才改称为"筷"。关于筷子的产生,民间传说更为丰富:有的说是姜子牙受神鸟启示发明了丝竹筷;有的说是妲己为讨纣王欢心而用玉簪作筷;还有的说是大禹治水时用树枝捞取热食而发明了筷子。尽管这些传说各有侧重,但有一点是共同的,那就是筷子是适应熟食时代的产物。也许在这之前,我们的祖先并不需要用筷子,只有到了发现食物烧熟以后,温度高了,太烫了,不能用手马上直接接触,便随手拿来树枝进行辅助。开始也许是用一根,后来觉得还是不能固定,于是又找来一根,这样就能把食物夹起来了。如此这般,经过几千年的进化,这种功能逐渐深入人心,作为一种无师自通的先天能力,只要稍加引导,小孩子便也能驾轻就熟。因此中国人用筷子吃饭自古已然,源远流长,生生不息,就是一种简简单单而又地道道的国粹。

我们使用筷子如此得心应手,并不认为这是一种特殊的能力,只是在看到老外使用筷子时的那种手足无措的样子,我们这才发现其中的奥妙,也有寻常不见的惊奇之处。原来手握筷子就像手拿圆规一样,一根相对灵动乖巧,另一根主要保持稳定。不动的成了定海神针,活动的则能随机应变,可近可远,可张可合,可并可分,可大可小。五个手指,配合默契,灵巧娴熟,上下自如,就好像在悄悄地演奏乐器,奏鸣曲、进行曲、小夜曲、摇篮曲等,让人叹为观止。

其实使用筷子也有许多讲究。筷子最好材质一样、类型一样、粗细一样,这样吃起来会比较舒服,如果是一长一短、一粗一细、一方一圆,就会很别扭。筷子一般都是木质的,朴实自然,现在也有人喜欢用银质的,显得高端大气上档次。主人或长辈不动筷,其他人不能动筷。在吃饭的时候,不能用筷子指人和敲打盘碟,这样很不礼貌,就是通常讲的"吃饭没有吃饭相";在夹菜之前要确保自己的筷子是干净的,不要携带米饭或者菜叶,那样不雅观,也会污染菜肴。记得当年有人喜欢吃肉,便用筷子在整个盘里翻来翻去,他自己吃得非常开心,说是主动帮大家解决脂肪堆积问题。但据我观察,这盘菜自经他一阵倒腾过后,就再也没其他人的筷子"光临"过。

筷子几乎伴随着人的一生,每天拿起筷子吃饭就是体验人生,不经意间也会提醒我们去实现人生的完美!我们看到筷子经过烧煎炸煮,尝遍酸甜苦辣,总是那样任劳任怨,几乎从不变形。这不就是那种面对各种困难,从不言败,坚韧挺拔、腰板硬朗的男子汉形象吗?爱情也是一样,合不合适,吃几顿饭不就知道了吗?筷子就是那把能够打开心扉的钥匙,顺不顺畅,一试便知。男人是一根筷子,女人也是一根筷子,两根筷子有缘握在一起,才能成为一双筷子。组建家庭以后,夫妻之间也要像一双筷子一样,心往一处想,劲往一处使,这样才能把平淡的日子夹起来,美美地送进自己的口中,感受着那种渗透灵魂的有滋有味。大家知道,一根筷子一折就断,但一把筷子抓在一起,就很难折断,这不就是团结起来所拥有的那种难以匹敌的集体力量吗?我曾看到母亲抓着一把筷子,在大碗中用力搅拌肉糊,很有力道,也很实用。看到如此匀称的肉泥,确实不是一根筷子所能为!

各种筷子穿梭在我们人生境遇的时光里,渐渐地便与人们的多重感悟建立了某种若隐若现的深层联系。人们时常会问,筷子为什么会是一双?用《周易》来诠释,就是蕴含着太极和阴阳的理念。太极是一,阴阳是二;一就是二,二就是一;一中含二,合二为一。所以看上去,一双筷子对应着"兑""巽"两卦,分别是"口"和"入"的意思。但这两卦联系起来,说的就是以食果腹这么一回事!客观的事物背后总会被岁月植入许多主观情意,也确实让事物本身越来越丰满。但硬要在筷子的能指符号与所指对象之间建立某种莫须有的指代关系,不仅让人看不明白,有时还会觉得非常突兀。我们已经充分感受到筷子所带来的文化强度,但一味地异想天开,或牵强附会,本以为直抵灵魂,却不知已遥不可及。有人

四、心　情

认为筷子长七寸六,象征着七情六欲,即喜怒哀乐悲恐惊和眼耳鼻舌身意;有人认为,五指控筷,代表着金木水火土;有人认为,筷子上方下圆,象征天圆地方、方圆相济的中国哲学,也就是说嘴里有天地,筷子有乾坤,正好暗合"民以食为天"的理念;还有人认为,拇指、食指在上,无名指、小指在下,中指为中,这是对应着中国人天、地、人三象,正所谓天时、地利、人和也!

这些说法不能不说没有真知灼见。但大道至简,大道至极,筷子不是一种听不懂的哲学,而是一种看得见的哲学,许多精妙之处并不是高深莫测的宏大智慧,恰恰是隐藏在熟视无睹间的细枝末节。"拿得起,放得下"也许就是这种最普通也最深刻的筷子哲学。

古 塔 尘 缘

据说释迦牟尼死后,在他的骨灰中发现了许多五彩晶莹且十分坚硬的珠子。这些珠子及遗骨被佛门弟子奉若神明,尊之为"舍利"(意即"身骨"),乃佛教修行正果的象征。为了珍藏这些神圣的舍利,同时也为了给善男信女们留下与天上佛陀心灵交流的机会,佛门弟子们开始建造起了一座座用于供奉"舍利"的塔。

随着佛教的传入,我国的塔建筑也渐渐兴盛了起来。《如意宝珠转轮秘密现身成佛金轮咒王经》说:只要是出家的人,其骨灰都可被视作"舍利";还可以用金、银、琉璃、水晶、玛瑙、玻璃等宝物作"舍利"。可见,"塔"实际上是佛家教义用于进一步攫住人们敬畏之情和膜拜之心的一种象征,希望以塔的那种直冲云霄的直观形态,去造就人们涅槃再生的极乐世界。

在少林寺的塔林中,游人一直络绎不绝。因为《少林寺》的影片给人们留下了深刻的印象,许多人来到少林寺都希望拍照留念,大家你争我抢,争先恐后,唯独有位同行者表现怪异,不管是请他拍单人照还是集体照,他一概拒绝,问其缘由,他也不说,但就是不拍。我认为,这位仁兄自有他的道理,然而,从另一方面讲,在塔边拍照片,人们只是把它作为一个背景,或作为一种标志,或作为一种古迹,或是寓有一种象征。而且,随着时代的发展,那种残留在塔上的种种佛教的痕迹将越来越少,代之以种种全新的阐释反而会常常跃入人们的视野,精神气质的东西变得越来越强烈,很多的时候,一跃成为美学的境界。

北京的玉泉山比较平缓,山顶近似平台,景色平淡无奇。可玉峰塔屹立于山巅之后,玉泉山山势猛增,峰顶高耸入云,在蓝色的天幕下留下一条曲折起伏而又柔和优美的天际线;昆明湖如明镜,万寿山似青螺,佛香阁一带建筑群如琼楼玉宇,若有缕缕薄雾升起,顺着这样的视线再向上,人们的目光又可以回到一鸟翼然的玉峰塔上。由于建塔者把塔与周围的空间环境,放在同一个画布上进行描绘,这样的人文景观与自然景观非但没有什么隔阂,反而彼此相亲相近,互相照应:颐和园使玉峰塔的立身空间姿色大增,山光水色成了古塔的美妙

四、心　情

和声;同时玉峰塔也成了颐和园的借景,引得远景近景、山景水景皆处于五光十色的变化之中。

诸如此类的还有山西五台山塔院寺舍利塔、宁夏青铜峡一百零八塔、福建泉州开元寺仁寿塔、湖北当阳玉泉寺铁塔、河南焦作沁阳市三圣塔等,都非常注重地势的选择和环境的协调。所以当我们在欣赏这些塔的时候,放眼望去,总是会先看到蓝天白云、青山绿水,在饱吸了那种阔大绵延的视像之后,也会渐渐地收拢到塔的本身上来,这时候的塔就成了天人合一的画龙点睛之笔。山西的应县木塔是中国现在最高最古的一座木构塔式建筑,也是唯一一座木结构楼阁式塔,据说它与意大利比萨斜塔、法国埃菲尔铁塔并称世界三大奇塔。"拔地擎天四面云山拱一柱,乘风步月万家烟火接云霄""点检透云霞西望雁门丹岫小,玲珑侵碧汉南瞻龙首翠峰低",多少年来经风历雨,一直巍然屹立,脱颖而出。同样,在苍山洱海之畔、蝴蝶泉边,耸立着的大理三塔是南诏时期的象征,也是佛塔建筑群仅存的符号,更是当今大理标志性的景点。我那次去的时候,正好赶上关门,在外面也能感受到它们的气象。也许正因为没能进去,导游觉得过意不去,便借此时间和我们聊了聊古塔文化,他说,塔有四种类型。亭楼式,就是下面是亭子上面是楼;楼阁式,像镇江金山寺那可以上下的塔便是;密檐式,一般都是实心塔;喇嘛塔,又叫白塔……塔由地宫、塔基、塔身、塔刹四个部分组成。塔刹的"刹"梵音"刹多罗"是田土、国土的意思,所以塔刹乃佛国佛土的象征,是古塔中最崇高的部分……这些知识的输入,使我对塔的认识明显丰富起来,但光知道这些能行吗?

我有回陪客人到南京灵谷寺内的灵谷塔游玩,拾级而上,因为经常来到这里,几乎"眼"熟能详。一阵清风从塔外轻轻吹来,透心的爽意把我引到外面的塔台,从黯然沉郁的梯道进入无比广阔的世界,一种豁然开朗的感觉使我忽然之间显得无比振奋。向南望去,群峰拱抱,烟岚蓊郁,蒙蒙一碧;向西望去,千里澄江似练,一桥飞架南北;向北望去,烟囱林立,楼宅似网,现代湖汐时涌时动;向东望去,古木葱茏,佳荫相属,长堤映带,垂柳含烟……

我不知道,建塔者有没有刻意营造心旷神怡之境界的考虑。如果考虑到了,那么我算是领略到了他们的匠心;如果没有考虑到,那么这应该视为注入生命源泉的重要一笔!因为这时的塔已经不完全是佛家境界,而是具有烟火气的生活场景,来去古塔,如沐春风,上下古塔,如揽秋光。也就是说,如果没有这种世俗化的尘缘,就不可能会有古塔由来已久的那种常见常亲的魅力。

可望而不可即的风景

在长途漫漫的人生征途中,可望而不可即的事情,随处可见,屡见不鲜。造成的原因多种多样,概括起来主要有两类:一类是受制于外在的条件、机遇等因素;一类是受制于内在的能力、道德、文化等因素。

既然是可望而不可即,那么就应该属于人生憾事,毕竟希望得到的并未得到。如果这种憾事确实在可望而不可即的范围之内,也许并不残酷,因为这本来就属非分之想。但如果在可望的范围之内,通过自己争取,也有可能实现的目标,这样在可望和不可即之间就有一个巨大的空白地带,需要我们来认真填写,其结果有时并不是心想事成,而是事与愿违。

按理说在这种不断争取却没有结果的努力中,带给人们的应该是难过、沮丧和失落。但事实上恰恰相反,人们反而更加坚定,愈挫愈勇,潮湿的心会变成彩色的梦,因而拥有了一段人所未有的记忆。事实上穿越在五色斑斓的人生行程里,经过的地方,可能是晴天,也可能是雨天;可能是杏花春雨,也可能是秋风塞北;可能是一马平川,也可能是跌宕山峦。"黄河落天走东海,万里写入胸怀间",丰富的经历代表着丰富的阅历,丰富的阅历来自丰富的履历。可望而可即固然会有梦想成真的欢呼雀跃,可望而不可即也会绽放出出人意料的美艳花朵。

可以说,这种美并不在于可望,也不在于不可即,而是在于"可望"和"不可即"之间。明人谢榛曾举过一个非常生动的例子,"朝行远望,青山佳色,隐然可爱,其烟霞变幻难于名状,及登临非复奇观,唯片石数树而已"。他讲得再清楚不过了,有些美景只能远观而不能近玩焉,审美距离蕴含着想象的世界,那种若隐若现、若即若离的不可名状的审美感受,会有"隐隐约约呈现在你的眼前,就像朦朦胧胧的幻象一样,像蓦地在高处传出的知音一样,像刹那间在你身边吹过的芬芳馥郁的香气一样"的审美惊喜。因为审美距离的存在确

四、心 情

实已经虚化了审美对象,随着人们灵感的不断延伸,趣味的不断凝聚,可以按照美的规律重新塑形。这样的结果看上去好像异化了的审美对象,审美对象却反而因为这种错觉呈现出更为美妙动人的特别之美。很多西方的艺术流派就体现了这样决绝的审美特征,像雷诺阿、莫奈的印象派绘画,像马拉美和魏尔伦的模糊诗歌,还有柏辽兹和斯克里亚宾的幻想曲以及福克纳的现代派的意识流小说等,都在朦胧的神秘面纱下缔造了许多始料不及的美丽错觉。

而那些一览无余的清晰而准确的感知,好像"三年早知道",无所不知晓。但有时在充满灵性的现代艺术面前却显得捉襟见肘,惘然若失,反而会与内在真正的美失之交臂。而那些朦胧的、虚幻的、有距离感的异化现象,往往倒能平添许多审美的意外奇趣。正如林徽因的《别丢掉》所写的那样:"一样是明月,一样是隔山灯火,满天的星,只是有人不见,梦似的挂起……"那种并不十分清晰的感情,反而写出了"请君试问东流水,别意与之谁短长"的深情厚谊。

不约而同的感同身受,南辕北辙的如出一辙。也许你想得到的境界,是在你没有得到以前;而在你得到以后,一切都不复存在了。其奥妙就在于这两者之间的距离,"造化钟神秀,阴阳割昏晓"。没有距离也就不会有向往,没有向往也就不会有追求。距离的存在就意味着消除距离的动力,依然激发着人们志在千里,激发着人们始于足下,激发着人们锲而不舍,激发着人们无限创造……

而其中最引人注目的就是那种如痴如醉的爱情突然幻灭以后,瞬间爆发出来的势不可当的创造奇观。我们可以从许多名家的感情悲剧中找到例证:但丁因为温柔的小姑娘贝雅特丽齐的擦身而过,而引起暴风雨般的情感,写就了《神曲》;柏辽兹虽没有得到爱尔兰女演员史密逊的爱,却反而写出了令人神魂颠倒的《幻想交响曲》;歌德因摆脱对已有恋人夏绿蒂的爱情,最终写成了举世震惊的《少年维特之烦恼》;金庸没能娶到夏梦,却造就了他天马行空的武侠世界……试想,如果没有这种可望而不可即情感的持续发酵,他们的智慧火花也许不会来得如此骤然;他们的创作成果也许不会取得如此辉煌;他们的高光时刻也许不会变得如此璀璨。

所以,当你停泊在爱情的港湾却不能径情直遂的时候,当你在事业上心向往之而又无法如愿以偿的时候,我们都应该懂得,这种情况也不一定都是坏事,其本身就是一片难得的风景。

只要你认真地去接受它,阅读它,品尝它,体验它,理解它,总结它,改进它,突破它,也许留给你的就不是遥不可及的成功,而是近在咫尺的收获!

五、深 情

测量深情的唯一标准,就是看它是否沉入心底。

磅礴的气势，壮丽的画卷

建党百年，举国同庆。江苏省"永远跟党走"大型歌咏文艺演出，以热情歌颂建党100年来奋斗的光辉历程为线索，分为"开天辟地""改天换地""翻天覆地""奋进新时代"四个篇章。全方位、全过程、全景式地再现党领导人民实现从站起来、富起来到强起来的历史性飞跃。通过倾情演绎29首耳熟能详的红歌金曲，传唱红色经典，传承红色基因，赓续红色传统，唱响时代旋律，汇聚奋进力量，我们共同感悟中国共产党历经百年始终不渝的初心使命，共同抒发8 500万江苏儿女"争当表率、争做示范、走在前列"，书写"强富美高"新江苏现代化篇章的壮志豪情。

整台演出从南湖红船的起航，到南昌城头的枪响；从井冈山的星星之火，到二万五千里的漫漫长征；从艰苦卓绝的十四年抗战，再到解放战争的硝烟弥漫；从社会主义的探索实践到迎来了改革开放。从开辟中国特色社会主义道路，到全面建成小康社会以及高歌奋进迈向新征程，生动地反映了从建党的开天辟地，到新中国成立的改天换地，到改革开放的翻天覆地，再到党的十八大以来，党和国家事业取得历史性成就、发生历史性变革，中国共产党带领中国人民砥砺奋进、不断从胜利走向新胜利。这条红线贯穿着革命时期形成的井冈山精神、长征精神、抗战精神等，也贯穿着新中国成立后形成的载人航天精神、抗疫精神、脱贫攻坚精神等，这些具体的精神谱系，无一例外地体现着中国共产党为人民谋幸福、为中华民族谋复兴的根本宗旨。学史明理、学史增信、学史崇德、学史力行，编导将自己对党史的许多感悟融入艺术创作之中。我们看到，多少枪林弹雨的战斗，多少壮怀激烈的牺牲，多少上下求索的追寻，多少千难万险的跋涉，多少执着坚定的前行，这些都代表着一代代中国共产党人笃定共产主义理想信念，不畏强敌、不惧艰险，敢于斗争、敢于胜利，攻克了一个又一个看似不可攻克的难关，创造了一个又一个彪炳史册的人间奇迹。同时，百年来，江苏人民在党的领导下，薪火相传、接续奋斗，顽强拼搏、砥砺前行，也以一往无前的奋斗姿态交出了精彩纷呈的江苏答卷。从"春到上塘"到"昆山之路",从乡镇企业异军突起到苏州工业园区枝繁叶茂,江苏儿女以"四千四万"精神拓荒前行、勇立潮头,大胆地试、勇敢地闯,闯出了一片新天地!应该说,整台演出通过故事讲述、情景表演、舞蹈杂技、诗朗诵等艺术形式,深情地讴歌了中国共产党的初心使命和丰功伟绩,也生动地揭示了在百年党史中江苏熔铸的红色基因,它们伴随奔腾不息的长江之水,深深融入江苏儿女的精神血脉之中,早已成为激励我们开拓进取、奋勇前行的不竭动力。

演出的现场到处洋溢着节日的气氛,恢宏的舞台设计,庞大的演员阵容,整齐的乐队布阵,激越高亢的演唱,热血沸腾的舞蹈,这些都充满着波澜壮阔的磅礴气势。这种磅礴气势大部分确实是来自节目本身,但更重要的还是来自这些节目所展现出来的历史底蕴和时代召唤。这里有伟大斗争的改天换地,有伟大工程的惊天动地,有伟大事业的感天动地,有伟大梦想的顶天立地。歌舞《我们都是追梦人》描写了中国人追梦、筑梦、圆梦的恢宏壮阔的前景。每个人都有自己的梦想。工程师说:通信覆盖,畅联四海,是我们的梦想!航天科技人员说:逐梦九天,建设航天强国,是我们的梦想!海军舰长说:走向深蓝,强军卫国,是我们的梦想!建设工人说:架桥、修路、建港口,走向世界,是我们的梦想!农民说:把乡村建设得更美丽,是我们的梦想!青年教师说:让山里的孩子接受更好的教育,是我们的梦想!中国梦,我的梦;中国梦,我们的梦!中国梦凝聚了几代人的夙愿,体现了中华民族和中国人民的整体利益,是每个中华儿女的共同期盼。只有每个人都在为美好梦想而奋斗,才能汇聚起实现中国梦的磅礴力量。合唱《中国向前进》着重呈现了载人航天、探月工程、深海工程、超级计算、量子信息、"复兴号"高速列车、大飞机制造等。大国重器、千秋伟业,使命呼唤担当,使命引领未来,不负重托,不负厚望。画外音传出:我是"神舟",我是"嫦娥",我是"天问",我是"北斗",我是"墨子号",我是"奋斗者号"。在科技创新的道路上敢为人先,那种"可上九天揽月,可下五洋捉鳖"的锐气和胆识,就是对"为有牺牲多壮志,敢教日月换新天"的生动诠释。当舞台的主屏中出现了习近平总书记三次视察江苏的画面时,全场观众的心情无比激动!江苏全面落实习近平总书记的谆谆教导,向全省发出聚焦高质量发展、高品质生活、高效能治理,集中精力办好自己的事,不断把"强富美高"新江苏建设事业推向新的高度,奋力开创社会主义现代化建设新局面的集结号,其根本的出发点和立足点都是人民至上,"人民至上,人民至上,一枝一叶都在心上……"。这里有江苏医疗队出征驰援湖北时,医护人员的红手印请战书以及党旗下宣誓出征的情景,有许多江苏企业复工复产、经济复苏的场面,有江苏脱贫攻坚的新闻纪实画面等。在舞台上还出

五、深　情

现了一名女农科员带领众人跑上山顶,通过深情讲述,告慰自己的老师,脱贫攻坚取得了决定性的胜利,还表示在乡村振兴的征途上,对农民兄弟的服务永不关机。党的初心使命是我们党的性质宗旨、理想信念、奋斗目标的集中体现。这些节目告诉我们,每个共产党员都要以坚如磐石的信心,只争朝夕的劲头,坚忍不拔的毅力,想人民所想,急人民所急,办人民所盼,弘扬坚定信念、践行宗旨、拼搏奉献、廉洁奉公的高尚品质和崇高精神。

整台演出气势恢宏,高潮迭起,激荡人心,演员们通过悦耳的歌声、悦目的舞姿、悦情的真挚,各显神通、各展其长,追念峥嵘岁月,感悟百年风华。编导们别具慧眼、别具匠心:有登高望远的宏大叙事,也有始于足下的细致描绘;有奔放的大写意,也有精细的工笔画;善于从大处着眼,也敢于从小处着手。对细节精挑细选、沙里淘金,突出亮点、特点、重点以及关注点、闪光点和动情点,蕴深植厚、意味无穷,几乎成了贴近和呼应整体构思的点睛之笔。中国共产党在黑暗中诞生,日出东方,其道大光。这是中国工人阶级的觉醒,是中国人民的觉醒,是中华民族的觉醒。这是历史的选择,也是人民的选择。这时在舞台上出现了许多知识分子、工人、学生积极要求加入中国共产党的情景,表明中国共产党是中国工人阶级的先锋队,是中国人民和中华民族的先锋队,是中国特色社会主义事业的领导核心,是人人心向往之的革命组织。"红军不怕远征难,万水千山只等闲",许多红军战士在风雪中艰难跋涉,有一位红军小战士边走边打起快板,鼓舞身边的战友,坚持下去,克服困难,走向胜利,"更喜岷山千里雪,三军过后尽开颜"。为了支援解放战争取得胜利,乡亲们倾其所有,把最后一碗米做军粮,最后一尺布做军装,最后一件老棉袄盖在担架上,最后一个亲骨肉送上战场!"这就是我们的人民,你把希望给了他,他就把一切给了你!"中国共产党的力量,人民军队的力量,根基在人民。江山就是人民,人民就是江山。只有依靠人民才能凝聚起众志成城的磅礴之力,激发起无往而不胜的伟大力量。改革开放的春风吹绿了大江南北,兴高采烈的小伙子跑上舞台,挥舞手上的录取通知书,大声喊:"考上了! 考上了! 我考上大学啦!"这是人生的喜悦,更是时代的精彩,是改革大潮带来了社会面貌和人生命运的彻底改变。一位戴红围巾的白发老者循着童声向圆月走去,这表现了香港和澳门回归的动人情景,也表达了对海峡两岸人民早日团圆的美好期盼。新冠肺炎疫情发生以来,武汉成为全国疫情防控的重中之重。妻子逆行出征,送行的丈夫带着孩子,手举横幅祝福平安,深情款款,但孩子的一声"妈妈",更显撕心裂肺,久久地回荡在我们的心中。

所谓精湛的技艺,也就是说精湛的技术和艺术。从技术层面来说,主要表现在两个方面。一是充分利用 VR(虚拟现实技术)、全息投影、数控动能球的矩阵等技术,特别是多

此情此景

媒体屏幕的运用,更显得心应手,恰到好处。舞台上有主屏、环屏、冰屏、地屏,还有流动着的四百组手持屏,时时刻刻都满足着演出需要,服务于表现内容,担纲着叙述事件、还原图像、渲染气氛、辅助解说等任务。虽各有所能,各有所责,但彼此呼应,密切配合,总能殊途同归地融入统一的表达体系之中。二是充分发挥演员高超的表演技能,许多绝活就像盐在水中一样,能够生成到节目之中,既不留痕迹,又震撼人心。伴随着《七律·人民解放军占领南京》的歌声,所有的屏幕里全部呈现出千帆竞发、百万雄师过大江的情景。水声、枪炮声、进军的号角声此起彼伏,这时编导抓住这个时机,通过杂技与舞蹈的结合,生动地再现了"大辫子姑娘"和人民群众摇橹、划船"送亲人过大江"的动人场景。特别是在帆船上的那些高难度的惊心动魄的表演,给我们留下了非常深刻的印象。从艺术层面来说,无论从整体的构思、场景的布置、情节的安排,还是人物的设计以及氛围的烘托等,都很用心用力用情,尤其在主动达成与观众心心相印的红色寓意上,更显得心有灵犀、得心应手而富有创意。整个舞台造型就像一条船一样,寓意着伟大的中国共产党从上海石库门到嘉兴南湖,一艘小小红船承载着人民的重托、民族的希望,越过急流险滩,穿过惊涛骇浪,成为领航中国行稳致远的巍巍巨轮。同样,在《八一起义歌》的演唱中,身穿国民革命军服的演员,通过他们的舞蹈最终在台阶上定格成"八"字的图形,那些留在舞台上的佩戴红领带、手持长枪的演员,这时也相应地构成了"一"字图形。编导们希望通过这个明确的造型,充分说明1927年8月1日的南昌起义,为中国共产党独立领导武装斗争和创建革命军队拉开了序幕,打响了武装反抗国民党反动派的第一枪。应该说,整个表演充满着魅力和活力,五彩斑斓,五彩缤纷,生机勃勃,喜气洋洋。编导们亦希望通过视觉色彩来说话,这也构成了该台晚会的一大特色。红色代表着红色江山,红色政权,红色精神,红色基因,红色传承;黄色代表着金黄遍野,硕果累累,"喜看稻菽千重浪",是成熟的季节,是丰收的景象;绿色代表春天的故事,希望在田野上,百年仍是青春,恰是风华正茂。

整场演出在小女孩的清纯童音"唱支山歌给党听……"中开始,临近尾声时,又唱起《没有共产党就没有新中国》。构思新颖巧妙,寓意非常鲜明。全场观众纷纷起身,挥舞着手中鲜红的党旗,与演员们一起,满怀豪情,齐声高唱,共同祝福伟大的中国共产党生日快乐!百年初心历久弥新,百年成就催人奋进。最好的纪念是传承,最高的致敬是奋斗。听党话、感党恩、跟党走,是我们每个人发自肺腑的心愿心声和矢志不渝的坚定信念,这也恰恰是整场演出所要表达的核心内涵和深刻主题之所在!

歌盈耳畔

最近,在安徽卫视竞唱节目《耳畔中国》的舞台上,歌手龚爽以一曲《我的祖国》激起了观众的强烈共鸣。转瞬之间,全场就成了波涛汹涌的合唱海洋。与其说是歌手将歌曲演绎得扣人心弦、激动人心,不如说是歌曲本身的激昂慷慨、震撼人心。因为那是从心底里腾空而起的理想之光和生命激情,尽管已经跨越了半个多世纪,至今听来依然意气风发,昂扬豪迈。对于现场观众来说,这是一次对似水年华的动情追忆,更应该是一次革命英雄主义的精神洗礼。在影片《上甘岭》中,身负重伤的指导员在奄奄一息之际,用微弱的声音请求"再给我唱唱《我的祖国》吧",护士王兰看着他那干裂的嘴唇和渴望的眼神,满怀深情地哼唱起了"一条大河波浪宽,风吹稻花香两岸……"歌声由小到大,由弱变强,一呼百应,一唱百和,好像插上了翅膀,飞越绵延群山,飞过滔滔江河,如雷霆万钧,如飓风扫宇,气势磅礴,回肠荡气……

听着,听着,我们也仿佛回到了炮火连天的上甘岭。在那个不到3.7平方公里的阵地上,敌机的狂轰滥炸几乎遍及每一寸土地,如水倾泻般的炮弹炸飞了每一寸草木,山头被削平了,泥土被烧焦了,但志愿军战士们的钢铁意志却无法被摧毁。他们斗志昂扬,浴血奋战,人在阵地在,誓与来犯之敌拼杀到底!影片正是通过志愿军某部八连的感人故事,截取了这场战役的主要片段,反映了他们在缺粮断水的情况下,以坚定的信仰、惊人的毅力,坚守坑道,机智勇敢,打出了国威,打出了军威,最终争取了时间,赢得了大部队的反攻胜利。

应该说,整个影片与历史事实基本吻合,前呼后应,一场战斗接着一场战斗,情节节奏紧张激烈,箭在弦上,几乎没有给人喘息之机,于是编导就想通过安排一支插曲,稍稍缓解一下剑拔弩张的气氛。事实上,这种想法并不是空穴来风,而是有源之水。当年志愿军女护士王清珍在上甘岭战役中,不仅要负责三个坑道的二十多个重伤员,每天给他们打水、打针、换药、喂饭、洗绷带、查脉搏,甚至端屎端尿,还常常给大家唱陕北民歌《南泥湾》《解放区的天》等歌曲。在战士们的心目中,她就像春天的百灵鸟那样,歌声悦耳动听,充满了生机和活力。既然有这个原型,就应该深入地挖掘这个原型的价值,于是影片通过典型化的方式,创造了女卫生员王兰的形象,通过她的歌声,在战役最困难的时候深情地唱出了《我的祖国》。

"此曲只应天上有,人间能得几回闻。"从歌曲本身所表达的主题来看,歌曲可分为三个部分。第一部分把镜头拉开,着力表现志愿军战士对祖国和家乡的怀念。一条大河,风吹稻花,艄公的号子,船上的白帆。这些来自祖国、来自家乡的符号并不是简单的堆砌,而是随物赋形,随类作比,托物寓志,抒发了志愿军战士最柔软、最美好的心底情感。第二部分把镜头推近,着力表现志愿军战士曾经建设家乡的美好回忆。"姑娘好像花儿一样,小伙儿心胸多宽广。"他们开辟新天地,唤醒了沉睡的高山,让那河流改变了模样。第三部分将镜头拉回,着力表现志愿军战士保家卫国的坚定决心和坚强意志。"好山好水好地方,条条大路都宽敞。朋友来了有好酒,若是那豺狼来了,迎接它的有猎枪。"热爱自己的家乡,就是热爱自己的祖国,热爱自己的家乡,就要保卫好自己的祖国,"保和平,卫祖国,就是保家乡"。这是志愿军战士们舍生忘死、奋不顾身的精神源泉,也是歌曲久唱不衰、动人心弦的关键所在。

当年导演沙蒙在这之前也曾创作了一首主题歌的歌词,那是他经过精打细磨的文字,也不乏精彩:"祖国啊,我的母亲!您的儿女,离开了您温暖的怀抱,战斗在朝鲜战场上。在我们的身后,有强大的祖国……"他希望通过这部影片能够推出一首经久难忘的歌曲,哪怕到若干年之后,只要人们记得或唱起这首歌,就会想起影片中动人的情景,永远地怀念着那些可歌可泣、可敬可亲的英雄们!沙蒙拿着歌词找到了著名作曲家刘炽,请他谱曲。没想到,刘炽看了以后却不以为然,没入法眼,根本没顾及沙蒙的情面,执意要请乔羽重新创作,沙蒙也很直爽,二话没说,愉快接受,只是提出要抓紧时间。

如此千钧重担就这样落到了乔羽的肩上。要在很短的时间内拿出直抵心灵的歌词,哪怕是他这样的大家,也会觉得困难重重。真情在心,笔难溶墨,乔羽冥思苦索,就是出不了"好货"。他说:"当时我是这样想的,影片是描写战争的,如果歌曲再这样写,虽然符合影片的情节,但我总觉得有'靠',就像舞台演出,红色背景,演员着红装一样,颜色太靠,没有反差、对比,效果不太好。"是的,通过艺术对比的方式,确实能够形成引人入胜的张力,进一步凸显最可爱的人心中的辽阔世界。这个创意好是好,可究竟从哪儿下手呢?他自

五、深 情

己也没有答案,很长时间都在寻找这个答案。有一天,他突然爆发了情感的高峰体验,仿佛从记忆中长江两岸的美丽风光中找到了如释重负的创作灵感。他第一次看到长江时就非常振奋,开阔的江面,波浪滚滚,许多白色的帆船航行在水面之上。过了长江,一眼望去,漫天遍野,到处都是一片片碧绿碧绿的稻田……这些浸透了地域情感的美丽画面,不正体现出志愿军战士对祖国家乡那种刻骨铭心的思念之情吗?感觉找到了,情感找准了,思路也就理清了。一点就破,一通百通,源源不断的词飞句涌,一泻千里地呈现在稿纸之上,几乎是一气呵成,一次定稿!写完了以后,他的整个身心还在颤抖,久久不能平静。对此他十分感慨:"我用很抒情的调子写这首歌曲,是为了表现在面对强敌、很严酷的战争时,我们战士的镇定、乐观、从容。"他是这样想的,也是这样写的,更是这样燃的。显然乔羽对自己的这首应急之作是相当满意的,但能不能得到导演的认同,他心里还是没底,所以"交差"的时候,难免有些忐忑。沙蒙盯着歌词看了老半天,不吱一声。乔羽站在边上焦急万分,就等他一句话。他偏是不说,看了一遍,又回头看了几遍,看来看去,看了又看。正当乔羽不知如何是好的时候,沙蒙突然一拍大腿,大声叫道:"行了,就它了!"把乔羽吓了一跳,转而变成哈哈大笑。这首歌词不仅与影片表现的主题、气氛、节奏恰如其分,非常契合,更重要的是在生活的矿藏中提炼出了人人心中有、人人笔下无的那种思乡的境界和爱国的情怀。

歌词是从一条大河拉开广阔的帷幕,起点很高,气势非凡。我们一听就知道在写长江,既然是写长江,为什么不干脆写成"万里长江波浪宽"或者"长江万里波浪宽"呢?这样不是更加具体明确,也更容易让人理解吗?其实这并不是作者的疏漏,而是有意为之。乔羽在其中别有意味,他说:"长江虽长,在全国的范围内还算少数。没有见过长江的人也有很多。这样写可能会让那些不生活在长江边上的人从心理上产生距离,失去了亲切感。而且从对祖国的体会来说,不管你是哪里的人,家门口总会有一条河,河上发生的事情与生命息息相关,寄托着每个人的喜怒哀乐。只要一想起家,就会想起这条河。我想还是用一条大河更好些,能够让许多战士想到自己家乡的一条河……"是的,每个人的家乡都有一条河,用虚指的河来概括实指的河,更能触发想象,真的太智慧了!每位战士都能通过歌曲中开凿自己心中的那条河,寄寓和承载起自己对家乡与生俱来的拳拳深情!

看到这样的歌词,刘炽自然十分满意。既然接力棒传到自己这儿,他也毫不含糊,决心把它谱写成喜闻乐见、朗朗上口的作品。他找来新中国成立后人民群众最喜欢的十首歌曲,经过反复吟唱,终于捕捉到了根据《小放牛》改写的《卢沟问答》中的头两句旋律。他把这两句略加改动,点燃灵魂,引爆情绪,变成了新歌悠扬的旋律,在有板有眼中,带出了主部和副歌的双元结构。主部独唱领唱,曲调优美婉转、亲切感人;副歌合唱伴唱,旋律壮丽恢宏,气吞山河。领唱者郭兰英老师也是在众多试唱者中脱颖而出的,当年录制小样刚一播放出来就非常震撼。中央人民广播电台未等影片放映,就迫不及待地将主题曲播放了出去,一炮走红,深入人心,成为传唱大江南北的"流行歌曲"。

当年郭兰英老师首唱的《我的祖国》,优美大气,隽永深邃,仿佛有一种灵魂的穿透力,饱含着抗美援朝保家卫国的时代精神,尽情地抒发着伟大的爱国主义和革命的乐观主义精神。而今天龚爽的演唱风格更带有平和行稳的特点,突出地歌颂了伟大祖国从站起来到富起来再到强起来的进程,展现了当今中国和平发展、砥砺奋进的时代风貌。她们唱出了自己的特色,也唱出了心中的豪情。这是美丽的祖国,这是英雄的祖国,这是强大的祖国!这是生我养我的地方,在这辽阔的土地上,到处都有明媚的阳光!无论在什么时候,无论在什么地方,只要是唱起或者听到这首歌,我们都一样会热泪盈眶,热血沸腾!正如艾青所说:"为什么我的眼里常含泪水?因为我对这土地爱得深沉……"

风从延安来

巍巍宝塔擎天而立,滚滚延河源远流长。

延安是一片神奇、神秘而又神圣的土地。说它神奇,因为它是嵌镶在西北黄土高原上的一颗璀璨明珠;说它神秘,因为它处处都会有蓦然回首、灯火阑珊的惊喜发现;说它神圣,因为它蕴有华夏初祖的古老文化和革命摇篮的丰功伟绩。

风行水上,自然成文,民歌在《诗经》里都被统称为"风"。世世代代生活在这片黄土地上的劳动人民,用他们勤勉劳作的生命和与生俱来的歌喉,唱出了一首首高昂、宽广、深沉、动听的陕北民歌。延安时期的革命浪潮给这些高亢旋律的陕北民歌注入了新的生机和活力,立时代之潮头,发时代之先声,吹响了万众一心奋勇向前的号角,留下了不可磨灭的光辉业绩。而不甘寂寞的现代歌坛,沿着陕北民歌的道路一路向前,又刮起了一阵阵动感强烈的"西北风"。民歌内容在不断发展,民歌形式在不断创新,但变中不变的是陕北民歌内蕴中那种独特的气质、气势和气魄,因为那是这片土地上魂牵梦萦的生命之泉和民族之根。

陕北民歌是农民心中的歌,他们情动于中而形于言,言之不足则歌之。借歌一曲和大化妙音,生情一首载山川倒影。歌曲本身变成生活的升华,优美旋律成为心潮的汹涌。生活与艺术之间没有一纸之隔,自由自在的《信天游》十分准确地还原了本乡本土和本色本调,民歌就是对现实生活的真实写照。

如果说《走西口》是对劳动人民生活难以为继、被迫背井离乡的客观描述,那么《兰花花》《三十里铺》则唱出了他们对婚姻自主、爱情自由的期盼和追求。

这是一个来自心底的呼唤,这是一个追求幸福的遐想。从《走西口》到《兰花花》再到《三十里铺》,都是劳动人民的生活感召与心灵契合的艺术结晶,是人们蹒跚而行的情感投影。有悲欢离合的诉说,有生离死别的忧叹,有细腻感情的表达,有生活窘迫的再现。不同的民歌唱出了不同的境遇,不同的民歌也唱出了共同的感受,那就是对美好的渴望和对未来的向往。

遥远的历史凝结着文化的厚重,岁月的长河汇聚了民族的精粹。延安文艺座谈会的春风吹遍了黄土高原,催生了文艺工作者焕然一新的精神面貌,他们开展新生活,拓宽新视野,激发新创作,开始新行动。他们深入工矿、农村,学习民间音乐,与工农兵相结合,采一束束音符融进自己作品,谱一曲曲新歌奉献抗战年代。发生在 20 世纪 30 年代的这次"新秧歌运动",推动着陕北民歌进入了蓬勃发展、惊涛拍岸的火红年代——不拘一格,不限一态,不定一尊,五彩缤纷,琳琅满目。每当我们听到这些歌曲的时候,就仿佛看到当年热火朝天的场面,轰轰烈烈的劲头,以及风起云涌的画面。

当年在现场聆听毛主席《在延安文艺座谈会上的讲话》的文艺工作者中,就有著名作家刘白羽先生。他对社会生活是文学艺术的唯一源泉感触很深,每每提起总是兴趣盎然,记忆犹新。

深入生活带来了丰硕的硕果,一大批优秀作品如雨后春笋,不断涌现,如《兄妹开荒》《夫妻识字》《南泥湾》《军民大生产》《拥军秧歌》《白毛女》等。这些作品就像"解放区的天是明朗的天"一样,到处都充满着喜气洋洋、生机勃勃的景象,旋律饱含着原生民歌的那种亲切和纯朴,更散发着革命斗争的健壮与热力。"从血管里流出来的都是血",之所以能够在喜闻乐见中表现出意气风发的斗志,那是因为革命熔炉锻造出了许多"革命理想大于天"的人民艺术家。他们灿若星辰、德艺双馨,是时代的先觉者、先行者、先倡者,通过许多有筋骨、有道德、有温度的作品,书写着伟大的实践,彰显着信仰之美、崇高之美和艺术之美。土生土长的韩启祥就是他们中的一位。

生活具有许多版本,民歌也就有了不同的品位。

《东方红》的产生充分说明共产党是劳动人民的贴心人,它是一首发自老百姓心中的领袖颂歌。抚读沧桑,惜风流人物都被雨打风吹去;遍阅今朝,唯有动人歌声与时俱进。每个时代都会有每个时代的作品,每个时代都会有每个时代的歌声。西部大开发是经济大开发,也是文化大开发。植根于西北大地的陕北民歌,应该为社会变革而呐喊,为时代进步而欢呼,力求创作出思想精深、艺术精湛、制作精良的优秀作品,让那些搏击风浪的黄河船夫变成西部扬帆奋进中的世纪新人。

也许是汲中原之灵气,纳大河之膏泽吧,陕北民歌天然地具有了一种粗犷豪放的穿透力,那种嘹亮,那种激越,那种高亢,更能表达出迎接新挑战和抓住新机遇的时代激情和人

五、深　情

生豪迈。

多少豪歌,都随浪花泯灭;多少劲歌,都随烟波消失。陕北民歌却以本乡本土的纯朴和晶莹剔透的明亮在天宇之间流光溢彩。歌随时代走,风从延安来。随着陕北民歌一代又一代地歌唱在人们的记忆里,延安精神也就一次又一次地弘扬在人们的心灵中。这是一种自强不息、勇往直前的民族品格,也是一种薪火相传、继往开来的强大动力,它所激发的与时俱进的强劲之风,将不断地吹向远方,吹向未来……

咏言秋光盛春朝

漫天的枫叶,铺天盖地,火红一片。"看万山红遍,层林尽染",山山秋色,树树秋枫,美轮美奂,美不胜收。"霜叶红于二月花"!在这样美好的季节,我们来自四面八方的同学,为了提升素质、锻炼品格的共同目标,相逢在江苏省委党校。

车水马龙间坐落着一片宁静,蓝天绿树下掩映着一座校园。高高矗立的励学大厦,红绿分明的校印石碑,古色古香的廉政门楼,整饬有序的林中小道,天晴光好,秋雨写诗,这些都成了我们朝夕相处的伴侣;还有教学楼、报告厅、陈列室等,也成了我们常来常往的精神家园。

课堂里,讲台上,那些呕心沥血做成的课件,那些画龙点睛写下的板书,那些深入浅出做出的讲解,那些率先示范进行的朗诵,声声铿锵、字字挺拔、句句真切、篇篇真挚,抒写着诲人不倦的真知灼见,镌刻着入木三分的醍醐灌顶。图书馆,电子书,一键"飞渡",书香扑鼻,看书品文,心游万仞,阅读全世界,浏览地球村,取之不尽,用之不竭,激发思维风暴,开阔辽阔视野,修身立德,博学笃行,铸魂补钙,强基固本。球场上,歌声中,饱含生命激情,迸发浩瀚力量,生龙活虎,深情演绎,虎虎生风,气势磅礴。

蒙山沂水,天然氧吧;沂蒙小调,柔情似水。满满的红色基因,弥漫在孟良崮、大青山之间,信仰的旗帜高高飘扬,理想的旋律荡气回肠。人民解放是神圣使命,人民幸福是执着追求,奋不顾身是生动诠释,舍生忘死是庄重践诺。"树高千尺根在沃土",沂蒙红嫂、沂蒙大姐、沂蒙六姐妹,一幅幅、一帧帧,动人心魄;一页页、一篇篇,刻骨铭心。爱党拥军,沂蒙精神,无处不在,无时不有,博大精深,细致入微,感天动地,感人至深。军心、民心、人心、心心相印;情暖、意暖、心暖,事事温暖。因为懂得,所以舍得;因为深情,所以无悔。

喜逢党的十九大胜利召开,金秋十月更加灿烂绚丽。认真学习贯彻习近平新时代中国特色社会主义思想,学深悟透,融会贯通,内化于心,外化于行。中国梦,是国家梦、民族

五、深情

梦,也是我们每个人的梦,那份无悔忠贞,那种梦牵魂绕,虔诚而执着,至信而深厚,是理想,是信念,是追寻,是担当;迈进新时代,开启新征程,续写新篇章,将改革进行到底,势如破竹,势不可当,顺势而为,乘势而进。"强富美高"新江苏,"两聚一高"新实践,发展取向,工作导向,奋斗指向,我们牢记使命,整装再发,精神抖擞,意气风发。最真的情怀是不忘初心,最美的风景是牢记使命!

时光在专心致志中刻不容缓,岁月在心无旁骛中灿然盛开。一笔一画动情,一字一句写意,一举一动塑形,一言一行传神。学而不思则罔,思而不学则殆,学用结合,学以致用,以问题为导向,以解决为目标,常常是论坛成了讲坛的继续,讨论成了理论的解读。如切、如磋、如火、如荼,由近及远,由低到高,由表及里,由浅入深,潜移默化,润物无声。学习,让我们的认识站在更高处;思考,让我们的精神站在更高处;理解,让我们的品格站在更高处;向往,让我们的信念站在更高处。沐浴阳光雨露,阅览秋风扫叶,托起了这次流光溢彩的难忘之旅。党性锻炼永远在路上,提高素质没有完成时。

"一年好景君须记,最是橙黄橘绿时。"2017年这个秋天,虽然没有春天的山花漫漫,没有夏天的翠绿青青,也没有冬天的白雪皑皑,但到处都是丹桂飘香、丰收喜悦,硕果累累是绿叶精华凝聚的结果,挂满枝头是花朵芳香吸纳的成就。我们精神饱满、斗志昂扬,总有一种力量勇往直前,坚韧,勇毅,务实,奉献。走过了春天,经过夏天,秋实是无限风光的源泉,也是孕育新机的载体。在希望的田野上,春风化雨,未来必将是一个更加灿烂辉煌的明天!

修改进行时

因为在大学学的是中文,工作之余,我便喜欢写文投稿。屡投屡退,屡退屡投。看着成摞的退稿信,确实会让人怀疑人生,但我对写作却始终热情不减,热度不退,索性一不做二不休,不尚循序渐进,投稿直奔《人民日报》而去!与朋友聊到这件事情时,对方眼光突然异样,觉得跨度太大,好像有点觉得我不知天高地厚、异想天开的意思。那时,我还是个愣头青,偏是不信邪,虽万千理由阻拦,还是相信自己,大胆迈步,不就是希望给自己一次机会吗?但问题是,豪情壮志不能等同文章水平,雄赳赳地投了过去,又气昂昂地回来了。作为这样的收件人,我早已习以为常。这样也倒逼自己认真再认真,写出稿子后,也不急于寄出,等过一段时间,拿出来再看再改,但稿子一经寄出,那种翘首以盼的心情,便随之油然而生,一天一天地等待着,有时确实如坐针毡,焦躁不安。可最终还是毫无悬念地石沉大海,杳无音讯!

有天下午,同事突然打电话给我,说在《人民日报》上看到了我的文章,而且是文艺评论版的头条,有很大一块。这位同事平时经常会逗我,起初我还以为他在有意取笑我。但转念一想,他并不知道我给《人民日报》投稿呀,等他把文章题目报出来以后,我确信这是真的。于是赶忙放下手中的活,飞奔而出,当时的心情无法形容,好像要立刻要看尽"长安花"。待拿到报纸后,我反反复复看了好多遍,几乎把每一个字甚至连字缝,都要"吃"到眼睛里,印在心头上。我那小心脏啊,不激动则已,一激动就直往外跳!这篇让我喜出望外的文章,就是《文学在理念化倾向中的失落》一文,登载在1990年4月24日《人民日报》文艺评论版头条。事后,我不仅仔细保存了这份报纸,还将《人民日报》的信封保存至今。

看到《人民日报》上许多精打细磨的精品文章,我每每获益不浅,读着读着,也能结合自己的学习体会,把旁观者变成参与者,将思考者变成学习者,追踪热点,与时俱进,写出

五、深 情

了许多文艺评论的文章,不断地活跃在不同的版面上。包括《需要适应,也需要引导》(1994年5月18日),《真情,晚会文化的灵魂》(1994年6月29日),《五彩缤纷难解情》(1994年10月10日),《艺术(TV)与文化品格》(1994年10月23日),《呼唤高品位的娱乐节目》(1995年2月15日),《尺水兴波见鲜活》(1995年8月3日),《艺术最忌随人后》(1996年6月14日)。记得我曾收到一封约稿信,要求对当年获得"全国五个一工程奖"的电视剧进行鸟瞰式评介。说实话,接到这个任务,对于我这样的业余作者来说,既兴奋,又惶恐,总觉得底蕴不够,难以把控,心发虚,手发慌,但电话那头的声音非常亲切,也很温暖,希望我能够紧贴作品的实际,用自己的审美眼光去发现生活、把握内蕴、感悟境界,写出高质量的文章。要求三天之内完成。时间紧,任务重,要求高,赶着鸭子也要上架。机遇就在眼前,焉有不抓的道理。我赶忙抓住零星的业余时间,认真观看并细细揣摩每部作品,每每都做详细的笔记,理出情节脉络,确定线索关系,进行人物分析,琢磨作品细节,在此基础上,数易其稿,写出了《时代的涛声》(1994年8月7日)这篇文章,编辑看后非常满意,很快就编发了。

　　文章发表频了,自己就有点飘了;耳边的赞扬声多了,心中的弦就不那么紧了。1996年底电影《红发卡》上映,社会影响较好。我看了以后,觉得不错,何况还是江苏导演徐耿的作品,便赶快下笔。文章一挥而就,一气呵成。自己洋洋得意,书生意气,以为很快就会见报,没想到迅速地投出去,也同样迅速地被退回来。稿子上密密麻麻的有几种笔改的痕迹,好多地方还都打了补丁:"立意不高""角度不新""表达不准""校对有误",几乎是逐字逐句,就像批改小学生作文一样。我看后深感羞愧,相较于编辑那种兢兢业业、严谨细致的工作态度,自己大而化之,粗而陋之,真是天壤之别! 做任何事情都来不得半点马虎,对文字尤其如此。这不是能力问题,关键是态度问题。于是我吸取教训,立行立改,调整思路,对每一个段落,每一个句子,每一个字词,都琢磨再三,力求精准到位。稿子发出去以后,就像考试结束后等待老师打分一样,好长一段时间,总是忐忑不安。至于能不能刊登,我想都不敢想。时间一长,也就不存奢望了,就在我不抱希望的时候,这篇《中学生题材的上乘之作》,却在1997年1月9日《人民日报》上发表了出来。对此我喜出望外,但编辑身体力行所树立的示范,也深深地刻在我的记忆中。这对于端正我的写作态度起到了振聋发聩的作用,打那以后,我把反复推敲变成了习惯,把字斟句酌当成了使命,希望能在每一篇文章中都遇到最好的自己! 编辑来信说:你的稿子质量确实参差不齐,但你对改稿的态度我们很看重,不管让你改多少次,你每次都改得非常认真,这是你的优点,是你的优势,也是我们比较看重的一点！

  人生亦是如此，特别是在关键时刻，围绕主旨，及时修改，删除枝蔓，保留精华，这样才能不会偏题，不会跑题，而且会始终紧紧扣题。凡是改得好的地方，都将成为人生的点睛之笔！所以，每当我看着《人民日报》发表文章的剪贴本时，总是感慨万千。虽然已经过去了 20 多年，看起来许多报纸都已泛黄，但我对此始终怀有感恩之心、感激之情，因为在不断改稿中，我学到了许多东西，得到了许多启发。我知道，那种精益求精的精神，一丝不苟的态度，任何时候没有完成时，永远都是进行时！

往事值得回味

近日我接到新华日报全媒体文化新闻部《文艺周刊》的邀约,参加了"同澎湃共青春——我与'新潮'暨老编辑王劭九十寿辰庆贺"活动。这个活动很有意义,我能参加,觉得既高兴又幸运。我们的内心有许多东西一直都在,只是缺乏触发点,一旦这种机缘到来,哪怕是轻轻地一弹,都会让我浮想联翩。

当年在纸质媒体独霸天下的时代,能够把自己的文字变成铅字,是许多作者梦寐以求的,对自己的名字能够出现报刊上更是翘首以盼。那时我除了上班,业余时间主要就是写作,在那个还是用笔写作的日子里,自己不停地想,不停地写,不停地改,不停地誊,虽没有现在电脑方便,却是在不断改进大脑、启蒙心智。初生牛犊总有点跃跃欲试之心,但又唯恐写得不好,不够发表水平,只能不厌其烦,翻来覆去,不停地折腾自己、鞭策自己、锤炼自己。每每就这样一次又一次地改,一遍又一遍地抄,偶尔抄错了,就用刀片刮掉再抄,后来有了改正液,好像方便多了,但也尽力做到不用。当年的编辑部都要求自留底稿,三个月不见用稿通知,就会自行处理。我们一般都会复写三份,写好了以后,装信封,投邮筒,然后稿件就是奔赴全国,周游各地。我曾看到有编辑写文章《一稿多投,编辑的烦恼》,后有人急忙回应《石沉大海,作者的苦恼》。我觉得自己非常有幸,在文学这条路上,总会遇到许多热心的编辑,在他们的帮助下,从蹒跚学步到稳步立足,不断走在他们指引的方向上。

来到这种场合,新朋老友,济济一堂,好像许多人都是我们思绪的引线,他们曾经都是我们故事里的主角。看到范小青主席,我就想到早年读过她的许多作品,苏州裤裆巷的世井风情我至今记忆犹新,也曾在《新华日报》"新潮"版上写过评论文章;看到陆建华先生,他在担任江苏省委宣传部文艺处处长期间,经常召集我们参加影视作品讨论会,他后来利用业余和退休后的时间,在研究汪曾祺创作方面取得了许多卓著的成就;看到王慧骐先生,他在《东方明星》担任主编的时候,经常主动约稿,我也积极投稿,他现在的散文写得多,写得勤,写得炉火纯青;看到老诗人冯亦同先生,我读过他许多动情的作品,在电视上也听过他的生动解说……

在活动开始后,当许多老照片穿越时光出现在屏幕上的时候,主持人突然哽咽,让全场心潮澎湃,顿然掀起了一阵情感巨浪,用著名作家黄蓓佳的话来说:"薛颖旦就是催泪弹!"我们的人生确实不是由一个个连续的感人瞬间组成的,但只要是感人的瞬间就一定能够"炸"心"裂"肺。也许在当年只是一个发刊词、一封来信、一篇稿子、一个标题等,这些微不足道、再平常不过的"编辑部的故事",在今天看来却显得弥足珍贵,就像弹簧被按到底,突然松手,一下子跳了起来一样,哪怕情感防线再牢不可破,也会抵挡不住,动情又动容。我们在场的每一个人都没有刻意地去掩饰控制,狂飙掠过,任其"波涛汹涌",有的人甚至潸然泪下。听说为了寻找当年的老作者,编辑们在新华日报报史馆里,翻遍了许多年前的报纸。我在1988年8月17日新潮版上发表的《掩饰不住的困惑》,也是他们通过手动搜索发现并从中挑选出来的。这是一篇评影片《末代皇帝》的文章,已经过去了几十年,还能够"重现往日时光"。我看后不禁感慨万分,真的感谢他们这番良苦用心!

其实,这是我在《新华日报》发表的第二篇文章。第一篇文章是《〈红高粱〉未酿出醇香的酒》,比这还要早几个月,发表在1988年5月18号的"新潮"版上。当时《红高粱》这部片子非常火爆,是街谈巷议的热点,作为影评人,我自然非常关注,也不甘落后,不揣浅陋,积极投身其中,大概也就是一个晚上写出来的。文章主要有三个观点:第一是被西方人捧为金樽的影片,不一定为中国观众所接受;第二是影片本身艺术表现不足,拉开了创作者和欣赏者之间的审美距离;第三是在最野蛮、最不文明的原始路径中,去寻找所谓勃勃有生气的生命律动,并不代表着中国电影的方向。

因为这是当年江苏第一篇批评《红高粱》的文章,特别是当时全社会对这部影片异常关注,坊间针锋相对的讨论已经热火朝天,自己也算是顺势而为,结果可能也就水涨而船高。

一篇初出茅庐者写的习作,竟能够引起许多共鸣,这是我始料不及的。

第一个没想到,就是影响力之大出乎意料。当时有许多读者通过电话和写信的方式支持我的观点,不少同事和朋友也赞同我的观点。说老实话,这些场面和情景以前我没有经历过,突如其来,有点懵,还真的被吓到了。更为有趣的是,那天上午我们单位领导在一起开会,会议间隙,他们都看到了报纸,觉得这个小伙子有点文字水平,后来就决定调我专门去从事文字工作。

五、深 情

第二个没想到,就是与自己的老师对垒。记得那天的报纸上发表了两篇文章,一篇是肯定的,一篇是否定的。后者就是我写的了,前者是我的大学老师凌焕新教授写的。当时有同学跟我开玩笑,说我竟敢与老师对阵!对此,我当然不能用亚里士多德"吾爱吾师,吾更爱真理"的名言,这并不合适,而且现在对这句话是不是亚里士多德说的也有争议,有人认为是出自《堂吉诃德》的作者塞万提斯,当然这是后话。但对别人的质疑,我必须有所回应。记得当时我是这样回答的:第一我不知道那篇文章是老师写的,第二就是即使我知道是老师写的,我也只是发表自己的看法,不代表我不尊重老师。我想凌老师对此也一定会理解,甚至都不会把它看作问题,事实上也并不是问题。果不其然,后来听说凌老师对此一笑置之,而且认为文艺评论就应该敢于争鸣。最近还听说87岁的凌老师向南师大捐赠100万元,用于设立奖学金。该奖学金计划以每年10万元加利息的形式发放给文学院的本科生和研究生。为师重教,为人师表,可敬可亲。

第三个没想到,就是会给人留下如此深刻的印象。最近我参加了一个电影评论的活动,在会上我碰到一位年龄相仿的影视评论爱好者,我们素昧平生,但他对我的感觉好像早已相识,特别是对我当年的这篇对《红高粱》的评论文章如数家珍,不仅能报出文章的题目,说出主要观点及发表的大概时间,更让我惊奇的是,他还能把发表在第四版的哪个位置记得清清楚楚。

我听了以后,真的非常感动,也引发了我的思考:几十年过去,这篇文章对我的人生究竟产生了怎样的影响?我觉得至少也有三点。

第一个是激发了我对影视评论的浓厚兴趣。因为受到了《新华日报》和社会的肯定,说明自己在这方面还有一定的基础和发展的可能,所以我就这样坚持了下来,几十年都没有间断过,可以说我是改革开放以来我国影视文化发展的一个见证者和参与者。

第二个是肯定了我实事求是的批评精神。当年我的《〈红高粱〉未酿出醇香的酒》一文得到了许多读者的肯定,但也有不认同我观点的,还有与我对垒的作者。我觉得我也只是说出自己的真实想法,影视评论就要实事求是,言过其实,言不符实,就会失去应有的价值。现在回头看看,当时自己的观点还是有一定积极意义的,至少说可以代表一部分观众的看法。

第三个是坚定了我精益求精的写作态度。《〈红高粱〉未酿出醇香的酒》这篇稿子发表时基本没有改动,当时的编辑胡瀚霖先生,只是对我的几个关键词语做了调整,对此我反复看了几遍,觉得改得非常棒,不仅准确,而且生动、传神。当然以后还有很多编辑诸如谢力、贾梦雨、戴仲燕等以及至今依然奋战在"新潮"版上那些默默无闻的编辑老师们,他们同样做了许多"为他人作嫁衣"的工作。这些对于作者来说,就是一种无声的教育和有形的指导,我每次都会认认真真地学习和理解,深感受益无穷。做文即做人。这不仅砥砺我对评论写作做到精益求精,也促进我对本职工作逐步养成了一丝不苟的习惯,字斟句酌,细致入微,哪怕一句话、一个词、一个标点符号都要反复推敲,努力精准到位,尽量不留遗憾!

应该说,这么多年来,在许多编辑老师的关心和帮助下,我一路成长。在《新华日报》上发表了许多文章,打开厚厚的报纸剪贴本,看着早已泛黄的当年报纸,时光虽远去,记忆却不老!

我与王劭老师没有直接打过交道,以前送稿的时候,总是看到他埋头看稿,有一种"两耳不闻窗外事"的感觉。许多作者也反映他"不好接近",但他在谈编辑稿子体会的时候说,他对来稿每稿必看,而且尽量少用红笔,保留作者的原汁原味。我想这是一位非常有温度而且有态度的好编辑,他每天都要阅读成千上万的稿子,难怪每次看到他的桌上都是堆积如山,据说还有人专门用尺子去量过。我想,这把尺子不仅量出了他对作者的真诚态度,也量出了他那种认真负责的敬业高度。王蕾老师是王劭的女儿,也在报社从事编辑工作,当年我写过一组国外的游记,是经她手编辑发表的,我们并不认识。她对每篇文章都很重视,经过她编辑的稿子,更加完美了,所以对此我也一直心存感激。这次听说她也来了,我专门找到她,当面表示感谢!编者对作者提携,每位作者都会怀有感恩之心。现场的献花、献诗、献艺,都代表了一种积淀的情感和岁月的酬谢。看着王劭先生淳朴而又幸福的笑容,我们都有一种发自肺腑的声音:非常感谢像王劭先生这样的一大批编辑老师,为培养一代又一代的作者所付出的辛勤劳动和无私奉献!祝王劭先生90寿辰快乐,身体健康!祝"新潮"不断回荡着时代的涛声,越办越好!

岁月如歌,弹指一挥间。因为遇见,我们没有错过很多风景。遇到"新潮",是我人生的幸运,确实已经让我看到了许多"意想不到"的风景。往事应该回味,往事值得回味!

著名男"走音"歌唱家

有位朋友特别爱唱歌，尽管五音不全，但只要有机会，总要展示一番，而且还有屡试不爽的套路。首先是谦恭几句"抛砖引玉"之类，然后道出献给尊敬的某某，最后便开始引吭高歌，如入无人之境。据说《感谢你》是他的"成名之作"，这首歌韦唯唱过、孙悦唱过，人家都唱得悦耳动听，而他的特殊"能耐"却在于把好好的曲调唱得乱七八糟，甚至把人唱得心烦意乱，唱得落荒而逃，常常跑音跑调跑得不知到哪里去找，就是找回来了，可能又变成别的歌曲了，叫人捉摸不透，不知他究竟唱的是哪首歌。尽管这样，人家泰然自若，不管是在哪里，总会自告奋勇，踊跃献唱，一次、两次可以勉强忍受，三次、四次不少人就没有耐心了，自然会有人说他"爱出风头""喜出洋相"云云，甚至有人干脆就避开，只要他一拿话筒，就出去抽烟，耳不听心不烦。但大多数人出于礼貌还是报以掌声，尽管稀稀拉拉，有人也会言不由衷地说上几句唱得好。

我的这位朋友自我感觉确实非常良好，居然认为人们的掌声是对他演唱成功的肯定，还飘飘然了起来。为了练好唱歌，他专门买了一套音响设备，据说还是进口的，整日在家里勤学苦练，先唱邓丽君，再唱阎维文，后唱刘德华、张学友等等。他家的碟片堆积如山。那次去他家本想借本书就走，他却异常热情地邀我坐下，泡上茶，打开音响，说最近刚学了两首新歌，希望我给提提意见。谁知"倡议"甫一提出，我的托词还未出口，就遭到他女儿的极力反对："难听死了，难听死了，我们不听。"如此斩钉截铁，怕是平常没少受这破锣嗓子的"残酷迫害"。哪里有压迫哪里就有反抗，这是颠扑不破的革命真理。既然人家已经如此尴尬，我就不能再让人家扫兴了。哪怕是运用钢铁般的意志，也要坚持忍住、挺住，不就是两首歌吗？

唱歌作为人们感情表达的一种形式和外化，本无可厚非，"言之不足则歌之"嘛！如果只是一个人自娱自乐，完全可以去展示自己的满腔豪情；可有别人在场，就得考虑别人的感受了。可不管什么时候,他总是那样理直气壮、信心满满。那感觉就是我高兴,我快乐,我就唱!想怎么唱就怎么唱,该怎么唱就怎么唱,屏息静气,用尽丹田之力,撕破嗓子,扯高调子,常常他还没唱上几句,自己先醉了,然后别人也晕了。后来人们实在受不了了,有人就想了个办法,抢先拿到话筒,掌握控制权,连续点了几首歌,几个人排着,一个接一个地上,就是为了让他少唱点,其实这也是没有办法的办法,甚至连我都被"赶鸭子上架"过。这种方法有效,却不能长效。他总能见缝插针,抓住机会,那种挡不住的感觉,依然一如既往地洪水泛滥,不择地而流,一阵鸡鸭嗓鸣之后,谢天谢地总算唱完了。

有一次,我们几位一起去医院看一位绝症晚期的文友,据医生说,大概只有几个月的时间。其实文友本人没有告诉我们,我们还是从微信中发现了不祥的端倪,因为文字总是弥漫着浓厚的感伤情绪,都是在与世告别。那天他看到我们,也不知道是高兴还是不高兴,也不知道希望我们来看他,还是不希望我们来看他,只是勉强地支着身子,一副有气无力的样子,脸上没有任何表情,也不说话。我们一时也不知从何说起。家人告诉我们,他对自己的情况全都知道了。这个时候我们又能说什么呢?询问、安慰、鼓励都显得多余,也无济于事。但既然来看人家,也不能马上就走吧,大家只好你看看我,我看着你。好长一阵子找不到话题,病房里除了宁静,还是宁静。

这时从病房外面的喇叭里突然传来了《感谢你》歌曲的旋律,若远若近,似有若无,我们都没有在意。只有这位著名男走音歌唱家走心了,居然小声地跟着哼哼唧唧起来。这是什么场合,还这么放肆,这可是病房不是歌厅!人家已处在生死边缘,你还唱歌,真是太不像话了!大家齐刷刷地向他翻白眼,唯独那位病中的文友没有阻止。外面大声播,里面小声唱,只见病人听得很认真,好像突然产生了某种共情,眼睛变得有光了,有神了,有思想灵动了,亦有表情动作了。我们无法知道病人的心路历程,却能明显感受到这种显著的变化,也许是这歌声唱在他那紧绷的心弦上引起了某种感情的共鸣,或许是在这个时候他找到了回忆之情的最恰当的表现形式吧!反正效果出乎所有人的意料,既然病人对这首歌很感兴趣,他哼了起来,我们也跟着哼了起来。看着大家都参与了进来,这位著名男走音歌唱家干脆放开嗓子,大胆地唱出声来,唱得有情有义,有声有色,有高有低,有板有眼。听来竟是那样的婉转悦耳、沁人心脾,全然没有以往的艰涩与迟滞。

我们无法知道歌声给濒临生命尽头的患者带来怎样灿烂的阳光,却非常明白这次要真的感谢这位朋友能够通过这种特殊的方式慰藉文友,他确实是唱到点子上了,彻底打开了病人绝望的心扉。从医院出来后,我们群起而"赞"之。没想到人家却不以为然:"你们

五、深 情

不要感谢我,你们可能有所不知,他非常喜欢这首歌,以前我们在一起的时候,他说过,也没少练过。他今天对这首歌格外感兴趣,可能就是在感谢大家,感谢亲人,感谢人生吧!如果说你们要感谢我的话,倒是我要应该感谢你们,这么多年来的友情鞭策和特别激励!"看来他清楚地知道我们以往对他歌声的种种"抵制",并不如他表面上呈现的那样"马大哈",原来他心里全记着呢!只不过也没当压力,全当动力了。谁知今天还真的派上用场了,终于找到机会,来秋后算账了。见到他如此坦诚,如此发自内心,我们这些平常只喜欢看他笑话的人,反而有一种不能承受的分量之重了。

后来我们有名同学的孩子结婚,大家异口同声地请他在婚礼上唱一首《感谢你》。以前我们不太相信专注就是专业这句话,但从他的身上得到了明确的印证。这一次他唱得特别好,非常有味道,最重要的是把感谢的深情唱了出来:婚姻双方都应该感谢来宾,儿女应该感谢父母,父母也应该感谢儿女,亲家亦要互相感谢。他边唱边配合着手势,不仅唱出了他们的心声,也唱到大家的心里去了!后来我们才知道,他为了这支歌,平时没少练习,还专门请专家指导,这也就难怪了。当看到双方家长都在感谢他时,他脸上露出了笑容。

"著名男走音歌唱家"终于变成了"著名男走心歌唱家"!

外　　婆

2019年4月，104岁的外婆去世，对我们家族来说，这是一件震惊的大事，举家哀悼。时间真快，一晃已经过去两年了。斯人长已矣，岁月也去了远方，但在我们的心中，她的音容宛在。老人家一直以来都精神矍铄，身体素质不错，思维非常清晰，说话比较流畅。我们去看她的时候，她还能记得许多事情，有时候还能玩"摘骰子"自娱自乐，坐着轮椅，也希望到阳台上去看看，或到院子里走走。她在60多岁时得了乳腺癌，经过治疗痊愈，到了90多岁时又复发，因为年老长得比较缓慢，没有危及她的生命。这期间还摔断了腿，医生一开始考虑她年纪太大，希望保守治疗，但在家人的坚持下，手术很顺利，而且很快就能扶架走路。这么大的年纪恢复得如此神速，就像年轻人似的，连医生都非常惊奇。

在外婆百岁生日时，全家为她举行了隆重的庆生宴，祝福她福如东海，寿比南山。作为年龄最大的外孙子，经小字辈推荐，我临时作了发言。

各位长辈、各位同辈、各位晚辈：大家新年好！祝大家新春愉快，马年大吉！

今天是个大喜的日子，是我敬爱的外婆的百岁诞辰。首先我代表小一辈和我们全家祝老人家生日快乐，健康长寿！感谢敬老院无微不至的关心！感谢我们的长一辈对老人家的精心呵护！也感谢小一辈的同心协力！

这一百年，对胡大老太（对外婆昵称）来说，是平常的百年，也是不平常的百年，艰辛、煎熬、痛苦，并幸福着！胡大老太从38岁起，就独自承担起抚养六个子女的重任。什么苦都吃过，什么难都遇过。用忍气吞声、用忍辱负重、用度日如年、用难以为继，都不足以表达于万一。"天天难过天天过。"她用坚定、善良、勤俭、豁达、大度、奉献、心血、汗水的生命之根，长出了干，生出了枝，结出了果，枝叶繁茂，绿树成荫，儿孙满屋，四世同堂。

她是革命的老妈妈、革命的老奶奶、革命的老太太，也是我们家族的寿星、福星和明星！没有她，就没有我们子孙的今天！我们每个人对她都心存感激、感动和感恩，这是绿

五、深　情

叶对根的情意,所以在这百年一遇的大喜日子里,献上我们由衷的心声:祝胡大老太再过一百年!寿比南山,福如东海!也祝福我们的家族红红火火,人丁兴旺,旺气冲天,天天幸福!

那天四世同堂,子孙满屋,大家满面春风。外婆端坐 C 位(中心位置),笑逐颜开,神采奕奕,满心欢喜地照了一个全家福。但过了百岁以后,我们发现她的身体日渐衰微,最终还是倒了下来,神志也变得不太清晰了。我们去的时候,她开始对我们还有点印象,再后来就谁也不太认识了,整个生活几乎就是在床上,没有交流,没有表达,一天的时光就是在睁眼与闭眼之间。但凡睁开眼睛,还是那样的炯炯有神,似乎还是希望了解这个世界更多的事情,而且饮食也还可以,即便吞咽功能退化以后,吃饭变得十分困难,但饭量也没有明显减少。她平时零食喜欢吃点果子,所以我们每次都会给她带点,她也很高兴,看着她虽然没有牙,但在嘴里裹了几下就到肚子里了,我们也很开心。

这期间她又住过几次院,从眼神中我们发现对此她也乐意,可能知道这是在救她,不管是检查、挂水、打针等都非常配合,对吃药也从不拒绝,连护士都夸她。就每个人而言,求生的欲望无论什么时候都非常强烈,这是一种人类的本能,当今的医疗条件,也具备了实现的可能。生命对年过百岁的老人同样宝贵,更应珍惜。所以每每全家都会殚精竭虑、全力以赴,一次又一次地将她从生命的边缘拉了回来。

那天晚上九点多钟,我接到舅舅的电话,说外婆不行了,在给她洗澡时,突然就不省人事了,据说老人家开始还坚持了一会儿,最后才倒下。看来她也是拼尽了生命的最后一息。我们在赶往句容的路上,一直十分后悔,这是永久的悔!这段时间一直想去看她老人家,却被许多事情缠住,没能去成。但没有想到这次去,看到的已不是那个活生生的,而是永远躺在冰冷记忆里的外婆了。

总结外婆这一生,最大的特点就是给予别人的很多,计较自己的很少。在她的人生中,肯定遇到过各种各样的事情,甚至于极端困难。但在我的印象中,她从来没有流露过一丝叹息,总是那样的乐观,一脸慈祥。外婆没有文化,普普通通,在她看来,这些都不足为奇,就是生活的应有之义。在她成长的年代还需要裹缠小脚,但她却没有裹足不前。年轻的时候,外婆没有固定工作,就是靠着自己一个人打零工,把六个孩子拉扯大,第三代的许多孩子也都是在她的精心照料下茁壮成长的。我至今对那个小竹车印象深刻,我是从那里坐出来的,后面的小字辈们,也都是如此,带一个孩子可以,两个三个也行,但十个、八个,没完没了,永远是这样重复单调的生活,确实是难能可贵的。我们自己有了第三代以后,才更清楚地知道个中的许多不易。尽管如此烦琐枯燥,也十分辛苦,但她对此从未有过怨言,反而乐此不疲、细致入微。所谓仁者爱心,所谓至爱无疆,大概就是外婆与生俱来的品德了。整个家族的每一个人对她老人家都非常敬重,也非常钦佩,尽管各有各的工作,各有各的家庭,大家都会通过多种方式表达自己的孝心,物质辅助、精神扶助、生活帮助,甚至饭要喂,大便要抠,经常翻身、洗澡,还要吸痰、捶背等。这些落实在某一天的24小时内,可能微不足道,但天天如此,年年如此,却不容小觑!

　　消息传开,整个家族人都从四面八方赶来,在句容举行了简单的告别仪式,然后赶回家乡安葬,叶落归根。灵车回到老家时,有人提议让她老人家从故居走一下,看看她曾经住过几十年的老屋子。这里也是几代人成长的地方,我们感觉这肯定是老人家的想法,也应该满足她老人家最后的愿望。在一个长长巷子的深处,有一个青砖立瓦的四合院,里面有三间门朝东的老房子,门窗紧闭,花斑剥落,这里有最远的年代,也是最近的时光,因年久失修,很少住人,其外貌已抵不过岁月的侵蚀,但精神原乡却始终如一,一刻都没有走远……

　　天落泪雨,衰草摇风。我们常常会触景生情,看着她曾经住过的卧室、睡过的床、盖过的被子、坐过的轮椅,我们的眼眶湿润了,心情低落了。一叶飘落,这一切都已成为历史,变成过去。但在我们心灵的黑板上,却林林总总地写满了曾经的记忆,擦不掉,忘不了,哪怕是在天地辽阔的尽头,依然如影随形,追踪着我们一往情深的无尽思念!

非我莫属的高考经历

1977年的某一天,我从中央人民广播电台里听到了恢复高考的消息,顿时像注入兴奋剂一样,激情迸发,扬鞭催马,直接就准备上阵。其实当时我大病初愈,刚出院不久,父亲劝我还是先养好身体,明年再考。这样的安排,似乎更加现实,时间也会更加宽裕,准备可能更加从容。

以前上大学都是靠推荐,命运掌握在别人手里;通过考试来实现自己的梦想,命运就完全取决于自己的努力。复习迎考既要有决心、有毅力,也要有行动、有坚持。复习资料是基础,当年的新华书店里没有如今天这般琳琅满目的高考手册。我们所使用的主要是高考补习班里印发的讲义,多数还是钢板刻印的,无论在完整性、系统性,还是权威性、准确性,甚至在文字的清晰度上,都带有一种匆忙上阵的简易和粗粝。但对我们这些突然如饥似渴的人来说,这是唯一的选择,也别无他途!有一天父亲带回了南京大学编的《高考政治复习资料》,纲目清晰,体系完整,我看后如获至宝,爱不释手。当年政治考试能拿下高分,超出预期,这本资料厥功甚伟,让我不仅知其然,而且知其所以然,非常有益于记忆,我至今一直珍藏。

高中毕业后我几乎就没有碰过课本,参加高考补习班那是必需的!大家来自五湖四海,都是为了高考这一个目标。同桌的他,也因此成了我的好友,时间对于我们来说,都是分秒必争。有次晚上停电,课是没法上了,我们便到学校的大操场上去散步,彼此觉得这段时间也可以利用起来,便想方设法地找出那些最偏僻的问题来"刁难"对方。你让我答不出来,我也要让你答不上来,你难,我比你更难,龙争虎斗,各不相让,兵来将挡,水来土掩。就这样我们走了一圈又一圈,基本上把"上下五千年""走"了个来回,"东西南北中""跑"了个遍,完全感觉不到时间的存在。后来想想,这种"你死我活"的提问方式,对于强化我们的记忆力功不可没。

此情此景

当年我还是一名糖厂的工人,上下班得"三班倒"。白天上班,晚上复习还可以;但上了大夜班,回来后再复习,就比较辛苦了。有时确实超出了身体的极限,瞌睡虫也三番五次地来捣乱,不断地向我发起猛烈的攻击,但心里总有个声音在召唤:"不能瞌睡,瞌睡就完了!"那时,我真恨不得用火柴棒将自己的上下眼皮支撑开,后来想想,悬梁刺股确实代表着一种刻苦的精神,但实现的路径也并非刻板一种。"磨刀不误砍柴工",硬撑着其实效果也不佳,徒有形式。人虽在看书,好像抓住了时间,却走眼不走心。我后来改变了方法,每遇到这个情况,就先去睡一会儿,然后起来再战,效果就非常好。自己常常搬个小凳子,坐在门口,倚在门上,几个月下来,门被倚坏了,书也被翻遍了,眼睛更近视了,复习的内容也确实吞进肚子里不少。

在很小的时候,我的家里就有四大名著,还有《红岩》《钢铁是怎样炼成的》《安娜·卡列尼娜》《青年近卫军》等。也就这么几本,我反复地读,所以对于文科,我有着与生俱来的偏爱,考初中、进高中,我都是靠作文一马当先。但是数理化不太行,更何况我们那个年代教给我们的本来就不多。我不喜欢它们,也跟它们不熟,没什么交情,它们自然也不认识我,更不愿"搭理"我,所以重新拿起书本后,它们依旧在我头上作威作福,设计了一道道"关卡",怪石嶙峋,硕大无比,有些根本无法逾越。我只好选择文科,把主要精力放在了政治、语文、历史和地理上,指望能在这几门上拿分。其他几门中,就是数学还行,在数学中主要是代数部分,能拿几分就是几分。

考试的那天也非常有意思,我所在的考场就是我小学的教室,机缘巧合有了这场人生的邂逅。尽管我多少年没有来过这个地方,但对这里的一切却并不陌生,进入教室坐下来以后,我的心反而定了,并没有那么紧张,就好像自己以前在学校参加考试一样。听说考前许多家长都给孩子吃了一根油条和两个烧饼,隐含的意思就是希望他们能考 100 分。现在很多家长又出新招,开考时母亲穿旗袍喻义"旗开得胜";父亲穿马褂,象征"马到成功"。我的父母当年没有这样,他们就像平常一样,关照我带好准考证,注意把握好时间,看清题目,会的先做,不会的回过头来再做。开始我并不以此为然,但事后觉得这是非常有用的策略。在不会做的题目上绞尽脑汁,不仅浪费时间,还影响自己的心情,当会做的题目做好后,再回过头来思考难题,这时信心有了,时间也不仓促。那些因为紧张而被抑制的"兴奋灶"就会重新燃烧起来,确实能够帮助我打开脑洞,创造出意想不到的奇迹!

拿到卷子以后,我先把考题从头到尾看一遍,然后便开始答题。政治和语文一路考下来都比较顺利,可我在答历史考卷的一道填空题时"卡了壳"。问题大概是解放军消灭国

五、深 情

民党整编七十四师在什么地方。我当时就是想不起来。后来回到家里,母亲告诉我是孟良崮,电影《南征北战》就是描写的这个战役!哎呀,这部影片我看了不下十次,怎么就想不起来呢?从此我对这个知识点记得非常牢固。数学考题对我来说,就是走一步看一步,能走几步是几步。代数好点,三角也懂点,对于几何题,我就束手无策了。第一道题就卡住了我,后来干脆放弃了,回过头来反复检查已经做过的题目,保证准确率,所得的分数还真帮了忙。地理考试比较顺利,基本都在复习范围内。至于那个没学过几天的英语,我更是瞎猫抓死老鼠,好在最后还蒙对了些。

考试结束以后,一切都轻松了,不管考得怎么样,反正考过了。这好像是大家不约而同的心情,但在与其他考生对完答案之后,发现了自己还有许多不尽如人意的地方,原本可以考得更好的,自己也会的却没能拿到分数,心情又难免会低落下来,尤其是那段等待盼望的日子,就像过山车一样,忽上忽下。当最终看到自己考出了比较理想的分数时,激动无比、喜出望外,待拿到入学通知书后,更觉心想事成。在这次高考中,我真的非常幸运,考前的两个愿望最终都实现了:一是能够到南京上学;二是能够学习中文专业。不仅如此,到了南京后,我发现如皋的一个表哥居然和我考上了同一个学校,又是一个意外之喜!

高考对于每名考生来说,都是自己书写的独特故事,其中的酸甜苦辣,只有自己知道,也只有自己能够品味。当年的高考是改革开放后一道靓丽的风景线,不仅改变了我们的命运,也改写了我们的人生。尽管时光的列车在不知不觉中又行驶了几十年,但那些深入骨髓的往事已经融入血液,早已流淌在我们的记忆中,血脉偾张,生生不息,成为一片挥之不去、召之即来的人生风景!

实实在在总是真

前几天,朋友忽然转来一篇叫 Thanks and Giving(《感谢和给予》)的文章。原来那是女儿写我们的。在微信群里转发以后,大家点赞一片,许多群友还加了评论,肯定其与年龄不太相称的老练笔法。作为父母,我们看到的,却是孩子的成长和心智的成熟,懂得感恩了。有朋友给我打电话,说他也看到了,写得很感人,如此再三,不断有人传来信息,这也不得不让人惊叹今天网络传播速度之快、之广、之奇。

人们走进了微信时代,似乎也就走进了更加便捷的时代。开始时我对微信并不敏感,确实也不会用,还是习惯于短信联系。很多时候,发信过去,人家久不回复。我提示他们,他们反倒说我 out(过时)了。原来他们早已将微信作为主要联系载体,短信功能几乎被集体屏蔽,或者根本不看。微信来势如此凶猛,语音传输、图像传输、视频传输等,各尽所能,一应俱全,而且不浪费时间,排队、等车、坐车等间隙都能被无限利用。就交流而言,语音文字皆可,有时不需要多啰唆,一个动画表情就能解决问题,真是无声胜有声!但动画表情太多了,也很麻烦,因为不知道是什么意思,也不敢乱发,一而再,再而三地,还是笑脸、抱拳、鲜花……

好像自从有了微信,大家的交流方式确实发生了天翻地覆的变化。有人说,现在有些群友感情吝啬,不要说一米阳光了,一线阳光、一秒阳光都没有,平时连个问候都舍不得发!听人说,要想别人怎么对你,你就得先怎么对人。那就给别人先发了个祝福吧,他却给你回了个古诗词,还有的干脆是发个图片算是回应了。要古诗词我自己不会找吗?图片网上多的是,何必烦劳大驾呢?有人说自己转发了许多文章,品位很高,圈中的朋友免费享受,但就是不肯点个赞。还有的说,我自己写的文章转发到群里,许多人点赞了,既然是点赞的好文章,为什么不转发,那可是爱的奉献啊!我觉得这些观点都是以己度人,别人想法可能并非如此,我常常就点得手酸,看得眼疼,但从言语之中,也不难看出,他们对

五、深　情

情感应答的需求十分强烈,哪怕是在点滴之间。

"每逢佳节倍思亲",每逢佳节"信"成堆。浪里淘沙,沙里排金,心中自有过滤,若我看到写得很绝的,觉得非常有才的,会马上收藏起来,如获至宝,但往往没过一会儿,"似曾相识燕归来",一大批相同的"面孔"会如潮涌来,屡试不爽!新锐金句变成了老语熟套,起初的那种掀起盖头来的惊艳,一下子就被打得七零八落。把别人发给自己的,随手就转,确实省事省力,无须打开脑洞。殊不知,这不仅缺少诚意,也缺乏尊重。复制的词语,哪怕再烹油爆炒,滚烫炙手,给人的感觉还是冷冰冰的。更有名同学要起了"大牌",看到大家众星捧月都给他发信,他有点飘了,说自己太忙了,没有办法进行点对点的交流了,干脆统一答复如下:"凡发信祝福的,我不再一一回复,在此一并致谢!祝大家好!"把一切省的省了,不能省的也省了。一言以蔽之,草草了事,高高在上,气势睥睨。

事实上,那些不是针对特别人的通用话语,人所共知,纯属应景式姑妄言之,好在人们也都没往心里去,只是姑妄看之,过若烟云。只有那些对象明确的个性定制,融进了自己的真情实感,并能够把彼此关系和特定情景提炼出来,化为有情有义、有声有色文字的,才能触及灵魂,拨动心弦。每当收到这样的微信,我心头总是一阵阵温热,最真的也许就是最贵的,其实不需要多么奢华,能够表情达意就好!今年的中秋节,阴霾罩空,没有等到月亮,却学着给朋友写了首短诗:"每逢佳节微信到,挚友深情我知道,感君明亮常升起,中秋无月心头照。"发过去后,对方反应超常强烈,这是我所没想到的。他说不仅内容表达贴切,关键是这份用心感人至深。一键传情,一片深情,总算写出了自己想写出的真实感觉。

春之发花,必然秋之有实。有位编辑感慨系之,时常怀念用笔写字的时代,坚持认为拈笔落字的感觉特别好。他很喜欢听笔走在纸上的声音,用他的话来说,"是世上最好听的声音,没有之一",他的一手好字也写得特别富有神采,常常手书信件给我,非常珍贵,我亦倍加珍惜。"只要仓颉的灵感不灭,美丽的中文不老,那形象那磁石一般的向心力当必然长在。"余光中先生这句话,被他时常挂在嘴边,引以为训。我总觉得,与其说他怀念这种表达方式,还不如说他怀念那种简单的真实情感。现代生活有很多"虚拟"成分,但情感还是来不得半点虚假,也不能敷衍,更不能轻视。真实、真诚、真挚的情感永远不能做减法,任何时候都应做加法!

彩 云 之 上

妹妹在2012年4月28日去世了。事发突然,最后一刻仅有短短的几分钟。这以后,她的一切,几乎成了我们不敢触碰又时刻萦绕的记忆。

我依然记得她挣扎不舍的样子,依然记得医生赶来抢救的样子,依然记得最后她呼出长长的一口气的样子,依然记得出殡时她那平静的样子……

她的人生经历很简单:孩童时代天真烂漫,无忧无虑,后来因先天智力发育不全,跟不上同龄人成长的步伐,所以没法在学校继续上学,很小就辍学在家。生活不能自理,后来又得了心脏病,父母亲的主要任务就是照顾她。

在一般人看来,她的世界是懵懂的、混沌的,因此她的心灵是封闭的。她自己没法出来,别人也没法进去,平时我们只能通过外表的细枝末节,去感受她内心的点点滴滴。但后来我终于知道了,其实在她的心中也是清晰的、明白的,甚至是情意盎然的。有次春节回家,她看到我,第一句话就说"大哥我想你",让我的泪水一下子从心头涌到眼眶。当我女儿出生后,她看到侄女的那种喜悦的眼神,是别人所没有的,那是特别的她所拥有的特别的爱!

妹妹在我们家中是永恒的主题,生活的中心,关注的重点。父亲总是喜欢带她出去看电影,走在大街上,总会有人在后面指指点点,还对我妹妹冠以不恰当的称呼。父亲说他当时想了个办法:当别人把我们当戏看时,我们也把他们当戏看。他会停下脚步,用锐利的目光死死盯住他们,直到他们自己觉得不好意思为止!亲戚到我家里,若没到房间看妹妹或电话问候没有关心妹妹时,母亲也会很生气,觉得他们没有平等待人。

其实在很小的时候,父母亲就发现她与同龄孩子智力有差距,确定病情后他们第一时间就天南海北地寻医找药,那时经济条件也不富裕,但不管什么医院,不管什么地方,也不管什么方法,只要能治的,他们都设法前去尝试。一年年、一次次,妹妹也因此吃尽了苦

五、深 情

头,受尽了煎熬。我犹记得,那时西医打针一打就是几个月,中药一吃就是半年;每天还要给她去扎针,那针很长很长,有好几根,要从脚面扎到脚底……

  医生告诉父母,医学手段仅仅是辅助性的,主要还要靠家庭的训练。事实上,家庭的培训早就开始了,只是现在要按照医学步骤,循序渐进,循循善诱,父母为此付出了长年累月的努力,教她识字、唱歌、洗碗、扫地……能让她做的事尽量鼓励她去做,但成效远比想象的还要缓慢,尤其是随着年龄的增长,这种不可逆转的趋势,还是变得越来越严重。妹妹起初还能简单的对话,背一些儿歌,唱一些京剧。后来的某一天,就一言不发了,甚至不能站立、不能自己平衡、不能行走了,所有的努力重新回到了起点。可怜的妹妹常常不知肚子饱饿,父母则是按照常规喂她吃饭;更麻烦的是她身体有恙也有口难说,只有当我们发现明显外部症状了,才能带她到医院检查,医生也无法确定她哪儿不舒服,只能过筛子一样逐个排除,能检查的项目都检查一番。也就在这种情况下,查出了她心动过缓,最严重时每分钟只有二十几次,我们竟不知道什么时候发生的,也不知道她怎么会生出这个病来的!

  心动过缓需要马上动手术,刚开始,医生一直担心妹妹不配合,我们同意他们暂不手术的治疗方案。但事态发生到十分严重时,我们还是坚持给她做手术,安装上起搏器,手术过程中,她表现得非常坚强。但刚出院,就出现了许多并发状况,妹妹不是发烧,就是腿肿,或者是颗粒不进,又不得不马上到医院,化验、透视、心电图等程序又得重走上一遭。要治疗,不能不挂水,但心脏不好,又不能多挂水。水不能滴得太快,因为心脏受不了,也不能滴得太慢,否则有些药性会挥发。急诊中心的医生护士都认识她了,每次都把她作为重症病人,优先安排,给予特殊护理。热情的护工每次去也都会给她找一张推床,让她躺着挂,这样会舒服点,但她确实没有办法舒服。她所承受的是身体高烧、心脏难受、睡眠不足等叠加在一起的痛苦,那表情真的令人难忘! 最近,我自己得了一次肠胃炎,夜里发烧呕吐,几乎坐也不是,站也不是,我这才真正体会到妹妹当时的那种难以忍受、坐卧不宁的滋味。

  妹妹去世后父母一直未能从悲痛中走出来。我们回到家里也感到空荡荡的,其实这就是一种家人相依为命的感觉。我们不同意别人把她看成我们家的负担,也不赞同别人只看到我们对她的付出。其实,她所给予我们的要比我们给予她的多得多! 这里面有坚韧、有温暖、有充实、有细腻、有感恩、有付出,还有对人道主义精神的深刻理解。因为我们家遇到了这种情况,事实上也真的感谢许多好心人的帮助,所以,当我们看到在其他家庭遇到同类型或者不同类型的遭遇时，我们总会深怀怜悯之心，设身处地，想人所想，我们也更乐于伸出自己的援手……

是的，"每个人都是带着使命来到人间的"。无论他多么平凡渺小，多么微不足道，都会在属于自己的小世界里，守着一份单纯和简单，不惊不扰地过一生。妹妹如花似玉般地来到了我们家庭，给家人带来了许多快乐，一直被父母视为掌上明珠，她天真无邪，生动活泼，不愿烦扰，没有苛求。"质本洁来还洁去"，她平平淡淡地走完了自己的人生……

又是一年清明节，彩云之上永安好！

温　　差

不知怎么的,母亲突然腿疼得厉害,到医院就诊,医生一时难以判断,建议她先住院做详细检查,还说今天正好有空床,20床马上出院。我们正收拾准备入住,却出现了意外状况,20床床位被另一位病人抢先了。经过了解得知,这不是病人的问题,而是两位医生没有事先沟通好。20床在没办理出院手续之前,他们各开了一人住院。另一位入住者是一位来自淮安的30多岁农村妇女,大概是颈椎有问题,说话时头有点僵直,脖子转不过来,看上去腿也有点残疾,来时还要人搀扶着。听说前不久才在这家医院做过微创手术,回去以后效果不明显,反而加重了,这次是专门来"返工"的。病房有两张正床,20床和21床,加床是22床,正床设备齐全,呼叫铃也有;加床什么都没有,主要靠人工沟通,而且堵在过道上,感觉很是不方便,对于老人来说,还有穿堂风的问题,但母亲坚持认为有床住就不错了,也就没有多去计较。

20床的丈夫个头很高,却并不魁梧,听说原来是司机,最近刚刚下岗,妻子也没有工作,孩子还在读书,生活本来就紧紧巴巴的,加上生病,雪上加霜,已背上了一身的债。母亲很同情他们的境遇,时常会把家里带的排骨和鱼汤等匀点给他们,他们夫妻俩与母亲也相处融洽。本来嘛,大家到医院来就是为了治好病,互相帮忙、互相关心是应有之义,但时间长了也难免会发生这样那样的矛盾。那年夏天特别热,因为20床体质比较弱,非常怕冷怕风,丈夫总把空调打在最小档上。但住在里面的21床,是位中年妇女,体型较胖,好像特别怕热,本来床位离空调就较远,冷气比较稀薄,如果再打在小档上,风量微小,哪里还能感受到丝丝凉风呢?只见她手中扇子一刻不停地扇着,也许是因为热得实在受不了,脾气也忽然变得大了起来,厉声地使唤女儿去把空调温度调低。一边要小档,一边要大档,为了这"档"子事,两家争执不下,忽小忽大,忽开忽关,多次闹得很不愉快。

那天,我正在病房陪母亲挂水,忽然听到21床的女儿一阵大吵大嚷地进来了,满脸涨得通红,一副不满的样子,喋喋不休,指桑骂槐。后来我们才知道,原来20床的丈夫前去热饭菜,看到微波炉里面热的饭菜时间已经到时间了,喊了几声也没人答应,就先拿了出来,放在旁边,然后把自己的饭菜放了进去,当时他并不知道那饭菜是21床的。谁知21床的女儿回来后,看到自家的饭菜被摆在外面,以为还没热好就被人拿了出来,当然心生不满。正在气头上,转头一看,原来又是那个20床的丈夫,旧怨新恨顿时涌上心头,"火山"瞬间终于爆发了,"火光冲天""火势凶猛"。无论20床的丈夫如何解释,都无济于事。

　　自从发生了这次尖锐冲突之后,20床的丈夫在许多事情上对21床家人都有些忌惮,总是"退避三舍",打饭都是等她打好后再打,热饭也是等她热好后再去,洗碗也是等她洗完后再洗。尽管这样一退再退,一让再让,21床的女儿还是不依不饶,纠缠不休,说起话来盛气凌人。有天夜里,她母亲突然高烧,不知怎么的,又吐又泻,整个病房里面,臭气熏天,乱作一团。她自己一个人拖也拖不动,拉也拉不起,多亏了20床的丈夫出手相助,里里外外,忙前忙后,又是叫医生,又是喊护士,又是换被子,又是拖地面,一直忙到了大半夜。我母亲说,那晚他真的累得不轻,也许是受寒的缘故,第二天就感冒了。我早上到医院后,看到他不停地打喷嚏,不停地流眼泪流鼻涕,就劝他赶快吃点药,到宾馆去休息。我打着包票地说,他妻子打饭热菜的事由我来负责,但后来的情节反转连我都始料不及。看到20床上厕所不方便,这时21床的女儿一个箭步跑了过来,不由分说地搀起来扶着她就走;回来后又小心翼翼地把她扶到床上,然后把杯子里的水倒掉了一点,再加上一些热水,放到了病人的手边。更让我惊讶的是,不一会儿她又削了个苹果送了过去,还悄悄地说了些劝慰关心的话。时近中午,该是我"挺身而出"了,还没来得及行动,又被人家捷足先登了,主动前去帮助打饭热菜了。对此我们开始有点懵,后来看明白了,冰雪已消融在春意里,温暖正在开启新模式。

　　第四天要做手术了,20床那位妻子看上去有些紧张,还心存顾虑,丈夫不停地安慰她,鼓舞她,希望给她以信心和力量。事实上,她还是有所不知,这之前她的丈夫一直为凑齐手术费用而发愁,到处求人,东凑西拼,费尽周折。好在手术比较成功,病灶彻底切除,丈夫回来告诉我们消息时,显得异常兴奋。第一天20床是在重症监护室里度过的。第二天回到了病房,但疼痛并没有因此减轻,反而愈发难忍,听着妻子的呻吟,丈夫眉头紧锁、心如刀绞,但他又无可奈何、不知所措。如果可以替代的话,我想他一定会毫不犹豫地去替代妻子。这个丈夫确实是条汉子!假设不等于现实,如果不等于结果,这时的他,所能做的,也就是静静地陪在妻子身边,轻轻地做着按摩,帮助她缓解疼痛。听说,这个丈夫就

五、深 情

这样子整整守护了妻子一夜。

母亲经过治疗后痊愈,不久就出院了,后来听说 20 床夫妻俩也很快就回家了,还是 21 床的女儿帮忙拿的行李,一直送他们上了公交车。那位妻子回家后就开了个小店,生意还算过得去,丈夫却从此在当地县医院当起了护工。他说自己对这方面的业务已经熟悉,干起活来熟门熟路,跟他通电话的时候,感觉他还挺忙。他说自己在县医院里已干了几个月了,现在到了冬季,自己也学会了适应不同病人的心理和需求,通过调节空调档位和开窗大小等方法,把病房的整体温度调控在舒适的状态,让人有一种温暖如春的感觉!

伤心总是难忍的

我与单位司机小蒋同事多年,经常坐他的车出去参加会议。有一天正好又是他开车,我们就聊了几句。以前听他说他母亲身体不太好,我便问问现在的情况,没想到一下子戳到他的痛处。他忽然泪水在眼眶里打转,痛苦地告诉我,他母亲已去世一个多星期了。这下可把我愣住了,不是前几天还说好了许多,而且已经把她送回老家去疗养了,怎么一下子……

后来他告诉我,那天他把母亲送回老家,看到母亲身体状况还不错,便笑着对母亲说第二天有任务要赶回南京,母亲忙说"单位的事情要紧,赶快去"。没想到第二天夜里就接到病危通知,而且医生说赶快准备后事,时间恐怕不多了。小蒋接到电话后大惊失色,一身冷汗,赶忙跟朋友借了一辆车子,急急忙忙地往老家赶。我问:"你当时自己还能开车?"他说:"是的,夜里不好意思麻烦别人,当时高速公路上也没车,自己开得很快,一路飞奔,就想见妈妈最后一面!但自己在心里还一直在默默祈祷,希望她能挺过这一关。"我知道小蒋开车多年,经验比较丰富,驾驶技术高超,同时规则意识一直很强,但我还是担心在那种特殊的情况下,他的这根弦是否还能绷得紧。他说,确实如此,赶回去看母亲,首先要保证行车安全,要严格按照交通规则行车,反之,欲速则不达。那天他的母亲已经处于弥留状态,隐隐中好像觉得许多世事还未了,挺着尚存的一息急切地盼着儿子归来,但很明显的是他妈妈当时的状态很不好,就感到自己的整个生命在不断地往下沉。小蒋爱人当时在身边负责照料婆婆。考虑到从南京开车到老家,最快也得要两个多小时,她担心母亲坚持不了那么久,于是就和小蒋接通电话,然后把手机放在母亲的耳边,想着至少让她先听到儿子的声音。母亲在这边,儿子在那边,所有的情意都在电话里头。这边儿子撕心裂肺地喊:"妈妈您一定要坚持住!"母亲在那边传来微弱的"嗯嗯"应答,一边声音越来越大,一边声音越来越小,彼此都想相见的渴望,竟然是通过这种不关闭话机的方式在一分一秒地延续着、交替着。生死之间,生死时速,争分夺秒,苍穹有情,上天有眼,意念有灵,灵魂有

五、深 情

知,终于让他们在最后一刻有了今生今世的最后一次见面。

此时的母亲已生命垂危、奄奄一息,看到儿子赶了回来,脸上掠过了一丝艰难而又满足的微笑。不一会儿,母亲的病痛忽又猛烈地发作起来,立刻蜷曲成了一团,全家赶忙扑上去。小蒋说,父亲慌乱地去帮母亲揉脚,他爱人趴着为母亲抹胸,他自己则拉着母亲的手,看着母亲那种痛不欲生、受尽折磨的样子,他恨不得由自己去代为承受!可是他无能为力,所能做的就是轻轻地帮母亲拭去脸上的泪珠。过了一会儿,疼痛好像有所缓解,母亲又睁开了眼睛,似乎很想说什么,又没有力气说出来。她已经不能说话了,只是用求助的目光看着儿子。小蒋心领神会,不顾一切地抱着母亲痛哭:"妈妈,您不要说了,我知道您要说的意思,我来替您说吧,如果说对了,您就眨一下眼皮好吗?"母亲忽然平静了下来。这时他说:"妈妈,我知道您不放心父亲,您放不下我们这个家,我们一定会好好孝敬父亲,我一定会把这个家撑好的。您一定会好的,您一定会好的……"母亲听后果真眨了眨眼,然后又缓缓地闭起了双眼。

小蒋无法控制自己的情绪,声泪俱下地告诉我他母亲最后一刻的种种情景。他说:"母亲患的胆管癌,最后已经转移了,她整个肚子都是硬的,医生说这个病到最后阶段是很疼的,无法忍受,医生开了一点哌替啶,希望能够缓解她的痛苦,但她直到最后也没同意用。我知道,那是她怕多花钱,可她哪又知道儿子的心情啊!钱花了可以再挣,房子卖了可以再买,但母亲只有一个,一旦离去就永远也没有了。我的母亲今年还不到51岁呀!"真是太年轻了,太可惜了!他告诉我,他的母亲心地非常善良,每每亲戚或邻居家遇到什么事情,她都会想方设法给予帮助。同时,她也是打理家庭的一把好手。他们家的生活条件一直都不好,仅靠父亲一个人的微薄收入勉强度日,就是靠母亲的精打细算,把一家的生活维持了下来,把子女抚养成人,直到他去当兵了,家里的状况才稍有改善。现在生活比以前强多了,她本可以安享晚年,也应该是子女孝敬她老人家的时候了,但现在却再也没有机会了,真的应了那句"子欲养而亲不待"的老话。他说自己的母亲最后还是出现了一次回光返照,就那一个片刻,她脸色潮红,非常好看,整个人的精神状态,也好像焕然一新,大家本来以为还可以交流几句,但还没反应过来,母亲便呼出了此生最后一口气,离世而去。虽然已成事实,但他们还是无法接受。小蒋说当时他扑在母亲的身体上号啕大哭,全家也是一片哭声。哪怕就是现在他叙述的时候,还声带哽咽,这似乎成了他难忘的、永久的悔!我含泪听完了这样的辛酸事,也含泪写出了这样的辛酸事。人世间,确实有许多事情无法避免,也无法挽回,更让我们难以接受,心痛、心颤、心裂,伤心总是难忍的!

卖报纸的老奶奶

在我们家小区的门口有位老奶奶,整天坐在那儿卖报纸,开始并未注意,只是上下班的时候会看到她。有次晚报编辑告诉我,当天副刊上发表了我的一篇文章,我骑着车子一路问询,都没买到,许多摊点都已卖完了。快到家的时候看到老奶奶没收摊,就随便问问,没想到老人家很热情,说她来帮我找。只见她动作很麻利,很快就在一堆报纸中找到了一份报纸,听说我还要几份,她又把整个报摊翻了个遍,把能找到的都给我了。我当时非常感激,交了钱,刚准备表达谢意,还没出口,她老人家反而连说了几声谢谢,让我有点莫名惊诧。买了这么多年的报纸,还是头一回遇到这种情况。人家把报纸递给我,说谢谢的应该是我才对呀!何以她会如此心存感激?思来想去,唯一的答案就是她把人家买报纸看成是对她的支持和帮助了。感恩之心,如此别具一格,从此,我对她也刮目相看了……

我不由地端详起这位老奶奶。她看上去有70多岁,白发飘首、满脸风霜,据说实际年龄只有60多岁,操着一腔苏北口音。她现在的住地可能离这不远,要不然她不会选这个地方搭个棚子。其实报摊非常简陋,就是利用一个墙旮儿,用两块布撑开一个空间,一块放在上面挡着阳光和雨水,另一块垂在朝北的方向挡着飕飕寒风。自打这次认识她以后,我认定她家了,再也没到其他报摊买过报纸。每天出门上班,照例在她那边买一份报纸。这么多年一直都没断过,她也照例每次都讲"谢谢"。我曾建议过几回,不要再讲"谢谢",但她依旧如此。这样一来二去,我们就熟了。有时也会和她聊聊家常,不断积攒起关于她的许多零零散散的印象。她确实是苏北人,儿子在南京打工,她就跟着过来了,以前是带孙子,现在孙子大了,她就自己出来挣点钱。每天一大早过来,撑起架子,摆好桌子,然后把报社送来的报纸整整齐齐地放好,看到有人骑车子来,她都会走出来,主动把报纸递给他们。每每都是这样,不厌其烦,买报的人也逐渐变得络绎不绝!

还有一次我去买报纸,当时她没有零钱找,也就5毛钱的事,我说算了。恰巧那几天

五、深 情

出差,回来后又到她摊上买了一份报纸,记得那天是她儿子顶的班。第二天上班的时候,我因急急忙忙地赶去开会,没来得及买报纸,她却从后面追上来,急急忙忙地塞了份当天的报纸,说昨天儿子不了解情况,今天的报纸不收钱了,上次已经给过钱了。别看老奶奶年纪大,记忆力还真是好。我说您也太认真了,既然这样,您今天给我一份报纸,我也应该再补上5毛钱,现在晚报不是一元钱一份吗?她说那就算了,我说您对人家不肯算,我们对您就更不能算了。这次经历让我对老奶奶更加另眼相看了,她的善良和真诚,真的打动了我,在以后的日子里我便愈发惦记着她的报纸了。同时,我也告诉家人要买报纸就到她家买,她们异口同声地说早就照此执行了。全家人与她建立了良好的合作关系以后,老奶奶索性每天都给我留上一份,要是我家人买过了,她就会告诉我不要买重了。但有次我们外出旅游,有好几天都没到她那儿去买报纸,那些本是留给我的报纸,因我没去买反而成了再也卖不出去的陈货。我坚持要把它们全部买下来,但无论怎么说,她都坚决不肯!我只好跟老奶奶讲,这一次我一定要买下来。一来您这是专门给我留的,二来我也需要补看,三是我要保存一个全年完整的报纸。以后遇到这种情况,还麻烦您给我留着!

  那天我回家早了点,到了老奶奶的摊点,忽然发现老奶奶没有来,报摊上空空如也,一张方凳被倒扣在桌子上。这种情况以前并不多见,我估计可能是老奶奶家里有事,但第二天依然如故,一连几天都这样,经打听才知道她病了,我的心里咯噔了一下,不知她住在哪儿,也不知具体情况如何。我们也没法去看她,倒是习惯了每天都到这儿买报纸,一下子缺了熟悉的场景,还真的有种惆然若失的感觉!过了好几天老奶奶终于出现在那个报摊上,脸上还蒙了块纱布。我说:"老人家既然伤口未好还是回家休息休息吧!"她告诉我,儿子生病,媳妇下岗,孙子读书,家里没有更多的经济来源,还得靠卖报挣点生活费!后来我听说,这位老奶奶脸上的伤,是因为去拦截小偷而被撞倒在地,当时小偷被抓到了,而她却摔伤了。有人说她这么大年纪,管好自己就行了,还管那么多闲事干吗?不是自讨苦吃吗?而我则觉得老奶奶能够如此,更显难能可贵,我们应该感谢她!嘲笑她的人倒应觉得汗颜。

  去年年底,许多订报纸的跑上门,他们说,订报不仅价格便宜,还可以送报上门,附加一个月的牛奶票。爱人向我提议订上一份,这样可以省多少事呢!我说不订,我们还是每天去买,爱人若有所悟,也一个劲儿地点头称是……

可爱的小白兔

有天女儿带回一只小白兔，还买了个大笼子。当时我就责怪她：人都忙不过来，怎么还买个宠物回家呢？它来了，这还不闹翻天？你看着吧，家里以后到处都会被弄得脏兮兮的。女儿没理会，那小白兔也没有理会，进入自家门，就成了自家人。它常常睁着滴溜溜的眼睛，耸耸两只耳朵，一副调皮可爱的样子，让人怜爱得有点欲罢不能，但毛病还是有的，特别是兔毛，掉得很厉害，经常在空气中弥漫着，飘来飘去，粘在衣服上一撮一撮的，如果都吸进肺里那还了得！还有一件事情我很不习惯，就是它自己玩自己的就算了，为何总是还会冷不丁地在你的脚后跟舔舔，吓人一跳，尤其是在你聚精会神看书的时候。

过了一段时间，我知道了，兔子夏天掉毛，冬天不掉毛，这是自然现象，空气中有点毛也并非那么恐怖；它来舔舔你，实际上是对你表示友好，对你亲热，是表示好意，对此要学会接受和享受。这小家伙适应环境能力非常强，很快就熟悉了里里外外，自然也就不把自己当外"人"了，经常在屋子里为所欲为、跳上跳下。我也渐渐地喜欢上了这个生动、有趣的家伙，时而杂耍一下，如果在它身上碰一下，它也会在你腿上蹭一下，特别可人心，遂人意，通人情。我们与它渐渐有了感情，也就渐渐离不开它了。这时女儿反而打趣地说，还是把它送人吧！我说："现在绝对不可能了！"其实她更不舍得送人了，几乎整日心思全在它身上，要不然怎么会定期按时地给它买草买料呢？

爱人每天给它打扫卫生，把它弄得干干净净的，还给它吃这吃那，有时也帮它洗洗澡，在这过程中还被咬过两次，对此，她非但不生气，反而越发喜爱它！不知什么时候，还给它起了名字叫"张小宝"，并告诉我它能听懂她的话，果然一喊"张小宝"，它就过去了。爱人给它拍了许多照片，并存在手机里，逢人就给人家看。怡然自得，沾沾自喜！还让我拍视频，向人推送兔子的日常姿态，可我不太懂手机的摄像功能，当时使用也不怎么方便，所以不但没拍成，还误将原来的照片给删掉了。为此，遭遇了爱人好一阵的埋怨！

五、深 情

春节期间,爱人和女儿到外地旅游,喂养的任务就交给我了。每天两顿,早晚各一次,其他时间皆以自己吃草为主。每天早上喂好后,我都会把瓶子里的水装满,还要检查一下吸口有没有被堵住,草料添得足足的,晚上及时赶回,即便是有事也是紧抓快办,为的是赶回来喂食,想的是不能让它饿肚子。看着它吃得有滋有味、又好像永远没吃饱的样子,那天我破例喂了三顿,没想到没帮上忙,却害了它,它吃的是干粮,吃完后拼命喝水,一经水胀,全部窝在肚子里,上下不通,弄得它几天不想吃食,呆呆的、傻傻的,坐卧不宁。爱人和女儿回来后看着心疼,我心里也不是滋味。

好在没过几天就好了,它又恢复了正常。你走到哪,它跟到哪,摇头摆尾,兴高采烈!它经常喜欢在你的脚下钻来钻去,也会跟着你走来走去。有时还会抬起前爪往你身上抓挠着,希望你能给它些吃的,我经常拗不过它,只好削片苹果给它,它没马上吃掉,只是衔着,里里外外地跑了一圈,找到个安静的地方,独自地慢慢享受,不希望被人打扰。它的白毛长得很漂亮,也很顺溜,不管谁来都喜欢摸摸它,它也非常驯服,好像也特别乐意被抚摸。当然有时它也会没大没小,跟你也不分彼此,爬到沙发上,趴在你的旁边,和你一起看电视;有时还会旁若无人地在你身上跳来跳去,自得其乐。

无忧无虑的小白兔还给我们生活带来了许多启迪。与它相处久了,我们心中潜在的某种东西也会被激发出来,突然之间就疯长了起来。比如我以前对宠物随地大小便非常反感,再加上对其会咬人的厌恶,凡在街上碰到它们,总是退避三舍,礼让在先,咱惹不起还躲不起吗?但是自从有了小白兔以后,我的看法完全不一样了,不是敬而远之,而是近而亲之,我感觉到对于这些宠物,也不能只看不好的一面,还应该看到给我们带来快乐和友好的一面。宠物的素质关键取决于主人的素质,不能把什么责任都赖在宠物的身上。它们绝对是无辜的,对它们的要求,无法像对人的要求一样,最需要熏陶的是主人而不是它们。

平时上班的时候,我们将小白兔关进笼子里,下班后再把它放出来,每次看到它重获自由后神清气爽的样子,心中都充满着难以言说的畅快!有天晚上回家,我本以为可以照常与它相见相亲,没想到却不见它活蹦乱跳的身影。爱人站在屋里暗自垂泪,抽泣有声,她哽咽着告诉我,小白兔死了。怎么会呢?怎么死的?早上不是还好好的吗?究竟是怎么回事呀?原来,爱人下班后出去了一会儿,小白兔自己钻门帘玩,据说当时玩得很开心,后来不慎被下摆的绳子套住,无法挣脱,谁知一用劲绳子更紧。等爱人回来,为时已晚,只见屋里到处散落着兔毛,小白兔静静地躺在地上,被绳子紧紧地缠着,爱人赶忙剪开门帘,但为时已晚……

  那晚,我们谁也没说话,各自也都没能睡好觉,看着或想着空空如也的笼子,不禁痛从心来。以前每天早上,都会听到小白兔拽着水瓶喝水的声音,这么多年来,都已经习惯了。现在没有了,听不到了,心里突然间就空了一大片……

臭豆腐肥肠煲

记得刚到南京上大学的那会儿,有次同学聚会,吃得最津津有味的,就是臭豆腐肥肠煲。那是我第一次吃,也是最难忘的一次。

不知道是谁第一个想到要把臭豆腐与肥肠"拉郎配"?也就是南京人吧,能够如此奇葩地将"双臭"食材变得"臭味相投"。当热气腾腾的砂锅端上来后,一荤一素,一方一圆,其乐融融,水乳交融。"腻玉圆搓素颈",美于色,嗅于香,诱于味,色、香、味俱全,神、气、韵皆备,其精粹之魂,被演绎得淋漓尽致,让人目遇之便垂涎欲滴!对此我有点心急,不管三七二十一,先来上一块再说,因为刚煮沸的缘故,舌头还是被烫了一下,臭豆腐在口腔里直打转转,搞得我直发出嘘嘘嗨嗨的声音。但自己还是顶住了高温,大战三个回合之后,终于可以细细地品味嫩、透、软的感觉。真是此肴只有天上有,人间能有几回尝。当臭豆腐与肥肠热情相遇之后,臭豆腐因为肥肠变得鲜美,肥肠因为臭豆腐变得柔润,相辅相成,相得益彰。甚至连千锤百炼熬出来浓浓的红汤,也非常"穿越",入味、入神、入魂,让人欲罢不能、跃跃欲试。尽管有时烧的口味比较重,我还是希望能够喝上几口汤来解解馋,甚至还用汤来泡米饭、面条什么的,不愿舍、不想弃、不能丢,不想浪费一点点,就是想连续不断地感受着这种绵绵不绝的韵味。

对于南京人来说,这是一道非常接地气和可人意的家常菜。既然我喜欢吃,在家里,爱人也尝试着做了起来,先是认真取经,后是看了许多菜谱,甚至还向大厨师请教过,但屡战屡败、屡败屡战,就是达不到人家那样的水平,出不了人家那样的味道,真所谓"冰冻三尺非一日之寒"啊!应该说,当我与臭豆腐肥肠煲一见钟情以后,它就情意缱绻地紧紧地抓住了我的胃,让我动弹不得,也不敢有三心二意。多少年来,始终忠贞不渝,也因此成了自己愈演愈烈的最爱,因为在家里做不出那种味道,那么每每有机会与家人到饭店聚餐,就希望点上一锅臭豆腐肥肠煲。如果是我自己买单,这基本就是我的当头菜;如果是亲戚朋友请客,他们也会主动考虑,不用我张口。有时他们也会忘记,但只要能想起来,最后还是会补上这道菜。对别人来说,这道菜无足轻重;但对于我来说,却是心头之爱,别人不屑一顾,我却正中下怀。因此,每每入口,心满意足。

但随着尿酸指标不知不觉地升高,因为没有注意忌嘴,经常会因痛风发作而痛不欲生。在现实面前,我不得不克服自己的这种"不良"嗜好。许多高嘌呤的食物,都被排在不能突破的红线之列。无奈,这时候整天只能和嘌呤比较低的素菜打交道。时间一长,非但没有有效遏止这种渴望,反而变本加厉,哪里有压迫哪里就有反抗,有时还会成倍地疯长,尽力把那些失去的好时光给补回来。那天正好有外地亲戚到南京来,我在点完了其他菜以后,嘴上欲望十分强烈,心里也蠢蠢欲动。自己还是出手点了这个菜,结果大家都以身体为由,极力劝阻,众口一词。本来就不能吃其他东西,就好这么一口,凭什么不让点?我据理力争。可大家都盯住你,打着"为你好"的旗号,讲了一大堆明晃晃的道理,包括这有什么好吃的,也不知搞得干不干净,豆腐和肥肠嘌呤都特别高,我们都不喜欢吃,等等。让你不得不服,无法招架,最后只得乖乖地缴械投降。想想他们也是好意,也出于健康的考虑。但毕竟想吃没吃到,心里还是有点失落的,饭吃得也了无兴致,闷闷不乐。

没想到快要结束的时候,情节忽然就被改写了。我眼前一亮,一道臭豆腐肥肠煲置于桌上!我真是喜出望外,这时也不问缘由,先拽上一大块再说,就像馋酒的人好久没喝酒一样,一饱口福,啧啧不绝。这种最后一分钟救援,真是大快人心!是谁做的好事,最懂我的心?一问方知,原来是女儿悄悄给我点的。看来她是比较同情我这个老爸的,这个有心的丫头,怎么跟她以前的风格不一样了?要搁在平时,她可是"执法"非常严格的,不让我越雷池一步!我想,这可能跟她最近理念发生变化有关。她希望我通过加强运动,使得尿酸趋向正常值!

后来听医生讲,尿酸高的人确实是不宜多吃豆制品和动物内脏。但具体情况也要具体分析,豆腐在制作的过程中经过多次清洗,嘌呤已经冲淡了许多,适当吃点也未尚不可,只要不过分就行,但肥肠切记不能多碰。按照医生的谆谆教诲,我在自己家的附近,找了个小店,过上半月一月,请他们帮我定制一份臭豆腐肥肠煲,拜托他们在食材上多过几次水,在烧制之前,尽量能够多排除掉一些嘌呤,而且是适量豆腐、少肥肠,对此小店老板求之不得。我自己也非常自律:不一次吃完,而是分几次吃掉;只适当地吃点豆腐,而不吃肥肠;只品味道,不喝汤。但有的时候意志也不够坚定,有点熬不住,吃了点豆腐,还想攥上一块肥肠,乘机过把瘾。这个时候,我也会悄悄地给自己寻求行为的合理化,因为反正又

五、深 情

不是常吃,偶尔吃一次也不会碍事的,但老是这样宽慰自己,就会放松警惕,积少成多,病情也会因此由轻变重,痛风发作变得日益频繁。所以更多的时候,自己对此要有非常清醒的认识,不能无节制地暴食,应是有节制地品尝。量不在多而在精,以少少许胜多多许,常常只是点到为止,神惬意洽,这是南京赠予我的最初记忆,也是深入心灵和无法抵御的诱人味道!

刊　　缘

现在已经进入自媒体时代,对于文章发表来说,可以说是一触即发。许多作者都已"认清形势",顺"势"而为,积极主动地去拥抱潮流,追赶着博客、微博以及公众号等时尚标签。身处在这个流量至上的年代,我们也会主动向那些能够吸引眼球的网络平台投稿,毕竟受众面比较大,吸引力也就更强。但不知为什么,时隔这么多年,自己对纸质媒体依然还是恋恋不舍和一往情深,总觉得在网络上发表的文章犹如过眼云烟,一飘即过,反而没有铅印出来的文字那样扎实,具有那种永久保存的感觉。特别是看到那一摞摞刊物或一页页剪报堆在一起时,那种积少成多的成就感就会油然而生!

当年经朋友推荐,看到了江苏省文化馆的《文化新世纪》,第一眼的"接触"就是简洁大方,随手翻了翻,就觉得刊物的品位比较高,观察的视角也有点特别。应该说,它的定位主要是介绍文化馆业务,属于小文化的概念,但它好像没有拘泥于这条"窄窄小巷",而是昂首阔步地迈入大文化的"四方通衢",办刊宗旨明确,视野开阔,内容丰富,琳琅满目。所以一开始我对此就印象非常深刻,冥冥之中好像有一种邂逅故知的感觉,于是专门将它的通信地址抄录了下来,日后试着投出了自己的文章,没想到很快就登出来了。在我的印象当中,许多刊物已全部采用电子投稿,很少接受纸质的稿件,没想到他们还是看到了我的稿件,看来他们开辟了新窗口,也没有忘记老渠道。

人生本来就是一个跌宕起伏戏剧性的过程。也许正因为许多机缘巧合,人生轨迹才变得如此的生动有趣。说实话,与《文化新世纪》一拍即合,也就意味着一路相伴,作者编辑并未谋面却息息相通,一个愿写,一个肯发,两相情愿,相得益彰。随着时间的推移,我突然发现自己的角色也在悄悄地发生变化,投稿者逐渐变成了被约稿者,能够获得约稿,对于一个作者来说,可能不仅仅是拥有机会,更是得到了一种莫大的信任,因为这个行为本身说明:这种文章请你来写,我信得过!作者从漫无边际的投稿到专门定向的被约稿,

五、深 情

这中间可不是一步之遥,事实上相隔千山万水,也意味着千辛万苦。要被别人认可和肯定,这是一个漫长的考察过程。对此我当然心知肚明,每次都认真对待,当作千载难逢的机会,哪怕再苦、再难、再急,也要千方百计坚决完成。对稿子尽量做到精益求精,每每数易其稿,非要达到自己心中的完美标准才肯罢休。应该说《文化新世界》对我是厚爱的,我十分感激。特别是与这个刊物熟悉了以后,我有时也会主动报选题,自加压力,明确目标,但也深感在写作的过程中,要能够"删繁就简三秋树"不容易做到,要时时"领异标新二月花",就更难乎其难了。为此,我有时很急躁,有时很无奈,有时很寂寞,有时又很难耐,也许只有等到耐心用尽的时候,灵感才会姗姗来迟。为了打破自己的思维惯性,我比较喜欢作者与编辑的互动模式,特别是在动笔之前可以先交流下自己的想法,这样可以更加对路,更重要的是,通过彼此的碰撞,也能常常迸发出新的火花。很显然,《文化新世界》的编辑对此乐见其成,常常不厌其烦。但必须承认,很多时候稿子署的是我的名,其实这背后还有编辑的默默奉献,许多稿子都是经过他们精雕细刻出来的,所以看到发表的稿子,自己当然非常高兴,但更关注他们在什么地方作了修改,为什么这样修改,以及这样修改究竟好在哪里。这些年我紧随编辑们字斟句酌的步伐,深感从中受益匪浅,经过日积月累的积淀,也加深了自己对文字的高度警觉,谨小慎微,尽量防患于未然,尽早规避先天不足的问题,以致编辑到后来对我的文字几乎没有多大的改动,偶尔在个别地方改动一下,也是一字千金。我看后,惊叹毫厘之间,竟有天壤之别!

这些年来,我因为喜欢动笔,热衷文字,也曾给许多报刊投过稿,但每次知道自己的作品要发表,总会有那种翘首以盼的焦急心情,这种心情还会与日俱增。有人说,等待的这一刻,对于写作者来说是独有的幸福时刻。我认为言之有理!开始时我主要写一些影视评论,后来又写了一些散文,特别是对江南文化情有独钟。《文化新世纪》也不厌其烦地发表了我许多这方面的文章,后来他们反馈给我的消息是,许多读者也非常喜欢阅读江南文化"这一款"。对于江南的小桥流水人家,我希望自己不仅知其然,也知其所以然,主要着力于文之源之流之脉之有神,境之空之广之虚之无形,也就是说努力在由近及远的文化意境上下功夫,希望用恰如其分的文字来描绘恰到好处的江南,寻找和探索美的真谛。为此他们在杂志上专门开辟了一个"江南文化"的小辑,集中发表了我的《何处是江南》《春暖花开江南岸》《惊心动魄的古镇之美》《掬一把红豆寄相思》等多篇文章,还专门加了编者按,几乎用水乡的一条线索把我对江南文化的理解以及江南的文化的多种表现形态串联了起来。许多朋友看了以后,都会惊讶地问我:"怎么现在改兴趣喜欢江南啦!"我说自己对江南的兴趣不是心血来潮,而是由来已久。这些年在江南水乡长期漂流,终于到了上岸的时候,希望通过《文化新世界》能够晒出自己心中江南应有的模样。

有些邂逅,转身忘记;有些擦肩,必然回首。作者与刊物的关系也是这样,因此长期的文字交往形成了相互依赖的感情,虽说时间久了,这种喜爱也会变为一种习惯,但要是好久不见,或者迟一点收到杂志,也会有一日不见如隔三秋的感觉。只要拿到这本刊物,我都认真阅读,看得多了,对它的特点,也就烂熟于心。一是贴近读者。"走进民间""大师素描""小舞台""笔会"等栏目,主要是反映读者喜闻乐见的生活,每期都采编得有声有色。二是贴近时代。"本刊特稿""新观察""特色活动""创作心得"等,追踪时代热点,谛听登登足音。三是贴近文化。"文化传真""文化评论""文化人手记""非遗保护""文化信息"等,对于那些有意味的文化现象、文化人以及各种文化载体进行扫描式的呈现,许多文章充满着真知灼见!

特别值得一提的是,每期的卷首语写很有书卷气,通过散文诗的方式,让刊物的五彩斑斓和包罗万象在这里汇聚一堂。大家知道,散文是对生活片段的体验,如果这种体验继续深入下去,走到尽头,看到的肯定答案就是"一切皆为诗"。当散文遇到诗以后,诗的澎湃激情就会带来散文世界的精神解放以及对技术层面的合理解构,像一股洪流一样,不择地而流,弥漫在整个诗情画意之中。很显然作者对此驾轻就熟,每每都会突出主题、抓住重点,摄人魂魄、光彩耀人。所以我觉得《文化新世界》卷首语写得特别好,不仅在文体上做了探索,更重要的是成为每期的点睛之笔。

当这本刊物 20 年华诞即将来临之际,我觉得自己应该写点什么,因为它给了我们太多的知识、见解、感悟、体会、认同……这些都是来自一份可遇不可求的缘分。在这个重要的时刻,我要非常郑重地说一句:"祝《文化新世纪》生日快乐,今后越办越好!"

最后一班"地铁"

报刊对于作者来说意味着一种可遇不可求的缘分,特别是对于那些初学舞文弄墨者。能够幸免于石沉大海的"悲惨"境遇,在第一时间就赢得某个报刊的鼓励,那绝对是一件终生难忘的事情!记得《人事管理》在发创刊号时,我匆匆忙忙地投了一篇稿子,是评影片《魂断蓝桥》的,虽然这是自己单位办的杂志,但主编要求同样非常严格,还是把稿子退给了我。我按照要求做了认真修改,主编很满意。稿子被发出来以后,我很高兴,但许多人很惊讶,机关的刊物怎么能登载文艺性文章?但我认为这样没有什么不好,谁又规定机关刊物不可以登文艺性的文章呢?《人事管理》敢于登这样的文章,凸显的正是思路的创新。人与事的呼应强调的是在专业的视角下对人进行研究。既然是对人进行研究,自然就包括人的各个方面,如人生的感受、艺术的评价和审美的追求等。从刊物的主要读者来说,人事干部也不是整日都是在学习工作业务、交流工作经验和总结工作成果,也包括日益增长的审美需求,特别是那些热爱埋头深入阅读的人们,更是渴望在生活中沐浴丝丝拂面的心灵春雨,从别人的视角去感悟人生和理解情感。于是益智类栏目的设置与人们的想法便不谋而合了。许多机关刊物都是如此,《人事管理》更是如此,他们的理论基石就是机关人既是工作人,也是生活人。专业刊物对文艺性文章的"网开一面",推动了创作细胞的空前活跃,许多作者很快进入了争先恐后的行列。每期副刊都有看头、有嚼头,还让人有想头。自己也觉得"有机可乘","肆无忌惮"地加快情感脉动和情感显影速度,一时间风风火火、接连不断地写了不少,有些登了,有些没有登,但总体说,登的多不登的少。很多同志看到我都说"又在《人事管理》上看到你的文章了",我嘴上谦虚但听后心里还是美滋滋的……

"千古文章事,得失寸心知。"每篇都是经过我再三斟酌、反复修改后出手的,但遭遇高手还是瑕疵迭出。他们别具慧眼、画龙点睛后常常使文章顿焕神采、炯炯发光。《人事管理》所发的几十篇文章凝聚了编辑大量的智慧和心血。在此我要以业余作者的身份,敬上一瓣心香,全力颂扬他们那种"大公无私"的美德。因为这对于作者来说无疑是一种示范和砥砺,至少让他们觉得自己的文字还有被社会认可的可能,写作自信心和驱动力明显提升,自己的视野也变得更加开阔了。

除了给本单位刊物继续投稿外,我还尝试着给其他地方投稿。那段时间,自己一鼓作气在许多刊物上发表了文章。可见多了赠刊赠报,那种由手写体变成铅字体的最初激动也就日渐变得平淡无奇了。说老实话,人都是有惰性的,谁愿意自讨苦吃呢?在没有压力的情况下,创作之树确实很难长绿不凋。"愁聚眉峰尽日颦",也就成了自己江郎才尽的人生感喟!而且文章写多了,自己的套路出来了,也总觉得难以突围,在自我作茧的桎梏中,创作激情也日渐萎缩。这个时候我忽然又听到了《人事管理》的呼唤之声,编辑主动约稿,稿子要得很急,没有商量的余地。我只好硬着头皮把"急就章"挤出来,说来也奇怪,平时很滞甚塞的笔,这个时候恍若神助,好似井喷,竟然洋洋洒洒、一蹴而就。看来人有时还是要被逼一下才行,所谓置之死地而后生嘛!

"刊物是作者的磁石。"当听说《人事管理》要编结束刊时,我不由地就想起了法国影片《最后一班地铁》。这是由弗朗索瓦·特吕弗执导,凯瑟琳·德纳芙、杰拉尔·德帕迪约、海因茨·班尼特等人联袂主演的一部经典的爱情影片。他们为了争取爱情和美好生活,哪怕是最后一班地铁也要乘坐。《人事管理》到最后一期了,虽是大势所趋,还是让人有点唏嘘,毕竟记录了自己的成长过程,在推动自己的成长方面劳苦功高、功不可没!在这告别的时刻,我觉得自己应该写点东西,创刊号有个开始,停刊号也该有个结束,毕竟这么多年凝聚了深厚而又特殊的感情。

作为一个作者,总是不愿看到喜爱的刊物销声匿迹,但历史使命结束也是一种时代的选择,所以它留给我们的更多的是对往事的追忆,并不是因为它的存在才有价值,而是心存感激,始终与之难以割舍。我的许多文章都是首先被《人事管理》刊登的,他们那种对作者的尊重更显宽容。许多稿子投到别处以后,都会遭遇到"削足适履",而他们却常常是"放履适足",让你尽情地抒发自己的感情,表达自己的见解,呈现出比较完整的原初意思,由此一角青天永存心中,我感恩不尽。所以每每自以为是的稿子总是希望在《人事管理》上发表,自己也常常会通过情感弦索,弹拨出几多心灵的曲调,于是便有了《周庄的意蕴》《同里的感觉》《甪直的遐想》等散文,渐渐地也就形成了自己通过文字彰显性灵的写作追求……

五、深　情

　　找出自己收集的《人事管理》,那些宏观的论述和微观的体会仍然给人以许多启示,那些铺满副刊页码的朵朵文字也空灵娟秀,依然浅浅淡淡地书写着时光流转中的点点滴滴。满目淡雅的色彩、轻盈灵动的文字、温婉细腻的心思、浪漫纯净的笔调,在字里行间弥漫出一种情感的氤氲,轻轻敲碎你心底的坚冰,拂去你记忆中的灰尘。往事难忘,给你带来温馨如昨的真切感觉。

六、事 情

事情,不是事,而是情。

佩斯:心想事成

提起陈佩斯,人们自然会想到《吃面条》《卖羊肉串》《拳击手》等小品中的许多滑稽可笑的形象。那几年层出不穷的轰动作品,使得他在我们的心目中当之无愧地成了独树一帜的"大腕"。如果说要用投票方式来选举"十大小品明星",我第一个要写的就是陈佩斯;如果说仅选举三个明星,在我看来这三个之中,准不能少了陈佩斯;如果说非要选出其中第一,那么,陈佩斯仍是我唯一的选择。陈佩斯一出现,浑身都是戏,他所创造出来的"笑果",总是不同凡响。

陈佩斯的成功之处,就在于他的作品非常接地气,注重把握观众的关注点、兴趣点和动情点,使出自己的全部能耐去贴近老百姓,尽力搭起幽默喜剧的桥梁。他很善于从生活的细枝末节处寻找笑料,每每都找得比较准确,然后经过巧妙的艺术构思,通过一种夸张变形的手法,把它们拉长、变细、搞圆、整方,情节出人意料,悬念接二连三,包袱连绵不断,不仅能够把人们弄得笑口常开,而且让你笑不拢嘴,甚至把你折腾到笑了不能再笑、肚子疼得不能再疼的地步。现在回头再看看他的那些经典小品,依然风头不减,令人笑逐颜开!应该说,他开辟了一个人人喜爱的小品世界,在他之前,没人知晓,在他之后,没人忘记,其中蕴有的娱乐功能被他挖深挖透,发挥到了极致。

在我的心中,陈佩斯与其说是红男绿女心仪的梦中偶像,不如说是艺术上达到炉火纯青的出色演员。小品的成功是他自己才能的体现,当然也离不开朱时茂的配合。在生活中,我没有那种追星族的痴迷劲头,但对能有机会目睹陈佩斯真人的风采,还是有着默默期盼的。所谓吸引力法则,即想什么就会来什么,这种幸运还真的落到了我的头上。

那是1992年夏天,我正好在南京华东饭店参加会议。听说陈佩斯也住在这里,有人已经看到他了,但我们不知道他住在哪个房间,就是知道了也不能贸然拜访,而且自己还要参加会议,要以工作为重,其他也只能顺其自然了,最好是能在什么地方邂逅,那就是天赐良机了。所以,走在楼道里,我总会东张西望,期盼会有奇遇出现。如果能有奇遇,最好请他签个名就更圆满了。但我得到的消息却并不乐观:有人说,陈佩斯在吃饭时拒绝给人签名;有人说,陈佩斯并不是对每位要求签名的人都有求必应;有人说,陈佩斯在签名时显得非常随意……

  这些消息本应打消我的念头,但没想到这种欲望却愈发强烈。对我来说,如果能够见到陈佩斯,确实希望能够获得签名留念。但问题的关键是能不能见到他,然后才是会不会得到签名,所以我非常期待这个机会尽快出现。吃晚饭的时候,我边吃边等,甚至吃好了以后,还在那里左顾右盼,依然不见偶像的身影。我安慰自己他可能是出去拍片了,回来吃饭也许很晚,但我等到晚餐结束,也没有等到他。我想他可能已离开宾馆了,但服务员告诉我,他肯定还没走,这等于给我吃了个"定心丸",只要没走就行,还可以继续等待。第二天,我很早就到了餐厅,因为我知道有的时候拍片需要起得很早,但结果并不如我想象的那样,直到我们都吃完要离开的时候,才见他才姗姗来迟,却又显得匆匆忙忙。我想这个时候不要影响他用餐,而且当时还有一大堆人跟着他。我没有从众,而是离群索"坐",寻找到一个自以为他回去的必经之路,等待着陈佩斯餐后从这里走过。可是我等了很长时间,也没见他过来,恰好这时我们会议的时间也快到了。我赶紧往会议室赶,而陈佩斯已从另一个门出去了,正准备上车,我这才发现自己犯了"守株待兔"的错误。

  错失机会让我后悔不迭,但我依然执着,坚信只要心想就可能事成。第二天中午,我吃饭比较晚。当我成为餐厅里所剩下的为数不多的就餐者时,陈佩斯却出其不意地从里面小餐厅走了出来。我发现时,他仍是个"大全景",可不一会儿就变成了"大特写"。那闪光的"聪明脑袋"最先跃入我的眼帘,接着就是充满"艺术细菌"略显"圆润"的身材,发现他刚要从我身边路过时,说时迟,那时快,我忙不迭地从桌上抓了一个餐绢,直截了当地走到了陈佩斯面前。我顾不了那么多了,明确提出自己的请求:"陈老师,能否请您签个名?"陈佩斯看了看我,我马上把餐绢和笔递了过去,只见他把餐绢在桌上铺展开来,发现不平的地方,又理了理,然后提笔就写。令人意外的是,他不仅签了自己的名字,而且还给了一个额外的"奖赏",他写了四个大字"心想事成"。

  "心想"两个字几乎是画出来的,就像水彩,形体气盈丰腴,而"事成"则是单笔细线,好像水墨,显得瘦骨嶙峋。一肥一瘦,一巧一拙,两相对比,使字里行间的幽默情趣,历历可见,同时也反映出了他对艺术的独到见解和训练有素的书法修养。对此我如获至宝,本以为只能得到个签名,没想到,还有意外的收获,这让我对他更加刮目相看——他并不是人

六、事 情

们所说的那样不近人情,不仅会雪中送炭,还能锦上添花!

本来如此动人的情节已告一段落,没想到接下来又显波澜。他签名的那一天,实际时间是"8月17日",但他却非常慷慨地赠我"8月18日"。有人认为是他记错了,但我不这样认为,他应该是顺着谐音"发又发"来的,这显然是一种吉祥的祝愿,这种祝愿能否如愿以偿并不重要,重要的是他在细微之处也能如此用心、贴心,这与他前面的行为一脉相承、相得益彰,他不是没有情商,而是情商很高。于此,我更加钦佩陈佩斯的人格了。

佩斯,谢谢您。作为您的星迷,在此,我也愿将您热忱给我的四个字奉还给您,希望您能"心想事成",在表演艺术的道路上,百尺竿头,更进一步,创造出更多有筋骨、有道德、有温度的精品力作。虽然他在之后的人生旅途中遭遇了一些坎坷,哪怕是住进深山老林,开荒种地,他最终还是靠自己的努力挺了过来。他有很长时间没有出现在公众的视野里,大家都非常想念他。最近的一次采访中,我知道了他这些年来的许多故事,现在看起来也显得比较苍老,没有以前那样的青春焕发,我不知道他以后还能不能出现在春晚舞台上,但那些脍炙人口的小品形象已永远铭刻在我的心中。对于我来说,有点可惜的是,当年刊物知道这个故事后,就让我把它写出来,因为需要配图,我就把这个餐绢也送去制版。后来因为交接时没有衔接好,最终丢失了。对此,我一直后悔不迭,不应该拿实物过去,其实拍个照片送过去就行。不过,这个餐绢早已印在我的心中,不会忘记!

这是我年轻时的一段尘封往事,虽然有些可笑,但还是比较有趣。最近我又在网络上刷到了他们父子俩互相取笑逗趣的视频。陈佩斯还是那样充满着喜剧色彩,显得更加老辣,只是这次换了个更为时尚的"马甲",特别时髦!

婚　　礼

　　婚礼在人生中,是一个非常重要的仪式。许多人家考虑到让亲戚朋友都能参加,一般选择在节假日举行。那是一位年轻的大学老师举行婚礼,因我跟她的父亲比较熟,也在被邀请之列。参加的人很多,排场较大。在我心中,婚礼是亲情、友情特别是爱情的凝聚点,看来他们是想把自己的婚礼办成人生中最难忘的一天。

　　婚礼晚六点零六分准时开始。主持人一上来,语言流畅,排比对仗,一路欢歌,充满喜气。接着就是隆重的交接仪式,只见在聚光灯的照耀下,女方的父亲挽着"公主"缓缓入场,把"历史的重任"交给了"王子"。一对新人经过化妆,比平时更漂亮和帅气,我们已几乎认不出来了,追光灯一直跟着他们。接下来,女方代表上台做了一番认真的介绍,但男方单位的领导却迟迟没有什么动静。按道理说,他们也应该上去介绍介绍情况才是,但各家有各家的想法,也许人家就是这么安排的。觥筹交错之际,突然全场灯熄,我们以为停电了,没想到各个桌上的蜡烛亮了起来,也许原来就是点着的,只是灯火通明时,显示不出它们的重要性来,到这个时候,它们脱颖而出,成了重要的道具。我们看到新郎新娘又换了一身晚礼服,原来他们还要再进行一次入场式。这次新娘挽着新郎,笑意盈盈,依然是挥手致意,依然是伴随着音乐缓缓走到台上,这个时候台下掌声雷动。我们忽然听到主持人请男方代表进行证婚,自然又是一番慷慨激昂。令人眼睛一亮的是他们没有把男女方介绍放在一起,巧妙地做了一个小小的间隔。我还是一次看到这样的形式,并感到这种跌宕的处理挺有新意。其实在这之前,还有一个地方比较有创意,一般人家在播放爱情短片时,主要是把男女双方恋爱后的故事进行汇总,但是他们把男女主人翁从小到大的照片都剪辑在一起,两相对比,还真的有夫妻相呢!再配上优美的音乐,看着他们从人生之初缓缓走来,进入婚姻的殿堂,真是天生一对、地配一双。这就仿佛是天缘注定的宿命,也好像是水到渠成的结果。

　　这不由得使我想起20世纪80年代的婚礼,那时的婚礼比较传统,基本上都是在家里

六、事　情

操办。比较讲究的人家,中午晚上都办酒席,就是大家欢聚一堂,喝酒吃菜,婚礼程序没那么讲究,就是淹没在一桌一桌的宴席之中;有的人家比较简朴,主要是请一些亲戚朋友来家吃顿饭而已,或者新郎新娘拍个结婚照片,自家人共进晚餐就算是举行了仪式。我们当年的婚礼大概就是这样,给我的感觉好像是事前事后忙得很厉害,比如事前忙婚房、忙家具,事后忙谢媒、忙送糖,倒是真正的婚礼却简简单单,显得较为潦草:没有主持人,没有音乐,也没有那么多程序,只是我们一一到各个桌子敬杯酒,如是而已。而且当年的结婚证也比较简陋,就是一张纸,上面还没有照片。我们结婚时也没拍照片,还是后来补上的。倒是有一台黑白的电视机,在当年算是稀有的大件。

到了自己女儿结婚时,我们吸取了教训,双方家人坐下来一起商量,首先尊重孩子们的意见,然后听取男方家长的意见,最后再提出我们的想法。没想到,大家想法几乎高度一致。孩子们希望旅行结婚,"世界这么大,我想去看看"。我们完全赞同他们的想法,也就没有举行隆重的婚礼仪式。我们并不反对也并不羡慕别人的操办方式,我们对婚礼有自己的理解,孩子们也有他们自己的要求,而且这个要求也很简捷、实在,我们当然非常支持。这样一拍即合,水到渠成,顺理成章。我们觉得婚礼的关键是小夫妻满意和大家开心,这两点我们都达到了,对于那些关心此事的亲戚朋友,我们也不忘送上喜糖,就算是"大功告成"了。但后来还是有人责怪我们,说我们对女儿的婚礼不够重视,看不起他们,没有请他们去坐坐,热闹热闹。我们认为,重视的方式各有不同,对于我们来说,这就是特别重视的一种方式,同时我们也非常尊重他们的爱情。为了表达长辈对他们婚姻的祝福,我专门写了一段话送给女儿女婿,对此数易其稿,字斟句酌,力求没有虚话,全是大实话,但读的时候,还是一字一句地读出了自己的嫁女情深。

有一次,几个朋友在一起讨论关于婚礼的事情,有人说婚礼应该有自己的特色,有独特的韵味,这样才能保留住美好的记忆;有人说,婚礼毕竟是人生的大事,不能太随意,应该隆重一点,花点钱也是应该的。而我则认为不管用什么方式,只要能传达出人生的喜庆即可,方式只不过是在此基础上做些点缀而已,何去何从取决于各人的理解和把握。

少年不识愁滋味

我7岁上一年级,在滨海第一实验小学,当时那也算是比较好的学校了。记得校园有东西两个天井,中间由一条巷子隔开。东校园里主要是低年级的学生,大概是一至三年级,上到四年级就要移到西校园。当时一个年级五个班,我在二班,却不是很"二",至今我还能记得当年的很多事。那时冬天教室里很冷,冻手冻脚不能写字,于是上课前,我们先跺脚,大家一起来,越跺越快,越跺越响,脚底板很快就跺热了,然后上课,全身充满着精气神。下课后我们再做广播体操,接着就是开展"各取所需、各显其能"的项目,男同学斗鸡、踢毽子,女同学跳绳、砸沙包。当年我算是踢毽子的热衷者,表现非常神勇,一口气能跳几十个大跳,绷子、剪子、左环、右环等,样样都会,还有综合技能也一个不落。比如一锅底、二锅盖、三酒盅、四牙筷、五顶拳、六只手、七劈刀、八抓鸡、九仰脸、十大跳,边跳边玩、边跳边唱。我常常能出奇制胜,"独占鳌头"。当年竞技分为两个组,各有几个同学,彼此进行比赛,因我在同学中已小有名气,所以许多同学都愿跟我在一个组。他们认为这样可以占得先机。记得自己比较喜欢穿那种宽大的靴子,接触面比较大,毽子好像永远对准靴子一样,不到精疲力绝不落地,这样胜出的机会也就比较多,当然我也有发挥失常的时候。

记得学校旁边就是公园,草木比较茂盛。当时,公园里有两个亭子。一个亭子旁边有一个小草园,中间有一个石柱,上面还有血迹,听老人介绍,那是英雄的鲜血。出于对英雄的尊敬,我们一般不在这个亭子周边玩,害怕打扰他们;另一个亭子有石桌和石凳,特别是夏天,坐在里面四处透风,挺凉快的,四位同学坐在里面,正好一桌,打打"争上游",何其美哉!当年为了备战,公园里还挖了许多防空洞,有四通八达的地下道。每天放学后,我们都要在里面玩躲猫猫,东躲西藏,常常玩得满头大汗。公园的边上还有一个大操场,有一个主席台,旁边一个工厂叫"三毛场",具体这个厂是干什么的,我至今都不知道。好像是跟动物的毛有关,也许是鸡毛、鸭毛和猪毛,当年那个味道实在不好闻,一阵一阵吹来,总

六、事 情

有一种恶臭。那时刚学骑自行车,瘾很大,也会经常到大操场上去练习,在那里面不知跌了多少跟头,最终总算学会了,很快就能上路了,而且后面还可以带人。

学校旁边有一条河,河面并不大,严格意义上叫水塘,因为里面的水是不流通的,到了冬天就非常容易结冰。我们经常在上面滑冰,其实现在看来还是挺危险的,因为冰面厚薄不一,肉眼难以察觉,但那时候我们不知道害怕,而且互相斗气,一个比一个胆子大,要酷、逞能,在上面奔跑不止,直到听到咔嚓咔嚓的响声时,才吓得往后躲。那时也没有冰鞋,就是站在冰块上面,找一个小冰块当作冰鞋站在上面,在冰面上滑来滑去,单脚滑和双脚滑都可以。其实这对平衡的要求挺高的。我们就是通过这种简陋的滑法练就了一身基本功,以至于后来溜起旱冰来,一点都不怵,虽没有专门学过,但平衡把握得还不错,不像别人总是跌跌。我一个跤都没跌过,很快就会溜了,只是以后再也没机会去溜了,到目前为止,就那么一次。

加入少先队是我当年的梦想,老师说首先在思想上要加入,要主动按照少先队员的标准严格要求自己,要以少先队员们为榜样,积极要求进步,多做好人好事。从那以后,我和几名同学一起经常去敬老院帮老人做事,还会经常到工地上拾砖头块,送给筑路工人打地基,甚至有时把自家厨房门前的地砖撬起来,送到学校作为碎砖铺路。当然也会有"捡到一分钱交给警察叔叔"这样的故事,歌里不是唱"我在马路边捡到一分钱,把它交给警察叔叔手里面"吗,这对我们教育很大。我们知道捡到东西要交给失主,找不到失主,就上交学校或派出所。所以当我戴上红领巾的时候,我明白了很多道理,也觉得自己长大了很多,一种从未有过的光荣感、自豪感油然而生。

但在学习这个问题上,我是存在着严重偏科的,总体来说我的语文相对较好,但数学和其他一些学科相对较弱。我的几个邻居同学与我正好相反,所以每每考试结束后,家长就拿他们的强项跟我的弱项比。我经常恨得咬牙切齿,没想到他们也常常"恨我一个大洞",因为他们的家长也会拿他们的弱项跟我的强项比。那些年,我们几乎就是在这种互相碾压中成长的。后来我们逐渐把互相埋怨转化为互相帮助,大家都认为把学习搞好是第一位的任务。"学生以学为主",他们用他们的强项来帮助我的弱项,我也用自己的强项帮助他们的弱项,开展了"一帮一"的互帮互助活动。应该说,这样的效果真的不错,互相都有提高。

我们班的同学都喜欢打乒乓球,其他班喜欢的同学也有很多。当时学校只有一张水泥台子,也没有网子,我们就用土方法,拿几块砖头拦在中间,权当是球网,但下课时人实在太多,总是分配不过来。当时我们想的办法是:赢家守台,输家轮换,后继者上来先打一个球,如果赢了这个球,可以继续打三个球,如果没赢,就直接下来,这叫"考试不过关,没资格来打球"。通过这样的方法,每个人都有机会打球,而且非常公平,也非常有竞争性,效率亦有明显提高。狭路相逢勇者胜。我们班的几个同学渐渐赢得了上风,脱颖而出,常常霸台,"天下无敌,舍我其谁",居然堂而皇之地自封为"庄则栋""李富荣"和"梁戈亮"等,这些可都是当年威风凛凛的乒坛名将啊!后来我们已经不满足于学校的水泥球台了,更希望到正规的球台上大显身手。那时很少有单位有标准的球桌,有时人家让打,有时不让打,但我们那时已属于"走火入魔"的那种,以至于为了打乒乓球,甚至学会了逃学,每天上学时就背上书包,但出了门就把书包藏在衣服里面,打球的时候,人家都以为我们学校放假,到放学的时候,再把书包背到外面回家,神不知鬼不觉。但毕竟纸包不住火,时间一长就露馅了,老师进行家访时终于揭开了真相,我们这帮同学都免不了"享受"一顿"小棍汤"。

当我们"改邪归正"了以后,其中一名同学要转学了,因为他父母要调到新疆去工作。所谓少年不识愁滋味,在没有遇到这种情况之前,我们不知道离愁的滋味。一直朝夕相处、情同手足,一旦离开,还真的难舍难分。自古多情伤离别,我们小小的年纪,也体会到了这种感情的意味。尽管这名同学离开以后杳无音信,再没有和我们联系,但我清楚地记得他的名字叫宁勤,而且这件事已经过去几十年了,至今依然在我心中,一直都没有被"清空"。

当年家长也希望我能够学一件乐器,现在看来是非常有远见的。当时他们请了宣传队的一位老师教我,其实他忙着演出,根本没时间,也没心思教我。我只是跟他们跑了几个场子,打打下手,混点夜饭吃吃而已,好像什么收获都没有。要说老师教了我什么,他倒是教了我几招,主要是模拟人语,比如人家问今天吃的是什么,我能用手在弦上滑一下"鱼",再问还有什么,我再用手指弹一下,"肉"字就出来了,基本就这么点"辉煌"成果让自己可以骄傲,其他一切"归零"。

那个年代,我们对歌曲《小小少年》非常熟悉,几乎属于一代人的集体回忆。当年非常流行,它是德国影片《英俊少年》中的一首著名插曲,每每唱起"小小少年,很少烦恼,眼望四周阳光照。小小少年,很少烦恼,但愿永远这样好……"我们对曾经少年的回忆就像云海翻腾一样汹涌而来,以至于今天,不管到什么年龄,我们都十分怀念少年时代的那种无忧无虑和其乐陶陶的生活!

从 头 说 起

不知为什么我从小就喜欢理平顶头，几十年下来一直"本性难移"，难免有人调侃好奇，经常问我为什么这么喜欢平头。开始我也就随口一答，问的人多了，我还真的认真地想了一下，概括起来主要有两点好处：一是精神，二是方便。说到精神，那平刷刷的感觉就是简洁明快，若是有其他因素的衬托，那种精气神自然会油然而生；再说方便，倒是完全遂了我的心愿，至少每天早上起来，不用像别人那样喷香洒油，忙活半天，只要拿个梳子梳梳，甚至不用梳都行！头发虽短，但长得非常快，稍微长一点，又变成"一头鸡毛"。所以两三周就要剪一次，经常要与理发店打交道。

以前我经常在中山北路上的一家理发店理发。有位老师傅帮我理了好多年，对我的头型和要求非常熟悉。每次去都不需要再强调什么，他总是按照既定方案，把我的头发"修理"得整整齐齐、舒舒服服。而且时间长了以后，我们之间更熟了，关系愈发融洽了起来，他还主动告诉我，每天中午和晚上的十点钟左右人比较少，只要在这个时间点去，基本都是随到随剪，不需要排队。难能可贵的是他并不满足现状，每每为了锦上添花都要"技术创新"，剪出来的效果还真的不一样，常常让我喜出望外。但是自从这个店拆迁以后，就不知道它搬到何处去了。

我只好重新开辟"根据地"，还好很快就在附近又找到了一家。因为是第一次在那里理发，我就把想法讲得非常具体，基本的要求是上面要平，四周要圆……他答应得很爽快，我以为他悟性很高，不会有什么问题，但一推子下去，就把我的头发铲了大半，他的动作非常麻利，三下五除二就结束了"战斗"。他自鸣得意，我从迷糊状态中睁眼一看，却大惊失色，让我追悔莫及。这时他才说自己是刚来的学徒。我是"撞到枪口上"的顾客之一，自然就被他当作练习的"试验品"了。唉！不过回头想想，总要有人来帮他完成这个阶段性的进步吧，更何况剪掉的头发又怎么能恢复原样呢？算了，我想就为了他的日后成功做出点眼前的牺牲吧！但这种"超短风格"确实把我给害惨了，每天我要顶着一个自惭形秽的"发型"，在众目睽睽之下"招摇过市"，有时还被人指指点点。

  这件事让我接受了深刻的教训，我曾为此认真考察了好几家理发店，都没有发现合适的，我深感此等事情马虎不得，坚持"宁缺毋滥"。可那天急急忙忙地要到外地开会，头发长得实在太长了，便饥不择食地在路过的社区小理发店里理了一下，没想到原本是蓬头垢面进去的，出来时却容光焕发，更重要的是我又找到一个中意又老练的理发师傅了。他态度友好，技术高超，理好了以后让你自己来检验，照照镜子，看看满不满意。如果你觉得哪里不合适的，他会继续帮你修剪。从那以后我就基本固定在他那儿理发了，再也不敢让新手的剪刀在自己的头发上"纵横驰骋"了。也许是看出我对他很信任，他每次都理得特别仔细，兢兢业业，上下左右不停地修饰，直到他自己认为满意为止。基本上他满意了，我也就满意了。

  但时间长了，我发现这个地方唯一的不足，就是路太远，每次都要专门跑过来，如果再排队，就更耗时间。没有办法，自己只好在单位附近寻找新的"东家"。不要说，还真的有这么一个地方，离我们单位非常近，有一男一女两位师傅。第一次剪的是男师傅，他动作很轻很快，确实也理得不错，基本是按照我的发型"原版复制"；第二次是女师傅帮我理的，她的特点是，动作比较缓慢，但线条非常清晰。这两次理发的结果，我都到原来的店里去求证过。那位师傅跟我说，两位理得都不错，但第二次理得比较时尚，显得比较年轻，肯定是年轻人理的。他猜得真的没错，女师傅确实比男师傅年轻。他的话对我也有潜移默化的影响。

  以后我到店里，基本就是请女师傅理发。她有空的时候，当然没问题。但有的时候找她的人很多，后面还有排队呢！而这时那位男师傅却空着，如果我还是坚持等她，言外之意，就是对男师傅不信任，说得再明白点，就是女师傅比男师傅理得好，但那天我还是顺着这个心理等下去了。好在他比较大度，一笑置之，没让我自己觉得不够仗义。如此这般有多次，男师傅也就心知肚明，为了避免尴尬，看我来了，早早地就到门外有意躲开了，弄得我也不好意思了。我自己也觉得可笑，一边是人满为患，一边是门可罗雀；一边是耐心等待，一边是马上就理。何不择其快者而从之？他们真的是有天壤之别吗？从我自己的检验来看，也未必，只是一种习惯成自然的选择而已，对此我觉得有点对不住男理发师，因为人家也理得很好，凭啥老是把人家晾在一边？端正了心态，我也调整了做法，来到店里，不再挑三拣四，谁有空就请谁剪，这样节省了时间也提高了效率，两个师傅之间也不会形成

六、事　情

矛盾,关键是他们的技术也确实不相上下,何乐而不为?他们彼此对我都很热情,也都非常重视,每次剪发都精雕细刻,力求好中更好,最终让你十二分地满意。

每每剪过头发我都会感到精神振奋,头发有型,人们也常会问我在哪儿理的,我说我有固定理发师。听说有固定的理发师,他们说那一定是花了大价钱吧!我说"20元钱"。有人摇头。你若不信,那就让我来从头说起……

还是电话好

在手机早已普及的今天说有电话真好，似乎有点不合时宜，还有点老古董的感觉，但当年能在家里装上电话确实是我们梦寐以求的事情。记得曾经看到外国电影中，人家抱着电话聊天，我们羡慕极了，没想到曾几何时，电话就进入寻常百姓家。下班迟了，可以打个电话回家通报通报；有了急事，可以打个电话找朋友帮助帮助；出差在外还可打个电话给家人报个平安；来不及当面商量的事，也可以打个电话。

记得当年家里装电话时，还要交 3 500 元钱的初装费，后来不仅没有初装费了，有时还送电话机，随叫随装，随装随通。当年刚分了房子，我们全家商量了一下，一致同意装个电话。平时亲戚朋友联系，基本靠电话，节省了许多时间和精力，很多时候不需要面对面，能在电话上说的，就在电话上说了。可这样一来，彼此见面的机会少了，亲切感和热乎劲儿也少了，感情会有些疏远，但还是利大于弊！特别是当年父母还在外地，平时照顾不到，通过电话可以了解具体情况，要不然，通过寄信的方式也太慢了。当然也可以打电话，开始时在邮局打，后来是用磁卡打，但毕竟没有自家电话方便。

家里很快就装上了电话，我们尽力最大化地发挥它的作用，能用电话的都用电话。特别是到春节，更派上大用场了。电话拜年，甭说，效果挺好的！不仅节省了精力，而且时间精准，几乎零点一过，我们就要连珠炮似的送出祝福，"舌底泛莲花"，祝福千万家，把同样的希望和祝福播撒到不同人的心上，而且在电话里似乎少了难以张口的紧张僵硬，会自然许多。

那年看完春节联欢晚会，便抓起电话想给朋友拜年。没想到打进的少，打不进的多，急得我拼命拨号，无奈之中只好放下话筒，心想初一拜年也不迟。大年初一早上九点我便再次开启了电话拜年模式，心想这次总算可以了吧，春节联欢晚会结束那么迟了，今天谁不睡到十点、十一点才怪呢？嘿，没想到还是打进的少，打不进的多！我急得按住电话焐

六、事 情

它一焐,似乎这么一来电话容易畅通似的。其实,这不过是一种自我的心理安慰罢了。谁知这么一焐,朋友电话却打了进来,一连串的拜年吉语之后,朋友便说:"老兄,昨晚就给你电话拜年,怎么电话也打不进,今天早上我又打了半天才打进来,你抱着电话开国际会议呀?"

哎呀,我不由地恍然大悟:大家都在电话拜年嘛,怪不得电话打进的少,打不进的多!

其实我惊讶的点,还在于用电话拜年也只能点到为止,难以径情直遂。当我打开呼呼叫的 BP 机(传呼机)时,只见里面灌满了本地甚至千里之外传来的美好祝愿。在春寒料峭之夜,我不禁心头一热,赞叹于人家比自己考虑得更周到:不需要别人接电话,而且该说的也都说了。于是,我也"东施效颦"地一一回复,忙了大半天,总算打完了。这时,我就在想,看来还是 BP 机好,不知比电话拜年快捷、方便多少倍,而且那 BP 机上的温馨优美的语言,还能反复浏览和回味,真是太妙了!

正在我遐想陶醉之时,女儿忽然嚷道她也要电话拜年。噫,我转念一想:是啊,若是没有电话,BP 机再好又有什么用? 说千道万,还是"电话真好"!

我们家电话使用频率最高的是女儿。她和同学聊天、谈作业以及组织同学活动,几乎都是在电话里完成的,直接的结果就是别人电话老是打不进来。当我们希望她不要打太长时间时,她反而振振有词地说:"要不你们再装一台,我同学多!"小家伙口气够大的。据我所知,在那个年代还真的有人家装了两部,各用各的,互不干扰,但我们家当时还没有那这个条件,好像也没有必要,只是与女儿商量,让她尽量通话时间短点,留点时间出来,供大家使用。还好,女儿变化很大,时间变短了,频率变少了,后来几乎不用电话了,因为手机出现了。

到了移动互联网时代,我们回顾"电话真好",好像有点"洞中方一日,世上已千年"的感觉。电话早就被手机所取代,而且还派生出许多前所未有的短信、微博、微信和视频通话等。既然手机可以包打天下,许多人家就再也不装座机了,我女儿家就是。本来以为这是个别现象,后来发现已是普遍事实。但需要强调的是,当年我们无法预料未来发展的情景,在那个时代,电话确实一枝独秀,也我们带来了许多方便! 今天因手机而形成了庞大的"低头一族",其实也是继承了当年电话的光荣传统,是在此基础上的进一步"升级换代"。我们无法忘记电话曾经带给我们的喜悦和便利。"凡事过往,皆为序章"。科技的飞速发展给我们的生活带来翻天覆地的变化,手机在手,万事互联,通信迭代,得心应手,但我想也不应该排斥电话的存在,手机和电话各有所长,它们在各自领域发挥着各不相同的作用,互相支持、互相补充。忽然有一天人们发现手机也存在着不可避免的缺陷和弊端,比如对眼睛的影响和辐射,等等。已经有不少人开始向手机宣战,他们坚持不用或少用手机,更愿意重回电话的时代,能用电话的就用电话,还是喜欢通过电话进行联络。但手机也是无法替代的,业已形成的强大功能依然魅力四射。我们每天都沉迷在手机的世界里,不时地要看看微信,不停地要看看短信,忙得不亦乐乎。如果丢了手机,就像丢了魂一样。但当我们重拾电话后,作为一种可能的选项,依然会发现有着许多人所不及的美好!

马 克 同 志

题目本来叫"马克",由于害怕被认为是德国货币,思来想去觉得还是加个"同志"为好,以免出现"见物不见人"的误解。这位马克同志是单位里负责文印的同事,由于工作的关系我们常常在一起加班。我写他打,相互配合,一直保持着默契。有时文稿赶得急,难免会写得龙飞凤舞,甚至连自己都不认得,他却能够辨认无误,常常令我惊叹不已。有时在来不及的情况下,我常常会急中生"简",直接口述。岂料他的输入速度非常迅速,有时比我的思维还要快,当我还在组织语言时,他已经翘首以待了!我们在一起工作多年,经常加班加点,以至于在举世欢庆的千年之交,我们俩还是在办公室里度过的。那天当我们完成了工作任务以后,都轻松地舒了一口气,站在 27 楼,眺望远处此起彼伏的火树银花,沐浴着跨世纪的快乐……

至今我还记得马克同志刚到单位时候的样子。那时小伙子还不到二十岁,穿着一件皮夹克,人显得很精神也很腼腆,字打得还不算太熟练,但我们更看重他忠厚的品质和温和的性格,大家都觉得他很有潜力,好像在淡定的外表背后始终蕴含着一种积极进取的韧劲,尽管还有几个人可以供参考,条件也不错,有的甚至技术很强,但综合考查下来还是他分数最高。他被留了下来,在文印室从事打字员的工作。此后的日子里,他刻苦学习、用心钻研,苦练基本功,特别在提高打字速度和准确率方面,成长迅速,能力与日俱增,最终不负众望,成了出色完成工作的行家里手。他有担当、有责任、有技术、懂设备、善维护、肯干事,总是能够按照要求在规定的时间内把文字变成铅字,而且在行文格式和标点符号上也颇有研究,于字斟句酌之间,他也能积极建言,画龙点睛,常常令人耳目一新。不仅我有这样的感受,许多与他合作过的同志也有这样的感受,好评如潮之后,便是各种荣誉扑面而来,又是优秀又是获奖。大家都认为这个人留对了、用对了。一个普通得不能再普通的工作人员,能够赢得人们的信任,没有其他的捷径,全凭自己勤恳的态度、高超的技能和工作的实绩。

记得有一年冬天,我们又加班到深夜,之后一起骑自行车回家。当走到一个四岔路口时遇到红灯,我们停了下来,谁知从后面突然冲出了一辆轿车,把我俩撞了。只听"咚"的一声,我被撞倒在地,自行车也绞成麻花型,马克摔得更重,躺在地上不能动弹。我慌忙叫停出租车,把他扶到车上,飞也似的立即到了鼓楼医院。我还拍下了肇事车的车牌号码,庆幸自己当时还有证据意识,为日后的主张权利减少了许多麻烦。到了医院后,医生们赶快进行检查,还好只是轻微的脑震荡。我向单位领导及时进行了汇报,他们很快来到了医院看望并慰问了马克。马克的父母闻讯后也匆忙赶到医院,看到儿子突然遭遇这种状况,担忧的心情是可想而知的。但他们没有抱怨马克的工作,也没有过多地责备肇事者(事后结论是驾驶员酒后驾车),相信交警部门会做出事故的责任认定。他们当时只是一个劲地安慰着马克,希望给予精神支撑和生活护理。马克是他们的独生子,看得出他们对儿子疼爱有加,不停地给他擦脸、喝水、扶身子、盖被子等,唯恐他有一点点不舒服。好在马克的身体素质不错,经过治疗,没两天就出院了。可马克稍微一好,父母发现没什么大问题,就让他赶快去上班,以工作为重。听到这样的事情,确实令人感动,看来,父严母爱也许就是马克良好素质形成的重要原因之一。

有段时间我听说马克谈恋爱了,一开始好像还比较神秘,但渐渐地答案就浮出了水面。他的恋人是一个幼儿园老师,他们很快就走入了婚姻的殿堂。当婚礼司仪问新娘马克给她最深的印象是什么?她回答说马克是一个非常细心的人。看来也正是细心博得了她的欢心。对此我十分认同,也感同身受。作为同事,我也对新娘说了一句:"嫁给马克没错的!"我讲的是实话,事实也是如此。一年后他们有了一个漂亮的女儿,那天带到单位来,看上去就是一个活脱脱的"小马克同志"。听说还没有起名字,我就开玩笑地说,你叫马克,她就叫马克思吧!马克连忙摆手说不行不行,那么能跟伟人同名呢?"与伟人同名才容易记呀!况且你的女儿不正是你马克同志思着想着的那个重量级人物吗?"他肯定不会用这个名字的,但这话好像说到了马克的心坎儿上,他憨厚地笑了。我想他不会奢望女儿成为一代伟人,但他一定会把她培养成为像"马克同志"那样的一代新人。

后来我和马克不在一个具体部门工作了,因为办公地方也不在一起,所以接触日渐减少。有一天,我到马克办公室,看到一个女同志在那里,我以为是来办事的,但当马克让她叫我伯伯时,我这才知道是他的女儿。没想到小姑娘已经变成大姑娘了,据说她已经上高中了。看得出来马克对这个女儿是十分宠爱的,从满桌子好吃的就可以知道一二,但马克

六、事　情

在女儿的作业问题上并不马虎,做作业时笑脸很快变成了严肃脸。女儿也变得格外乖巧,埋起头来做作业。

我是来请教做PPT(课件)的,以前我就希望自己能够像马克一样打字,这么多年来,自己边打边学,打字的速度基本能够跟上思维的速度。这个问题解决了,新的问题又来了,现在讲课都需要PPT,这又是拦在我面前的一道难关。我本来是想向他请教如何做的,但他一下教了我那么多,我还消化不了,而且PPT急着要用,马克跟我商量,是不是先把PPT做出来,以后我们再慢慢一起学做。我也觉得这个思路是对的,但完成了任务之后,我至今未能去学。看来,不能临时抱佛脚,也不可能车到山前必有路,什么还得自己主动学。每当问到马克有没有空时,他总是非常热情地回答"有空"。看来我还是愿意做那个努力学习的自己,马克也还是那个愿意教别人的马克!

送 行 艾 力

昨天加班到很晚,回到家中已是11点多了。爱人告诉我,她从微信上看到艾力去世了。我打开一看,果然哀思满屏,祈祷群起,送声默祝走好。一时寒风凛冽,唏嘘不已。

认识艾力,是在老南京电视台的十二频道上,当时她是当家花旦、璀璨之星,红透半边天,一句"不知道艾力就不是南京人",真实地道出了她当年的无限风光。她主持过很多档节目,给我印象最深的是《观众之友》,主要介绍时下风起云涌的文艺现象。作为热血沸腾的"文青",我当年十分关注文艺圈里里外外和前前后后的那些事。第一次看到艾力的节目,我就被牢牢吸引住,她视野开阔、选材新颖、角度独特、底蕴丰厚、语言流畅、文采斐然,常常是一脸灿笑,以拉家常般的方式,慢条斯理,娓娓道来,就像个知心大姐姐,很有亲和力,更具感染力。

艾力做人也同样令人如沐春风。有次在朋友聚会上见到了艾力,在我的感觉中,家喻户晓的大名人一般多少会趾高气扬、拒人千里,而她恰恰相反,并不盛气凌人、高高在上,倒有一见就熟的那种真诚。当朋友介绍我时,她说:"早就看到永祎在《南京日报》和《南京广播电视报》上发表的许多文章,只是只见其名、未见其人,以前还在节目上用过您的稿子,今天见面,也算是老朋友了!"我说,这话倒应该我来说才是,闻其名、见其人,久仰变成有幸,今天算是看到真人了。她听后哈哈大笑,像电视上一样随和、亲切、自然、大方。她告诉我,她原本不是做电视的,做主持人也是误打误撞,既然干一行就要爱一行,入行就要懂行,更要在行,要不然就对不起观众了。所以她除了做节目,大量的时间都是用来学习,不断提升自己。据说她的阅读面很广,阅读量很大。她说只有了解全面、透彻了,做起节目来才能得心应手、游刃有余。她还热情地邀我参加她主持的一档节目,我随口就答应了。

本来以为她是姑妄言之,我也是姑妄听之,但不久就接到了她的电话,居然是来跟我

六、事　情

敲定的。看了她的选题,我感觉很有前瞻性,也充满着挑战性。这次节目定位很大气,也很精致,更接地气,做出来收视效果一定不错! 只可惜因我的缘故,最终还是没能做成。往事如风,风过留痕,这是一次未完成的合作,但她做事踏实、作风严谨,让我钦佩。大到节目的总体框架,小到每一个细节,甚至是每一种表达,她都会在认真听取你的意见后,提出自己的想法,常常在很短时间内提出多种方案,帮助嘉宾打开"脑洞",但绝不会强求,都是商量着办。我每每都虚心听取她的指导意见,作为电视人她确实有独到的角度,但万变不离其宗,那就是对观众负责。在那阐述真知灼见的纵横捭阖之间,你可以清楚地看到,那里面斟酌的都是对观众满满的爱! 观众的视角、观众的疑问、观众的体验、观众的思考等都体现了观众的思维和观众的美学。难怪南京观众那么喜爱她,那么喜欢她的节目。幕后她精益求精,台前也一丝不苟。她在镜头里非常放松,就像与家人聊天一样,循循善诱,娓娓道来,什么事都像小菜一碟,驾驭起来不费吹灰之力,她天生就是做主持人的料。但在跟她接触之后,这才知道电视上艾力的那种举重若轻的样子,原来是在电视下反复锤炼中凝聚而成的内功,那个能够"飞流直下三千尺"的悬河之口,堆积着长年累月"语不惊人死不休"的执着!

多少年后,我们再次见面,她已经退休了,精神状态一如既往。那天看到她时,一头短发,一身休闲,一脸快乐,给我们讲了许多趣闻,大家笑得前仰后合,非常愉快! 当我对合作未成表示歉意时,她却一笑置之,反而说我们已经有了很好的合作,当时彼此沟通得非常顺畅,很多想法都能达成一致。事实上,当时商量的许多内容,在后来的节目中都有呈现,都派上了很大的用场。当年的"半途而废",虽不是自己的主观所愿,但因为自己的临时退出,确实给原来按部就班的节目带来了许多猝不及防的局促:节目需要临时调整,策划需要从头再来,嘉宾需要重新邀请,等等。突然间给人家"奉上"那么一大堆的麻烦,无论如何,我是有愧于心而又难辞其咎的。艾力因此面临的压力也是不言而喻的,但她对此却轻描淡写,表示非常理解,从未有吐露过半点怨言,好像什么事都没发生一样。我想人生应该追求的涵养,大抵就应该像她这样,总是替他人着想。

前年春节前,她打电话给我,咨询相关医保政策。我这才知道她前一段时间身体不是太好,但她很快告诉我她现在情况很好,当时我也没太在意,以为就是一般的头疼脑热,特别是她还乐呵呵地喊我有机会一起喝个茶,更是不会给人以病入膏肓的急迫感。没想到突然之间就传来了噩耗。当我转发了这消息以后,许多人也都深表惋惜。当时我就在想,艾力对于我们这些观众究竟意味着什么? 其实,她应该是一张地域的亮丽名片,一种岁月的经典标志,是一个时代的美好记忆!她当年的人生精彩、主持风采和夺目神采,就像镌刻到我们脑海中一样,至今历历在目,恍若回到从前!尽管新媒体已大行其道,许多昨日之星都被淹没在众声喧哗之中,但艾力的招牌式的微笑,却永远洋溢在历史的银屏上,不倦地绽放在人们崇敬眷恋的心灵中。人们不会忘记她,南京也将永久地记住她!

　　看到讣告里介绍,艾力原名王爱玲。为什么改艺名为艾力?也许是因为谐音,或许不仅是谐音。当年看到这个名字时就觉得非常特别。特别在哪里?她没有说过,我们也没问过,但有一点是明确的,她做事很认真、很拼命,无论做什么都想做得最好,也确实做得很好!因为热爱,所以努力;因为热爱,所以用力;因为热爱,所以尽力。这大概就是我们自以为是的内涵定义,但也确实能够代表她无愧于自己一生的实践宣言。

　　手机中号码还在,伊人已逝天国。仙人扶摇直上,音容笑貌永恒!

下一站更精彩

他们举家要迁居加拿大,属于投资移民。

刚听到这个消息的时候,我很是意外!这对小夫妻在南京生活得挺滋润的,工作单位不错,收入稳定,甚至较高,还有一个可爱的儿子,没听说有啥烦心事呀。男的四十,风华正茂;女龄稍小,在单位得心应手。他们正处于奔向事业高峰的黄金时段,怎么突然就想到要去如此折腾一番呢?

有天晚上,他们来我家,谈了他们的想法。因为是亲戚,我也直言不讳,说出了自己的不解。他们的理由却是豪情满怀:如果人生是一场行走,何必不多看点风景呢?人生的长度不可以改变,宽度是可以自己选择的。从立论上说,确实有新意,也不无道理,但要谈到实施,可就不是那么简单了,毕竟国内国外的情况不一样。国内的生活是安定的,国外则需要不断适应。以前身边就有过这样的案例,但大多不成功。那些匆匆而去的人,自以为跳出龙门,得到了另一片天空,其实不然,许多人生活并不如意,有的甚至举步维艰,不少人还是想回国的,可又怕在面子上下不来,死要面子就只有活受罪了。他们不得不咬着牙从事人家不肯干的那些苦脏累差的活儿,多少年下来,也很难进入主流社会。夫妻俩听后,只是笑了笑,他们说对此已有比较充分的心理准备,自己做出的选择,哪怕再苦再难,也得坚持。他们甚至约定,出国后不管遇到什么难题都不允许后悔、埋怨和退缩。可问题马上就来了,他们都不懂英语,以前虽学过但基本都是哑巴英语,不是那种"一插就亮"的主儿。可你到国外不是旅游而是生活,语言绝对是刚需,略知一二岂能蒙混过关?需要别人帮助那是肯定的,但许多事情还得自己亲力亲为,就说存钱吧,这样私密的活儿难道还要请人代劳?

他们也深知兹事重大,很快就报了培训班猛补英语,起初他们害怕别人知道,只是利用业余时间悄悄地进行,如此速度怎能跟上出国的节奏?对于学习英语我是有体会的,最好方法就是听说读写外加多练习,要真正掌握它,熟练地运用它,确实需要花时间、花精力。听说其妻后来干脆辞职不干了,一门心思地学习英语,除了跟老师学,还一遍又一遍地看美剧,她的进步肯定要比丈夫快得多。

有鉴于此,丈夫准备先让妻子和孩子过去,等他把这边工作了结后再过去,这样两边互有照应,还有退路。他们来征求我的意见,我完全不同意!既然决定走了,就要一起去。到一个陌生的国度,举目无亲,让一个女人带一个孩子,于情何忍?遇事怎么办?又要买房子,又要找工作,又要熟悉环境,还要强化语言,如果再碰上个头疼脑热的,那可不是能不能承受的问题,而是根本就无法承受的问题了。我的意见他们不仅听进去了,而且还进一步"发扬光大"了,居然又生了二胎,说是两个孩子好有个伴儿,据说到国外还可因此多得一份救济金。他们拿来照片,那小家伙长得还真不错,也许是要出国的缘故,间或已经有点外国人的味道了。我们建议他们一定不要忘记教孩子汉语,中国心离不开中国话,如果是长着一副中国人的脸,满嘴却叽里呱啦说外语,回到国内与人相处,会让人觉得十分别扭。他们说,那是一定的,因为那是我们的魂和根之所在!

离出国的时间越来越近了,他们开始着手处理家庭事务,房子、车子等也都卖掉了。春节期间,我打电话拜年,他们正在老家看望父母,父母对这个决定显然不会赞成。好端端的,为什么非到国外去自找苦吃呢?无奈他们意志坚定、去意已决,父母也只得同意。节后妻子将母亲托付给了哥嫂,拜托他们好好照顾;丈夫将年迈的父母接到南京,给他们做了全面体检。我问两位老人交代了些什么呀,他们说,在开车去车站的路上,两位老人几乎一言不发,到检票口时,母亲这才突然爆发了出来,拉着他们的手,左抚右摸不肯放。父亲则强忍着泪花,半天才说出了一句:"出门在外,那么远,父母照顾不到了,你们一定要好好保重自己啊!"

临行前的那天晚上,我们全家为他们饯行,席间气氛热烈融洽,聊得非常愉快,话题主要集中在畅想未来美好的生活,他们也热情地邀我们到那儿做客。我说等你们稳定了以后再说吧!他们打算把自己在那儿的生活记录下来,写成小说,拍成电视剧,甚至还拟以此作为谋生的方式。言谈中画面美丽,风轻云淡,好像一切美好近在眼前,阳光大道就在脚边。殊不知,当时他们面临着巨大的生存压力。他们打算先开店谋生,然后安排好孩子,再自己上学补课,甚至连理发这档子事都提前学会了。除此以外,世事难料,前途未卜,谁知道还要应对什么样的特殊情况?言语之间难免会流露出一丝丝隐隐的担忧。这时,我赶忙把话题岔开,建议大家拍张照片留个纪念。那个瞬间被定格得很美,每个人表

六、事　情

情都很生动,整体也非常自然和谐。

　　聚餐结束以后,我们没有马上离开,而是等着车开过来,郑重其事地将他们送上了车。他们也似乎感受到了这种仪式背后的分量。毕竟今后不是想见就能见到了,这一去也不知何年何月才能回来。可以想见的是,为了站稳脚跟,他们必须奋力打拼,光这一点,就不是一年两年的事!"天涯若比邻"的地球村确实化解了离别的感伤程度,好像变得轻描淡写,甚至丝毫没有感觉,可当你真正迈入离别的那一刻,别样的感觉还是会不由自主地涌上心头。不仅是我们,他们也一样,挥别之间,不但没敢看我们有点湿润的眼睛,还悄悄地把脸也背了过去。"再见"的声音中好像带出了一丝哽咽……

　　说实话,做出说走就走的决定,不是每个人都能做到的。至少我做不到,因为到了现在这个年龄,需要考虑的问题确实很多。因此,随心而动,顺意而为,勇敢出击,这本身就是一道独特的风景线,非常难能可贵。他们是自己做出的选择,他们也一定会对这个选择负责,能够主宰自己就能无愧于自己。希望他们的下一站会更精彩!

记　　忆

人生中有许多瞬间是值得被记住的,那些都是时光列车经过的重要站点。我们有时觉得列车太慢,因为要穿越春夏秋冬,有时又觉得速度很快,不知不觉中就从历史驶进了现实。当我们走出站台,回首往事,回望来路,总会百感交集,浮想联翩。"那午后穿过的小巷,是出发的地方",从人生的始发站一路走来,起承转合,风雨兼程,有期盼的目光,有憧憬的时光,有怀念的月光,有开心的阳光,这一束束强光突然照亮屏幕,源源不断地回放起光阴的故事和成长的轨迹……

回味人生是永恒的主题,永远在线,不会断线,人们在这里经常板书的计算题就是情感的相等式。人们常常会因为婚姻失败而回忆曾经拥有,因为岁月老去而追忆当年潇洒,因为伤痛离别而想象欢聚情景,因为告别青春而珍惜同学时光,等等。情感的缺憾就是完形的动力,失望的结果带来希望的启动,这种削峰填谷的心灵补偿机制,由来已久,生生不息,代表着保持人生平衡的不懈努力。由此可见,我们的人生实际上就是历史和现实状态的叠加和贯通,二者之间,犹如悠悠白云,总会飘向蓝天的故乡。因此,记住自己是每个人与生俱来的内心渴求。

影视镜头的记录是当年许多明星的机会和权利,对于普通人来说,绝大部分人没有这种可能,要想留住自己的历史,主要就是照相,凡遇人生重大事项,比如升学、结婚、生子、立功、受奖等,我们都会走进照相馆留下纪念。若要是在平时,人们对那些并不特别的事情,肯定不会如此奢侈多情。所谓值得不值得,不仅是感觉的概念,更是时间的概念,有些感觉不一定正确,是要通过时间来沉淀答案的,但如果纯粹凭借一时兴起,特别是在当年拍照条件并不是十分完备的情况下,很可能会忽略不应该忽略的事情,漏掉了不应该漏掉的印记。想到之处才觉无,用到之时方恨少,是许多人追悔莫及的共同慨叹。任何时间都是交会点,话出是现实,话落是历史,记住历史,不舍现实,都属于自己一去不复返的风

六、事 情

景,哪怕没有特殊的观照,那些跌宕起伏的境遇,也会在悄无声息中存入记忆,像水下火山,多少年后遇到契机,一经激发,也会山崩地裂、排山倒海,情绪记忆原来是如此根深蒂固和强大无比。在浓烈的情绪场中,人们不可能使所有细节栩栩如生地再现,有时只能聚焦最强烈的那一部分,或者捡出自以为是的重点,而那些被淹没在黑暗之中的人、事、景、物,其实也可能有意想不到的价值,只是因为审美之光照耀不到而没法兑现。

所以在很早的时候,许多人会选择文字,希望能够随时随地记录画面、记录心情、记录感觉,透过发黄的纸张,越过娟秀的字迹,可以看到岁月的沧桑,抚摸历史的痕迹,体味文字的温度,感受曾经的美好。但要建构由生气灌注的形象世界,必须通过抽象符号去联想妙得,要靠调动人们内心的丰富想象,才能还原活灵活现的情节情景。特别是有些文字本身就是含蓄的、暗示的,也不排除选词造句就没能全面准确地对准心灵。即使是这样,也挡不住人们在回忆中化茧成蝶,看上去的那些字里行间的静水深流,实际上已一跃而成为生命的激情。创造力来源于生命力,复写版来源于真实版。但在一望无际的郁郁葱葱背后,确实也有着挂一漏万的种种情形,多多少少地觉得不能完全校准当时的自我。

随着自媒体的波涛汹涌,记住自己已经成为每时每刻的时尚,所触之处、随手拈来。面对特别现象、特别事件、特别风景,人们纷纷强抓镜头、图文异趣,通过微信、微博、美篇、抖音等及时地发布出来,释放自己的美好心情,昭示自己的美好心情。无论是阅读还是复习这种美好心情,都会怦然而动,再添美好心情。但有些人兴高采烈地记录下了自己的生活点滴,却若无其事让其沉睡在手机的相册里岿然不动,保持休眠记忆,这本无可厚非——孤芳自赏,也可以感动自己;可手机一旦丢失,也会丢失一切,曾经的场景,曾经的故事,曾经的感觉,都将付诸东流。与其叫苦不迭,不如主动作为。我把自己的照片分类编辑成册,开始我觉得就是一种资料的整理,但多少年后却如获至宝,因为当年那些不会再有的情节,不仅被有形地记录了下来,还被有趣地焊接在一起,连接着悠悠岁月,成为记忆火山的喷火口。

记住曾经的自己,要凝聚对每一段时光的爱。因为,"往而不可追者,年也",言者足戒,闻者同感。第一年拍全家系列影集,自己穿西服还算比较合体,待第二年再拍的时候,身体就有点发福了,再也穿不出那种感觉了。机不可失,时不再来。"在生活里,我们碰到的一切美好的东西,都是以秒计算的",岁月的加法将会变成人生的减法,人生的减法也会变成记忆的乘法。去年大年初一坐公交车,只有我一个乘客,车厢空空如也,我发了微信,图片配文"一个人的专车";今年春节我坐地铁,在那节车厢里,又只有我一个乘客,我又发了微信,图片配文"一个人的专列"。两相对比,出奇制胜。没想到,朋友们点赞、评论较多,反应强烈,波澜不惊的生活,因此成了有声有色的记忆!

科学技术的迅猛发展始终坚持以人为本的方向,越来越注重贴近或超越生活的边际。"观古今于须臾,抚四海于一瞬",不管是视频通话,还是圈友群聊,都是照相时代、文字描述所不可比拟的。记住自己的历史片刻,刻画自己的人生瞬间,不仅是积淀在心灵空间,矗立在文字之上,更要插上互联网的翅膀,通过多种媒介,发挥其各不相同的功能。记住应该记住的,忘记应该忘记的,舍弃应该舍弃的,删除应该删除的,让我们在生活的每一个瞬间蓦然回首时,都能猝不及防地感受晴朗的心空,眺望时间的远方,最终奔向春天的暖阳!

离 别

朋友的爱人要到日本去留学,那天他们来我家辞行。该女士是学日语的,原在一家外贸公司工作,工作中也时常和日商打交道,每年都要去日本好几回。此次跨出国门,看来要把我那个朋友害惨了,刚结婚不久就要面对"新婚别"!朋友似乎看出了我的意思,忙不迭地解释说:"不远,飞机两个小时就到,到云南老家还要飞三个小时呢!"言下之意,他已权当她在国内出一趟远差,没那么严重。这显然是强作欢颜,是做给别人看的。他心里可不一定这么想!谁知他又非常认真地说道,他自己正在学习日语,让爱人去日本是他的主意:"人在一个地方待一辈子有什么意思?她先走,待有立足之地,我马上就过去。"他的爱人忙补充"我每年假期还可以飞回来两次",人家如此夫唱妇随,真是"皇帝不急太监急"。我忙自找台阶地说:"是的是的,但男子汉可要多赚些钱哟,要不然夫人可就飞不回来了!"

也许是日本确实离这儿不太远,"离别"情绪已不那样的沉重,对他们来说也只是春风一缕、扑面而已,不会有更多的心理负担和情感障碍。我们看过许多报道,对日本社会有一些了解,人生地不熟,总会遇到这样那样的困难,我们言语之间不免为孤身女子在异国他乡挣扎、奋斗所担忧,也为我这个朋友日后的生活而发愁——这个衣来伸手、饭来张口的主儿怎么活?事实证明,这样的担忧完全没有必要,而且还显得有些多余,人家什么都不在乎,你操什么心?

过了几天,我们又邀请了几位朋友在家里小酌,为她饯行。三杯两盅淡酒下肚,激起了大家的情绪,忘了是谁提议叫她唱首歌。她在我们中间号称"麦霸",歌也确实唱得非常有味道。开始她不肯唱,觉得氛围不足,而且也没有音响,后来在大家掌声的鼓动下,她在手机上找到了配乐,唱了一首《友谊天久地长》,唱得非常好,而且非常投入。我估计把她自己内心的全部情感都装了进去,因而把字里行间的意蕴演绎得非常细腻,字字情、声声味,大家的心情也随着歌声上下起伏,多少都感到有点离别的沧桑味道了。谁知她唱完嫣然一笑,仿佛什么事都没有发生似的,一下子又把那种离愁之情吹得烟消云散了。

第二天,我们全家送他俩到火车站,因为南京没有直抵大阪的飞机,必须赶到上海转乘。临别前,我们不免说了几句安慰的话,不过都是千篇一律的祝词,女方也说了一些公式化的客套话。没想到,却把那位七尺男儿说得哽咽了起来。我们吓得赶忙闭嘴,不敢再说什么,但情绪这个东西,一上来就收不住了。我们已经停止说话了,他却愈发抽泣得厉害了。他要送爱人到虹桥机场乘飞机,按说,要流泪也必须在飞机起飞时才对,那才是此次最后的分别,谁知他这一激动,情绪就提前了。"男儿有泪不轻弹,只因未到伤心处",伤心了,也说明离别之弦在他心中一直都绷着,并不像他表面上那么轻松,庆幸的是他的爱人没有流泪,也许人家是见过世面的,确实没有当回事!后来我取笑这位朋友,让他向自己的爱人学习。可他对我说,她在我们面前没有流泪,但在过安检的那一刻流泪了,而且她没走两步,又回来拥抱他,他们就这样紧抱不放,恋恋不舍,涕泪横流!

后来他们各自孤单的日子并不多,男方不久也去了日本,原来只能鹊桥相会的夫妻,终于可以朝夕相处了。据说当年他们在日本还是比较苦的,那时他们的主要任务是读书,但生活没有经济来源,所以在课余,还要靠打零工勉强维持生活。后来他们告诉我,当年每天都要干七八个小时,属于他们自己的时间非常少,而且学习也非常紧张,有时几乎到了坚持不下去的程度。他俩因此发生了许多冲突,也差一点到了离婚的边缘,好在随着学业的结束,他们也陆续找到了自己的工作,生活才渐渐有了起色,但他俩还是面临着聚少离多的日子,因为女方要经常出差,离别是他们的家常事,是永恒的主题。他们也日渐习惯,习惯成自然。

他们一般春节都会回国内过。他们说国内的春节有家的感觉,当然他们父母是最高兴的,满脸乐开了花,几乎倾其所有,把家里好吃的都拿了出来,唯恐他们吃不好、吃不了,尽管他们说现在在日本的生活也不用发愁了,但还是留恋家的味道,因为那饱含着父母的手艺和心意。每次回来,他们也会到我们家来看看。他们说这么多年,最扛不住的还是与家人的离别。因为在家里无论待多长时间,总要有走的那一天,特别是看到父母日渐变老,她说那种渴望的眼神永远都忘不了,因为自己不能够时时刻刻在身边照顾他们,想到这里总会有一种愧疚袭上心头,难以割舍、依依不舍。后来我们就建议他们回国来发展,现在国内的机会很多,政策也非常非常好。他们没有吭声,可能考虑的因素很多。后来他们父母坚持要送他们到车站,在分别的那一刻,他们再也忍不住了。看来无论现代交通如何发达,那份亲情和乡愁却是永远不变的。

六、事　情

　　不久,我们听说女方真的回到了国内,在上海的一家大公司工作,男方依然留在日本。两地分居的故事又开始续写,这其中最难写的一章,可能还是离别。希望他们能够尽快跳过这个题目,翻过这个篇章去,让生活重归秩序、稳定与和谐。这其中最关键的还是男方也能够回来,最终他确实也回来了,从此结束漂泊不定的生活,定居在上海。他们来南京也非常方便,只有两个多小时的车程,距离让他们懂得了价值,思念让他们生出美丽,他们对亲情、友情倍加珍惜。他们也学会了在告别时与父母拥抱一下,这种事情在过去是不可想象的,对于现在许多人来说也是做不到的,但对他们来说,一切都显得顺理成章和自然而然,这也许就是他们出国留学后积淀的副产品和实现的增加值!

喊　　声

家住七楼,以为"高处不胜静",可偏偏静不下来。特别是星期天在家,时常听到院子里有个老太扯着嗓子高呼,开始不以为然,谁知道她一"喊"便一发不可收拾,频率越来越高,声音也越拖越长。从窗口望下去,我才知道是怎么回事。原来老太住在平房,儿子家住在六楼,她有事没事都会喊上一阵子,他的儿子我们没注意过,但在整幢房子里知"名"度却非常高,主要功劳就是老太对此事非常执着,天天如此,顿顿照旧,雷打不动,喊声震天。

无事尚可,可要命的是,当你读书刚进入境界,突然一喊会把你从全神贯注中拉出来,四顾茫然一阵之后,才能重新集中注意力。原以为她早上的任务结束了,不会再喊了,可能是她的宝贝儿子在睡懒觉,并没有听从她的召唤,或者是习以为常,不愿搭理她。当我再次看到情酣理畅之处,她也许没看到儿子的身影,忽然又喊了起来,一声接着一声,闹得人哭笑不得。我当时真想朝她吼一声,发泄一下不满,但又觉得这样不妥,还是忍住了。其实,我也理解老太的心情,你就是要喊,哪怕一直喊一段时间也行,或者带有某种规律地喊也好,这样我们也有心理准备,可以避过高峰期再读书,也避免思路经常被打乱。可她偏不,即便是门窗紧闭,也挡不住她喊声的穿越,总是那样出其不意,令人防不胜防。

有人对此会感到奇怪,人家喊儿子关你什么事! 本来确实与我无涉,只因她的儿子与我的女儿同名,所以她一喊,我们总以为是有人在喊女儿。因为住的楼层较高,来找我们的亲戚朋友,也往往先喊女儿,看看我们在不在家,这种现象的存在更加重了我们对喊声的关切,可每逢此时,常常是热情作答始,自作多情终。时间一长,我们也疲乏了,也懒得再理了,可有几次有人真的叫我女儿,我们却置若罔闻。后来听说我们当时在家,客人自然牢骚满腹。

这样一来,我们的这根弦还得时时绷着。有天午觉时分,突然听到有人喊我女儿,朦

六、事 情

胧中害怕别人误解,赶忙爬起来跑到窗口答应,可下面仍是空空如也,还是那老太的一如往常,但这次怎么声音又变调了呢?原来她用手做了个话筒,声音更洪亮了。她的嗓门确实很大,不仅把我们惊醒,而且把我们的睡意赶得一干二净。这下我真的忍不住了。有次正好碰到老太,便主动跟她商量,能不能在人家午休的时候少喊,不仅我们要午休,其他住家可能都要午休。她满口答应,估计有人已经跟她讲过,我们以为她就此会有所收敛,没想到好了一两天,又是外甥打灯笼——照旧,她依然我行我素,甚至变本加厉,而且大多是在我们午休的时候喊。我赶忙继续去跟她商量,这时她才告诉我,她的腿脚上楼不太方便,儿子就给她租了平房,负责给他们烧饭,有时会喊儿子换煤气瓶,有时会叫他来做事,饭烧好后,也经常会喊他们下楼吃饭,因为儿子有时会上夜班,所以迟一些喊他们。有时儿子喜欢睡懒觉,常常不愿意应答,就一直会喊他。我说:"您儿子要休息我们理解,但您也要照顾一下我们,好吗?比如,您可以打电话。"她说没有装电话。我说:"那您不能用手机打吗?"她没有吭声。后来据说儿子给她买了个手机,她舍不得用,认为就这么点距离,花钱没必要。

可这次跟她商量以后,效果挺显著。她已经不是那么成天喊了,也不是想喊就喊了,只是需要喊时才喊。这样的话,我们感觉就好多了。不知什么时候,这样的喊声停止了,有一段时间,院子里静得不得了。说老实话,我们对她的喊声已经适应了,要真是没有了,好像还有点不太习惯呢!出于好奇,我漫步到了平房前,看到门已经锁上了。有人告诉我,他们回老家去了。看来喊声从此不会再有了,这本应该高兴才是,但不知为什么,听不到了,又发觉少了一点什么。怎么会有这种奇怪的想法?当时连我自己也说不清楚。但回头想想,生活本身也许就是这样,充满着矛盾,你又何必非要搞得清清楚楚呢!

有次父母到南京来,住在我们家里。早上父亲到医院看病,母亲不小心出门把门给关上了,而且炉子上还煮着东西,只有智力发育不全的妹妹一个人在家里,情况万分紧急;母亲急得在院子里团团转,到处找人求救,人家问我的手机号码,母亲也想不起来,试着说了几个都不对,围观的群众越来越多,大家也越发觉得事情不妙。这时老太主动站出来,说她认识我的单位,要求前去找我,好在单位离我们小区不太远。她来的时候,我正要出单位大门,就听后面有人喊"这位先生,这位先生",声音非常熟悉,回头一看,原来是那个久违的老太。只见她气喘吁吁,看来路上跑得很急,听她如此这般地介绍了情况,我赶忙打了车,把老太一起带上。到了院子里,我飞也似的爬上楼,急忙打开门,看到壶上炉里的水基本已经烧干了,但炉子上的火还在那里"拼命卖力",真的好险啊!要不是老太及时报信,后果不堪设想。我们万分感谢她,但转过身来,发现这位老太已经走开了!有人说她回家做饭去了。据说,她也是今天刚到南京。

  人真的很怪,从这以后我们再听她的喊声,不仅不反感,反而感到非常亲切!那种带有口音的大嗓门,好像充满着深情,以前随机的喊声,现在变得有规律可循了,定时定点,经年历久,不知不觉地成了我们这个小区的声音标志。后来因为平房要拆了,老太也悄悄地搬走了,从此再也听不到这样的喊声了,但我们对她还是十分想念的!

上 课

  大学毕业前一年,学校安排了实习任务,我被分在南京的一所重点高中。那些孩子看上去很小,但知识水准不低,讲起来都是一套一套的,起初对"实习"老师都怀有一种"考察"的眼光,你若是没有自己的东西,或者不拿出点真功夫来,他们根本就不会买你的账。课堂上,你可能准备了提问的环节,但他们常常会有八个或十个问题在等着你,下课以后,他们还会追着你不放,刨根问底,要是没有两把"刷子",真的难以应付。记得当年我选的是鲁迅的《故乡》,为了备好课,我进行了认真的准备,并力求能够做到解答学生们三个层次的连续追问。为此,我几乎天天泡在图书馆里,逐字逐句,逐节逐段,进行了由浅入深的理解和探究,不仅得弄清是什么,还要搞懂为什么,把很多线索都理得比较清楚。待胸有成竹以后,再走上讲台,发挥还算正常,也较好地完成了教学任务,学生们比较满意,实习成绩也还不错。

  毕业以后,我被分配到商业职工学校当语文教员,上课的对象都是成年人,他们年龄确实比较大,有的比我还年长,但他们学习很刻苦,求知的欲望很强,希望了解的东西也比较广泛。我觉得自己的课不能仅局限于课本的内容,应该结合着教材内容,适当地涉及或补充一些大家比较感兴趣的话题和内容。记得有回谈到古代描写月亮的诗,我列举了袁枚的"吹灯窗更明,月照一天雪",王维的"月出惊山鸟,时鸣春涧中",张九龄的"海上生明月,天涯共此时"。当谈到王建的"今夜月明人尽望"时,突然卡壳了,下一句怎么都想不起来,有位学员轻声提醒"不知秋思落谁家",这才把我的记忆链条又接上了。通过这次小小的"尴尬",我认识到,对于职工教育不能搞自说自话的"填鸭式",关键还是要把他们的积极性调动起来,要学会采用提问、讨论、交流以及实践等教学法,让他们更多地去发掘自我、走出自我以及解放自我。通过诸如此类的方式,引导他们把学习的内容与自己的实际紧密联系起来,许多时候能够达到融会贯通、事半功倍的效果。但我自己也十分清楚,发

此情此景

动学员并不意味着可以放松自己,学员的水准提高了,期望值就会水涨船高,对老师的要求也就更高了。对此我心知肚明,丝毫不敢马虎,更加兢兢业业,每次上课前都会做大量的案头工作,对学员可能提出的问题,都进行了事先的模拟,宁让自己在准备时过了头,也不愿在课堂上出洋相。只有不打无准备之仗,到了课堂上才能坦然面对各种各样的问题,兵来将挡、水来土掩。这样学员会满意,自己也能得心应手、应对自如。

女儿刚学汉语拼音那会儿,我自告奋勇地当起了家庭老师。不就是那些声母、韵母、阴声、阳声、上声、去声吗?区区小事,定不在话下!没想到,一个堂堂中文系已经毕业了多年的本科生,硬是没能把这碟"小菜"端上桌子。我用当年自己学过的两拼法、三拼法教孩子,孩子睁大眼睛看着我,我还没好气地教训她,跟她承诺按照我教的去做,准没错!她是听我的了,但老师没听她。看着孩子回家后委屈的样子,知道原因之后,我觉得不能再自以为是了,因为"旧船票早已登不上新客船"了,现在不是跟我的步伐,而是一定要赶上老师的节奏。

我上课不太喜欢用课件,关键是自己不会做课件,看到人家只带个优盘就去上课,我虽非常羡慕,但轮到自己的时候,就又回到了最传统的方式。有人对此提出疑问,我也绞尽脑汁,找到了一个冠冕堂皇的理由:与其让人家又看又听,还不如让他们集中精力专注于听,这样可以事半功倍。每每人家请我讲课,都会提前问我需不需要电脑,我都果断回答不需要。我习惯于拿着一叠讲稿,一本正经地从头讲到尾。如此"农耕文明"的授课方式,一直陪伴着我许多年。后来有人建议,如果能图文并茂效果会更好,人家就这么随口一说,也许是个玩笑,自己姑妄听之,也没太当真。

我有个朋友在乡镇中学当校长,看我回到了老家,就邀请我到他们学校去看看。没想到去了以后还有任务,他让我跟学生们讲讲,随便讲什么都可以。他事前没告知,我自然也就没有准备,这怎么讲?但他美其名曰"这些不都在你肚里吗?",便不由分说地把我拉到一个大教室里,那里早已经坐满了学生。对此,我真的不知道该讲什么!只好环顾左右地问道:"同学们,你们希望听什么呀?"这话问得有点大了,没想到孩子们回答的"谱"更大:"就想听我们没听过的!"我不知道他们没听过什么,但我知道自己熟悉什么。我便从近期研究的江南文化讲起,对江南的起源、江南的范围、江南的符号以及江南的艺术等,做了比较详尽的介绍。没想到,刚一开讲,原来吵吵嚷嚷的气氛,立刻变得十分安静,近三个小时,几乎没人说话。既然他们感兴趣,我也越讲越带劲,到了互动阶段,孩子们思维就显得异常活跃,争先恐后地举手,问题虽五花八门,却具体而有趣。有些问题干讲了半天,还

六、事　情

是解释不清,其实只要放一张图片,就能一目了然。突然之间,我深切地感受到,如果有课件就好了,可以结合图片很快讲明白。

　　有单位邀请我讲仓央嘉措,知道大家对这个诗人非常感兴趣。这次我长记性了,请人帮忙做了个课件,在课件上简单地列了个提纲,在网上下载了些照片、音频、视频,能用的都用了,还有些来不及插的,就单独建一个文件夹,一起拷进优盘。到了课堂上,我努力打开精致的"凤头",从播放《玛吉阿米》歌曲开始,让人们一下子就走入离天最近的青藏高原,徜徉在那种蓝天白云的情境里,然后由声及人、由人及情、由情及诗,循序渐进,慢慢道来。对于仓央嘉措悲欢离合的命运和高远纯净的情歌,我感触很深,心频震动,深觉他的许多诗都写到人们的心坎上去了。这么多年来,我一直追随着他的心路历程,在课堂上也据实陈述、细描密画,尽量还原诗人当年写诗的心境。大家也似乎听进去了,听得很入神。看得出,故事的跌宕,情感的撞击,也使他们的心情起伏于波澜中。但到了最后,如何有一个韵味悠长的"豹尾"也非常重要。我突发奇想,将大家再次拉回到歌曲《玛吉阿米》中,将一开始没有放完的结尾部分继续放完,其基本构思就是,像电影的片尾曲一样,让大家在边听边走中离开课堂,增强一点意犹未尽的感觉而已。但当歌曲播放,歌声仿佛从辽阔的高原深处飘来,旷达、悠扬、美妙、神秘,大家居然没有一个人起身离开,都稳稳地坐在那儿,静静地听着,听着,直到最后,好像如梦方醒,甚至还有人潜然泪下……

距　　离

　　小的时候我们家住在商业职工宿舍，宿舍一共有四排，都是平房。一般是每家一间，大概二十多平方米，一家挨着一家，邻里之间来来往往，显得特别亲热。有时候你家烧饭，发现缺油少葱差姜，抬腿就会到邻居家去借，甚至直接去拿；有时候父母没下班，孩子也可以在邻居家先吃饭；有时候这家来了个客人，大家都会围上去，像看明星似的，热闹非凡；有时候哪家办个事，其他人也主动过去，像一家人一样忙前忙后。但这些好像都是遥远的事了，现在我们住的小区，基本都是楼房，关起门来"自成一统"。大家"各自为政"，不相往来。上班的时候，家家都是"铁将军"把门，下班的时候也是紧闭家门。大家唯一可以碰面的地方，就是在狭窄的楼道里，但上下班的时候，匆匆忙忙，丢垃圾的时候，大多也是擦肩而过。节假日只要回到家，没什么大事，大多不愿下楼。如此看来，邻里之间的联系机会就显得极少，甚至就住在对面也不相识。听说有回外地来人走亲戚，已经找到了楼层，近在眼前了，就是因为对门说不认识，害得人家兜了几圈，才又"从终点回到起点"。然而，"远亲不如近邻"却是改变不了的法则。谁家没有个难事？谁家没有需要别人帮助的地方？只因平时不愿与人家搭讪，有困难就只能自己克服了，因为不知道对方是否愿意。比如小孩子没地方放只好将其一个人锁在家，但自己对此总是忐忑不安，放心不下；如果遇到刮风下雨了，明知衣服晾在外面，也只好任其遭受风吹雨打；碰到没带钥匙时，又不愿敲邻居家门进去坐坐，也就只好站在外面等待那个没回家的人……久而久之，彼此之间的距离就远了，如果再没有交集就是永远的陌生人。但若说近在咫尺，一点不接近，也太绝对。有时可能极容易认识，比如楼上滴水漏水了，或者楼下装修声音太大了，为了维护自己的利益，大家都会去理论理论，提出建议，如果相互理解还好办，可以各退一步，但常常是各不相让、据理力争，甚至吵得面红耳赤，还会大打出手。直到这个时候大家才睁眼看清对方，试图了解对方，但如此的相遇相识，未免也太富有戏剧性了。

六、事　情

　　我在与朋友交谈的时候,曾对此表示不解。现代社会应该十分重视人际情感,特别是朝夕相处的邻里之间更有这个需要。对此我有比较清醒的认识。一般在楼道里,我都会主动与别人打打招呼,有的人会比较礼节性地回应,如果能够寒暄两句,那就更了不得了。但有的时候,自己的过分热情却被别人回之以不太乐意的表情,或干脆就是一脸冰冷,连哼都不哼一声,如此一而再、再而三,再高涨的热情也会被慢慢扑灭。后来我对有的人也懒得再理了,这并不是因为我非要别人对我怎样,而是害怕那样会激起别人更大的反感。既然人家铁定就不愿和你接触,你又何必非要像口香糖一样往上贴呢?问题是,这种现象不是个别,而是普遍存在。因此,我得出结论:单元式的住宅结构造成了人们之间的感情隔膜。这或许不是唯一的原因,但肯定是最重要的原因之一!

　　中学同学举行毕业30年纪念会,我收到了一封热情洋溢的信,邀请五湖四海的同学,为了一个共同的目标,重新回到同学时光。这是千载难逢的好事。我风风火火地赶了回去。倡导并筹备的同学们动了不少脑筋,把这次慎重又严肃的活动办得既简朴又隆重。相比于本地同学的热情,我们外地的同学逊色了不少。为了让全体同学能够相聚,本地同学"召之即来",外地同学能不能回来就是活动举办的重点。很可惜的是,好几个外地同学都请假了,虽说缺少了他们,对活动本身也没有太大的影响,但毕竟是一个缺憾。后来我特意打听了一下他们请假的原因,无非是工作走不开,家里有事云云。事实上,每位同学都会有这样那样的事情,可以说,大家都是克服了自己的困难,奔着同学情而来的。一开始我对此不太理解,我们共同的青春怎么就一去不回来了呢?后来想想,毕竟凡事都有特殊,也许他们真的碰到这种特殊情况了吧!

　　一名同学到南京来出差,希望看看在宁的同学,我花了九牛二虎之力把"各路人物"召集到了一起,看得出大家都很高兴。有的慷慨陈词,描述了毕业之后的一番辉煌;有的则唉声叹气,说了自己的种种不顺心;有的希望得到帮忙,"拉兄弟一把"……遇到交谈中衔接不上的时候,人们就用回忆学生时代的美好时光来作为"间奏曲":××与××有一段鲜为人知的故事,某教师讲话带有浓厚的方言口音,××与××考试时因互相递纸条被老师抓了个正着……如此丰富的内容,把大家的热情烧得旺旺的,一致希望能经常有这样在一起畅所欲言的机会。可这谈何容易?大家屈指算了算,这一次相聚与前一次中间整整隔了八年。那名外地来的同学不无自豪地说,"我倒比你们见得多,我每次来南京,都能看到一些同学,恐怕有的也见了有10次之多了吧"。同学聚会本是轻而易举之事,现在却好像难于上青天。他向我们提出了一个非常严峻的问题:外地的反而容易见面,而整天生活在一个城市里却是各忙各的,见一次面,都挺难的。

那么难在哪儿呢?解释只有一条,那就是难在心灵上。客观情况随时随地都可能有,各种理由也可以脱口而出,然而我们能否真的心心相印?只要情通一脉、思归来处,任何困难又算得了什么呢?说老实话,"隔花人远天涯近"的距离感让人受不了,我所崇尚的仍然是那种"天涯若比邻"的其乐融融!

时光的渡口

我以前一直不太喜欢拍照。小的时候，因为长辈的缘故，被拍得比较多。上学以后，特别是到自己可以做主的时候，就很少拍了。主要原因是自己戴个眼镜，容易反光，拍照时常闭眼睛，形象不好，效果不佳。同时，在摆姿态方面，我也不在行，笨手笨脚，勉强僵硬，常常弄巧成拙。不做还好，做了反而洋相百出。与其丢人现眼，还不如不拍好。所以这个念头在我心里早已根深蒂固，每每别人争先恐后之际，就是我犹恐避之不及之时。

当然有些"刚需"的照片，也不得不拍，哪怕是赶鸭子上架。记得当年大学毕业时，学校要求上交两张两寸照片，贴于毕业证书和学位证书。我一大早起来，脸也没洗，头也没梳，一路直奔学校边上的照相馆。自己不讲究，摄影师也不考究，坐下来就拍，该什么样就什么样，原版传真，如实反映，拍出来的效果就是蓬头垢面、满脸风霜，差点儿连自己都不敢辨认。这么重要的照片，拍成这个样子，后来我对摄影师不免有些怨言，当时至少应该提醒我把头发弄弄好吧，其实最终还是应该怪自己。因为时间紧，补拍不及，木已成舟就只好顺水推舟！这张照片在我的大学毕业证书里一待就是几十年，除了必须，很少示人。好在看过的人，对此还有过比较积极的评价，他们说眼睛还是炯炯有神的，透露着一种坚定而冷静的光。看来眼睛真是心灵的窗户。待到后来办出国培训护照的时候，我就吸取了教训，除了注重衣着整洁外，非常注意眼神，按照摄影师要求，把自己眼镜摘了下来，戴上了一个空框镜架，反光肯定是没有了，却出现了新问题，眼睛变得痴痴无神，这是因为长年戴近视眼镜的缘故。但我对此并不甘心，拼命睁大眼睛，努力发送"电波"，希望自己内心的温暖能够充分地映现在眼睛里。但没想到照片洗出来以后，还是一副呆滞游离的样子。

我平时难免会参加一些亲朋聚会，有些人是一年或几年才聚一次，不出所料地就会有人提议大家合个影。只要有人振臂高呼，响应者一定甚众。如果这个时候，你再推三阻四,人家就会觉得你很不够意思,也很容易把自己推到对立面,变得很尴尬、很生分。所以遇到这种情况,我从不夹生,都是主动配合,当大家还在为站位拉拉扯扯的时候,我已找到了自己的落脚之处。哪怕就是"滥竽充数",也不能扫了大家的兴致!伴随着"茄子"声起,自己也努力露出微笑。好在集体照焦点比较分散,即使有一些对不住人的地方,至少也不会太显眼,无伤大雅。但偏有那些热心好事者,当他们参加聚会的时候,还会把前一次的照片带过来,大家对这张照片非常熟悉,任何不和谐的地方都逃不过他们的火眼金睛。这时就会听到有人说,要是某某人怎样怎样,那就更加完美之类,听其弦外之音,不幸"躺枪"的每每有我。渐渐地,我在心里就有了压力,也有了期盼,希望这次一定拍好,但有的时候,却适得其反!

最近的一次拍照体验感觉却比较好,大家按照要求排好队形,经过再三调整定位后。大家都自发地在酝酿感情,希望以更加饱满的方式彰显出此时此刻的最佳形象。全场静了下来,都在等待拍摄指令,可非但没有听到"准备,一、二、三"之类的话,反而引来了摄影师一大段慷慨激昂的"演讲"。虽然逻辑不十分严谨,但内容也不枯燥,摄影师就像讲故事一样,口若悬河,滔滔不绝。正当大家要"抗议",请他赶快拍照的时候,他却告诉我们已经拍好了,还拍了好几张。原来他在拍照时声东击西,通过激动人心的演讲,抓住我们的注意力,让大家尽可能地放松下来,就像平常生活中一样,不紧张,没压力,以最松弛的状态,露出发自内心的笑容。当他感到最佳时机到来时,紧紧抓住这"千钧一发之际",瞬间定格,留住精彩,没想到就此能够一锤定音,出奇制胜。拿到照片后,大家都异口同声地说好。

假期出去旅游,自然要多拍几张。所以只要旅游大巴一停,大家便自由组合,寻寻觅觅,拍一张,换一个地方。对此,我不会盲从,也不怎么热衷,只是遇到特别有意义的地方才会拍一下,不像有些团友那样凡到必拍。如果是一个人,免不了要请别人帮忙。如果遇到比较粗犷的团友,他会把帮忙当应差,为了完成这个差,有时还没等你站好,就十分麻利地摁下快门。这种交差式的应付,根本不上心,不可能有角度意识,更谈不上构图,照片质量可想而知,常常人都没有被完全收入镜头。如果换一个心细如发的团友,或许会是一种不错的选择。但有时也会让你左右为难:一会儿叫你往这边站,一会儿叫你往那边站,一会儿叫你歪一歪,一会儿叫你笑一笑;一会儿叫你等人少点,一会儿叫你等人过去。等到折腾得差不多了,以为下面就该"咔嚓"了,这时他会突然惊叫起来,原来镜头盖没打开,如此一来,好不容易挤出来的笑容,就这样白白地浪费掉了。

六、事 情

悉数流年,如此这般,就必然会带来不出所料的后果,那就是照片库存严重不足,一有"风吹草动",短缺遽现。有次杂志编辑要我准备近照一张,他准备放在我的文章后面。为这我忙活了一天,几乎把家里所有的影集全部摊开,满屋子地找,左看右看,上看下看,也没找出几张像样的。后来还是通过地毯式查找,"沙里淘金",总算找到了,还是多年前的,把它们拿出来显然不合适。知道的是因为没有近照,不知道的还以为我有意"装嫩"呢!当时还没有手机,拍照还不会像现在这样方便。最后没有办法,只好从近期照片中选择了相对比较满意的一张,算是应付过去。但从这不经意中,我发现了照片背后的价值和经久不衰魅力,因为不翻不知道,一翻才看到,原来这些照片已经成了名副其实的"记忆集散地"。多年亲戚朋友来往的时光印记,都在照片上留下痕迹,还有自己曾经的学习、成长、结婚、生子等画面,都真真切切地记录了下来,特别是女儿从出生、上学到出嫁前,基本已经形成了完整的形象画廊。记得的、不记得的,了解的、不了解的,清楚的、不清楚的,照片里都有。

照片会给我带来许多感动,有的时候我们觉得,许多印象深刻的事情在心中肯定不会磨灭,但随着时间的流逝,许多细节的部分也会日渐模糊,而照片作为一种清晰的记录方式,人生路上的一幅幅"风景",都会由此变成岁月沉淀下来的珍贵礼物。它们不仅填补了许多情感的空白,还能给我们提供一种重回记忆的路径。因此,如今照片对我们很多人来说,不是可有可无,而是不可或缺,应该对准自己,聚焦自己,活出色彩,活出神采,活出精彩。因此,我定下心神来,认真地思考过这些问题,还专门研究过许多拍摄知识,尽管长进不大,但收获也不少。也就从这一刻起,拍照就成了我"触摸"自然的一种方式,我经常会化被动为主动,只要有机会、有可能,就建议家人、亲戚、老师和朋友等一起合影,也希望自己的所到之处能够留下足迹和身影。那段时期就好像突然间升腾起了一种罕见的热情,就像换了个人似的,但不可否认,进入到那样的境界,也确实发现了不一样的自己。哦,看来照片在刹那之间,在无意中真的能够抓住灵魂,呈现出一种自然神态,让我们进入梦牵魂绕的岁月。

岁月如白驹过隙,那无法挽留的过往曾经,却能被那一张张照片牢牢记住。记得当年余秋雨先生和马兰到南京来的时候,同学叫上我,我们在"第一泉饭店"接待了他们。当年他们很年轻,我也很年轻。饭间,余秋雨先生谈笑风生,饭后,他兴致依然很高,欣然与我拍照。当年少不更事居然站在了先生的上手边,好在从此吸取了教训,没有第二次犯同样的错误。陶泽如与何勇先生分别是前任和现任的省电影家协会主席,我常会在协会的活动中遇到他们,生活中的他们比电影中的他们更具潇洒生动的一面。同中有异,也异中有同。有一回,我还有幸碰到了陈述先生,他"情报处长"的形象早已深入人心,是我们小的时候经常模仿的对象。与他短暂相处,相谈甚欢,也是一张照片,记录了一去不返的美好记忆。他当时准备给我写字,后来因为就餐时间已到,他说下次再给我写,但不久他就病逝,再也没有下次了。

  那年赴国外参加培训,在我们即将结束培训的时候,正好迎来下一批学员,我在他们当中意外地发现了一位老友,尽管在国内经常见面,但在国外遇到却十分难得,彼此都觉得很有缘分,记录下这个时刻成了我们不约而同的心愿。我们赶紧请人帮忙在宾馆前拍下了一张合影。看得出,我俩对此都非常重视,拍前互相帮助对方整理了一下西装和领带,就是希望为"他乡遇故知"留下一个值得珍惜的见证。回国以后,我们都盼望能尽快拿到照片,没想到就在我们满怀期待的时候,却传来照片无意中被删除的消息,虽然非常遗憾,但我们没有责怪人家,也不应该责怪人家,还是当时自己考虑不周。我终于理解用自己相机拍摄的好处,从那以后,哪怕自己的相机放在别处,就是耽误点时间,我也一定会去拿,不为别的,就是为了把主动权牢牢地掌握在自己手里,可以随心所欲、精益求精,从积少成多到好中选优,从别无选择到尽管选择。

  现在我们都使用智能手机,拍照更能随心所欲,其像素之高令人惊叹,画面之清也让人叫绝。我常常自以为是地"移步换景",将人生图景全收镜中,对不满意的照片,要么多拍几张,要么删了重来,直到自己满意为止。同时,我在收集影像日记方面也勤勤恳恳,坚守初心,持之以恒。我的文件夹里储存着许多电子照片,数量之多,几乎"泛滥成灾"。这些照片身处当时并没有什么特别,但经过时间的沉淀,它们的价值会不断凸显,它们的美妙也会不断呈现。再美好的也经不住遗忘,再靓丽也经不住风霜。现在,许多人都会通过小程序对它们进行分门别类的整理,一张张照片"前呼后拥""车水马龙",再配上音乐,点点滴滴、丝丝缕缕,便形成了满满当当的回忆。但我还是习惯于把满意的照片冲洗出来,整整齐齐地摆放在相册里,有时随手翻翻,就觉得回味无穷。那些遗失在素年锦时的生动景象,就像一股股清泉在心灵深处流淌,不时地驻足在时光的渡口,摆渡着我们从沧海走向桑田,去领略那些灿烂明媚的春暖花开!

中山北路 32 号

南京市中山北路32号是一个机关院子,对我来说,这里有着许许多多的难忘画面。从20世纪80年代开始,我们单位就在这里。记得我刚来报到的时候,看到门口许多大牌子,就被震惊到了。牌子大概有七八个,包括"江苏省机械厅""江苏省纺工厅""江苏省轻工厅"和"江苏省人事局"等。从外面还不能看清全貌,进去后,才发现这个院子还是挺大的,中间有个转盘,东西坐落着两个楼:一个是西面的大楼,一个是东面的小楼。

我们单位在东面的小楼。从远处看,这座楼就像一个方方正正的火柴盒,从近处看,却非常精致,包括外墙粘贴的栗色面砖等,都很有年代感。楼内地上共有三层,其中一、二层都是办公室,三楼除办公室外,还有一间大会议室,细细算一下整楼的空间面积,也不是很大,房间也不是很多,每个房间都有点"超载"。就以我们办公室为例,大概只有二十多平方米,里面摆了五张桌子,都是面对面、零距离,显得比较拥挤。偌大厅局人员众多,容身其间难免"捉襟见肘",所以当年还有许多处室是在外面办公的。应该说,自己刚入职从事综合文字工作的时光,基本都是在这里度过的,那时候青春焕发、朝气蓬勃,总有使不完的劲!每天早上,我都会提前到班,抹桌子、拖地板、打开水,忙得不亦乐乎、乐在其中!然后整日沉浸在窗明几净和一丝不苟之中,进取心就像上紧发条一样,鼓足干劲,只争朝夕。我以前对为什么要铺地板不甚了解,在这儿工作几年后,直接的感受就是冬暖夏凉。每每走在楼道地板上,都能感觉到脚下有一种特殊的弹力,特别是在上楼的时候,时常会发出一种"吱呀吱呀"的声音,人少的时候,这种声音非常清脆,如果上楼的人多了,接二连三的,"嘈嘈切切错杂弹"就变成"咚咚"的杂乱之声。那个时候我在厅办公室工作,里里外外,忙前忙后,整天都会穿梭于楼上楼下。开会需及时发通知,要准备好会议室,做好会议记录,会后还要及时整理,编印会议纪要。如果是开大会,还要草拟讲话稿,平时还有核稿、代拟、宣传、信访等工作。当年没有电脑,全凭手写,速度想快也快不起来,遇到特别急的稿子，就得频频加班，基本都是一支钢笔、一沓稿纸和一堆材料，然后就是一个晚上、一张沙发、一个凳子和一条被子。有时我也会自我调侃"我爱我办"，可一个人的精力毕竟有限，一天工作下来还是很累的。于是，自己就想了个办法，在下班的时候先养精蓄锐小眯一会儿，恢复一下体力，抖擞一下精神，待精神饱满，大干苦干。每到夜深人静之时，灵感就会出现迟滞，好像车子爬到坡顶一样，发动艰难，举步维艰，这时就需要临时撤离阵地，走下楼来，出去散散步，换换脑子。如果碰到传达室里正好有年老的同志值班，就坐下来聊聊，听听他们讲讲中山北路32号的故事。

通过他们星星点点的介绍，再经过自己大脑的整理编辑，我基本能够还原这里的历史。这里原是国民政府"外交部"的旧址，1934年3月开工，次年6月建成。整个设计是由当年著名的华盖建筑事务所承接的，建筑风格既没有模仿西方的华彩样式，也没有采用中国式的大屋顶格局，主要根据办公的需要进行构思，特别注重实用性的功能。在建筑思路上，敢于采用现代科学技术和先进材料，突破常规、大胆想象，紧密结合周边环境特点和对建筑整体空间的构想，通过平面布局和朴实造型，建构了一个"宝剑头"式的封闭院落，力求视野开阔、结构合理、删繁就简，整个院子干净利落、简洁明了。我们单位边上分别有两排平房，一排是驾驶班室和锅炉房，有时候我们会带米蒸饭，包括热菜都是通过锅炉的余热来完成的。另一排平房主要是警卫班战士居住。

我们当年的身影主要是留在东面小楼，所以对那里的一砖一瓦，一门一窗，一桌一凳，都非常熟悉，至今记忆犹新。唯独对西面的大楼不甚了了，之前压根儿就没去过，也没想去看过。从外面看，它的造型采用了传统建筑三段式，即勒脚、墙体及檐部，墙体用深褐色的面砖装饰，底层用仿石的水泥砂浆粉刷平，压顶的檐部以及暗含的浮雕大大地简化了斗拱的装饰，只有停泊在入口处的宽大门廊特别醒目。当年这里也聚集着许多单位，每天上班人潮涌动，一旦进入各自岗位，整个院子就又变得静悄悄的，偶尔会见到人往车来。

有次因为联系工作，有机会正式踏进这座大楼。我发现它的美学风格几乎兼备了民国建筑的所有优点。车子从外面进来，绕过转盘，可以直接开到门廊，先从右面的缓坡上去，然后再从左面的缓坡下来。进入大门，迎面有一个大厅，很宽敞也很大方，特别是那螺旋式的楼道，非常开阔，走在上面并不觉得狭窄拥挤，反而随着坡度的缓缓上升，引着你渐入佳境。进入办公室以后，又是一个引人入胜的世界。你会发现它们的窗户都很大，一律是钢窗结构，窗台也非常宽大，层高更是非同小可，常常"高不可攀"。有的办公室里面只摆一两张桌子，阳光从窗户透射进来，显得格外有"气质"；有的办公室却非常拥挤，摆放着

六、事　情

许多桌子,人很多,很热闹,安静也因此没有了,电话铃响个不停,人影憧憧,来来往往……

我抓住这次机会,到每个楼层都看了一遍,走在里面,就好像是在时光隧道里穿行,领略着过往历史的背影,回想着自己知道的故事。不知不觉中,还发现了民国建筑华贵之余的一个小缺陷,那就是过道的光线太暗。如果每个办公室开着门,可以稍微改变一下这里的光影结构,但很多时候,好像门都是关着的,不能说伸手不见五指,起码也算是不能看清,能不能在办公室门的上面做点考虑,让自然光透过来些?如果结合着走廊两头开放式的大窗,这个矛盾就能得到缓解。目前唯一能改变现状的办法只有开灯,但白天总是开灯,又好像不合时宜。

记得有个民国剧剧组前来联系,希望利用周日的时间来我们单位取景。领导安排我负责具体接洽工作,主要任务有两个:一是按照他们的要求打开需要使用的房间;二是保护好办公场所,尽量不要让拍摄弄乱弄脏现场,或者造成不必要的损坏。接到任务后,我提前跟相关处室联系,请他们将重要文件存放于机要室,一般文件也妥善保管好,同时也请制片人对演职人员提出明确的要求,不要接触与拍摄无关的材料。第二天,我早早地就来到了现场,全力做好服务工作,同时也目不转睛,坚守职责。还好没有出现问题,却有了意外的收获,那就是对拍摄电视剧的基本流程有了一定了解!从拍前化妆到急背台词,从灯光布置到音响效果,从导演说戏到演员演戏,人人配合默契,环环相扣,有板有眼,有条不紊。

我们在电视剧里看到的镜头,原以为是一气呵成的,其实都是在若干次镜头中精挑细选出来的,"成如容易却艰辛"!他们原先只说拍几个镜头就走,我以为很快就会结束,但没想到,每个镜头都要重拍若干次,必须达到最满意,因此我陪着他们整整忙活了一天。记得有个镜头,已经反复拍了好几次,最后一次各方面表现都很到位,导演看后也非常满意,正准备通过的时候,忽然有人发现背景有一个现代日历,细节出了问题,牵一发而动全身,也就不得不从头再来。那些演员为了塑造好角色,事先阅读了大量的民国历史,闲暇之余,也会跟我聊聊发生在小楼里他们知道的故事。这些演员当年还不怎么出名,现如今许多都已名声大噪,有的已经成为出镜率很高的"大腕大咖"。他们肯定不会记得我了,我却记得他们,特别是对他们那种处处较真的劲头和毫不懈怠的精神,印象尤为深刻。

当年我们进出大门都要与武警战士照面,他们执行规定,我们遵守规定,每天上班都要出示工作证。当时大家还不认识,时间长了,比较熟悉了,也就不用拿工作证了,直接"刷脸"就行。他们上哨的时候,严肃认真;换哨的时候,严格程序;下哨的时候,严谨训练。

我经常看到他们苦练武功,拳不离手,脚不离功,单杠双杠,"飞来飞去"。经常与他们聊天,知道他们有来自东北和西北的,也有来自苏北的,乡音未改,七腔八调,却杂乱有章,其乐融融。若干年后,碰到了一位老乡,谈及此事,他好像对此特别门儿清,或者说了如指掌。他说自己当年就是分管警卫班的队长,经常会到中山北路32号去,可惜当时我们没有机会认识。他说当年的那些战士早就退伍了,基本都回到了自己的家乡。前几年,他们一起相约来到南京,齐聚在中山北路32号院子里。他们对当年的时光都十分怀念,特别是看到曾经站过岗的哨位,都深有感触,有的还十分动情。他一口气说了许多战士的名字,可我真的记不清了,但当他比画出他们的某些特征来,我依稀还有点印象,好像眼前立马又能浮现出当年进出的情景和他们一个个可爱的青春脸庞……

后来许多单位陆续搬出了这个院子。在2000年的时候,我们单位也搬了家,现在的中山北路32号为省人大常委会的所在地。因为工作关系,有时候我还会到江苏省人大常委会参加会议。只要有机会,我都会在里面走一走,看一看……

岁月的流转确实给这里带来了许多变化,但对于我来说,唯一不变的就是对这里的一往情深。那些青葱的时光早已停留在自己的心中,刻入骨髓,渐渐地变成了一种挥之不去的情结和无法忘却的纪念!

南京五台山 16 号

南京五台山 16 号是我大伯一家曾经住过的地方。一座小型的民国建筑，两层楼，木板地，走在上面脚步声清脆悦耳。当年这里面住着三家人，楼上两家，大伯家住在底层。进门有一个过道，走几步就到了楼梯口，两边就是大伯家两间宽大敞亮的房间，层高和采光都非常好，纱门纱窗齐全。左面一间是主卧，大伯和大妈住；右面一间是客厅，放着餐桌和几把椅子，同时还放了两张床，当年主要给孩子们住，人多的时候还可以打个地铺。厨房和卫生间被巧妙安排在楼梯下的不同空间里，很是经济实惠。在主体建筑之外，还有两间平房，大伯家拥有一间，平时作为储藏室，来人后也作为客房，四面八方的亲戚朋友都熟悉这个地方，不管是看病、旅游还是探亲，大家都住过。小的时候我到南京来玩，多数时候也住在这里。

记得当时大伯是小学校长，大妈是小学老师，他们工作上兢兢业业，对亲戚朋友也是热心肠。他们每天很早就起床到菜场排队买菜，然后回来做早饭，主打项目就是泡饭和大头菜，有时还会从外面带几根油条回来。大概也就是从这个时候起，我知道南京人因为早上时间紧张，常常晚上会多煮些饭，久而久之，就养成了吃泡饭的习惯。对大头菜的印象，就更为深刻，说老实话，以前我根本就没有见过这个玩意儿。第一次吃的时候，感觉真是美味极了，怎么会有这么好吃的小菜！以前大头菜都是一块整的，现在大多切成丝了，反而觉得没有当年那种整块吃更有味道，以至于现在还留下了"后遗症"——不时地会去买点带回家，尤其喜欢选择菜场里那些整块的带有"乡土野味"的大头菜。大概在高一暑假的时候，我一个人来到南京，住大伯家里，恰逢家乡发大水，爸妈专门请公安厅的一位老乡连夜来通知，叫我暂时不要回去。他很负责，为了找到五台山 16 号，花了好长时间，还好找到了。公安厅同志突然深夜造访，我们以为发生了什么紧急情况，没想到只是捎个口信，那个年代还没有手机，家里也没有电话……

此情此景

当年考大学的时候,我有两个愿望:一是能到南京读书,因为自己多次来过南京,对这里熟悉;二是能够学习中文,因为从小对此就比较爱好,希望自己将来能够在这方面有所作为。天遂人愿,心想事成,两个愿望现在都实现了。我是在学校规定报到时间的前一天来宁的,没想到姑妈家的表兄和我考进了同一所大学,我学的是中文,他学的是地理。他比我提前半天到大伯家,吃完中饭,大伯就让他到中央门汽车站来接我,他倏然出现在我面前,也令我喜出望外。在读书期间,凡是逢年过节,大伯都会到学校来找我们,带点吃的或叫我们到他家吃饭。记得他们小学有位老师的爱人,就在我们学校总务处工作,大伯有时也会请他带个口信。说老实话,"每逢佳节倍思亲",我们每到这个时间节点都会习惯性地有个盼头,大伯总会通过自己的方式,准点而来,我们也会应召而去,接着便是大妈的忙前忙后、任劳任怨。事实上,大伯家孩子比较多,那时负担也挺重的,家里家外的事情还比较多,自己都应接不暇,能够做到这种地步确实难能可贵。就是今天面对同样的情形,许多亲戚的小孩现在也在南京读书,我们都无法做得像大伯那样完美周全!记得有次吃饭的时候,大伯一高兴,就直接"官宣"了他人生的"三乐牌"哲学——"助人为乐,知足常乐,自得其乐"。他是这样说的,更是这样做的,我们感同身受,体会深切。许多故事也都是在这样的线索中理清了脉络。当年大伯家已有一台12英寸的黑白电视机,这在那个年代是非常稀罕的。特别是在上课读书头脑发胀的时候,我们就会来蹭电视,当然也会蹭饭,看似顺带的,也实实在在地成了偶尔改善伙食的一条捷径。

其实大伯家离我们学校不远,走路大概也就20分钟。每每我们来的时候,都会从五台山的牌坊上去。至今我还记得地面铺的鹅卵石,个个都倒立着,可能是因为上坡,这样比较防滑。所以走在上面,脚下都有一种被硌着的感觉,用现在的话来说,就是足底按摩,虽属被迫,却是免费的。从牌坊上去,这是到大伯家的北线,还有一条南线,就是先乘车到上海路下,然后回头走,通过一个小巷子拐进去,也可以到大伯的家。五台山16号门前有一口水井,边沿上都是因长时间打水留下的深深的沟壑。其实那时已经有自来水了,但许多居民还是乐意到这里来打水,大伯也经常去打水,他认为用井水洗衣服,去污力更强。我知道大伯对衣服非常考究,特别是白衬衫,如果在太阳下一照,发现还有污痕,哪怕就是一个污点,他都不能容忍,一定要重洗。因此他对水质的高要求也就在情理之中了。

当年大伯的大儿子已经到河南焦作去工作了,女儿也被下放到农村,留在家里的主要是二儿子和三儿子。我们跟他们接触得比较多。他俩性格不同,都有音乐天赋。二哥会弹吉他,当年正值朝鲜电影《卖花姑娘》在中国热映,"泪如雨下"成了许多中国观众的"同

六、事　情

款"。有天晚上,我看到二哥坐在门前,手抚吉他弹奏电影插曲《春天年年到人间》,仿佛身临其境,他边弹边唱,如泣如诉,如诗如画,旋律优美,声情并茂。最近,我还跟二哥开玩笑,当年是不是因为吉他一曲赢得了二嫂的芳心？记得当年他俩每天晚上都要到夜大去补课,总是兴高采烈地挤在一起,不管是走路还是在家里,总是形影不离。三哥的小提琴拉得真让人叫绝,旋律非常流畅,指法也非常娴熟,关键是他在拉提琴时的那个架势非常帅气。当年他经常带着我们听留声机,那种黑色的胶版大碟,他买了很多,一摞一摞的,都是西方古典名曲。虽然我们不太懂,但他激发了我们的兴趣,尽管一直以来我们长进不大,但也绝对不会拒绝！

弹指一挥间,白驹过隙。岁月在不经意间悄然划过了几十年,蹉跎的光阴斑驳了沧桑的年轮,然而时光的流逝并没有模糊我们的双眸。尽管五台山16号早就不存在了,但这种变迁并没有冲淡那些人与事的记忆,反而永远地留在了我们心间。有的时候,我还会去五台花园小区走走,找一找曾经的地方,我依稀还记得红绿相间的牌坊,记得鹅卵石硌脚的按摩,记得清澈凛冽的井水,记得那个进门的过道、两个大房间和一间客房。因为难忘所以浮现,还会想起泡饭、油条和大头菜,想起大伯的"三乐牌"哲学,还有已去了天国的大妈和大哥……

四 平 路

  有次我搭同事便车上班,车到长江大桥上,忽然从南京交通电台里传来急切而焦急的哭声。原来是一位江北母亲抱着高烧的婴儿,正急急忙忙地乘出租车去南京市儿童医院,没想到,半途病情突然急转直下,婴儿严重抽搐,口吐白沫,情况十分危急。她赶忙打电话到南京交通电台求救。主播了解情况后,深感事情严重,一方面安慰孩子的母亲,另一方面紧急通知沿途车辆,设法给这辆出租车让路,并明确通报车牌号码、车型颜色和目前行车地点。偏巧那天又是周一,大桥上的车子特别多,本来大家就是挤着一路缓行,出现这种情况,行车就更加困难了。但没过多久,前面的交通好像开始管制了,我们这条道的车子都逐渐靠边停了下来。只听见"嘟"的一声,一位交警开着摩托车在前面引路,一辆出租车紧随其后,从身边呼啸而过。透过车窗,我隐约看到年轻母亲紧抱孩子,她的神情极度紧张。不管哪个母亲遇到这种情况都会如此,我们也不禁为孩子捏了一把汗。过了一段时间,电台里又传来了这位年轻母亲的应答声"我们已经到四平路广场了"……

  四平路广场是从江北到江南的第一个交叉路口。因为家住江北,我几乎每天都要与它打交道,上班总是急急忙忙的,不管出发多早,都希望尽快赶到这个地方,到了这里,就等于躲过了拥挤,越过了高峰,这时自己才能"摇身一变",拥有更多条线路的公交的自主选择权。一般情况下,大桥还是比较通畅的,但如果有个交通事故或紧急事情什么的,就会忽然打乱秩序,变得拥挤不堪,有时甚至寸步难行。如果遇到这种情况,最大的麻烦就是进退不得,主观能动性无法发挥,特别是要赶着上班,哪怕你再焦急,也无能为力、无可奈何,只有一个字"等",所以我更多的时候还是愿意乘坐地铁。只要挤上地铁,时间就可以保证。问题是乘车到地铁站,这段路程也比较长,有七个站点,而且柳州东路作为江北的大站,人也特别多。大家基本都是挤着进站、挤着上车、挤着乘车,在车厢里,有时还人挤人。乘公交车相对比较宽松,只要过了大桥,直线距离也比较短,如果顺利的话,时间会

六、事　情

　　大大节省。有时因为往地铁站的车子迟迟不来，看到过江线"捷足先登"，也就不由自主地选择了公交，这也就是我经常盼望见到四平路广场的原因之所在。

　　四平路上第一公交站点现在叫大桥饭店，以前就叫四平路。我在上大学的时候就非常熟悉。每每假期结束，乘车到南京，下了大桥，就到了四平路，然后向东再开一点，才能到中央门汽车站。同学告诉我，应该在四平路下车，因为中央门汽车站里面人太多，拎着许多东西出站很不方便，还要走很长的一段路，而且那儿公交车也不好等，但这里就比较清静，不管是坐公交车还是打车都比较方便，你不用挪动脚步，在站台上就可以搞定一切。他说得眉飞色舞，我觉得言之有理。既然还有这么多的好处，何乐而不为？从那以后我都固定在这儿下车，一来二去，与司机也熟悉了。不用提醒，他就会主动停车。可有一次他忽然变卦了，跟我们商量说，以后不能在这儿下车了。我们以为他借题发挥，又要生出什么"幺蛾子"，事实上我们都是凭票上车，只是提前下车。每次下车他都要例行检查，我们也不可能逃票的。这次他却说"我知道你们不会逃票，但公司领导为此专门找我谈了，说我执行安全守则不严格，对此请你们务必谅解，必须到站才能下车"。原来允许在这儿下车，本身就属违规操作，现在执行规定就是为了矫正错误，看来人家没错！我们不仅要坚决服从，还应该向人家致歉。自此，我们只能眼睁睁地看着车子从这里开过。但有个好处，到了这儿，就知道离车站不远了。

　　现在虽然许多时候还要经过四平路，但自己从没有过下来走走，所以对具体情况并不十分了解。从总体上看，它处于四平路大转盘到中央门立交桥之间，中央门汽车站、南京站、南京长途东站基本都是在这一条线上。有次我乘车专程到大桥饭店下来，徒步走了一趟四平路。看到沿路有许多饭店、商店、药店，深感居住在这里的人们生活方便。同时，音乐之声布满街道，小巷子里有修钟、修表、修车、修眼镜等许多小摊点，还有价廉物美的金桥市场，有城河村，有民生街，学校、医院、房产交易中介等，应有尽有。一路走下来，楼房鳞次栉比，风景还真不少。我以前上班大多是在大桥饭店下车，然后改乘公交到草场门，再转地铁四号线到单位。自从"实地勘察"后，我改变了想法，转车到草场门，理论上讲这是最快的，但实际上我有几次差点儿迟到，主要原因是没有把过马路、红绿灯等时间算进去，有时等车时间也特别长，真的还不如一直坐到南京站南广场西，然后再转地铁一号线换地铁四号线，这样到单位可能更加节省时间。我粗略地计算了一下，后者有时反而会快点。

　　自己对于四平路，没有先知先觉，也不是后知后觉，事实上是在不知不觉中被赋予了春风拂面的感觉,至少对我这个经常看过、路过、走过的人来说,应该是具有因事而成的熟稔。那天我打开报纸,看到多方接力救孩子的报道,便迫不及待地往下看,想了解后续情况。看报道上说,医生说如果再去迟点,孩子就没救了,目前其病情稳定,已转危为安。这时,我的耳边忽然又响起那天年轻母亲的应答声"我们已经到四平路广场了"。此时想来,倍感振奋,只觉得阵阵暖意袭上心头!看来四平路不仅是日常交通的平常路、平坦路和平顺路,更是给予危急生命以希望的平安路!

家 长 会

任何家长对于家长会都不敢怠慢,所以不管你有什么事,能够提前处理的就一定要提前处理,事先请好假,不仅必须到,而且不迟到。那天学校通知四点钟开会,我三点钟就到了。我希望来得早点,这样自己较能掌握主动权。其实,其他家长动作也不慢,不一会儿,陆续都来了,可见大家的迫切心情是一样的。我们站在教室门外,没什么事,彼此就聊开了。有人说是学校通知下午四点开会,有人说要求三点半到,有人说这次家长会主题应该是交流期中考试情况,也有人说老师可能会与家长进行单独交流。经过一番"论证"以后,基本达成了共识,转而又对各种社会现象进行了热烈的讨论,反正没事就瞎侃,正好也能够把这点空隙时间填满。

学生们放学后,老师把我们这些家长喊进了教室。我随便找了个位子坐了下来,没想到值日学生前来干预了,要求每位家长都要坐到自己孩子的座位上,好像是让我们体验一把孩子上课的感觉。我这才发现,每张桌子上都有名字。我便按图索骥,找到自己女儿的座位。桌上有好几张考卷,首先跳入眼帘或者说我最想看到的就是分数,知道分数后就会自动切到题目的扣分点上来。我对这些看得非常认真,希望能够找到出错的原因。这时,忽然有人在我肩上拍了一下,抬头一看原来是一位熟悉的家长,他说原本来不了的,但后来老师要求必须来,他只好调整了自己的安排。经过一阵寒暄以后,我又继续认真研究起考卷来,对于搞不懂的地方还与邻座的家长进行了讨论。家长之间最直接的也最擅长的交流,就是进行分数比较。这样做的目的,至少可以了解孩子在全班处于什么位置。这些属于家长会的前奏,有时比较长一点。待大家讨论的话题结束以后,也就到了家长会正式开始的时候。

首先是班主任老师给我们介绍这次全班考试的总体情况,接着各任课老师介绍各自科目的评分标准和得分结果,从中分析利弊,找出差距。他们都毫无例外地肯定了本门功课的重要性,要求家长高度重视、加强配合,在自己孩子完成作业后,还要督促他们,抓紧看看与本门功课相关的其他资料。其实我们家长都非常配合,谁也不敢拿自己的孩子开玩笑,也开不起玩笑。但老师提出要加强,说明他们对有些家长还不太满意。但各门功课都要加强,孩子的时间确实分配不过来,每天作业都要做到深更半夜,哪还有时间完成"额外"任务呢?最后班主任老师再次登场,慷慨激昂,苦口婆心,鼓励一番、批评一番、要求一番、叮嘱一番,末了还要说"需要继续交流的家长请留下"。大家难得来一次,都希望借这个机会,进一步了解了解孩子的情况。所以大家基本都留下了,这样一来,就需要一一排队等候了。因为没有挂号和报到机制,先去的家长总是占得"先机",他们不厌其详地聊,把自己孩子的情况从头到尾都问了一遍,根本不管后面有多少人。老师也很辛苦,在那儿不厌其烦地听,还要一一做出解答,我们这些人也就只能耐心等待。

因为自己还有急事需要办理,本来想挤上去跟老师说几句就走,但跟排在前面的几位母亲商量,她们直摇头,没有一个同意的。她们也恨不得马上与老师交流,怎么能让你中途插队呢?这样,我也没办法,但也理解。既来之,则安之,索性把相关事情妥善安排好,坐下来慢慢地等。一个多小时过去了,总算轮到了我,没想到又有一位家长直接插在我的前面,大家不仅对他有意见,也对我有意见。其实我也不愿意让他插队,可老师接他的话头了,我也没办法,因为他不是排在我后面的,而是前面谈过的,也不知转脸想起了什么新的问题,又回来与老师如此这般地谈了很长时间。这时老师终于觉得有点过意不去了,很快结束了他们的谈话,又主动和我打招呼,简单明了地谈了我女儿的情况,说各方面都不错,但还要注意几点,一二三还没来得及说完,就被另一个家长挤到前面去了。我又被退回到旁边,但老师好像认为他已经讲完了,看我到了一边,也就以为结束了、不再交流了。但我在旁边听了他们交流的问题,有的是个性的问题,更多的是共性问题,其实这些老师刚才都讲过,但有些家长却心不在焉没有听进去,或者根本就没有听。有的手机响个不停,好像在处理业务,有的只顾窃窃私语,好像久未见面的姐妹。到了这个时候,他们忽然又热情高涨,问题很多。事实上,这不仅浪费大家的时间,浪费老师的时间,也浪费他们自己的时间。我对老师讲的每一句话都是认真记录的,他们所要问的问题,我都能解答。既然这样,我也就没有必要在这里耗下去了。

这样的家长会我参加了若干次,但令我印象最深的还是女儿高考前,全校开的家长会。那是在学校体育馆召开的,出面讲话的已经不是班主任老师,而是一校之长了。那年恰逢高考改革,会上讲的内容非常多,几个校长轮番上阵,又是改革政策,又是组织冲刺,

六、事　情

又是指导填写志愿，又是家长如何配合，如"黄河之水天上来"，直接灌进脑袋里。其实我们家长这个时候的最重要的任务，是要准确了解高考的政策，帮助孩子出谋划策，做出正确的选择。记得当时学校还发了有关高考政策和高考指南的两本册子，我逐条地学习理解。对于不懂的部分，我赶快去教研室找班主任咨询。我不愿像其他家长一样，在校长讲话结束时，又把校长围个水泄不通，都问些大而化之、不着边际的问题。因为许多家长被校长吸引过去了，班主任这儿反而显得冷清了，这对我来说，是一个能够问细、问实、问好的绝佳机会。这时候的班主任不那么匆忙了，有问必答，不仅非常具体，还会帮你出谋划策。当我把全部问题弄清楚以后，这才看到许多家长又蜂拥而至——肯定是校长没有那么多的时间接待他们，让他们来找班主任了。我挺庆幸的，心里很开心：你们在这继续问吧，我可要提前走了。没想到，他们还是拉住了我，说我提早离开会场没听到，校长在会上通知，希望家长们到各个班级继续开会。那班主任为什么刚才没跟我讲呀，也许他认为我知道，亏得他们拉住我，这次真要感谢他们，要不然我就主动放弃了这次家长会的重要机会！

碟 片 小 记

当年自己比较喜欢写影视评论，就想收藏一些重点影片，这在胶片时代是异想天开，但到了碟片时代，却有了这种可能。

碟片市场的流行风是跟着时尚走，什么片子轰动就有什么碟片。那年去广州出差，我看到一个非常大的碟片市场，于是问人家有没有《英雄儿女》，老板笑了笑说没有，说之前也有人来询问，他找了半天没找到。当年看了这部片子，我认为既有英雄感也有人情味，一直想收全抗美援朝影片系列，这部片子一直都没找到。这时从旁边摊位走过来一位售货员，挺热情地对我说他那儿有，然后就从一大堆盒子中拿出一盘装好的碟片，装帧花花绿绿，一看标题果真是名片集萃，他说里面收录了《英雄儿女》。由于当时时间紧迫，同行的人在催我，我也没来得及细问，付了钱，就高高兴兴地拿走了。然而，回到家里一放，竟然是外国影片《魂断蓝桥》，我这才发现上当了。当然也没有太扫兴，因为这部片子也不错，也是电影史上的经典，我也很喜欢，只是我早就有了。但我奇怪的是他为什么要用这部片子来诓我呢？这个故事，我曾讲给朋友听，他非但没有同情我，反而幸灾乐祸地说："还不是看你好欺负，想从你口袋里拿钱！你也不要后悔，我正在收集世界电影史上的名片，正好还没有《魂断蓝桥》，如果你不要，可以卖给我。我来帮助你弥补这个损失。"听说他要收藏这部碟片，多少年的朋友，哪还能要钱？我直接送给他了，他再三要给钱，我坚决不要，无奈，他收下了。看到他兴高采烈的样子，我也非常高兴，总算没有浪费，还是物有所值。

过了不多久，这位朋友打电话给我，说要把那个碟片还给我。什么情况？出尔反尔，他说自己又买到了，而且是全新版的，看他那意思，是我送他的已属陈旧版了。他希望以旧换新，还把旧的物归原主。这家伙真是的，喜新厌旧，明目张胆！碟片是还过来了，我只是朝袋子里看了一下，随手把它搁在桌上，没有当回事。那天女儿看到桌上有部碟片，以为是新买的，就放进播放机里，想看个新鲜，没想到出来的画面竟是《英雄儿女》。我愣了

六、事 情

半天,朋友说还是《魂断蓝桥》,怎么变成了《英雄儿女》呢?赶忙打电话询问是不是搞错了,谁知对方哈哈大笑,说没有搞错,就是为我准备的,给你"设个局",让你有个意外之喜!原来,说者无意,听者有心,当得知我对《英雄儿女》情有独钟时,他便暗自为我寻找这部碟片,可盗版的比较多,而他希望给我买正版的,每次他买碟片时,总会多问一句:"有没有《英雄儿女》?"在他看来,如果随时都能买到,好像也没什么意思,那样过分平淡,反而没味了。"文似看山不喜平"嘛!也许这家伙写小说写惯了,喜欢铺排情节,对我也是如此,把故事的结尾藏起来,人为地设计了一个戏剧性的情节,让我好好地惊喜了一回。

碟片在今天已经没有多大的意义了。因为网上什么都有,随时随地,想要看什么影片就可以看什么影片。我们都是因为 20 世纪 90 年代影院的影评小组结识和结成友谊的,当时我们大家在一起先看影片,看后一起讨论,各抒己见,集思广益,再整理成文,放在影院的橱窗里或发表在报刊上。因此我们不仅对电影有着忠贞不渝的爱好,还十分喜欢在影院里看电影的那种感觉。为什么现在许多人还愿意往电影院跑,其中不少人跟我们的感觉差不多,影院里的放映效果肯定比在网上看的强。我的这位朋友听信了我的慷慨陈词,加上他自己也是这么认为的,所以在买了新房子以后,他专门在家里开辟了一个放映间,买了一套非常先进的放映设备。那天他邀请我们去他家看片子,给我们放的就是经典版的《魂断蓝桥》,虽然是很多年前的老片子,但画面的清晰度和音响的真实感都还不错。老电影看了以后,大家都有些新体会,既然以前都是搞电影评论的,大家免不了要议论几句。等大家讨论了一阵后,他征求我们的意见,问我们还希望再看什么片子。大家七嘴八舌,各有诉求。这时,我从包里拿出了他当年给我买的《英雄儿女》,说能不能放下这个?这可是我今天特意准备的,没想到几个朋友说这个片子太老了,有的说这个片子不知看了多少遍了,还有的说已经可以倒背如流了。他们提出即使要看国产的,也要看个新片子。我看到他的碟片柜里,确实有很多可选的碟片。这么多年来,他一直都在坚持买碟片,对自己有哪些收藏也应该是了如指掌,但他没有去拿新的碟片,还是毫不犹豫地把我的碟片放进了播放机里,其他朋友见状马上离开座位,移步到客厅喝茶去了。只有我俩并肩地坐着,看得津津有味,依然心潮澎湃。看到我们如此入神,其他几位朋友也被吸引了过来,也很快就进入了影片的情节里,目不转睛。对此,我俩相视而笑,艺术的魅力毋庸置疑,只是在我俩的心中还有他们不知道的特别意义,影片的审美价值既在影片本身,也在影片之外,也许这个碟片的故事就是最好的例证!

憾 事

人们常说"人生不如意事十之八九"。诚者斯言,现实中不乏其例。有的可能在眼看就要登峰的时候,遇到雪崩而被迫下撤;有的可能因为仅仅一分之差名落孙山;有的可能是在转念之间痛失金玉良缘;有的可能长期分居情感浓厚,同居一地反而争吵不断;有的希望通过自己的努力给父母创造很好的条件,但"子欲养而亲不待";有的希望给孩子提供优越的环境,指望孩子能够成才,结果却事与愿违;有的希望能够把自己的舞蹈梦永远继续下去,却因为突遇车祸被迫截肢而难以为继;有的以为自己的故事具有传奇性,但笔力不够,只能永远闷在自己的肚子里;有的从小就有梦想,但现实与他们的梦想相去甚远;有的以为自己的事业能够一举成功,没想到不仅赔了夫人还折了兵……

这些对于当事人来说,基本都属于不尽如人意的事情。其实这就是生活本来的面目,就是生活本身的应有之义。莫言先生在《檀香刑》中说:"世界上的事情,最忌讳的就是个十全十美,你看天上的月亮,一旦圆满了,马上就要亏厌;树上的果子,一旦熟透了,马上就要坠落。凡事总要稍留欠缺,才能持恒。"可以看出,莫言先生是从积极意义上来看待生活当中存在的不足。追求完美是人们与生俱来的天性,但对于不完美也要有学会接受,要坦然面对,要砥砺自己突破困局,让所有的憾事成为激励人生的好事!

这对于艺术来说,也是同理可得,许多作品中的缺憾也是随处可见。许多作家被问及,自己认为哪一部作品最好,他们总是会回答:下一部。这就是说,他们对以前的作品还不满意,还是认为存在需要弥补缺憾的地方。更不用说像维纳斯的断臂、舒伯特的 b 小调第八交响曲《未完成》、曹雪芹《红楼梦》的前半部等。这些看来都有明显的缺憾,都是不完整的作品。从人们的审美理想来说,都希望这些艺术作品是完整的,不要给后代留下太多的疑问,所以许多热心人都积极开动脑筋,希望还原其"真面目"。有的忙着给维纳斯接上断臂,有的忙着谱写未完成交响曲的曲调,还有的忙着续写《红楼梦》前 80 回之后的章节。

六、事　情

他们可谓吃尽千辛万苦、走过千山万水、想尽千方百计,就是希望把缺憾的部分给补全。但这些努力非但没有获得肯定,反而被认为狗尾续貂、多此一举,有的还严重地破坏了人们心中业已形成的美好意境。缺憾原则也是美学的重要原则,对于艺术作品来说,有时并不需要完美无缺,也不可能完美无缺,缺憾本身也是一种难得的美,缺憾更容易激发想象的动力。

但在现实中,这种缺憾有时也是可以改变的。曾听人介绍,有一位公司的女经理,事业做得风生水起,身价过千亿,可是在家庭关系上不尽如人意。特别是对小孩的学业,几乎无暇顾及。她以为自己拼命在外面工作,家里人应该理解她,所以感觉一直很好。直到小孩几门考试不及格,老师把她叫到办公室时,她这才幡然醒悟。更令她措手不及的是:当老师问小孩"这是你妈妈吗?",小孩竟摇头说"不是"。对于一位母亲来说,还有什么比孩子不认自己更让人遗憾呢？她认识到了问题的严重性,从此果断地调整了事业与家庭的关系,努力去寻找母子之间丢失的亲情,用自己满腔的慈母之爱和细致入微的照顾,终于换回了孩子的敬母之情。多少年过去,再没有听说她们之间出现什么不愉快的事。据说孩子的成绩也一路飙升,考进了重点大学。

在读大学的时候,教古典文学的老师在分析《红楼梦》时,曾详尽地讲述了史湘云与林黛玉对诗的故事。他说,史湘云出了上句"寒塘渡鹤影",林黛玉对了下句"冷月葬花魂"。从湘云诗的衬托中阐述了黛玉诗的魅力,可以看出其对后者是非常赞叹的,以至于我们对此也钦佩有加。下课以后,我赶忙向老师请教:"林黛玉何以能够棋高一着,写出如此惊心动魄的诗句呢?"我以为他还会"五洲四海"地给我讲一通。没想到,他只淡淡地说了一声:"憾事太多。"

"憾事太多"我是知道的,问题是它与诗句的创作有什么关系呢? 我百思不得其解。有位同学留校任教以后,一心想在事业上有所建树,于是开始读硕士,硕士读完以后再读博士,拿到博士学位之后又想成为北大的博士后。应该说这样的机会千载难逢,他硬是靠自己众多的著述拔得了头筹。可惜在这个时候,他却病倒了,因为需要及时住院治疗,不得不失去本应属于自己的一次很好的机会。更可惜的是,到了第二年,他就因超龄而无法再次申报了。每每谈及此事,他总是长吁短叹,这件事也使我对老师"憾事太多"的感叹有了认识。

林黛玉在爱情和与人相处上不称心的事与日俱增。她长期沉浸在忧郁的情结之中,唯独对悲凉体验得最深刻,所以在她的诗作上就难免会冰封雪盖;从另一方面说,这种人生的缺憾,对她未尝不是一种财富,如煎如熬的冶炼,把她捕捉感情本质的能力锻炼得炉火纯青,由小见大,见微知著,诗句出口便能一语道破。如果说这是一种艺术成就的话,那么肯定是因缺憾而得到的意外收获。

古人和今人所处时代不同,却共同拥有着"缺憾"。"人有悲欢离合,月有阴晴圆缺,此事古难全。"应该说,生活不可能尽善尽美,但我们可以尽量争取完美,哪怕是遇到缺憾,我们也要生出不一样的美丽之花!

点点滴滴"滴"心头

有次我在新街口打了个的,遇到一个能侃的司机。上了车后,他就像"开了挂"一样,主动打开话匣子,一路上滔滔不绝。通过他的介绍,我了解到他是地道的南京人,对这一带的历史文化非常熟悉。大三元在哪里,延安电影院在哪里,长江南北货商店在哪里,鸡鸣酒家在哪里,鼓楼商店在哪里,清真面馆在哪里,他都如数家珍,甚至能够告诉我们以前长江路上的粮店在哪里。现在许多的历史符号早就被新的符号所替代,但能够知道原来怎么回事,还能说得这么具体,确实说明他是一个很富有年代感的人。

当年我家就住在华侨路,也经常路过这些地方,他说的我都记得,唯独对长江路上的粮店没有印象。我没有在意过,也没到那里买过粮食。但他之所以会对这个粮店如此印象深刻,原来是他父亲就在这个粮店工作,他小的时候经常去那里玩。他父亲开始只是一个粮店的店长,后来是七个粮店的书记,权力够大的。他非常自豪地说自己是干部子弟!当年他家就住在珠江路附近,两边分别是南京大学和东南大学,都是知名高校。他家虽夹在中间,却没有培育出他的文化气质。他没能考上大学,父亲退休由他顶替,干了多年,下岗后一直从事出租车行业。其实,这段路程并不遥远,但他的语言张力极其丰富,能够在有限的空间里迅速膨胀,传递出了许多细节信息,基本上能画出他的人生路线图。尽管他没能实现自己的大学梦,但他的一儿一女特别争气,都是大学生,一个在南京大学,一个在东南大学。他说自己每天早出晚归,虽然苦点累点脏点,但能培养出这样两个优秀的孩子,脸上还是挂满了喜悦和荣光。

我在无锡遇到过一位司机,他来自东北。他们家一共兄弟两个,老大先来到无锡,在这里成了家;他是在老家结婚后,才随老大来到无锡的。因为兄弟俩都在这里,父母也跟着过来了。老大在工厂里上班,他一来就是开出租车。老两口子在兄弟俩家各住半年。他说父母一开始比较喜欢老大,因为老大嘴比较甜,自己嘴比较笨,不会说好听的话。后来因为家庭的利益,老大经常在背后煽风点火,说他这不好那不好。父母听信后,对他这个二儿子自然就不怎么待见,父母后来才真正看清老大的真面目。当父亲病重以后,老大不仅不愿出钱,还常常一跑了之,避而不见,所有的护理和善后工作,都是由他和爱人承担的。父亲去世后,他把母亲接到自己的家里。他听说母亲卡上还有七万元,希望母亲把密码告诉他,当时想法很简单,就是母亲万一有个三长两短,儿子们必须出钱,这是没得说的,但如果一时拿不了那么多,这笔钱正好也可以派上用处,用于救急。现在不问清楚,万一哪一天母亲不能说话了,他们又不知密码,钱拿不出来,不是眼睁睁地束手无策吗?但问题是母亲现在身体还好,还没到那种地步,突然提出这个问题,母亲肯定接受不了,非但不说密码,反而认为自己两个儿子都是一样的,一个不问父亲死活,一个只盼母亲早死,都是不孝之子,觉得养儿不仅不能够防老,而且还啃老,更想坑老。他觉得自己也很冤,好心怎么没有好报呢?他不是要母亲钱,只是以防万一。我说:"你的想法也许有一定的道理,但你没把道理讲清楚,也没有找到让老人感到资金安全的有效办法。给人的感觉就是盯上了这笔钱,就难免会让人误解。你母亲有这样的想法,也是非常自然的!"

有次因为要参加会议,乘公交过了长江大桥后,就下车打了个的,而且告诉司机,请他尽量快点,要赶时间。他确实很给力,但在一个四岔路口,又不是红灯的情况下,他突然停了下来。我以为是车子坏了,他说不是,用手往侧面一指,原来一位老太太牵着个小孩正在过斑马线。其实车让人是基本的礼节,也是现在积极推行的规则,但还有不少人依然秉持人让车的观念。我们常常以为车要让人的,但不少右拐弯的车子这时忽然又冲了过来,这就必然导致行人在绿灯过马路时,还会心有余悸,所以让更多的驾驶员牢固树立以人为本的观念,严格遵守道路交通规则,确实是当务之急。对于这位司机的贴心做法,我非但没有怪他,还真心地为他点了个大大的赞。尽管此时心急如焚,恨不得"插翅而飞"。

最为奇葩的一次经历,就是在上车后,司机问我过江希望走哪条路。我告诉他不要走隧道,现在长江大桥不堵,但没想到他把车开到长江大桥,还要依靠导航,这确实让我大跌眼镜。科技的发展确实给我们带来了许多方便,但也不是要让我们完全放弃"自身引导"的功能。这时他女朋友正好打来电话,说她刚下班,询问他晚上要吃什么。他说烧个臭豆腐肥肠煲就可以了。这孩子在开始的时候,跟他讲话,总是有一搭没一搭的,但自从挂了电话以后,好像变了一个人似的,自己主动开讲,就像话山倒下来一样。他说他女朋友是名牌大学的高才生,家庭条件比较优越,工作比较稳定,正常上下班,每个月挣七八千元。而他自己只是一个大专生,父母都是农民,出租车还是借钱买的,每个月大概能挣五六千

六、事　情

元。应该说,他们之间确实有差距,女孩完全可以找一个比他条件更好的帅哥。但不知为什么对他一见钟情。"女追男隔层纱",他们很快就走到了一起。最近正忙着要结婚,他想多赚点钱,基本上是早上七点出来,到晚上十点多回去。晚饭大概就在这个时候才能吃上。女朋友非常心疼,也特别懂事,每天都会买菜做饭,热汤热水,在家里静静地等他回来。他曾问过她为什么会喜欢他,没想到女朋友说:"不是喜欢而是爱!"难道喜欢与爱不一样吗?她认为不一样:"喜欢就是想靠近,爱就是离不开;喜欢是心血来潮,爱是念念不忘;喜欢是把权利一起分享,爱是把责任共同承担。我们现在互相关心,共同努力,就是我理想中爱情最好的样子。"他听后非常感动,非常幸福!他认为女朋友最美的样子,也许并不仅仅是在穿上婚纱的那一刻,更多的还是在于日常的体贴入微之时。这是一种默默无声的美,这是一种刻骨铭心的美,这是一种玲珑剔透的美。我从他的眼里、嘴里、心里都能分明地感受到,这对俊男靓女就应该是天作之合。他听后感到美滋滋的,以致车子开过了地方,还绕了一大圈。

　　有次我还碰到过一位女司机,她说这是他们夫妻共同开的出租车。白天她开,晚上丈夫开。他们刚刚有了个胖小子,本应是非常快乐的家庭,最近却愁云密布。当年为了结婚,他们贷款买了一个小套房子,面积虽不大,一家住在一起,也非常温馨,其乐融融。最近小区边上建成了一所现代化的小学,据说还要建相应的中学,原来的郊区房现在变成了学区房,房价一下子就涨上去了。丈夫看到许多家长为了买到学区房,宁愿出几倍的价格来买房,他想反正自己孩子还小,没到上学的时候,他打算抓住时机,赶在这个房价的高点把房子卖掉,再找合适的地方,重新买一套稍大点的房子,这样既可以改善一下狭小的居住环境,也不至于让重重的房贷压得自己喘不过气来。但她坚决不同意,她说孩子虽小,但总要上学,不能光顾眼前的利益,还要有长远大计,要多为孩子考虑,好的教育资源比什么都重要,现在大人挤一点,咬咬牙就可以过去,但一个好学校对于孩子就是一个好的起点,良好的教育给孩子带来的将是不一样的天空。夫妻俩为这事这几天一直都在较劲,她也为难以形成共识而苦恼不堪。我觉得,他们都有道理,只是角度不同,希望他们能够根据自己家庭的实际情况,认真权衡利弊,做出比较理性的抉择。但我也要感谢她的信任,能够面对陌生人敞开心扉。我们虽然没有利害关系,但能够通过这件事情来拉拉家常,不仅拉近了彼此的距离,还增进了彼此的感情。就是这么一点点共商的时间,她对我们就另眼相看,好像格外地客气,尽量希望能够为我们多做点什么,不仅把我们送到第一个目的地,还主动告诉我们到第二个目的地具体怎么走。这大概就是书上所讲的"温暖别人也被别人温暖"的动人情景吧!

　　我们在出租车上是过客,他们却已成为我们心中的常客。自此以后,我就在思考一个问题:为什么出租车司机都喜欢跟乘客聊天?后来,我终于想通了,主要有两个方面的原因:一是司机的因素。他们看上去好像整日穿梭在大街小巷的热热闹闹之中,但一人一车一世界,更多的应该是孤独。他们非常希望通过与人聊天来排解寂寞,说实话也不是每个乘客都喜欢聊天。"不与陌生人说话"是许多人的操守,除非乘车的必要问答,有的人很少交流,如果遇到一个喜欢侃的,至少不是夹生的,愿意当听众的,司机们立马会喜形于色,滔滔不绝。二是乘客的因素。他们所聊的内容,有些是我们不知道的东西,有些是我们感兴趣的话题,所以作为乘客的我们有的时候也会主动接受、乐于参与。我到每个地方,都喜欢请司机多讲讲这个地方有什么景点,有什么故事,有什么特产,甚至最近发生了什么新鲜事。虽然司机的文化水平不一,知道的东西也不同,但他们都愿意讲,有的口才好,有的口才一般,但所讲内容总有他们的独到之处,我总会在不知不觉中有知识"进账"。

　　对于出租车司机来说,不仅窗外有风景,窗内其实也有故事。窗内、窗外就像无法隔断的山泉瀑布,各种社会现实问题在这里都会"倾泻"而下,迸溅浪花。但也要注意,若与司机聊得过于投入,甚至把他们的情绪激发起来,这样也容易分散他们的注意力,会增加风险因素。难怪公交车上经常写着"不要和司机讲话"的警示语。在驾车的过程中,他们应该聚精会神、全力以赴,来不得半点的马虎和疏忽,乘客也应该规避这种漫无边际的聊天,但愿司机不会认为这是乘客们的过于冷漠,而应看成是对安全的高度重视。安全行车,平安到达,这才是司乘人员共同的目标!

七、神　情

不是一般的表情,而是穿越灵魂的那种感觉。

爱在古典中

友人邀我去看时装表演。那天气氛相当隆重。大家的焦点都集中在时装秀上,唯我对这方面不太懂行,也兴趣不高,任凭眼花缭乱,却如过眼云烟,倒是那些熟悉的且节奏也比较强烈的西方进行曲,不时地触发起我的联翩浮想。

小学的时候老师就教导过我们,做作业不能三心二意,要集中注意力。而我多年来却养成了边听音乐边写作的"坏习惯"。特别是西方古典音乐时常有一种鬼使神差的力量,助人兴致、愉悦心情。有次受人所托,急要一篇稿子,我信心满满,答应按时交稿,但不知为何,提笔如铅、字沉如石,思路就是打不开、理不清,山穷水尽之时,索性静下心来听听慢板的交响曲。随着交响曲旋律的跌宕起伏,难觅踪迹的文思便在脑际中渐渐被激活了,"迈不动步子"的秃笔也似乎有了勃勃生气,让我感觉到了"柳暗花明又一村",文字也就"顺理成章"了。

那年日本著名指挥家小泽征尔来华访问,我有幸在电视上看到他指挥"千军万马"的场面。曲目好像是《英雄交响曲》。据说这部交响曲最初是贝多芬为了献给拿破仑而创作的,主要是赞赏其在法国大革命中的英勇表现,但听到拿破仑复辟帝制后,贝多芬大失所望,他不再认为拿破仑是他心目中的英雄,便怒不可遏地将总谱标题改成了"为纪念一位伟大的人物而写的英雄交响曲"。这部交响曲本身充满着惊天动地的英雄气质,不仅体现出贝多芬不屈不挠、不为权势所逼的刚正精神,更体现了他对自由、平等、博爱的向往。大师级指挥家小泽征尔是理解贝多芬的,或者说他所理解的贝多芬是更加深刻的,整部交响曲在他的"魔棒"指挥下,应该说更具声色,音乐之精魂也被诠释得淋漓尽致、震撼人心。听起来,强音部分如电闪雷鸣、如火山爆发,渐强部分如瀑布直下、如惊涛拍岸,渐弱的主题似源源流去的明澈小川,轻音再现则更像春日的私语……

我对音乐产生兴趣是从大学时候开始的。那时我整天在了解中国音乐史和西方音乐史。在不知天高地厚和囫囵吞枣中，我知道了巴赫、贝多芬、李斯特、约翰·施特劳斯、柏辽兹、舒曼等。这些原本非常陌生的音乐家，渐渐地也好像变成了我的熟人和朋友。那时学校里还经常请音乐系的教授举办音乐讲座，他们边放古典音乐边进行讲解，我也陆续接触到了所谓"复调音乐大师""圆舞曲之王""交响乐之父"等的一些经典作品。平时只要有机会，我也会和音乐系的同学天南海北地"侃大山"。通过与他们交流，我对调性关系、奏鸣曲式、和弦等也能够一知半解，有时也会突发惊人之语，还能说出约翰·施特劳斯的曲调有点模式化，"无非就是'一个引子'+'十五个圆舞曲'+'结尾'而已"。弄得这些校园内的"音乐才子"也不得不对我另眼相看，其实我也是现学现卖，仅仅表明自己对音乐的喜爱而已。

我在大学里学的是中文，中文系学生不好好钻研自己领域里的事情，非要旁门左道地到人家天地里去玩耍，这有点侵犯人家地盘的意思。这帮"音乐才子"岂能善罢甘休？肯定会找机会让你出出洋相。有回，他们几个有预谋地出一道怪题，非要我说出外国音乐家最忌讳的数字是什么。一般人都会说"13"，这就是西方文化普遍的忌讳。但我却毫不含糊地答"9"，我说"9"在中国是阳数中的最大，体现至尊至贵，但在西方许多音乐家的身上却是至暗之数，或者说是不吉利的数字。这下把他们真的惊呆了，在他们看来，这是个蓄谋已久的刁难，本来是要我下不来台的，没想到还是被我轻而易举地破解了。其实这个问题也是太碰巧了，我曾看过这方面的介绍，对这个现象也产生过好奇。据说像贝多芬、德沃夏克、施波尔等都是在写完"9"部交响曲后逝世的。所以许多音乐家都认为这是一道坎，以致都把"9"视为畏途了，犹恐避之不及。奥地利音乐家马勒在写第九部交响曲时，干脆抛开作品的编号，直接用《大地之歌》命名，在他感到平安无事之后，才又小心翼翼地将创作的第十首交响曲命名为《第九交响曲》。他以为这样就可以摆脱音乐家的"宿命"，没想到最终还是难逃厄运，就此一命呜呼。如此同一现象一而再，再而三。"9"这个数字就被许多音乐家认为是"音乐百慕大三角"。

对这个问题，我也有自己的看法。我认为，交响曲的创作不是"零打碎敲"的小曲小调，而是大规模、有体系的鸿篇巨制。因此创作的难度是比较大的，对艺术的要求也是比较高的，没有生活的积累和艺术的成熟是无法跨进门槛的。对于音乐家来说，只有到了相当的年龄，才能够具备这样的实力，而且从西方音乐史来看，凡是交响曲的创作，一般周期都是比较长的，少则几年，多则十几年。所以，能够创作9部交响曲的音乐家，基本都已耗尽了生命的力量，到了寿终正寝的年龄。出现了这种创作到"9"而生命不能长久的现象，

七、神　情

也就不足为怪了。

　　其实,我这个人并不懂古典音乐,连简谱都不识,遑论五线谱了。而古典音乐所具有的感染力,使我热血沸腾;古典音乐所具有的号召力,使我激动不已;古典音乐所具有的吸引力,使我大开眼界……其中最重要的应该是在古典音乐中所凝聚成的那种一尘不染的纯美境界,有时确实使人永生难忘。在大学里的这样一段与音乐难舍难分的情结,在我的记忆中烙下了极其深刻的印象。这也是我这么多年来爱在古典中的重要原因之一!

岁 月 如 歌

那天是周末,窗外正下着绵绵细雨,我躲在被窝里享受着难得的睡眠时光。这时,忽然耳畔传来了《春天年年到人间》的歌声,这是朝鲜影片《卖花姑娘》中的插曲,由朝鲜歌唱家崔三淑演唱。当年这部片子在中国放映时风靡全国,打开了许多观众的泪闸,这首主题曲也随之深入人心。今天如此优美的旋律突然之间轻轻地敲打耳膜,就像是岁月的动情倾诉,又如往昔之风徐徐吹来,忽然激发起了我们巨大的情感漩涡,艺术魅力就是如此蕴深植厚,以至于我们至今仍无法释怀。因此,我们听到这熟悉的歌声就自然而然地会细嗅出回忆的芬芳,心灵瞬间变得郁郁葱葱了起来……

影片中有一个情节给我留下了非常深刻的印象。那就是卖花姑娘为了给自己卧床的妈妈治病,千山万水地去寻找,千辛万苦地去吆喝,千方百计地去挣钱。"卖了花儿去买药",终于攒够了钱,可以为妈妈治病了,自己的努力有效了,眼看妈妈就要有救了。她心花怒放、兴高采烈,一路阳光灿烂,一路歌声烂漫,可当她买药回来,刚走进村口,就传来了呼天抢地的哭声,原来她的妈妈就在这等待的最后一刻,永远地闭上了双眼。对于卖花姑娘来说,这简直就是晴天霹雳,如雷霆炸顶。生死之间,命悬一线,就是差这么一点点,让人心生遗憾。如此大起大落的情节,也许是编导们的欲抑先扬、有意为之,但选在即将看到希望之舟的时候,让失望之情突然变成天人永隔,我们的感情风暴倏然掀起滔天大浪,以至于穿越多年的时光隧道,它还像巨大的磁场一样,每每都会因为歌声的荡漾让我们回到那个如泣如诉的艺术境界。

我索性在网上找到《卖花姑娘》,又从头到尾看了一遍,自己觉得还是很受教育的,整个影片的艺术水准也比较高。那时我正好受邀到《南京市民讲堂》去讲授"大众电影塑造大众世界",主要内容就是给大家介绍国内外的一些经典影片,对它们做点审美鉴赏,当时考虑到听众主要是中老年朋友,他们对《卖花姑娘》比较熟悉,因此我也把它作为重点影片

七、神 情

进行分析,我还专门放了一段影片,就是刚开始女主人公在街上卖花的镜头。没想到,当音乐响起来的时候,在座的听众情绪就被调动了起来,有的人还跟着哼了起来,看来大家还是非常喜欢这部影片的。这次讲座不仅要在现场讲,还要在电视台上播,所以课讲完之后,编导特地找我,要把刚才放的那一段拷过去。他说这一段插曲非常感人,很容易把人们带入到当年的情境。后来经过他们的巧妙剪辑,在屏幕上呈现出来的效果就更加完美。我相信歌曲是会燃烧的,它的主要能源就是从前的岁月,尽管很多美丽的旋律早已尘封在历史之中,但它一旦腾空而起就会把人们带回到曾经的年代。应该说,这部影片虽然过去了若干年,但在许多观众的心中一直都记忆深刻。

记得我们唱这首歌的时候还是在中学时代。当时教我们的老师原来是学俄语的,后来改教音乐,他教会了我们很多歌,《春天年年到人间》也是其中的一首。他那浑厚的男中音伴随着手风琴声,至今想起来还是令人陶醉。记得有年春节,我们家去唱卡拉OK,进去以后,我就发现自己严重地落伍了,各种风格的歌星,层出不穷的新歌,小辈们首首神勇、曲曲精通。而我们这些年长的,也就只能唱些老歌了,翻来覆去就是这么几首,什么《打靶归来》《小白杨》《红河谷》《绿岛小夜曲》等,当然也唱得很来劲。开始都是小辈们帮助点歌,不知道有什么歌,只点会唱的歌,后来我自己学会点歌了,就掌握了主动权,发现有《春天年年到人间》这首歌,赶快点上。这歌我特别喜欢,年轻人听起来也觉得蛮好的。他们没看过这部影片,也不了解这首歌,我就告诉他们:"你们不要小看这首歌,它比你们的年龄都要大得多。你们唱歌是拥抱你们的梦想,而我们歌唱是回味我们的青春。你们生在流行的时代,流行歌曲是你们生活的主色调,对于我们来说就是另类的体验。但像《春天年年到人间》这类歌曲却能使我们倍感岁月的醇厚,它们是人生的回音壁,让人仿佛回到中学的校园。那些年,我们也追过音乐,"轻飘飘的旧时光,就这么溜走,转头回去看看时,已匆匆数年"……

岁月如歌,往事只能回味。但我们要与往事干杯,当"回忆杀"涌来的时候,可能满满的都是感动。因为那个年代对我们来说,也是一个舞动激情、飘动音符的年代……

鸿 雁

歌曲《鸿雁》是乌拉特民歌,乌拉特部落的人游牧于美丽的呼伦贝尔大草原,每当他们举行庆祝盛会时都会唱起这类宴歌。《鸿雁》的优美旋律在草原上回荡,早就闻名遐迩,被改编为电视剧《东归英雄》的插曲,经吕燕卫重新填词,更加富有诗情画意。由呼斯楞深情演唱后,它仿佛插上了腾飞的翅膀,立刻火遍了大江南北。歌曲采用了蒙古长调的风格,旋律波澜跌宕,长音拖腔,曲折委婉,绵延起伏,洋溢着那种嘹亮、辽阔、豪爽、粗犷、悠扬、博大的草原特色。歌中所唱秋水草黄、苍天鸿雁、对对成行、琴声悠扬、心中忧伤以及对来年春意暖浓的向往,都是对塞外风光和人文情怀的生动描绘,凝聚着许多人心中的草原梦想!当古老的曲调响起,呼斯楞出现在电视屏幕上,随乐放歌,浑厚低沉,行云流水,山花烂漫,那种原汁原味的内蒙古感觉,就好像将我们带到了遥远的北方。

我听着歌声,仿佛已站在苍茫草原之上,神魂相通地与大自然进行着亲切的对话和友好的交流,敞开心扉,打开心结,毫无顾忌地倾诉着发自内心的生命体验。歌声飘来的帧帧风景和内蕴的片片乡情早就打湿了我的心灵,那些丰富的意蕴已远远地超出了歌词本身所引发的全部想象,空间概念,时间感觉,情感记忆,生动画面,都成了耐人寻味的恰到好处。所谓"天籁与心籁的完美统一",正是这种情景交融、形神兼备、天人合一的深邃境界。生命的辽阔,人生的饱满,遥远的呼唤,牧场的情怀,在这里不断彰显、川流不息。大草原仿佛是人间的奇迹,一山一水、一草一木都令人震撼,天是如此蓝,云是如此白,草是如此绿,水是如此清,仿佛就是滚滚红尘里寻寻觅觅的世外桃源。不论是你去过草原,或是没有去过草原,那里都是你无法拒绝并为之期盼和引人入胜的地方;特别是在人类进入大工业社会,迈入信息化时代,那种对原始生态的向往,是来自生命底蕴的呼唤,那种对温暖家乡的憧憬,已成为许多人心中恋恋不舍的眷念。

"敕勒川,阴山下。天似穹庐,笼盖四野。天苍苍,野茫茫,风吹草低见牛羊。"南北朝

七、神　情

时期的《敕勒歌》之所以脍炙人口、朗朗上口，就是因为十分准确地刻画了北方草原的动人情景和神韵精髓。快到希拉穆仁草原时，我远远地就见一大片泛黄的草场，蔓延在千里阴山脚下，听人介绍这里可能就是《敕勒歌》的诞生之地。辉煌的经典诗歌原来成就于此？我将信将疑，但对此我也兴趣盎然，通过细细排列诗中的景致，经过一一取证，最后还真的就得到了印证。姑妄言之，姑妄听之，但其眼界之阔、气魄之大、观察之细和描写之奇，几乎无微不至，力透纸背！突然从头顶上飞过几只鸿雁，几声欢叫，几声歌唱，在广阔蓝天上呼应着绿色"绒毯"般的草原上奔跑的成群牛羊，它们也好像陶醉了，尽兴了，面对这个张开的巨大的自然画幅，它们也努力演好自己的角色，竟浪漫飘逸地填写上最生动、最精彩、最动人的点睛之笔，一下子就点亮了整个草原的生机和魅力。

"鸿雁传书"的故事，也是来自内蒙古的大草原。据《史记》载，天汉元年（公元前100年），苏武奉命持节出使匈奴，拟修秦晋之好，不料反被长期拘囚。汉昭帝派人前来索要，单于谎称苏武已死，汉朝使者当场揭露：汉皇在上林苑射下大雁，足上系着苏武帛书，已告之被困于北海。对此单于无言以对，只得放其归汉。"鸿雁"因此成了古代通信的使者，也成为表情达意的载体。杜甫《天末怀李白》有"鸿雁几时到，江湖秋水多"，李商隐《离思》有"朔雁传书绝，湘篁染泪多"等。追随季节变换飞南驰北，这是鸿雁典型的生活习性，所以每到北雁南飞之时，也最容易引发思乡怀亲之情和羁旅寂寞之感。为了平息汉匈的干戈烽火，汉元帝奉行怀柔政策，送王昭君与单于联姻。昭君惜别故土，登程北去，此次离别也许就是永别。"不等今日去，已盼春来归"，漫漫大漠，路途遥遥，离愁之绪与悲切之感交加，她不禁拨动琴弦，奏起离别之曲，引得大雁纷纷驻足谛听，动情动容，流连忘飞，折翅扑地，"落雁"因此成了思乡情感的重要代名词，也成为四大美女之一王昭君的独特标识。昭君出塞，史无前例，忍辱负重，躬身耕织，带去一片希望，赢得了一片兴旺。"边城晏闭，牛马布野，三世无犬吠之警，黎庶亡干戈之役"，安居乐业，百业兴盛，事事铿锵，件件有力，书写和睦的风采，谱写盛世的华章。

所以到了呼和浩特，第一个想去的地方就是昭君故居。不巧的是，那天故居大门紧锁。据说里面正在加紧修缮，我只好在外面发发思古之幽情。站在大青山的山顶高处，整个昭君的墓园尽收眼底，整个设计大气宏伟，有点有线，有线有面，有板有眼，有声有色，比较完整地再现了王昭君的历史丰功和时代伟绩。稍稍抬头望去，不经意间，就看到了远飞的一排排大雁，也许是旧时相识，或许是今生才见，但不管怎么说，它已不是当年离家的悲楚符号，而应该是人生最美的风景。因为王昭君最终没有输给去国思乡的忧愁，而赢得了国安民殷的璀璨!

  因为喜欢《鸿雁》,我多次学唱《鸿雁》,也听过许多人唱过《鸿雁》,包括电视节目里引起轰动的蒙古族"女汉子"罕见的"飙高音",仿佛撕破苍穹、横跨九州,充满着悲怆精神和坚毅力量,获得了许多人的点赞和好评。但我听了以后,觉得好像还没有达到那种酣畅淋漓的境界,还没有熬成那种特有的味道,没有唱出那种历史的沧桑感,也没有拨动那根已经绷紧的琴弦。碰巧那天赶上呼斯楞的演唱会,只见他往台上一站,马上矫健地张开双臂,典型的蒙古族汉子!说实话,真不愧是《鸿雁》的原唱者,一出口就抓住人心。歌随心转,美到神里、钻到魂里,他唱的是歌曲,更是历史、哲学、思念和乡愁,虽不可量化悉数,却真真切切融于其中,外化于行。风雨人生、纷扰世界、是非俗世、阡陌红尘,谁没有无法释然的情绪?谁没有悲欢离合的困扰?谁没有思苦情深的乡愁?但这首歌总能让人们心中淡然、归于平静、沉于思考、飘于天外。

  也许是与自己人生有许多不期而遇的交集,这首歌已经深深地融入我的生命底色和血脉涌动之中,尽管那天呼斯楞非常卖力,还唱了许多蒙古族的歌曲,很美,很动听,也很轰动,但在我的记忆中,好像只有这首歌铭刻身心、不绝如缕。"酒喝干,再斟满,今夜不醉不还,酒喝干,再斟满,今夜不醉不还",那种升腾于衷的血脉贲张和蒙古族人的生命激情,在这里都已被悄悄地化成了回味无穷的深情凝望!

天　　边

歌曲《天边》仿佛是来自草原的天籁,深情款款,荡气回肠,如诗如画,如梦如幻。全词采用白描手法,出语话家常,字字肺腑出,思致委婉,境界迭出,动听、悠扬、飘逸。美妙的声音,久久的缱绻,穿越遥远的天际,呼唤着沉睡的记忆。

记得那个夜晚,在朦胧的草原意境中,耳朵刚接触歌声的那一刻,我的心灵就彻底被融化了,流连忘返、如痴如醉,仿佛真有一种飘到天边的感觉。接着,我贴近去听、贴心去听,一段爱情的传奇便悄然而至。原来30年前的如钩弯月,早已将爱高悬天际,与词作者吉日格楞同在内蒙古生产建设兵团的初恋女友,大学考到了北京。临行前一天的晚上,他们执手相看泪眼,依依话别,情意绵绵;没想到此去一别,再见面竟是30年后。那天吉日格楞在北京机场突然又看到自己的初恋女友,依然那么美丽端庄,更增添了一份成熟、睿智、优雅和大气。原来奇妙的人生旅途,总是将悬念早早地吊起,然后在某年某月某日的某个时刻,会不经意地投放下来,悄悄找到答案。这时,哪怕是擦肩而过,哪怕是一句寒暄,哪怕是一个回眸,人生就好如初见。当所有的缠绵都化成岁月的轻烟,当过往的深情都变成复燃的灰烬,曾经的画面,不需要捡拾,已在心里,当年的情景,无须回忆,已浮眼前。作者挥之不去,辗转反侧,心潮澎湃,执笔抒写,手抚斑斓的岁月,漫步时光的回廊,在时空的交错中都演化成了生命原本的爱的词汇!

爱情是每个人理想时光的邀请函,也许人的一生,总会有一个无法忘记的人。"只是因为在人群中多看了你一眼,再也没能忘掉你容颜,梦想着偶然能有一天再想见,从此我开始孤单思念"。常常是一场不期的相遇相识,牵动着心海那片美丽的涟漪,纵使爱情最终转身离去,也会在生命的里程中勾勒出最浪漫的一笔,甚至会成为许多痴男怨女的千古绝唱。

这首歌从个体的爱情出发,写出了自己的真情实感,也写出人性底色的淋漓形态。置身于不同的空间,突然与曾经的风花雪月、侠骨柔肠相望,这本身就带有某种感伤的色彩。在许多人看来这明明就是落英缤纷,但在吉日格勒的眼中,却是芳草鲜美。爱一个人不单单都是为了索取,给予也是始终不变的主题。他是这么想的,也在如此热情地描绘着、刻画着这样的情怀,以至于这个故事在跨越30年人生之后,挂满心头的依然还是那些飘香的日子。因此,爱情的本身固然引人入胜,但追求爱情则更为动人心魄,因为那是美好的执念和理想的期盼:"我愿与你策马同行,奔驰在草原的深处,我愿与你展翅飞翔,遨游在蓝天的穹谷。"那种撕心裂肺的爱、痛彻心扉的情、难以割舍的恋,以及不忍失去的悔,都在这比翼双飞的憧憬中,被演绎为一幅幅怡情悦性的美丽画面,一种多么令人向往的美好感情!

对于这首歌词,其实细细琢磨,似乎还有美中不足:第一是"天边有一对双星,那是我梦中的眼睛"。天边有一对双星,也就是说天边挂着四颗星,如果仅看这一句,写得挺好,很富有诗的感觉。但与接下来的那句"那是我梦中的眼睛"搭配,就显得有点不太配套了。你说一对双星是我的双眼,难不成人还有四只眼睛吗?确实情感的真实有时会忽略细节的真实,但必须是在现实的范围内,就像不能说"广州雪花大如席"一样,我们不能因为这里的夸张就人为地增加两只眼睛吧?比较合理的写法,应该是"天边有一对星星",这样,既自然准确,也不破坏原有的意境。第二是"我要登上,登上山顶,去寻觅雾中的身影;我要跨上,跨上骏马,去追逐遥远的星星"。采用这种递进的方式,呼应内心越发急促的节奏,触目惊心的便是那种迫不及待的心情,显得非常贴切和直接。但接下来就又出现问题了:"我要树下,树下采拮,去编织美丽的憧憬;我要山下,山下放牧,去追寻你的足印。"如果说"我要登上"是通的,"我要跨上"也是通的。那么"我要树下"就好像不顺了,"我要山下"就更不通了,应该是"我在树下""我到山下"。因为这种明显的动宾搭配不当,人们读起来就显得十分别扭。我们知道作者的良苦用心,是想以"要"字领起,体现句式整齐划一、一气呵成,但强扭瓜藤、方枘圆凿,反而因词而害意了。也许当时更多的注意是情感的宣泄,但情感逻辑不能代替文字逻辑,因为它也代表着生活逻辑,怪的是许多人对此却忽略不计、视而不见,依然引吭高歌、津津有味。这也从另一个侧面说明了歌曲本身内蕴的巨大魅力。

曲调的创作者是乌兰托嘎,他所创作的《父亲的草原母亲的河》《呼伦贝尔大草原》等作品,都是我们非常熟悉的。他是一个用灵魂来写歌的人,也是一个用灵魂来演奏的人。我曾看过他用钢琴和马头琴师一起合奏《天边》,虽然没有庞大的乐队,也没有歌手配唱,

七、神　情

但"手起键下","弓出弦响",配合默契,相得益彰,既有浓郁的民族特色,也充满着时尚的现代韵律。我们很多时候特别喜欢这样的草原歌曲,就是因为它们触及了更为辽阔的世界,特别是当人们厌倦了"水泥森林"的逼仄之后,就希望能够以放松的心情,惬意地躺在草原的"臂弯"中。抬头仰望晨星,原来那是你多情的双眼,心中生起一片晨雾,就变成了昨夜的柔情,高高的山顶,棵棵的大树,还有通向天边的公路,成群的牛羊,此情此景,深情的旋律与蓝天白云自然交融,人们就很容易进入这种全心全意营造的词曲意境之中。

许多歌手对这首歌都钟爱有加,廖昌永唱得有韵有味,凸显了男中音歌唱家的浑厚色调,让人们置身于那一片茫茫的绿色草原;降央卓玛声音低回婉转,渐入佳境,把曲折复杂的情感诠释得有滋有味。我最喜欢听的还是布仁巴雅尔的歌声,因为他自带与生俱来的草原感,感恩天边,感恩美丽,感恩爱情,没有华丽造作,也没有装腔作势,只有自然流畅、随心随性。歌声仿佛是山涧一股溪水,缓缓流出,浑厚绵邈,有感情、有深情、有激情,更有韵味。在《中国民歌大会》上,云飞和云朵的二重唱,为这首歌提供了另外一种双人版本。一个中音,一个高音,一个男声,一个女声,情绪翻飞,意蕴遥远,声情并茂,珠联璧合……

凄美的爱情总让人沉醉,思念的沧桑也让人陶醉。风吹过,意绪起,谁又在梦中等候,谁又是难忘情怀,却不知爱情的歌谣悄悄奏响,过往的岁月已经消逝。念念不忘地远去,念念不忘地回眸。那些早已潜入心底的一季花香,沁人心脾、暖人心扉,也会让人落泪,因为这是灵魂与灵魂的对接,更是心灵最敏感神经的弹拨,比翼鸟虽可望而不可即,连理枝虽可遇而不可求,时光依然在高山流水中流转,岁月依然在风生水起中前行。"世界以痛吻我,我却报之以歌",一缕缕轻轻柔柔的吟唱,回荡在天边的依然是天长地久,让人刻骨铭心的必定是天荒地老!

听心灵的声音

友人说自己孩子和几个同学发起了一个组合,叫"南京四重奏",最近要举办"乐述经典"专场音乐会,专门送来了两张票,请我去看看,我满口答应,但多出的一张票,却成了问题,我征求过许多人,包括妻女在内,他们大多以有事为托词,也有的干脆说自己不懂或没有兴趣而婉拒。无人"接单",无人陪伴,我只好孤身前往。我在大学期间曾经有过一段"狂热"的时期,而且平时也会听一些古典名曲,其实也只是感受感受情绪,未必真正懂得曲调中传达出的意境。这次因为盛情难却,关键是要鼓励孩子成长,更重要的是,前不久刚听了中央音乐学院周海宏教授很"飒"的讲座"音乐何需懂"。既然不需要懂,听听又何妨?我也想借此机会去实践实践,验证一下自己的感觉。

我是这样想的,但别人未必都这样做。没想到,到了江苏大剧院音乐厅,看到的却是异常热闹的景象,虽不能说人山人海,但目光扫视全场,也确实高朋满座,座少虚席。有的家长还兴致勃勃地把自己的孩子给带来了,不是来取经的,就是来找榜样的。我也是第一次来到这个音乐厅,它看上去很气派,光鲜亮丽,富丽堂皇,据说技术含量还特别高。为了保证声音的传播效果,设计、配备、装饰等环节上几乎都做到了极致。"小蛮腰"型的池座格局以及椭圆形的楼座气派,把所有的目光都聚焦舞台的中央,仿佛形成了三面合围的强磁场。"山雨欲来"的音乐魅力,已显露出"风满楼"的不可抗拒,但这时舞台上依然"空山不见人",只有一架钢琴、四张凳子和三个谱架,它们都在静候佳"音"。舞台上方还有一个类似于活动吊顶的超大设备,据说可以根据不同的音响要求,随时进行高度的调节。整个音乐厅就好像是一个巨大的共鸣箱,任何一点美妙的声音都会在这里变得荡气回肠。

演奏几乎在没有任何铺垫的情况下,就悄悄地直奔主题了。出乎我们的意料,没有主持人,没有背景音乐,没有一点前情介绍。但见几位"后浪"演奏家走上舞台,鞠躬入座后,稍稍点头示意,一股"音流"就奔涌而出,把我们带入了美妙的音乐境界之中。有人告诉

七、神　情

我,室内乐不同于大型管弦乐,是西方人在室内演奏的宫廷音乐,主要是演奏重奏曲和小型器乐合奏曲。因为是小范围、小情调、小众赏,就没有那么多的讲究,直奔主题,轻车熟路,司空见惯,信手拈来。记得多少年前,在南京文化宫,我也曾听过来自捷克的几位女音乐家的弦乐四重奏,她们同样也是直截了当和开门见山,由此可见,去除繁文缛节,已成约定俗成。但我认为这对于外国人尚且可以理解,因为这是他们耳熟能详的音乐,他们天然拥有相应的文化基因,而对于我们来说,还是应该有个简单的介绍比较妥当,因为如果不了解这些曲目产生的背景,确实会影响音乐能够到达我们心灵的深度。

既然这种规矩已被默认,而且演奏已经开始,我们只能顺势而为,随机应变,不能够对作品本身有更多的了解,就要想方设法调动自身的积累来弥补不足。既然不同的曲目都是通过音符的长短、高低、轻重、快慢等变化来表达情绪和突出主题的,那么我们就有理由入乎其内、出乎其外。尽管无法与作曲家共处一隅、相与为谋,那就只能相忘于江湖、各取所需,这虽有点各行其是、分道扬镳的意思,但也许正是作曲家创作音乐的心中所愿,其实他们并不希望过多地连接所谓现实的图景,更希望我们了解他们通过音乐释放出来的内心情绪。音乐遇见内心情绪其实并不稀罕,稀罕的是遇见心心相印的理解之人。如果从这个层面上来说,我们与作曲家应该是同频共振的主体。这也是我们之所以能够理解音乐的根本之所在。

但问题是,我们与作曲家之间的交流,是通过演奏家的引导来实现的。如果没有他们的演奏,我们是不可能认识或者触碰到这些作曲家和作品的。许多音乐大师非常关注重奏的效果,他们十分看重每件乐器的独特技巧和表演"潜能"。在音乐的总谱中每一声部都有独立的"情调"和个性的表现,但这些必须统一到完整的创作构思之中,所以越是强化主题的凝心聚力,就越是会对组合关系进行精雕细镂。四重奏被誉为室内乐中最重要和最有代表性的重奏形式,不仅拥有丰富的表现力和多样化的演奏技巧,同时还有宽广的音域、音区和音色的对比。

"南京四重奏"是三男一女的组合,演奏乐器由大、中、小三个提琴和一架钢琴构成。他们演奏的都是世界经典曲目,有勃拉姆斯《G小调钢琴四重奏》(Op.25 No.1)、马勒《A小调钢琴四重奏》、贝多芬《降E大调钢琴四重奏》(Op.16)等。开始我并不知道他们为什么取名"南京四重奏",后来知道这四个孩子都是南京人,他们曾是上海音乐学院附中的同班同学,现在美国留学,都是大三的学生。虽不在同一个城市,也不在同一所学校,但他们的南京情结却总是"血浓于水"。他们不仅在国外相互帮助,就是回到国内也组成团队。

这次是因为新冠肺炎疫情而滞留国内,他们便抓住机会,精心排练,努力为家乡的父老乡亲奉上一场高水准的音乐表演。

他们演奏的这些古典室内乐多为主调和声风格,同时又具有丰富的复调因素,声部织体缜密精细,富于个性,能生动细致地表现风俗性、抒情性、戏剧性等多方面的音乐形象,进而也能描绘意境,刻画心理,表达哲理。对此他们花尽心思、精挑细选、深情如水、行气如虹,将自己对乐曲的细致理解,全部融入每个细节之中,贯穿于得心应手之间。他们看似风轻云淡、气定神闲,其实心有丘壑、胸有山河,在个人技巧得到出色发挥的同时,更显露出默契配合的天衣无缝和生机盎然:在如歌的行板中,鲜明、简单、柔和、风平浪静、栩栩如生,就像小夜曲一样充满着诗情画意,抽丝剥茧、绵针密缝,无论外在多么喧嚣繁杂,好像都视而不见,置若罔闻,这里的一切,都是那样的纯净透明;在流动的行板中,则体现出低兴奋度的活跃状态,有细水长流的真挚情感,也有对月听风的兴之所至,渐行渐远、渐行渐近、忽远忽近、忽高忽低,在循序渐进中,不断地夹持着底蕴的厚重;在平和的快板中,则体现出那种极度放松的休闲心态,就好像月光投射在一泓小溪之上,慢慢地移动,渐渐地消失,微妙、敞亮、舒畅、优雅,给人以一种按摩灵魂的感觉;在吉卜赛风格的回旋曲中,听觉的信号,声音的感受,都变成了激越奔放的情绪载体,面对如此广阔的精神领空,音乐就好像山泉穿涧一般,冲破了一切条条框框的束缚,在那里自由自在地倾泻而下、奔腾而出。

作家葛拉威尔在《异数》一书中指出:人们眼中的天才之所以卓越非凡,并非天资超人一等,而是付出了持续不断的努力。只要经过一万小时的锤炼,任何人都能从平凡变成超凡。他将此称为"一万小时定律"。如果按照每天练4个小时计算,就等于要练10年的时间。莫扎特从11岁就开始作曲,等到他写出第一部伟大的作品《降E大调钢琴协奏曲》(Op.9)时,已经22岁。应该说,他是"一万个小时定律"的代表人物。这样的勤奋在34岁的世界顶级小提琴马克西姆·文格洛夫身上,也表现得淋漓尽致。他4岁接触到第一把小提琴,每天练习7小时,5岁就举办了独奏会。他说,"我的母亲每天晚上8点回到家,吃完晚饭之后就教我小提琴直到凌晨4点,对于一个4岁的小孩来说,这简直就是酷刑,但两年后我变成了小提琴手"。

所以我们必须读懂这"一万个小时定律",才能读懂"南京四重奏"。他们所呈现出来的演奏状态是异常娴熟的随心所欲,人们惊喜、惊叹、惊讶。如此小小年纪,就能够如此光彩照人、无限风光,细究其原因,其实来之不易。从小陶醉在音乐的"无可救药"中,就意味着必须为此全力以赴。他们收拾光阴,点滴收藏,加倍练习,疯狂又认真,艰辛也努力,如

七、神 情

今之所以能够"画风突变",其基本点就是在一万小时或者以上,即通过一个个艰苦练习的日子连接起来的崎岖山路,寂寞的苦、焦虑的苦、自律的苦、停滞的苦、超越的苦,"向左向右向前看",都是不为人知的苦。别看他们现在精神抖擞、朝气蓬勃,其实早已在品尝孤独中不断地重复着、赶超着。他们有时也会因此怀疑人生,常常束手无策,但有把百炼钢化为绕指柔的炉火纯青,一定是来自"台下十年功"的千锤百炼,不嫌弃、不离弃、不放弃。所以当汹涌澎湃的音流从指间掠过的时候,那是作曲家的情绪涌动,更是他们的心情再现。"努力过后,才知道许多事情,坚持坚持,就过来了",所以这些孩子是值得敬重的。他们的昨天就是今天的原因,明天才是今天的答案。

"风乍起,吹皱一池春水",一曲曲演奏结束后,大家掌声雷动,恍惚间我好像并没有听明白什么,也只好从众地鼓鼓掌,这好像有点假,后来想想,其实一点也不假,也是发自内心的!音乐不就是心灵与心灵的对话、情感与情感的对位吗?我觉得好听这不够吗?而且我能够听到自己的声音还不够吗?我不仅看到了他们的风景,也看到了自己的风景。这种风景与风景的叠加原本就是音乐的奇观和瑰宝。从这个意义上讲,我是在用自己的方式听懂了他们的演奏。

我始终觉得他们身上写满了南京人的气质。虽然没有能够跟他们说上一句话,但他们通过流畅的音乐语言已经明明白白地告诉我们,他们确实是沉浸在五线谱的世界里,活出了南京人的真趣、南京人的豁达、南京人的深情、南京人的壮阔!他们虽然演奏的是"洋腔洋调",却是在对生于斯长于斯念于斯的城市精神的直接书写!东方的气质、西方的乐器、古典的乐曲,这看似阴差阳错的误置关系,但在我们看来,非但没有丝毫的违和感,反而能更加强烈地呈现出这块土地带给他们的所有胎记和印迹。

最远的情来自最近的爱,那种抑制不住的乡愁直入"龙盘虎踞"之间。在这个寒冷的冬季,他们给我们带来了一份温暖。当时我就在想,如果他们能够在结尾处加上一曲《茉莉花》的四重奏就更好了。"好一朵美丽的茉莉花,芬芳美丽满枝丫",这样听来,南京的味道也许会更加浓烈!

八、动 情

这一刻,我的全世界是你,你也是我的全世界。

美丽的草原我的梦

在中学时代我就读过许多有关草原的诗歌,同时对德德玛老师音质浑厚、深沉激越的歌声也十分着迷,更兼有草原英雄小姐妹由来已久的深刻记忆,所以蓝蓝的天,白白的云,"风吹草低见牛羊",一直是我心中神往已久的景象。我本来有几次机会是可以去大草原的,但最终都没能去成,愿望没有实现却也没有淡化,反而愈发呼之欲出,常常因为看到电视上"天苍苍、野茫茫"的美丽画面,就越发点燃心情,变得格外迫切。

后来,我利用国庆假期,坚决而果断地来了一次说走就走的旅行。和几个朋友一起飞到了内蒙古的海拉尔区。下了飞机后,我们便迫不及待地跟着旅游队伍,乘着大巴车直奔呼伦贝尔大草原。

呼伦贝尔大草原是世界四大草原之一,有着得天独厚优势的天然牧场。据说在很久很久以前,草原上风沙肆虐,地上寸草不生、滴水如金,牛羊濒于绝迹,牧民尸骨遍地。见此情景,一对情侣焦急万分。女孩能歌善舞,才貌双全,叫呼伦;男孩力大无比,能骑善射,叫贝尔。为了拯救草原的命运,建设美好的家园,他们与各种妖魔进行了殊死的搏斗,他们所向披靡,降风妖、除沙魔、施甘露、布生灵,最终恢复了草原上的一片生机。草原人民感激他们,也记住了他们。为了纪念他们,索性把自己的家乡取名为呼伦贝尔。听着导游的介绍,大家一开始都比较兴奋,七嘴八舌问个不停,后来架不住路途的劳顿,伴随着循环播放的草原歌曲,在摇摇晃晃中,陆陆续续地进入了梦乡。不知过了多少时间,有人悄声地说,草原到了,我睁眼一看,无边无际的绿色世界已经将我们包围其中,车窗外,都是一望无际的苍青翠绿,远处还有起伏延绵的大兴安岭。生命的激情似乎在骤然间被急切唤起,随着车子的缓缓移动,移步换景一下子成了深入草原而立刻启动的美学实践。走过,路过,所有的美景都不想错过,所以每每我都会睁大眼睛,显得那样如饥似渴和聚精会神。导游却漫不经心地说:"好看的还在后头呢,这才是开头!"对他来说,这些也许司空见惯,但对于我们来说,却震撼人心。

  在大家的强烈要求下,车子终于停下来,小憩片刻。触手可及的草原风光近在眼前,微风吹过,草浪滚滚,形成了一片片绿色的海洋。在近处蹲下来,就可以看到小草飘动着细细的嫩芽,花儿在风中散发着淡淡的幽香,一眼望过去五颜六色、星星点点,就像是铺在大地上的一块块自然成型的漂亮地毯。草原上没有那种专门修的道路,条条道路却四通八达。走的人多了,也就有了路,一条条自然形成的道路不断地伸向远方……

  据说天际的尽头就是我们要去的度假区。草原非常辽阔,可看可玩的地方也很多,这些度假区都是经过精挑细选,从草肥水美的地方开辟出来的旅游胜地。在快要到度假区的时候,我们远远地就看到一排排蓝白相间的蒙古包夹杂在天地之间,周围是一大片圈起来的草原牧场。到了地方以后,我才发现这里的天空真的特别蓝,纯净而没有杂质,白云飘得很低,好像伸手就可以抓到,度假区的旁边,还有一条弯弯的小河,静静地流向远方。白色的羊群在山坡上优哉游哉地吃着嫩草,牧羊的姑娘悠闲地唱着动听的情歌,美丽的身影飘忽在青山绿水之间。

  在这片游牧民族的建筑群中,我们发现其中一个特别气派,好像居于中心位置的大蒙古包。据说这是按照努尔哈赤的规格设计的,主要是作为度假区里举行各种活动的公共区域。从外面看来,很抢眼、很华贵,但走到近处,顿觉也是寻常人家。未进门之前,牧民就前来给我们敬酒。据说这叫下马酒,体现蒙古族人的好客。每位客人都要喝点,这是对主人热情的回馈,也是对主人的尊敬。进入蒙古包,可以租用民族服装,这样会有点氛围,一开始我不太愿意,但是随行的友人都愿意尝试,看着他们穿起来也非常好看,我便忍不住也去换上了,摇身一变,感觉还真不一样,就好像真是蒙古族的汉子了。进门以后也要遵循风俗习惯,不能随便乱走,要从火炉左侧走,还要坐在蒙古包的西侧或北侧,因为东侧是主人的起居处,客人不能随便闯入。我们看到,在待客区已经摆放好了一张张小方桌子,陆续等人都坐定后,马上就有蒙古族姑娘过来给每个桌上送一壶奶茶,还热情给每个客人先敬上一碗。当时,我们以为顺手接着就可以了,但懂行的人忙提醒我们,要微欠起身来用双手或右手去接,千万不能用左手去接,否则会被认为很不礼貌。如果你觉得不太习惯喝奶茶,也不需要动嘴,只需要用碗边轻轻对着壶嘴碰一下,敬茶者就会明白你的意思,不会再为难你。别看这些小方桌不大,桌上却琳琅满目地放着许多民族小食品,如奶茶、奶干、奶皮子、奶酪、炒米等,品尝时,都会别有一番滋味在心头。

  据历史学家翦伯赞的《内蒙访古》中介绍,呼伦贝尔草原是众多古代文明重要的发源

八、动 情

地,是北方众多游牧民族的主要发祥地。东胡、匈奴、鲜卑、室韦、回纥、突厥、契丹、女真、蒙古等都曾繁衍生息于此,被史学界誉为"中国北方游牧民族摇篮"。在游牧民族的心目中,山川草木是他们的天,牛羊马群就是他们的命。凡是车辆在草原上行驶,看到前面道上牛羊马群,就要早早地鸣笛驱赶,好让它们提早避开,如果到近处再鸣笛,就会惊吓到它们,它们也会因此急跑掉膘,这是牧民们最不愿意看到的事情。如果要遇到牛羊马群不让道,车辆必须绕道行走,这是对牛羊马群的礼让,也是对主人的尊敬。

  游牧民族是马背上的民族,一直以来都以能骑善射敢摔而闻名于世。这是他们与生俱来的天性,也是他们在不断搏击争斗中练就的本领。射箭早在700年前的蒙古族中就有了,当时主要用于狩猎、征战和御敌,现在这套功夫已逐渐演变为竞技体育。度假区也设有可供射箭的地方,而且还非常鼓励游客进行实战体验。我们都去试了一下,拉起来还是很费力的,可不是一般人所能为的,而真正要射准就更难了,很少有人射上靶子的。但不管怎么说,射箭还是比较容易尝试的,相比之下,骑马就不是我们一般人所能为的了,只有在一旁当观众的份儿。选手们在地上摆个手绢,然后退到很远的地方,一声令下,他们争先恐后地骑着马冲过来,谁能最快把它捡起来谁就是赢家。我们起初认为"高头大马"肯定能胜,没想到一个矮个子,骑着一匹小马却拔得了头筹。这人表面上看貌不惊人,跑起来却生龙活虎。"套马的汉子你威武雄壮,飞驰的骏马像疾风一样",其实我们更想看到的是套马汉子的那种威武雄壮,只是没有万马奔腾的场面,也就不会有这种项目的生动再现。我们在这几匹马的零落比赛中,好像看不到万马奔腾的那种气势,但彪悍强健的气质,还是在尘土扬起中,变得惊艳夺目! 对于摔跤这个项目,我们并不陌生,许多人的少年时代,都有过一个摔跤高手的梦,这是成为孩子王的坚实基础。但在蒙古族的文化中,这是他们从少年到成年乃至老年都能够彰显男子汉血性的重要技能,在每年的那达慕大会上,摔跤都会被作为男子比赛的"重头戏",多少年来一直长盛不衰。这时,我们看到刚才几位骑手跳下马来,又"变脸"为摔跤手,他们可真是多面手,一专多能! 只见他们不紧不慢地穿上防护服,好像对腰带特别重视,再三勒紧,看来摔跤的主要用力点还是在腰上。只见他们你扯我拉、你推我搡,几个回合下来都没有分出胜负。看来他们早已知己知彼,势均力敌,看上去一招一式还算地道,有板有眼。

  随后,大家一起向草原深处"进军"。离度假区越来越远,也就意味着往天边越来越近,人在草原上就应该能走多远就走多远,自然哲学的圣境就会翩翩而来,随之无拘无束、无遮无拦意趣便袒露了出来。草原的真谛忽然变得近在咫尺,天人合一的感觉显得格外强烈,身心也好像变得越来越自由放松。风儿轻轻地吹过脸庞,有一种撩人的意味,许多小草也随风摇曳,起起伏伏,就像自己的心情一样。在最好的机遇中千万不要辜负最好的自己。我们常常不会被别人所左右,却会被自己所束缚。走别人同样的路,注定只能看到同样的风景,只有走出自己的路,才能获得自己的感悟,拥有自己的发现。果不其然,我们爬上了高岗,就看到了一座用石头堆成的圆锥形的实心塔,大家都非常高兴,这就已经算是见人所未见了,俨然已比那些在原地踏足的人们要胜一等。大家经过辨认,认为这个实心塔就是草原一景——敖包。

关于敖包的来历,其中有一种说法,是因为茫茫草原,辽阔无边,天地相连,处处相似,方向不好辨别,道路难以确认,边界容易模糊,于是人们就想了个办法,垒石成堆,当作标志。正如《清会典》所记:蒙古游牧交界之所,无山无河为志者,垒石为志,谓之敖包。后来这个标志物发挥的作用越来越神奇,人们越来越感到其中寓有奥妙,具有某种超越理性的力量,渐渐地也就被视为神灵的居所,成为众心向往、顶礼膜拜的圣地。蒙古族人每年都要通过多个形式举行敖包的社祭活动。在祭祀的前一天,人们要对敖包进行全面装饰,石堆的顶端要插上一根长杆,杆头上要系着牲畜毛角,四周用经文布条布满彩色拉链,在敖包的周围,还要放着可供燃烧柏香的各种垫石。祭日那天,许多牧民会穿上节日的盛装,扶老携幼从四面八方涌来,把从家带来煮熟的全羊、马奶酒、黄油和奶酪等摆放在祭祀台上,然后由每家户主焚香举灯,在彩色拉链上拴上憧憬美好吉祥的哈达。这就算是着向敖包神灵报了到,它们会保佑各家心想事成。有些重大的敖包祭祀礼仪活动还需要请领祭大师出来击鼓跳跃,吟唱祭天诗文,祈求苍天恩泽大地、富庶生机,牧民们也要跟随着他一起,祈祷神灵,保佑风调雨顺、人畜兴旺!在祭祀仪式结束以后,所有牧民必须按顺时针方向绕敖包转三圈,意思是与敖包神灵取得了心灵上的沟通,再次表达虔诚之心和感激之情。敖包祭祀被认为是蒙古族所谓重大活动,聚者甚众,群贤毕至,对于素昧平生的男女青年来说,敖包相会也是一见钟情的难得机会。"只要哥哥你耐心地等待呀,你心上的人儿就会跑过来。"这种浪漫情怀的生动描述,打动了多少年轻人的心灵,又唤起了多少老年人的回忆。

傍晚时分,夕阳西下,在霞光的辉映下,草原与天连成一片。遥远的呼唤把我们拉回到了度假区。晚餐还是在那个最大的蒙古包里进行的。我们去的时候,里面已经挤满了人,熙熙攘攘、热闹非凡,觥筹交错之际,把盏碰杯之间,突然歌声响起,所有的蒙古族姑娘都停下手中的活,齐声同唱古老的祝酒歌。虽然我们不知道歌词的意思,但其听上去气势

八、动 情

磅礴、雄伟豪迈,仿佛能够掀天抉地。这时,几位蒙古族姑娘,伴着歌曲的节奏,开始逐一斟酒敬客。她们一人拿壶斟酒,一人拿碗端酒。对她们送过的酒,客人们不能推推让让,那样会被认为不愿以诚相待。我自己不太会喝酒,对此还有点怵,尽管银碗不大,酒也只要小半碗,但要喝下去还是够呛的。只是因为害怕违背民族习惯,害怕被认为不尊重主人的心意,只好入乡随俗。学着人家的样子,用手沾点酒向天上弹一下,表示敬天;向地洒一下,表示敬地;向周围人点一下,表示敬朋友;然后一饮而尽。真的从未这样喝过酒,我马上便觉头昏脑涨了起来。事实上,你如果不会喝酒,她们也通情达理,不会强人所难,只要你沾唇示意即可,表示已经接受主人的情谊。只可惜我们事先不知道。吃一堑,长一智。

经过了一阵喧闹之后,我们走出了蒙古包,月光下,草原虽然没有了五彩缤纷,却多了一片宁静和神秘。好一片用什么语言都无法形容的草原夜色!一轮弯弯的月亮悬挂在高远的天空中,明亮皎洁,云彩随着月色的柔曼光影变幻着轻柔而缠绵的舞姿,辽阔的夜空中撒满了繁星点点。"晚风吹送天河的星,汇入毡房闪银辉",这仿佛是对这片茫茫草原格外的亲昵和体恤。凝神环顾四周,月色浓浓,偌大的草原正处于清澈的月辉中,张开宽大的胸怀,兼收并蓄,囊括所有,博大而精深,深沉而悠远。这时,远处传来一阵悠扬的马头琴声,转身望去,一堆堆篝火旁,一帮年轻的男女们正在玩耍嬉闹,尽情地欢跳着民族的舞蹈。

呼伦贝尔大草原风光优美、景色宜人,让人流连忘返。辽阔、深邃、丰富、奇特、真实、自然,这里被人们盛赞为北国碧玉、人间天堂,对此我们已经有了切身的体会。但热爱的理由可不仅仅是美到窒息这么简单,还应该包括历史的、地理的、文化的、哲学的、人生的等多重取向,所以当我们乘车离开这里的时候,心头忽然飘起的恋恋不舍之情就代表着梦境未消,仍向往着继续超凡入胜!

装满水乡情怀的高铁

许多江南古镇都在高铁的沿线。因为喜欢江南文化,每每都"力挺"高铁。走进舒适、宽敞、柔和、温馨的车厢,旋动按钮,轻轻地躺在靠背椅上,这时,高铁会慢慢地启动,忽然,又如风驰电掣一般。

透过窗外不同空间结构的物像转换,激情与速度以瞬息万变的构图和自然流畅的逻辑,营造出了五色并驰、时不我待的急切感觉。迎面而来的一股股强烈的视觉冲击,就仿佛连环画似的波涌浪叠,历历然、欣欣然,与之相吸,与之相移,领略着如《小城之春》和《早春二月》里那般绵绵不绝的江南意境……

我对江南文化的最初兴趣就是来自这两部影片。当年看到江南水乡竟如此诗情画意,情不知所起,一往而深,如水的思念,就像淅淅沥沥的小雨,这么多年来,一直都洒在奔赴水乡的路上。记得当年坐绿皮火车去苏州,需要四个多小时,如果是乘坐汽车,时间还要长很多。虽然我去过多次,但每次决定去,事先都必须攒足时间,还要有坚定的信念,才能使"动意"成真,到了地方也希望能够"一次看个够"。但问题是所见所闻所感所获,往往是一鳞半爪,要能够凝成文章的气韵,还需要登堂入室和拨云见日。近日因为要完成编辑部关于"山塘街"的约稿,我立马乘高铁到了苏州,也就一个小时的路程。以前需要考虑再三的事情,现在已经变得不假思索。

环太湖地区是勾吴古国的发源地,也是水乡的集中区域,不仅人文资源丰富,"小桥流水人家"的风情也特别明显。因为有了高铁的"鼎力相助",对周庄、同里、甪直、锦溪、枫桥、木渎、千灯、沙家浜等的"预习"和"复习",都变得轻而易举起来。飞驰的高铁像一支如椽大笔,挥洒自如,常常为我们规划出最近的路线,贴心地引领着我们品味江南水乡的魅力。

应该说江南水乡篇篇出彩、字字珠玑,但它们的风格早已被定格在宁静致远的审美版

八、动　情

图上。余秋雨先生在散文《江南小镇》中说:"像多数江南小镇一样,周庄得坐船去才有味道。"坐船去确实非常有味道,因为水乡就是因水而起、因水而成,船和水就是孪生兄弟,与生俱来、形影不离。到了高铁时代,那种"来也匆匆、去也匆匆"的快节奏,确实与水乡一唱三叹的慢氛围相去甚远。但如果没有高铁这种现代化交通工具的帮忙,我们又怎么能够如此便捷地走进水岸人家?又怎么能够让更多的人更快更好地实现荡舟水乡的愿望呢?高铁缩短了我们与梦想的距离,提升了我们实现理想的速度,许多"藏在深闺人不识"的江南古镇,也因此在这种特别的时空交错中,被一个又一个地揭开了神秘而美丽的面纱,那种如痴如醉的田园牧歌也因此变得更加优美动听。

我有次到溧阳站,虽然知道停车时间很短,但我还是想下车去看看。站台上的人确实不是很多,但这种清幽也正是小站的特色。看到周边的景色还不错,我赶忙拿出手机拍了几张照片,待准备重新上车时,没想到时间没有把控好,刚到车门口,门就关上了。我眼睁睁地看着这趟高铁开走了。对此我后悔不已,因为要赶去参加江南水乡文化讨论会,而且会上还要发言,如果迟到或不到,情何以堪?此时又怎能不心急如焚呢?真是十万火急!车站的工作人员倒显得不慌不忙、十分从容,问我有没有什么东西落在车上,还好都背在自己身上呢!没想到几分钟后,经他们的安排,我就顺利地搭上了另一趟高铁。到了苏州站,来接的同志居然没有发现我已经误了点。

坐高铁居然坐出了地铁的感觉,这对于我来说,也是始料不及的。对高铁的情有独钟,也因此变得一发不可收拾。有次我们上午开车到无锡,中午接到通知,要求回来参加下午的一场离退休人员江南水乡摄影展的开幕式。司机反应迅速,马上掉头,他说时间肯定来得及,而且绰绰有余,但我考虑再三,还是决定乘坐高铁回宁。因为高速公路的情况难以预料,万一出点状况,就可能误工误事!果不其然,我们开幕式已经结束,司机这才开着车子姗姗来迟。

曾听过陈瑞演唱的《离别的车站》:"当你紧紧握着我的手,再三说着珍重珍重,当你深深看着我的眼,再三说着别送别送,当你走上离别的车站,我终于不停地呼唤呼唤,眼看你的车子越走越远,我的心一片凌乱凌乱……"应该说这首歌把离别的心情刻画得淋漓尽致,所有的离愁别绪都化成了令人感伤的句子,但随着高铁的"狂飙突进"和"长驱直入",好像人们表达情感的句式,也悄悄地发生着变化,哪怕是柔情似水的江南人,也概莫能外。他们喜欢高铁,选择高铁,上上下下、进进出出、正正常常、自自然然,没有起伏,没有波澜,也没有高潮。长长的站台,常常是空空荡荡,再也不见恋人的缠绵和亲友的涕泪,那一路追跑火车的景象更是绝无仅有。

　　一开始对这种变化我并没有十分在意,因为我的重点主要是放在了解水乡的物质符号以及历史渊源上。风愁月恨都在梦中,将现实生活中的水乡人却置之事外,缺少对身边的水乡人应有的关注,随着"心船"划向江南水乡的深处,我就越发觉得水乡文化的聚焦点应该是人,江南水乡的文化就应该是江南水乡人的文化。

　　看到身边坐着一位三十多岁的帅哥,我便主动搭讪。他说他是同里人,在南京某高校从事美术教学工作,经常利用节假日回去看望父母,然后自己顺便进行一些写生。既然他是水乡人,对水乡就一定比较了解,于是我们的话题有了交集,越聊越火热,越聊越开心,以至于下车后我们之间倒有点恋恋不舍的那种感觉了。相见恨晚,确实事有凑巧,可再怎么改编,故事到此就只能画上句号,但人生许多出人意料的巧合,就好像是蓄谋已久的安排,我们居然在返程时又见面了,更加巧合的是,不仅是同一个车次,还是一样的邻座。我们都觉得特别有缘分,这是高铁缘,也是水乡缘。看得出他对自己的家乡是充满着感情的,对许多历史典故如数家珍,有些是我知道的,有些是我不知道的。更加难能可贵的是,他不仅能够把许多来龙去脉融会贯通,还能够抒发出人意料的己见。只是滔滔不绝的江水,还未及更加充分地涌流,高铁就已经到南京南站了,确实有点可惜,但我还是受益匪浅!

　　每次迈进水乡,我都努力寻寻觅觅、仰观俯察、揆情度理,也会有一大堆的感触。一开始相信自己能默记于心,所以上车后,主要任务就是闭目养神,谁知灵感闪现,抓住刻不容缓,慢上一拍,就意味丢失殆尽。"好记性不如烂笔头",后来自己索性带上手提电脑,利用返程时间,赶紧把情动之时的感觉先记下来。每每先泡上一杯茶,然后打开小桌板,努力整理思绪,全力理顺关系,不断地利用键盘输入自己的初步感受,许多写江南古镇的提纲就是在这种情况下完成的。

　　这些年来我真的非常感谢高铁,一直带领着自己穿越春夏秋冬,观看了许多水乡惊艳的风景,不仅念而能见,而且见而不忘。那年在南京,街上积雪还没有完全融化,阵阵凉风吹在脸上还有刮人的感觉,我急急忙忙地就踏上了迈向水乡古镇的旅程。依然是一如往常的便捷,依然是一如往常的平稳,依然是一如往常的宽敞,但一本江南画册几乎占据了我全部的注意力,我沉迷其中,不能自拔。这时,突然听到有人喊"你们来看哪",我这才抬起头来。窗外,远处是整整一大片的金色灿烂,连绵不绝、满目生动,一朵朵成簇,一簇簇成堆,一片片成势。在广袤的原野上,如诗如画的油菜花,就这样在春风浩荡中恣意舒展,

八、动　情

掩映着远山近水，点缀着粉墙黛瓦，生机勃发，蔚为壮观！

因为目光所及攫取了脱颖而出的色彩高潮，使得平凡的遇见在刹那间变成了瞬间的领悟。原来高铁并不仅仅意味着一日千里，更是代表着一触即发！渐行渐远诠释着渐行渐近，满窗春色意味着春暖花开！

恍如隔世的老门东

老门东在南京城南,主要指中华门以东的区域。这里自古就是商贾云集、人文荟萃、传统民居聚集之地。听人说要了解南京的历史就要到这一带来探访古之幽情,在许多南京人眼中,这里就是"老南京",最古老的南京。当地住民也认为自己是最正宗的南京人,他们土生土长,念兹在兹,对南京也确实最有发言权,就连地道的土话方言,在这里的话语体系中,也保存得非常纯正,算得上真正意义上的南京"标准音"。更重要的是,他们乐此不疲、我行我素,在强化无障碍交流的当下语境中,并不急于将自己的语言与现代表达方式完全接轨,仍不容置喙地把行腔语调停留在祖先原本的声韵里。

当年这里到处都是寻常百姓人家,有着许许多多的小平房,一家接着一家,基本连成一片,青砖白瓦、雕花门窗、绿苔石板、雨打瓦当,因为经年历久,沧桑之感一目了然。有的院落甚至还残存着石鼓、条石和字碑等,呼应着水到渠成的历史底蕴。但邻里之间和睦相处,走门串户,来往频繁,异常亲切。当年走在细窄蜿蜒的小巷里,还可以看到诸如箍桶、做花灯、做空竹、修鞋、修伞、修钟表等老行当。许多人家把竹竿往窗外一撑,就可以晾晒衣服,仿佛天然的衣架,也俨然成为城南一景。这里民风质朴,民情纯真,一点一滴、一草一木、一举一动,都透露着源远流长的味道……

忽然有人来告诉我,说老门东被开发了。我因为当年印象较深,看的次数也比较多,去的角落也不少,不知不觉中已沉淀为我潜在的心理文本。"一枝一叶总关情",一听说有了变化,我立刻亢奋异常,冲动勃发,马上行动,故地重游。东从江宁路,西到中华门城堡段内秦淮河,北到马道街,南到明城墙,痛痛快快地走了一遭。仿佛从遥远的春秋时代,经过汉唐,走到明清,又穿越回现实。沿着青青石板地面,顺着一排排粉墙黛瓦,细数着层层叠叠城砖上留下的斑斓岁月,看流水的曼妙,听花开的声音。在一眼看不到尽头的小巷里,发现左边似梦,右边如诗,突然一曲琵琶清唱从远处飘来,余音袅袅。应该说,穿过"老

八、动　情

门东"的牌坊,就恍若隔世,也恍然大悟,一派郁郁葱葱的老城南风貌,竟如此真切地浮现在了眼前。

远远望去,我们会看到"老门东"有一个四柱三门两层的牌坊。仿佛就是从这里打开了时光之门,白色的梁柱坊额,刻着精美石雕,琴棋书画、梅兰竹菊,应有尽有、栩栩如生。牌坊基座上的抱鼓石,通过细刻云纹,波涌浪叠,跃跃欲试地传递着古典神韵。两旁楹联更是引人注目、引人驻足。"市井里巷尽染六朝烟水气,布衣将相共写千古大文章。"看得出,此联是想把历史记忆开门见山地凸显出来,让我们能够循着这条线索把老门东的韵味串联起来。意思表达也许是好的,但对联未必尽如人意。我总觉得上联比较出彩,下联缺少意味,有些失工整,对仗也不准。于是自己也不揣粗浅,认为改成"布衣将相同绘千古丹青图"更好,不仅前后呼应,而且前因后果,蘸上烟水气不正好绘就丹青图吗?

一眼泉水,一条壕沟,一对门当,一方庭院,一片挂落,一组桌椅,一壶茶水……场景化、生活化、日常化,传递出鲜活灵动的城南之美。置身其中,时间都仿佛停止了,总会让人遐思无限、浮想联翩。与当年的情形相比,味道是一模一样的,气质也如出一辙,只不过现在更整饬、更端庄、更大气,颜值也更高。它好像收集起人们对老门东许多零散的、片段的、个别的印象,通过统一的规划安排,进行全面而集中的修复和保护,创造性地转化为一以贯之的整体意象。有的地方大刀阔斧,有的地方心细如发,有的地方按部就班,有的地方出神入化!总之,出来的总体效果出人意料,令人惊叹。在遍览世间人生百味之后,我们看透了历史的沧桑,忽然之间发现这个老门东依然温润如玉、完美如初,又怎能不让人心情愉悦呢?

所有的风景,都是心灵的风景,在许多人的印象中,最重要的也许不是在这里看到了什么,而是这里曾经烙下了自己怎样的印迹。记得当年这里还有许多录像室和小茶馆穿插在街头巷尾,我和朋友曾在一处小歇,交流感受,相谈甚欢。今天自己在这里寻寻觅觅,追忆岁月,暖暖的阳光下,静静的小弄里,老式建筑里的小店,弥漫着咖啡豆的香气,在碎花沙发上,手捧一杯,品茗甘甜。这时,好像已将争分夺秒的高速节奏交给了温柔以待的徐徐微风,用心平气和的态度来享受温软如醉的瞬间,希望通过感受和体验老门东的历史变迁,来慢慢品味和找回自己曾经的记忆!

舌尖上的城南记忆最为深刻,琳琅满目的小吃也被"爆炒"得最为直接。这里汇聚着蒋有记、鸡鸣汤包等老字号,还有蓝老大糖粥藕、徐家鸭子、司记豆腐脑等,当年让南京人魂牵梦萦的辣油小馄饨也是从这里起步的;此外还有台湾名点的"高潮迭起",夫子庙式小吃的目不暇接。如此美食一条街，是"吃货"聚集地，抓住了人们的胃，盯着人们的嘴，把人们的舌尖滋润得笑逐颜开、刻骨铭心。它们就是这样，用最为炫酷的姿态，不断释放着欲罢不能的特别诱惑……

  我忽然发现在沈记臭豆腐排队的人超多，确实值得去排，这里的臭豆腐是我吃过的最好吃的臭豆腐！记得我小的时候，父亲带我到夫子庙玩，推荐给我的第一个小吃就是臭豆腐。当时我很拒绝，但父亲说闻起来臭吃起来香。果不其然，口味鲜美，正中下怀。直到今天，这种感觉还紧锁心间，臭豆腐因此成为我的最爱。但不知为什么，后来我在许多小摊点上，都吃过臭豆腐，当然许多味道也不差，但好像不是原来的味道，都不太正宗。没想到，这一次在这里与久违的臭豆腐"深情相遇"，就好像与故人相逢。因此我自己点了三份，就是想一次吃个够！

  在许多人看来，历史文化街区就应该凝固在历史时刻。但我们看到老门东时常会有"解冻"的时候，这里不仅没有对现代感悟进行"格式化"，反而对现代技术保持着高度敏锐的洞察力。我们确实不是要回到博物馆的时代，而是要在寻找记忆的脚步声里，去粗取精、去伪存真、提炼精髓、写实神韵。老门东对此"心领神会"，"大胆尝试"，积极与许多新技术和新应用实现无缝衔接。我看到它们利用3D技术进行建筑立体投影，把烟雨秦淮的城南记忆视像化，由此及彼地开拓出更加深远的历史空间。这种巧妙的嫁接，非但没有违和感，反而让现代技术与老宅旧巷相映成趣、相得益彰。

  与今天的老门东相遇实在是一件很美的事情，走在街道里，就是走在美好的心情里，犹如一树花开，处处弥漫着花香的味道，所到之处美得让人窒息，以至于自己久久不愿从梦中醒来，哪怕是走出了"老门东"还恍若如梦。到老门东来的人很多，除了外地游客，可以说大部分都是本地居民，他们也会有自己的城南旧事，对老门东的理解也会有所不同，但在抓住老门东城南记忆方面，我们绝对是"同款"！留住城南气质，留住城南味道，留住城南感觉，留住城南景象，老门东确实功不可没，也因此脱颖而出，如丝如缕，如火如荼，如痴如醉，如切如磋！

一眼望千年

突然遇见江南古镇,有一种梦寐以求的感觉,总会在大脑中缓慢盛开,看到巡塘古镇就是这样的审美状态。许多人大概都不知道,它并不像许多水乡古镇地处郊区,而是一直悄悄地掩映在无锡的市区。我们开始并不知道,也是经人推荐才来到这个地方的。没想到,在高楼大厦的包围中,还有这一方古色古香的水乡小镇。现代化的都市与历史的山水在这里没有明显的过渡,我们一下车,就能看到"粉墙、黛瓦、马头墙",一片与世无争的恬静世界凸显眼前。来到这里,就像是在外漂泊好久的游子,回到了盼望已久的那个温暖的家乡。

听当地人说,巡塘古镇建于民国时期。整个规划基本是沿着河岸展开的,桃红柳绿、莺歌燕舞、百业兴旺、一应俱全、应有尽有。这样也就形成了能够自给自足、相对比较封闭的市井格局。在寻常的日子里,乡民们过着一日三餐的世俗生活,于一片安静中,停留在岁月的街道,于一眸清澈中,守着心灵的山水,看云卷云舒,观花开花谢,任情愫蔓延,纠结于固定时空,聚集着人气,聚会着人员,聚拢着人家,逐步形成了三面环水、一面临岸的巡塘镇。其实"巡塘"这个名字的出现,要比这个镇的时间更加久远,追溯历史可以从吴越春秋找到源头。据说吴王夫差为了抵挡越王勾践的侵入,命人在此开挖巡塘、元塘、梁塘三条河道,作为自然屏障,发挥了御敌于外的重要作用。也就是说,巡塘水道最初是为战争而准备的,战时要用于作战,但没有战争的时候,也可以用于水路交通。历经千年,巡塘水道造就烟火的繁华,依傍在岸边的陆地也就成了今天古镇的模样。

我从镇口进去,很快就到了巡塘桥。这是一座单孔石拱桥,南北跨向,用金山石材砌成,边上没有护栏,却小巧玲珑,坡度不大,曲线非常优美。这座桥从远处看来更富有诗意,它处于整幅画面的前景部分,是一个十分引人注目的焦点,也是一个引人入胜的起点,是领起水乡的一个简单明快的卷首语。

此情此景

其实对水乡来说，孤立的符号是没有意义的，只有将小桥、流水、人家组合在一起才能够体现水乡的魅力。来来往往于这个半岛之上，可能不是一座巡塘桥所能完全承担的。除此以外，还有前贤渡桥、毛文桥、棠甘桥等好几座桥。通过它们的彼此呼应，把古镇与外在的血脉紧紧地联系在了一起，也从古到今地成为水乡风情的重要纽带。我没有特别地去寻找它们，倒是在晚上散步时来到了后贤渡桥。这座桥与巡塘桥截然不同，现代化气息比较浓厚，估计也是后来翻建的，桥的跨度比较大，桥面也比较宽，但名字肯定是以前的。

在古镇生活确实比较方便，饭馆、烟酒铺、杂货铺、茶馆、面馆、小邮局、诊所等，一应俱全。三步两点，处处毗邻，它们都是不同时期叠加的店面，切碎了这里的许多时光，但将它们串联在一起的时候，还是一以贯之，没有断裂的痕迹，执笔痴念，饱含情思，常常使人穿越在顺理成章的时空记忆中。

古镇的房子大部分都是双层的小楼，青白相交，粉黛辉映，一直蜿蜒在河边。从河对岸看过去，高大的柳树遮住阳光，倒映在水中的影子，朦朦胧胧的，虚虚实实的，就好似在梦中一样。我很想走进这些古宅里去看看，但又害怕人家不肯，试探着商量商量，还好没有遭到拒绝，主人热情地邀我们进去参观。我看到古宅内室已经进行了更新改造，历史的构架依然清晰可见，最引人注目的是许多现代化的安排，但我最想看的还是古色古香的东西。外面是客厅，里面是卧室，这是按照当代人思维构建的杰作。古代的空间结构中间是客厅，两边厢房是卧室。古今兼顾，形神兼备，这是与史相接，也是与时俱进。后面两个窗户很别致，从窗框到窗棂都还是古老的模样，特别是搭扣年岁很长，"原汁原味"，也很耐人寻味。我们轻轻地推开窗户，原来后面还有一个小天井，当视线越过矮墙，透过柳丝的间隙，还可以看到静静流淌的河水。

我们沿着街道继续向前走。走着，走着，发现前面有一个圆门。进去一看，原来这里还隐藏着一个袖珍园林。纵观古镇的总体结构是一个回字形，而这个袖珍园林就在中间口字的部位。这里有亭台楼阁、曲桥池水、蜿蜒长廊、堆积假山。特别是看到那个探入水中的"闲静舫"，不禁让我想起了牡丹亭，想起了杜丽娘，想起了《还魂记》，也许这里也有同样的大家闺秀，同样的故事情节，同样的爱情悲剧，红颜落泪，书生意气，落音前尘，回响不绝。一段生死相依的前缘，化为时光深处的凝眸，思君不见君，一帘幽怨寒，柳暗花明处，隔世不了情，只听得一股泉水，淙淙鸣响，可以赶走爱的寂寞，也能悄悄地把岁月轻叹，让我们知道这里叫"听泉园"的历史缘由。

拥抱着古镇的是一条平常而又美丽的小河。河水清澈见底，静静地流着，在阳光的照

八、动　情

耀下闪闪发光。顺着水流望去，目光渐渐地消失在转弯处，转弯处是水乡最美的地方，因为未知，因为突见，所以饶有兴趣。一段唯美邂逅在这里常常发生，天意相逢也许更能触动人心。我来到这里，正好遇见一座亭子，靠水边的一侧有许多栏椅，坐在这里可以眼观六路，面掠微风，静候传奇，只见小船慢慢漂来，许多人生喜剧也许就会在这里上演。多情男女，不期而遇，相视无言，顾盼流情，只一个浅淡的微笑，便知你是我的命中注定，接下来肯定是一场深情而热烈的爱恋。我们觉得这个地方适宜发生这样的事，也应该发生这样的事。因为这样的场景，也许就是为爱情而准备的，曾经的相遇就是生命的光照，应该记取那份美好、那份甜蜜。

　　到了晚上，巡塘古镇又是另外一番景象。家家门户紧闭，楼阁灯影婆娑，街道上只有几盏大红灯笼高高挂起，好像整个世界在这里变得特别安静。因为美，所以变得安静；因为安静，所以特别美！时光若水，心在一念。我们走在青石板的小路上，听历史的回响，忆曾经的过往。多少前尘旧事，多少妖娆繁华，早已深深地缠绵在岁月深处，看不够，品不尽，想不完。正因为如此，我们徘徊在这古镇的年轮里，才能一眼望千年！

遇 见 黎 里

吴江古镇黎里与同里、织里、古里被统称为江南"四里"。在古代,五家为邻,五邻为里,所以一个"里"大概是25户。随着人口增多,后来发展成110户,再后来到1 000户,其实,这个"里"就变成了居民集中地的意思。至于为何要冠以"黎"字,根据当地的记载,主要是源于唐代官员黎逢甲到这里后帮助清淤挖泥、整治河道,为民造福,功德无量。人们记住了他的勉力勤政,改名为黎里。自古以来的感恩之情,凸显这里黎民百姓的重情重义,所以这个古镇从一开始就攫住了我的心灵,好像已经触摸到那真挚淳朴的灵魂。这里仿佛世外桃源,蓝蓝的天空,白云朵朵,清清的流水,绵绵不绝,没有人声鼎沸,没有川流不息,也没有热闹非凡……

这倒是让我们有时间回溯唐风宋雨的水岸人家,慢慢地倾听千年摇曳的云水之意。河之阴为下岸,基本都是小户人家,一排排普通人家联袂而居,现已辟为鳞次栉比的各种店铺;河之阳为上岸,历史上住的都是大户人家,宽敞大气的厅堂楼室,层次分明的庭院备弄,雕绘龙凤的长窗画梁,所谓"庭院深深深几许",就是对这些名门望族的纪实描写。在明清时期,这里聚集着"周、陈、李、蒯、汝、陆、徐、蔡"八大名门望族。柳亚子先生的故居原来就是乾隆年间工部尚书周元理的私邸。当年柳亚子先生只是在这里借住。年轻的柳亚子站在革命的最前沿,意气风发,斗志昂扬,因反对蒋介石的倒行逆施,遭到搜捕,军警前来抓人,幸亏其夫人急中生智,将其藏在复壁之中,才躲过一劫。所谓复壁就是在二楼的墙壁中做了一个夹层,外面用板挡起来,严丝合缝,不易发现,里面却有个小空间,可作为暂时藏身之所。经历一系列的事情,他深感官场黑暗,所履并非所求,干脆退出官场,返回黎里。他纵情诗酒,寄情笔端,常常独自凝坐,冥思苦索,在灵感的横行中,望穿红尘次第,看透晓风残月,淡墨香笺,说不尽的枯藤老树昏鸦,小桥流水人家,淡淡地飘落于旧词新曲之中。直到这时,我才恍然大悟,原来桌上存放的一纸素笺,至今依然承载着来自主人内

八、动　情

心深处的强烈愤懑！

这次听说倪征𣋟先生的故居正在进行修缮,我赶忙去看了一下,只见一排排脚手架"四面群起",但故居的整体上仍然可以一目了然。他家住在街的东头,紧贴河岸,近处就有一个公共的河埠头,意义不言自明——这就是他人生的始发站。当年他到东吴大学法学院读书,然后又留学美国,再后来回国在上海特区法院担任法官,追溯起来,都是从这里摇橹启航的,但他人生最高光的时刻,还是出任中国检察官的首席顾问。作为参与审判日本甲级战犯的中国主力法官之一,他始终牢记使命和责任担当,坚定信心,无所畏惧,运用娴熟的法律知识和那罄竹难书的铁证事实,据理力争,力挽狂澜,让所有的日本甲级战犯都得到了应有的惩罚,勇敢地捍卫了国际公义和民族尊严！面对如此澎湃的人生、怒放的生命,我们高山仰止,敬意无限,深感这个故居一定潜藏着促其砥砺奋进的原始密码。有人建议等修好了以后再来看,我想那时我肯定还要再来,但我觉得眼前的机会也不能放过,赶紧拍了几张照片。尽管背景杂乱,但我认为,维修好是维修好的风光,维修时是维修时的情景,两者是不一样的感觉。也许我现在看到的就是别人以后看不到的,珍惜当下与期盼未来一样重要！

到了古镇,我确实看到了许多变化,但稍稍有点意外的是"六悦博物馆"的横空出世。这里收藏着许多中国民间工艺品和古董家具,包括石雕、砖雕、木雕、佛像、佛龛、门神、匾额、楹联、礼盒、官箱、竹编器具、家堂、轿子、筷子、筷筒、木匠工具、洗脸架、屏风插屏、面具、戏曲人物画像、各色木窗、中药抽屉箱等。收集之齐全、规模之宏大、历史之悠久、种类之繁多、角度之新颖,至少我以前没有见过这么多的物什,本以为这是当地人的有心收集,没想到是来自一位美籍律师的业余兴趣。据说杜维明先生二十多岁来中国留学,毕业后直接留在了上海。他对中国老古董有一种念念不忘的好感,一旦发现喜欢的东西就穷追不舍,倾其所有。事实上他的主业是律师,开设"六悦博物馆"也是兴趣所致。他的初衷是希望为中国的年轻人保存这些美丽的艺术品,但我们觉得其价值远远不止于此。透过古董,激活一脉,这是为了直观还原人们常常视而不见的文化传统。置身其中,琳琅满目,目不暇接,扑面而来的各种展品,让我大为惊叹。举手之劳未必引人注目,但点滴之功却能汇成江河。通过眼、耳、鼻、舌、身的切身感受可以直接面对源远流长的艺术魅力,同时,第六感观"意"还频频自带"流量",触类旁通,迁想妙得,形神兼备,身心俱悦,因此取名"六悦",应该说是精准扣题,突出主题。

听导游介绍,中国第一代电影女明星殷明珠也是黎里人,她曾主演过中国第一部爱情片《海誓》,有"上海滩女明星第一人"之称,但她始终没忘自己的根在何处,情归故里。她是一个懂得爱、敢于爱、奉献爱的江南女子。"树高千尺不忘根,人若风光勿忘恩。"对家乡的感恩,不需要惊天动地、轰轰烈烈,云淡风轻也是一种刻骨铭心,《常回家看看》就像一首循环播放的歌,轻轻的,淡淡的,暖暖的,沁人心脾。我仿佛看到她带着劳燕的疲惫和醉心的灵魂,忽然之间抖落世间的所有尘埃,满怀温婉柔情,轻漫袭人幽香,身着一袭素美淡雅的旗袍,悄无声息地曼妙挪步于老街小巷之中,一路寻寻觅觅,一路殚精竭虑,希望把自己的积蓄投入最需要的地方。她不仅在这里斥资修缮自家桂香四飘的院落,还慷慨解囊修埠筑路、兴建小桥。应该说,如今宽畅的码头和整饬的道路都有她精心点染的历史底色。掠过时光的间隔,我们行走其上,仿佛就是走在春风里,与这位在影像与音乐里如鱼得水的大明星不期而遇。她的所思所愿、所作所为,通过这些造福乡邻的成果和慰藉乡情的成就,淋漓尽致地彰显出"一方水土养一方人"的善良本性!当年的殷明珠深受大家爱戴,她也喜欢拜访邻里乡亲,寻找曾经记忆,品尝家乡美食,包括油墩、套肠和泡椒爪等儿时的味道。

这样的故事让我入迷,也引得我垂涎欲滴。恰好正是晚餐时分,我特意找了个河边的小店,美景伴美食,一饱眼福,一饱口福。不吃不知道,一吃才知晓,所谓套肠就是大肠里套进7到9个小肠,所谓泡椒爪就是由泡椒等佐料搭配起来的鸡爪。独特的味道意味着独特的情怀。油墩在古镇设有专卖店,还是限量版,求者甚众,供不应求,当我去买的时候,已经告罄,有点遗憾,但也留下了一个念想。

夜幕降临,暮色四合,花灯齐亮,沿河两岸大红灯笼喜气洋洋。我带着依恋和不舍,踏着静幽的青石板,跨过如虹的小石桥,不知不觉中又好像走进阆阆唐诗宋词。这里的每时每刻,都如诗如画,如花似月,浑然天成也许就是黎里不被打扰的寻常日子!

七里山塘：一半是河，一半是街

白居易在担任苏州刺史的时候，曾写过一首与山塘街有关的诗《武丘寺路》："自开山寺路，水陆往来频。银勒牵骄马，花船载丽人。芰荷生欲遍，桃李种仍新。好住湖堤上，长留一道春。"前四句是写武丘寺路开辟以后，水陆交通繁忙的景象，南来北往，川流不息。武丘寺，就是"虎丘寺"，因为李世民的曾祖父叫李虎，从唐朝开始就避讳"虎"，改"虎"字为"武"。诗人通过"银勒"与"花船"的意象，叠印着马蹄声声和人头攒动，写出了因道路畅通带来的市井繁华。后四句诗主要描写沿河种植的花草树木，可以看出，这一带确实景色宜人，风光无限。白居易原有小序："去年重开寺路，桃李莲荷约种数千株。"可以看到，"芰荷"在水中浮，"桃李"在岸上新，春风一度，春暖花开。

白居易见此情景为什么会如此兴高采烈、喜不自禁？这要从公元825年他到任苏州时说起。为了加快地方建设，他带人前去虎丘巡察，看到沿路河道淤塞，街衢不通，极大地影响了人们的出行。于是，他当即决定要在东起阊门渡僧桥附近，西至虎丘望山桥开凿水陆两路。他发动当地民众，大家齐心协力，仅用了一年零五个月的时间，就彻底改变了这一带的面貌，旧貌变新颜。这首诗就是在"武丘寺路"建成后一挥而就的，字里行间掩饰不住大功告成的兴奋之情和造福一方的喜气洋洋！

苏州是白居易人生的重要站点，山塘也是他事业的突出亮点。许多年后，他在《忆旧游》中，向时任苏州刺史的刘禹锡回忆起这段岁月时，依然满怀深情，浮想联翩。其中就有对七里山塘的恋恋不舍。

忆旧游，旧游安在哉？
旧游之人半白首，旧游之地多苍苔。
江南旧游凡几处？就中最忆吴江隈。

此情此景

长洲苑绿柳万树,齐云楼春酒一杯。

阊门晓严旗鼓出,皋桥夕闹船舫回。

修蛾慢脸灯下醉,急管繁弦头上催。

六七年前狂烂熳,三千里外思裴回。

李娟张态一春梦,周五殷三归夜台。

虎丘月色为谁好?娃宫花枝应自开。

赖得刘朗解吟咏,江山气色合归来。

  在白居易55岁离任的时候,苏州老百姓都赶来为他送行,依依惜别。在他走之后,人们很快就在山塘街的"扉页"处,修建了白公祠,把敬重人变成了供奉神。我怀着景仰的心情来到这里,便看到门上"唐少傅白公祠"的横匾。白居易晚年官至太子少傅,嗜好为文,所以世称白文公。大门两侧的照墙上,一边是"三塘始祖",一边是"乐府诗神"。这八个大字高度地概括了他与山塘的密切关系和在文学上的杰出成就。他为官以来,屡遭党争沦陷,仕途一直不顺,此番到任苏州,就想大展拳脚,大干一番,他殚精竭虑,焚膏继晷,确实做了许多实事。院子里有一尊白居易的塑像,只见他右手拿卷,左手拈须,目光炯炯,好像对如何开凿武丘寺路早就胸有成竹,运筹帷幄。务实求实做实,这是白居易一以贯之的作风,所到之处体恤民情,恪尽职守,清廉坦直,夙夜在公,"仆志在兼济,行在独善。奉而始终之则为道,言而发明之则为诗"。因此他笔下那些超凡脱俗的文字,凝结着悲悯苍生的心结。无论是《卖炭翁》《琵琶行》,还是《武丘寺路》《忆旧游》,都像一束束光,带来许多心灵的温暖。

  在白居易的笔下,"武丘寺路"就是我们现在的"七里山塘"。但我们跟当地人聊天时,他们却直呼其为"七狸山塘",一字之差,明显有别。原来其中还隐藏着一段故事。据说公元1366年,朱元璋派大将徐达率20万大军攻打苏州,彻底推翻了大周政权,张士诚兵败自杀。朱元璋自以为替天行道,深受欢迎,没想到张士诚为民办事,深得民心。朱元璋却认为这与风水有关,赶忙派刘伯温前来作法,发现大周的龙脉就暗藏在七里山塘。于是他趁势破除,每隔一里安放一只神兽狸猫,现在依然可见。它们都蹲在桥边,分别是美仁狸、通贵狸、文星狸、彩云狸、海涌狸、白公狸、分水狸。希望通过这七只神兽狸猫手握千斤巨锁,撒下天罗地网缚住大周巨龙,使其动弹不得,无法兴风作浪。我们不知道这个风水阵法是否收到奇效,但三塘街却因此愈发欣欣向荣。许多人都认为这里是一块风水宝地,隐

八、动　情

士墨客、商家豪门纷纷在此建置寓所,酒楼茶馆、手工作坊、临街店铺也日渐兴盛。

我们刚走进三塘街,就见码头近在咫尺,正好有船待客,便先登舟前行。近在眼前的小桥流水,鳞次栉比的白墙灰瓦,两边枕河人家前门沿街、后门临河,既古典又现代,既现实又浪漫。这些都顺理成章地囊括在整个水道之中。一河春水,碧绿清澈,就像一块无瑕的翡翠,由东向西,缓缓流淌,波光粼粼。从河的东段来看,民居大多都是临水构筑的水榭和水阁,因为在水中长时间浸泡,许多水印都已爬满了砖墙,一道一道的,一块一块的,痕迹生动宛然,图像描摹漫漶,让人想入非非。听说河的西段并不像这里拥挤不堪,显得比较疏朗宽阔,桃红柳绿,芳草依依,蒹葭苍苍,风光旖旎,更是一片让人心驰神往的开阔地带。我们坐在乌篷船上,那亲切的摇橹声,船过水上的簌簌声,还有一道道水波拍岸的哗哗声,声声入耳,不仅打破了这里的宁静,也荡起了我们心中的涟漪。

沿河缓行,不停地见到水面上横跨的古桥,或平或拱,或单孔或三孔。据说山塘的桥有"横七竖八"的说法。横躺在山塘河上的桥有七座,即山塘桥、通贵桥、星桥、彩云桥、普济桥、望山桥和西山庙桥;竖立在山塘街上有桥八座,即白姆桥、毛家桥、桐桥、白公桥、青山桥、绿水桥、斟酌桥和万点桥。小桥身姿绰约,千姿百态,就像一个个从小巷深处走出来的江南女子,如一阵春风掠过河面,确有一种挡不住的感觉,轻盈、婉约、纯净、温暖、无与伦比之美,之艳、之娇、之媚、之曼妙、之空灵,千千美妙,风情万种。"在青山绿水之间,我想牵着你的手,走过这座桥,桥上是绿叶红花,桥下是流水人家,桥的那头是青丝,桥的这头是白发。"这是沈从文致苏州姑娘张兆和的情书。在他看来,能够将他从青丝接到白发的就是爱情的小桥。这些小桥不仅连接着现在和未来,也连接着现在和过去。听说通贵桥比较有名,我们主动提出下船,就是想与通贵桥达成零距离的遇见。据《丹午笔记》记载:"山塘吴文端公一鹏与菩提庵前郭方伯某友善,朝夕过从,造桥以便往来,名曰通贵。"就是说明代官至礼部尚书兼翰林学士的吴一鹏,虽位高权重,却重情重义、礼贤亲朋,专建一桥,方便对岸好友方先生往来唱和,也方便了乡里乡亲的人来人往。人在桥上走,水在桥下流,情在两岸生,贵在打通中。所谓"通贵",也许就是接通珍贵的友情、联通宝贵的乡情和融通可贵的人情,如此属意民情有桥翼然,确实难能可贵。吴一鹏的故居玉涵堂就在桥的旁边,是现今苏州最大的古建筑群,三路五进,厅堂楼阁富丽辉煌。

山塘街分为东、西两段,东段从阊门渡僧桥起至半塘桥,西段是指半塘桥至虎丘山。东段大多是商铺和住家,一家挨着一家,邻里相连,密密匝匝,其中又以星桥一带最为热闹。这里聚集着许多晚清和民国时期的建筑,白墙黑瓦、黑白搭配、精致典雅、疏朗有致、熙熙攘攘、红红火火。街上弥漫着各种红色织就的非常喜庆的氛围,空中的悬挂物,除了红灯笼还是红灯笼。据乾隆年间徐扬所画的《盛世滋生图》,这里早就是"居货山积,行云流水,列肆招牌,灿若云锦"。因此古街到处都隐藏着让人捉摸不透和招架不住的神秘事物,那些古老的底蕴可能会飘荡在碧螺春的清香里,也可能会飘散在评弹珠玉的余音袅袅中,更有可能浮现在舌尖糖糕和松鼠鱼的丝丝甘美之中……

古戏台的建筑风格是仿唐式的,坐北朝南,黛瓦结顶,飞檐翘角,两侧飞檐之下,各悬挂一串红灯笼。戏台为两层楼,底层是砌筑半墙,有窗户加以封闭,里面影影绰绰摆放着物什,可能是演出的道具;上层是戏台,形制为悬山式,看上去并不是很大,却也不能小看这方寸之地,这里可以上演惊天地、泣鬼神、呼风唤雨,纵横千军万马。戏台前铺砌的花岗岩石板地,现在是空空荡荡的。到了演戏的时候,这里常常人满为患。两侧长长的厢楼也别具风味,只要把窗子打开,就可以边喝茶边看戏,但古人在此"谈笑有鸿儒,往来无白丁",普通老百姓难有立足之地。我们原以为这个古戏台是土生土长的,没想到原来是移花接木的成果。当年在对古街进行修复的时候,原在东汇路的清代安齐王庙内的古戏台直接被搬迁到这里。就像这条街上应该拥有剧场、电影院一样,古戏台移建到此,非但没有丝毫的违和感,还好像是为此量身定做,恰到好处。

明朝末年,巡抚毛一鹭,他受魏忠贤的授意,盛气凌人,残害忠良,下令抓捕了周顺昌等东林党人。面对如此明目张胆、仗势欺人,苏州人民怒不可遏、义愤填膺。颜佩韦、杨念如、马杰、沈扬、周文元等挺身而出,率众抗暴,最终被毛一鹭以"莫须有"的罪名,残忍杀害。五人牺牲后,苏州百姓把他们的义骨埋葬在山塘街上,立碑大书"五人之墓",其时文人张溥挥笔写就《五人墓碑记》。从此以后,"凡四方之士,无有不过而拜且泣者,斯固百世之遇也"。

这条街上还有许多会馆,如泉州会馆、绍兴会馆等。会馆是中国明清时期由同乡或同业组成的都市团体。可以看到,山塘街上那种没有突破地域的行业性会馆,都是带有同乡性质的会所。阊门一带,早在唐朝就已是交易繁盛之所,到了明清更是中国商贸最为发达之地。曹雪芹也许亲眼看见或亲身经历过这里的"热火烹油",在他的笔下才会有"最是红尘中一二等富贵风流之地"的说法。可见这里商贾云集由来已久,许多商人白天各奔前途,忙得不亦乐乎,但到了晚上,他们聚到一起,散散心、喝喝酒、品品茶、聊聊天、谈谈生意的情况,共同商讨对策,也可以拉拉家常,谈谈对家人和家乡的思念,这些会所也因此成了他们寄托乡愁的地方。

八、动　情

　　七里山塘也是盛产故事的地方,包括《白蛇传》《玉蜻蜓》等。国际著名建筑大师贝聿铭家的祖祠、中国近代史上第一个革命文化团体"南社"以及陈圆圆、董小宛等,皆与这里有着千丝万缕的联系。最让人牵肠挂肚的还是唐伯虎三笑点秋香的风流韵事。这个故事最早出现在冯梦龙的《警世通言》中。一开始还只是"唐解元一笑姻缘"的唯美故事,但后来人们看到"行情"渐涨,感觉到这个故事很有市场,老少咸宜,有人就觉得把爱情局限在一笑间是远远不够的,不如把故事拓展开来,于是打开"脑洞",大胆想象,将其直接改编成弹词开篇"三笑姻缘",或者叫"唐伯虎点秋香"。话说荡口古镇华府的丫鬟秋香,随老夫人到虎丘上香拜佛,恰与唐伯虎不期而遇,秋香三笑无意,唐伯虎却有心留情。"一笑二笑连三笑,唐伯虎的灵魂上九霄",待秋香下山乘大船归去时,他便急急忙忙雇舟追船。据说阊门码头就是雇舟地点,追船的事情发生在山塘河中。后来唐伯虎化名华安,应聘前往华府当教书先生,一来二去,郎有情,妾有意,最终花好月圆,如意郎君抱得美人归。事实上,这是文人杜撰的故事,在历史上子虚乌有。

　　千年前的武丘寺路,今日繁华的山塘街,已成为见证古今的美丽注脚。这里目之所及,水陆并行、河街相邻,都是满满的梦里水乡。尽管已身处网络发达、技术高超、影音控制的时代,但我还是非常惬意地荡漾在水做的梦乡里,徘徊于老街,放开身心,放松心情,放飞遐想,沉醉其中……

扬州：朱自清的源头活水

春到扬州草木知。"一切都像刚睡醒的样子，欣欣然张开了眼。山朗润起来了，水涨起来了，太阳的脸红起来了。"扬州是个好地方，历史悠久，文化璀璨，商业昌盛，人杰地灵，这里风景独好。朱自清说："我是扬州人。"与生俱来的诗情画意，耳濡目染的岁月沧桑，使得扬州这个"淮左名都，竹西佳处"，对于朱自清的人格建构和理想形成都有着十分重要的作用。

扬州其实是在江北，却当之无愧地列为江南板块的翘楚。扬州之水天上来，连绵不绝，把它与江南的烟雨蒙蒙紧密地连在了一起。这里地处长江与京杭大运河的交汇之处，南来北往，东进西出，风帆点点，船只匆匆。千年款款之水，菁菁流淌之魂，造就了其有史以来玲珑剔透的非凡魅力。朱自清在《扬州的夏日》中说："北方和南方一个大不同，在我看，就是北方无水而南方有。"有时候也会大雨滂沱，"永定河、大清河甚至决了堤防，但这并不能算是有水"，因为它们与江南常年的丰沛茂盛难以相提并论，即便是"北平的三海和颐和园虽然有点儿水"，但也"太平衍了，一览而尽"，没有江南之水的曲径通幽和柳暗花明。

"烟花三月是折不断的柳，梦里江南是喝不完的酒，等到那孤帆远影碧空尽，才知道思念总比那西湖瘦。"朱自清在这里从少年长成青年，对瘦西湖的景致了如指掌，如数家珍。"沿河最著名的风景是小金山，法海寺，五亭桥；最远的便是平山堂了。"小金山是瘦西湖中的小岛，有湖心律寺、玉版桥、湖上草堂、观音殿、六方亭、钓渚诸胜，"在那里望水最好，看月自然也不错"。法海寺的白塔，据说是盐商们为了讨好乾隆皇帝，按照北海的塔的模样，连夜督促匠人造成的。五亭桥是瘦西湖的标志，"桥是拱形，中一亭最高，两边四亭，参差相称"。所谓"天下三分明月夜，二分无赖是扬州"，正是点睛之笔。登上平山堂，凭栏远眺，驰目骋怀，"江南诸山，拱揖槛前，若可攀跻"，飞扑于眉睫似与堂平，直接把王维的诗句变成一幅美妙绝伦的图画，用朱自清的话来说——"'山色有无中'一句话，我看是恰到好

八、动 情

处,并不算错"。

朱自清在《我是扬州人》一文中写道:"我家是从先祖才到江苏东海做小官。东海就是海州,现在是陇海路的终点。我就生在海州。四岁的时候先父又到邵伯镇做小官,将我们接到那里。"扬州的邵伯镇原名步邱,因东晋太元十年(公元385年)谢安于此筑埭造福于民,百姓把他比作西周时的召公。因为古代"邵"和"召"同音,就把步邱改为邵伯。朱自清说他们全家当年"住在万寿宫里",在那里待了两年时间,"万寿宫的院子很大,很静;门口就是运河。河坎很高,我常向河里扔瓦片玩儿。邵伯有个铁牛湾,那儿有一条铁牛镇压着"。这么多年过去了,除了那条铁牛还在守望着滔滔运河,万寿宫早已不复存在,甚至遗址在何处都无人知晓。但朱自清清楚地记得,在那里认识了一个好朋友叫江家振,他们一起上私塾、爬运河堤、游铁牛湾……这些孩提时代再平常不过的生活场景,给他留下了非常深刻的印象。"'青灯有味是儿时',其实不止青灯,儿时的一切都是有味的""童年的记忆是最单纯最真切,影响最深最久",哪怕是走南闯北经历了大半生之后,仍然无法忘怀,"回想起来最有意思",令人无限眷恋。在他的笔下,也会因此常常浮现出淡淡的乡愁和浓浓的深情。

1903年,朱自清"六岁那一年父亲将全家搬到扬州,后来又迎养先祖父和先祖母"。朱自清一家来到扬州城后,第一个落脚点,就是在城北的天宁门街。到了1909年,由于房主变卖房产,朱自清一家搬到了弥陀巷中段西侧的一条小巷中。1913年,朱家从弥陀巷搬到了皮市街,在这里又住了两年左右。1915年,朱家搬到琼花观街22号。1917年冬天,父亲朱鸿钧丢了差事,祖母又因病去世。朱自清奔丧回家,后又回北京上学,朱鸿钧同行去南京谋事,但未能谋到事。1923年,朱家又搬到东关街路北的仁丰里;1930年春,又搬迁至于安乐巷27号。这是朱家的最后一站,他们希望自己生活在这里能够平安快乐。

这是一座典型的扬州传统民居,门旁有"朱自清故居"的标牌。进入大门有一个过道,内有一个小院子,布局优雅,细致精致,薄砖铺地,条石镶边,青苔接缝,砖墙细瓦,雕花屏门,古朴大方。正屋厢房,井然有序,红木清漆打造的窗栏、案几、条桌、橱柜、大床和房间里的陈设,都保留着原有的风貌,可以想象出当年朱家人的寻常日子。

因为家庭生活拮据,朱自清的预科和本科都是提前读完的。大学毕业后,他回到自己曾经就读的江苏省立八中任教导主任兼国文教员。"我在扬州读初等小学,没毕业;读高等小学,毕了业;读中学,也毕了业",1916年在八中毕业后,考入北京大学预科。此次重回母校,他怀着报恩的心情,决心好好地干一番事业。校歌唱响,勃勃雄心清晰可见:"浩浩乎,长江之涛,蜀冈之云,佳气蔚八中。人格健全,学术健全,相期自治与自动。欲求身手试豪雄,体育须兼重。人才教育今发煌,努力我八中。"短短几行,句句经典,凸显人文的教育理想和现代的教育理念,深情劝喻学生要德、智、体全面发展。多少年来,这里文脉赓续,人才辈出。

扬州名医武威三因为给朱自清父亲治病有方,两家人变得非常亲近,双方家长便给朱自清与武钟谦定下了婚姻大事。这种源自父母之命的传统婚姻,却极其例外地没有剥夺他们的幸福,反而因此让他们看见了彼此的深情。你知我冷暖,我知你不易,在情投意合的浓情蜜意中,他们心满意足,活出了自己婚姻最好的样子。可惜天妒红颜,武钟谦因患肺痨病,医治无效,英年早逝,从此"只见梅花,不见人",天涯海角有穷时,唯有怀念无尽期。"在短短的十二年里,你操的心比人家一辈子还多;谦,你那样子怎么经得住!你将我的责任一股脑儿担负了去,压死了你;我如何对得起你!"1932年,朱自清与陈竹隐经人介绍相识相知,最终喜结连理,爱情的风帆再度起航,他们也常常兴致勃勃地回到扬州。在那些诗意翩翩的日子,夫唱妇随,琴瑟和鸣,一襟晚照,一煦清风,一丝柔情,一腔喜悦,他们品尝着许多生命美好的馈赠。

我曾经读过许多关于扬州的诗句,有李白的"故人西辞黄鹤楼,烟花三月下扬州",姚合的"春风荡城郭,满耳是笙歌",杜牧的"二十四桥明月夜,玉人何处教吹箫",陈羽的"霜落寒空月上楼,月中歌吹满扬州",等等。对于朱自清来说,扬州确实如火般热烈,有水似的温柔,有着蜃楼海市一样的辽阔美丽。在他的笔下,扬州不仅到处是春风杨柳的诗情画意,还充满着引人入胜的市井味道。他在《说扬州》中写道,"扬州是吃得好的地方。这个保你没错儿。北平寻常提到江苏菜,总想着是甜甜的腻腻的""扬州最著名的是茶馆;早上去下午去都是满满的""倘若有相当的假期,邀上两三个人去寻幽访古倒有意思;自然,得带点花生米、五香牛肉、白酒""扬州的小笼点心,肉馅儿的,蟹肉馅儿的,笋肉馅儿的且不用说,最可口的是菜包子、菜烧卖,还有干菜包子"。

此时的扬州,确实让人惦记。"满园春色惹人醉",春柳呈姿,婀娜娉婷,月下轻音,如歌似筝,修竹千竿,绿荫苒苒。读着朱自清《我是扬州人》《扬州的夏日》《说扬州》《给亡妇》《择偶记》等作品,每每就好像坐上时光机,一键就可以穿越历史,实现与作者遥隔多年的深情相望。无论是朱自清无法忘却的亲情、友情和爱情,还是至死不领美国救济粮的铁骨铮铮,都充满着赤子之心,有着浓浓的家国情怀。这些,我们都可以从扬州找到它们的原始密码,"问渠那得清如许,为有源头活水来"!

扬州东关街

扬州是千年流淌的京杭大运河的最初起锚地和落脚点,享有"中国运河第一城"的美誉。春秋吴王开凿邗沟,打通了长江和淮河,这是开挖大运河的第一锹,首开历史先河;到了隋炀帝修建京杭大运河,把海河、黄河、淮河、长江、钱塘江五大水系连在一起,扬州也因此成了"淮左名都,竹西佳处"。随着漕运的风起云涌和盐运的风生水起,当年的东关古渡成了最为繁忙的交通要道,船只来来往往,货物上上下下,人声鼎沸催生了市井繁华,人气兴旺打开了商贸流通。所谓"春风十里扬州路",就是当年东关街熙熙攘攘、川流不息的真实写照。

扬州我虽来过多次,但专门去打卡东关街还是第一次。本想去会会那些熟悉而陌生的历史"老人",没想到,刚进入东关门,就与一位著名的"老外"不期而遇了。一尊马可波罗的骑马雕像突然跃入眼帘,只见他手拉缰绳,目光如炬,昂首挺胸,神采奕奕,一副自得意满的样子。马可·波罗来到中国,在神州游历了17年回到意大利以后,由畅销书作家鲁斯蒂谦根据他的口述,写出了《马可·波罗游记》。该书比较全面地记录了马可波罗在东方文明古国的所思所想,也原原本本地记载了他在扬州担任三年总管的所见所闻。没想到,这些文字"一石激起千层浪",引起了欧洲人对东方的浓烈兴趣和热烈向往。我知道马可波罗新纪念馆就建在东关街,毕竟他当年也应该是东关街的常客,常来常往,焉有不在此地逗留的道理?起初我对于为什么用骑马造型有点不解,后来看到书中记载,他当年就是从泰州骑马来到扬州的,方才恍然大悟。

就一般意义而言,以前人们从水路来扬州是比较方便的,沿大运河而下,从东关渡而上,就可以直接进入到东关街。随着人流、物流、信息流的日渐汹涌,这里的客栈、酒店、茶馆以及各种各样的店铺等鳞次栉比。现在,还有陆陈行、油米坊、鲜鱼行、八鲜行、瓜果行和竹木行等。老街上人来人往、摩肩接踵,五颜六色,格外吸睛的是在人潮涌动中满街飘浮的红灯笼,它们高高挂起的是喜气洋洋,轻轻落下的是兴高采烈,在不动声色中见证着这里的沧桑巨变,在历经风雨中孕育着更好的姿态。许多日积月累的潜滋暗长,到头来变成了积少成多的厚积薄发,以至于今天许多店铺的玲珑形态,已不是千篇一律,而是千篇千律、各有千秋。我们一路看过去,有四美酱园、谢馥春香粉店、潘广和五金店,还有孙铸臣漆器作坊、源泰祥糖坊、孙记玉器作坊、协茂大药房等"老字号",五彩缤纷,店铺荟萃,一应俱全,应有尽有。那种随着时代发展出现的新的窗口,也如雨后春笋。这些突如其来的遇见,始料不及的欢喜,猝不及防的惊喜,带给了我们许多意想不到的收获。

自从元朝在扬州设立统筹全国食盐经营的两淮盐运使司以后,盐运就成了这里的重中之重,到了明朝初年,更是鲜花着锦,热火朝天。扬州因此成为全国最大的食盐集散地。当年朱元璋为了解决北方边塞粮饷的供给问题,下诏开放盐业经营,实行"开中制",招募商人,只要商人把粮食运到北方边塞,就可拿到官府发放的当时最好的淮盐引,凭此进行官盐买卖。陕西关中是个大粮仓,粮源比较充足,而且距离北方边塞相对较近,陕商因此得天独厚,近水楼台,常常能够拿到更多的淮盐引,赚得盆满钵满。但到明孝宗弘治五年(公元1492年),国家改变了原有用运粮兑换盐引的政策,规定可以用银子直接兑换盐引,即所谓的"折色制",这便为徽商的异军突起提供了有利的契机。他们利用自身财力的优势,很快地就在盐业市场上站稳脚跟,打开局面,最终成为统领扬州的第一商帮。他们饮水不忘思源,盈利不忘返利,通过"治坏道""葺废桥""治街肆""修码头",不断反哺当地发展,造福社会繁荣。用近代诗人陈去病的话来说,就是"扬州之盛,实徽商开之"。

我们看到当年两淮盐运使司的衙门就设在东关街两侧,许多盐商拱卫左右,沿街而居。这里有清一色的马头墙、木板门、花格窗、挂落、石雕、砖雕和长条石铺的地面,一座座被时光浸润的老屋,一排排斑驳陈旧的高墙,一条条深幽宁静的小巷,都沉淀着往昔的记忆,蕴含着曾经的岁月,凝聚着难忘的故事。东关街的"街南书屋",为清雍乾年间盐商马曰琯、马曰璐兄弟的宅院。他们本籍安徽祁门,自小移居扬州东关街,世代经营盐业,风光无限。马氏兄弟勤勉好学,嗜书如命,有藏书10余万卷,清廷编纂《四库全书》时,他们主动捐书776种。马曰璐曾闻知朋友在京觅得《永乐大典》万册,如获至宝,遂请人代抄,不惜代价,全力以赴。如此多的册数,抄得却只字未漏。他们喜欢据为己有,但决不据为独有。所有图书一律"敞开",有求必予,有需必供,许多人因此受益匪浅,得益终生。

个园也是东关街上的特别一景。园主黄至筠非常爱竹,园内遍植竹子,听导游介绍,因竹叶的形状像"个"字,故名"个园"。万竿青竹,无处不在,显然是这里最为抢眼的符号,

八、动情

似乎也因此成了这里的灵魂。竹子的淡泊、清高、正直、无畏,代表着中国文人对君子品格的不懈追求。姚合的"有地唯栽竹,无家不养鹅",张九龄的"高节人相重,虚心世所知",苏东坡的"宁可食无肉,不可居无竹,无肉令人瘦,无竹令人俗",等等,黄至筠的审美趣味与此如出一辙,但如果结合他丰富的人生经历来看,可能会有更为贴切的内涵。黄至筠与晚清著名富商胡雪岩一样同为"红顶商人",是钦赐的盐运使司盐运使,凭此可以光宗耀祖、风光无限,但他经商从政的生涯并不平坦,三度起落,命运多舛,最终皆凭过人的毅力和高超的经商能力化险为夷,即使在道光年间盐政改制,两淮盐业趋于没落、难以为继之时,他依然能够力挽狂澜,保住扬州盐业,实现余波绮丽。所以他喜欢竹子,不是表面上的附庸风雅,而是自我心灵的直接抒写,不仅意味着潇洒挺拔、清丽俊逸的君子风度,也代表着强顶风雪、偃而犹起的凌云之志,更彰显着弯而不折、折而不断的做人准则。因此,一个"个"字不仅是"竹"字的一半,还应是一个情感结构和人生的隐喻,代表着园子主人与众不同的独特经历和坚韧不拔的个性品质。

东关街也是扬州最早成立新式学堂的地方。扬州第一所官办中学仪董学堂就在此创立,后更名为扬州中学。从这里走出了许多两院院士,朱自清也是从这里走出去的。他经常在老街的书局里读书,熟悉这里的风土人情,深厚的文化积淀涵育了他的睿智儒雅,铸就了他的刚强性格,那种宁死不领美国救济粮的铮铮铁骨在这里能够找到原始的基因……

南宋开庆元年(公元 1259 年),李庭芝出任两淮制置使,署衙设在扬州。其时元世祖忽率兵大举南下,沿途长驱直入,所向无敌,但到了扬州却遭遇到了前所未有的抵抗,李庭芝和副将姜才带领全城人民顽强战斗。扬州仿佛铜墙铁壁,久攻不克,数度招降遭遇挫败。即便是把其亲人押至城下进行威逼利诱,他们还是不为所动。元军无奈只得先绕开扬州,攻陷临安,挟持宋恭帝三次下诏谕降。李庭芝对此怒不可遏,"奉诏守城,未闻以诏谕降也"。他们把劝降书撕得粉碎,团结一心,众志成城,同仇敌忾,坚守城池,最终弹尽粮绝,城破沦陷。他们宁愿站着死,不愿跪着生,大义凛然,慷慨赴死。扬州老百姓由衷敬佩民族英雄,纷纷挺身而出,冒死抢收未寒尸骨,然后齐心协力、毕恭毕敬地将他们埋葬在了东关街上。从此,"宁为兰摧玉折,不作瓦砾长存",就成了"双忠祠"千古不变的寓意和万世流芳的象征!

走进嘉峪关

北漠尘清,山河形胜,汽车驰骋在雄浑苍茫的戈壁之上;夕阳西下,空旷无垠,仿佛整个大地都笼罩在如血的落霞之中。突然,远处一座雄伟壮丽的古老关城横空出世。"一片孤城万仞山",原来从诗中撷取的景象只存在于文学的空间,但读来的那种感觉已然惊心动魄,眼前的嘉峪关的"脱颖而出",更是远远地超出了我们的一切想象,悲壮,苍凉,神秘,宏伟,掀天揭地之姿,震星惊月之态,横扫群山,激荡大漠,气势恢宏,触目惊心。

在两道山脉的夹击之下,嘉峪关就像张开翅膀的大雁一样,驮着我们飞向岁月的远方。六合苍苍,天地茫茫,其刚、其健、其勇、其俊、其美,在巍峨抖擞的辽阔历史中,焕发着"天下第一关"独步古今的英姿与风采⋯⋯

嘉峪关由内城、瓮城、外城、罗城、城壕和南北两翼长城组成,布局合理,结构严谨,主体突出,功能强大,构思之独特,配合之巧妙,都是世所罕见。

内城是游击将军府所在地,这是运筹帷幄和操练布防的军事要地。中国古代武职官衔一直实行统一称谓。到了汉武帝时期,为了鼓励征战匈奴,常常会在将军官职的前面冠以名号,以表彰他们的突出功绩,这就是所谓"杂号将军"。到了明代,这种做法依然保留,其内涵已不同于前,游击将军主要是指延边要塞驻军的统领。嘉峪关的游击将军不仅是军事长官,也是行政首脑。因此,游击将军府不仅是整个防御体系的指挥中心,也是朝廷统治地方、检查商旅使者往来、加强西域和中亚交流的枢纽机关。目前看到的游击将军府是后来复建的,两院三厅四合院式。前院以议事厅为中心,主要是古代游击将军及文武官员用于指挥御敌、签发文件等的工作空间;后院是游击将军及家眷的生活场所。

瓮城,作为古代城市的主要防御设施之一,可加强城堡或关隘的防守,一般都不与城门设计在同一直线上,目的是控制、抵消和延缓敌人的进攻力度,防备敌方破门而进、长驱直入。明代对这种防御工事格外器重,所到之处,比比皆是,北京有,西安也有。目前保存

八、动 情

最完好、规模最壮观、结构最复杂的就是南京的中华门。嘉峪关在东、西门也各有一个方形瓮城,设有箭楼、门闸、雉堞等防御设施。打仗时可以诱敌深入,然后关门打狗,瓮中捉鳖。外城,主要是市井生活的区域,有街道、商店、文昌宫、关帝庙、财神庙、古戏台等,不仅军人和家属可以在这里自由活动,当地的老百姓也可以到这里来做些买卖,参加祭祀,共同娱乐。罗城,就是在西门外设一座"凸"字形的城墙,主要是为了正面应敌,所以整个城墙都用砖包砌,非常坚固,南北两端各有"箭楼",用于观望关西、关南、关北等地的烽火信息。城壕,就是沿着嘉峪关门前开挖的壕沟,围绕着关口一线铺开,设置阻挡进攻的障碍。南北两翼的长城,与外城城墙相连,外城城墙又与罗城城墙相接,这样就形成了一条长线,横穿沙漠戈壁,向南八公里连接黑山的悬臂长城,向北七公里连接天下第一墩,就像张开双臂把对峙的两山紧紧地钳制在一起,形成牢不可破的铜墙铁壁。

通过这一系列措施,嘉峪关构筑成内城、外城、城壕三道防线的重叠并守之势,形成了五里一燧、十里一墩、三十里一堡、百里一城的防御体系。对于究竟如何能够做到"一夫当关,万夫莫开",外行看热闹,内行看门道。清代,林则徐因禁烟获罪,被贬新疆,曾路过嘉峪关,见此壮景,惊叹不已,援笔而写,一挥而就:"严关百尺界天西,万里征人驻马蹄。飞阁遥连秦树直,缭垣斜压陇云低。天山巉削摩肩立,瀚海苍茫入望迷。谁道崤函千古险?回看只见一丸泥。"在这个赫赫有名的军事家看来,"除是卢龙山海险,东南谁比此关雄",可谓无与伦比,天下无双。

"雄关漫道真如铁"就在眼前,但我还有一点不明白,当年为什么一定要选择在此建关?据说在我国明朝时期,西部的吐鲁番日渐强大,常引兵进犯河西走廊沿线的城市,明朝统治者不堪其扰,赶忙派兵捍卫。明洪武五年(公元1372年),宋国公、征虏大将军冯胜平定河西,在班师凯旋的途中,他不断思考着防患未然的长久之计,一时也没有想到很好的办法。当他来到嘉峪山时,看到这里是东连酒泉、西接玉门、背靠黑山、南临祁连山的咽喉要道。前后比较,这里也是河西走廊中部最狭窄的地方。对于丝绸之路来说,更是必经之地。他忽然灵机一动,计上心来,认为这里是建关的天赐之地,便当机立断,决定在此建关。于是带领士兵着手建设,筚路蓝缕,栉风沐雨,经过几代人的接续努力,用了168年的时间,于1540年全面完工。《秦边记略》说,"初有水而后置关,有关而后建楼,有楼而后筑长城,长城筑而后可守也"。应该说,这个工程虽然复杂,但整体思路非常清晰,连贯性很强。

我对此稍做梳理,可以划分为四个阶段:第一个是开创期,冯胜初筑土城,"周二百二拾二丈,高二丈余,阔丈余",应该说初具雏形;第二个是发展期,明弘治八年(公元 1495 年),兵备副使李端澄,主持修建了嘉峪关关楼;第三个是高潮期,明正德元年(公元 1506 年)八月,李端澄按照建关楼的样式和规格,又修建了内城的东、西二楼,同时修建了官厅、夷厂、仓库等附属设施。第四个是巩固期,嘉靖十八年(公元 1539 年),肃州兵备副使李涵奉命大兴土木,增筑了堡城、墩台、敌楼、角楼、悬角楼、城壕等,至此嘉峪关关城的基本形制得到确定。

嘉峪关城墙基本都是用黄土一层一层夯筑而成的,但要在城墙上面修建箭楼、敌楼、角楼、阁楼、闸门、垛墙等,必须要用大量的砖头。当时的砖头主要集中在 40 里以外的地方烧制。他们先用牛车把砖运到关城下,然后再用人工往城上背,毕竟人力背砖非常有限,面对惊人的需求量,哪怕是调动再多的人力也无济于事,倒是有个小孩想到用山羊驮砖的好办法,负重爬坡是山羊的强项,把成群结队的山羊赶来助运确实是有效之举,跟上了施工节奏,满足了用砖需求。同样,在大山深处,石料的运输也是问题。他们开动脑筋,运用智慧,到冬天的时候在路上浇上水,待结冰以后把石料放在圆木上,撬动圆木向前滑,把本来不可能的事也变成了可能。

对于嘉峪关西瓮城门楼后檐台上放置的一块砖,导游解释说,这叫定城砖。相传明正德年间,有一位名叫易开占的修关工匠,精通九九算法,计算十分精准。监督修关的监事想趁机刁难他,要他计算嘉峪关用砖的准确数量,易开占很快算出结果:"需要九万九千九百九十九块砖。"监事管如数发砖,并说:"如果多出一块或少一块,都要砍掉你的头,罚众工匠劳役三年。"竣工后,只剩下一块砖,放置在西瓮城门楼后檐台上。监事发觉后大喜,这正是自己可以克扣工钱的理由,哪知易开占不慌不忙地说:"那块砖是神仙所放,是定城砖,如果搬动,城楼便会塌掉。"监事一听,不敢再追究。不要看这些细节微不足道,但从历史缝隙中流淌出来的都是惊悸,听后总会让我们心潮澎湃,觉得过瘾!

嘉峪关从古到今都是新疆通往内地的咽喉,素有"河西重镇""边陲锁钥"之称。历史上,它是一座国际海关,一般商旅可以进入外城,进行集市贸易,从外城和内城之间的夹道进出嘉峪关。我们看到关城的道路虽然是石头铺地,但青石板已经是高低不平,有的深陷在土里,有的还浮在表面上,但这也许还不能说明问题,关键是每一块石板本身坑坑洼洼,伤痕累累,这可是长期重压、滴水穿石的结果,不是一日之功。应该说在丝路漫漫的历史画卷中曾经有过驼铃悠悠,有过人喧马嘶,有过商队络绎,有过使者往来,可以想见古人在漫长的返程旅途中,不时地驻足眺望,对这座关口充满着多么急切的期待与多么美好的梦

八、动 情

想啊。同样,"路漫漫其修远兮""吾将背井而离乡"。在那时出了嘉峪关也就意味着离别故土,涌上心头的都是千篇一律的幽怨和凄凉:"酒泉西望玉关道,千山万碛皆白草";"胡风怒卷黄如雾,夜月轻笼淡似霜"。应该说,伴随着光芒绚丽的丝绸与艰难人生的沧桑,无数的商客行者,在嘉峪关冷峻而热切的目光中,在通往传播、传颂、传承文明的道路上,用他们或悲或壮的身影,或匆或忙的脚步穿越万里征途,跨越千年时光,谱写出了多少惊天动地的辉煌篇章。

我在关城内走着,想象着在这里来也匆匆去也匆匆的旅者,不知不觉地就走出了关门,在当年这可就是"出国"了。在我往回走的时候,也有意识地模仿着古人进关,体验着他们的感受。现在当然是进出自由,没有任何障碍,但据史书上记载,当时的出入境制度却不是这么简单,必须履行烦琐的程序,检查极为严格。一般情况下,使团来到关前,不可能立马就能进关,先要在关外安顿下来歇息,按照规定要求,事先呈报名册、行李、物品等,逐一审查,确保准确无误。待到第二日五更鸡鸣时进行点名,验明身份,由驻守官员签发或验证"关照"后,方可入关,史称"闻鸡度关"。

关照是古代人进出嘉峪关的护照,就是当时出入嘉峪关的国际通行证。没有这个关照是无法进出关口的。我也很想见识见识这个"关照",没想到现场就有制作关照的,需要者可正襟危坐,拍张照片,然后通过电脑合成复制到深黄色的关照纸上,打印出来就是"关照"。很多人对此十分感兴趣,争先恐后,起初我兴趣不浓,后来看他们如过江之鲫,心想难得来一次,也就体验一把吧。不知道以后有没有机会再来,如果错过了也许就是遗憾。更重要的是,这个"关照"在不断使用的过程中,已经把祈求给予"关照"的意涵收藏了进去,也就是说已经悄悄地改变了词性,由名词变为动词了。我们这才明白请人"关照",最初源出于此!那么千里迢迢买个关照的复制品,还有什么不值得呢?不仅有纪念意义,也期望幸运能"多多关照"。

嘉峪关最初本意是作为一座庞大的军事防御体系,"刀光剑影"理应是它表达的基本主题。"朔风传金柝,寒光照铁衣",不正是那些戍守者孤独和艰辛的写照吗?在冷风鸣沙的呜咽声中,有多少寒夜刁斗,有多少霜落铁衣,有多少忠魂铮骨,有多少马革裹尸,又有多少"马鸣风萧萧"的铿锵岁月,消失在历史的背影中。现如今"风头如刀面如割"的边塞守望早已不再,但多少远征将士的思乡情、念亲泪,却在这座神奇的建筑上镌刻下了永久的印记。斗转星移,黄沙漫漫,它们就像杯杯浊酒一样,饮醉了几百年之后的我们,也给这座关城增添了许多灵气、灵性和灵魂。随着人们多情的眼光的扫描,它们渐行渐近,渐渐地剥离了原始的意义,代之而起的是更为亲切的美学情怀。远远望去,光化楼、柔远楼、嘉峪关楼沿着同一条中轴线,渐次排开,三层三檐,气势十分壮观。雕梁画栋,彩绘耀眼,斗拱重叠,飞檐凌空,表现了高超的建筑艺术,也包含着安邦定国的政治教化。光化楼面向东方,以旭日东升、瑞气普照大地之象,借喻灿烂辉煌的中原文化远播四方。柔远楼,柔,即安定、安抚的意思;远,即远方,表现了王朝对边疆各少数民族实行怀柔政策,不诉诸武力,安抚、安定边疆的宽阔胸怀。造楼者的匠心独运与现实结果是一致的,光化楼与柔远楼的诞生,使连绵的烽烟日渐消散,"天堑"也变为友好往来的通途,嘉峪关终于成了一种稳定边塞的力量和睦邻长久的象征。于是在这种氛围中建成的嘉峪关楼,就显得更加寓意深刻和意义深远。

嘉峪关楼是整个关城的制高点,在古代主要用于瞭望,而今成了游人的必去之地。登楼而临风,凭栏而远望,没想到又看到了另一番意想不到的风景:长城似游龙漂浮于戈壁瀚海,若断若续,忽隐忽现,塞上风光,尽收眼底,所谓"大漠孤烟直,长河落日圆",漠野黄昏浑壮无限而又瑰丽无比的景色,使我们顿时情绪沸腾,思绪逸飞。"上下三百年,纵横十万里",嘉峪关以它深厚的文化底蕴,从古到今,傲然耸立,永不厌倦地诉说着神圣崇高的东方神韵和坚忍不拔的民族性格。于是它也在此成了长城畅想曲中最为深沉、最为雄浑的乐章!

走进嘉峪关,走进历史,走进文化;抚万物于一瞬,瞭望深邃,穿越厚重!

成都：一个让人思念的地方

我在朋友圈里看到了一个小视频：一对夫妇在青山绿水中怡然自得地演奏了三种不同乐器，妻子拉着手风琴，指法娴熟，丈夫弹着吉他，嘴里还吹着口琴，游刃有余、配合默契、自然流畅。生活的闲适与惬意，在这种同频共振中，变得有声有色、有滋有味。"此曲只应天上有，人间能得几回闻"，如此好听的曲子，它的名字叫《成都》。

那种清纯的旋律就好像一尘不染、与生俱来，生活如砥的喜悦却倔强地刻在骨子里，都市在望，山里柔情，欢声不绝，灵思不断……这样的情形也在告诉我们，行走在三百六十五里路上，不必每天都那样行色匆匆，也不必每次都那样光芒四射，要学会停下脚步，接纳生活的纯真和质朴，不要辜负自己的所遇或所听，因为遇到、听到，所以想到，不知不觉中，眼前就浮现出许多成都的画面，满贮着自己的殷殷思念。

那年，天很蓝，风很轻，阳光很暖。我徜徉在成都的大街小巷里，武侯祠、薛涛井、百花潭、青羊宫、文殊院、昭觉寺、望江楼、王建墓、杜甫草堂等，鳞次栉比，应接不暇。因为时间紧迫，最终只能忍痛割爱，做出选择。

打卡第一站肯定是杜甫草堂。不仅因为杜甫是永垂不朽的"流量大咖"，更主要的是他身上的那种精神与我们的人生密切相关。我以前对其的景仰仅仅来自诗句的字里行间，所谓"百闻不如一见"，能够到实地去看看他的衣食住行，也许更能够感受到那种清澈见底的高洁和伟岸。公元759年12月，颠簸于安史之乱中的杜甫一家，在历尽千辛万苦之后，终于来到了成都。一开始他们寄居在寺庙里。第二年的春天，通过亲朋好友的帮助，才在西郊浣花溪畔建造了一间茅屋。有了安身立命栖居之所，就等于给漂泊无定的生活画上了句号。对此诗人喜不自禁，笑逐颜开，诗为心动，言为心声，《堂成》因此可谓妙笔生花："背郭堂成荫白茅，缘江路熟俯青郊。桤林碍日吟风叶，笼竹和烟滴露梢。暂止飞乌将数子，频来语燕定新巢。旁人错比扬雄宅，懒惰无心作解嘲。"看起来诗人主要是从环境落笔,其实是对燕围翠绕的大肆渲染,聚焦点正是为了凸显草堂的与众不同,虽不可与杨雄之宅相比拟,但在诗人心目中也相差无几。世事难料,"风雨来得骤"。公元761年8月,一场突如其来的狂风暴雨,把茅屋一下子摧残得七零八落。《茅屋为秋风所破歌》:"八月秋高风怒号,卷我屋上三重茅。茅飞渡江洒江郊,高者挂罥长林梢,下者飘转沉塘坳。南村群童欺我老无力,忍能对面为盗贼。公然抱茅入竹去,唇焦口燥呼不得,归来倚杖自叹息。俄顷风定云墨色,秋天漠漠向昏黑。布衾多年冷似铁,娇儿恶卧踏里裂。床头屋漏无干处,雨脚如麻未断绝。自经丧乱少睡眠,长夜沾湿何由彻!"杜甫对此记述得非常详尽具体,惨状历历在目,不仅是天灾,也有人祸,有外在的不堪,更有内在的悲凉。辛辛苦苦建起来的茅屋,就这样被毁于一旦。现如今的杜甫草堂是后来复建的,虽然看起来还是比较简陋,但与当年相比应该好了很多。当年的景象还不知要简陋多少,但不管怎样,对当时的杜甫来说,那毕竟是自己有所依靠的家啊!突然遭此重创,心情难免低落,诗人的不同凡响之处在于不知道自己以后的日子怎么过,但心里还惦记那些比自己还要不堪的人们。也许经历不幸才能懂得不幸,经历痛苦更能理解痛苦,杜甫并没有因此沉沦于不幸与痛苦,而是穿越不幸与痛苦,心忧家国,情系黎民,舍身忘己,欲济苍生,继续点亮希望之灯,深情呐喊"安得广厦千万间,大庇天下寒士俱欢颜"!

我们在草堂里外转了几圈,对旁边的浣花溪情有独钟。一条小溪弯弯曲曲,蜿蜒而来,静静流淌,波光粼粼,如无瑕的翡翠,平稳光滑,温婉柔美。春天,这里花满两岸,香溢四野;秋天,这里风行水上,风情无限……这些对于身处困境、日子难挨的杜甫来说,应该是人生清幽的重要时刻,也是他能够偷得一片娴静和诗意的地方。只要透过生活的疲惫能找到残存的梦想,就能把许多瞬间爆发的灵感,变成一首首传诵千古的好诗:"万里桥西一草堂,百花潭水即沧浪"(《狂夫》),"两个黄鹂鸣翠柳,一行白鹭上青天"(《绝句》),"随风潜入夜,润物细无声"(《春夜喜雨》),等等。毫无疑问,这些一串串寂寞回忆中的温暖时刻、艰辛的生活以及凝重的心情,在如许的弦外之音中得到些许释放。我们上看下看,左看右看,前看后看,就是希望沿着这条小溪去攀越杜甫内心的高山大川,作为一位与他深情相拥的灵魂伴侣,生活如流,旷世温柔,醇浓如酒,余味无穷。

离开杜甫草堂以后,我们直接去了武侯祠,这也是我们迫不及待的选项。因为我从小就特别喜欢《三国演义》,最佩服的人就是诸葛亮。"受任于败军之际,奉命于危难之间",草船借箭,巧借东风,神机妙算,经天纬地,几乎无所不会、无所不能,就好像定海神针似的,什么事都逃不过他的手掌心,用鲁迅先生的话来说"状诸葛亮之多智而近妖"。他在

八、动　情

《出师表》中说,"臣本布衣,躬耕于南阳",这是他"苟全性命于乱世,不求闻达于诸侯"的地方,也是"先帝不以臣卑鄙,猥自枉屈,三顾臣于草庐之中"的地方。当年正好有机会到襄阳,我专门去隆中进行了探访。那里是他出山前后的边界线和分水岭。诸葛亮一生鞠躬尽瘁、死而后已,为蜀国的基业立下了不朽的功勋,死后被后主刘禅追谥其为忠武侯,故有所谓武侯或诸葛武侯的尊称。所以当我们了解了他的人生出发点,再回过头来看他的人生落脚点,不仅是对其超人智慧的崇敬,更是向其人格风范的致敬。到武侯祠以后,我还意外地发现了自己名字中"祎"的来历。诸葛亮在《出师表》中提到"侍中、侍郎郭攸之、费祎、董允等"人物。我的"祎"就是来自"费祎"。因为他的名字,很多人有机会接触到或者认识了这个字。诸葛亮对这几员大将评价颇高,发自内心地向后主推荐:"此皆良实,志虑忠纯,是以先帝简拔以遗陛下。愚以为宫中之事,事无大小,悉以咨之,然后施行,必能裨补阙漏,有所广益。"

我对此并不满足,希望能够更多地了解费祎这个人物的人生轨迹。于是找来《三国志》翻了翻,发现费祎字文伟,确实系三国时期蜀汉名臣。当年在蜀国"刚出厂"时,"配置"就不低,与诸葛亮、蒋琬、董允并称为蜀汉四相。因为其谦恭真诚,机敏过人,深得诸葛亮的器重,屡次出使东吴,面对对手词锋刁难,他总是成竹在胸,舌战群儒,"一人之辩重于九鼎之宝,三寸之舌强于百万雄兵";后来魏延与杨仪两员大将不和,箭在弦上、剑拔弩张,费祎苦心谏喻、两相匡护、调停和睦、各尽其用。到了蜀国后期,初为后军师,再为尚书令,官至大将军,当年姜维依然执意继续北伐,费祎以内治无人、国实不殷,坚决主张实行休养生息的政策,养精蓄锐,抚国安民,为蜀汉的发展殚精竭虑。如此高光的人生经历,更兼有勤俭贤德、廉洁自律,有口皆碑!我不知道父辈为什么会选用这个"祎"字来取名,也许就是他们看了《三国演义》的收获。我想他们当年也未必考虑很多,更没有版权意识,拿来就用,用了再说。这次既然有机会来到武侯祠,就应该到人家塑像前去拜一拜。寻找到地方之后,我还特别地做了一个姿势,专门拍了张照片,我用手指着他,那意思是说,斗胆借了先辈的一个字,免费使用了几十年,今后还将继续使用下去,在此隆重表达自己真诚的敬意和由衷的谢意!

成都人闲则饮,饮则茶。他们爱喝茶是出了名的。有句老话说得好:"北京衙门多,上海洋行多,广州店铺多,成都茶馆多。"甚至还有人把整个成都比喻成一座茶馆。茶馆确实是这座城市的一道亮丽风景,泡在茶馆也是成都人最为惬意的快乐时光。成都原属于古梁州,秦时已成为全国的大都市,东汉并入以云南为主的益州。这里环境优越,气候适宜,美丽富饶,风情别致,被称为"天府之国""蜀中江南""蜀中苏杭"。宋洪迈在《容斋随笔》中说:"谚称扬一益二,谓天下之盛,扬为一而蜀次之也。"看来这里自古以来就是富足之乡、享乐之土,尤其是漫山遍野的花茶,更是直接把成都人喜欢喝茶锻炼得蔚然成风,从古至今,一直延续。

花茶浸润春来秋往,喝茶变成了他们的时间色彩和生命痕迹,但在生活中他们却极有分寸。一是有闲。我们看到茶馆里经常座无虚席,大部分是老年人,他们对喝茶这件事看得很重,不惜拿出大把的时光在这里尽情"挥霍"。一大早来,泡上一杯又香又浓的成都花茶,反复冲上七八遍也无妨,半天的时间就这样会在不知不觉中打发掉。到了节假日,更是人满为患,不仅有许多老人继续泡泡茶馆,还有许多年轻人加入其中,俨然成了一支浩浩荡荡、前赴后继的生力军。二是休闲。在快节奏的社会里,随着人流、物流、信息流的加速运转,催生了许多急于求成的心态,成都人也毫无例外地被挟裹其中,他们肯定不会甘居人后,但迥然不同的是,哪怕工作再忙,他们也会忙中偷闲,找出时间来泡泡茶馆。三是谈闲。既然喜欢喝茶,那么在家里喝不是一样吗?当然他们在家里也喝,家人围坐,茶煮慢聊,时光悠悠,不亦乐乎,但在家人上班以后,许多老人就显得单薄,甚至孤独,喝一杯茶,回忆一段时光,只能跟往事谈心,只会与自己较劲,肯定很单调,也比较乏味。但一到茶馆里,情形就完全不一样了,气氛也不同了,人多势众,其乐无穷。欢聚一堂,热闹非凡。润喉生津的盖碗茶也陡升规范,茶具中茶碗、茶盖、茶船"三件头",缺一不可,相得益彰,通过不停地添茶加水,各种花式,多种噱头,源源不断,生生不息。所以在成都人看来,只有爱上茶馆,才能算真正意义上的爱茶,应该说,喜欢在茶馆里喝茶聊天,早已是深入成都人骨髓中的公认做派。"一碗清茶配阳光,两三闲话旧时光",如果是老茶友在一起,即便老生常谈,也是"茶"逢知己千杯少,如果是素昧平生,也能以茶会友,情感秒升,仿佛老友重逢。我喜欢欣赏这种喝茶的景象,但更在意这背后享受生活的态度和安逸的心态。昨天是这样,今天是这样,明天也有可能还是这样,好像成都人的灵魂中每寸地方都占满了悠闲,如诗如画,如火如荼。生活本来就不应该等待别人来安排,日子是自己过的,应该自己做主,只不过成都人懂得生活,善于生活,享受生活,即便在不愉快的日子里,他们也会尽力搜刮剩下的所有温柔,依然会把生活浸泡得清香扑鼻!

每个城市都有自己的老街,成都也不例外,宽窄巷就是老成都的真实写照。一开始把胡同变成巷子,后来又把巷子变成了街。这两个巷子本来没有什么差别,只是因为民国时期的城市勘测,稍宽一点的巷子被标注为"宽巷子",稍窄一点的就成了"窄巷子"。"宽窄

八、动 情

巷"因此成名。宽未必有多宽,但宽可以宽敞、宽居、宽坐、宽心;窄也未必有多窄,但窄了以后,有狭路相逢勇者胜,更有窄巷邂逅恋者成。宽宽窄窄、窄窄宽宽、宽中有窄、窄中有宽,到处都充满着哲学思辨和生活美学。宽窄巷是心灵的栖息地,也是情感的庇护所,"渴了、累了,就来宽窄巷歇歇脚"。到这里来就是要屏蔽所有的不开心,还要把开心的音量调到最大,酣畅淋漓,震耳欲聋!

宽巷子里满是四方食事,一走进去,就明显感觉到食欲无餍,眼花缭乱,好像市井的日子被一刀切碎,摊摊点点,边边角角,听到的是喧嚣,看到的却是多彩。两旁堆满了各色各样的小吃,烟火很旺、很集中、很地道,也很平和。一直以来的成都生活就是这样过来的,那些早已被遗忘的时间,在这里又被非常亲切生动地打捞了起来,不仅原版传真,还能锦上添花,进而熟能生巧,诠释得更加淋漓尽致。许多食品我们有的都叫不上名字,通过广告牌,才知道这里有油茶、麻花、馓子、凉粉、肥肠、醪糟、担担面、铜锅面、师友面、蛋烘糕、蒸蒸糕、豌豆糕、三大炮、叶儿粑、鲜花饼、珍珠丸子、小笼包子、糖油果子等。看似一地鸡毛却做得入木三分,食一碗人间烟火,饮几杯人生起落,岁月静好,不负芳华,成都人在这里能找回自己的感觉,外地人在这里也能找到成都人的感觉。

虽然我们已经吃过晚饭,但看多了还是馋涎欲滴。既来之,则尝之,一点不吃,怎么对得住如此琳琅满目的光景?找到这样名正言顺的理由,一饱口福就变得心安理得,自己也好像理直气壮了,但考虑到饱腹"承载"毕竟有限,只能精挑细选,略尝一二。吃完以后,算是领略风味,充盈风情了。忽然看到十米之外的见山书局,原来从物质到精神,也就一步之遥,几乎就是马斯洛需求层次递进的现实版。见山书局名字很大,门面很小,门头很高,屋里很亮,照彻着每一个难以掩藏的角落,各种各样的书籍堆积如山,由浅入深,摆放整齐,井井有条。我们来来回回地逡巡了几趟,也发现了自己想要的几本书,付了钱,拿着书,算是有所收获。走出书店时,我被同事抓拍了一张照片,他说只有在这种自然状态下,拍出来的效果才会真实,打开相册看后,确实不错!但他又不无惋惜地说,手里提的塑料袋有碍观瞻,于是让我放下塑料袋,经过再三瞄准,又郑重其事地重拍了一张。其实我觉得第一张就不错,也非常真实呀!本来就是买书的,手中有袋,岂不更符合逻辑?但考虑到同事那种认真负责的精神,我还是服从了他的要求,不忘请他把第一张照片也传给了我,至今没有删除,依然放在手机里。

窄巷子里,青瓦青砖,柳树青苔;四合院,高门楼,矮围墙,花墙裙,石板路。过去和现在,历史与时尚,上感天灵,下沾地气,纵横交错在形式多样的院落文化之中,岁月的记忆,因此变得栩栩如生。据说康熙五十七年(公元 1718 年),清政府派兵平定准噶尔之乱,便在当年成都少城的基础上修筑了城中城,即只供八旗兵及其家属们居住的满城。随着清朝的没落,许多外地商人乘机大量收购旗人家产,破墙开店,做起各种各样的生意。辛亥革命后,一些达官贵人又纷纷涌来安营扎寨,许多别具一格的大院就在那个时候落成的,它们大多集中在窄巷子里。

宅中有园,园里有屋,屋中有院,院中有树,树上有天,天上有月,月下有人。在这个充满诗情画意的地方,最该发生的就是爱情的故事。"撑伞接落花,看那西风骑瘦马,谁能为我一眼望穿流霞,公子是你吗?"读着这样的句子,你倏然就会进入窄巷子的庭院深深之中。古代的才子佳人尚且如此,现代的帅哥靓女更会疯狂!我曾看过一部商战影片叫《亲密敌人》,镜头记录了许多成都也包括窄巷子里的风情。徐静蕾扮演的就是成都的女孩,黄立行则扮演追求成都女孩的那个男孩。他们开始时是情场上手牵手的恋人,后来却变成了职场上面对面的对手。针锋相对,钩心斗角,不管鹿死谁手,最终都是两败俱伤。但在他们心中却始终收藏着老成都的回忆:黄立行背着徐静蕾在窄巷子里奔走,他们在古色古香的院子里卿卿我我,如此经历的一抹嫣红,点缀着老街的一世春秋,也沉淀着他们的情感岁月。没想到,爱情即将熄灭的那一刻流光,没能踏碎他们曾经的美好芳华,他们还是能从灵魂中认出了对方,常想起,常相思,相逢一笑泯恩仇,从对抗的"敌人"又变成了合作的"伴侣",那个爱与被爱在窄巷子里结成的"金玉",最终换来了花好月圆的"良缘"。

但在歌曲《成都》中所表达的却不是圆满的结局,而是一种怅然若失的离情别绪。因为一个人,所以爱上一座城;因为爱上一座城,所以爱上一首歌。"分别总是在九月,回忆是思念的愁","成都,带不走的只有你"。夫妻俩的深情演奏,触景生情,情意淋漓,莫名的感伤,遥远的思念,又袭上心头。"思念是一种很玄的东西,如影随形",随风潜入夜,春风吹又生……

留忆容闳故乡

也许是因为工作的关系,我对容闳这位"中国留学生之父""中国留学第一人"特别仰慕。到了珠海后,听说这里是他的故乡,很想去看看。在网上查了一下,发现他的家乡是在香山县。我害怕有误,又请教当地人。他们告诉我,香山县就是现在珠海市的香洲区,离我们的住处不多远,他的家乡就在这个区的南屏村。

下了公交车以后,就看到了一座古风犹存的牌坊,上面赫然写着"南屏村"。据说这个村子原叫"沙尾村",是"海水冲击的沙滩的末端"的意思。后来为了与邻近叫沙尾咀的村子相区别,当地人根据沙尾村形状既像竹篮又像花瓶的特点,改为"篮瓶"。因为笔画太多,书写比较复杂,他们又简化为"南屏",兼有表达南方屏障之意。围绕着这个牌坊,我逡巡了好久,仔细研究了半天,看到边柱上有对联:"容拿世冠国威震九霄健儿团结新猷创,闳献功彪民风扬四海后代和谐伟业成。"上联写容国团是获得乒乓球世界单打冠军的第一人,下联写容闳是睁眼看世界和出去看世界的第一人。容国团出生在香港,祖籍在南屏,在这儿读过一段时间的书,严格意义上讲,并不是土生土长的本地人,而容闳绝对是土生土长的本地人。他是在这里出生,也是在这里成长的,所以家乡人特别在意他,并以此为荣。我发现这副对联中还有趣地暗含着一个藏头词,上下联的首字嵌入了"容闳"的名字,看来这里是容闳的故乡,应该是没错的!

定位准确无误之后,我们便开始急切地寻找容闳故居。当地人告诉我,要了解容闳的故事可以直接去甄贤学校,那儿是"容闳纪念馆"。我在村里绕了好半天,好不容易才找到学校的大门口,遗憾的是这里没有对外开放。但传达室的师傅听说我们从老远慕名而来,破例热情地打开了大门。

经过一个很大的操场,迎面就是一座带有地域特色的老房子,门前立着一尊塑像,好像复制了容闳年轻时候的模样,留着当时的双分头,身着长袍马褂,双手插在衣袋里,双脚微微岔开,看上去个子不是很高,却是一副青春焕发、充满自信的样子,腹有诗书,目光炯炯,凝望远方,目光如炬,仿佛能够穿透了一个多世纪的岁月。

我早就知道澳门是容闳最早接触西方文化的起航地,但对他如何去澳门的,不是太了解。到了地方以后,这才发现珠海与澳门真的很近,只有一水之隔,交通极便。为了谋生,容闳七岁便随父亲到了澳门,他当时就读于英国传教士古特拉富夫人创办的教会小学,他自己回忆说,本来自己的兄长读的都是私塾,唯独把他送到了西方学堂,想必父母看到通商之后,洋务慢慢变得重要了,希望他能够捷足先登,尽早掌握与洋人打交道的本领,以便日后在社会上有立身之本。1843年,学校更名为香港马礼逊教会学堂,迁往香港,容闳赴港续读,在那里学习了国文、算术、地理和英文等。1847年,勃朗校长夫妇因病准备返美,临行前愿意带三五名学生一同赴美留学,在征求学生们意见时,容闳第一个举起了手!现在赴外留学已成为时尚,但当年的美国却被认为是遥远的蛮荒之地,容闳敢于做出这样的选择,确实不是一般人所能为,不仅需要远见卓识,更需要挑战未知的胆量和勇气。据说母亲知道这个消息后,非常伤心,但也无法阻拦,可以想见,当年去往天之涯海之角,母子离别又不知何年何月才能相见,在某种程度上,这种离家出走就等于生离死别啊,又怎能不柔肠寸断,其情哀哀呢!

我在容闳塑像的旁边还看到了"甄贤社学旧址"的标牌,但后面的门楣上又写着"甄贤学校"的名字,一个学校怎么会有两个名字?事实上,这恰恰见证了学校的历史嬗变。1850年,容闳考上了世界私立名校耶鲁大学,1854年获得耶鲁大学文学士学位,成为中国第一个在海外完成学业的留学生。为了报效祖国,他踏上归途,参与了太平天国运动、洋务运动、百日维新、辛亥革命等,但"教育救国"一直是他矢志不渝的梦想。经过15年的艰苦努力,清政府终于同意了他的请求,从1872年开始,以4年为限,每年招募30名,派出120名幼童赴美留学,主要学习军政、船政、工程、矿业等。容闳因此被任命为留学事务局的副监督,具体负责招收留洋幼童工作。但事情进展并非如人所愿,那时几乎没人愿意把孩子送往国外。容闳只好回到自己的家乡,创立了留美预备学校——甄贤社学,"甄贤"乃甄拔贤能、哺育人才之意,从此这里便成了选拔留美幼童的摇篮。120名幼童有70%来自广东,而广东人中又有许多来自香山县,出现这种结果是意料中的事,不是近水楼台,而是以身示范。家乡的孩子也没有坐享其成,而是在谋求生路,他们在这里只有刻苦地学习,才能踏上留学彼岸的人生之途。实践证明,容闳的这次实验是成功的。但待这项任务完成后,甄贤社学又回到了私塾的老路上,容闳深感有违初衷,痛心疾首。1906年在他最后一次回到故乡后,急忙与乡亲共议,坚持把甄贤社学改为"甄贤学校",其宗旨就是极力倡

八、动 情

导办学的新理念、新内容和新方式。

我们迈进大门,迎面的大堂就像穹顶下的教堂大厅,非常开阔,非常清静。这里就是当年容闳给学生们集中训话的地方。正对面挂着容闳先生画像,下面的文字是生平介绍,一旁还有铸造好的半身铜像,还没有被摆到大堂的中央,看来还没有准备好,难怪这里还没开放!高高的立柱,浅浅的灰墙,方方的地砖,却已不停地张扬着中西合璧的岁月色彩。从大堂的边门进去,便是一间间教室,现在为一间间展厅。从这里我们看到一个又一个历史的瞬间,古老的镜头里,全部浮动着过往的斑驳,从那些泛黄的黑白照片中,我们的思维也被拉回到了当年留美幼童学业半途而废的惨痛一幕……

由于留美幼童逐渐融入了美国的文化体系,同时也因为美国政府没有按计划将他们送入军事学院和海军学院学习,而是分别学习了工矿、铁路、电报、商业、外交、行政、文化教育等,最终清政府要求遣返所有的留美幼童。当容闳知道这个消息后,立即联络了许多大学校长包括美国总统格兰特致函挽留,但最终还是于事无补。1881年共有94名幼童被遣返,只有詹天佑和欧阳庚完成大学学业,大部分都没有完成学业。容闳站在岸上,看着渐行渐远的轮船,面对浩瀚的大海,心如死灰,黯然神伤,刚刚点燃梦想的伟大事业,就这样在狭隘的裹挟和偏见的夹攻之下,前功尽弃,化为泡影,结局悲催,但他却因此为近代中国做出了不可磨灭的贡献,许多留美幼童也都成了中国近代化建设过程中的栋梁之材。最关键的是他此时奋力推开国门,富有远见地拉开了中国留学史的大幕。他在自己的回忆录《西学东渐记》中说,"幼童留洋将于中国二千年历史中,特开新纪元矣"。我们深感在那个闭关锁国的国度之中,能够透过留美幼童这一丝缝隙与西方文明主动接驳,"以西方之学术,灌输于中国,使中国日趋文明富强之境",不仅难能可贵,而且功德无量。那些留美幼童经过中西文化的熔炼,最终将力量注入自己的事业之中,在日后的中国舞台上确实不负众望,大放异彩!

我徘徊在容闳无数次逗留过的天井里,努力追寻容闳的远赴天涯的超前眼光和雄才大略。这些无声无息的门窗廊柱,仿佛就是这位"每一根神经纤维都是爱国的"顶天立地人物的豪情壮志。他孜孜不倦地致力于谋求祖国的复兴与民族的富强,坚定信仰,坚如磐石,愈挫愈奋,百折不挠,九死不悔,居功至伟。我深受感动,也深受感染。我突发奇想,也希望学着海外学子归来的样子,手提电脑,拉着拖杆箱,通过这种角色的扮演更加深入地感应容闳的内心世界。非常有意思的是,刚进入戏剧情境,那段心无旁骛的执着,没有只争朝夕的岁月以及名垂青史的"幼童留美计划",转眼之间,就变得近在咫尺,随手可触。它们像玻璃一样透明,像月光一样恬静,像大海一样宽广,也像星星一样璀璨!

躲进风雨桥

到了广西柳州以后,我马不停蹄地直奔三江县侗寨。侗寨大多修在河溪两旁,跨水而居。这就需要石拱桥、石板桥、竹篾桥等,而最富民族特色的便是风雨桥。仅三江县就有一百多座风雨桥,每座风雨桥都有自己的故事。要领略其间的风情万种,就必须做到风雨无阻,还要风雨兼程!

处于群山环抱之中的程阳风雨桥,是侗族建筑艺术的集大成者,当地人又叫永济桥或盘龙桥。据说当年有个工匠叫杨唐富,在蹚河回家的时候,深感侗寨人年复一年、日复一日出行不便,于是发动程阳八寨,齐心协力共同建桥。从1912年开始,用了13年终于修成此桥。后来被洪水冲塌,1985年按原貌重修。这座桥历经百年风雨,依旧无怨无悔,守候岁月。哪怕是人们走南闯北、奔赴天涯,蓦然回首,它还是在家乡等着你,永远期盼着你,不离不弃,刻在记忆里,也在现实中。

我从桥口拾级而上,抬头所见就是郭沫若先生所题写的"程阳桥"。桥门为重檐歇山顶,门前挂着两个红彤彤的大灯笼。该桥集桥、廊、亭为一体,是一座四孔五墩的伸臂木梁桥。下部为青石垒砌的墩台,形状如劈刀,为的是在洪水来时,能劈波斩浪;中部为木质桥面,采用密布式悬臂框架支梁体系,基本特点就是不用一钉一铆,全部榫卯衔接,凿木相吻,横穿竖插,紧密相扣,牢不可破;而最上部建有五个亭子,亭间有栏有凳,可依、可躺、可听、可看,远山近水尽收眼底,仰望正梁塑有双龙抢宝,还配以彩画,点缀其上,密檐翘角,攒尖葫芦顶。桥顶还建造高出桥身的数层廊棚,盖有坚硬严实的青瓦,还有来不及隐藏起来的木质材料,也都全部涂上了防腐桐油……

我漫步在古老的桥上,一排排圆木柱子"昂首挺胸"。多少年过去了,它们还是那样忠于职守,勇于担当,坚挺而倔强地支撑着整个桥梁的框架结构。它们守土有责,守土尽责,也好像坚不可摧。长短不一的木板长条,在能工巧匠的手中,都变成了唯命是从的"棋

八、动　情

子",循序渐进地落脚在平坦的桥面上。经过岁月的淘洗和磨砺,虽沧桑破损,痕迹宛然,但依然毫不逊色地堪当大任,雄赳赳,气昂昂。据说1965年郭沫若先生到广西调研时,深感其精湛工艺臻于巧夺天工,泼墨酣笔,挥手题诗:"艳说林溪风雨桥,桥长廿丈四寻高。重瓴联阁怡神巧,列砥横流入望遥。竹木一身坚胜铁,茶林万载茁新苗。何时得上三江道,学把犁锄事体劳。"因为程阳桥的卓越成就,及在建筑史上的独树一帜和技艺精湛,其已成为世界四大名桥之一。

站在桥上凭栏远眺,但见群山逶迤,一片翠绿,四周景色郁郁葱葱,沉淀和过滤着所有的匆忙与急促。程阳桥就像住在田园牧歌式的风光里,远离喧嚣,汰去尘埃,岁月静好,时光凝固,于闭塞中见空灵,于浑朴中见清新,于刻画中见自然,整个身心始终被静悄悄的氛围所维系。来到这里的人们看到它、欣赏它,都会深受感染,沉浸其中,几乎忘却现实的粗粝和生活的坚硬。导游发现大家对此兴趣浓厚,便自告奋勇地带领我们爬上旁边的小山顶。登高望远,广角俯瞰,从这个角度看过去,也许更能品味出程阳桥天人合一和物我两忘的完美境界。

远处的古寨房屋跌宕,古朴典雅,错落有致的吊脚楼,几乎连成一片,白色瓦檐映成乳白色的线条,让安静成为主题,一泓清流在弯弯曲曲中蜿蜒到风雨桥的脚下,欢乐变成了主调。整个程阳桥就像一顶大花轿停在两岸一样,复写着起伏的亭廊,添加着参差的梁架,刷新着巍峨的墩台,与青山呼应,与碧波映衬,身临其境,陶醉其中,不是冲动也是冲动,不是多情也是多情,竟情不自禁地把两岸紧紧地"牵手"在一起,一直走向白头偕老。

因此,从古至今这里就成了两岸人家魂牵梦萦的地方。传说侗寨有一对夫妻,丈夫叫布卡,妻子叫培冠,夫唱妇随,恩爱无比。有一天他们过桥干活,河水突然猛涨,一阵风吹来,把妻子刮到了河里,布卡赶忙跳入河中救人,但就是找不到妻子。原来是螃蟹精看中了美丽的培冠,把她卷进洞穴,要娶她为妻。她宁死不从,却无法挣脱。布卡寻找不得,只好祈求上苍。花龙被布卡的痴情深深打动,一跃而起,乘风破浪,深入洞穴,杀死蟹精,很快就把培冠解救了出来,夫妻因此得以重逢。为了感谢花龙的护佑之恩,全寨人把原来贴近水面的小木桥,改建成了长廊式的大木桥,还特地在大木桥面的四根圆柱上铭刻花龙的图案。所以风雨桥又叫花桥。那天大家载歌载舞,欢腾庆祝,忽然一片祥云飘来,形如长龙,顿时霞光万丈,金光闪闪,原来是花龙现身回到了侗寨,风雨桥从此以后也被人称为回龙桥。

其实,从桥的发生学角度来说,凡是有河的地方都会有桥。风雨桥的魅力就在于思维更加缜密,超越常规逻辑。送人到达彼岸是桥梁的主要使命,任何桥梁都是这种结果导向型思维的产物。但风雨桥更为深入人心的地方在于,它在悄无声息中,又引入了一种过程导向型的思维。也就是说,不仅考虑到人们过河,还考虑到人们在过河的时候,如果遇到风雨天该怎么办的问题。这种"往前一步走"的思考更加贴心,想人所想,急人所急,也许正是这种替人遮风挡雨的细致考虑,更加温暖人心。要知道,许多人间大爱,往往就是从一束光开始的。

"驿外断桥边,寂寞开无主。已是黄昏独自愁,更著风和雨。"美国影片《廊桥遗梦》中的曼迪逊桥,就是美国版的风雨桥。但在这里过渡的却是一段让人揪心的凄美爱情:飘零的游客,赋闲的家妇,两颗中年心,偶然邂逅,一见钟情,好像寻觅已久的灵魂,终于找到了共同的归宿。尽管他们火花飞溅,热火朝天,但这段情缘还是受到世事羁绊而无奈分离。劳燕分飞,天各一方,却无法熄灭心中的思念。你陪我一程,我惦你一生,直到永生诀别,依然缠绵悱恻。

如此昙花一现的婚外恋,是对自我的放纵,是对纯洁的背叛,是对神圣的亵渎,是一次"死水微澜"的春波荡漾,却因廊桥的连接,带来了"此恨绵绵无绝期":第一次动情在廊桥。摄影记者罗伯特·金凯停下车来,向弗朗西斯卡打听曼迪逊桥在什么地方,弗朗西斯卡觉得有点说不清楚,就主动上车为他带路。这本来是一件助人为乐的"好人好事",但当罗伯特采了一束野菊花送给她,以表达谢意的时候,却"吹皱了一池春水",在弗朗西斯卡心中泛起了阵阵涟漪。第二次动意去廊桥。罗伯特已与前妻离异,而弗朗西斯卡一直伴随着丈夫和儿女,过着单调而寂寞的乡村生活。他们对坐畅饮,相谈甚欢,惺惺相惜,心心相印。在送走罗伯特以后,弗朗西斯卡又情不知所起,忽然变得一往而情深,久久不能自已。她连夜驱车赶往曼迪逊桥,将一张纸条钉在了桥头,向罗伯特再次发出邀请。第二天他发现了纸条,喜出望外。两个刚刚认识一天的人,忽然之间就变成了干柴烈火,沉醉其中,不能自拔。第三次动情因廊桥。罗伯特死后,他把自己的项链和手镯以及财产全都赠予了弗朗西斯卡。令弗朗西斯卡没想到的是,当年那张钉在桥头的纸条,被他视为爱情信物,一直保存至死。生死之情烙心间,见或不见都一样。第四次动人在廊桥。弗朗西斯卡在临死前特别交代子女,要求他们将自己的骨灰撒在曼迪逊桥的下面,与罗伯特一起,生不能彼此相守,死也要灵魂相拥。这段凄凉而美丽的廊桥遗梦,就这样落下了大幕,却一下子打动了全世界,成了许多人津津乐道的追忆和绵绵不绝的情思。

人们生活在习惯的区域里,对外面的精彩肯定会有所觊觎、渴望和好奇。但因为有许

八、动　情

多不确定的因素，他们对此又会心生疑虑和恐惧。他们希望自己有所改变，但又不希望因为这种改变而伤害到他人。因此，家庭至上是这部影片贯穿始终的人生态度和主题思想。正如弗朗西斯卡所说："尽管爱情的魔力不可抗拒。可是，如果放弃责任，爱情的魔力就会消失，就会蒙上一层阴影。"在这种无法退让的底色中，当初的那种挡不住的爱情有多么迫切，最后的忍痛割爱就会有多么艰难。特别是在风雨交加的离别桥段，走或留，进或退，反复吞噬，互相撕咬，把弗朗西斯卡内心巨大的冲突表现得淋漓尽致。如果是在晚来的爱情上寸土必争，势必会造成现实婚姻的支离破碎。这时，一个人的生活不仅是他自己的生活，而是一家子的生活，她要为自己活着，更不能忘记家庭的责任。因此，那种猝不及防的遇见，最终还得是徘徊已久的离别，重新回到生活的原点。卡洛琳和迈克彻底被母亲的故事所感动，他们同情母亲，也理解母亲，更加钦佩母亲。通过母亲的情感经历，他们深刻地认识到了家庭的重大意义，他们放弃了原有的离婚打算，不约而同地拾起了对曾经的其乐融融的珍视。

桥的这头是婚姻，桥的那头是爱情。一座廊桥让一段迷失的感情，解构了人们习以为常的生活。没想到，那种轻似寂寞的烟花，却承载着生命不可承受之重，如果不甘在金黄麦田里一直守望，只能换来春柳飞扬般的意乱情迷。尽管是在错的时间遇上对的人，爱情本身也有动人、动容之处，但影片所着力呈现的，是对人性探索达到的人所不及的深度和理性回归达到的人所不及的高度。一座廊桥就是一座美国式的风雨桥，既是他们爱情的起点，也是他们爱情的终点。

为了打卡更多的风雨桥，我在三江待了好几天，朝出晴岚，夜掩月色，一不留神就把自己从参观者培养成了探究者。我发现，风雨桥都是根据河床的宽度大小和主体的审美趣味，通过不断放飞想象的翅膀建造出来的。同样的建造也会有不同的版本，最精彩的总是最出彩的。现代的三江风雨桥，楼阁多达六层，七个桥亭一字排开，如巨龙卧江，气势如虹。这座桥是由著名侗族木匠师傅、国家级非物质文化遗产侗族木构建筑营造技艺传承人杨似玉及七个木构建筑工程队承建的。非常有意思的是，这个杨似玉就是那个修建程阳桥的杨唐富的儿子。所不同的是，随着现代社会的发展和科学技术的鼎新，杨似玉比自己的父亲拥有了更多的便利条件和创新的可能性。

三江风雨桥横跨在三江县城浔江河上，桥长 368 米，桥宽 16 米。据说造这样的风雨桥同样只有模型，没有图纸，完全是"积木"式的构架。这座桥于 2010 年 12 月底竣工。迥然不同的是，它在原有主要供人行的基础上，增加了宽阔的汽车道，车水马龙，往来不息。

在汽车道这个部分，上面的廊篷也并不是全封闭的，亭与亭之间是镂空的，但人行道的廊篷依然是全覆盖的，人们完全没有必要担心淋雨。这座桥既有传统文化的含量，也有现代技术的气质，体现了侗族木构风雨桥与现代钢筋水泥结构的有机结合，无论在长度上还是在规模上，都是国内乃至世界上名列第一的特色风雨桥。

当华灯齐上的时候，各种灯线把这座桥的轮廓勾勒得辉煌灿烂，整个路面通体透亮，如白昼一般。我去的时候，在桥头看到一个女孩在弹唱电吉他，穿着时尚，面容俊俏，激情荡漾，神采飞扬。记得她演奏的是影片《桥》的插曲《啊，朋友，再见》，这首歌对我们来说是很有年代感的，也是非常亲切的。看得出她非常娴熟，随心所欲，声随情起，情随手迁，时时炫酷炫技，但恰如其分，处处操控有度，却绕梁不绝。弹拨捻拢，汪洋恣肆，涛走云飞，花开花谢。歌唱时美轮美奂，犹如银河之星，晶莹通透；舞蹈时婀娜多姿，就像星空弯月，飘逸轻灵。"此曲只应天上有，人间能有几回闻。"很快，这里就被包围得水泄不通，我们要离开这个地方，还必须突破重围。确实，从这个天然剧场走出来，我花了老大的劲儿，桥上的人比白天多，大部分是成双结对的青年男女。他们在这里看着风景，听着音乐谈情说爱，岂不美哉？其实这一对对深情款款的恋人，在我们这些参观者的眼中，又何尝不是一幅幅楚楚动人的画卷呢？

西方著名心理学家荣格曾这样描述，在人们心灵深处蕴藏着一个完满安定的意象，这是追求幸福感和归属感的源泉。对于风雨桥来说，人们的满足不仅来自外在，也来自内在。许多风雨桥上还设有神龛，供奉着各路神仙，不就代表着人们的心灵呼唤和深情呐喊吗？人们祈望不仅能遮风挡雨，更要保佑风调雨顺。对于许多人来说，风雨桥还有镇邪积德之意，他们希望风雨桥能够给自己带来好运，所以在许多地方也把风雨桥叫"福桥"。

有人说，没有经历风雨就无法体会到风雨桥的好处。我确实没有经风历雨，当然也无法呼风唤雨，但我也觉得，凡事不要太刻意，留一点悬念也许更好！事有凑巧，当我准备往回走的时候，一阵风起，天上就突然下起雨来，越下越急，越下越大，于是我赶快躲进风雨桥里。与那些不得不顶风冒雨的时刻相比，在桥上坐看风雨起，无论心态和感觉都是不一样的。这就像在最需要的时候，有人给你送来一把遮风挡雨的大伞，雪中送炭，感激之情，情不自禁，油然而生！

白 蒲 古 镇

我爱人老家在如皋市的白蒲古镇。要说"白蒲"这个名字的来历,并不复杂,主要是因为当年古镇四周湖泽长满了盛开白花的蒲草,当地人引以为豪,便以此名之。爱人说她小的时候就曾目睹过灿烂无边、绚烂夺目的风景:风起花飞,落英遍地,如诗如画,如火如花……后因岳父工作调动,他们举家搬迁到了苏北,这才有了我们相邻而居后来又结为连理的故事。当年结婚的时候,为了探亲访友,我俩还专程回了一趟白蒲……

尽管后来陆续也去过,都是来去匆匆。倒是第一次我俩回去的情景,竟如此深刻地留在脑海之中。到了结婚纪念日的时间节点,记忆就会不由自主地浮现。恰逢二十周年结婚纪念日,我俩再次相约回去看看。故地重游,感慨万千,重走当年路,历历在心中。白蒲古镇的街道依然整洁清爽、小巧玲珑,那一条条小巷更显境界超然,静谧中总有一份纯朴的气质和乡情的味道。每天早晨起来,我们喜欢在这里来来回回地走上几圈,哪怕是谛听着自己的脚步声,似乎也是一种享受!当年小巷尽头有个书店,门面并不大,但室内纵深较长,人不是很多,书却不少,常见常新。我经常会淘到梦寐以求的"最爱",感受着"众里寻他千百度,那人却在灯火阑珊处"的那份激动!现在这里早已改观,被更大的书店所取代了,但琳琅满目仍与以往一脉相承……

我以为"高大上"的学术著作都是为专门搞研究的人准备的,大城市的书店里拥有这种景象,并不奇怪,但在这样的小书店里摆放着如此许多的前沿著作和高深书籍,好像与小镇的文化普及的需求并不匹配,但爱人好像不同意我的看法。她说小的时候就听父母讲过,白蒲镇素有"贵白蒲"之称,之所以"贵",就是因为有史以来的书卷扬芬和遐迩闻名。据清代镇志记载,这里古时长巷大院深深,飘浮书香阵阵,黎明即起,书声琅琅,既昏不辍,秉烛夜读,老少励学,蔚然成风,所谓"通如文风莫盛于蒲"说的就是这种状况。这里确实是人文荟萃、名流接踵,早就声名远播,思如烟,枕无眠,笔如风,墨染月,历代风流人物不胜枚举,就连"扬州八怪"的郑板桥,于官场失意之时,也钟情于此,义无反顾地把这里作为疗愈心情的最好地方。

当年我们来的时候,住在爱人哥哥家。民居很有味道,三间老式的瓦房,一个不大的天井,干干净净,清清爽爽。知道我们要来,他们早早地就把自己住的东厢房腾了出来。房间并不起眼,面积也不是很大,因为窗子较小,采光也不是很好,但那张老古董的床却特别耀眼,木框结构,雕花刻木,龙飞凤舞,栩栩如生。床前有一整块宽宽的踏板,踩踏有声。每天在踏板上走来走去,总觉得是在尘封的岁月里走来走去,虽然这已是几十年前的事,但那种亲切的感觉至今让我记忆犹新。这次去的时候,我心里不禁犯起了嘀咕,我知道他们早已搬进了新居,时过境迁,革故鼎新,那老古董肯定不在了,不是卖了,就是扔了。没想到,在我的寻寻觅觅中,当然也找了半天,居然在储藏室里发现了它,虽然已经被拆散了,但基本的框架和零件还在,我端详了半天,心中好一阵激动,看来他们也舍不得扔掉往日的时光!记得当年这里婚俗也很特别,婚宴要请两顿,同一批客人中午要吃一回,晚上还要吃上一回,他们好像还挺划算的呢!时至今日这里民俗依旧,往事并不如风。在美食方面也是琳琅满目,最有特点的就数鱼丸了,就是鱼丸没有经过油炸、直接下锅的那种,飘上来的感觉是白白的、嫩嫩的,用筷子轻轻夹上来,放到嘴里,入口即化。

我俩来到不知名的小河边,这里也是当年来过的地方,但现在变化很大。远处是错落有致的粉墙黛瓦,近处是柳丝扶风、柔情萦怀,一片舒缓闲适、安然静谧。面对如此美丽的景色,我赶忙拿出手机,连拍了几张风景照,又叫爱人站好,给她拍了一张,手起键下之际,她却喊了声"等一下",但说时迟、那时快,照片已经拍出来了,她说这张肯定没拍好,我说先看一下再说。当我将照片从相册中调出来以后,镜头呈现的感觉没有她想象的那么差,反而比我想象的还要好,既然爱人不满意,我又让她摆出不同的造型补拍了几张,一对比,都没有最先的那张好,有时正是因为顺其自然,反而有如神来之笔。

一张照片尚且这样,对白蒲古镇来说,又何尝不是如此呢?那些岁月的美好,难忘的记忆,都是因最自然、最淳朴、最生动的印记,魂牵梦萦,让人发自内心故地重游,遇见蒲花盛开!

九、倾　情

心甘情愿的执着,情不自禁的认真,不由自主的自律,都是为了不让后悔找到机会。

我的江南美学观

前几天在做江南文化讲座时,有位现场朋友站起来提问:"听了您的讲座我很受启发,利用这个机会,想请教您一下,在您的眼中,江南一以贯之的主线是什么?或者说您心目中的江南与别人理解的江南究竟有什么不同?"我认为这位朋友提出了一个非常好的问题,这也是我自己一直在探寻和思考的问题。对于这个问题,我是这样理解的:江南是一个神奇的地方,通过各种方式由内而外地呈现出来的一切景象、兴象和喻象,不仅有自然之美,也有艺术之美,更具有生命之美。因此,对于我来说,喜欢江南文化,是灌注了灵魂的体验和理解。我认为,美应该是江南文化的最高原则,美也是贯穿江南文化始终如一的主线,我自己崇尚江南、领悟江南或者诠释江南,主要的关注点是美学的江南,而我所热爱的,也是江南的美学。

"人人尽说江南好,游人只合江南老。"江南对于许多人来说,其吸引力是致命的。江南之美,美在通俗易懂,美在栩栩如生,美在繁花似锦,美在别有洞天。你看,小桥流水、烟柳画桥、亭台楼阁、粉墙黛瓦、才子佳人、三秋桂子、十里荷花……满眼春水、满眼春色、满眼春光,美到令人窒息。"三百六十五里路",江南处处都能抓住你的眼球,让你停下脚步。人们常常也会因此在自觉不自觉中超越现实,从非审美向审美转化,也就是说直接从日常态度过渡到审美感受,从审美感受过渡到审美体验,从审美体验过渡到审美凝聚,从悦耳悦目达到了悦心悦意,几乎是一气呵成!因为江南的美不需要通过理性的分辨就能够占满我们胸中的沟壑,那种令人心旷神怡的燃烧激情,很容易把自己内心的功利需求束之高阁,全神贯注于对美的吸附和拥揽。因此人们对江南的感觉,不是一针见血,而是一见钟情。美和美感对江南来说就是一回事,美是美感中的美,美感是美中的美感。这里不是感性大于理性,也不是感性先于理性,而是感性寓有理性,感性等于理性。人们的直觉借助于历史积淀而成的审美经验,很容易在江南文化中得到立竿见影的效果。这是源于审美对象的美不胜收,也是得益于审美主体的鼎力相助,是江南如在目前的生动画面,也是江南美感源源不断的基本依据。直觉的审美方式最适合江南、最靠近文人,文人也最适合江南,诗词亦最能描绘出江南。

《雨巷》是戴望舒的成名作,也是他前期的代表作。他曾因此而赢得了"雨巷诗人"的雅号。凡是谈到江南,必提《雨巷》。在中国现代爱情100首诗中有它,50首诗中有它,30首诗中有它,10首诗中也有它,甚至3首诗中还有它,对于江南的爱情诗而言,它是首屈一指的诗,是诗中之诗,是顶峰上的诗。为什么会有这样的评价?因为每个人对江南的美都会有自己的感觉,也希望能够表达出这种感觉,但出来的效果都是片段的、零散的,好像都没有一语中的的那种魅力。如何能够通过一个载体、一段情景,把整个江南韵味都装进去,是许多人寻找了很多年,想找而没找到的东西,戴望舒别具慧眼,他有这个能力,不仅找到了,而且找得非常准,能够把人们对江南的审美感受全部聚焦最能体现江南之美的那些典型细节上,细雨、小巷、女子、旗袍、油纸伞、背影等。通过这样一个富有情节、情趣、情韵的场景设计,不仅写出了江南的原有之美,更写出了江南的该有之美。所谓知音难觅,知己难求,每个人都希望找到一个懂自己的人,每个人也都期望可以踏着七彩祥云邂逅自己的另一半。对于江南来说,也希望找到那个懂江南的人。这首诗将作者内心一刹那的感觉和盘托出,好像突如其来,好像莫名其妙,但美真的就诞生在江南雨巷里的一刹那。多少年来,让几代人激动不已、过目不忘!

对于江南之美究竟美在何处,不同于人的独特气质究竟在哪里,许多人提出了自己的看法。我对此也十分感兴趣,亦思考了很长时间,想法未必成熟,但我希望能够从美学的角度来认识。我认为至少可以确定以下四个美学特征。

一是杏花春雨,视觉里的江南。对于江南美究竟是一个什么样的美,许多文人墨客都通过自己的文字进行了表达。但如何能够聚焦一个点上,用一条总纲把它轻松地拎起来,必须从宏观层面上进行总体把握。应该说徐悲鸿先生做了尝试,他在自题联中这样写道:"白马秋风塞上,杏花春雨江南。"就像电影蒙太奇镜头一样,大胆地将秋风飒飒的塞上和柔情细雨的江南放在同一个镜头里来进行比较,分别突出了粗犷与细腻的不同神韵。吴冠中先生对此也深有同感,但他觉得前一句还可以进一步具体化,改为"骏马秋风冀北",而对后一句江南的概括,他则认为非常"劲道"。李可染先生完全赞同他们的意见,直接以"杏花春雨江南"为题,把江南春雨淋漓中的杏花浓香,全部弥漫在水墨之上。余光中先生在《听听那冷雨》中也同样写道:"杏花。春雨。江南。六个方块字,或许那片土就在那里

九、倾　情

面。"毫无疑问，他也多年浸润在这六个方块汉字里，沉醉不起。我举这些"大咖"的例子，主要是想说明，"杏花春雨江南"的概括是经过接二连三反复锤炼、已经得到公认的准确表达，代表着人们对江南认识的最大公约数。需要说明的是，这种经典的意象并不始于现代人的连篇累牍，而是来自古人的巧妙捕捉。元代诗人虞集在《风入松·寄柯敬仲》中就曾有过同样的表述，当年看到画家好友柯敬仲要回江南，在把酒言别中，挥毫写词，殷殷相送："报道先生归也，杏花春雨江南。"也就是听说先生你将要回江南，那里可是一片杏花春雨的美丽啊！这是离别之际的安慰之语，也是概括江南的经典之言。江南之美的画面随之立刻会在眼前展放开来：轻风细雨潸潸，一片迷蒙安恬之中，鲜艳绽放的杏花伸出墙头来，如此亭亭玉立，如此婀娜多姿，如此引人入胜，这该是一幅多么美好的江南画卷啊！词翰兼美、形神兼备，对江南之美概括得出神入化，把人们心中所有、口中所无的那一层窗户纸给挑破了，破茧成蝶，一下子就把整个江南世界都给照亮了，人们争相传诵，引发普遍共鸣。如此说来，"杏花春雨江南"是经过从古到今、反复检验而达成的一致共识，无与伦比，也无懈可击。但对于这样的标准答案能否成立，许多人心中还是有疑问的。江南也不是没有晴天呀，除了梅雨季节，可以说大部分时间都是晴天，为什么不抓住晴天来形容呢，偏偏要对杏花春雨如此情有独钟？另外，北方也不总是大雪纷飞，也会有烟雨迷蒙的景象，为什么江南的烟雨迷蒙就会高人一等、胜人一筹？我想，这确实是因为晴天各地都是一样的，但雨天却各有各的不同。江南水多雨也多，阴雨连绵，滋润万物，美景纷呈。"小楼一夜听春雨，深巷明朝卖杏花"，这是其他地方根本看不到的景象，这种景象不是刻意求之，而是江南的自然生发，由此产生一种最美的感觉。"如蓝田日暖，良玉生烟，可望而不可置于眉睫之前也"，朦朦胧胧之雨，看不清，看不明，看不透，通过悖反的哲学，反而把江南描绘得更加富有诗情画意。正如诗人汪国真在《江南雨》中所说，"江南也多晴日／但烙在心头的／却是／江南的／蒙蒙细雨"，这就是说烟雨江南是给人印象最深刻且富有特色的景象。由此可见，把杏花春雨作为江南美学的第一特征，这不是我们的发现，却代表了我们的一种认同。

二是闹中取静，听觉里的江南。恬静是江南美学中一个非常重要的范畴，这不是"为赋新诗强说愁"的凭空捏造，而是江南本身所提供的不容置疑的规定性。当我们进入超音速、高铁、5G、大数据、人工智能的时代，整个社会的节奏都显得紧迫匆忙，来也匆匆，去也匆匆，甚至是一日千里的加速度。但江南，特别是江南水乡却始终洋溢着闹中取静的氛围。扬眉在《江南水乡》中做了一系列的描绘："春雨如酥润江南，桐油纸伞撑玉兰。小桥流水石皮弄,粉墙黛瓦乌篷船。花格窗棂红妆绣,吴侬软语噱评弹。水牛桑田牵斗笠,茶楼酒肆意阑珊。"在许多喧嚣浮躁的时空里,突然出现如此恬静安逸的画面,就等于给人们辟出一方让心灵安静的度假区。江南水乡的精神价值是农业社会的自然产物,因为男渔女织,舟车船辇,日出而作,日落而息,造就当年"鸡犬之声闻,老死不相往来"稳定和谐的生活状态。这种稳定和谐的生活状态特别适合水乡人的生活,好像从那时起就如时钟停摆一般,一直保持到现在,以至于人们看到那些过度商业化的冲动"产物"都会颇有微词,其基本的审美定位和审美期盼就是在这里。宁静致远、悄无声息是江南水乡自古以来的显著特色,当然在整个社会高速发展的"列车"上,江南水乡也不能完全"置身事外",必须顺势而为、与时俱进。我们看到乌镇既融入了现代的科学技术,也保留了古镇的水乡特色。但留住记忆、留住乡愁,依然是江南水乡的当务之急。许多保护性开发有板有眼、有声有色、有滋有味、有情有义。到了江南水乡以后,人们顿觉心旷神怡、宠辱皆忘,立马会从复杂的生活羁绊中挣脱出来,紧绷着的神经也会逐渐地放松下来,伴着水乡的舒缓节奏,在慢条斯理的氛围中,不慌不忙地生活,不徐不疾地徜徉,不温不火地浏览,从容不迫地坐着乌篷船,去慢慢地体会宁静的江南时光。

三是小中见大,空间里的江南。面对着"大漠孤烟直,长河落日圆"这种浩瀚广阔、绮丽壮观,江南的风光可能就是"小荷才露尖尖角,早有蜻蜓立上头"那样的小模小样。江南不是"大"的外在彰显,而是"小"的内在委婉。因此我们在江南可以看到许多"小字辈",小镇、小河、小桥、小街、小巷、小店、小船、小园,等等。大有大的优势,小有小的好处,寓大于小可以见微知著,虽然这些"小字辈"都有各自独立的小文化,但它们与辽阔悠远的大文化都有着千丝万缕的联系。"小镇,才是世界上最大的地方",寄妙理于言外,显思致于韵外,因为作为外显的物质层次的水乡符号,其内涵必会受历史制度的制约和规范,同时,也会无所不在地渗透着中华文化的民族性格、思维方式、价值观念、宗教信仰、道德情操、审美趣味等文化基因,体现着天人合一、厚德载物、以文化成、情景交融、主客同构的精神系统,所以说江南文化在某种程度上就是中华文化的载体,或者说体现着中华文化的许多精髓,所到之处、所见之物、所说之事,都会有着这种大小贯通、浑然一体的文化亮点。

四是由近及远,时间里的江南。江南的文化就是江河湖海的盛宴,源远流长,生生不息。古迹之遗、古镇之美和古城之韵,这些都有各自形成的来龙去脉,都是从古至今不断生长出来的"活化石",历史的渊源和曾经的过往都会在这里留下明显的痕迹,许多名人逸事有案可查,许多典籍古董有记可睹,许多精妙瞬间有诗为证。当把江南许多独特的标识

九、倾 情

放在历史的长河里来看待时,其发展脉络就会一目了然。特别是今天流光溢彩的巨大成就更是有目共睹,但也应该透过发生巨大变化的现实江南,看到背后还留下了一个又一个的历史纽带,这正是江南文化研究的逻辑起点。我们需要用正确的方式去打开历史的天空,站在现实的高度去寻找最初的答案。江南是一个很长的历史界面,进入其中,五彩缤纷,打开界面,会惊艳绝伦,不仅能够看到美的释放,还可能看到美的绽放。

江南的美学特征是审美主体与审美客体总体关系构成的主要印象,这是一个贯穿江南的基本视角,至于具体的审美关系应该是多种多样的。江南之美无处不在,也促成了江南美感无时不有。不同人群、不同个人都会具有各不相同的精神品质和心理特征,不同的审美能力也会有不同的审美结果。"操千曲而后晓声,观千剑而后识器。"经过不断复习、沉淀、积累的过程,江南之美也会逐渐呈现出规律性的形态和可以进一步登堂入室的路径。既然现实已经提供了许多暗示和可能,我们就要按图索骥、认真总结。这时你会发现,物与我、意与象、景与情、言与意、虚与实、隐与显、直与曲、静与动、大与小、高与低、刚与柔、难与易、浓与淡等许多美学组合的辩证范畴,大量地存在于江南的方方面面。也正是因为它们的客观存在,江南才会有各种各样的风貌,各种各样的风俗,各种各样的风格,各种各样的风情。它们寄寓在江南,也美好着江南,通过相辅相成或相反相成的方式,构成了江南文化的大千世界和完整呈现。比如江南园林中的亭台楼阁、轩榭廊舫等,就是江南文化的生动载体,虽然这些最初来自江南的私家花园,但它们的美学思想却与整体风格一脉相承,如同盐在水中,不着痕迹。从中我们不难看出,具体美学细则肯定要受制于总体美学原则,但总体美学原则也要由具体美学细则来支撑。毫无疑问总体美学原则就是俯瞰一切的灵魂,具体美学细则则是繁花似锦的样式,江南既然有总体美学的格局,也就一定会有各不相同的具体模样。

我们围绕着江南之美的客观形态讲了许多,却不能因此而忽略掉审美主体的重要作用。美是精神领域的物质再现,美感是物质世界的精神意象;美感离不开美,美也离不开美感。对于江南来说,尤其如此!应该说,在审美的活动中,美感始终都没有脱离所见所闻的具体形象,也就是说理性思维总是拥抱着感性印象,穿越现实的所见所闻,拉开审美距离、带动内在模仿、突出移情作用、发挥完形功能,在这个过程中,不仅要强化人们对生活经验和知识积累的调动,同时也要关注在头脑中产生新形象的创造性活动。因此,美感水平不仅取决于个人的感知能力和审美素质,也取决于不同时间、不同地域、不同趣味甚至是不同心情的差别取值,更会受审美主体与审美对象熟悉程度的制约和影响。所以面对江南美景,有的人仰望大山高耸之壮势,有的人近观林木之幽致,有的人凝神于山石之嶙峋,有的人注目于花草之柔美。不同的主体看到不同的江南,不同的看法产生不同的结果,甚至对同样的事物也会有不一样的感觉,这也就得出了对江南的不同印象和审美评价。而当审美注意、审美期望、审美快乐、审美欲望综合到一起,审美主体与审美客体完全融通之后,就可以在现实和想象之间达成各不相同的心理能量,也就再清楚不过地呈现出,江南的审美是由现实和想象二维空间共同建构而成的景象,或者说是来自于现实和想象两种描摹所构成的一种张力。它可以是原有的样子,也可以是希望的样子。审美的差异性始终决定着审美的复杂性。

一是客观美主观不美。这主要对有些江南人或者熟悉江南的人来说的,因为他们整天靠近小桥流水,身在其中反而不觉其美。因为习以为常,他们更多地关注生活的利害之处,功利意识压抑了审美意识,或者说形成了审美疲劳,见多不怪,明明是美丽绝伦,他们也会视而不见。我曾经看到,外地的游客来到周庄,惊喜于这里的山水之胜,情不自禁地喊了起来,"真的是太美了"。站在旁边扫地的大妈,却在那儿小声地嘀咕,这有什么好美的!我们天天都是这样!对此一开始我也不太理解,人家的开心与你有什么关系?但后来仔细想想,也许是她整天置身于美景之中,太熟悉、太平常了,已经丧失了新奇感,我们怎么能够要求她像初来乍到的游客那样激动呢?周庄确实非常美,这是毋庸置疑的!"人家尽枕河""水巷小桥多",有目共睹,一直都在,没有走远,依然是美美的样子。但审美的经历确实也能拉开审美的距离。在这里,我还想举另外一个例子。前不久我到黎里古镇探访柳亚子故居,我对大厅里几个支撑栋梁的柱础产生了兴趣,正在端详之时,有位游客以为我发现什么宝贝似的,赶忙凑了过来。一听我说看的是石础,他有点儿上当受骗的感觉,不屑地说:"这几个破石头,有什么好看到的?"其实他不理解是很正常的,我并没有怪他,但他没有关注到其中的深厚底蕴。殊不知,柱础也是江南建筑不可或缺的构件,是承受屋柱子压力的奠基石,具有坚固牢靠和防水隔潮的功能,对防止建筑塌陷有着不可替代的作用。这些年来,我到过许多江南古镇,看到过许多柱础,各种各样的,有鼓形、瓜形、花瓶形,也有宫灯形、六锤形、须弥座形等,这些不同的形状都打上了不同时代的印记,反映出不同时代的审美趣味。除此之外,我们还发现石础的浮面上,还雕刻着不同的飞禽走兽,这些都是值得涵泳的韵味,有着不同的文化意蕴。对此我请教了当地的专家。他们告诉我,不同等级的住宅,规定镌刻不同的禽兽。这在古代是有非常明确的标准的。应该说,每个人都有审美的天性,但都需要后天的培养,因为天性是有限的,甚至是微不足道

九、倾 情

的,如果没有很好的审美修养,那么对江南之美不仅不会感兴趣,还会丝毫没兴趣,甚至对近在眼前的美也会置若罔闻。因此,要饱览江南之美,就必须不断提高审美趣味,提升审美能力,强化审美感受,进而激发审美情感和强化审美意志,只有这样,才能不断突破自己给自己搭建的审美遮蔽,使人的心灵最大限度地向江南开放。在与江南互相依赖、互相刺激、互相突破、互相深入的审美循环中,让江南之美不断地盛开在我们的心中。

二是客观不美主观美。不期而遇是人生的常态,事与愿违也是审美状态。当我们满怀希望地去寻找江南胜地的时候,有时得到的并不是所希望的结果。乘兴而去,扫兴而归,确实会大打心理折扣。可南辕北辙,世事难料,生活原本就是这个样子。这样的安排有时并不是最坏的安排,也许还是最好的安排。客观的目标不能达成,主体想象却能够英勇突进,堪当大任,协助人们突破审美尴尬,"写气图貌,既随物以宛转",突出心理过程的完美性,大有不获全胜、绝不收兵之势。所谓"身与事接而境生,境与身接而情生",就是说在情感的号召下,纷至沓来的想象确实可以帮助我们完成内心的多重塑造。需要强调的是,想象力强度取决于接受主体的迫切程度,迫切程度决定推动想象的力度。就总体而言,想象力越强就越能够带来生命的丰满和审美的满足。有次我赶往江阴的长汀镇,希望去拜访上官云珠的故居。很可惜,迟了一步,人家关门了。当时我很懊悔,但看着晚霞照在宁静的街道上,透过这扇关着的门,忽然联想到上官云珠小时候在这里生活的情景,以及从这里开启了走出去的人生。她先在上海照相馆里当营业员,看到许多光彩夺目的明星,又一心想进军电影界,上官云珠这个名字一夜之间腾空而起,又一夜之间被摔入千丈谷底,最后她终于凭着自己的努力,一步一个脚印地登上了电影皇后的人生顶峰……因为想得多了,反而建构了自己独特的心灵图式,内在的逻辑顺了,也就一顺百顺。所谓性格决定命运,在这里也能找到上官云珠胞衣之地的历史基因。通过这样的开阔联想,我的内心非但没有遗憾,反而变得更加充实了。这就进一步证实了一般审美中的非常重要的原则——缺憾原则。即人对客观事物的缺憾感越强,客观事物给人的美感反而会越强,因为人在主观上认为最需要和最缺少的东西,往往会是对审美主体探幽发微最强烈的诱导。这时他们会表现出诉诸想象的巨大能量和可塑性的心理动势,通过想象带领着随意的灵活性和潇洒的自由性,在内心深处开辟出独具创意的广阔空间,因而也会凝成艺术境界的准确性和排他性,甚至是不可动摇性。大家都知道断臂的维纳斯,许多人都尝试过把这个断臂给接起来,但接上去怎么看都不如断臂的美。确实断臂是一种缺憾,但也许这就是维纳斯不可更改的最佳状态。同样,对于江南的审美,在希望与失望之间,所拥有的那种不即不离、不皎不昧、不粘不脱的状态,也许会给我们提供一种全新的选择,反而会因此获得一种因少得多的审美效应。

三是客观不美主观不美。常常听到有人说,不到江南后悔,到了江南更后悔。为什么会出现这种反常的情况,对此我也做过认真的分析。这种从主客两端都看不到美的情况,确实比较少见。我认为主要是两个原因:就客观情况而言,可能现实的状况并没有他们此行想象的那样美,在想象中可能完美无缺,但在现实中不可能完美无缺。他们来到江南后,看到的都是不尽如人意的地方;或者说他们根本就没有探访到江南之美的真谛,也就是说许多江南的精髓之处,他们都还没有找到,或者没看到,只见树木不见森林,也就难免会一叶障目、不见泰山!就主观情况而言,恐怕还是缺乏发现美的眼睛,这才会有身在宝山不知宝的误判。

四是客观美主观也美。主客观的审美统一是审美场效应的最佳结果。因为审美主体的一心一意,造就了审美客体的持一守一,"寂然凝虑,思接千载;悄焉动容,视通万里。吟咏之间,吐纳珠玉之声;眉睫之间,卷舒风云之色"。这时,物我两忘,物我同一,你懂江南,江南也懂你,眼前是山清水秀,心中也是山清水秀,仿佛获得了全身心贯注于江南文化之中的穿越与感悟,不仅超越了审美客体的形式构素,也超越了审美主体的直觉感受,达到对于生命本体和灵性世界的顿悟升华。人们不仅为此倾注了生命的感发和情感的兴会,也能够满足渴望已久的精神需求。对于江南来说,这样的审美是酣畅淋漓和快慰人生的,也是最符合江南实际的审美类型,更是能够发现江南之美的直接通道。但绝不意味着这是轻轻松松、俯拾皆是的,更不可能是唾手可得的。其背后一定需要大量的学习成本的投入和时间成本的垫高,只有具备领悟江南文化的聪慧和能力,才能够赚取足够多的审美利润,把自己看到的和想到的达成浑然一体的美学境界,在江南行旅中实现一种内外兼修的灵魂审美。

"日出江花红胜火,春来江水绿如蓝。能不忆江南?"忆江南、望江南、想江南、去江南,江南是一个既博大又精深的课题,特别是对江南的美学范畴以及独特的审美机制,还有许多问题需要研究。问题是锁,答案是钥;答案在锁中,问题也在钥里。未来我将继续围绕着江南美学的思路,沿着江南水乡的一河两岸,打开问题之锁,寻找答案之钥;坚持不懈,精益求精,"斤斤计较","得寸进尺",各美其美,美美与共!

有一种发现,叫江南

我平时喜欢写点文字,情非得已,写着写着,一不留神就拐进了江南古镇。粉墙黛瓦,花窗回廊,小桥流水,画舫丝竹,如歌、如梦、如缕、如烟,凝眸处,缥缥缈缈,朦朦胧胧,好像一直颠沛流离的心情,在忽然之间找到了心灵的原乡。从《东方潮》杂志邀请撰写《江南名镇》专栏开始,薄如蝉翼的思绪,就暂时放下了汹涌的岁月,摇曳在多情的水乡,我陆续写了周庄、同里、甪直、木渎、西塘、乌镇、南浔、朱家角、光福、安昌、锦溪等50个江南古镇。描绘河岸人家,细说醉里吴音相媚好,时见梨花淡淡,眺望翠堤春晓分外娆。江南就好像一篇含蕴无穷的文章,不管是欲擒故纵,还是欲抑先扬,总是让人欲取不得、欲罢不能,这是一个特别让人上瘾和过瘾的地方,到处都有美感,一旦遇见,不再相忘。但自己的写作还是停留在移步换景的激动之中,惊异、新奇、沉醉、享受,代表着这个时候的主旋律。因此镜头摇晃,画质模糊,走眼、走耳,却未必都能够真正走心。这是因为自己对江南背后的东西还了解得不够多,文字毕竟是以精神世界为源泉的,要想文字立起来,思维就得先立起来,一旦在思维的渠道里发生某种纠结或郁结,文字的成色一定会大打折扣,虽然写了许多东西,但好像许多都是在原地打转。

这也是我这一段时间里非常苦恼的事情。自己也在迫不及待地寻觅江南文化与其他文化的不同点,后来发现江南最大的特点,就是一个"水"字!水之于江南大地,浩浩荡荡,不择地而流,不唯江南,唯盛江南,河道纵横,水网密布,液态之笔描摹河流恬美,气态之墨弥漫烟雨迷蒙,固态之情洋溢飘雪如絮。这些在风景秀丽的江南都显得特别诗情画意,都会给人带来无边无际的美丽遐想。突然发现清透如玉的江南之水,能够带来许多意外的感动。原来江南这本真力积久的精装书,就是用水一字一字、一句一句、一行一行写成的。水是江南的唯一的写作者,也是最终的出版者。

水代表着江南的精灵,水代表着江南的灵魂,水代表着江南的画幅,水代表着江南的笔墨，江南的一切都离不开水。源远流长、川流不息，就是江南文化由来已久的发展秩序和基本逻辑。"人家尽枕河"，"水巷小桥多"，"细雨缠绵，花红杨柳岸"。在柔嫩的时光里，但凡一见钟情的恋恋不舍、一见倾心的念念不忘，都会使纷至沓来的江南意象，如杏花春雨一般，飘飘洒洒，绵绵密密。"听雨春风四面来"，如痴如醉，润物无声。自己就仿佛经历了一次醍醐灌顶的冲刷，突然间获得了一种涅槃式的重生，似乎找到了江南文化一以贯之的线索。

可就在自己写得最兴奋的时候，忽然有人告诉我，我文字的最大问题是见物不见人。澄江似练，翠峰如簇，湖光山色，草木葳蕤，我一直喜欢陶醉在山环水绕的缠绵之中，就是希望能够写出极具禅意的水墨江南。在这情景交错之中，我并没有忽略掉人的因素，甚至还涉及不少人。但我后来终于明白，他对江南人的理解，不是一般意义上的故事、逸事或趣事之类，或者是简单的人物素描，而是要能够真正从总体上把握江南人对世界的认识方式，并能够直抒胸臆地写出他们的灵魂特质和神奇力量。对此我确实没有做到，许多描写都是一鳞半爪、支离破碎，有些还可能是自相矛盾，难以自圆其说。确实还没有能够写出江南人一气呵成的精神版图和殊途同归的集体人格。这样看来，要读懂江南，首先要读懂江南人，要把握其所思所想，理解其所言所行，捕捉其所作所为。这可不是可选可不选的选修课，而是必须认真研读的必修课。

因为这里有他们从风水角度巧妙地利用自然，顺势而为，追求天人合一的山水环抱、山明水秀人居环境和生活格局；这里有他们日出而作日落而息，通过自己的辛勤劳作，创造出的富甲一方的鱼米之乡；这里有他们敢于发现蚕桑价值，让丝行天下成为绵延千年的商业奇观；这里有他们崇文重教、绍休圣绪、崭露头角、光耀门楣的流量文脉；这里有他们世代接力的温柔敦厚和淳朴善良的世俗风情……多少年来，他们以岁月为流，以沧桑为饮，在世事变幻的波澜壮阔之际，于人生跌宕的千回百转之中，通过许多耳濡目染的形式，创造出独抒性灵的精神遗存，进而成为江南文化的结晶和核心之所在。有了这样的视角，我再看苍翠青山，墨绿两岸，好像到处都站满了人。江南就是一个大写的人。从满眼是风景，到满心是人影，对于自己来说，也许就是一次思维的飞跃，江南是江南人的故乡，江南是江南人的岁月，江南是江南人的成果，水做的江南，最终的答案就应该是水做的江南人。

通过这种生命昂扬的审美观照，就更能发现一种生生不息的灿烂文化。江南文化不限于物质层面的直观，更多的是精神层面的体现，或者说许多都是由精神层面传递到物质层面的心灵轨迹。那些水乡符号因此不再是冰冷的和木讷的物体，而是有温度、有高度、

九、倾 情

有深度、有厚度、更有浓度的人文情怀。日月凝聚灵长的精华,山川荟萃心灵的风景。因此,对于江南文化,我们应该更加准确地表述为,这是一种孜孜以求、不舍昼夜的生命状态,始终洋溢着江南人与生俱来的玲珑心致和与时俱进的独特眼光。这不仅有细致入微的原始基因,也有追求极致的新生禀赋。打开脑洞,赋能身躯,江南人总能快人一拍、领先一步、独辟蹊径、独领风骚。明清时期,江南一省的赋税占全国的三分之一,苏州的赋税顶上半个江南,成为"风物雄丽为东南冠";宋代范成大《吴郡志》中记载的"上有天堂,下有苏杭"的民间谚语,言简意赅地表达了人们对江南美景的由衷赞叹;昆曲、黄梅戏、越剧、扬剧、评弹等诞生在江南也不足为怪;还有恬静内秀的徽派建筑和咸鲜润甜的精致菜肴,都给人们留下了深刻难忘的印象。我们说江南文化不是一天形成的,就是说这种生生不息的创造力促成了整个江南文脉的不断累积和层层叠加。

因此,江南文化就是江南"人"的文化,这就决定了自己的江南写作,必须着力于与人的世界打交道,深入了解他们思想感情的模式和待人接物的方式。只有心心相印才能息息相通,只有息息相通才能绵绵不断。

江南是一种诗情文化,也是一种秀美文化,更是一种人才文化。"天下英才,半数尽出江南。"明朝四分之一的状元出于江南,清代状元半数以上出自江南,明清两代每七个进士,就有一个出自江南。江南还成就了数不胜数的文人、画家、书法家、音乐家、戏剧家,包括鲁迅、茅盾、徐悲鸿、徐志摩、金庸、张爱玲、钱钟书、钱伟长等。这里不仅是整体性的人才辈出,而且还有家族性的人才共生。以金庸先生为例,他的表哥是徐志摩;表妹陈喆,笔名琼瑶;堂兄查良铮,笔名穆旦,是现代主义诗人、翻译家;表姐蒋英,是著名的歌唱家,其丈夫是航天和导弹之父钱学森;大姨妈袁晓园是汉语拼音的发明者。这种蓬蓬勃勃的人才辈出来自江南文化的形态与江南人格的情态融合而成的不可遏制的力量。我们可以在这种交互作用中找到江南文化的原来地址,在披沙拣金中发现诠释文化的历史源头。

有次去无锡,我专门去探访了"八大名人故居",包括钱钟书、顾毓琇、阿炳、薛福成、钱穆、钱伟长、秦邦宪、张闻天的故居。曾经有人问这些老房子有什么看头,我说非常有看头,而且很有味道,这些地方有着一种别具一格的磁场。很多人都会慕名而去,但有的只是为了凑凑热闹或者看看新鲜。对他们来说,这些故居与其他的房屋也没有什么差别。但我更看重这些故居与名人成长唇齿相依的关系,究竟是什么样的环境能够造就他们如此与众不同?应该说,这些故居在这方面承载着太多的信息因子,任何一种随意的触碰,都能回放出身临其境的当年情景。我们在这些地方多走走,不仅可以看到他们当年的模样,也能够走进他们的内心世界,更能够感受到他们当年的气息和曾经的心跳。阿炳住的残破的房子里,只有一张小床,上面铺着破旧的蓝印花布。斑驳的墙体,朽蚀的窗棂,凌乱的家什,经过修缮尚且如此,当年的情景肯定还要破旧简陋。但就是在这种人生低潮、极其不堪的情况下,他还能够创作出《二泉映月》这样深刻而经典的作品,这是何等了不起的伟大艺术家!目有所见,心有所思,又怎能不激发起急不可待的写作欲望,去想方设法提炼出他在黑暗中寻找光明的那份生命的激情呢?

　　都说十里秦淮的烟波,倒影映月,梦残歌罢,扬州一梦,烟花几重,舞低杨柳楼心月,歌尽桃花扇底风。"夫江南者,诗心所凝也",因此在许多诗人的眼中,江南自古就是有柔情的、柔软的,甚至是柔弱的。殊不知,两岸桃花,静水深流,到处都有卷起千堆雪的拍岸惊涛,"江山如画,一时多少豪杰",风驰电掣,狂飙突进,雷霆气势,霹雳风格,一举就能击破枕眠千年的温情之梦和望江兴叹的悲伤之音。公元1276年,元军挟持南宋皇帝下诏给镇守扬州的主将李庭芝和副将姜才,要求二人弃城投降。李庭芝说,自古以来皇帝只会让将军用血肉之躯保卫江山,从来没有圣旨让在外作战的将军投降的。他们义愤填膺,撕碎圣旨,身先士卒,冲锋陷阵,带领着扬州人民与入侵的元兵开展了殊死的搏斗,救亡图存,可歌可泣,浩气长存,气吞山河,最终寡不敌众,英勇捐躯!为了能够把握他们的心路历程,我专门到扬州东关街的双忠祠去拜谒这两位大英雄。穿越时空的景仰,栩栩如生的细节,让我们更加深入地领略到江南人那种"宁为玉碎、不为瓦全"的刚毅血性,进而也更加全面地理解因此而呈现的许多震撼心灵的生命奇观。

　　这些年来,我去过江南的许多地方,特别是在江南古镇,独自一个人徜徉在山水之间,心里只剩下宁静和美好,仿佛尘世已远,到了一个远离喧嚣的地方。这里的生活看似简约但不简单,岁月静好,静待花开,不徐不疾,不紧不慢,在不动声色中构建着闲适哲学的审美世界,到处都是自然而然,到处又是"斤斤计较",不仅要用眼睛去看,还要用心去感受。举凡精致民居、高矗祠堂、肃穆牌坊、恢宏庙宇、摩天宝塔、精巧古桥、玲珑楼阁等,都交织着乡儒学究的吟哦,也映衬着道法自然的呼唤,还传递着缘起性空的修炼。亦动亦静、亦俗亦雅,精工细作,无微不至,谱写出"语不惊人死不休"的坚定执着;一堂一室,一门一窗,一砖一瓦,一桌一椅,一雕一刻,或寄情,或托物,或言志,或隐喻,都代表着江南人的美好愿望和人生期盼。

　　由此可见,要写人所未写,就要到人所未到。当自己努力沉浸在江南人的思想、情感、兴趣、爱好、习惯、故事、传说之中,就希望把这些辐辏到江南文化永不停息的车轮上,伴随

九、倾 情

着"苟日新,日日新,又日新"的新气象,写出江南人的新境界。文以载道,就应该更加注重江南人的故事、江南人的生活,江南人的精神,江南人的气质,江南人的贡献。江南文化是一种流过江南人灵魂的文化,江南的一切风景都是人文风景。自己在热爱这些人文风景的同时,也收获了许多生命中的惊喜。有一天,我突然发现,自己撰写的文字里早就住进了自己的江南,但时过境迁,又发现那已不是原来自己的江南!

诗意栖居的江南美学

有次我在网上突然发现《江南美学读本》，喜出望外，赶忙下单！这是由北京大学出版社出版，吴海庆主编的关于江南美学重要研究成果的集中荟萃。举凡江南的自然美、艺术美和社会美都有所涉及，虽出自不同的手笔，也有不同的风格，但在编者的通盘统揽下，都被有序地纳入该书建构的江南美学体系之中。手捧书卷，沉浸其中，陶醉其中，细细品味，深感其体大虑周且谨小慎微。

作为一种基本美学原理的具体运用，能够如此地对江南美学进行比较系统的研究，这应该是我所能见到的第一本书。按照西方的美学理论，美学应该是注重感性思维、感性认知、感性心理研究的学科。就这个定义而言，倒是非常契合江南文化的发扬光大。人们对江南的审美首先就是来自对诗情画意的感性认知。江南水乡的灵秀，江南雨巷的灵韵，江南文杰的灵气，江南女子的灵动，最容易激发人们对美的感受和思考。移步换景，移情入境，由外到内，由浅入深，可以说这些对江南的感受基本都来源于直接感知。日积月累起来的许多审美遐想，也都无不与江南的直观印象有关，不管是在虚拟世界看到的，还是在现实空间看到的，兼收并蓄，一以贯之。因此提出江南美学的概念，建立江南美学体系，不仅顺理成章，也水到渠成！

在作者看来，江南美学就是把江南的审美作为研究对象的感性学科。这种感性学科的最高形态就是意境。我们一开始对其立论颇觉突兀，其实稍稍梳理，其背后的逻辑并不难理解，因为江南最明显的特色就是诗意的栖居，那么作为诗歌美学最高境界的意境，也就毫无疑义地成为江南美学的核心要义。诗代表着江南，江南也是如诗的江南，江南的空间几乎被许多诗词歌赋填得满满的。人们只要一提到江南，就会不由自主地想到白居易的《忆江南》、陆游的《临安春雨初霁》、戴望舒的《雨巷》、余光中的《春天，遂想起》、徐志摩的《沪杭车中》、汪国真的《江南雨》等。青砖黛瓦，魂牵梦萦，杏花春雨，水墨氤氲。江南就

九、倾　情

是在人们的想象中,被不断描绘的远方,好像遥不可及,又好像触手可及,如此迁想妙得的远方,如此朦朦胧胧的远方,一切都像是诗,一切也都应该是诗。

意境作为江南美学的范畴,有"意"和"境"两个方面,这并不是彼此分割的各不相关,而是紧密相连的浑然一体。这里的"意"是因为"境"的激发而形成的"意";这里的"境"也是因为"意"的映照而呈现的"境"。它们是在互为前提中形成的,也是在互相促进中发展的,彼此情投意合,各自相得益彰,不断地盛开着如并蒂莲般的美学花朵:是具象的,又是抽象的;是写形的,又是绘神的;是确定的,又是未定的;是直感的,又是体悟的;是直接的,又是间接的;是实在的,又是空灵的。江南美学始终陶醉在这种表达与非表达、表达与无表达、表达与反表达等各得其所的表达之中。江南的一切都是自然而然的,也是顺其自然的,更是理所当然的,从不装腔作势,也不强人所难。我们不仅要知其然,还要知其所以然。所以说用意境来概括江南的美学特征最接地气、最为贴切,也最能勾起人们对遥远乡愁的审美想象。

在中国文艺批评史上曾有两套美学体系:一个是王夫之建立的以意象为中心的美学体系;一个是王国维建立的以意境为重点的美学体系。这两者既有联系又有区别。意象是意境的基础,但意象不等于意境,意境除了有"意在象内"的特点之外,还有一种"境生象外"的特点。也就是说,它既有特定意象的直接性、明确性、可感性,又有想象的宽泛性、无限性、多意性和不确定性。意境的外延小于意象,意境的内涵却大于意象。说得再明确一点,就是意象能够揭示具体事物或具体事件的某种具体意味,但意境却一定要超越具体事物和具体事件,能够在更大的范围或更广阔的领域,揭示出更加深刻的哲学意味。

对于江南美学来说,各不相同的意境的呈现方式,可以统一表述为,我们所看到的引起我们所想到的,而仅仅到这一步,还是远远不够的,最终的答案应该是我们所想到的要比我们所看到的要多得多。这也就是说,当象内之象与景外之景、言内之意与言外之意成为一体时,这就应该是江南美学在意境的凝聚中最终呈现出来的美感景象。我们对这个问题一开始未必释怀,因为意境作为中国诗学的美学范畴,它所覆盖的是如"黄河之水天上来"的诗歌长流,并不是特指江南也不是专用于江南的审美。擅自做主拿来概括江南的美学境界,是不是具备合法性和合理性?或者说用此来定义江南的美学特色,是不是具有足够的说服力?作者对此也没有否认,他们认为意境肯定不只属于江南但绝对是特别青睐江南。因为江南的意境发生与生俱来,并不是凭空捏造,也不是额外添加。江南就是缔造意境的源头活水,也是生发意境的人间天堂。

至于为什么会形成这样的江南美学,该书对此做了进一步的阐述。该书认为江南美学发展分为三个阶段。一是江南美学的前期阶段。从远古的良渚文化到三国西晋时期,这个时期的"江南"概念,边界模糊,飘忽不定,与我们现在的理解大相径庭,因此在泛概念的江南表述中,不可能形成明确的口径,自然也就不会有指向明确的美学成果。二是江南美学的定型阶段。随着东晋建都,南京有了政治上的高位;随着唐代繁荣,扬州有了经济上的高速;随着南宋发达,杭州有了文化上的高端。整个江南正处于兴旺发达、如火如荼的阶段,江南美学应运而生,长驱直入,各个击破,方兴未艾。三是江南美学的发展阶段。从元明清开始江南美学研究逐步兴起,这个阶段也是江南水乡快速发展的时期,由于连块成片,多样统一,整体风貌变得越加鲜明,特别是到了近现代以后,随着中国古典美学的登峰造极和西风东渐的步步逼近,江南水乡在赢得中西文化的合璧中,在许多生活情趣和建筑艺术中都留下了始料不及的影响,它们互相关联、互相矛盾,互相渗透,互相融合,也因此进一步拓展了江南美学研究的广阔视野。

在作者看来,这三个阶段的不同特点,都与当时的政治、经济和文化息息相关。但殊途同归的就是渐行渐近地建立起以意境为核心的江南美学。江南意境肇始于江南的山清水秀,但山清水秀要能够成为江南人的审美对象,在当时来看,并非易事,因为人们更多的是从实用关系中建立了与山水的联系,要从实用关系飞跃到审美关系,其前提就是要自觉开发自己的审美意识和不断提升自己的审美能力。"世界上不是缺少美,而是缺少发现美的眼睛。"当江南人摆脱了原始蛮荒,迎来了一片水光潋滟之后,人们渐渐明白有时确实要能够抛弃功利之心,去除实用桎梏,学会运用审美尺度去丈量自己的所见所闻。首先跃入眼帘的,就是近在眼前的山光水色。这些原本不足为奇的司空见惯,就是因为审美态度的突然加入,使得他们获得了前所未有的心潮澎湃和意气风发,既能够感受到自然节奏与生命律动的互相契合,又能够捕捉到不同风景蕴含的不同韵味。"一生二,二生三,三生万物。"随着人们审美意识的不断成熟和审美想象力的持续放飞,人们的审美关系也变得日益多样而复杂,各种物象纷至沓来,恰如山阴道上,江南人的意趣、兴趣、情趣和乐趣,完全有机会也完全有可能建立起更为广泛而多彩的联系。许多时候,他们都能够因地制宜、因时制宜、因人制宜、因事制宜,思与境谐,情与景通,达到身形相凑、心手相忘的通透境界。到了这个时候,意境就没有必要再隐身匿形,而应该跃出水面,变得堂而皇之、理直气壮,直接弥漫于江南大地。

所以正是在这个意义上,我们坚定地认为,一部江南美学史就应该是一部江南的意境

九、倾　情

史。当然江南的意境肯定是凝聚在整体之中,因为我们对江南的感觉首先来自对整体的把握,这些也正是江南之所以成为江南的重要标志。但我们也不能忽略,这种整体意境也会绽放在不同的具体意境之中,或者说是由不同的具体意境汇聚成了整体意境。该书就此登堂入室,继续沿着这个思路乘胜追击,打破砂锅问到底,就自然美、艺术美和社会美的江南特点,进行更加深入的探讨。

江南的自然意境体现在天人合一。江南美学主张人与自然的和谐相处,注重天人可以相通,强调天人可以合一,凡事注重循势而居、顺势而为,导致人们的审美心境不仅融于自然,也蕴于自然。江南水乡春日树林中的鹧鸪清脆、洲渚岸边杜若香气的浓烈弥漫、青笠渔夫的钓丝悠然以及绿茵湖中红衣棱女的画桡轻动,这些都给人一种如在画中、神愉目悦的美感。伫立于江南这片神奇的土地,凭栏眺望,小桥流水、枕岸人家、亭台楼阁、轩榭廊舫,这些都是天人合一的最好诠释,也是物我融合的切实写照。自然趣味肯定是人间趣味的投射,人间趣味无疑是人格映照的点化。江南的一切都是江南人精神气质的体现。漫步于青条石之上,小街、小桥、小巷、小弄,都可以通往不一样的诗意江南,但一定都会接通同样的江南人格。因此,该书提出了"地域人格"的重要概念,就是指在特定地域自然及人文因素的影响下,该地域中人们普遍具有的性格心理特征,地域人格是地域文化中最核心的要素,也是最具质感的部分。那么什么才是江南人普遍具有的性格心理特征呢?对此,作者脱口而出,就应该是一种最大限度超越实用理性、代表人生最高理想的生命自由,希望透过自然或者人化的自然,能够实现作为江南人格的那种自由自在、无拘无束的生命价值。所以我们现在看到的许多江南符号,不管是莺、燕、鸳鸯、杜鹃、蜂、蝴蝶等,还是杨柳、桃花、梨花、琼花、海棠、竹子等,更有小桥、塔、寺院、驳岸、河埠头、轿子、舟、船等,这些安然飘逸的生命符码,虽揉碎了时光,却温柔了岁月,它们都不约而同地传达着江南人格的心灵意趣,体现出如春天般的生机勃勃。我们看到它们常常会有一种心照不宣的惬意和激动,就是因为能够各取所需地领略到其中的那种热烈活泼的生命能量。宋人郭熙在《林泉高致·山水训》中说:"春山淡冶而如笑,夏山苍翠而如滴,秋山明净而如妆,冬山惨淡而如睡。"江南人格凝聚四时风景之上的最大特点,就是按照自然原来的样子去尊重自然、适应自然、理解自然、保护自然和创造自然。他们摆脱了任意点染水墨的那种自以为是,顺其自然地孕育着承载江南人格的各种形式的美好意象。

江南的艺术意境体现在人文合一。艺术意境的关键在于艺术家与艺术表达的冥合无间,能够将自己的情感熔铸于不同载体之中,使之主体化、个性化、情意化、意趣化。诗词歌赋、建筑雕塑、音乐绘画、小说戏剧等，对江南意境都有着不懈的追求，可以说所有的江南艺术都洋溢着浓厚的山水情趣，看起来都有一种水灵灵的感觉。激活审美经验，经营江南意境，其直接的效果就是要揭示出江南艺术的人文合一。一是以灵成文。多年来得力于软水温山的滋养，江南人拥有了敏感聪慧的天性。"滴滴红粉泪，溅落水墨画"，十分形象地凸显了江南人的灵感特质。那些生于斯、长于斯、奔于斯、居于斯的文人墨客，更是因为情感充沛、情思饱满，常常猝然与景相遇，借以成章，电光石火，不假绳削，"几处诗词几处江南"。二是以心融文。江南是烟柳繁华之地、温柔富贵之乡，因为没有面对险峻高山和黄土高坡，所以不会有箭在弦上的仓促心理。江南之所以能够如此娴静高雅，就是江南人的超脱悠然所致。因为有了这种可以精益求精的平静心态，方能把事情做得细致入微，把精雕细刻刻画得无处不在。"吴地山清水秀，风光明丽，影响到艺术上，表现为秀丽细腻，与北方的粗犷豪健、中原的淳朴敦厚，殊为不同。"慷慨激昂、粗犷大气，这是北方人高唱的英雄赞歌；缠绵婉转、柔媚细腻，这是江南人吟诵的儿女情长。江南人在更多的时候，就是通过探幽烛微的抒写方式，直接凝结成文学传统的温柔婉美和江南园林的精巧细致。三是以魂铸文。水是江南人的灵魂，长年不断淋湿着江南的艺术。江南丝竹以其"小、轻、细、雅"作为重要标志，不仅奏出了流水淙淙的自然精髓，也回荡着纯净空灵的尘世灵魂；吴歌有着"软、糯、甜、媚"的鲜明特色，委婉清丽，温柔敦厚，含蓄缠绵，隐喻曲折，如水之幽，似水之长，循循善诱，引人入胜。还有昆曲、越剧、黄梅戏、评弹、扬剧等，也都是与水乡相伴相生的艺术形式，有的像大江东去，有的像太湖烟波，有像钱塘春潮，有的像瘦西清流，各有神通，各具神采。四是以情化文。江南的故事大多清澈亮丽，一波三折，千回百转。但江南人对美好的追求却矢志不渝。"有情人终成眷属。"最典型的莫过于《梁山伯与祝英台》这个千古传颂的故事，无论现实多么腥风血雨，无论爱情多么难于上青天，最终两人还是双双化蝶、比翼齐飞，不可阻挡地表现出对花好月圆的热切期盼和浪漫追求。

江南的社会意境体现在人伦合一。因水而起的水乡导致了因水而聚的江南，在"独尊儒术"的社会规范中更强调伦理道德。所以江南的社会意境就是在于人们维持良好社会秩序中，所迸发出来的道德自律和道德情操所凝聚的那一幕幕动人的情景。该书主要向读者介绍了两种类型：一是江南民俗中蕴含的意境。这种在江南历史发展进程中逐渐形成的道德风尚，比较直接，也比较系统、稳定地沉淀在人们的日常生活之中。书中对古代市井、酒肆、食店、茶坊、园苑、舟船、闲人，特别是对宋代杭州夜生活、杭州民俗、杭州嫁娶、杭州祭神、杭州百戏等做了重点介绍，让我们看到了随着杭州城市的不断发展，其生产、居

九、倾　情

住、饮食、服饰、婚丧、岁时、庆典、礼仪等方面出现的巨大变化,伦理文化穿透时空,与时俱进,处处留痕。二是家风家训造就的意境。江南也确实出现过许多名门望族,他们在江南社会经济发展的历史中起过至关重要的作用。其家族成员的奋发图强许多都是来自家风家训的强势塑造,作为光耀门庭的训导和光宗耀祖的劝谕,确实存在着不合时宜的糟粕,但在许多家风家训中也确实保留着许多砥砺人心的价值理念。比如,《钱氏家训》就是钱家先祖五代十国时期吴越国国王钱镠留给钱家子孙的精神遗产。钱氏家训以儒家"修身、齐家、治国、平天下"的道德理想为依据,从个人、家庭、社会和国家四个方面提出了一系列具体的行为准则。这不仅意味着钱氏后人要身体力行,事实上也在积极倡导和建构江南家族治理的理想模式,要想千秋万代血脉不断、事业蒸蒸日上,就必须让子孙后代,切实履行"利在一身勿谋也,利在天下者必谋之"的祖言遗训,"先天下之忧而忧,后天下之乐而乐",努力在为生民计、为他人计的人生实践中,创造出更多情深意切、感人至深的社会意境。

最后,该书对此做出总结,认为形成江南意境的前提是意与境的和谐,那么江南美学要实现的最终目标,也应该是意与境的和谐。既然在江南审美文化的类型中,主体与客体是同时俱在、不可分割的关系,那么主体的感受就始终被沉淀在客体的结构之中。因此,和谐作为江南意境的最美形态和表现特征,不仅体现在天人合一、人文合一和人伦合一上,最终还是要落实到人心合一上。因为江南意境的发现、理解和凝结,不仅仅是主体观念的外化或投射,更应该是主体灵肉与外部世界的和谐交融,真正达到没有缝隙地融为一体,进而超越自然为我所用的囿限,最大限度地在天人关系中拨响生命价值的和弦,在人文关系中确证生命价值的同在,在人伦关系中找准生命价值的共鸣。所以在城市化、工业化、信息化、现代化的建设中,要充分尊重江南意境的和谐原则,努力在自然生态和人文生态上实现共赢。这是江南生生不息的永恒主题,也是江南坚持不懈的美学追求。恰如许多诗词吟唱不绝的美丽江南一样,崇尚和谐,开拓意境,永远都是我们心中挥之不去的审美情结!

杏花春雨江南美

元代诗人虞集在《风入松·寄柯敬仲》中最早捕捉到"杏花春雨江南"的美丽意象。他写诗送行好友柯敬仲,想象着此时的江南已届杏花盛开,春意盎然,烟雨蒙蒙,如诗如画,感到心情雀跃,希望有朝一日也能像柯敬仲一样回到江南,去领略杏花春雨的美妙绝伦。这是对江南之情的审美聚焦,也是对江南之美的凝练概括。尽管江南春色繁花似锦,景色气象万千,可描绘的东西俯拾皆是,但超越了林林总总的细枝末节之后,升华出来的点睛之笔就应该是花飞雨飘。绵延几百年来,我们还没有看到比这更好的提炼,它就是最好的,也没有人说出比这更准确的表述,那就是最准确的!

阳春三月,春和景明,桃红柳绿,草长莺飞。"乱花渐欲迷人眼",姹紫嫣红,争奇斗艳,本来就是江南讴歌春天的抒情方式。轰轰烈烈,毫不犹豫,大张旗鼓,不遗余力,各自以各自的风貌,各自以各自的气质,彰显着江南所能有的和所应有的美丽,但江南之美不仅在于如约而至,还在于出其不意。江南的审美悬念常常在于突如其来的一鸣惊人,"绿杨烟外晓寒轻,红杏枝头春意闹""春色满园关不住,一枝红杏出墙来",当我们置身于湿漉漉的江南水墨图画中,突然发现前面出现一片明艳燃烧,就好像"柳暗花明又一村",又怎能不欢欣鼓舞、喜不自禁?杏花引人,杏花更动人。

杏花自古江南盛。它们遍布在山水之间、阡陌之中,庭前屋后,墙隅路旁,山坡田园。花单生,先于叶开;花梗短,披短柔毛;花萼紫,圆状筒形;花色明,有红有白。它们生长在蓬蓬勃勃的春天里,流连于古往今来文化的视野中。外观漂亮,花繁叶茂,胭脂点点,摇曳生姿,占尽春色。随心所欲地穿插在无限春光的字里行间,调配颜色,匀称明艳,整理风格,突出靓丽。走入杏花的世界,很容易跌入甜糯的燕子呢喃里,迷醉在花飞烂漫的东风中。

江南多雨,微风轻拂,雨丝飞扬,点点滴滴,从容不迫,不慌不忙,带着百般的柔情和万

九、倾　情

般的牵挂,将自己的全部身心笼罩在江南清秀的山光水色之中。伴随着押韵的感情节拍,细细地、软软地、轻轻地、柔柔地,不断地展现出不同表达的优美姿态。它们对大地爱得深沉,爱得执着,毫不吝啬,毫无保留,在它们前面不需要再添加任何赞美的形容词。它们原本就是如此,直来直去,径情直遂,真情实感,真心真意,通过直率坦诚的白描手法,就能把江南描绘得淋漓尽致。例如,王安石《伤春怨·雨打江南树》中的"雨打江南树,一夜花开无数",陆游《念归》中的"江南五月朝暮雨,雨脚才收水流砒",白珽《过东寺》中的"多少流民无片瓦,江南四月雨凄凄",王琪《忆江南》中的"江南雨,风送满长川",张埴《书萍实旅舍》中的"告诉春风无一语,江南陌上雨廉纤",翁仲德《夜飞山》中的"江南雨霁彩云开,眼界空宽翠色排"。这些淅淅沥沥的春雨,从《楚辞》中出现"江南"以后就开始下了,下了百年千载,一直下个不停,很洒脱,很飘逸,迷迷蒙蒙,平平仄仄,下得绵绵不绝,下得跌宕起伏,下得酣畅淋漓,文人墨客沐浴其中,欢天喜地,兴高采烈。他们触景生情,移步换景,随手就能生出一阕诗词来,许多经典名句因此顺雨而下,仿佛从天而降。

最值得称道的是陆游《临安春雨初霁》中的"小楼一夜听春雨,深巷明朝卖杏花",以一种前所未有的清新脱俗,把杏花和春雨彼此关联的审美感受完全贯串了起来,成为打通古往今来的神来之笔。诗人来到杭州,只身住在旅馆的小楼上,彻夜谛听着春雨敲打轩窗;待到次日清晨,细雨过后,小巷幽幽,忽然传来了杏花的叫卖之声。绵绵的春雨,由诗人的听觉中写出;而骀荡的春光,则在卖花声里透出。这两个细节的巧妙连接,传递出了浓浓春意,也显露出了杏花和春雨紧密相连的因果关系,山鸣谷应,形影相随,江南之春的玲珑剔透之态,也因此呼之而出,变得栩栩如生。

杏花为什么这样美?这是因为春雨的浇灌。雨灌苍穹,漫天飞洒,丝丝密密,缠绵低吟。"随风潜入夜,润物细无声",在岁月的簇拥下,饱含着江南的气息、江南的底蕴和江南的灵气,给杏花注入不一样的灵魂,带上不一样的节奏,凸显不一样的韵律。春雨轻轻落下,杏花微微扬起,你给我滋润,我还你奇迹。"当时携手,烟水深处。明珠溅雨。凝脂滑、洗出一番铅素",那神仙般的颜值、惊魂似的艳丽脱颖而出,惊为天人,无与伦比,身经洗濯更抖擞,眸含春水更动人。当激情澎湃的原始根性和初生蛮力突然转换成一种磅礴无涯的生命力,它们便携带着博大精深的江南文化,狂飙突进,争分夺秒,一下子变得锐不可当和势不可阻,到处爆发出金莲一般的朵朵火焰,全部高歌猛进于山水之间。

其实每到春雨纷飞的季节,杏花都会如此大胆积极和热情高涨,一马当先,舍我其谁。"沾衣欲湿杏花雨,吹面不寒杨柳风",透过细密的雨帘,我们可以看那一大片一大片的红色灿烂,那是沸腾的花蕊,也是天赐的神采,更是春天的灵魂。作为江南春天的表述和演绎,杏花充满着由来已久的古典韵味,早已被古代诗人们争相追捧,而今也日益被输入到现代的话语体系之中,愈发成为人们翘首以盼的江南风景。它们把无比喜悦的光芒创造成启示,放置于苍生大地的视野之中,通过不同面积色块的叠加再现,自觉地把日益增长的激情留驻在茫茫的田野上,仿佛是从春天泥土芬芳里生长出来的一束束光,深情地照耀着那些匍匐在大地上的满目琳琅,千姿百态,绵绵不绝,让这份灿烂始终喷涌着令人赞叹的炽热,情不自禁地奉献出美不胜收的江南春天。

徐悲鸿先生曾写过"白马秋风塞上,杏花春雨江南"。这也就是说"杏花春雨江南",是相对于"白马秋风塞上"而存在的美学境界。应该说,在这种坦易明亮的壮美背景上,江南还是那般有着婉约幽远的柔美。因此我们所见到的江南,时常会笼罩在烟雨朦胧之中,伴随着半帘花影月笼纱般的感觉,显得轻盈、迷蒙、空灵、飘逸,处处透出纤柔淡约、灵秀软媚之美。特别是来到江南古镇,一叶扁舟,顺流而下,生生不息的河流,婉约玲珑的小桥,曲曲折折的水巷,岁月留痕的驳岸,还有两岸的深宅大院,重脊高檐,河埠石街,临河水阁,粉黛之间的一线生机生动地刻画了水乡的清雅、简朴和宁谧,油纸伞撑开了幽静的雨巷,丁香一样的姑娘,随风摇曳,袅娜多姿……

江南有着如许脍炙人口的景致。它温柔、轻盈、娇小、柔媚、舒缓、嫩弱、宁静,如云、如霞、如烟、如沦、如漾,如幽林曲涧,如珠玉之辉,不管是久居此地,还是寓目之初,总能触动内心那根最温柔的情弦,最美的遇见就是最美的懂得,最美的懂得也是最美的感受。江南之美虽不同于擎天捧日、横空出世的"登泰山而小天下",其不舍昼夜的精神却始终引领着坚定不移的斗志和奋发图强的激昂。"精卫衔微木,将以填沧海。刑天舞干戚,猛志固常在",江南风景如画,江南风华正茂。其侠骨柔情已融为一体,不是非此即彼,而是亦此亦彼,唯其柔情似水的司空见惯,方显侠骨如山的别具一格。谁也不会想到在"未能抛得杭州去,一半勾留是此湖"的西子湖畔,还会有巨浪排空、涛声震耳、吞天沃日、惊心动魄的钱塘潮,"乍起闷雷疑作雨,忽看倒海欲浮山。万人退却如兵溃,浊浪高于阅景坛",这就是江南的丰富之处和兴奋之点,形态上的巨大无比肯定会蕴含着精神人格上的雄伟卓越。这也就意味着江南不仅有"杨柳岸晓风残月"的宁静感召,也不失"大江东去浪淘尽"的激越美感。

人们不会忘记对江南峻拔苍健的审美期待,却更多地表现出对清新明亮的心向往之。这是江南与生俱来的基本特色,也是江南无法磨灭的诗意所在。"诗从何处寻?在细雨

九、倾 情

下,点碎落花声。"杏花和春雨作为颠扑不破的江南意象,来自不约而同的审美共识,臻至层出不穷的美感源泉。余光中先生在《听听那冷雨》中说"杏花、春雨、江南。六个方块字,或许那片土就在那里面"。那里面有千山竞秀、万水争流的自然格局,更有独抒性灵的人格风范,他们会像杏花一样敢为人先、勇于探索,也像春雨一样坚持不懈、矢志不移。所以每当看到雨丝漫天飘洒,杏花尽情绽放,我们都会格外激动,如痴如醉,如梦如幻,深感活色生香、风华绝代,其景美,其情美,意也美,更唯美!

令人陶醉让人沉思的《诗意江南》

"风乍起,吹皱一池春水。"看那烟雨蒙蒙,炊烟袅袅,错落有致的古朴民居,曲径通幽的水乡河道,到处都充满着诱人的味道,叫人如何不相忆,又怎能不相思?

带着这些长长短短的相思相忆,时间有痕,岁月留印,最美是江南,由吉尔·印象编选的《诗意江南》,汇集了鲁迅、黄裳、周瘦鹃、周作人、朱自清、张恨水、郁达夫、俞平伯、叶圣陶、巴金、王蒙、余秋雨等 40 多位名家描写江南的 50 余篇经典散文。编者试图从名家的视角,以经典的篇章,站在人文地理的高度,从文化、历史与自然等方面对江南风情进行了生动的诠释。全书分为水乡生处、古城淡彩、小镇印象、庭院深深、物华天宝、吴歌越调、方樽珍馐、人杰地灵等章节,涉及江南的方方面面,于林林总总之中,一以贯之的线索就是水,所谓"无水不成吴越"。文脉来自水运,水运贯通古今,江南因水而起,因水而兴,也因水而文。每位名家都以自己的切身体验和深情笔法,引领着我们慢慢地走进流水潺潺的江南水乡,浓墨淡彩的江南古城,小桥流水的江南小镇,闻名遐迩的江南园林,精致风雅的江南风物等,身临其境地描绘出那种魂牵梦萦的诗意江南。

《诗意江南》满贮着目不暇接的诗意画面。"暮春三月,江南草长,杂花生树,群莺乱飞""三秋桂子,十里荷花""江域如画里,山晓望晴空""十月江南天气好,可怜冬景似春华",都代表着江南原生的诗意画面。这些作品不乏其类,纷至沓来:这里有"浓妆淡抹总相宜"的西湖,有"人家尽枕河"的苏州,有"桨声灯影里的秦淮河",有"烟花三月下扬州",有一江烟草随风起舞的多姿花絮,有梅子熟时连绵不停的多情细雨,有吴宫中惊艳绝伦的春酒歌舞,有姑苏城外寒山寺的千年钟声,有从时光深处走来的深深浅浅的青石小巷,有漫步于千年之间镌刻着历史痕迹的石拱桥,还有诸如燕子矶、白鹭洲、乌衣巷、栖霞山、雷峰塔、湖心亭、西湖香市、寒山寺、观前街、二十四桥、五亭桥、夫子庙、拙政园、狮子林、沧浪园、网师园、退思园等。通过审美感受的发现和锁定,他们把江南的诗意由想象性的感觉

九、倾　情

变成了现实性的叙事,到人所未到,见人所未见,写人所未写,形成了各不相同的"框景",收缩在自己的审美范畴中,让读者由近及远地感受着江南的绰约风姿,当编者把这些心动怡人的画面汇集到一本书中之后,又构成了能够整体把握的生气灌注的江南"全景",不仅承载着岁月年轮,已然远去的故事,还酿造着那个属于江南未来的梦。

《诗意江南》涌动着脱颖而出的诗意情怀。许多名家钟情江南,并不是浮光掠影,而是刻骨铭心,他们沉浸其中,品一壶香茗,听一曲评弹,尝一口香点,循循善诱地给读者讲述江南的那些故事,在他们心中,江南是如饥如渴的梦,是如痴如醉的酒,是如诗如画的歌,是如火如荼的情,有一种与生俱来的温婉灵秀和齿颊生香的美妙绝伦。他们有的生于江南,有的途径江南,有的造访江南,有的客居江南,不约而同的喜爱都凝聚成念念不忘的惦记。在他们的笔墨追忆中,每个人都有属于自己的江南。面对西湖,张恨水在《湖山怀旧录》中表现得热情高涨,径情直遂,有着抑制不住不吐不快的冲动,灵感瞬间爆发,雷霆万钧,所有文字都彰显出铺陈渲染之能事,滔滔不绝。对于宗璞来说,则显得不动声色,不紧不慢,从容不迫,细嚼慢品,循序渐进,渐入佳境,她在《西湖漫笔》中这样写道:"这九年间,我竟没有说过西湖一句好话。"当年因为走马观花,她对西湖并没有留下什么特别的印象,但通过再次探访,这才发现它的与众不同,许多地方竟如此不同凡响,情感曲折回环,层层推进,节节升高,最终达到高潮,不得不由衷感叹"真是个神奇的湖",如此欲扬先抑。文似看山不喜平,180度的大转弯,正是情感跌宕的大逆转,别出一境。叶灵凤在《瘦西湖的旧梦》中说:"当时我曾画过瘦西湖上的垂柳,画过平山堂一带的松林,又画过水关和坍败不堪的城楼,都是油画。这些都被我认为同我那时的心情十分调和的景色。可惜这些使我现在看来也许会脸红的作品,不知流落到什么地方去了。"这番话的意思,就是表明自己身处不同的境遇,也会因境而变,因景生情,情景交融,不一样的时间,不一样的审美,都会有不一样的感受,但情感的基本色调却总是依然故我,有着一如既往的隽永和悠长。

《诗意江南》弥漫着娓娓道来的诗意语言。应该说,抒写江南的散文汗牛充栋,数不胜数。这些名家作品无疑代表着刻画江南的极致华章,它们语言生动,情绪饱满,意境宁静、含蓄悠远,与江南的整体境界息息相通,"有谋而合",因而具有不言而喻的强大磁场和摄人魂魄的感人力量,确实值得读者好好品味。每篇散文都是灵魂之作,尽管作者胸有波涛,心潮逐浪,但他们依然一笔一画,一字一句,精雕细刻,精耕细作,于循循善诱和润物无声中把文章写得行云流水,有声有色,有滋有味。许多神来之笔,画龙点睛,点铁成金,不仅有言内之意,更有言外之意。为了帮助读者更容易理解作品,编者还针对每篇文章的内容,精挑细选,插入许多与之相关的精美图片。张张有情,深入浅出,通过形象语言来大力支持表意文字,读文观图,彼此呼应,相得益彰。

  由此可见,这本书就是由许多名人大家荟萃江南联手打造的"精神大餐"。文章主体都是游记。读者首先会把它们当作文学来读,游山玩水,游目骋怀,游刃有余,优哉游哉,尽情遨游在广阔的文学世界里,通过语言的巧妙摆渡,不断接通江南的杏花春雨和小桥流水,因而能够设身处地,感同身受,细致入微地去触摸江南人的普通日子。其次也可以把它们当作美学来读。"春水碧于天,画船听雨眠。垆边人似月,皓腕凝霜雪。"美景、美人、美物、美食,江南之美,无处不在,无所不有,"让美好的东西更加美好",也许就是编者的初衷和灵感的起点。再次,还可以把它们当作哲学来读,通过草蛇灰线的不断激发,确实能够引导人们追根寻源,把握江南的神韵。透过江南柔美、宁静、温馨、灵秀的风貌,深入其中,细细品味,就可以看到坚定理想、不折不挠、自强不息、厚德载物、崇文重教、赓续文脉、崇尚创造、敢为人先等人格气质。这些取之不尽、用之不竭的智慧源泉得益于地域文明的历史基因,更来自中华文化源远流长的命脉根基。我们在这本书中读到的是文学,看到的是美学,想到的是哲学,它不仅提供了阅读江南的风土人情,也提供了阅读江南的思考方式。

  这本书等于把读者引入一条木桨轻摇的乌篷船,穿越千年时光,透过斑驳岁月,悠悠荡荡,顺流而下,让人慢条斯理地浏览两岸的风光。这里有我们熟悉的鲁迅的《故乡》、朱自清的《南京》、俞平伯的《桨声灯影里的秦淮河》、王蒙的《苏州赋》、余秋雨的《江南小镇》等;也有我们不太熟悉的吴均的《与宋元诗书》、袁宏道的《观第五泄记》、袁枚的《浙西三瀑布记》、郁达夫的《江南的冬景》、石评梅的《金陵的古迹》、林语堂的《春日游杭记》、李金发的《在玄武湖畔》、孙伏园的《绍兴东西》、陆文夫的《姑苏菜艺》等。走进这些美丽的文字,就是走入诗意的江南,清新婉约的情景会立刻会浮现在你们的眼前,转瞬之间就变得栩栩如生、美不胜收!

天空中最亮的星

谈到旗袍,我们首先要了解三句话:第一,旗袍是女性的服装;第二,旗袍是中国女性的服装;第三,旗袍是被世界公认的中国女性服装。旗袍代表着中华文化的精粹,是中华文化独树一帜的符号和举世无双的标识。所以在许多国际交流活动的场合中,不管是外交人员、艺术家,还是明星,她们都喜欢穿旗袍,通过旗袍来展现中国女性的靓丽柔美,表现中国文化的深厚。

旗袍是由"旗"和"袍"两个字组成的。"旗"来源于满族人的八旗制度,满族是生活在长白山下的游牧民族,因为需要更加有组织地进行大规模的围猎,就必须把许多小的单位合并成更大的组织。这些组织用什么来进行区分呢?于是他们想了个办法,希望通过不同的旗帜来进行标注。开始主要用黄、白、红、蓝,后来觉得不够,又增加了镶黄、镶白、镶红、镶蓝。因此满族人都分布在不同的旗里,这样满族人又叫旗人。他们穿的袍自然就叫旗袍了。

那么"袍"真的是在清代才有的吗?答案显然不是。事实上,穿"袍"的服饰制度从先秦两汉时期就开始了。我们现在看到的汉服,不就是这样一种类型的袍服吗?这种"袍"在当时主要是为了能够让整个身体深藏不露,所以又叫"深衣"。这种服饰制度延续了几千年,发展到清代,到了满族人手中才变成了旗袍的样子。所以把"旗""袍"两个字综合起来,我们可以下个这样的定义:它是有着深厚历史渊源,并在满族人手中得到整体定型的一种服装。其大概经历了三个时期。

第一个时期是传统旗袍时期。清朝入关以前,满族人喜欢穿袍就是为了能够包裹身体,挡风遮沙,适应战时需要,能够快速地一次性完成穿着。而且袍服是开衩的,有两衩的,也有四衩的,这也是为了骑射方便,便于上下马。1644年,顺治帝入关南下,进入中原后,他们的生活日趋稳定,不需要到处迁徙,所以女性的袍服渐渐地就出现了不开衩或只开两衩的情况,而且基本都是短衩。清朝统治者号令汉族人一律改穿袍服,对此许多汉族人宁死不从,发生了异常尖锐的矛盾。到了辛亥革命胜利后,这种本应坚持到底的倔强非但没能贯彻到底,还出现了匪夷所思的180度大转弯。汉族女子突然间对旗袍由厌恶变成了热衷,不知什么原因,她们忽然热情高涨,情有独钟,喜爱有加,爱不释手。其实在当时的情况下,连许多满族女子都不敢穿旗袍了,汉族女子却能反其道而行之,对此如痴如醉。对于这种现象,张爱玲认为不能从民族的角度去理解,而应该从男女平等的角度来认识,女性爱上旗袍实际上是对男女平等的积极追求。既然自古男人都可以穿袍服,为什么现代女性不能穿袍服呢?

第二个时期是改良旗袍时期。旗袍从20世纪20年代发端,于20世纪三四十年代的上海发展到了高潮。有人就问我,为什么会想起研究旗袍呢?因为旗袍是江南文化中不可逾越的部分,也是非常精彩的篇章。上海是江南文化的核心地带,也是当年旗袍的鼎盛之地。至于为什么说上海这个时期兴起的旗袍是改良旗袍,这主要是因为清代的旗袍后来变得越来越奢华和复杂,但唯一不改的就是宽腰直筒。其实女性除了追求繁华尊贵之外,更渴望美丽,憧憬浪漫。所谓"改良"就是要把这种渴望和憧憬及时体现在旗袍的剪裁上,把原来注重适应生活的功能要求,改变为更加贴近身材的美学追求。所以,整个20世纪三四十年代,旗袍一直在变化,包括领子有无、袖子长短、旗袍长短、裙摆高低等,正如当时上海的文化人所说,"上海风气,时时变更,三数年间,往往有如隔代"。最重要的改变体现在两个方面。

一是开衩。从这一刻起,"笑不露齿、行不露足"的传统礼教习俗被彻底地冲破了。那双隐藏了两千多年的中国女性的美腿因此能够正大光明地第一次展现在大众视野之中。用张爱玲的话来说,旗袍的革命性意义在于,它向东方女性发出了身体解放的号召,也就是说能够尽情地展现女性的天生丽质。但这种服饰上的进步,必然遭到社会腐朽势力的极力抵制,他们认为有伤风化。茅盾先生在《子夜》中描写的吴老太爷就是这样的典型人物。他到了上海,什么都看不顺眼,恨不得把自己的眼睛全部遮蔽,对旗袍更是无法接受。但"青山遮不住,毕竟东流去",浩浩荡荡的历史潮流不可阻挡,任何螳臂当车显得都是不自量力。

二是收腰。从20世纪30年代初期开始,腰的剪裁是一项十分重要的改革创新。当年的上海五方杂居,华洋并处,贸易之盛,甲于天下,受西方文化的影响更为直接,西方时髦的风吹草动都会在这里激起轩然大波,当年西方的女装就非常强调通过"胸省""腰省"

九、倾　情

来展现女性的体型。因此,借鉴这种标新立异的收缩剪裁,最终的效果就是完全勾勒出了女性玲珑有致的曲线美。

　　第三个时期是新式旗袍时期。改革开放以后,中国迎来了翻天覆地的变化,人们对服装的要求越来越高,特别是许多女性渴望美、热爱美,也开始大胆地追求美。她们希望美化服饰的愿望,变得越来越迫切。许多设计师为了满足女性这种日益增长的对美的追求,急切地寻找着解决问题的良方。他们首先透过已经打开的国门,放眼世界,看看外面的世界究竟发生了怎样的变化,有什么样的精彩,但由于当时的资讯还不够发达,与世界的连接还刚刚开始,所以没有能找到更多的范本,于是他们又把目光调转回来,仔细审视自己的历史,看看我们前辈有没有可借鉴之处,所谓"万绿丛中红一点,动人春色不须多",他们终于发现了民国时期改良旗袍的不同凡响之处。于是在20世纪80年代,中国服装业就提出了时装民族化的倡议,给服装的发展指明了方向,通过全面号召和广泛发动,一大批的优秀设计师都投身这股洪流之中。他们欣喜若狂,喜不自禁,多年被压抑着的激情,终于找到了可以尽情释放的出口。他们运用旗袍的许多经典元素进行服装设计,借鉴立领、斜襟和绲边等样式,在改良旗袍的基础上,结合着时代的要求,设计出最能体现历史与现实、服装与身材、传统与革新完美结合的新式旗袍,使得多年消失于视野中的旗袍再次回到了人们熟悉的生活之中。

　　旗袍终于回来了。按理说这时应大行其道才是,但偏偏再无成为女性常服的可能,我们可以清楚地看到,作为一种点缀还行,真正在日常生活中穿着旗袍的人其实并不多。那么,造成这种现象的原因又是什么呢?

　　我觉得也许有以下几点。一是生活方式的现代化。随着城市化程度的不断提高,工作和生活节奏的日益加快,旗袍已经不适应骑自行车、挤公交车和乘地铁等都市生活的需要。若穿着旗袍拥挤在行色匆匆的人流之中,则显得不太方便。旗袍这个时候已经不太符合简单和便捷的要求,因而也就不可能再成为日常服饰。二是审美情趣的多样化。在当今社会,旗袍不可能像20世纪三四十年代那样,成为万众瞩目、非它莫属的唯一选择。女性的服装已经从单一化变成了多样化,各式各样,琳琅满目,对应着女性的不同的需要,涌现了更为广阔的市场。三是旗袍功能的多元化。随着人们对日常旗袍穿着的欲望降低,旗袍的艺术情调、象征功能、礼仪性质以及情感色彩都在增强。

　　有许多女性对旗袍爱得如痴如醉,穿得如诗如画,想得如火如荼。尽管每个人喜欢旗袍的理由不一样,但万变不离其宗,理由可以用"赏心悦目"四个字来概括。

此情此景

首先是悦目。有人说衣服是女人的第二层肌肤。旗袍作为女装里的极品,应该是女性最美的第二层肌肤。贾宝玉说,女人是水做的骨肉,就是说女性有着水一样的天性,水一样的心思,水一样的身材,只有通过水一样的旗袍,方能丝丝入扣,曲尽其妙。旗袍代表着一种气质与身段的完美结合,确实能够在气定神闲中彰显宠辱不惊,在柔情优雅中透露不同凡响。所以对于女性穿着旗袍,人们联想最多的词语,就是端庄、贤淑、典雅、恬静、空灵、娴静、淡定、从容、风韵、婀娜、婉约、妩媚、古典、华丽等。只要她们穿上旗袍,立马风华绝代、美丽绝伦,可谓时时显形,处处传神,不著一字,尽得风流,仿佛是一朵朵芬芳四溢的荷花,开在方塘里,静静的,淡淡的,比栀子花淡,比茉莉花浓,又如流水绸缎,荡漾着欲动又静的旖旎,引人止不住地回头凝望,又不动声色地散发着东方神韵。

其次是赏心。旗袍不仅美在外表,更应该是人格精神的生动表现。2020年11月,整个网络世界好像在一瞬间,就被一位独腿姑娘的旗袍秀给刷屏了!我清楚地记得,一个女子身穿墨绿色的繁花旗袍,拄着拐杖,一脸自信,笑意盈盈,身姿翩翩,宛若江南水乡走出的温婉女子。这是在淮安举行的奥赛之夜健美大赛上的经典镜头,独腿姑娘以其美丽、大气、成熟和优雅的气质过关斩将、一路前行,最终获得了旗袍B组并列第一名。她就是36岁的归玉娜。7岁那年,她因一次车祸失去了整条右腿,但她没有气馁,没有放弃,凭着自己的不懈努力,活出了别人羡慕的样子。当人们问她为什么喜欢这样"折腾",她回答说:"生命就跟运动一样,在于折腾!"所以这件旗袍是她热爱"折腾"的重要载体,是她不向命运低头的自信体现,也是她绝不服输精神的完美诠释。我们喜欢她穿的旗袍,更重要的是喜欢她穿着旗袍所展现出来的那种自强自立的自信和追求完美的执着!

其实,旗袍诞生在中国并不奇怪,因为它在中国有深厚的历史土壤,与东方哲学相依为命,与中国美学相得益彰。

这是一种欲说还休的朦胧之美。旗袍真正的迷人之处,不在于开放,也不在于含蓄,而在于开放与含蓄之间的一种平衡与和谐:一方面贴身的剪裁,体现西方美学所崇尚的人体曲线美,凸显着东方女性的纤纤细腰和婀娜多姿;另一方面,又通过领口、袖口、襟口的"严防死守",旗袍变得更加严谨,又在极大程度上迎合了东方女性含蓄蕴藉的表达方式。旗袍形成于含蓄的之际,也诞生在展露之间,不落俗套,不拘一格,因事制宜,因人制宜,美感的制造和爆发就是在这种矛盾和冲突的契合点和平衡点上,常常介于显与隐、色与戒之间,呈现出一种欲说还休的朦胧之美。

这是一种恰到好处的精致之美。旗袍对剪裁要求非常高,不能脱离主人而孤立存在。

九、倾　情

据说做一件旗袍,全身上下要测量 36 处,必须做到与主人的头、颈、肩、臂、胸、腰、臀、腿以及手足完全吻合。所以任何旗袍都是对人体最准确、最细致的描述,增之一分太长,减之一分太短,稍有差池,都会前功尽弃。

这是一种画龙点睛的细节之美。一件旗袍的诞生过程是十分繁复的,不仅要经过周密的量体、巧妙的设计、精心的剪裁和专业的缝制,还要有镶(镶边)、绲(绲边)、嵌(嵌条)、荡(荡条)、盘(盘扣)、绣(刺绣)等装饰工艺的配合。每一个细节,都必须是灵魂设计的高光时刻,每一个步骤都应该是深思熟虑的必然结果。因为精益求精,所以收藏了细细密密的心思;因为缜密细致,所以锁住了许多尘封的往事。

这是一种中庸适度的中和之美。有人说,不是每个女性都适合穿旗袍,为此还不厌其烦地制订了许多具体的硬性标准。我则认为,不同的审美角度会导致不同的审美结果,适不适合穿旗袍主要取决于每个女性自身的选择,没有适不适合,只有愿不愿意,不能用条条框框就把许多女性挡在门外,剥夺她们与生俱来的喜爱旗袍的权利。沪剧艺术家茅善玉说过"每一个女人的衣橱还应该有一件旗袍",还有人说"不穿一次旗袍,就不知道自己有多美"。当然,对于每个人来说,追求美与保持中庸适度的中和之美并不矛盾。要敢于穿旗袍,也要善于穿旗袍,要理解旗袍,也要懂得那些穿旗袍的美学原则。不长不短,不胖不瘦,不花不哨,不声不响。

这是一种风情万种的神韵之美。旗袍之美首先来自旗袍本身的清绝与傲然,有时候也来自审美欣赏中的迁想和妙得。旗袍之美,重在感知,是一种不需要被设定、被量化的美。一千个观众眼中有一千个哈姆雷特。对于旗袍来说,一万种眼光,就意味着一万种答案。那种可意会不可言传的气质,就是旗袍风情万种、神韵之美的原因所在。

这是一种超凡脱俗的境界之美。所谓"超凡",就意味着旗袍不是一件普通的服饰,它代表着一种文化;所谓"脱俗",就是旗袍凝聚着别人所没有的独特经历。超凡的魅力来自独抒性灵的品质,脱俗的价码是拥有了别人没有的样子。

对于如何去展现旗袍的美?中国汉字非常形象,所谓"展"就是打开自己,所谓"现"就是充分地表达出来。大家去买了旗袍,就说自己有了自己的旗袍,这从所有权属来说,肯定是没错的,但从审美意义上来说讲,还不完整,它还只是件与你心灵无涉的衣服,必须能够穿出自己的理解、自己的品位,呈现自己的价值,最终才能真正成为属于自己独一无二的旗袍。

首先要自信。自信就是非我莫属的坚定,就是不慌不忙的从容,就是理直气壮的拥有，就要大胆地放飞自己，活出自己的人生，在轻盈流转间，要让旗袍在自己的身上绽放出独树一帜、唯我独有的自信魅力。

其次要自然。古人讲"自然者，不雕饰，不假借"，"清水出芙蓉，天然去雕饰"，就是要通过极其放松的姿态，去全力调动整个身心的动人之处，不必风骚，不必作秀，不着痕迹，出于天然，虽内有惊雷，却外似镜湖，没有表达的表达是最好的表达，由内而外的自然才是最美的体现。

再次要自主。我的旗袍我做主，"花无语，风却懂"，要学会跟自己对话，如人饮水，他人难悟，冷暖自知，要学会自己帮自己，自己懂自己，把握好自己，充实好自己，才能穿出自己的感觉、自己的品位，在追求旗袍的完美中不断获取灵性，变得更美。

最后要自律。对于旗袍，表面看上去就好像是两面料子的缝制，其实只要它诞生了，就有了自己的生命。穿上旗袍，立马就会焕发出不一样的情调。为了彰显这种恰到好处的情调，穿旗袍的人更应"合辙押韵"，不仅要严格遵守，更要主动适应严格的身材管理要求。

我觉得女性爱旗袍是不需要理由的。爱美就是人的天性，穿旗袍就是一种爱美的表现。许多旗袍爱好者迈着轻盈的步伐，摇曳着柔软的身姿，带上自信的笑容，以真实的状态、优雅的气质、端庄的举止，通过整齐划一的统一步调，呈现出女性特有的气场、气势、气质和气韵。人生就是如此，行走在天地之间，时间就是一张无形的大网，你愿意撒在哪里，你的收获就一定会在哪里！

人生的词典拥有千言万语，但人们总喜欢活在两个词里，一是希望，二是争取。希望去除那些免不了的烦忧，争取腾出更多的空间来装载快乐。每个女性都会遇到这样或那样的难事，但穿旗袍肯定是女性生活中一件比较美好的事情。希望每位喜欢旗袍的女性不忘所爱，不舍所爱，不负所爱，重塑花样年华，永驻青春朝气，如果飘动在心头的是春回大地、春暖花开、春光明媚、春风满面，你就一定会成为天空中那颗最亮的星！

光阴成就经典

一个时代有一个时代的作品，一个时代有一个时代的经典。人生中最美的珍藏，正是那些往日的影视时光。它们伴随着观众曾经的似水年华，蹚过人生的河流，走向心灵的深处，植根记忆的彼岸。也许为了缔造新的辉煌，近来复制经典为许多编导所热衷，忽然间成为影视创作的一种时尚。《林海雪原》《烈火金刚》等一批作品纷呈迭出，《一江春水向东流》《早春二月》《小兵张嘎》《红岩》等又紧随其后。这些作品确实体现出对往日情怀的一种热切的追溯，也可以说是一种精心排练的主动缅怀。本以为，这些遥远的故事可以穿过时光的隧道，能够再次扣动我们这辈人不再年轻的心，因为许多观众心中一直留着曾经的美好，它们确实也能因此博得眼球，可当初次见面，甫一接触，人们就发现它们并不是人们梦寐以求的心仪境界，而是演绎着完全不相干的另外一个故事，或者说是风马牛不相及的版本。

这种迎面扑来的陌生感，如果仅是一种在非主要层面的差异，也是可以理解的，可这些作品压根儿就是对原有经典作品的彻底颠覆。他们的创作动机中好像早就预设了与经典作品的文化对峙，希望另辟蹊径，因此对经典作品进行了大刀阔斧的改造。新版《林海雪原》中的"座山雕"竟然有了儿子，并且还是英雄杨子荣初恋情人的骨肉；新版《红色娘子军》则把电影中的洪常青和吴琼花之间的感情刻意放大。这种天方夜谭式的添枝加叶、胡编乱造，不仅使经典作品面目全非，还美其名曰给原有形象进行了所谓人性化、生活化的诠释。洪常青被刻画为最有浪漫情怀的"情场高手"，杨子荣也成了一个名副其实的"酒肉英雄"。如此肆无忌惮地破坏人物形象的原貌，如此义无反顾地背离故事原有的轨道，其结果是他们所理解和塑造的形象与人们心中的记忆必然判若两人。

当然，这并不是说已经定型的经典模式不可以突破。随着时代的变化，人们的审美情趣已经发生了很大的变化，与时俱进是必然趋势，但既然是改编作品，就不能是无本之木、无源之水，因为经典在人们脑海深处的记忆是不可磨灭的。新版作品面临的最大挑战来自经典作品的高不可及。因为两种版本在人们心目中必然会产生对比,总会以老版为标准来评价新版。如果是沿着经典的成功之路走下去,传达出原有生活的意义和作品的价值,人们就不以为怪,像《战争与和平》拍了若干个版本才定型,人们都不厌其烦,因为他们追踪的是与原著的一脉相承;但如果与原有版本相差甚远或截然不同,让观众"想说爱你不容易"。不可能达到原有的艺术水准还情有可原,但如果打着改编的幌子,另搞一套,泥沙俱下,不仅会把原有情节结构搞乱,人物形象搞糟,价值体系搞没,最终整个作品也会搞砸。观众只会感觉到"失去"经典的"痛",不会获得看到"新作"的"乐"。

也许有人会说,你所代表的是那些曾经看过老版经典作品观众的观点,并不能反映新生代审美群体的需求,在作品预设的观众强大的心理接受场之中,这些新生代审美群体的心灵语境更显时代催发,所以编导总认为必须通过经典故事的误读才能激发这些现代观众的兴趣。于是,他们置形式于内容之上,置风格于表述之上,置改变于还原之上,殊不知,这种乖巧献媚的创作思维不仅经不起叙述逻辑的推演,完全违背了艺术创作的规律,更是对新生代审美群体的误导。既然翻拍经典就必须尊重经典,不能破坏经典,更不能迷失经典,经典本身所承载的时代重荷和思想内涵不可能因时间而随风飘逝,一直有着定海神针般不可动摇的地位。如果你是冲着打破这种铜墙铁壁去的,奉劝你最好还是及时止步,赶快收手;要想触及这样的题材或领域,就必须尊重那种有筋骨、有道德、有温度的文化影响,不能相去很远,更不能大相径庭!

其实,编导还不是看重这些作品对人们具有巨大的磁力作用吗?人们对新版作品翘首以盼,就是看编导有没有传导历史的韵味,并不是等着看你另起炉灶,也不希望你从头再来。你是奔着这个"以往"的经典而去的,又怎么能"既往不顾"呢?以往的经典已成为美学的永恒画面,我们复制确实会有不同的角度和方式,但并不是要"离奇创造",相反必须深深地受控于经典本身的原有规定性。我们对经典的认识总是处于时代的川流当中,但领略经典不会脱离经典,那种挡不住的感觉和魅力肯定会时时浮现眼前:一江春水向东流中所蕴含的几多愁绪,早春二月的杏花春雨中发生的一曲温柔蚀骨的悲剧故事,还有红岩石以视听修辞方式表现出的那种顶天立地的血染风采等,都具有超越时空的映射能力和雷霆万钧的震撼力量。如果这种美丽的记忆无端地被支离破碎和满目疮痍的画面所冲破,我们就会对这些改编经典的作品大失所望。往者不可追,来者犹可鉴,但愿那些蓄势待发的翻拍作品更多地尊重原版作品的审美价值,不要把我们心中的那点美好给残忍地抹杀掉,要让那片记忆中带不走的光阴故事,能够成就永远的经典。

从"＋故事"到"故事＋"

不知大家有没有注意到,近年来以吹拉弹唱为主的综艺节目正在悄悄变化。除了我们熟悉的那些惯常的套路外,一种"＋故事"的模式正在成为这类节目的时尚做法。自从《向幸福出发》吹响了这种模式的集结号之后,许多综艺节目都在原有方式的基础上,纷纷嫁接起了普通人的林林总总的生活故事。这样一路走来,追随者甚众,节目不仅是才艺表演的擂台,也成了故事诉说的舞台,其形式之履新,创意之刷新,节目之更新,令人耳目一新。

节目里的故事就是街谈巷议,就是家长里短,只是这种传播在民间是以口口相传的方式存在着,搬到了电视屏幕上就是通过面面俱到的方式进行传播,影响力和覆盖面无与伦比、史无前例。《经典咏流传》《越战越勇》《挑战不可能》《妈妈咪呀》等都是这种类型。在当今编导的眼中,故事就是生活,故事就是人生。做节目,故事不可或缺,没有故事肯定不行。可在传统节目的框架中,突然跑出来一匹突飞猛进的"新马",人们以为这是编导们的别出心裁、心血来潮,或者是为了逆流而上进行的自我翻新,事实上这是时代的审美需求,是广大观众的心灵呼唤,更是审美对象与审美主体和平共处、携手迈进的动人景象。谁都要行走在滚滚红尘之中,也都会遭遇这样那样的情况,有暴风骤雨,也有诗情画意,有花前月下,也有落叶飘零,这就形成了各不相同的人生故事。特别是那些不幸的事件在当事人心中都有着刻骨铭心的记忆,不是说人们哭着来到人间,就预示着人生不如意事十之八九吗?也确实会有许多出人意料的无奈和突如其来的变故,让他们遭遇不可承受之重。他们希望走出自己的路,也希望有机会说出自己的故事。不同的人群有不同的故事,我们也需要了解别人的故事,也希望体验或体谅别人的生活,于是这两种期望重合叠加,一拍即合,便有了这种节目类型产生的契机。

对此,人们不禁会产生疑问,许多综艺节目一直以来都有故事小品呈现,虽说是虚构的作品,但也都是平民百姓的生活速写,人们自然喜欢这样的作品,也认同这些作品,为什么非要真人真事呢？其实这个问题反过来问,问题也就迎刃而解了。既然可以直抒胸臆,为何总要隔帘花影、雾里看花？人们在喜欢创作作品的同时,更热爱直接地还原现实,不仅希望看到异想天开的故事,更希望听到身边真实的故事,"从生活中来,到生活中去",没有虚张的声势,没有雕琢的痕迹,如天空云彩,如河中流水,就是说说自己平凡的故事或不平凡的经历,他们不是演员,也不需要粉墨登场,只要本色出场,原原本本、真真切切就行,听起来会格外亲切,说出来也更会令人感同身受。

许多综艺节目留出了大把的时间,让人们去描述事件的发展经过,过程本身的跌宕起伏,天然地具有了情节的生动性、转折性和悬念性。既然是为了能够呈现故事本身的鲜活,就必须不断地去发现和寻找有故事的人。那些有特殊经历的人,哪怕是百里挑一甚至千里挑一,都无一例外地具有共同的特质,就是特别的命运从他们特别的生命里走过,他们是那些用自己生命挑战命运的人。《百变达人》中有一位表演者是脑瘫患者,不仅能用嘴巴叠出纸飞机,还能自如地在嘴里穿针引线,确实让人不可思议、无法想象,但这背后却隐藏着许多令人心碎也令人震惊的故事。看到《妈妈咪呀》中的一位母亲将手势舞表演得出神入化,通过交互变形制造许多漂亮的花式,看似简约,却充满力度,后来知道她是跟丈夫学的,后来丈夫也上台一起表演,他俩在舞台上配合默契,天衣无缝,如入无人之境,真的让人羡慕,多好的一对啊！但没想到,这两个人早已貌合神离,分居多年,看来表面的和睦,也难以掩盖"家家都有一本难念的经"啊！

"有许多事让泪水洗过,更明白",不管怎样,希望有一天,我们都不会后悔,因为曾经在自己的生命里有过一段美丽的传说。其实,在综艺节目中加入这些讲故事的形式并不是节目的目的所在,节目是希望通过这些故事让观众看到人们直面问题的勇气、与命运搏斗的力量以及战胜病魔的信心。这样,讲故事的初衷就不是引人沉浸到业已发生的事件中去寻寻觅觅,而是希望能够使人看到一飞冲天的生活亮光背后和排除万难的倔强斗志以及"万水千山只等闲"的精神风貌。闫学晶在《越战越勇》中谈到她在片场得阑尾炎,即使疼痛难忍,还是若无其事地坚持把戏演完,在场的演员哭了,导演哭了,制片人哭了,群众哭了,儿子也哭了,应该说,没有对事业的认真态度和执着精神,就不会有如此动人心魄的故事。《经典咏流传》中德德玛说自己得病前是一个人,得病后感到时间格外紧迫,几乎变成了另外一个人。她说得病前浪费了许多时间,得病以后,觉得应该更加值得珍惜这些时间。她通过读儿子在20年前给她写的一封没有寄出的信,一字一句,读出了一位母亲

九、倾　情

争分夺秒、百折不挠的精神境界。这些故事没有编排，都是现场直播，积淀着平凡人的情感，代表着平凡人的希望，也是平凡人在用自强不息的方式向时代致敬。

多种故事形式记录着一个时代的缩影，传播着社会文化的价值观念，引导着社会性格的形成。对过去故事的记忆和讲述，不仅构建着社会的文化形态，也在弘扬着向上向善的主旋律。许多叙事不仅仅是一种综艺新形态的呈现，而是通过一种有声有色的方式，促进着社会主义核心价值观的传播。因为人们在面对人生种种困难的时候，最大的支柱就是信心，最大的动力就是希望，最大的力量就是坚持，星星之火，可以燎原，只要我们用正确的思想去面对曲折，用积极的态度去对待问题，用必胜的信念去战胜困难，最终一定能够破茧成蝶、凤凰涅槃。

这是一个分享感受的时代，也是一个打开心扉的时代。综艺节目只不过是顺势而为，乘势而进，却给许多人解放自己、摆脱桎梏、说出感谢的机会。他们从独自承受到敞开心扉，这是具有革命性意义的飞跃，因为我们的文化向来都是注重含蓄内敛，能够把爱大声地说出来，这是一种突破，也是一种改变，更是一种勇气和担当！"感恩的心，感谢有你，伴我一生，让我有勇气做我自己"，他们希望要把种这种爱传递下去，彼此接力，花开满园，让世界永远充满爱！

以前，我们总觉得这无非就是在综艺的列车上加挂了一节故事的车厢，不是什么新玩意，现在的看法已经发生了天翻地覆的变化：其实，整个列车里装满了故事，装满了力量，装满了生动。这也就是说，原来是以既定的节目类型为基础，选择那些有故事的人物起到画龙点睛的作用，形成了"综艺＋故事"的模式，现在的编导已不满足于故事这种附属的地位，彻底改变了原有的排列，以故事为主体，以故事为本位，直接以故事开头，形成了"故事＋综艺"的模式。这说明人们已经看到了故事的深度价值，许多综艺节目不再以艺术表达为主，而是以真人诉说为主，围绕着真人诉说来进行谋篇布局和艺术穿插，故事本身变成了关注的焦点和核心，综艺形式反倒成为一种补充和派生。比如《朗读者》，就是以个人成长、情感体验等背景故事与传世佳作相结合的方式，选用优美的文字配合故事的表达，用最平实的情感读出文字背后的故事价值。《故事里的中国》系统梳理与总结了中华人民共和国成立以来的现实主义题材文艺作品，通过《渴望》《红高粱》《凤凰琴》《永不消逝的电波》《焦裕禄》等经典作品的回顾，邀请故事的亲历者和见证者登台讲述，深入挖掘故事背后的真实过往，甚至是鲜为人知的历史细节，然后再通过影视、戏剧、综艺等艺术形式的生动再现，以此串联起一座"影像艺术博物馆"。

从"＋故事"到"故事＋",前者是运用故事的魅力,后者是提升故事的价值。前者着眼人的故事,后者着眼故事里的人;前者听故事是综艺节目的补充;后者综艺节目是听故事的附属;故事成了综艺的灵魂,综艺成为故事的形式。与其他流行综艺形式不同,这些以故事为中心的综艺节目天然具有使命感和责任感,着眼于信仰的提炼、力量的汲取、道德的提升和素质的提高。它们不仅在改变那种纯粹艺术展示的天马行空,而且还寄予着人们与时俱进的急切渴望。

至于为什么会从"＋故事"发展到"故事＋",我觉得有以下几点因素。一是体现对审美需求进行时的尊重。人们的生活就是由一个个故事所组成的,而且每天都在上演新的故事,有知道的,也有不知道的,有惊险的,也有不惊险的,总会花样翻新、推陈出新、以旧换新,这些栩栩如生的生活原件有温暖、有同感、有警示、有激励,在编导的眼中,他们当然希望综艺节目能够成为这些故事追影随形的复印件。二是体现对过去故事完成时的尊重。所谓故事就是过去的事,是以前的事。这些事都是真实的事、难忘的事、感人的事,应该让这些感人、动人、喜人故事走到观众面前,通过生动的案例,带来更多的启迪、鞭策和激励。同时,荧幕化的手段,全方位地调度,不仅能够追根寻源、条分缕析,而且还原出许多感人至深的瞬间。三是体现对综艺创新完成时的尊重。编导都希望用新创意和新思路来讲述新时代的中国故事。我们看到这些综艺节目都努力将影视、戏剧、表演、综艺多重艺术形式融合呈现,致力于打造一个殿堂级的文化新品,通过朗诵或将戏剧搬上电视,创造"1＋N"多个舞台空间,进行多线并行的立体叙事,展现有血有肉的真实人物情感,最终呈现出生命之美、文学之美、情感之美和电视之美,发挥出感染人、鼓舞人、教育人的重要作用!

"团圆",中国文化的神来之笔

正值元宵佳节,红光影里透琉璃,月色圆中蕴翡翠。买汤圆,煮汤圆,吃汤圆,"吃了汤圆好团圆"。团圆是中国人的幸福配方,元宵节吃元宵,就是奔着团圆而去,也是随着团圆而来。

相传东方朔到御花园为汉武帝折雪梅,看到宫女元宵泪流满面,宫深似海,亲人难见,东方朔对此深表同情,派人禀报,"长安在劫,火焚帝阙,十五天火,焰红宵夜"。汉武帝连忙将其召唤进宫,听其献策,他煞有介事地提了三点:一是火神爱吃汤圆,可让宫女元宵做好汤圆,十五晚由万岁焚香上供,同时传令京都人家届时供奉;二是传谕臣民十五晚必须张灯结彩,点响爆竹,燃放烟火,好似满城大火,方可瞒天过海;三是通知城外百姓,十五晚进城观灯,以消灾免难。正月十五日果然满城风景,元宵的亲人们纷纷进城观灯,全家团圆,梦想成真,元宵节由此诞生。

对于这个故事,我没有关注它的历史真实性,读来却很感动,也很温暖,深感很契合人们的心理,听起来也好像很接地气。渴望与亲人团圆是一种与生俱来的生命力量,不管遇到什么强大的阻力,都会有坚持不妥协的决心,就像一股激流穿行于崇山峻岭之中,反而因此变得更加汪洋恣肆。团圆的故事中必然隐伏着人性的大结构、大合理、大趋势。但在中国文化的历史传统中,团圆的实现方式却显得那样简单,就是看看父母,看看爱人,看看孩子,看看亲朋好友,其实正是在这种简单中才凸现出不简单,简简单单的背后就是真真切切。当人们感觉形单影只的时候,那颗悸动的心便会自然地往最温暖的地方靠近,那个最温暖的地方,不是别处,就是自己的家。亲人在哪里,家就在哪里。经过几千年文化的薪火相传,各种各样的节日就这样逐渐地积淀成许多团圆的日子,元宵节当然也是如此。在许多名著的细致描写中,我们可以深切地感受到元宵节的不同凡响之处。

在《红楼梦》第十八回中,元春省亲,正好赶上元宵佳节。"昌明隆胜之邦,诗礼簪缨之族",到处是花团锦簇,灯光灿烂,流光溢彩,珠玉生辉,笙歌聒耳,锦绣盈眸,但整个描写的落脚点还是在于元春与家人团圆。在这看似烈火烹油的纷繁世界中,插播一段人伦欢聚的场面,并不是隐喻豪门贵族的花好月圆,而是在火树银花之中寻找普通人家的快乐源泉。到了《水浒传》和《三国演义》中,元宵节就没有那么喜庆了。《水浒传》第三十二回中,宋江前往清风镇观看元宵之夜的花灯,却因此遭劫被捕。《三国演义》第六十九回中,五位大臣联手在元宵节之夜倒戈伐曹,结果死于乱军之中。一个是生离,一个是死别,好像与元宵节的团圆之意背道而驰,但作者选择在元宵节里毫无顾忌地展现刀光剑影和人事悲怆,其隐喻意义和劝谕价值更加鲜明。《西游记》第九十一回中,唐僧师徒四人进城观看灯会,本应是一出文戏,却变成了武戏,三个妖精化作一阵清风将唐僧卷到洞中去了。孙悟空和猪八戒、沙和尚与三个妖精大打出手,殊死搏斗,最终化险为夷,师徒四人重新团圆。

大团圆的结局在中国古典戏剧中更是不计其数,几乎遍地开花。《西厢记》描写的是两情相好,朝朝暮暮;《牡丹亭》描写的是杜丽娘死而复生,与柳梦梅还魂团聚;《长生殿》描写的是李隆基和杨玉环在天上相会;《梁山伯与祝英台》描写的是双双化蝶,形影相随。有情人终成眷属成了爱情故事不可变更的定论,也是许多爱情让人感同身受的深切体验。这一生,遇到你,便是最好的团圆。相知者相爱,相爱者相生。地上连理,天上比翼,空中双飞,人间团圆。经典化、定格化、通用化,也就成了中国叙事的主导模式。西方戏剧却迥然不同,无论是《哈姆雷特》《李尔王》,还是《奥赛罗》《麦克白》,都绝少出现大团圆式的结局。

既然这个大团圆的结局不是"舶来品",那就是纯粹的"国产货"了。作为一种带有民族特色的文化现象,背后就是从不言弃的民族性格以及温柔敦厚的美学观念的艺术折射。在儒家看来,只有奉行中庸之道,才能达到和谐大同的境界。可以说,"贵和尚中"作为中国传统文化精神的精髓,是大团圆结局产生的深层次的文化根源。但我们更加看重的是,中国文化筋骨中那种矢志不渝的想象性思维,洒得开,活得透,走得畅,挺得住,不管是千山万水、千难万险,还是千辛万苦、千言万语,绝不让观众失望。所有的故事都不应该是悲剧的结局,因为故事还未结束,还要继续,只要往前走,就有希望。人们总是渴望超越自我、突破局限,实现自己的情感理想,大团圆结局就是对这种情感理想的达成,因此,大团圆结局如此连篇累牍,也是人们渴望不断突破各种困难的体现。当然人生肯定会有许多无法超越的局限性,"人有悲欢离合,月有阴晴圆缺,此事古难全",但人们对此没有消极懈怠,也没有退缩,而是更希望用"但愿人长久,千里共婵娟"这样的方式,去填补情非得已的

九、倾 情

距离感和残缺性,希望给人生带来更加鲜艳的亮色!尽管当今网络通信四通八达、瞬间即至,但在最繁华的时刻、最热闹的场合,总是免不了对亲人的思念。此时相望不相闻,愿逐月华流照君,无论身在天南,还是海北,都希望有天涯共此时的感觉!

余光中先生的《乡愁》中所描绘的,那年少时的一枚邮票,那青年时的一张船票,那未来的一方坟墓,作为不同人生阶段的典型符号,就抒发着诗人绵长的乡关之思和急切的团圆之情。"而现在,乡愁是一湾浅浅的海峡,我在这头,大陆在那头。"万斛情感有如百川奔向东海,有如千峰朝向泰山,将诗人的个人悲欢与祖国之爱、民族之恋交汇在一起,感人至深。据说为了进一步深化主题,诗人在后来还续写了第五段"乡愁是一条长长的桥梁,你去那头,我来这头",又将无声无息的爱化成了一幅血脉相通的画卷,抒发了希望两岸团圆、祖国统一的热切期盼,更加淋漓尽致地演绎出了诗人对故乡、对祖国的深深眷恋之情。

庆团圆,想团圆,盼团圆,喜团圆,对美好生活的坚定向往和不懈追求,经过长期的淘洗转化,已完全积淀在民族心灵深处,成为生命的哲学和艺术的视野,形成了完整的文化心理结构,表现为特有的行为、习俗、观念、信仰、思维方式等。这种文化心理无处不在,无时不有,在潜移默化中指引着人们处理人与人、人与物以及人与自己的关系。历史长河悠远,岁月无痕,天地喜乐,家国团圆。中国人对团圆的追求,由来已久,根深蒂固。哪怕再远,他们也要赶回家过一个团圆年;哪怕再忙,也要赶回家看一看爹娘妻儿;哪怕再累,也要赶回家吃一顿热乎乎的饭菜。因为我们都有一个红红的中国结,大地不老,月光普照,生生不息,矢志不渝,团圆就是中国文化的神来之笔!

有一种现象叫煽情美学

还记得那同窗时代教科书里散发的浓浓墨香吗？还记得那相濡以沫的温柔感觉吗？还记得那相依为命的深深感动吗？还记得人生之旅中的那一次次奋勇搏击的情感律动吗？不知从什么时候起，诸如情感访问、情感追踪、情感超市等节目在荧屏之上风起云涌。那种思故怀旧的情绪在千万次的追问下，从幽深的记忆中带着心灵的震颤，被一唱三叹地繁衍了出来。一时间，名流大家的艺术人生、平民百姓的奇特遭际纷呈迭出，成了"情绪通信"的发射塔，一次次地掀起了人们的思绪风暴。如泉之出山，如荷之出水，如瀑之跌落，如海之汹涌，推动着情感悟性与智慧灵性的交相汇流，使这类节目具有了倾泻心志的甜美，诱发情愫的曼美，净欲涤洁的纯美，启人心智的灵美，以及发人深思的壮美……

那种淡淡的诉说和开怀的畅叙常常会令我们留下疑问——为什么现在特别注重演绎现代人的感情？因为现代人的感情已不仅仅是一种天真的童话和浪漫的憬悟，而是带着社会的印记、现实的触角，正在繁花似锦中催生着日益多元化的多重性质：富有传统意味的"含蓄"掩藏着情感的伏脉，同披着现代意识袈裟的"奔放"同时登场；渐行渐远的带有原始性质的情感疯狂与多年来心里积淀的情感沉重在继续较量；光艳照人、魅力四射的急功近利与灰色颓唐、粗情浅露的流行风尚谐振共舞；憧憬生活、情思流畅的青春思维和走向顶峰、情思枯竭的成熟感觉与日俱增；违反道德、遭人痛斥仍在肆意蔓延的恶情与日益露骨的情感工具化倾向并驾齐驱……这些与社会同步的情感现象不得不激发无所不至的镜头，进一步深入人们的内心世界，去寻找答案的真相。在现实中，情感问题确实是一座取之不尽、用之不竭的富矿，它也正日益引起人们的关注和洞察其中奥妙的兴致，通过电视语言传递出富含民族文化传统而又具有现代气质的人间真情，正合乎着时代的要求，于是情感类节目蓬勃兴起。

注重对情感的审美观照，还缘于其情感谱系中凝聚着人们内心深处许多铭心刻骨的

九、倾 情

东西。在充满许多意想不到的人生变数之中,酸甜苦辣的多重变奏,包含着丰富的音符和独特的音阶。每个人都有自己的人生历程和情感轨迹,都有自己不堪回首和难以忘怀的过往,在日常生活中人们也时不时地会打开内心的闸门,希望向自己的亲人、挚友或同学进行情感倾诉,把个人情感或困惑转换为讨论的话题或研究的对象,驱使着主观情绪逐渐向客观表达悄悄转化。电视镜头不失时机地将这种内心情结袒露于人、公之于众,只不过是顺势而为、乘势而进,将那些原本属于个体默默承受或少数人了解的特殊遭际和人生况味,一下子拓展开来,成为人们共享同悟的人生经历和情感体验。尽管人们在现实中所遭遇和经历的情形各有各的不同,但其中蕴含的人生哲理和情感倾向是共通的,也是完全可以互相理解的。因此人们对这类情感故事的"感光"活性特别强烈,并不仅是惊奇或者同情世间的独特遭遇,而是从"他们"中看到了"我们",相同、相似、相通的经历竟如此激越地拨动着共情的弦索。这是体验也是体会,是动情也是激情,是一种因人生启发教育感动而使自己变得更加容光焕发的审美愉悦。情感的通道是人与人之间最直接的通道,这也正是观众普遍喜爱看此类节目的原因之所在。

诚然,作为艺术表达的情感有时是需要煽动的,但并不是漫无边际地放大或夸张,而是要善于抓住牵一发而动全身的敏感神经,从事物的深层情脉中挖掘出美的精灵,把情感应有的色彩剔选出来,孕育而成精品,然后慢慢地融入风动泉流的那一片心灵芳草地。许多节目曾不断回放杨利伟在外太空对祖国的无限深情以及对家人表达思念的镜头,强烈的富有个性色彩的情感传递蕴含着梦圆太空的民族自豪和来自天外的人伦至情。人民艺术家常香玉去世后,电视上反复播出她在生命最后时刻的弥留镜头,让人感到豫剧泰斗即便是在面向有生世界"交班"的时候,也仍然是那样从容不迫,她似乎是在集中全部的思维精华,凝结全部的心灵之力,讴歌人生最后也是最动人的生命华章。如此重复成了一种表达的经典,然而这种重复毕竟是对事物本身原有情感的一种提炼和升华,而绝不是故弄玄虚! 看到有些节目无视人物的心路历程,自说自话地按照出奇离奇的思路来操作,哗众取宠,吸引流量,甚至为了谋求某种效应,不惜打乱人物的思绪,让人物去面对不愿回答、不想回答也不能回答的尴尬问题,更有甚者对人物特别忌讳的人身缺憾和情感伤痕穷追不舍,使煽情的氛围在人物的情非得已之中变得甚嚣尘上。

可见,直奔主题的煽情显得有些急不可待,过于急不可待反而失去了宁静致远的美感。《鲁豫有约》采访了许多人们熟悉的陌生人,他们心如潭水静如风,拥有一种娓娓道来的深厚美感,在不动声色中反而显得更具魅力。记得章含之如泣如诉地讲述了自己爱情与《简·爱》屡屡相遇的天作之合,这时鲁豫情不自禁地喊出"天哪,又是《简·爱》"!这是一种发自内心的惊诧,并不是故作姿态的矫情。可见情感不是煽出来的,而是在顺其自然中流露出来的。

有一种感觉叫心心相印,有一种诉说叫发自肺腑,有一种回忆叫昨日难忘。对于过去生活的回忆,或者说能够驻留在心灵大幕上的事情,它们摆脱了时间的束缚,成为历史的馈赠,往往都会凝结成典型化、浓缩化、诗化的内心冲动和情绪节点。由于这些都是从亲身经历中披沙拣金般提炼出来的独特感受,所以投射在观众的视野里显得特别明晰、特别凝练,也特别鲜活、特别动人,仿佛就是任意驰骋的心灵放牧,举凡春阳照拂、醺风陶醉、暴风骤雨、雪霰冰雹,一切都在水到渠成的审美距离之中。没有煽情的煽情,这也许才是所谓煽情美学的真谛所在。

微信诚心

什么叫落伍？就是社会发展催生出某种大众传播技术，你却对此置若罔闻，拒绝"开发"自己，不愿学，不想弄，不会用，而被时代甩在后面。比如微信，你不会，人家会；你不方便，人家可方便多了。新春佳节，举国欢庆，"每逢佳节倍思亲"，微信也不出所料地更加"火爆"了起来。特别是对那些不能回家过年的人，他们掌握了微信功能，就等于跨越了时空，没阻碍，少花钱，多办事，而且还非常便捷。无论是视频电话、网上支付，还是传真照片、语音留言，千里之外，如进家门，其乐融融，如见其人。他们就是发个红包，在自己的家庭群里也能闹个热火朝天。

社交层面上的新年祝福，在微信里异常红火，特别是到了大年三十和大年初一，大家都不约而同地赶在这个时候，争先恐后、不知疲倦地猛发信息。信息也五花八门，但看多了以后，边际效益也随之递减。"似曾相识燕归来"，千人一语，千人一面。有些人缺少真诚的态度，对方主动发给你，说明心里有你，礼尚往来，你自然要回过去，但令人啼笑皆非的是，对方马上又给你回了一条，还是同样的一条，估计他对自己究竟发给了哪些人根本没走心，谁发来也没在意，只是手指一动，把人家发来的比较好的"警句妙语"回复过去，算是完事。还有的早早就准备了一大片指向宽泛的模糊语，兵来将挡，水来土掩，以不变应万变，看来他们一准就是为着以一对百来谋划的。

如今已进入非常个性化的时代，人们更注重个性化的定制，这是时代的脉搏，应该同频共振。有针对性地祝福，至少反映发微信的人自己是明白的，他发给谁，发什么都是有考虑的。语言不能说是完全具有唯一性，但至少体现了针对性，至少让人家明白，这是为我发的。有人发微信特别注明是"原创"，说明他对祝福语的理解是正确的。看到他能够增加一些"特质"的因素，那种感觉会特别好，因为这是专属的祝福语，表明他是专注的、明确的，不是随意的。我有位朋友，每年的祝福都是他先到，有几次我抢也没抢过他。去年中秋佳节,云掩月色,我早早地就给他写了首打油诗:"每逢佳节短信到,挚友深情我知道,感君时时常想起,中秋无月心中照。"应时应景,因人因事。发过去后,对方反应强烈,立马回信,认为写得很好。其实我知道,从严格意义上讲,这不能叫诗,没有诗意,也没有诗味,顶多是个"打油诗",但真诚之意鲜明,尊重之心浓厚,对方了然于胸。春之有花,必然秋之有实。

有的人将别人发给他的微信,居然一字不动地转给了他人,这也不是不可以,问题是你是不是要把别人的名字换成自己的名字?要不然接受者不知道究竟是你在拜年,还是原主人在拜年。哪怕你不署名都可以,因为通过微信账号可以知道,但张冠李戴,算怎么回事?好像对此也太不认真了吧!有人虽是自己写出来的,但令人尴尬的是,他把祝"新春愉快"写成了祝"新春偷快",还有人把"全家幸福"打成"全家幸负",难不成新春佳节我们还要偷着乐,全家还要为负债感到庆幸吗?对此我想了半天,觉得这肯定是笔误造成的。许多人都会出现这种情况,特别是因形音相似而出现错误在所难免,但应尽量避免,及时改正。有的人对此就做得很好,发现问题,赶忙把错的地方改过来,单独地再发一次,这叫知错就改;如果把错误留在那个地方,自己还若无其事,认为不是什么大不了的事,听之任之,那叫一错再错!

这种点对点的交流方式确实焕发了微信的活力,而点对面的交流平台也在不断推陈出新。不是有人就在群里统发新年祝福吗?"祝各位亲朋好友,祝大家新春愉快!凡发信给我祝福的,我不一一回复,在此一并致谢!"还好,他算给大家回复了,但也表明哪怕是举手之劳,他也懒得给你们一一回复了。人家是单独发给你的,而你却在"撒胡椒面",这多少显得不尊重别人。己所不欲,勿施于人。既然别人这样做,你会觉得有些不舒服,那么自己对此就要格外注意了。我基本都是自己写,哪怕简单一点、朴素一点,也要实在一点、诚心一点,最好也能逐一留言拜年。

对于微信拜年的方式,几个老朋友碰面时,免不了会议论一番。有人说,给人家发微信,第一天发的,到了第三天才回复;有人说,回信息还算好的,还有人根本就不回,好像无足轻重,对此视而不见;有人说,现代人对感情非常吝啬,平时一条微信不肯发,到春节也没有一声问候,真让人受不了;有人说,你给他发微信吧,他给你回了首诗词,有的干脆发张图片,要诗词我自己不会背诵吗?图片网上也多得很,何必烦劳大驾呢?

也许出现这些情况会有许多客观原因,但这些原因的背后,有一点是非常明确的,那就是人们置身于"掌"握天下的网络社会,对真情的需要,不仅十分渴望,而且非常强烈!

九、倾 情

随着科技的日新月异,交流方式的变革是大势所趋,不断变化的是传递感情的方式,永远不变的却是感情的本身。虚拟空间是现实生活的翻版,待人以诚,不忘初心,无论网上网下,都是永不褪色的准则!微信要让人相信,就必须情动于衷而形于言,言之不足,发于指端,一片深情,一键传真!

假期的最后一天,收到一个祝福,前面一大堆祝福语耳熟能详。但最后,他说,"没有赶上初一,但赶在上班的前一天,但愿这个晚年拜得不晚,这个迟到的祝福没有迟到"。我深感其中有真意,欲赞已忘言!

网络时代尤喜书香

网络时代的到来,确实改变着人们的阅读方式。浩瀚无边的信息海洋早已被一"网"打尽,这里时而白云飘飘,平波静水,一片湛蓝,时而引起轩然大波,"乱石穿空,惊涛拍岸,卷起千堆雪"。在这个高速运转的现代社会里,面对几何级增长的知识能量,伴随着不甘人后强烈的危机意识,人们时刻担忧着因为不能及时掌握资讯,而被摔出生活的轨道之外。因此,无论是原住民的生存本能,还是新移民的奋起直追,这一路走来的浩浩荡荡的"低头大军",基本上都是手机一族,他们随手拿、随身听、随便看,或网上冲浪,或周游世界,随时随地,随心所欲!

数字阅读大大降低了人们获得知识信息的门槛。应该说,这是技术跃迁带来的巨大的社会进步,不仅有层出不穷的数字化呈现,如电子书、网络小说、电子地图、数码照片、博客等,更有千变万化的数字载体,如PC、PDA、MP3、MP4、手机、阅读器等。数字阅读成了前所未有的先锋媒介,突然之间,就带来了耳目一新的全新世界。汉字输入更加简便,易于存储;制作上传更加简捷,不用印刷;阅读查找更加简易,可以自由调取。更重要的是,其阅读效果完全复制人们现实的感受,特别是"三微一端"的现身,"视""图""文""声"四者兼具,绘形绘影,绘声绘色,最大限度地还原人们生活的固有形态,成为炙手可热的追捧新宠。

就以微信为例,目前用户已届几亿级别,蝴蝶效应已不是理论上的想象空间,而是每天都在发生的现实风暴。每人每天平均要查看30次以上的朋友圈,扫一扫,看一看,翻一翻,搜一搜,摇一摇,还使用即时检索、储存、转发、点赞、讨论等功能,也就是说,微信这个载体毫无疑问地站在了巨大流量的入口,人们可以根据自己的需要,通过适当的方式,选择自己关注的信息,发表自己的看法,做出自己的处理。这种召之即来、来之能看的数字阅读,确实具有更加贴近需要的优势。人们因此都在争先恐后地追踪着光阴的故事,希望

九、倾 情

知道全世界每时每刻发生的一切,这也是活跃在社交平台上源源不断的话题。这时的手机已不仅是通信的必需品,还成了须臾不能或缺的随身品。因为有了它,与世界的距离便只有一步之遥,没了它,就像是远隔千山万水。

据中国新闻出版研究院发布的第十八次全国国民阅读调查结果表明,手机阅读和网络在线阅读是成年国民数字化阅读的主要方式,数字化阅读方式(网络在线阅读、手机阅读、电子阅读器阅读、平板阅读等)的接触率为79.4%,进一步对各类数字化阅读载体的接触情况进行分析发现:2020年有76.7%的成年国民进行过手机阅读;71.5%的成年国民进行过网络在线阅读;27.2%的成年国民在电子阅读器上阅读;21.8%的成年国民使用平板电脑进行数字化阅读。各类数字化阅读方式接触率从数字化阅读方式的人群分布特征来看,主力依然是18—49周岁的中青年群体,同时越来越多的50周岁及以上的中老年群体加入数字化阅读大军。具体来看,在我国成年数字化阅读方式接触者中,18—29周岁人群占31.0%,30—39周岁人群占23.2%,40—49周岁人群占22.6%,50—59周岁人群占15.9%,60—69周岁人群占5.6%,70周岁及以上人群占1.7%。

这也就是说,网络在线阅读、手机阅读、电子书阅读器阅读等正在呈现出"群峰并峙"的多元化趋势,在不同人群、不同年龄段中衍生出铺天盖地的景象。这种阅读方式特别能够兼容人们的生存方式。当今的社会生活正处在快进的节奏中,"来也匆匆,去也匆匆",你必须不停地往前走,不往前走也会被人推着往前走。一日千里,瞬息万变,天天面对新问题,时时都有新情况,人们需要了解的信息涉及方方面面,政策、广告、信息、交通等,希望它们能够成为自己生活的帮手、幸福的助手和事业的扶手。

这样,无处不在的浅阅读也就"风生水起"。对此,我们不必大惊小怪,也不要视同洪水猛兽,更不要急急忙忙地就去否定它。其实,这种现象不是今天才有的,可以说是与阅读行为同时出现的。这是因为不同的时候,人们需求不同、兴趣不同、注意力不同,对于是否是适合自己的阅读方式,会自觉或不自觉地形成中心和边缘的区分。对于中心的、与己有关的部分,人们可能会认真仔细地阅读;对于边缘的、与己无关的部分,人们也没有必要太注意,一看而过。只不过因为今天网络的发展和技术的支撑,面对五色斑斓的世界,人们目不暇接,使得这种浅阅读的现象变得如雨后春笋、遍地开花。

对于读者来说,重点不在于怎么读,关键是读什么。数字阅读和纸质阅读,只是阅读工具不同而已,关键还是在于阅读的内容,不同的内容决定着不同的阅读方式。数字阅读的异军突起,给纸质阅读确实带来了巨大的挑战,不可否认,有些人对报刊已经不感兴趣了,对书籍也缺乏往日的热情,甚至他们在堆积如山的纸质媒体面前,居然也会视而不见。更有甚者早就屏蔽了纸质阅读,认为网上什么都有,信息获取得更快,但我要说的是,数字阅读的"长驱直入",并不意味着纸质阅读的"节节败退"。数字阅读确实更为便捷,值得人们拥有,但也不能无视许多人对纸质阅读从未放弃,只是从大张旗鼓的浓烈变成了悄无声息的执着。

现在仍有许多人习惯于"拿一本纸质图书阅读"。纸质阅读仍与数字阅读并行不悖。据中国新闻出版研究院发布的第十八次全国国民阅读调查统计,2020年我国成年国民图书阅读率为59.5%,报纸阅读率为25.5%,期刊阅读率为18.7%。从成年国民对各类出版物阅读量的结果来看,2020年我国成年国民人均纸质图书阅读量为4.70本,纸质报纸的人均阅读量为15.36期(份),纸质期刊的人均阅读量为1.94期(份)。据说在纸质阅读方面,有72%的受访者更喜欢纸质书籍,而只有9%的受访者喜欢电子书。这些喜爱纸质阅读的读者心有灵犀,心心相印。不管是从一见钟情的爱不释手,还是相见恨晚的恰逢其时,他们都矢志不渝地坚守着自己的阅读方式,以固定的阅读姿势,进入固定的阅读时间,这已然成为他们身上书香依旧、笑迎春风的生动注脚。

人类的阅读活动总是伴随着人类文明的发展而与时俱进的,这是因为记录传播符号信息的载体,也是在不断的发展和创新之中。从阅读史前摩崖石刻到结绳记事,再到甲骨文、竹简、帛丝等,尤其是造纸术的发明和纸张的普遍应用,我们进入了纸质阅读的大众化时代,这应该是阅读史上的高光时刻。许多读者远离尘嚣,摆脱庸常,书香缭绕,滋润心灵,塑造出了久久难以忘怀的宁谧风景。无论我们内心如何波澜起伏,当静静地打开书本的时候,心灵便会随着踥蹀的文字慢慢被抚平,字里行间,形神情意,总有一种深入骨髓的力量。集中注意力,保持专注力,强化自制力,彻底摒弃所有的杂乱纷扰,全身心投入自己广阔的内心宇宙。特别是我们在紧张的工作之余,放慢节奏、放松心情、放飞思绪本该是生活的主题,而读书天然具有那种慢条斯理、悠悠品味的感觉,必然会成为人们一种休憩和修炼的方式。

当我们聚精会神地沉浸到读书境界之中,旁若无人,神游物外,其实就已把寂寞的生活时光变成了自我的享受时刻。不同的作者会带给你不同的感悟,不同的作品会带给你不同的体验,你也会因此通过一种细细品味的方式,领略到见于言外的无穷之美:有的像优美抒情的绝句,有的像气势恢宏的排律;有的像婉转悠扬的小夜曲,有的像气势磅礴的交响乐;有的像一幅轻描淡写的山水画,有的像一轴浓墨重彩的油彩画。它们是休息区,

九、倾 情

它们是加油站,它们是多棱镜,它们是万花筒,无不散发着罕有其匹的美丽!这里有对仁人志士远见卓识的激情喝彩,也有对骚人墨客睿智思考的非常礼赞,但更重要的是全身心投入其中所带来的那种酣畅淋漓的审美享受,不可言宣却相伴相生,"读来读往"却独自深入,自省自立却自得其乐。

对于数字阅读而言,很难有这样的闲情逸致,好像总是在行色匆匆的路上。我们所能看到的,就是人们不停地在刷手机,追"波"逐"浪",争分夺秒。毫无疑问,这里涌动着拓宽视野的开放性和抓取信息的即时性,但同时也在潜移默化中,形成了跳跃性、碎片化、快餐式的阅读习惯。那些纷呈迭出的标题党和汹涌而来的各种诱惑,伴随着夸张的画面、鲜艳的色彩甚至还有混搭的音乐,使感官的刺激比较强烈,炫目的特色比较彰显。人们非常乐意运用快捷思维进行对接,通过浏览式的阅读,强调走马观花,一扫而过,甚至许多微信公众号都以短、平、快的文字推送为上。有许多电子媒体也想方设法顺应这种阅读心理,以期博得眼球。因为他们知道,许多读者都是在工作和生活的间隙中见缝插针,他们希望有新鲜的阅读,却不希望有过于艰辛的阅读。一清二楚、一目了然、一针见血,是他们最喜欢的文字。如果不是沿着这个思路走出来,他们一定会置若罔闻、弃之不顾!

他们所要达到的阅读目标,就是知道是什么就行了。至于为什么会这样,他们觉得自己没有必要了解,更没有时间去应付,而且网络也不会给他们更多的礼遇。许多文章就像电光火石一样,如过眼云烟,瞬间消失,想在"人群中多看你一眼"都不可能,在海量信息的挟裹中,一不留神就会被接踵而至的新浪潮所淹没。因此,这种迫不及待的阅读,箭在弦上的匆忙,所得到的许多信息,基本都属于一鳞半爪的"印象派"。这种阅读不能说一点思考都没有,但至少可以说,这种思考不可能是全面的、深入的和系统的。

许多年轻人都是数字阅读的热心拥护者,他们几乎都是看着手机和戴着耳机长大的。他们对新兴的传播方式有着天然的亲切感,播放量、阅读量、点击量,代表着他们内心对流量的顶礼膜拜。他们依赖数字阅读获得许多信息,享受着一目十行的"视觉狂奔"。他们在这些方面用的时间最长、花的精力最大。"试玉要烧三日满,辨材须待七年期",但他们不愿等这么长时间,也不可能等这么长时间,没有这样的耐心,也没有这样的劲头,常常自以为经历了烈火淬炼、刻骨铭心,其实那种大而化之的数字阅读,留给他们的只能是记忆的模糊截图。久而久之,这种片面强调简单轻松、实用性甚至娱乐性,就成为有些人的最高追求的阅读形式,对于正处于阅读养成关键时期的中小学生来说,过早地或过分地投入这种数字阅读,甚至肆无忌惮地沉湎其中,肯定不利于注意力的集中和思考力的提升。

这是一个"信息过剩和注意力缺失"的时代。特别是随着自媒体的风起云涌,为了吸引注意力,自媒体内容的创作者各显神通,花样百出,网络的超级链接让我们一次次疲于奔命,每一次中断都是一次注意力的转移,看上去好像"万水千山总是情",其结果所到之处都是浮光掠影、支离破碎。

事实上,纸质阅读所期盼的切实效果,不是停留在表面的新奇上,而是要继续往前走,深入到人迹罕至的地方,希望人们能够登堂入室,给人的理性判断多一些思考和抉择的空间,能够做到去粗取精,去伪存真,由此及彼,由表及里。正如古人所说,"俯而读,仰而思","读"总是要和"思"紧密地联系在一起的。作为"人类文明主要承载者",一本好书在密密匝匝文字的下面肯定埋藏着密密集集的思想,这些都是凝聚作者生命、震颤读者心灵、富有时代气息的东西。对此,我们不要急于求成,而要让时间沉淀下来,让情绪、感情、思想、记忆都沉淀下来,深入作者所营造的文字氛围之中,去感受书中所弘扬的价值理念,与自己的魂魄与共。我们还要饱蘸时代精神,让"冰山"下面的东西不断地浮出水面,用主体意识去体会其内在律动,与自己的人生同频。"物以类聚,人以群分",情以同近,通过这些阅读我们会遇到更好的自己。在这个时候,我们也常常会情不自禁地跳上志同道合之士的思想之船,一起在人生的航程中乘风破浪,勇往直前。这就是人们常说的一本好书可以影响人的一生的真谛所在。

在这个网络发达、数据化的"读屏时代",电视大屏、电脑中屏、手机小屏,机机相连,屏屏相会,让现代阅读行为发生了天翻地覆的变化。数字阅读几乎成了许多人阅读的主要模式,但纸质阅读也并不是可有可无,甚至可以明确地说,纸质阅读永不过时,即使在网络时代也有自己的位置。且不说如果没有网络的支持,数字阅读就难以为继,就算在设备、支付以及复杂的操作系统等方面也有比较多的限制,如果不会操作,反而会有"电脑是无穷的烦恼""手机是差错的契机"这样的问题。特别是老年人,他们的数字阅读的普及率还比较低,当然这不是他们自甘落后的理由,需要帮助他们尽快掌握现代技术,但也必须看到纸质阅读是他们由来已久的阅读习惯,是他们早就烙进生命的挥之不去的情结。他们读在其中,也乐在其中,其乐无穷。不可否认,数字阅读对眼睛的伤害和对视力的损伤也是有目共睹的,有人对此会不以为然,我却深有体会,最近眼睛总是发炎,医生给出的答案就是手机看得太多了。许多人和我一样都是在"撞了南墙"之后,看清了利弊,调整了方向,主动回归到纸质阅读上来的,这本身也充分说明纸质阅读依然拥有挡不住的魅力。比尔·盖茨说过,"电脑阅读远远比不上纸质阅读,即使拥有最先进的设备,但遇到超过四页

九、倾　情

的材料，我也会将它们打印出来。我喜欢随身携带纸质材料并在上面批注"。所以当我们看到数字阅读而神采飞扬的时候，也千万不能忘记纸质阅读的宁静致远。

由此可见，纸质阅读的价值和作用，是数字阅读不可替代的。数字阅读的优势也是纸质阅读无法比拟的。数字阅读无法"淹没"纸质阅读，纸质阅读也无法取代数字阅读。也就是说，这两种阅读并不是前赴后继的关系，而是应该共生共荣的状态，数字阅读在捕捉最新信息方面有着得天独厚的优势，而纸质阅读在深入学习方面则无出其右。它们互相不排他、彼此不排除、双双不排斥，互为红花绿叶，相辅相成，相得益彰。它们都是在自己擅长的领域发挥着重要作用。对于我们来说，就是要根据不同的情况，把它们的作用发挥到极致，使数字阅读和纸质阅读各得其所。这样，我们也能够左右逢源。面对数字阅读的狂欢，爆炸级别的喧闹，纸质阅读也应该热情搜求、收藏宏富，使自己成为许多读者不约而同的好去处。

因此，面对网络时代的复杂，我们既要学会用好网络，也要克服浮躁心态，洗净铅华，沉淀灵魂，多一些静坐读书，多一些探索与想象力，多一些文化与书卷气，回归纸质进行有效的深度阅读，提高自己对语言的理解和运用的能力；学会运用阅读的智慧和思考的成果来温润我们的心灵。正如三毛所说："我十分安然于一本好书、一个长夜和一杯热茶的宁静生活。对于人生，这已是很大的福分……"

纸质阅读不仅有阅读之美，还有触摸纸质之美。当人们陶醉于抚摸纸张的那种温暖、柔和、光滑的感觉之时，只有鼻子闻到油墨书香，眼睛看到纸上的图文，脑海里充满着诗和远方，才能真正感受到书中的情感特质和文化韵味。这时我们会发现，文字流淌在我们心中，如静水深流，微风和煦，月色星辰，桃李芬芳，香远益清。纸质阅读应该是值得珍惜的美好时光！

"阅读经济学"的机敏与智慧

书籍是人类知识的载体,是人类智慧的结晶,是人类进步的阶梯。阅读对于人生的重要性毋庸置疑,这是人们生存和发展的必由之路,人生巨大的内存需要通过不断的阅读来填充和刷新,同时对许多事物的本质意义的理解也需要不断阅读来添加新的注释。自古以来就有"开卷有益,一字千金"、"读书能求理,越读越有味"、"一日读书一日功,一日不读十日空"等名言留世。当今世界,随着科技高新化、信息网络化、经济全球化的深入发展,新知识、新事物、新问题层出不穷,建设学习型社会和建设学习型干部队伍的呼声日渐高涨,全面学习、持续学习已成为促进人的全面发展的必然趋势。1979年10月,联合国教科文组织国际教育委员会在《学会生存 教育世界的今天和明天》一书中首次提出了"终身学习"的概念,希望通过推动孜孜不倦的阅读来为激发人类潜能和点燃创新激情,提供一个不断支持的过程。这也就是说,阅读不啻是一种生活态度、一种工作责任,更是一种精神追求和生存方式。

现代文明社会里,人的求知欲望与探索热情势必导致人对阅读的需求,而阅读行为又反过来不断激发人的求知欲与好奇心。如此循环互动的结果必然导致阅读行为成为人们开启最美好的"精神盛宴"的一把钥匙,不时地会闪耀出一种贴近和改变现实的自在与荣光,生命也由此显现出澄明开敞的状态。"书味在胸中,甘于饮陈酒。"当人们在百忙之中赢得一片闲暇的空间,拥抱知识的版图,沐浴智慧的洗礼,不仅会有一种充实丰满的感觉,而且会被引领着脚踩祥云,尽情遨游"知识的太空"。在思绪万千的翻腾之际、心声萌动的鸣奏之间,正是人们获得人生理想、培养崇高感情和提升认知能力之时。可是在人们有限的生命历程中,或者说在现代人可支配的时间里,面对纷至沓来的海量信息,无论如何提高阅读速度与效率,也无法穷尽人间的智慧,更不要说眺望人类知识的广阔高原,就是与某一个局部实现简单的对接都是无法想象的事情。现代医学已充分证明,人类大脑是由

九、倾 情

将近1 000亿个神经细胞所集结而成的,储存容量以一份大约40万字的报纸来算,大概可以把700年的报纸内容装进去,但如果我们把耳闻目睹的所有信息毫无遗漏地输入进去,几乎很快就会达到极限。因此,人类书籍供给的无限性与人们接受能力的有限性是我们阅读过程中永远都无法回避的矛盾,更何况现代人还有许多主客观原因的干扰,越发加剧了这个矛盾。从经济学来说,商品供给量超过需求量,均衡价格就会下降。同样,当书籍的供给超过个人所能消化的需要时,注意力也会下降,如何能够充分地调动有限的注意力资源来做出最合理、最优化、最科学的配置,是"阅读经济学"必须面对和解决的重要问题。

"阅读经济学"从表面上看来是不得已而为之的一种注意力的选择和分配,其实深藏背后的是缩短阅读时间、提高阅读质量、注重阅读效率的机敏和智慧。它所要解决的不是"好学"和"苦学"的问题,而是"会学"的问题。但"会学"必须是建立在"好学"和"苦学"基础上的。"好学"即所谓的"知之者不如好之者",这一点非常重要,说明兴趣是最好的老师,良好的兴趣能够引导人见缝插针,见机行事,收集点滴时间,渐臻知识的化境。"苦学",这是解决意志力的问题。在古代就有"头悬梁、锥刺股"之类的学习方式,而对于现代人来说,更应该力戒浮躁,探幽析微,穷物理、守静笃、远奢华,做到学以修身、学以资政、学以经世。那么究竟什么才叫"会学"呢?一言以蔽之,就是"知道在哪里找到我们不知道的东西"。得其法者事半功倍,不得其法者事倍功半。联合国教科文组织终身教育局局长保罗·朗格朗进一步解释道:"未来的文盲,不再是不识字的人,而是没有学会怎样学习的人。"处于历史的新起点上,我们将努力成为具有世界眼光、把握发展规律、能够开拓创新、善于驾驭全局的"先行者"和"弄潮儿"。这就要求我们以最快速度、最短时间从各种内外资源中学到需要的新知识、获得需要的新信息,并以最快速度、最短时间将其应用于实践领域的变革与创新中去,通过不断创造阅读与知识的动态均衡,去真正实现人生的"与时俱进"和"自我超越"。

首先,我们需要改善心智模式。心智模式是人们内心深处长期保留的对阅读的看法以及由点滴领悟积累而成的思维定式,不同的阅读者一定会有不同的心智模式,这种心智模式是在漫长的阅读过程中,伴随着个体的从小到大、从少到多、由内而外的历练,慢慢地形成的阅读习惯。这种文化选择的潜移默化,最终会成为人格的一部分,也许人们有时并不能明确地感到它的存在,但它确实是左右人们的"心灵地图"。当人们的阅读面临新的刺激时,总是试图把它纳入心里原有的图式之中,以引起个体原有图式结构量的变化,这一阅读心智模式的特点就是同化;如果个体心灵中已有图式不能同化新刺激时,就必须修改原有图式或者重建新的图式以容纳新刺激,这时的阅读模式特点就是顺应。同化是引起心智结构量的变化,而顺应则是引起心智结构质的变化。不同的社会发展阶段对心智模式提出了不同的要求。在农业社会和工业社会前期,人们的知识结构体系建立以后,更多的是需要通过实践进一步积累经验,主要目标是对原有理论知识的运用和检验,所以说这个时期应该是同化多于顺应;而在工业社会后期和信息社会里,人类知识已呈"超音速"发展之势,而且科学技术从研究到应用的周期也越来越短,这个时期应该是顺应多于同化。对此,我们必须突破自己的思维定式,摆脱陈旧的思想方法的束缚,改变那种习以为常的阅读习惯,不能总是试图先采用同化的方式去学习和理解,等无法同化时才试图来用顺应的方法,而是应该积极、主动地顺应时代发展,大胆突破路径依赖,以更为开明和开放的心态,自觉地游弋于知识丛林之中,去予取予夺。倘若心智模式仍然停留在消极和被动的状态,很可能就会采取与新知识不相符合的已有图式去同化它。由于新问题没有在他们的心灵中引起认知上的冲突,最终必然导致与正确选择的擦肩而过,甚至是南辕北辙。因此,只有充分认识新问题与心灵中原有的认知图式不相符合,才能在心灵中产生新的认知飞跃,从而推动人们用主动顺应的方式来解决阅读中出现的新问题。

其次,我们需要塑造阅读愿景。阅读愿景是人们实现阅读期盼的未来图像,进一步说就是发乎境、成于思、见于形的阅读愿望。所谓"发乎境"就是说阅读愿景的建立总是与人们的生活境遇息息相关,这是人们启动关注的"始发站"和驱动阅读的"引擎器",不同生活境遇决定着不同的或者不同程度的阅读期盼:有的是为了生存而进行阅读,熟悉和了解现代生活的规则和符号;有的是为了发展而定制阅读,希望通过不断阅读去补充能力的透支和知识的负债;有的是为提升生命价值而进行阅读,"一日不读书,心源如废井",把阅读融入人生的历程之中,将其化为生命本身应有的内涵。所谓"成于思"就是说阅读愿景的构建与人们的思考水准密切相连。何以相同处境的人们会表现出不同的阅读愿景?"横看成岭侧成峰,远近高低各不同",就是由于人们思考水准的不等而形成的不同结果。思考有多远,阅读愿景就能走多远;思考有分量,阅读愿景才会有力量。思考意味着彰显个性和塑造品性,思考意味着拒绝肤浅和成就深度。思考的取向决定阅读愿景的取向,思考的高度决定阅读愿景的高度。所谓"见于形"就是要具体落实到如何调整知识结构的取向上。调整知识结构必须从调整阅读结构入手,换句话说,阅读结构调整正是为了实现知识

九、倾　情

结构的调整。传统意义上的知识结构主要有"I"和"一"两种类型。前者是专业知识很深,但知识面较窄;后者知识面很广,专业知识却缺少精深。这是人类知识总量在算术级数增加情况下形成的基本的结构模式,而当人类知识总量呈几何级数递增的情况下,人们追求的知识结构忽然之间就好像更加注重"T"和"π"两种结构。前者知识面广,只具有一门专业知识;后者知识面广,却拥有两门以上精深的专业知识。随着社会朝着高度整合方向发展,最理想的知识结构应该是"Q"型结构,就是在熟悉全面知识的基础上,"灵丹"一点,激发创造,从某一个部分突破出去。生命的意义在于探索,生命的价值在于创造。这种知识结构的追求不仅构成持续阅读的精神支柱和不竭动力,也将为我们开拓出一条崇尚读书的康庄大道。

再次,我们需要建立有效需求。阅读的有效需求是指人们在一定的时间内对阅读的明确需求。这个需求是在阅读愿景指引下形成的具体目标,是可以从外需和内需两个方面直接表达出来的种种渴望。所谓"外需",就是随着竞争性社会对人生抉择的标准要求越来越具体,生活越来越多样,机会越来越多元,人们的阅读需求也就表现出内容越来越明确,形式越来越丰富,节奏越来越急迫。在这样的社会杠杆机制的催生下,就业、商战、股票、英语、考试等方面的应对之策的书籍便应运而生。人们所进行的各取所需、各得其所的阅读,应该都属于那种临时抱佛脚的"匆匆而过"。他们想的是直奔主题,盼的是立竿见影,要的是马到成功!可对于人生来说,这仅仅是冰山一角,所以我们在全力适应"外需"的同时,更要重视扩大"内需",因为"内需"才是人们最基本、最持久、最有效的需求。这种阅读看上去与生存挂钩得不太紧密,甚至并不是生计所急需,主要是为了纯洁心灵、陶冶情操、丰富知识、提升人格,但它却是推动人们生命不止、阅读不息的内生动力。人们也会因此时常沉浸在经典的润物细无声之中,不断地受到崇高精神境界的刷新和净化,塑造出来的是心灵的轻盈和洁净,"心房遍布灿烂阳光",看到的是生活的美好、温暖以及自身的价值。当然,有效需求不是盲目需求也不是单一需求,它也会随着目标的延伸带来许多引致性需求和派生性需求,这就要求我们不要人为地给自己设定完全狭窄的范围,而是要打破我们认识的局限性,把内在逻辑建构起去体会各种知识联系的内在脉冲。大哲学家培根有句名言:"读史使人明智,读诗使人聪慧,演算使人精密,哲理使人深刻,伦理学使人有修养,逻辑修辞使人善辩。"这表面上看好像是在分门别类地论述不同书籍的不同作用,实际上这种不同的作用最终都要落脚在提高人的素质上。现实中许多知识本身就存在着联系的链条,可能有紧密与不紧密之分,但这个链条上的任何一处都是不能被打断的,即便是风马牛不相及的事物,也可能存在着不可思议的因果联系。谁能知道南半球的一只蝴蝶偶尔扇动一下翅膀所引起的微弱气流,两周后就能变成席卷北半球的龙卷风呢?这种"蝴蝶效应"不就是这种联系的一种明证吗!这也启示我们在建立有效需求时不要过分谨慎,而要根据阅读愿景的取向不断实现从原来的线段式因果关系的需求,转换成回路型的因果互动关系的需求,从片段型的个别学科的需求,转换成对系统性的完整需求,至此我们才能发现有效需求的本身,原来也是一片蔚蓝色的广阔海洋。

最后,我们需要注重机会成本。机会成本就是说当你选择了一种阅读方式,就必须以放弃另一种阅读方式为前提。学会"舍"才能"得",掌握优先次序,集中聚焦,才能发挥阅读优势。随着信息的爆炸、知识"价格"的飞涨、时间的日益宝贵,牵引学习的机会成本也在水涨船高,阅读方式的选择已迫在眉睫。互联网使世界变平了,节奏变快了,工作变紧密了,生活变方便了,人类的阅读行为也因此发生了革命性的变化,从"地上"走到"网上",从"书上"跃到了"屏上","界面"抢占了"纸面","快餐"超过了"正餐",网络阅读已经牢牢地抓住了我们的眼球。事实上,从甲骨文到竹简到活字印刷再到电子印刷,传统阅读一直是我们阅读的基本生态。手捧一册,清茶一杯,墨香未散,孤"读"自赏,就像莎士比亚《仲夏夜之梦》所描述的"把我从自己周围人们那里暂时隔开"一样,确实能够荡涤浮躁的尘埃污秽,过滤出一股沁人心脾的灵新之气,甚至可以营造出一种超凡脱俗的娴静氛围。更重要的是,这种阅读还可能虚化现实体验,加深人们对理想境界的关注和向往。许多人对这种阅读美感推崇备至,并不遗余力地去抵御互联网无远弗届的杂乱和无所不包的干扰,目的是希望传统阅读这一段美好记忆不要成为世纪的绝响。其实这种担忧是没有必要的,采取这种"你死我活"的思维方式更是没有必要的。两者根本不是互相替代的关系,而是互相补充的关系,传统的阅读不会崩溃,网络阅读也不会消失,我们既不能丧失了关于纸书阅读体验的记忆,也不能拒绝新兴阅读的体验。它们都是在用不同的方式给人类传递着各种各样的信息,我们最要关注的应该是机会成本的问题。当我们没有选择的时候,机会成本表现为如何提高单位时间效率;当我们有选择的时候,机会成本所要解决的是如何实现阅读效益的最大化。爱因斯坦来到美国,在码头上有人问他一个物理学的数字,他说:"凡是能在《百科全书》查到的数字,我就不去记它。为什么?我不能浪费我的记忆力,我的阅读主要是开拓我的思考能力和想象能力,这些比死记知识更重要。"在阅读的过程中,我们也许不会进行直接的成本与效益的核算,但在选择阅读方式时一定会有出于这样目的的考量,这种考量不仅是在传统阅读与网络阅读之间,还涉及电影、电视和广播等媒

九、倾 情

介方式,甚至还有不同的阅读方法,包括探究式阅读、社会参与式阅读、体验式阅读和操作式阅读等。不是有人希望通过"借脑袋"的办法,从别人的讲授中获得更多的启示吗?不是有人还认为看《大国崛起》电视片比看书籍更为直观和更有效率吗?应该说,选择什么阅读方式,这是每个读者的自由和权利,也是体现每个读者考量机会成本能力和睿智之所在。总之,最适合的阅读方式才是适合自己最好的阅读方式!

听于丹老师讲课

于丹老师最近被邀来南京讲授《感悟中国智慧》一课,偌大的礼堂,观众齐聚一堂。当时我就在现场,确实感受到了特别隆重的氛围。认识于丹老师,是从电视荧屏开始的。当年我是《百家讲坛》的第一批铁杆粉丝,听于丹老师讲《论语心得》《庄子心得》时,就觉得此人春风拂面、满腹经纶、喷珠吐玉、舌卷莲花,许多闻所未闻的故事,经她稍稍点染,激发起想象无数。后来,我又陆续在其他节目中领略到了她的风采,她一如既往,文思飘逸,口若悬河,出口成章。这次,我算是见到真人了,在休息室里与她见了面,她笑呵呵地走了过来,没有屏幕上的高大上,也没有讲台前的威风凛凛,那种亲切的感觉让人有一种脚踏实地的真实。只见她穿一身蓝色套装,非常合体,看上去像个明星,看起来还是学霸。大家都争着跟她合影,她也很乐意,一应满足,双手交叉摆在前面,一派谦逊的样子。

别看她在休息室里斯斯文文,没有那种凌空飞渡的感觉,但一旦走上讲台,气场马上就出来了,知识的腾飞,睿智的霸气,呼风唤雨,排山倒海,好像整个世界都在掌控之中,谈天说地,道古论今,对诗词信手拈来,与大家侃侃而谈,字正腔圆,落地有声,她有才气,有灵气,接地气。她从南京的暮春开篇,"三山半落青天外,二水中分白鹭洲"、"旧时王谢堂前燕,飞入寻常百姓家"、"同居长干里,两小无嫌猜"等,召之即来,来之能背,十里秦淮,桨声灯影,碧波荡漾,月色照人,历史漫漶的石头城,卖身葬父的莫愁女,"江南佳丽地,金陵帝王州",一路循循善诱,滔滔不绝,如入无人之境的诗词狂欢,恰似一江春水的激情奔涌。

用她自己的话来说,这是在用生命感悟人生经典。人生三百六十五里路,走过春夏秋冬,经历千辛万苦,能够经常回去的地方就是心灵的故乡。不管你承不承认,这个原生的故乡永远代表着生命的圆心,你的一言一行,一举一动,永远都会抹上与生俱来的原型色调。这里的每一片天空,每一片云烟,都有自己的样子,每一面城墙,每一块砖瓦,都有自己的故事。她说,敬畏之心既是对宇宙万物的态度,也是对社会规则的尊崇,更是伦理心

九、倾　情

理的高峰,敬是生命的上限,畏是生命的下限。隐身于网络时代,确实感受到人工智能的过人之处,但电脑技术发展再怎么突飞猛进,还是比不上人脑,因为人类对世界永远充满着好奇心,也会永远秉持着明辨是非的判断力。好奇心就是进取的砝码,判断力就是护身的锐器,人们因为好奇心才会有成长,因为判断力才能正确地成长。有人曾问"宇宙之王"霍金能不能用简短的语言表达自己对世界的看法。他只用一个词"wow(哇)"来表达,这就是他对整个世界的真实判断和生生不息的好奇心。每个人的脑袋里就是一系列好奇和判断的结合,每个人的此时此刻,都是这种历史绵延的总和。道不远人,人在其中,无处不在,无时不有。所谓"道"就是规律和对规律的尊重,代表着对每个人的温暖启迪和有益劝导。道在脚下,路在自身,以文化之,以心接之。君子气势来自人格修养,有品质的独处,远胜于无聊的社交,有恒心的修炼,才是人间的正道。每一份深情,每一份通透,每一份懂得,都会代表着一种力量、一种信仰、一种充实、一种意境。试想,如果没有饱满敞亮的心灵境界,怎么能有精神上的荡气回肠?如果没有对幸福向往的不懈追求,怎么会有与世间美好的不期而遇?所以说文化的本质就是来成全人类的饱满,就是负责来灌溉灵魂的梯田,打开脑洞,传颂智慧,涵养精神,流布美感,这些都是人类责无旁贷、义不容辞的职责。因此,人的心灵烟波浩渺,远望不尽,只有源源不断地接纳美好、希望、欢乐、勇气和力量,方能百川归海,云帆远航!所谓"不积跬步,无以至千里;不积小流,无以成江海",这正是于丹老师心醉神迷的中国文化精髓和关键所在。

　　于丹老师讲起课来非常放松,神采飞扬,伴随着情感的潮起潮落,指点江山,挥斥方遒。常常看到她双手撑开,手心向上,好像托起了地球,这个标志性的手势独辟蹊径,仿佛要打开自己,也可能希望打开别人,这至少说明她非常注意与听众心灵的实时呼应。授课是一个双向的交流过程,授课者与听课者之间,就像潮汐涌动,要能够在精神天地间自由往来,这不仅是因为双方尚有不能接通的空间,更重要的是双方因为观点不同而具有彼此挑战的可能。"惊涛拍岸,卷起千堆雪",人们在听课的过程中会随机产生一系列问题,对此如果能够及时化解,也许就更有针对性和有效性,同时,也因为听课者突然由被动身份变为主动提问,谁也不知道会有什么出其不意的难题,但许多时候因为猝不及防,反而更能激发出突如其来的灵感,更能考验授课者的实际水平和应对能力!我曾问过"岩松"名字的来历,白岩松说自己对这个问题也非常好奇,曾从父母那里得到答案。他们当年在江西时,看到一棵松树,屹立岩中,非常有气势,就用此给儿子起了名。我当年请教华春莹的问题更是比较尖锐,但她落落大方,举重若轻,回答得非常迅速,非常到位,也非常精彩!

这次于丹老师没有安排交流的环节,确有客观原因,因为她要急着赶回北京。没有经过看山不是山、看水不是水的阶段,有时就只能停留在看山是山、看水是水的原点。我们有遗憾又没有遗憾,在她讲解的过程中,事实上已经廓清了许多悬而未决的问题。

对于于丹老师的授课,我也关注到了一些不同的看法。有人说她没能把复杂的问题简单化,反而把简单的问题复杂化,好似天方夜谭,遥不可及;许多名言、金句随口就来,听得津津有味,非常过瘾,但回头一想,却是一头雾水。应该看到,于丹老师是从事传媒教学的,对于大众喜欢听什么有着深入的研究,在这方面她确实运用自如,基本上都是沿着是什么、为什么、怎么样的思路发散开来,环环相扣,处处接通,其实,这正是她多年的专业水准和扎实的基本功的体现。对于一个授课老师而言,如果对听课需求都弄不明白,对应该把握的重点也讲不清楚,这课还能讲得下去吗?如果授课者不能千方百计地吸引注意,不能想方设法地拽住耳朵,其结果必然是放任自由、难以为继,听课者或漫不经心,或溜之大吉。因此,授课作为一门艺术,应该追求更高的标准,不能仅满足于能听可听,还要能够让人喜听爱听,听了还想听,这就要求授课者成竹在胸,发挥特长,形成自己的独特风格。于丹老师的讲课风格显然不属于清水芙蓉的天然纯朴,反而闪耀着富贵牡丹的璀璨鲜亮。有人对她的误解和反感,也许就是从这种固定的单一款式开始的,或者说是看多了就有点嫌烦了,审美辛劳带来了审美疲劳。我认为这正是知识丰富、学术超拔的风采,"韩信用兵,多多益善"。所谓"萝卜青菜各有所爱",审美品质决定审美追求,审美喜好决定审美需求。如果人们只是从不同的角度提出自己的不同评价,这是有感而发,无须大惊小怪。可问题是他们对于丹老师的诘难,可能更多地还是因为对她抱有更大的期盼和更高的审美要求,这倒是应该点赞的。于丹老师成名较早,风格定型,大家耳熟能详,如果不能够及时冲出围城,就只能重复自己,局限自己。所以当于丹老师在竭力打通历史与现实连接的时候,也必须认真审视并积极建构与观众的新型关系,所思所想,所言所语,不仅要抢眼夺目,更要打动人心!事有凑巧,在听了于丹老师授课后不久,我正好去听另一位老师的国学课,不听不知道,一听吓一跳。同样是对国学的解读,我觉得还是不一样的。平心而论,这位老师讲课的信息量非常有限,不够开阔,不知是没有认真准备,还是认识水平就是如此,给人的感觉显得窘迫困顿。同义反复,没有新意,没有深意,没有寓意,听起来拖沓冗长,让人如坐针毡,度时如年。相比之下,于丹老师强多了,一骑绝尘,让人望尘莫及,行云流水,浪花四溅,创新的思维冲击和新锐的语言表达,让人目不暇接,点到为止,举一反三,嵌入物质生活,融入精神世界,插入社会现实。看来,于丹老师已经注意到人们对她的创

九、倾 情

新激励。她念兹在兹,破兹弃兹,就是希望不断地凤凰涅槃、化茧成蝶。

也有人说,于丹的课是在不停地煮沸心灵鸡汤,可古文经典中原本就有许多鸡汤,于丹老师只不过是用她的方法,配上自己的佐料,熬出自己的味道而已。所谓国学就是国人之学,汇聚了历代学术文化的总和,不管是经、史、子、集四大类别,还是义理之学、考据之学及辞章之学,都代表了儒道释文化的积淀,体现着中国人的智慧结晶。人们对世界认识原本就没有现成的运算公式。中国传统文化便各尽所能地描绘出自己的认识轨迹:儒学认为与这个世界相处就要垫高自己,因此要修身立德,不断提高对这个世界的把控能力;道家认为与这个世界相处就必须减损欲望,回归自然,顺应自然,才是最好的人生接口;佛家认为世间本无事,庸人自扰之,要与这个世界相处,关键要修炼自己、参悟自己。如果说儒家调整的是人与人的关系,那么道家调整的便是人与自然的关系,佛家调整的则是人与自我的关系。顺着这样逻辑,就可以得出结论:儒家治世,道家治身,佛教治心。三者之间,确实各不相干,各有侧重,但从中国文化天人合一的宏观视野俯瞰下去,儒家的仁义、道家的无为以及佛家的觉悟最终九九归一、久久为功,就是为了共同塑造强大的心灵!

在现实生活当中,确实不能靠心情生活,而应靠心态生活。因为人生的追求,不外乎物质和精神的富有,其实人们对于物质产品的消费是十分有限的,而对精神财富的追求却是无限的。前者属于不值得争的东西,后者是不需要争的东西;人与人的差别不在于前者,而在于后者;不在于财富的拥有,而在于自我的不断超越。因为我们不能奢望用同样的自我,能够得到不同的未来。这样,对于个体而言,积极进取,各自芬芳,守恒自暖,不忘初心,这是最为重要的。其实这种观点,从古到今一直都有,不管于丹老师说或不说,道理就在这里,于丹老师所做的一切就是将门槛较高的古文表达,根据自己的见解,嵌入到非同寻常的审美关系之中,提出自己的观点,也许这并不为别人认同和理解,但恰恰是文化的特点和魅力。其实中国文化自信就在于它的体系性和完整性,并不因为各人的见解不同而涣散,反而因为切入的角度不同带来了不同寻常的层次性和丰富性。可以看出,于丹老师的观察角度,主要是鼓励人们从自身做起,肇始于心。如果改变不了环境,可以先改变自己;如果改变不了别人,可以先改变自己,自己是一切命运的根源,是生命轨迹的主宰。人生的态度决定人生的高度,只要你拥有一个强大的心灵,哪怕是面对一落千丈的困境,也会重现一飞冲天的生机!

由此可见,问题的关键不在于谁说,而在于谁说得对。说得对就是符合规律,就是对生活本质的认识,也就会有不约而同的撞见,甚至远隔千山万水也能息息相通。哥伦比亚大学哲学系霍华德·金森博士曾对121人进行调查,得出这个世界上有两种人最幸福:一种是淡泊宁静的平凡人,一种是功成名就的杰出者。20年后,他又回访了这121人,前者中的许多人生活虽然发生了许多变化,但是他们的选项没变,仍然觉得自己"非常幸福"。而后者的选项却发生了巨大的变化,根本不像以前那样众口一词。他最终得出结论:所有靠物质支撑的幸福感,都不能持久,都会随着物质的离去而离去;只有心灵的淡定宁静,继而产生的身心愉悦,才是幸福的真正源泉。同样,在伦敦威斯敏斯特教堂的地下室里,英国圣公会主教的墓碑上也写着同样发人深思的墓志铭:年轻时我是想着先改变别人来改变世界,在临终之际,我才突然意识到必须先改变自我,才能改变别人进而或许能改变世界。

  这些事例异曲同工的妙处就在于,证明了外因是变化的条件,内因是变化的根据。幸福的密码不在别处,就在自己的心中!于丹老师的学术观点,也是顺着自己的视线,为听众找到正确道路提供指引。在生活中,或许有的人曾肆无忌惮地挥霍着自己的青春,或许有的人还在为自己所属意的爱恨情仇黯然神伤,但终于有一天,在这似水无痕的流年里,于往事如风的岁月中,懂得了再回首、再回味,学会了与生活的握手言和。该来的一定会来,该去的也一定会去,该放弃的要放弃,该坚持的要坚持。于丹通过对古代先贤生存智慧的细致解读,包括对生命价值、人生态度、道德理想、境界情操等条分缕析,坚定不移地厮守着沧桑巨变,柔情盈怀地依偎着点滴记忆,着力在平仄的韵脚里,铺排出诗词的唯美桃源,让人们在漫不经心的观範品茗中,找到传统文化的心灵住所,携一段诗意年华,沐一场温婉细雨,绽一朵春暖花开。

  毫无疑问,于丹老师的授课,获得了全场的喝彩。结束后,我正好在门口又遇见她。我们已经变成熟人了,她主动热情地与我握手,并说注意到我从头到尾都在记,听得非常认真,她非常感动。她真是一心多用,在授课的全神贯注之中,还不时地关注课堂的效果,甚至听众的一举一动,真是太厉害了!她所看到的,是我记下的她的许多精彩语言;她所不知道的,是我同时写上去的自己的理解。说老实话,听于丹老师讲课,对于其扎实的功底、新颖的观点、诱人的叙事真是一种审美享受。曾经的努力,是今天的花开;当下的付出,是明天的伏笔。站在时光的彼岸,遇见最好的自己,这是于丹老师在课堂上教导我们的,也是我们在生活中应该努力去争取的!

用生命激活经典

孔子和庄子作为中国传统文化的两大源头,千古如斯地流淌于人们的心灵之中,所谓"半部《论语》治天下",所谓"逍遥人生看《庄子》",诚者斯言。于丹在独自慢品细茗中,悠然心会,如痴如醉,如切如磋,以智慧诠释名言,以名言诠释人生,让生命的激情挥洒汪洋的思绪,凭独到的视角展现流畅的笔触。可以说《论语》和《庄子》中的美丽风景在她的笔下渐行渐近,让我们再一次领略到了中国传统文化经典的辉煌壮丽……

在于丹的眼中,儒家看重的是建功立业的圣贤道德,道家看重的是功成名就的精神自由,儒家要求担当的是一份社会责任,道家要求超越的是一种生命境界。儒家给我们一方坚实的大地,道家给我们一片自在的天空。这些独特的见解基本是沿着孔子和庄子的不同价值取向而展开的,应该说她是站在两个不同的理论体系之上,表达出对孔子和庄子核心思想的敬仰和热爱。她认为,孔子崇尚的是温柔敦厚的人格理想,庄子强调的是敬畏顺应的自然默契。可问题是这两种截然不同的思想又常常会遥相呼应,于是在中国人的道德理想中儒道兼济的模式就一直生生不已。"穷则独善其身,达则兼济天下",虽是在不同的情况下采取的不同的人生策略,但本身也说明人们的性格之中已糅合了两种不同的文化基因。用林语堂先生的话来讲,中国每一个人的社会理想都是儒家,而每一个人的自然人格理想都是道家。对于这一点,于丹把握得尤为准确。她在孔子和庄子思想的两岸不时地给我们搭起生命的桥梁,尽情地去传达和放大同一种感觉和同一种心跳,从而使我们在两者之间感受到一种重合和叠加,认识到这两者的区别无非就是从自己的角度完成的人生形态的精神重建。他们所要表达的共同境界,就是珍视这种人生天地间的"潇洒走一回",希望通过激浊扬清,正本清源,冲破内心重重的藩篱,取得静观天地辽阔之中人生的定位,发现自我的生存价值和发展理想。

为了传播这种思想,于丹并没有让自己的笔触停留在古老的思维里,也没有束缚于学究范畴的僵硬解读,而是把它们放在一种现代读者的角度来进行"白话版"的翻译,使得那种深邃的古典思想又重新焕发出有血有肉、有声有色的昂扬生机。经典之所以成为经典,就是说它并非是观止于古文的名言警句,而是能够亲切地走进人们的烟火岁月,通过那些鲜活的人生感悟,不断地印证着感同身受的生命体验。于丹深谙这样的逻辑思路,全力以赴地将许多现实的问题作为圣贤思想的出发点,并站在时代的高度去寻找他们可能存在的"达·芬奇密码"。她坚信,在圣贤思维中一定有他们最为关注的问题,于是紧扣心灵困惑,链接多彩世界,寻寻觅觅于孔庄哲学的"庭院深深",希望找到一种赖以慰藉的精神寄托,可以帮助人们摆脱暂时的得失,超越利益的纠缠,得到心灵的抚慰,获得精神的栖息。

尽管在她思维传输的过程中,常常也会出现"六经注我"的个性色彩,以至于我们有时也说不清她是在对前人著作进行解读,还是对自己的生命情绪进行宣泄。总的看来,她似乎是高举孔庄的大旗来放任自己的思想,"旧瓶"装"新酒","推陈"又"出新",这就难怪有人说,孔子要着急和庄子要生气了。可她所释放的并不是远"孔"离"庄"的异想天开,而是一种贴近人生的温暖感觉,突出的是宁静而致远、起身而躬行。那种脚踏实地的进取宣言,不正是孔子所倡导的济世泽民的生活理想吗?那种淡泊名利的自我超越,又何尝不是庄子所赞赏的漂游尘世的人生态度呢?她认为,人的视力有向外看和向内看两种功能,而我们总是向外看得多,向内看得少,希望我们更多地去发现那种内心的清亮和生动的愉悦!她让我们知道不管遇到什么情况,世界上总有路可走;从某种意义上讲,人生没有弯路可言,只是到达的方式不同罢了。她告诉我们,遇事不仅要拿得起、放得下,而且还要尽力去帮助那些需要帮助的人,所谓"予人玫瑰,手留余香",给予比获取更有幸福感。她不时提醒人们:最重要的人就是眼下需要你帮助的人,最重要的事就是马上要去做事,最重要的时间就是现在的时间;也许我们无力改变人生的缺憾和不如意,但我们可以改变的是对待这些事情的态度;真正的仁人志士不怕生活上的贫困就怕精神上的潦倒……

我们相信思想的力量是这个世界上最巨大的力量之一。"海到尽头天作岸,山登绝顶我为峰",我们需要的并不是一种物质生活的奢侈,而是一种心灵悠游上的富足,特别是在工业文明或后工业文明,甚至是互联网时代的社会里。我们最需要的就是一种坚定的思想力量和清明的生活理念。于丹从中国人的宇宙观、世界观、人生观等方面告诉我们,在高速发展的社会进程中,如何按照圣人的思想去有效地经营自己的心灵,不断提高把握命运的应对能力。她引导人们面对现实的境遇,要做到仁者不忧、知者不惑、

九、倾　情

勇者不惧、迷者不失、刚者不折、柔者不断,实现自我觉醒、自我努力、自我修炼,终至大化天成。可以说,于丹是在用自己的生命体验激活着文化经典。她致力于让我们相信,当我们的生命与人间、天上、自然合乎一体,我们就会在天成之境中,体会到人生的尽善尽美和生命的至真至纯!

格　　言

平时我比较喜欢购买、阅读一些关于古今中外格言的书。因为格言作为一种言简意赅的语录体文字，是古今中外绵延千载的点睛之笔。它的辽阔，犹如无尽的天际，可望而不可即；它的实在，又如路边的小花，随处可摘。许多格言都以一种深邃哲理的凝结、历史智慧的凝聚和语言艺术的凝练，给我们带来了许多意想不到的惊喜、扬眉吐气的振奋和披肝沥胆的抚慰，常常牵系和引领着我们的那颗早已悸动的心……

世上本没有什么格言，相信的人多了，也就成了格言。对于格言，起初是来自人们对生活底蕴突然洞悉的脱口而出。历史常常会有惊人的相似，在不同的时代、不同的地方，我们经常会遇到同样的问题。面对相同的境遇，需要相同的策略，出现相同的思维，这时格言会冷不丁地出来说出你想说而说不出的话，其思想深刻性直透我们的生命、震颤我们的心灵，使我们如遇甘泉、恰逢知己，就好像为我们量身定制的。"人生像一张洁白的纸……认真书写者，白纸上才会留下一篇优美的文章"，"律己宜待秋气，处世须待春风"，"人生须知负责任的苦处，才能知道尽责任的乐趣"，"礼貌是人类共处的金钥匙"，"爱情的视觉不是眼睛，而是心灵"，"宠辱不惊，闲看庭前花开花落；去留无意，漫随天外云卷云舒"，"见人之过，得己之过；闻人之过，得己之过"，"世路风霜，吾人炼心之境也；世情冷暖，吾人忍性之地也"，"慷慨与其说给得很多，不如说给得及时"……在人类历史文化长河中，点点滴滴，汇成洪流，名言警句，层出不穷，世代相沿，辗转流传，它们是生活的真知、生理的体验、生存的希望、生命的航向。在格言中最广为传颂的就是那种对根植于人心深处的一些共通的感觉和共情的描摹，那是对困扰人心深处东西的深刻思考和怦然撞击，愤怒出诗人，磨难成哲学，这些格言千锤百炼、百炼成金，读来让人幡然猛醒、感同身受。

梭罗说过："一切经得起再度阅读的格言，一定值得再度阅读。"在你初读格言的时候，确实深感有些别有洞天，"喜"上心来，但并不觉得这些格言对你有多大的作用，只是赏心

九、倾 情

悦目而已,其实这种精神的因子已沉淀到了你灵魂深处,也许你没有意识到,却在潜移默化中带给你巨大的影响。是的,大千世界,芸芸众生,凡是为理想和事业奋斗、拼搏、挣扎、彷徨的人们,谁不需要睿语智言的启迪和警醒?即便是那些整日为生计而奔波的人们,谁又没有自己的悲欢遭遇、苦甜人生?谁不希望此时能有种闪亮而温情话语的抚慰和照耀?保尔·柯察金曾说过:"一个人的生命应该这样度过:当他回首往事时,不因虚度年华而悔恨,也不因碌碌无为而羞愧……我的整个生命和全部精力,都献给了世界上最壮丽的事业。"这句名言妇孺皆知,大家耳熟能详,许多人都可以倒背如流,可是把它从字面理解变成生活砥柱,特别是经过亲身体验而深感受益无穷之后,再来读这样的格言,你就越发会感到其胸怀博大、境界高远、精准切要,涵泳其中方才恍然大悟,原来它就是你人生方程最终的解答,是你人生航船不变航向,如定海神针一般,一直为你擘画着未来。对你来说,它不仅是一种现象的点化、经验的深化和哲理的强化,而且还是你梦寐以求、孜孜不倦、坚持不懈的价值取向,精神上的年轮,记忆里的担当,梦牵魂萦、绵绵不绝,所以当你再次手捧华章,重拾旧句,阅读经典,也许那一片迷茫的雾,就会变成一座高耸的山和一条美丽的河。

格言的本意不在于授人以鱼而是授人以渔。人们希望从不同方面驾驭人生,但也难免会出现互相矛盾的情形。有人说"兔子不吃窝边草",又有人说"近水楼台先得月";有人说"男子汉大丈夫,宁死不屈",又有人说"男子汉大丈夫,能屈能伸";有人说"车到山前必有路",又有人说"不撞南墙不回头";有人说"一个好汉三个帮",又有人说"求人不如求己";有人说"瘦死的骆驼比马大",又有人说"拔了毛的凤凰不如鸡";有人说"青出于蓝而胜于蓝",又有人说"生姜还是老的辣";等等。对此,我们要正确理解、全面理解。许多格言都是在不同的情况下,根据不同的问题,提出的不同方案,这些所谓矛盾的表述,它们所强调的理念并不是同一的概念,而是有着不同的对象、不同的层次,是不同的表述。有些格言并不是自相矛盾,像"一寸光阴一寸金"和"寸金难买寸光阴",说的都是一个意思,就是时间的宝贵!

举目眺望茫茫书海,格言可能仅是片言只语,却如串串珍珠缀落在我们的心灵银河,为我们谱写了人生的壮丽和梦幻的美妙。帕斯卡说:"所有优秀的格言都早已存在于世间,只是我们不善于运用而已。"格言的生命在于运用,警句的作用在于激励,所以不要把格言警句仅仅看成是前人的智慧、书本的遗存和文字的精美,而应该视为同呼吸、共命运、心相连、息相通的精神导师。真正的悟者应该是走好自己的路,活出自己的神采、精彩和光彩,只有饱蘸人生的阅历、进取的意识和时代的激情,去烛照和感悟那些具有历史穿透力的格言的真谛,才是对格言做出的最好诠释,带来最生动的实践。

　　让格言在古今对话中鲜活起来吧,让格言在形神交流中丰富起来吧,让格言在自我选择中明朗起来吧!饱经沧桑的长者和涉世不深的青年对于格言肯定会有不同的理解,但是只要把那些积极向上的人生理念融入我们的生命之中,那就一定会奠定我们的矢志不移的坚定和无怨无悔的追求。也许正是从这个意义上说,我忽然对此有了自以为是的读后感——浓缩就是精华!

学 会 肯 定

在往昔的记忆中,日落是富有诗意也是短暂的瞬间。但有一天,我惊奇地发现一缕霞光消失在两片树叶之间的时候,那种孕育晚霞的生机好像突然显现出喷薄欲出的躁动。哦!我明白了,生活中并不是缺少美而是缺少肯定。许多时候并不是事物本身不值得肯定,而是人们不愿去或不去肯定,再者就是不会肯定。学会肯定,不仅体现一种卓识、一种力量,更是一种睿智、一种品质。

学会肯定,就是敢于亮出一种独到的发现。每个人都有期待别人肯定的心理,这是对自己所作所为的一种认同。当这种需要得到满足的时候,人们就会欢欣鼓舞和信心十足。小学校长说,调皮的罗尔斯将来一定会成为纽约州的州长,没想到这句话深植其心,成为启迪他人生的旗帜,51岁时罗尔斯果真成了纽约历史上的第一位黑人州长。发明大王爱迪生小时候只上了三个月的学就被开除了,但母亲对他充满信任:"你肯定要比别人聪明,这一点我是坚信不疑的。"在母亲的鞭策和鼓励下,爱迪生精力充沛、灵感连连,不断成功,以至于成为无人企及的"发明大王"。这些案例明明白白地告诉我们,面对小草,要敢于肯定它会染绿天涯;面对水滴,要敢于肯定它会汇入浩瀚;面对沙砾,要敢于肯定它会聚矗成塔;面对星火,要敢于肯定它会磅礴燎原。美国心理学家罗森塔尔和雅可布森到一所小学,从一至六年级的18个班中随机抽取各20%的学生,并把他们赫然地列在名单上,说他们是班上最有优异发展可能的学生。没想到,8个月后这些学生就取得了惊人的进步。由此可见,见人所未见,发人所未发,撬起的是人生支点,点燃的是生命激情,激发的是巨大动力,可以化平庸为卓越,化自卑为自强,化消沉为进取,化自满为谦逊,化怯弱为无畏,化不幸为幸运,化失败为成功!

学会肯定,就是善于敞开豁达的胸襟。人生就是要与不同人相处,见解不同、性格不同、价值取向不同是生活的常态。对于每个人而言,通过阅历积淀下来的人格元素,不可能是风,刮过就停;不可能是雨,下过就晴;不可能是电,闪过就灭。但我们在与"事"俱进的过程中,要因"事"而宜,学会打开心灵的窗口,摆脱情绪的干扰,除去主观的成见,还原生活的真实,把自己实实在在的感觉客观地传达出来,即便是面对那些与你产生过矛盾甚至伤害过你的人,也要能够以清醒的认识、理性的态度来正确地看待、客观地评价。难道不是吗?鄙视过你的人,也许磨炼了你的意志;嫉妒过你的人,可能增进了你的见识,斥责过你的人,似乎消除了你的自怒;遗弃过你的人,肯定培养了你的独立。人生逆境的助推作用不可或缺,但越过负面的情绪,发现积极的光彩,确实需要多理解、少误解、多宽容、少冷漠,方显可贵!敢于肯定别人不愿肯定或不敢肯定的价值,这本身就是一种有格局的大气和真豁达的胸襟。

  学会肯定,就是找回一份温暖的感觉。在现实中常常会看到,有些人总是想把别人贬低,而把自己凸显,想让自己处于一种心理上的优势地位,想让别人高看一眼,想得到别人的认可,成为别人眼中的榜样。事实上恰恰相反,良好的评价并不是来自自恃高大,而是学会认同,敢于肯定别人的优秀!人最美的时候,不仅是能够展现自己的时候,更是懂得欣赏别人的时候,欣赏别人的同时也会被别人欣赏。欣赏就是彼此互动的磁场,肯定就是互相支撑的行动。你给别人伸出一只手,别人会给你一片掌声;你给别人一个赞许的眼神,别人会给你一个热情的首肯;你投给别人一个善意的微笑,别人会回报你一个快乐的笑脸。谁能抵挡得住充满快乐的笑脸呢?谁不愿去赢得洋溢幸福的笑脸呢?迈出自己的一步,把肯定和关注奉献给别人,用阳光体贴世界,用温度彰显热情,我们的生活就一定会变得更加美好和温暖如春。

  每个人都是一颗闪光的星,是需要别人来欣赏星座;每个人都是一种宝石,是需要别人来发现它的光芒。"借我一双慧眼吧",让我们在雾里看花、水中望月中分辨并肯定别人有而己所没有的价值。肯定别人就是肯定自己。这毕竟是你的发现,代表着你的胸襟和感觉!这里也许没有蓝天的博大,却有白云的悠然;没有梅花的幽香,却有野花的淳朴;没有江河的奔腾,却有小溪的执着。置身风驰电掣的时代列车,我们就要像白云、野花、小溪一样毫不吝啬地把积极的希望传递给别人,让敢于肯定别人的情怀成为我们心中永不坠落的太阳!

自"造"自己

身处社会变革时期,我们每个人都面临一个与时俱进的心理调适的问题。社会总体的发展趋势是强调竞争机制,上学要竞争、就业要竞争、工作要竞争、爱情要竞争……竞争对于每一个人来说都必然要面临两种结果,一种是成功,另一种是失败。奋力拼搏是自己应该做的,但优胜劣汰却不是事遂人愿的。古人言"人生不如意事常八九",所以再成功的人士,也要看到严酷的事实,而如何面对现实就是我们自己责无旁贷的选择。我们坚决反对做出种种非理性的行为和反应:攻击,到处发泄情绪的不满;固执,以固定不变、已被实践证实为无济于事的方式来应对挫折;冷漠,对所有的生活和工作目标都失去了追求的热情;退行,情感和行为上有幼稚化倾向。这些消极的表现在一定程度上都是弱者的表现,我们更应该倡导积极的心理取向。心改变了,世界就改变了;心胸有多大,舞台就有多大。也正是从这个意义上,我们说自己是自己的制造者,自己也是自己的创造者。

第一,重视自己。受到别人的重视是我们每个人都期盼的。常常有人告诉我们获得别人重视的前提是要尊重别人,但我要说的是首先要尊重自己。若自己都不重视自己,也未必会受到别人的重视。当然,我们所说的重视并不是整天趾高气扬,盲目自大,而是应该从信心的层面树立的"阳光心态",要更多地看到自己积极的一面。有人说,当你面对阳光的时候,阴影总是在你的后面;当你背对阳光的时候,你看到的总是阴影。对于许多不可改变的事实,我们要学会调适,不能改变环境就适应环境,不能改变别人就改变自己,不能改变事情就改变对事情的态度。心态决定性格,性格决定命运。只有当我们每个人都拥有阳光心态的时候,或者能够以达观的心态去对待每一件事的时候,我们才会永远有一份好心情,这是最好的重视自己的方式。

第二,提高自己。我们不要埋怨社会没有给我们更多的东西,我们首先要问自己给社会做了什么贡献;不要强调自己没有遇到好的机遇,而要问自己做好准备了吗。机遇总是为有准备的人准备的,不断提高自己是我们唯一正确的选择。对于三十年前的人来说,学习也许更多的是为了发展,许多人都希望通过努力学习来改变自己的命运;而对于今天的人来说,学习已经从发展的需要变成了生存的需要。不懂法律,你怎么维护自己的权利?不懂电脑,你怎么获取最快的信息?不懂网络,你怎么去消费?不懂业务,你怎么去工作?凡此种种,你不具备相应的知识,就寸步难行。所以提高自己迫在眉睫、刻不容缓。"艺多不压身""才多不坏事",社会越来越需要复合型的人才,多元化的能力不仅使你对纷至沓来的问题应付自如,还能在触类旁通中升华出一种人无我有的境界。

第三,丰富自己。对于现代人来说,我们不能仅仅把自己看成"工作人",事实上我们也是社会人和文化人,丰富自己就是要建立多种爱好。现在许多人都喜欢画画、练字、摄影,或唱歌、跳舞、弹琴,这些体现高尚情趣的爱好与工作是不矛盾的。在某种程度上是相辅相成的,甚至在思维训练方面与工作还是殊途同归的,那便是与工作没有直接关系,也可以成为缓解工作压力的转移、释放或替代、补偿。有人曾经问,为什么现在越来越多的人喜欢舞文弄墨?严格意义上讲,他们并不都是附庸风雅,而是时代赋予了我们更多的可能。按照马斯洛的需求层次理论,在生理、安全、情感和归宿、尊重需要得到满足以后,自我实现的需要就是人们的终极目标。人们除了在工作中能够创造价值以外,也可以通过艺术的笔触来描绘自己丰富的生活。

第四,挑战自己。挑战自己就是要坚定不移地给予自己积极暗示,勇敢地面对许多新情况和新问题。人们喜欢做熟悉的事情,这是非常正常的,套路现成,驾轻就熟,何乐而不为?他们只要按部就班、顺水推舟就行了,不需要费多少脑筋,但久而久之带来的结果,就必然是创新意识的钝化和"温水煮青蛙"的效应。我们每天都要面对许多新的东西,敢于接受挑战是我们必须具备的一种正确心态。在人生的航程中,要经常不遗余力地把自己推到挑战极限的前沿,逼迫自己多思多想,尽管实践的过程中会遇到许多困难,但坚持"这件事我能行"的执着态度,最终就能够把复杂化为简单,把挑战变成机遇。

第五,完善自己。处于社会现实之中,我们免不了遇到人际关系的问题。管理心理学中有"近水楼台先得月"的邻近律,有"酒逢知己千杯少"的相似律,也有"君子和而不同"的互补律,亦有"投我以木桃,报之以琼瑶"的对等律等。这些都是帮助我们建立良好关系的准则,但问题在于我们与别人相处中还贯穿着一个基本线索,那就是要学会从别人的立场和角度来看问题。有些人为什么总是觉得别人这儿也不好、那儿也不好,这也不符合要求、那也不符合要求,可能确实对方也存在着这样或那样的问题,但判断的角度都是从自

九、倾　情

我出发的,没有站在别人的立场上看问题,也不了解别人的具体情况,这也就难免会出现这样或那样的偏颇。其实唯我独尊的思维方式是我们现代人先天的缺陷和短板,也是我们需要完善的心理素质,我们要化解矛盾,增进友谊,就要摆脱这种看问题的方式,设身处地地想别人所想、急别人所急,自己能够更全面地看待问题,许多矛盾也就会迎刃而解。

第六,善待自己。《断舍离》是日本作家山下英子于 2009 年出版的著作,她早在 2001 年就提出了"断舍离"的概念。所谓"断"就是断绝不需要的东西,"舍"就是舍去多余的东西,"离"就是脱离对物品的执着。总之,就是要把那些不必需、不合适、不执着的东西放弃掉,因此,学会放弃有时也是一种正确的选择,只有学会放弃才能有所收获。我们要强迫自己周期性地彻底摆脱苦恼和困境,享受完全属于自己自由自在的生活,使自己对生活的感受全面起来、敏锐起来、细腻起来,只懂得工作是不够的,懂得休息才能更好地懂得工作。对待工作,我们肯定要像春天一样的热情,而对待休息却不能像秋风扫落叶一样不顾。在工作中,我们证明自己"行"固然需要勇气,但在生活中强调"能"也是题中应有之义。我们要十分注意调整自己的成就动机,成就动机过高是给自己"加压",特别是"知其不可而为之",其结果也就可想而知了。我们能够正确地认清自己的目标和掌握时间管理的方法,在人际关系中达成良好的沟通协调,就能够产生更多的满足感、控制感,减少心理冲突,减少生活压力。总之,心理也像身体一样,需要健康保健,有些属于"固体强身",有些属于"养精蓄锐",有些属于"舒筋活血",因此在善待别人的同时,千万不要忘了善待自己!

冰点与沸点

搬了几次家,被埋怨最多的就是书,几大纸箱子摆在家里,平时很少看,搬来搬去,特别沉。但要知道,这些书都是几十年来,一点一滴堆积起来的青春和热情。尽管现在网络异常发达,想看什么书都有,而且有些存书也确实过时了,但不知怎么的,我就是舍不得扔掉它们,哪怕没有用,我也希望它们能够继续"坚守"好自己的岗位。因为每一本书都有自己的故事,有的书也确实来之不易。记得当年为了买《鲁迅全集》,我跑了许多书店,到处寻寻觅觅,但看到的不是单行本就是选集,后来还是在浮桥附近的一个小书店里无意中发现了它。我清楚地记得那是一个宁静的下午,但我的心情却颇不宁静,因为喜出望外。

没想到,自己这一高兴就说漏了嘴,同好者立即开口相借。对此,我向来不吝,但关键是有借无还,后来一直没有物归原主,我试着主动提醒过几次,他却置若罔闻。我知道他也是爱书如命的人,对鲁迅先生的创作颇有研究。考虑到我们是多年的老友,我不希望因为一套书影响我们的友谊,所以更多的时候,我还是从他的角度来考虑问题,估计他近期可能还要用,索性就等他用完以后再说。

这位老兄对书真的特别有感情。记得当年不管到哪儿,都能看到他挎个黄帆布包,里面始终不变的就是书。当年我们一群年轻人,家都在外地,周末经常会聚在一起分享彼此的工作经验和生活体会,他也是其中之一,但只要有空闲,他总能找到属于自己的阅读时间。很有意思的是,他压根儿就不太愿意参加这类活动,但每每邀请,都欣然接受,从未拒绝,只是在争分夺秒阅读这件事上,他一以贯之,总能把零散的时间利用起来,为此,我们没少嘲笑他,甚至有人认为他是故意作秀、故作姿态。记得有次我们一起去爬中山陵,大家争先恐后,不仅比速度,还比数台阶,等我们都爬到祭堂门前时,这才发现"遍插茱萸少一人"。原来他正躲在音乐台的走廊里,聚精会神地读着他的书,那动人的情景至今依然清晰。只见他倚在廊柱上,两条腿放在石凳上,上半身和下半身形成了有弧度的曲线,目

九、倾 情

光与书本构成了一个比较柔和的夹角,整个人都沐浴在书本的阳光里,以至于我们走到他的身边,他都没有发觉。只等大喝一声,他才能从有滋有味的境界中醒来。如此见缝插针,如此如饥似渴,确实令人感动,但随众而来,却不共情而去,这好像有点不太合适。你的时间就那么紧迫吗?大家对此也做了分析,锁定的最终答案,就是没把我们当回事,难道我们在你心里就抵不过短暂阅读的分量吗?

其实,我们对他还是有误解的。到了吃午饭的时候,他忽然"摇身一变",整个饭桌几乎成了他的主场,天文地理、历史沿革、名人掌故,特别是对中山陵的来龙去脉他都非常熟悉,说起来头头是道,讲起来也滔滔不绝,一路连绵而来,高耸的话山似乎顷刻矗立,铺天盖地,别人没有插话的余地和空隙,与之前的表现相比,几乎判若两人。他借此刷了一波大大的知识存在感,也间接地宣示了他抓紧时间阅读的成果。由于他的时间观念特别强,对时间有自己的独到理解,这就决定了他还会"故技重演",常常"死不悔改",一而再,再而三,大家就觉得他没有诚意,太没意思了,逐渐在心里堆起了不满之墙。既然你那么喜欢看书,又何必来参加我们的活动呢?既然答应参加了,又为什么总是这样那样的"开小差",屡屡拒人于千里之外呢?其实,这就是我们私下里的气话,但还是被他听到了,我们觉得这样也好,对他也许要有所触动,没想到他非但不知错就改,反而求之不得,原来还愁找不到借口,现在可以堂而皇之地溜之大吉。当时我们谁也没把这件事当回事,但他真的从此以后就不参加活动了,我们也再也没见到他的身影。

有一次,我到他所在的大学里参加活动,路过大教室时,一个熟悉的声音飘出,慷慨激昂,妙语如珠。进去一看,整个教室座无虚席,还有不少学生站在走道里听课。学校的同志告诉我们,这是一位非常优秀的青年骨干教师,在学校里特别受欢迎,许多学生都是他的粉丝。

我到他家拜访,他主动邀我参观书房,他家的书房划分并不是很明确,从客厅就已拉开架势,沙发、餐桌都散落着书,还有许多开放式的书架,书籍随时可取,阅读比较方便。通过这个过渡地带,我被引到了书房里,这才知道什么叫"书"房。这里遍布的书籍充满着霸气,顶天立地的书橱环绕四周,个个大腹便便,满腹经纶,挤得水泄不通。一字排开的书橱是全透明的,透过玻璃都能清楚地看到书名。图书呈阶梯形错位、逐级式提升,彼此之间好像关联度并不紧密,有些跨度甚至还特别大,但它们都成为主人的性格独白。可以看出,他的兴趣非常广泛,知识面也比较开阔,对自己喜欢的书籍,几乎来者不拒,全部收入囊中。当然,我也看到了那套《鲁迅全集》,赫然在目。我有意在书的面前多停留了一会儿,希望他能给我一个解释,他却视而不见,反而误以为我看中了他的哪本书,还没等我开口,忙不迭地说:"我的书概不外借。"既然他这么直接,我也没有必要绕弯子,就回答说:"不是借书,而是希望还书,你借我的书究竟什么时候还呀?"他看了一眼《鲁迅全集》,非但没有表示任何歉意,还理直气壮地说:"这套书放在我这儿比放在你那儿发挥的作用更大。"好家伙,这哪是借书人的口吻啊,倒像是书的主人,真的让人哭笑不得。我既不能说"是",也不能说"不是",最终也就只能"呵呵"了。

他的书房比客厅还要大,据说是将两间房子打通了,就像开了一个小型的家庭图书馆,他管理得井井有条。这里的每本书都有自己的编号,还有藏书印以及购买时间和入橱时间。我问他"平时是怎么找书的",他说"有编号的就按编号找,每个数字都有自己的含义,代表着几柜几层几行的第几本"。我拿着他的编号本,当场试验了一下,果然很容易找到存放地点。对于那些没有编号的,可以根据从大类到小类这样逐级递进的方法查找,也能够比较快地找到自己想要的书。要达到这种效果,就必须要有严格的规范,也就是说书从哪里来还要放到哪里去,这也是他不让人乱动书橱和书不外借的主要原因。

一般而言,喜欢藏书的人都是喜欢读书的人,但也有喜欢藏书的人是不急于读书的人。我们都有这样的体会,借别人的书读得比较快,因为这些书急着要还,但自己买的书,随时都可以读,常常就不会那样"急于求成"。许多书只是摆摆样子,书到用时才翻翻,平时基本都是"睡大觉",所以才会有人说"买书不如借书"。看到这些汗牛充栋的书籍,他能够做到每本都读吗? 我佯装打开了几本,想做一点检查,发现书中不仅有许多条条杠杠,还有很多批语,不同颜色的字体比比皆是,看来他对自己书不仅有乍见之欢,还能做到久读不厌。

难得他那天心情特别好,把每一个柜子的书都让我见识了。直到我打开最后一层的小柜子,打开以后,发现里面没有书,只有几个大信袋撂在一起。他说"这是刚刚辍笔的书稿,现在正在写后记"。那个年代还没有电脑,书稿需要自己一个字一个字地写出来。一本本稿纸装在大信袋里,大概有几十万字。他告诉我这几年都在磨这本书,已经几易其稿,希望能够写出自己的见解。他指着这些稿子说,"给你出道题吧,你猜猜看这几大袋大概有多重?"我目测了一下,蛮有把握地说:"大概十二斤左右吧。"他点点头,又摇摇头,好像还不止这些。我以为他不信,就拿来电子秤称了一下,正好十二斤! 我脸上一副胜券在握的神情,也庆幸自己的眼力真的不错! 他没有说话,只是笑了笑,怪兮兮的……

在新书快要出版的时候,他竟病倒了。本以为他是因为写作劳累,估计休息两天就会

九、倾 情

好的,没想到,问题比我们想象的要严重得多。医生明确告知他的生命已经进入倒计时。他对自己的病情也可能比较清楚,但他若无其事。据说刚入院时,他挂完水,还能自己开车回家。随着病情的加重和治疗的深入,红光满面的他变得瘦骨嶙峋,已经完全变成了另外一个人。那种惊人的样子我们都不敢相信,但他情绪非常乐观,看到我们来,自然非常高兴,还是非常想说话,只是有气无力,看到我们,忙不迭地从枕头底下拿出书来。我赶忙说:"身体不好,这段时间就不要再看书了,以后时间长着呢?"他却像个孩子似的兴高采烈,说"这是出版社刚刚送来的样书",我望过去,果然是一部装帧精美、内容厚重的书。文字对于文人来说,就是天然的爱好,随着文字在作者的号令下的不断集结,最终变成了书。书是作者的生命载体,是通过纸质载体呈现出来的另外一片天空,每一个舞文弄墨的人都希望自己的文字成果变成一本本有价值的书。对于他来说,因为经过无数焦虑,熬过日日夜夜,所以看到自己凝练而成的心血之作,那种喜悦感、满足感和成就感确实无与伦比,哪怕是在身体羸弱不堪的情况下,依然能感受到他内心的那种情不自禁的欢呼和雀跃!

这本书,我是在火车上读完的。我发现,他的文章视野开阔,旁征博引,狂野奔放,汪洋恣肆,并没有走别人习以为常的路,而是开辟了自己的路。独到的角度、独到的观点,体现了他破釜沉舟的勇气、义无反顾的魄力和滴水穿石的精神,书中更有自成体系的学说,确实拥有自己的太阳、自己的月亮和自己的星星。记得他曾经跟我说过,希望把理论著作写得像散文一样,通过优美华彩的笔调,如诗如画的语言,让燃烧于胸际的思想火把,能够彻底照亮内心的深邃通道,在载欣载喜、载歌载舞中变得光彩夺目、引人入胜。对此,我深有体会。他的语言风格,我是熟悉的,尽管车厢里还比较喧嚣,但我在不知不觉中就被书的内容吸引了进去,越看越喜欢,难以自拔。要不是邻座起身下车我多问了一句,估计就会因此坐过了站。这倒让我想起了那天关于书的重量笑而不答的问题,至此我才真正明白其中的意思:书的重量应该是作者的投入程度与读者的理解程度之间的函数。这也就是说灵魂与灵魂的契合程度,决定着每本书在人们心目中的分量。

很惋惜,他不久就去世了。作为一位优秀的中青年学者,因为灵魂卓越、思维敏捷和才华横溢,本可以在学术上有更多的建树、有更大的作为。但没想到,天妒英才,意外还是走在了明天的前面。

那天,他夫人给我打电话,要把那套《鲁迅全集》还给我,说丈夫生前再三交代。我听后非常感动,但我希望她能够继续保留着,那套书确实在我的心中有很重的分量,但我想在他的心中应该具有更特别的分量!

不显眼却有神

《信息荟萃》原名《信息传真》，是南京图书馆的一份内刊，在众多的报刊之中并不显眼，却很有价值。有一次我到处查找不到资料，正值沮丧之时，随手翻了翻刚到的《信息传真》，没想到竟发现了自己急需的东西，一种惊喜之情不禁油然而生，真所谓"踏破铁鞋无觅处，得来全不费功夫"。从此以后，我对它也刮目相看。同事们听了我的介绍都去翻了翻，也感同身受，一时间它竟变成了办公室里的稀缺资源，每期送来之时，大家争先恐后，犹恐抢之不及。这也难怪啊，身处"地球村"，面对"国际化"，感受"全方位"，谁还能满足于"窄窄的知识小巷里"一步三叹呢？于是，《信息荟萃》应运而生，"日夜兼程"，一周一本，还不时出种种专辑特刊，快速、多角度、全方位地给我们传递着瞬息万变的社会世相……

有人说，网络世界海阔天空、浩瀚无际，足不出户便可尽收眼底，鼠标轻移不就能一"网"打尽？殊不知，这是一个知识流行的时代，也是一个知识筛选的时代。公众的阅读已不再是局限于以普通人的喜怒哀乐为基准的审美化阅读，而更多的是转向新知识体系建构的聚焦性阅读。《新华文摘》《青年文摘》《文摘报》等报刊经久不衰，就是因为它们与时俱进地帮助我们完成了知识提炼的过程，让人们在很短的时间里呼吸到更多的新鲜"空气"。可这些报刊多是带有综合性质的报刊，并没有把精力全部集中在一个一个选题的详细介绍上，这反而给像《信息荟萃》这类刊物创造了一个可以突破的空间，它们凭借着丰富的馆藏资源和优化的网络技术，"观古今于须臾，抚四海于一瞬"，用敏锐的眼光、透彻的见解、多维的视角，汇合、叠印、传导出中国历史、文化、社会、时代的心理信息、经济信息、文化信息、科技信息、教育信息。编辑们坚守信念，深耕阅读，默默无闻，往返于现实世界与虚拟世界之间，游走于物理空间与电子空间之上，兢兢业业、不知疲倦地耕耘在字里行间，代表着他们对人文精神的执着追求，也造就了这份刊物变为传递信息的仁者、反映速度的强者、重点报道的胜者。

九、倾 情

当今中国正迈进全面建成社会主义现代化强国、实现第二个百年奋斗目标的新征程，江苏也处于高质量发展行稳致远的关键时刻，经济的持续发展、生活的日新月异、文化的相互交融、轰然滚动过辽阔大地的改革浪潮，面对如此异彩纷呈、气象万千、深刻复杂的社会图景，人们急切地想知道正在发生着什么、蕴含着什么、张扬着什么、争论着什么，而这一切又对我们当前的工作和未来的生活意味着什么。这应该是《信息荟萃》在新的起点上继续往前推进的新追求。一是要注重集约性。这也就是说要在有限的纸质空间里包含最大的信息容量，要能够将江苏、中国，乃至世界在人文、教育、经济、科技、文化等领域的重要文本、重大事件、热门话题、争论焦点、观念变化进行盘点、浓缩、解读，加以新闻图片、背景链接和专家点评，多视角和多层次地展示中国社会的亮点。二是要注重前沿性。要注意不同领域之间的内在联系揭示，通过认真剖析，运用文本图片、背景链接、精当评点迸溅思想火花，引申思维灵感，反映大社会中的小事件，小细节中的大问题，大中见小，小中见大，不求面面俱到，但求切中要害、鞭辟入里，从而凸显出观念的冲击力和理论的辐射力。三是要注重内部性。这也是内刊不同于外刊的特点之一。对有些不宜于大张旗鼓的参考资料和内部数据，可以利用刊物的特点集中收集和整理，突出因时、因地、因人、因事的针对性，从而使刊物的专题性通过新的形式进一步发扬光大。我希望这份刊物越办越好，不仅成为社会的刻录机、信息传递的快车道，而且也成为生活的加油站和工作的服务区。

"音"语逼人

从中学到大学,我们学过多年英语,说老实话,都没有取得十分明显的成效。对于书面英语,我因为单词量不够,始终徘徊不前,对于口语因我羞于开口,最终不敢张口,反正英语这档子事这么多年来就没消停过,也没顺畅过。随着"地球村"的交往频繁,双语世界的日益崛起,这种状况越来越不合时宜了,会英语好像又变得越来越迫切了。不少人在讲话中总喜欢夹点英语单词,比如"get(理解)到我的意思""这件事让我感到非常 surprise(惊喜)"等。对于许多年轻人来说,这些已成为脱口而出的说话方式,而这对于我们这一代人还不太习惯,但使用面广泛了,又不得不适应,甚至还要快马加鞭。

虽有点皓首穷经的感觉,我也不得不重操旧"业",跟着李阳老师继续疯狂起来。用最大声、最快速、最清楚的方式,让英语"声"动起来。为此,我还主动报名参加了培训班,并专门请了一位老师传道、授业、解惑,经过一段时间的训练,明显有所长进。那年赴美培训,经过海关的时候,"老外"把我喊过去了,团里有个女同志知道我英语不太好,赶忙过来帮忙,本以为她能应付自如,可惜她也是混沌一片,听得不知所云(基本也属于哑巴英语培养出来的)。到头来还是我自己听出了大概的意思,对方在问"你们是夫妻吗?"。我赶忙说"No no.(不是。)"。嘿,稍不留神,还差点闹出了误会。

可就在一瞬间,我感觉到了会英语实际上已变成基本的生活技能。不懂英语,寸步难行,懂点英语,就可以自由交流、方便自己。那天,我们房间的空调突然坏了,大夏天碰到这种事情真难受,赶忙去前台找"老外"。我边说边比画了半天,他也弄不清楚是怎么回事。人家听不懂,肯定是自己表达不准,说不清楚,还是老实一点,回去查词典吧!我查了半天,终于找到了"空调"这个单词,刚一说出口,人家就明白了怎么回事,对方很高兴,自己也很有成就感。旅馆服务员知道中国人早上喜欢喝稀饭,他们特地买了一个电饭锅,但就是不知道怎么做,结果第一天稀饭就没有煮熟!我们团里有位同志自告奋勇地前去指

九、倾　情

导,其实他不懂英语,但坚信肢体语言是通用的语言,动作虽有点僵硬,我们都能理解他的意思,但"老外"却听得云里雾里,看得目瞪口呆。于是他不得不在每一个环节讲完之后,加上:OK?(明白了吗?)没想到,这一招果然灵验!我们都调侃他凭借着最简单的词办成了最复杂的事,十几个"OK"就把事情妥帖搞定,真的很厉害!

到美国逛商店是许多"美元拥有者"的必做之事,甚至有人乐此不疲。我对此毫无兴趣,勉强陪同,也有点身不由己、情所不愿的感觉。但去多了以后,忽然发现这也是一个学习英语的好机会,遇到如此自然的、免费的学习情景,何乐而不为?看看货架上的商品标牌,查查字典,可以认识单词,也容易记住它;看看打折广告,也能知道更为简洁的表达方式;与店员打招呼,虽听得不太明白,但他们回答若能够听懂一点,也会多少有些提高。那天,店员非常热情地问我们需要什么帮助,我们面面相觑,不知所答,搞得人家很尴尬。其实也不是我们没有礼貌,而是压根儿就没听懂人家的讲话,又怎么能回答人家的问题呢?后来我主动请教了现场的华人员工,他说只要表达"随便看看"的意思就好了。在尴尬中学习,也在尴尬中成长。"吃一堑长一智",以后再碰到类似的问题,就难不倒我了。

跟外国人对话,听懂意思就行,只要你敢讲,他就敢听,有时只要中心单词不错,他就能理解你的意思。如果你能有一两句流畅的语言,他会很兴奋,马上就会表扬你。下课时,我主动与老师做简单交流,没想到他上课第一句话就夸赞说我的英语讲得很好。溢美之词发送得如此简单,不敢接收的我反倒脸红脖子粗,但这种话听起来也容易让人沾沾自喜,事实上我也明白他言过其实,鼓励大于表扬。与外国人交流时,我们尽可以畅所欲言,语法问题倒是其次,他们就能听得懂。李阳老师说得对,讲英语就是要热爱"丢脸",胆大多讲,才能进步!但跟我们中国人讲英语,"麻烦"就大了,他们会不停指责你单词发音、句子语法的不对,"老外"则是听听就好!

于是,我到了旅馆总是先把相关的英语查一遍,然后再把自己带去的英语词典拿出来"恶补",没想到单词量还真的见涨。之后,我便"不知轻重"地敢到处与外国人直接对话了,有时还没话找话说。那天我去参访时,待议程告一段落以后,我就用英语请他到办公室外面的广场上和大家拍张照片,他欣然接受了。就在走出大门的途中,他又主动与我说了一通英语,我一句都没听懂,不知所云,也不知所措,引起全场一阵哄笑。有人马上就说:"你是'说'比'听'好!"后来我才知道,他希望带我们先去参观市长办公室,以为我英语很棒,没有通过翻译就直接跟我商量。其实他太高看我了,我哪能达到他认为的水平呢?充其量就是偶尔小"秀"一把。

我发现,学英语不仅要敢说还要会听,或者首先要听得懂才行。为了能听懂更多,我与翻译形影不离。开始时他对我提的问题比较重视,解释得也非常仔细,听不懂就反复多次,但什么都要再重复一遍,接二连三,人家就可能会有点招架不住了。尽管遭遇人家的不耐烦,我却依旧斗志旺盛,愈挫愈勇。团里有个同伴要买皮带,店员告诉我可以打折。我听懂了,马上翻译给同伴,并主动询问打折后多少钱,这句话说得毫不犹豫,完全得益于前一天翻译的指导,反复了几次,我居然记住了,没想到此刻正当其时地派上了用场。店员心领神会,嫣然一笑,很快就算出了价格。这个同伴立马就对我刮目相看,甚至还说我发音很准(他不会英语,不知是用什么标准来衡量),如果在美国再待上半年,在这里生活都没问题了。面对如此"超量"的鼓励,自己也不会不自量力,"革命尚未成功,同志仍须努力",其实未走过的路还真长着呢!

从美国回来以后,我对英语的兴趣与日俱增。随身携带词典成了习惯,走到哪看到哪,走到哪查到哪。凡是遇到不懂和不会的,总是不厌其烦,随时随地解决。重新出发,让自己的心灵起舞,"积跬步以至千里,积小流以成江海",希望让自己所学的英语能够真正变成别人听得懂的"音"语!

十、凝 情

没有错过瞬息万变的风景,是因为专心致志的洞察。

温莎城堡

温莎城堡位于伦敦近郊的泰晤士河南岸。远远望去,就见一片气势恢宏的建筑群,掩映在蓝天白云之下,置身青翠碧绿之中,宁静悠远,底蕴深植。自从12世纪以来,这里一直都是英国女王的行宫。现任女王伊丽莎白二世幼年就在此度过。1952年登基后她更是对此情有独钟,把偶尔的驻足地变成了主要的休憩地,许多时间都是在这里度过,并将其与伦敦的白金汉宫、爱丁堡的荷里路德宫一视同仁,作为国事外交活动的重要场所。如果到了诸如圣诞节之类的节日,女王还会专门在此设宴庆祝,许多上流社会人士都以能参加这样的盛典而倍感自豪和骄傲。

那天去的时候,我们对女王的行踪轨迹并不感兴趣,倒是对城堡内那段"不爱江山爱美人"的浪漫爱情故事十分好奇。1931年初,爱德华八世与美国人辛普森一见钟情,但朝野上下均反对他迎娶这位有过两次婚姻的女人,他在江山与美人之间必须做出选择,他最终选择了美人,放弃了江山。1936年的12月11日,他在温莎城堡里发表了退位演说,至此失去了一切王权的荣耀,逊位后被其弟乔治六世封为温莎公爵。后来他两次在城堡内向辛普森夫人求婚,1937年6月3日,这对有情人终成眷属,婚后不久就双双赴法定居,直到1972年温莎公爵去世,他的灵柩才又重回温莎城堡。

人们都说观看温莎城堡的卫士换岗是一道风景,换岗本就是一种程序性的交替,英国人却把这个仪式做到了极致。为了从头看起,我们追随着大批人群,早早地就等候在街头,不一会儿,远处鼓乐齐鸣,军乐队渐行渐近,只见一个长官,手持宝剑,上下舞动,庄严地指挥着士兵们,士兵们协调一致,步伐整齐,大张旗鼓、声势浩大地从街上走过。据说进入城堡以后,还要履行一大堆的程序,要一队一队地演示换岗,每个人还要继续在重复前面的"故事"。尽管锣鼓喧天、号角阵阵,看多了就没新意了。我们时间有限,更重要的是那些迎面而来的高大坚固的城墙、各种哥特式的建筑以及此起彼伏的蜿蜒道路,就好像天生拥有横扫一切的吸睛能力,不容置疑地吸引着我们,还有许多值得看的东西,看来不走还真不行!

温莎城堡是英国至今保存得最好、最完整的城堡,也是现今世界最大、最古老且至今正常使用的城堡,整个区域分为上区、中区和下区三部分。城堡的上区主要为王室私宅,演绎着许多英国的传世经典,处处彰显着王室的富丽堂皇。我印象比较深刻的是滑铁卢厅,这是为庆贺滑铁卢战役胜利而建的大厅。滑铁卢战役是欧洲战争史上非常著名的战役,是导致拿破仑及其帝国走向灭亡的致命一击,在英法战争史上具有极高的典范意义,英国人一直引以为豪。我们进入宽敞高大的长方形大厅,满眼都是当年那些战功赫赫的英国将领的巨幅肖像,他们一个个英俊魁梧、意气风发。胜利归来代表着王者荣耀,滑铁卢厅也因此荣光,成为城堡重地,经常作为英国王室举办重大活动的宴会场所。当年莎士比亚受女王伊丽莎白一世之邀曾来到城堡,一路灵感淋漓地在城堡里写就了名剧《温莎的风流娘儿们》。准备开场首演的时候,他就把地点选在了这个宴会厅,许多王公贵族因看此剧笑得前仰后合、啧啧称赞。这部戏成功地塑造了温莎小镇福斯塔夫爵士嗜财贪色的形象。他出场后就对两位有钱绅士的美貌妻子暗送秋波,希望赢得芳心进而获取更多的财富。没想到,如意算盘被这两位冰雪聪明的夫人一眼看穿,她们将计就计,假装半推半就,不仅巧妙地敲打了平时无端吃醋的丈夫,也扎扎实实地戏弄了贪财好色的福斯塔夫。摧毁风流,何惧风流!假风流娘儿们俨然成了修理真风流守财奴的神器!城堡的中区,主要是军事要塞,最显著的建筑就是玫瑰花园围绕的圆塔。它建造于12世纪,主要是用于防御外侵的炮台,现在城垣上还设有古炮。开始的时候,圆塔没有这么高,后来乔治四世增建了巍峨的冠顶部分,使之成为高耸于城堡中的制高点。如果女王下榻在温莎城堡,就会在这个圆塔顶上挂出王室的旗帜,如果没有挂出旗帜,就说明她没有住在这里,这和慈禧太后住在颐和园发出信号有异曲同工之妙!城堡的下区,主要是处理宗教事务的地带,最为引人注目的是圣乔治礼拜堂,那种别具一格的豪华与经典,似乎一直以来都是以凸显细致艳丽的彩绘玻璃而著称。

城堡是欧洲中世纪零乱格局的产物,是面对掠夺和战争的防御性堡垒。应该说,温莎城堡是冷兵器时代坚不可摧的铜墙铁壁。其建造历史可以直接回溯到威廉一世,他当初建立这个要塞就是为了保护泰晤士河上来往的船只以及王室的安全。在那个肩挑手推的时代,要能够完成如此浩大的工程,该需要多大的决心和气魄,又该需要多少人的智慧和力量啊!一道道城墙似乎铸造着守卫者威风凛凛的形象,一个个垛口也好像在诉说着许

十、凝　情

多惊心动魄的传奇,一块块石头凝聚着多少个血与火的故事,一座座宫殿也隐藏着运筹帷幄、决胜千里之外的种种玄机,一条条道路更是回荡着千军万马从头越的铿锵跫音……

但不知为什么,我在这里待的时间长了,总觉得有点"憋屈",哪怕城堡内部设计再科学、体系再健全、设施再完备,我们也好像被装在笼子里转来转去,直到我们穿过城门,站到城墙上面,眺望远方,看到苍穹一片开阔时,这才轻松地舒了一口气,仿佛有了豁然开朗的感觉。蓝天上飘着朵朵白云,有红色、黄色、蓝色以及白色的房子点缀在绿色的草木之中,就像一幅幅油画一样。俯首看到美丽的泰晤士河,波光粼粼,就像灵动的碧玉一样,正如此深情地在我们的目光里摇曳,忽然就想起了英国政治家约翰·伯恩斯对其的崇高评价:"它本身就是一部流动的历史。"我想,它不仅流动着英国的历史,也流动着温莎城堡的历史。

当我们走出温莎城堡的时候,情不自禁,蓦然回首,收入眼帘的是城堡刚柔并济的动人身影,气势雄伟、神圣不可侵犯,温婉柔丽,让人恋恋不舍,特别在太阳余晖的勾勒和映衬下,如诗如画,如梦如幻,言有尽而意无穷。当城堡的防御功能消失在历史尘埃中,其审美价值便愈发变得清晰。这也就难怪当年的查尔斯王子,曾想将它直接变成王室官邸,准备长期住在这里。我们也认为它较之于白金汉宫有过之无不及!为了把短暂的感受定格为永久的回忆,我们主动邀请威武的士兵与我们合影留念,希望通过清晰的镜头,准确记录此次温莎城堡之行的晴朗时光和喜悦心情!

巴黎郊外

巴黎是世界闻名的时尚与浪漫之都。里尔克曾说过:"巴黎是一座无与伦比的城市。"我早就心向往之,但没想到,那天还没到巴黎,我们就已被巴黎郊外的景象深深地震撼了。大概到了黄昏时分,我们睁开惺忪睡眼,本来被一路风尘"浸泡"着,好像还没有真正缓过神来,但窗外的诗情画意却一下子抓住了我们的眼球,倏地给灵魂注入了生机与活力。只见已经烧得发红发烫的晚霞,弥漫天际,灿烂一片,在金黄色的天际线上,还有几幢红房子时隐时现,晚钟阵阵,摇曳在轻风之中……究竟是神往已久,还是梦里来过,我自己也好生奇怪,怎么会油然生出一种何其相似的美感呢?

记得我在上大学的时候,曾借阅过《西方美术史》一书,当时看到莫奈、塞尚、梵高等那些视觉绚烂的作品,印象非常深刻。他们通过随心所欲的色块处理和用笔奇崛的另类创意,表现出超常的想象力和深邃的穿透力。他们不顾一切、肆无忌惮地表达着自己惊世骇俗的美学主张。据说他们经常在户外阳光下直接描绘景物,以片刻的思维来捕捉光与色的微妙变化,然后将瞬间的光感印象记录在画布之上,这种纤毫毕现的执着,在他们如追光摄影的笔触中,已经达到出神入化的地步。也许是潜移默化中的悄悄对比,我们感到这些经典之作与眼前看到的景色有着惊人的相似。原来以为他们这些作品与巴黎郊外没有多大关联,只是一种情形上的类似。其实其中有许多作品的灵感就是得益于巴黎郊外,许多时刻正是因为对光影变化的了如指掌,他们才能够驰骋在自己的画布上,变得狂飙突进。

梵高在1887年就创作了直奔主题的《巴黎郊外》,通过隐隐约约的画面,我们可以看到巴黎郊外烟雾霭霭的天空、白墙红顶的农舍、葱郁茂盛的树林和行色匆匆的路人。一种悲怆无奈的调子溢于言表。当年梵高确实在巴黎的画店当过店员,因为去国离乡,事业不顺,所以内心深处一直郁积着许多愁苦悲恨,如鲠在喉,欲将心事付画板。知音少,没人

十、凝　情

懂,巴黎郊外就成了他排遣乡愁的地方,这幅画也许就是在这种情况下创作的。在他看来,画家只有画出内心的痛苦,才会有生命的鲜活!应该说,梵高一生很不得志,郁郁寡欢,他希望许多人生烦恼都能够在画作中"清零"。他生前总是穷困潦倒,度日如年。他生命的最后 70 天是在奥维尔小镇度过的,那是一个在巴黎近郊瓦兹河右岸的美丽地方。当时梵高的精神疾病频繁发作,他的弟弟提奥将他送到这里,请加歇医生帮助治疗。拉乌客栈 5 号,这个所谓"梵高故居"的地方,不过是他当时租用的客栈顶层,一间不足 7 平方米的阁楼,但就是在这个光线暗淡的狭小空间里,他的创作冲动如"惊涛拍岸,卷起千堆雪",几乎每天一幅画,就近取材,惟妙惟肖,像《加歇医生像》就是画的给自己治病的医生,《奥维尔市政厅》画的就是从客栈窗口看到的那个白墙蓝顶的市政厅,《奥维尔教堂》画的就是那个满目沧桑的老教堂,《麦田里群飞的乌鸦》画的就是他实地写生的麦浪翻滚中乌鸦低飞的场景。因为有了这些旷世之作,他爆发出了生命最后的辉煌。那个曾经不为人知的梵高,后来也因此成了世界著名的艺术家,这里也被称为"梵高小镇"。

还有一个地方叫吉维尼小镇,距离巴黎大概 70 公里,因为莫奈而闻名遐迩。1883 年 4 月底,莫奈乘火车经过这个小镇的时候,看到这里有童话般的房子、童话般的色彩,也许是因为相遇太美,居然驻足不前,起初只是租了一栋别墅,后来干脆买下来了,按照自己的意愿重新打造,建成了姹紫嫣红的花园和一池睡莲的水园。他十分喜爱这个地方,在这里生活了 43 年,并创作完成了大型装饰画《睡莲》等惊世之作。他看起来好像与世无争,影响力却与日俱增,不仅成为印象派之父,也成为现代绘画的先驱。许多艺术家慕名而来,既是冲着莫奈来的,也是冲着这个美丽的小镇来的。到了小镇里,人们可以看到家家户户的房屋涂上粉彩,纤细柔美的针葵、华丽娇姿的珍稀莎萝、珊瑚绿玉般的龙骨树,还有铃兰、康乃馨、蔷薇等名目繁多的花卉,赤橙黄绿,争奇斗艳,让眼睛舒服,使鼻子舒畅,叫心情舒坦,远远地望去,就好像与钟情梦幻色彩的莫奈风格如出一辙。

人们为什么对巴黎郊外如此钟情?它又何以能够获得如此多的艺术家的青睐?开始我真的不太明白,去了巴黎以后,渐渐地想清楚了。这是因为巴黎郊外的原生态气息比较浓郁,更多地接近自然,而巴黎城市经过岁月的洗礼和多年的文化累积,人文厚度不断增加,自然趣味却日渐减少或简略,尽管山光水色依旧在,又何如春风十里自然情?应该说与纯粹的原生态还是有一定的差距的,所以人们一到巴黎郊外,就会感到清新之风扑面而来。另外,巴黎郊外没有城市那种川流不息的拥挤和窘迫感,更带有空间广阔的那种随意、轻巧和舒展,人们在这里可以自由伸展,感觉自由舒畅,心胸也会豁然开朗。同时,巴黎郊外给人一种远离喧嚣的娴静感觉,宁静的风、宁静的景,会带来宁静的世界、宁静的氛围、宁静的心情,就好像生活在世外桃源里一样"不知有汉,无论魏晋"。因此,巴黎郊区的魅力来自非城非乡的自然生态,来自城市与乡村之间的过渡状态,是两者兼而有之,也是两者兼而得之!

这样看来,我们也就不难理解法国王室和贵族为什么都喜欢居住在巴黎郊外了。17世纪末到19世纪是法国实力鼎盛的时期,这也是许多巴黎近郊的城堡和别墅精心打造的重要时期。其中,人们最为熟悉的就是凡尔赛,它是按照古典主义的基本原则,建造的法国最伟大的皇家园林典范,其规模之巨大,内容之丰富,风格之多样,结构之复杂,世所罕见。法国作家拉封丹和莫里哀、拉辛、波瓦洛一起游览凡尔赛后,赞叹说:这座美丽的花园和这座美丽的宫殿是国家的光荣。同时,这一带还有拿破仑最喜欢的枫丹白露,"几个世纪以来,这座建筑的确是国王的家";约瑟芬最喜欢的是马尔迈松城堡,她在这里种植了自己所有的"星语心愿"。当然巴黎郊外作为法国城堡的集中之地,还有许多可以列举的地方,比如,子爵城堡、皮埃尔丰城堡、马尔迈松城堡、朗布伊埃城堡、库朗斯城堡、尚蒂伊城堡、布勒特伊城堡和夏多布里昂庄园等。

巴黎郊外如此"炙手可热",建筑封存的历史文化内涵,常常也会因为惊艳了时光,被突然激活。看着这些巴黎郊外的万千气象,穷极所思可以吞吐百年、衍射千里,那种美丽的曼妙正是人文的积淀而形成的意象叠加。1770至1778年间,有一位老者非常喜欢在巴黎郊外的几条穿过葡萄园和草地的小径上散步。这位老者就是18世纪著名的法国启蒙思想家、哲学家卢梭。当年他时常行走在百花丛中,漫享于花前月下,不知不觉中,这里成了他思维燃烧的"点火器",也是他生命喜悦的"动情区"。他自己曾深情地写道:"从那时起,我住进了另一个世界,我变成了另外一个人。"这里的宁静氛围撞开了他的"脑洞",思想的洪水一泻而下。他在此写成的《论科学与艺术》轰动了全世界。后来这里就被打造成了卢梭公园,卢梭晚年也在此定居。这个地方离巴黎只有47公里。

那天,我们在途中,经过一个休息站停下车子,听导游说这里离卢梭公园不远,挺让人动心的,但我们没有这个日程安排,只好作罢。眼前这个休息站,是非常有意思的,和我们想象中的超市和加油站不一样,只有几张固定的铁凳子和几个跷跷板。我们大家都没有去坐那些铁凳子,反而抢着到跷跷板上去颠簸了几回。虽然只有片刻的嬉戏和短暂的热闹,却在这里找回了童年的快乐和纯真的浪漫。"光阴如电逝难追",这也许会让我们更加怀念无忧无虑的从前,所以当车子再次发动以后,我们兴奋的心情还是久久不能平静,也

十、凝　情

不得不佩服法国人在细微之处的巧妙设计,通过这样短暂的休憩,完成了一种生命追忆的自由呼吸。我们仿佛回到孩提时代,也因此记住了这里的跷跷板和快乐的短暂时光。

很多时候,人们都觉得郊外确实要比城市本身更有魅力。莫斯科郊外是迷人的,那是因为在战火纷飞的年代,人们有着对和平美好生活的期盼;维也纳郊外是诱人的,那是因为"维也纳森林故事"中蕴含着辽阔的想象空间;巴黎郊外更应该是醉人的,不仅有让人倾心驻足的风景,更让人有一世难舍的眷恋。我们不知道,玛格利特那金碧辉煌的马车是否曾经经过这里,艾斯米拉达是否在这里留下过美丽的舞姿,欧也妮·葛朗台的爱情驿站是否驻足此地,包法利夫人的罗曼蒂克的畅想是否在这里飞翔过……但这个地方绝对应该有美妙无比的爱情,绝对应该有飘飘欲仙的感觉。尽管异想天开的爱情可望而不可即,但这似乎更符合法国人的浪漫情怀,我们有理由做出如此大胆的想象。自从巴黎郊外攫取了我们专注的目光之后,我们就有了过目难忘的"爱"和割舍不掉的"情",这是风动,也是幡动,更是心动!

意外的巴黎

巴黎是法国的首都,也是法国的象征。巴尔扎克说过:"巴黎是一片名不虚传的海洋,听凭甚么探测器也没法知道它的深浅。"人们对巴黎文化底蕴的不懈探索,是与生俱来的历史使命。整个巴黎就是沿着塞纳河两岸逐步发展起来的。源远流长的河水携带着千年的历史沧桑,贯穿着巴黎的生命,从左岸到右岸到处都充满着诱人的发现,埃菲尔铁塔、卢浮宫、凯旋门和巴黎圣母院等比比皆是,熠熠生辉。

法国人说,埃菲尔铁塔是"首都的瞭望台"。当你站在埃菲尔铁塔上向远处眺望,一种傲视群雄的感觉油然而生。"不畏浮云遮望眼,只缘身在最高层",立足于千仞之上,整个城市尽收眼底。鸟瞰足下的巴黎,它就像一块块几何图形拼合的图案,香榭丽舍大街、先贤祠、荣军院、巴士底广场,还有蒙马特高地上的圣心教堂等都历历在目。这些著名的景点就像洋洋洒洒的长卷诗书渐次展现在我们面前,润物细无声地荡涤着我们的灵魂。尽管目光所及,都是色彩斑斓、繁花似锦的世界,但巴黎基本统一在粉红的色调之中。开始我对此十分惊讶,也不太明白何以会产生这样的效果,后来仔细观察,这才发现原来是许多建筑物都采用了粉红石料的缘故。据说,这些粉红石料是从法国南部运来的。我曾在雨果的《悲惨世界》中看到了比较详尽的描写,主人翁冉阿让就曾在南部开采过这样的石料。这些石料确实保持了它们的自然原色,事实上也饱含着当年劳役者的艰辛和血泪。这种石料是装饰巴黎的点彩之笔,也是我们认识巴黎的点击之屏。

埃菲尔铁塔让我们看到了历史的风云际会。它是巴黎绝对的醒目地标,其名字来自设计它的桥梁工程师——居斯塔夫·埃菲尔。如同巴黎所有的创新建筑一样,埃菲尔铁塔设计的方案,起初遭到了许多巴黎人的拒绝,他们对此反应极其冷淡。埃菲尔据理力争,大声疾呼,如果能够让铁塔高高地耸立,"法兰西将是全世界唯一将国旗悬挂在三百米高空中的国家",但这些号召无法疏通各阶层人强烈的排斥心理,也无法阻挡反对浪潮。

十、凝　情

当时就有 300 人公开联名签订反对修建巴黎铁塔的抗议书,其中还有法国的著名作家莫泊桑和小仲马等,他们来势汹汹,声势浩大,再加上媒体的推波助澜,如《泰晤士报》就一字不落地刊登了抗议书的全文。为什么建一座铁塔,就会如此地牵一发而动全身呢？这要追溯到 17 世纪中叶到 18 世纪初,当时路易十四作为国家最高统治者,为了实现和巩固君主对于国家和社会的绝对控制,制定了一系列严苛的法律制度,那些强调中轴线原则和主从关系结构的古典主义建筑,非常符合这种世俗王权和国家秩序的强制要求,所以有人振臂一呼,追随者便一拥而上。这个中规中矩的风潮一直持续到 19 世纪末还余波未平,以致整个法国对古典主义美学始终如痴如醉。因此,面对如此沉睡不醒的审美视域,任何另类的超越雷池的举动,都会被视为洪水猛兽,所以他们怎么能够容忍一个像巨大的烟囱似的铁塔,耸立在如此澄澈明亮的巴黎上空？而在许多市民的眼中,他们没有文学家那么多文绉绉的比喻,面对这个横空出世的钢铁之躯,他们直言不讳,说其丑陋、不堪入目、让人厌恶。当然还包括那些建筑和城市规划专家,他们从专业上也认为铁塔会有倒塌之险。

尽管反对之声一浪高过一浪,铁塔施工却没有因此而停歇,反而在反对声中高高崛起。为什么人多势众却又反对无效？要回答好这个问题,就必须首先弄清楚法国当年为什么要建埃菲尔铁塔。1889 年,正值法国大革命爆发 100 周年,法国人希望借举办世博会之机给世人留下深刻的印象。英国人为举办世界博览会曾建造出了风光无限的"水晶宫"。法国人对此一直耿耿于怀,不甘下风,他们不仅要超越英国,更想超越自己,希望能够"创作一件能象征 19 世纪技术成果的作品"。于是他们敞开大门,大张旗鼓地征集作品,在 700 多个申报的设计作品中,最后脱颖而出的就是埃菲尔铁塔的方案。这个方案彻底摆脱了土木材料的束缚,挺身而出的都是钢铁结构,从塔座到塔顶要用 7 000 吨钢铁、12 000 个金属部件和 250 万个铆钉。一座刺破天穹的埃菲尔铁塔突然拔地而起,呈现出不断向上收拢的漂亮蛮腰,柔媚而不失单纯,优雅而不失稳健,这种人神相通、灵肉相融的魅力,不仅充满着青春的活力,也洋溢着生命的意趣,法国人因此亲切地称其为"铁娘子"。这个美貌绝伦的"铁娘子"生性缄默、温情脉脉、含而不露,但出乎人们意料的是,在第一次世界大战中却表现神勇,发挥了广播发射的重要作用,这确实是建造者始料不及的。一个精益求精的技术产品,却一不留神成为具有伟大创造力的杰出艺术品,这也让建造者喜出望外。但反对者并未因此销声匿迹,在铁塔建成以后,要求立即拆除的呼声依然不绝于耳。只见惊鸿一瞥飞来,氤氲紫气而去,渐渐地,这种呼声就烟消云散了。从审美习惯的巨大反差中,许多人由反对、认同再到敬畏、喜欢,彻底实现了审美情感大跨度的跳跃。这表面上好像是在与岁月进行和解,其实是源于对铁塔潜在价值的不断发现。所谓经得起岁月考验的只有价值本身,埃菲尔铁塔脱颖而出的,就是这种不可抵挡的永恒魅力!

无独有偶,当年著名的美籍华裔建筑师贝聿铭应邀为卢浮宫设计新的入口处,他独辟蹊径,大胆地提出了一个"金字塔"的方案,但在送交法国历史古迹最高委员会审查时,却被彻底否定,被认为这个巨大的破玩意儿就像一颗假钻石,银样镴枪头。在社会上公布以后,更是引起了轩然大波,当时90%的巴黎人反对建造玻璃金字塔。他们认为用古埃及的墓地形式来为卢浮宫建造入口,这种异想天开的设计,不仅寓意不美,形象也重复,其结果是既毁了卢浮宫,又毁了金字塔。面对各种诘难,贝聿铭即便胸有万顷墨水,也百口莫辩,所谓"俗子胸襟谁识我?英雄末路当磨折",但他并没有气馁,依然我行我素,坚决反对一切将玻璃金字塔与石头金字塔进行莫名类比的言论。他认为两者虽都叫金字塔,却有本质不同,后者为死人而建,前者则为活人而造。他采用金字塔主要有三点考虑:一是采用这种古老的造型体现了对旧皇宫足够重视;二是希望通过这个建筑能够表达对周围环境的友好和敬意;三是玻璃的材质能够映照天光云影不断变化的景象,还能为地下设施提供良好的自然采光。贝聿铭虽然坚持自己的观点,但也没有漠视大众的意见。因为他从建设埃菲尔铁塔的遭遇中,看到了创新建筑的共同宿命:建筑完成后要人接受并不难,难就难在起初要能把它建造起来,只有"眼见为实",才会有被人慢慢接受的机会。于是他在卢浮宫前建造了一个足尺模型,邀请巴黎人前往参观投票。原以为这会遭到一边倒的反对,没想到大部分市民通过实体的观察,茅塞顿开,转怒为喜,转喜为爱,人们不但不再指责它,而且称其为"卢浮宫院内飞来了一颗巨大的宝石"。事实也证明,这座"金字塔"最终没有让他们失望,创造性地解决了把古老宫殿改造成现代化美术馆的许多重要难题,最终成为法国的文化象征,正如贝聿铭自己所称:"它预示将来,从而使卢浮宫达到完美。"

如果说埃菲尔铁塔以强势姿态改写历史进程,玻璃金字塔则以柔和方式把历史拽到现代中来,它们都着力于缩短现代与历史的时差,那么对巴黎的凯旋门的误会,却是完全来自对历史的误解。1812年,拿破仑率领64万大军攻打莫斯科,大军压境,来者不善,俄国人没有硬拼,而是主动撤出。拿破仑军队轻轻松松、浩浩荡荡地占领了莫斯科,这场战役准确地说是只有"成",并没有"功",没有费吹灰之力,就稳操胜券,他们以为这是俄国人被自己的强大部队所威慑,所以威风凛凛、不可一世。其实,这正中了俄国人的缓兵之计,所谓"避其锐气,击其惰归",拿破仑军队因为天寒地冻、缺衣少粮、伤寒流行,最后不得不撤离莫斯科。这时俄国人把他们逮个正着,一阵穷追猛打,其鬼哭狼嚎,仓皇逃窜。俄国

十、凝 情

人认为他们是这场战争当之无愧的胜利者,兴高采烈地在莫斯科为自己建了一座凯旋门。谁知拿破仑回到巴黎以后,觉得自己虽然没有站稳脚跟,但毕竟攻克了俄国人的首都,还有比这更能代表取得胜利的标志吗?于是,他在巴黎也建了一座凯旋门。这就是所谓历史上的"一次战役两个凯旋门"的荒唐事。那么到底谁赢谁输?其实从这次战役的结果来看,胜利非拿破仑莫属,只是人们把现在巴黎凯旋门纪念的战役搞错了,它不是为了纪念攻打莫斯科战役,是为了纪念奥斯特里茨战役所取得的胜利。在奥斯特里茨战役中,法军最终以 65 000 人战胜了 82 000 人的奥俄联军。这种以少胜多的杰出战例,成为战争史上的巅峰之作。在这场史称"三皇会战"的战役中,拿破仑非凡的军事才能,也确实得到淋漓尽致的发挥。1806 年 2 月建的巴黎凯旋门,就是为了纪念这场辉煌的战役,至于攻打莫斯科的战役,那是 6 年以后才有的事情。拿破仑自己对攻打莫斯科的战役也有定论。他曾说"荣誉仅在那些充满危险的地方才能赢得,进入一座毫无防御的都城有何荣誉可言"。由此可见,巴黎的凯旋门与攻打莫斯科一点关系都没有,子虚乌有的事,却传得神乎其神,以讹传讹,确实混淆了人们的视听,但在了解到真相以后,大家也只是会心一笑,因为多了一个插曲,也就多了一分趣味。

巴黎圣母院是天主教巴黎总教区的主教堂,在世界上的地位和价值无可替代,在许多人心目中也无与伦比。我最初看到这座辉煌壮丽的建筑,是在根据法国著名作家维克多·雨果在同名小说改编的影片《巴黎圣母院》中。当年我发现爱斯梅拉达与卡西莫多在外貌上虽有天壤之别,但他们内心都清澈透明,一片美好。也许是因为影片中的情节发展与巴黎圣母院的建筑联系得比较紧密,所以自从我见过巴黎圣母院之后,一直记忆犹新。这是一座典型的哥特式教堂,在电影中看到的与现实中看到的,感觉还是不一样的。当我直接面对尖塔高耸、尖肋拱顶、尖形拱门以及粗犷的飞扶壁、颀长的束柱时,仿佛整个建筑的直升线条有一种轻盈修长的飞天感觉,再加上新的框架结构高高地支撑着,开拓出了更为空阔的内部空间,结合镶着彩色玻璃的玫瑰窗,使得巴黎圣母院有着一种浓郁深厚的宗教氛围。巴黎圣母院全部采用石材建造,几乎把石头的魅力发挥到了极致,雨果情不自禁地称它为"石头的交响乐"。但万万没想到的是,2019 年 4 月 15 日的一场大火,打乱了这部交响乐的和谐节奏,一下子烧焦了全世界的心。在电视里看到如此突如其来的大火把它迅速吞噬,我们心如刀绞。好在扑救及时,主体结构尚存,许多藏珍幸免于难,但在美好的记忆中,突然出现这种情节,确实令人始料不及、遗憾不迭。我希望巴黎圣母院尽快恢复原貌,我也相信巴黎圣母院一定会重现往日辉煌!

此情此景

当年我去巴黎的时候,正好是戴安娜在巴黎出事后不久,巴黎人很快就将出事地点阿尔玛桥隧道辟为一个新的地标。对于戴安娜的死因,一直以来众说纷纭,也不知道孰是孰非。我也只能将信将疑。但对于戴安娜这个平民王后,我自始至终保持着尊敬。那天我们车子经过出事地点阿尔玛桥隧道的时候,司机有意把车子开得很慢,许多人急切地询问当时戴安娜撞车的情景,更希望了解车子究竟撞在哪一根柱子上,导游还故意给我们卖关子,让我们自己找。我们寻寻觅觅,一个一个地看过来,最后看到一根柱子上写满了多种语言的文字,估计就是它了。确实也是,虽然看不懂上面的内容,但它们所要表达情感,我们是能猜出来的,肯定是不舍这位平民王后意外离去的文字。导游这时才拿起话筒告诉我们,当时戴安娜车子正好撞在第13根柱子上,而13正是西方人忌讳的数字,冥冥之中有着出乎意料的巧合,但并不说明戴安娜因此在劫难逃,只能说明巴黎人非常善于利用文化寓意设计旅游悬念。他们在第13根柱子上方阿尔玛广场的路边,借用了一个原有的火炬式的纪念碑,将其作为人们的悼念之所。我们去的时候,还看到有个人送了一把花,还把自己的名片粘在纪念碑上。名片上面写着:月亮不会奔你而来,星星也不会奔你而来,但我会,永远都会!

忽然,车窗外下起了雨,透过高大开阔的车窗,只见街上行人稀少,显得萧瑟宁静。秋雨没有春雨的嘻嘻哈哈,也不像夏雨的雷霆震怒,总是显得谦逊温良,飘飘洒洒。特别是下在巴黎这个迷人的地方,好像更富有朦朦胧胧的诗情画意。我们可以听到雨水打在树上的声音,打在地上的声音,打在落叶上的声音,当这些不同的声音交织在一起,就是一首恬静温柔、美妙无比的浪漫曲。说实话,突然下雨确实影响了我们的原有安排,当时心里还有点郁闷,但细雨还是冲淡了大家不快的情绪,因为自然恩赐就像人文结构一样,都应该是巴黎风景的应有之义。

这些不同的境遇让我有了不一样的角度,不一样的体验,不一样的感受,不禁让人想起艾青先生早年的诗《巴黎》:"在你的面前/黎明的,黄昏的/中午的,深宵的/——我看见/你有你自己个性的/愤怒,欢乐/悲痛,嬉戏和激昂……"

也许,这就是巴黎拥有的丰富表情和可能内蕴的许多意外!

在巴黎圣母院"走后门"

那天到巴黎圣母院,说好是要从前门进去的,由于路堵,车子只好开到后门,我们只得从后门进去。这似乎不太符合观赏的路径和习惯,但司机若无其事地说:从哪儿进都一样,都是在看巴黎圣母院。于是我们与巴黎圣母院的第一次"亲密接触",就这样在不情不愿的无奈中走了"后门"。

我对于巴黎圣母院的记忆主要来自《巴黎圣母院》这部同名小说改编的影片。在孩提时代,我们没有机会接触外国文学名著,考上大学中文系以后,有门专业课就是外国文学,当时为了配合教学,学校组织我们看了许多名著改编的影片,其中就有《巴黎圣母院》。老师在课堂上讲得眉飞色舞,但对海量的作品的介绍都只是蜻蜓点水。课后为了完成老师布置的作业,我急急忙忙找来许多外国文学名著,夜以继日地进行"恶补",囫囵吞枣之时、狼吞虎咽之间,《巴黎圣母院》的独特魅力便渐渐地脱颖而出了。雨果以他天才般的笔触给我们描绘了一个奇特爱情的悲惨世界,我被深深地震撼了。影片《巴黎圣母院》通过电影镜头的细致刻画,又把飘浮在我们想象中的境界,转化为许多感性的情景。对卡西莫多和爱斯梅拉达这两个人物,我是一见倾心;对巴黎圣母院这个恢宏高大的建筑,也是一见钟情。从那个时候起,我就常常想象着有机会能够站到塞纳河畔,远眺高高矗立的巴黎圣母院。所以到了巴黎圣母院,我便迫不及待地想听到念念不忘的切实回响。但没想到我们这次却从"后门"进入,如此真实的经历就像有人故意刁难一样,让人觉得有点遗憾。但导游却解释说,风景无处不在,即便是逆向而行,也不要错失时机。后门也许没有前门那样气势恢宏,但也使许多人心向往之。据说不少游客不远万里来到这里总忘不了走上一回"后门",还有一些达贵显要也常常从这儿进入,甚至流连驻足。说不清个中缘由,却分明各有各的感觉,至少说明一点,"后门"对他们是有吸引力的,或者说"后门"自己是存在吸引力的。

于是，我停下脚步挺正儿八经地端详起"后门"来。这是一个用铁栅栏做的门框，非常简朴，没有什么特别，看上去也不显张扬，倒是非常谦逊、低调地敞开着，静静地把我们吸引到巴黎圣母院的后院。这个院子清爽整洁、一目了然，但可看的东西少而又少。说得准确点，这就是一个人流稀少的僻静之处。除了我们在这儿，还看到有个别的从前面过来的游客。他们三步并着两步地赶到这里来，找个地方拍了照以后，又匆匆离去。这里究竟有什么魅力呢？我们看不出来，也琢磨不清楚，与其在这儿漫无目的地猜测，还不如赶紧去看自己想看的东西呢！

巴黎圣母院是举世闻名的哥特式建筑，其最重要的特征就是直刺苍穹。我们走到正门，先拉开距离，从远处仰望，那高峻的形体加上顶部耸立的钟塔和尖塔，仿佛真有一种通向天国的幻觉。然后，我们再走到近处，仔细地端详，发现正面高耸着的两座巨塔明显有四个层次：第一层有三个桃状大门，即圣母门、审判入口大门和圣安娜门，它们依次排列，门楼上塑像和雕刻作品栩栩如生；在拱门的上方是众王廊，陈列着旧约时期 28 位君王的雕像。第二层两侧为棱角分明的石质中梃窗子，围绕中间的是一个圆形的"玫瑰玻璃窗"。第三层是户外的回廊，有一排细长的雕花拱形石栏杆，许多石雕的小精灵们几百年来一直都是静静地趴在上面。第四层是两侧顶上塔楼，就像两个昂首挺胸的卫士，体现着自古以来的勇敢和担当。

巴黎圣母院的主体结构呈十字形，两翼看起来比较短，中轴显得比较长。我们进门以后就发现有一个长方形的大厅，其内部极其洁静，严谨肃穆，几乎没有什么豪华的装饰，只有缕缕阳光透过彩绘玻璃窗，把五彩斑斓的光影铺展得若隐若现。从高低脚拱到肋状构架，无数的垂直线条引人仰望。作为建筑终端的拱顶，在幽暗的光线下变得隐隐约约、闪闪烁烁，不停地迸发着由点及面的动感，如果再加上宗教的遐想，似乎置顶的部分就是虔诚的教徒们日思夜念的天堂。他们来到这里就是希望能够直接"与上帝对话"。我们看到前面摆着排排烛台，烛光映照，忽明忽暗，背景为三座雕像，左右两边分别是国王路易十三和路易十四，他们两人目光不约而同地交集在中央的圣母哀子像上。只见耶稣横卧于圣母膝上，圣母神情十分哀伤，这是《圣经》故事翻版和生动演绎。我们看到许多信徒双手交叉合拢抵住下巴，闭眼凝神，真诚祈祷，传教声与风琴声交织。因为这里的大管风琴有 6 000 根音管，发音强大，音色浑厚，曲调悲壮，听着就觉得有一种神秘而神圣的氛围弥漫开来。

如今的巴黎圣母院兼具宗教、艺术和旅游价值于一体，收藏着许多壁画、雕塑等闻名

十、凝 情

于世的艺术珍品,因此前来观览的游客络绎不绝。这些作品确实代表着巴黎圣母院古老的历史,也确实给人不同凡响的视觉冲击,但由于不熟悉历史的渊源,年轻的导游又不能讲出来龙去脉,我们对于这些作品的欣赏也就只能走马观花,点到为止。我请导游介绍介绍影片《巴黎圣母院》的拍摄与眼前巴黎圣母院的呼应关系,这样不仅可以使原本有些模糊的东西在现实的对照中变得清晰,对有些已经清晰的地方,在咫尺间也能得到进一步的确认。也许她在这方面的储备比较充分,满口答应,讲起来滔滔不绝,真的让我们刮目相看,也把许多知识点连接了起来。我们也很想到钟楼上去看看,但它不对外开放,争取不成也没有办法,那就只好继续生活在自己的想象世界里。据说,教堂顶部的南侧钟楼里的大钟重达13吨,在铸造的过程中,为了达到清脆响亮的效果,所需加入的金银,均来自巴黎虔诚的女信徒们的自发捐赠。它就是《巴黎圣母院》卡西莫多拼命敲击的那口大钟。现在的钟声穿透力很强,传送很远,全城可闻。北侧钟楼有一个387级的阶梯直通楼顶,登临其上,风景极佳,可以俯瞰巴黎如诗画般的美景,也可以眺望和欣赏塞纳河的精致和繁忙,可见一艘艘观光船满载着欢天喜地,穿梭往来于热热闹闹的河道之中。

巴黎圣母院作为宗教活动的重要场所,是举行"弥撒""礼拜"等宗教事宜的地方。除了这些主营业务外,还接洽恩典、婚礼、加冕、受洗、葬礼等仪式。1572年,法国国王查理九世的妹妹玛格丽特在此嫁给纳瓦伐国王亨利。1970年11月12日,这里举行了戴高乐将军的国葬。最引人注目的还是1804年12月2日,教皇披耶七世给拿破仑帝王加冕,法国画家大卫为此创作了名画《拿破仑一世加冕大典》,大卫从自己的角度记录了这次在巴黎圣母院加冕仪式的瞬间。事实上,当年拿破仑还没等到教皇给他加冕,就急不可待地从教皇手中抢过皇冠为自己戴上了。对此,画家认为有违上帝子民的谦恭,深感这个举动有点盛气凌人,但为避免出现尴尬,避免民族英雄形象有损,他煞费苦心地选择了加冕仪式的后半段,也就是拿破仑在自己加冕完成以后,为约瑟芬戴上皇后桂冠的时刻。画面中已看不到拿破仑的趾高气扬,有的只是对皇后的深情款款。如此形神兼备,如此惟妙惟肖,就连拿破仑自己看了都喜出望外,赶忙又命大卫再复制一幅。现一幅藏于卢浮宫,另一幅藏于凡尔赛宫……

大家都知道圣女贞德的故事。她是法国的民族英雄,天主教会的圣女。在英法百年战争时,她带领法国军队英勇抵抗入侵的英军,冲锋陷阵,身先士卒,为法国的胜利做出了重要贡献。但她后来因被叛徒出卖,不幸被俘,面对仇敌,宁死不屈,最终被宗教裁判以异端和女巫罪判处火刑。这个历史冤案虽沉寂多年,但法国人民对此却刻骨铭心。多年后,法国教会在巴黎圣母院举行了隆重仪式,为这位巾帼英雄平反昭雪。也就是从这个时候起,她被后人尊称为"圣女贞德"。据说在当时举行仪式的时候,教堂有为她专门竖立的雕像。我们也想一睹风采,只是因为不太熟悉的缘故,到处寻寻觅觅都没找到,虽有点惋惜,但对她的由衷钦佩之情却丝毫不减!

走出巴黎圣母院,我们有点恋恋不舍,又回头走到院子里,沿着巴黎圣母院的主体建筑又兜了一圈。这段路程虽然不长,却是我们整理思绪的一个绝好的契机,这时的心境已逐渐从心潮澎湃变成了感慨万千。走到后门的时候,我们并没有马上就出去,而是站在那儿又回头凝望了一刻,似乎到这里也应该有个体会性的总结。从前门入乎其内,固然可以看到很多,但从后门出乎其外,也可以想得很多。整饬的后殿建筑,也不愧为哥特式风格的杰出之作,那褐色的有点像燕尾一样的背影,彰显出静水深流般的气度,坚实厚重的体魄和勾勒分明的雄姿,更显得空灵轻巧。整体的建筑完全符合变化与统一、比例与尺度、节奏与韵律等美学法则,不仅洋溢着坚毅的态度和优雅的气质,而且传达出更为深邃的历史文化内涵。我们到此才恍然大悟,原来波澜壮阔的伟大建筑把它的点睛之笔,全部凝聚在了"豹尾"之上。余波绮丽,绵绵不绝。

我要不是走这么一遭,就不可能有这番发现,也不可能有这番认识。看来,这次在巴黎圣母院"走后门",虽说误打误撞,倒也歪打正着,一不留神,还真是走对了!

我在悉尼大学短暂"留学"

悉尼大学是一所世界顶尖的研究型学府。因参加短期培训,我有机会来到了这所知名的大学。没见到气势恢宏的门楼,也没看到威风凛凛的门卫,大客车径直开进了校园。迎面便是一个横向排开的哥特式主建筑,气势磅礴,金碧辉煌,英伦风格,特色鲜明,看着它,仿佛让人穿越时空,回到了遥远的中世纪。远方是湛蓝的天空,飘动的白云;近处是绿茸茸的一片,十分生动。那种娴静的感觉、温馨的氛围,就像一幅浓墨重彩的油画一样,令人心醉……

据说,主建筑东侧的钟楼是悉尼大学最早的标志。随着钟楼指针的摆动,逐渐画出了整个主楼的历史轨迹,这激发了我浓厚的兴趣。因为那天我要赶着上课,没能下车细细饱览,教室就在主楼后面,离得也不远,下课以后我还是迫不及待地钻进了主楼。据说,这里还可能是《哈利·波特》中霍格沃兹魔法学院的原型——在小说中那可是专门培养巫师的著名魔法学校。关于这所魔法学校的灵感来自何处,作者没有明确交代,众说纷纭。有人说来自安尼克古堡,也有人说来自牛津大学,更有人说来自悉尼大学。主楼里面有一个非常宽敞的院子,清亮透明,考究精致,具有古典、厚重的人文气息,充满温情、神秘的动人色彩,青葱和绿油油的草坪铺得满地都是,草坪上生长着几棵不知名的树,竟在那里悄悄地开着蓝色鲜花,朵朵精神,温婉高洁,美丽极了!而当我走进中庭回廊的时候,忽然想到小说里描写的环境,光怪陆离,忽明忽暗,山重水复,柳暗花明,仿佛还真有点魔法学校那种如梦如幻的感觉。

悉尼大学是澳大利亚创建的第一所大学。我起初认为这仅是一个时间的概念。悉尼大学创建于1850年,至今有170多年的历史。在澳洲的大学中无出其右。后来我发现,这或许还是一个预示成就的概念:这里的师生发明的从心脏起搏器、B超、黑匣子到CPAP呼吸机、人工耳蜗,再到真空玻璃和无线网络技术等,几乎都是举世第一,并与人们的日常生活息息相通。这些可都是人类文明进步不可磨灭的贡献啊！再到后来，我终于明白了，最重要的也许是人文性格的概念。"繁星纵变，智慧永恒"这句拉丁校训不仅深深地铭刻在校徽上，也深深地铭刻在每个悉尼大学人的心上。那种与生俱来、敢为人先、不拘一格的精神，如滔滔海水滚滚而来、生生不息，不断刷新着奋勇前行的新锐之气。学校敢于颠覆历史传统，提倡竞争择优，不拘一格降人才；学校坚决改变只收男生、不收女生的普遍做法，早在1881年学校就开始招收女生，这比牛津大学还要早十多年。

已故的清华大学校长梅贻琦曾说："所谓大学者，非谓有大楼之谓也，有大师之谓也。"长久以来，悉尼大学以其卓越的学术成就和优异的课程品质闻名遐迩，最为人称道的学科有医学、法律、文科、商科、音乐和海洋生物等，这毫无疑问得力于许多名家大师的"传道授业解惑"，"授之以鱼不如授之以渔"的响亮号召，同时也意味着"师不必贤于弟子，弟子不必不如师"的后继有人！1901年，悉尼大学的毕业生埃德蒙·巴顿成为澳大利亚建国后的第一任总理。如此杰出校友联翩而至，其著名的还包括澳大利亚现任6位联邦大法官中的3位法官，6位澳大利亚总理，23位最高法院法官，联合国大会主席，世界银行总裁，5位诺贝尔奖得主，2位克拉福德奖得主以及逾百名"罗德奖学金"学者等。

悉尼大学的费雪图书馆是南半球规模最大的学术图书馆，藏书量达510万册。这个重磅级总图书馆的整体设计，竟出自一位25岁的悉尼大学建筑毕业生之手。艺术造型像鱼，体现了海洋的特点，但在我的感觉中，它倒像是一摞书静静地躺在那里一样，又通过前倾的造型设计，仿佛是人在往前走路。书人一体，动静结合，拥有书供人选、人因书静的意境。这也就难怪它能够获得澳大利亚和英国的两个建筑大奖了。费雪图书馆直接对外开放，没有门槛，无须办理任何手续，校内外人士均可在馆内阅读和查阅资料。此外，它的运行机制也很独特先进，这个总图书馆与校内其他20多个专业图书馆都互联互通，你在这个图书馆借阅的书籍可以在其他图书馆归还。巧的是，那天我们遇到了南京大学的一位英语老师，他在那儿进修，看到家乡人，也显得格外热情，主动带领我们到处走走。书架上有大量的中国出版的中文社会科学类著作，看书的人很多，但所到之处都很安静，只是人们的坐姿五花八门、各种各样，总体感觉他们比较随意、放松和自然。

出国前，有人告诉我，澳大利亚的中国人很多，不需要懂英语，光凭汉语就可以打拼天下。这话在我头两天到悉尼大学的时候好像没能得到印证，我想是他们姑妄言之，我也不必当真，就姑妄听之吧。但有天下课时，我先走出了教学楼，偶然回头一看，竟然意外地发现教室里面涌出了一大批中国留学生！我当时就惊呆了。据说，悉尼大学现有学生

十、凝 情

40 000名,其中的中国学生就有8 000名。澳大利亚政府早就给各高等院校提供了一份关于中国高考的专题调研报告,认为中国高考是可以作为一种值得信赖的选拔学生的有效依据。悉尼大学从2012年初全面承认中国各省市的高考成绩,只要高考分数高于各省市重点一本线,中国学生就可凭借雅思成绩申请入学。由于这种政策非常给力,一阵风起,许多中国学生就被"吹"进了悉尼大学。这时,我同行朋友的手机忽然响了,歌曲旋律是《贵妃醉酒》,几位中国学生听后特别兴奋,赶忙凑过身来,说真的很好听,好久没有听过这样的彩铃声了,格外地悦耳,直往心里钻。他们问清歌名,急着就要下载同款的彩铃。

后来,我了解到,悉尼大学为学生提供的服务非常周到,无微不至。对想来读书的学生,他们可以帮助进行申请和入学登记,提供信息和助学服务等;对刚入学的学生,他们会帮助安排学生住校或帮助学生联系住所、保健服务;对发展中国家来的学生,还提供澳大利亚发展合作奖学金和悉尼大学的留学生奖学金。同时,在学习辅助、职业介绍、生活关照以及咨询服务等方面,学校也会尽其所能。我看到,为方便学生饮水,校园设有无数个水龙头,有杯子的接口,便于直接用嘴去接。当时我很好奇,也试了一下,可能是方法不对,水没喝着,却被喷了一脸。

有人说,悉尼大学是"南半球牛津",我举双手赞同!但我觉得,悉尼大学不一定非要掩映在牛津大学的光环里。其实它无论在什么方面都不逊色于任何一所大学,在某些地方,应该还比"牛津"更"牛",比"牛津"更"金"!

克劳莱斯女士

出国前,我们就知道德国方面的接待人员是位女士,名叫克劳莱斯。据说她思维敏捷、做事干练、考虑缜密,也许是我们的期望值太高,她给我们的第一印象并不太好。那是我们刚到德国凯尔公务员大学培训的第一天,老师早早就来到教室,按一般程序,上课前应由克劳莱斯女士为大家做一下简要的介绍,也算是开班的一个小型仪式,但上课时间到了,却不见她的踪影,老师来不及等她了,直接开场,直到课程上了两个多小时后,她才姗姗来迟。翻译对此做了善解人意的解释,说她是为我们安排其他活动而耽误了时间,而且她是住在另外一个城市。德国人的住所地和工作地常常是在两个城市,他们每天自己开车,在路上要花很多时间,有时要横跨几个城市,这样在路上遇到任何一点障碍都可能会迟到。但我们认为,作为一位以准时而著称的德国人,事先就应该考虑到这些因素,让学员遭遇第一次"空窗"是小事,这样对授课老师好像就有点不太礼貌。看着这位中年妇女,身穿一套白色衣服,戴一副金丝边眼镜,行事慢条斯理,说话不紧不慢,并不像我事先期盼的那样雷厉风行、干脆利落,更令人不解的是,她居然对此毫无歉意,就好像什么事都没发生一样,在下课前发表了一通讲话,类似于欢迎致辞之类的,经过翻译后觉得热情洋溢,非常精彩。我们以为她会趁机做个说明,但她就是绝口不提迟到的事。

她在斯图加特经济部工作,专门负责与中方的技术交流。开始以为她会拒人千里,接触多了,觉得她的性格还是蛮好的。她比较乐于和大家接近,下课时如果你在整理笔记,她会走到你的身边看看,还会热情地帮你捡起掉在地上的铅笔,看到你喝完水了,马上就会给你添上……有空的时候,她喜欢主动与你聊天,也能说"你好""江苏""谢谢"这样简单的词汇,当然更多的是要靠翻译的帮助。她不满足一对一的交流,更喜欢一对多的交流。她那种希望了解中国的迫切愿望,以及对中国人的友善,甚至时不时地提起自己所认识的中国人,都让我感到十分亲切。可能因为江苏省与巴登-符腾堡州是友好省份的缘故,她

十、凝　情

经常要与有关部门进行联系,也多次来过江苏,还能记得许多同志的名字。张三、李四、王五……一说一大摞,我回来以后也问了一些同志,他们对其也印象深刻,异口同声地说她工作严谨,非常注重细节。我不得不认真地端详起这位貌不惊人的女士来,对她整个印象也随着接触的增多渐渐地焕然一新。她大概四十多岁,一头自然卷曲的黄发,狭长的脸上棱角分明,笑意满满,眼睛总是那样的炯炯有神,个子高挑、略带肥胖,凸显了西方人身材的典型风格,穿着和打扮简约大方,以宽松为主,并不十分时髦,却自然得体,充满着一种潇洒而自然的气质。

　　培训结束前,她打来电话,邀请我们到她供职的经济部去参观一下。本以为这是一次私人性质的联谊举动,到后才知道,这也是一次地地道道的公务活动。那天我们团长要求提早到达,不希望因为迟到而影响别人对我们团组的印象,但我们也隐隐担忧着,克劳莱斯女士会不会"重蹈覆辙"? 如果我们到了,她还未到怎么办? 没想到,那天我们提前了,她更提前了,早早地就和一位男同事等在门口,那意思应该是弥补第一次迟到的过错。我们到那里的时候,他们很快就满面春风地迎了上来,带着我们参观了经济部的大楼,整洁的大厅、安静的走廊,四周均有电梯直达,办公室窗明几净、井井有条,几乎是一尘不染。参观结束后,我们来到一个环境典雅的地下会议室,坐定后,四周一瞥,发现这里早已做了精心的安排:几条长桌拼成回字形,每个人面前都有一个简易的旅行杯和一瓶矿泉水,还有一个小本子和一支圆珠笔。克劳莱斯开门见山,说明了邀请大家到这里来的意图。她说,今天的活动也属这次培训的日程安排,只是地点临时进行了调整。利用这个机会,她希望向大家介绍一下经济部的工作情况,更主要的还是想听听大家对这次培训的意见和建议,之后还要给大家举行颁发结业证书的重要仪式。

　　她打开投影仪,将事先准备好的中文提纲投映在了白色的墙上,估计她也是请人翻译的。她对斯图加特经济部的工作情况非常熟悉,侃侃而谈,眉飞色舞。她说,培训作为一种产业,也属于经济部的管理范畴,她就是承担这方面工作的项目负责人。他们与许多国家的省份都有很好的合作,这些年来,他们在这方面做了大量的工作,也积累了一些工作经验。特别是与江苏的合作项目,都开展得非常圆满,她列举了很多案例,我们深受感染,报以热烈掌声。后来听翻译介绍,她的德语功力非同小可,这是他接触过的为数不多的"人中之王",许多德语表达不仅漂亮、地道,而且新颖、巧妙,可惜我们语言不通,隔膜像座大山横亘其间,虽心向往之,却无法感受意在言外的精妙神韵。随后,许多同志也按照她的要求,结合着自己的体会,敞开心扉,抒发己见。他们畅所欲言,声情并茂,说出了自己参加这次培训的收获,也对继续办好这类培训提出了建议。克劳莱斯总是歪着头、侧着耳朵,认真地听着,在听完翻译之后,她不时地点头示意,还在本子上记着什么。对学员们的意见,能够回应的都及时回应;对没能听清楚的或者比较概念化的问题,她还会请你讲得再具体一些,她希望务实一点,讲到实处。她看上去亲切和蔼、为人低调,说起话来却生动有趣,还不时地岔开话题,请大家谈谈对课堂以外事物的看法。因为培训任务比较重,我们只有在课余时间才能到街上转转,仅靠一些零星印象,对德国自然环境、风土人情以及美学文化等方面谈了自己的粗浅观感。她好像对此不尽满意,直言不讳,希望大家不要总给德国人打上"一根筋"的标签,事实上德国人也非常热爱生活,她甚至希望我们对她的穿着打扮谈谈看法。当大家对她的得体大方的穿着表示一致肯定后,她显然非常开心,脸上露出了天真而稚气的笑容,还在不停地在说,这是自己争来的夸赞,不能算,不能算……

最后,在大家发言的基础上,她对这次培训做了全面的总结,对学员们的努力给予很高的评价。她说,大家其乐融融、笑逐颜开,就是对这次培训最好的肯定,同时她也感到我们学习非常认真,态度非常端正,而且善于动脑筋,敢于发表自己的意见,这是许多授课老师对我们的共同印象。她很高兴,也很自豪,觉得自己能做这个项目,机会难得,非常有幸与大家认识,并建立了友谊。这几句话,我们听得非常清楚,入耳入心,但后面的话,就感觉有些随意了,好像也不怎么正式了。不知是东西方人思维方式的不同,还是因为翻译的"跑冒滴漏"。我总觉得有点东一榔头西一棒槌,散点透视的比较多,但你若把它记下来,细细地琢磨,好像方方面面也都讲到了,内在的逻辑也算严谨。这种拉家常式的交流,确实更为轻松。也许是和大家混熟了的缘故,她也豁出去了,无所顾忌,说学逗唱,嬉笑怒骂,惟妙惟肖,不时引得大家哄堂大笑。她说:"我今天都记住了大家亲切的面庞,以后如果到你们那儿去,请不要忘记我这张老脸呀!即便你们装作不认识我,我现在也不怕了,因为马上要跟你们每个人合影为证,你们逃不了。"

颁发结业证书的仪式虽简单却极其隆重。她站在台上,一字一顿地读着每一个学员的名字。我们按顺序上台领取证书,她先是握手,然后非常庄重地把结业证书递到我们手上,最后合影。结业证书虽只是一纸德文,却力重千斤。每个人都有一种被肯定的感觉,好像心理空间全都被成就感填满了,这时满身都是学有所成的喜悦,欣欣然地,就像获博士学位证书一般。但我们对上面的德文一窍不通,除了自己的名字外,其他都看不懂。所以,当我们回到座位后,所能关心的还是自己名字的汉语拼音有没有拼错,通过自查、互查,结果竟然无一差错!有人告诉我,这些汉语拼音都是我们提供的,肯定不会有错。但

十、凝 情

对于一个德国人来说,要照着打印,保证每个汉语拼音的字母不会错,特别是在没有照片对应的情况下,也没有造成张冠李戴,其背后一定离不开她一丝不苟的工作态度!

会议结束后,我们向克劳莱斯女士告别,她主动跟我们一一握手,就像老朋友分别一样,情深意长,依依不舍。然后调转身来对我们大家说,这几天来她一直为那天迟到的事而深感内疚,因为那天纯粹是被私人事情耽搁了,所以实在难以启齿,不知用什么方式向大家说抱歉。她说那天家里确有急事,原本是算好了时间的,办完事后完全赶得上开班仪式,但没想到中途汽车抛锚了,最终还是没能赶上。今天,她要非常郑重地跟大家说声"对不起"。说话时眼睛好像还有点湿润的感觉,满脸真诚,其情真意切,在猝不及防间,真的打动了我们。其实,对这件事情,我们早已放下了,当初的不快早已被她后来的热情冲得烟消云散,而她即便是要解释,也完全可以找出许多理由进行搪塞,任何一条理由,都可以变得冠冕堂皇,谁也不会去追究,况且这件事早已过去,分别之时,也没有必要再提,但她没有"放过"自己,而是当众如实坦白,深表歉意,那种真挚的态度反而让我们由衷地对她升起了钦佩之意。最后,她提议让我们大家一起到经济部的大门口拍照。正当要拍照的时候,有人已咧开了大嘴准备"绽放",她突然喊"停",原来她是要拿掉自己的眼镜,希望留下最美的瞬间。

有些事也许是过眼云烟,但有些人却永烙心底。那次赴德培训已经过去若干年,我们这些学员也早已经历岁月,年轮加身。当年我们就知道,根本不可能再有机会见到克劳莱斯女士了,事实上也确实没有这个机会。她也没有像自己说的那样,到江苏来拿着照片按图索骥。我们此时也无法想象她现在的样子,但每当想起她的真诚态度和爽朗性格,特别是那一脸万分歉意的样子,我们就觉得别有情意、深刻难忘!

无处不在的中餐馆

到达法兰克福已是当地时间晚七时,可我们还要坐一个多小时的车才能到德国南部小城凯尔市入住。这个城市不大,我们到的时候还不到九点,路上就已不见行人,车辆也非常少,只有交通信号灯在那里忠于职守,不停变换。坐了一天的飞机,经过车程的颠簸,大家已是饥肠辘辘,到了旅馆放下行李,就赶忙出去找餐馆。当地导游是一个在德国留学的文学博士,毕业以后从事旅游接待工作,因为他经常跑这一带,对这个城市非常熟悉。他带着我们找了好几个餐馆,都已打烊,最后看到一个"南京餐馆"还在营业。刚离开南京,就回到南京,我们觉得还是非常有缘分的,没想到在这儿会遇到南京老乡,后来一打听才知道是温州人开的。既然是温州人,为什么要起名"南京餐馆"?她说,以前在南京做餐饮,对那里的印象比较好,也喜欢南京人,渐渐也知道南京人的口味了。这个老板娘情商很高,跟我们聊的全是我们熟悉的话题,比如中山陵、玄武湖、夫子庙、秦淮河,还主动向我们介绍当地文化特点和风土人情,我们交流得非常投缘。这家餐馆,有内外两间房子,分别摆着几张桌椅,风格都是古色古香的,有浓浓的中国味道。此时没有其他客人,只有我们一行人,我们理所当然地成为"座上宾"。不一会儿,大盘大盘的菜就上来了,色彩鲜艳,香味扑鼻,我们大家都忍不住争先恐后地吃了起来。端盘都是老板娘亲力亲为,估计后面的厨师就是老板,这种夫妻店在德国是普遍现象,最多忙的时候,再雇一个员工,因为人工成本确实很高!虽是中餐饭菜,但吃后感觉好像和国内有点不同。导游告诉我们,这里的中国菜都是改良过的,是中国的风格,也要迎合当地人的口味。然而,我们吃起来却没有那么讲究,将就将就也行,可能实在是太饿了。

我们早上一般都是在宾馆吃西餐。说老实话,偶尔尝尝鲜,感觉还不错,但几天吃下来就受不了了,主要还是不习惯,甚至一闻到那个味道,就觉得不行。我们更多的还是希望到中餐馆吃饭,中午和晚上都吃在中餐馆没问题,但早上却不行,这可能是旅游的规定。

十、凝 情

我们只好将自己带来的方便面泡来吃,再配上点榨菜应付一下。事有"蹊跷",我们在凯尔市碰到的"南京餐馆"是温州人开的,在威尼斯水城碰到的"杭州餐馆"却是南京人开的。我们请教他为什么取这个名字,他说夫人是杭州人,先是她到这里来留学的,他是被迫"随迁"的,为了生活,他在这里开起了餐馆,当时没法找到更好的地段,被迫挤在这条水巷的深处,一般的游客可能找不到,只有旅行团才能带到这里。当时我们随着导游七弯八拐地走进去,到了尽头还要爬几级台阶,才能进入小店,里面只有巴掌大的地方,分上下两层。据说威尼斯寸土寸金,有这么个地方就不错了。不就是个小饭店吗,说白了,也就类似于国内的路边大排档,但你可别看它地方小,名气倒是挺大的。墙上挂着的一排排政客名流的照片,记录着它曾经的辉煌,几乎到过威尼斯的名人都来过这个中餐馆,也不知它哪来的魅力! 后来我们想想,他们也是利用名人在营销,这是非常聪明的办法,连许多名人都来打卡,游客还能不来吗? 我们不就是追踪名人而来的吗? 到过这里,也好像有了认识名人的机会,至少我们有过这个经历,日后也就有了骄傲的资本。

中餐馆都是中国人开的,所以中餐馆的老板对中国游客还是非常客气的。我们在国内,一日三餐好像吃不了多少,但出国以后就好像永远吃不饱似的,肚子总饿着。旅游饭菜规定是六菜一汤,这是远远不够的,供不应求。一个菜接着一个菜上来,很快就被一扫而空,甚至连残存的汤汁都会被人拿来泡饭。我们在佛罗伦萨的一家中餐馆受到了前所未有的款待。之前的许多老板也会跟我们讲,如果菜不够可以添加。一般情况下,我们都不好意思,但这家老板不一样,他没有讲,只要看到菜吃完了,马上就主动上菜,虽是同一种菜品,只有量的增加,没有质的改变,也确实让我们大饱口福,而且他还不另外收钱,源源不断,直到大家都感觉丰盛有余才罢休,给我们留下了非常好的印象。我们在那里吃了几天,每天的菜谱都不一样,力求多样化,特别是有当地特色的菜,老板也经常推荐。因为经常在那儿吃,我们和他也比较熟了,就问他,如果每个旅游团来,他都这样,那还不把自己吃"塌"了? 他说,总体来看也不会亏本,只是少赚点而已,做生意就是这么回事,不能光盯着钱看,情比钱重要。看到我们,他确实有种亲切感,让来自家乡的客人有宾至如归的感觉,自己也好像有一种回家的感觉。原来,他也是南京人,住在南湖小区,虽是老乡,但我们该补的钱还是补上了,也不能亏待人家,毕竟人家也是要靠这个维持生活的,尽管他再三推辞。

我们在巴黎遇到的一家中餐馆也比较特别,那里的口味比较偏向外国人,我们开始有点不太习惯,也跟导游商量着能否换一家。但一件突发事件,彻底改变了我们的看法。有位同行把包丢在中餐馆了,自己还没有发现,老板主动跟导游联系,叫失主不要担忧,他们发现丢的包以后,已经收好了。失主拿到包以后,非常激动,也万分庆幸,因为所有钱款特别是证件都在包里,一旦丢失,后果不堪设想。通过这件事,我们便都要求导游不要再换地方了。这家中餐馆是值得信赖的。从那以后,我们便开始注意起这个老板。这是一位五十多岁的中年妇女,见人总是满面笑容。她主动介绍自己出生在南京,大学时学的是法语,在法国留学时与自己的先生相识,他们在巴黎开这家中餐馆已经有二十多年了,接待过无数的中国游客。她每年都会回国一趟去看看父母,父母也到这个地方来过,但长期住在这里他们不习惯,还是要回国。她也了解到我们对这里的口味不太适应,主要是请的法国厨师。根据我们的要求,她赶忙把另一位正在休假的中国厨师叫了回来,为我们改善了伙食,难怪我们这几天吃得津津有味!本以为是自己适应了,事实上是缘于她了解到我们的想法后做出的改变,尽管为此她要补偿那位中国厨师不少的费用。

　　我们以前遇到的中餐馆很多都是由浙商开的,但我们这一次遇到的大多是南京人开的,不仅出人意料,也让人感到非常有缘。

伦敦罗大佑

到伦敦已是傍晚，来接我们的司机有40多岁，方言口音很重，但干活十分麻利。我们一行人大大小小的箱子，在他的统筹规划下，东挤挤、西放放，被全部塞进了后备箱。上车后，他简单地介绍了伦敦的一些情况，主要是最近的新闻热点，包括"梅姨"（特蕾莎·梅）在脱欧问题上遭遇的困局等。从机场到我们的住处大概需要一个多小时的车程，他认为自己介绍得差不多了，可能也感觉到我们兴趣不浓，就什么都不说了，只管埋头开车。其实我们是被初来乍到的新鲜感攫住了，忙着到处张望，自然心不在焉，待这种热乎劲儿过后，我们对深层次的了解还是有迫切需求的。这时，我主动挑起话题，请教他为什么伦敦的车子都是靠左行，而不是靠右行。他好像对此并不了解，但也没有不懂装懂。我便自行上网查证了一番，原来伦敦从前的马车就是从左行，因为马车夫从左边上去比较方便，历史就这样延续下来，变成了习惯。现在车子的方向盘在左边，车行道也在左边，看来英国人真"左"得不行。到了旅馆后，我们借着灯光，这才看清这位司机的长相——长脸，小眼，还戴个眼镜，个子不太高，没有什么英俊之气，却似曾相识！

第二天，他一大早就到了我们住地，情绪饱满，态度热情，根据规定的行程，为我们规划好了合理线路。因为初来乍到，我们特别希望他多讲讲伦敦的历史渊源，讲讲趣事，讲讲故事。这样可以帮助我们了解伦敦这个历史悠久的城市，但他好像对这类问题比较生疏，也不怎么回答，倒是对哪个地方什么时候开门、什么时候关门了如指掌，对哪个地方堵车、哪个地方不堵，甚至哪个地方停车价格贵、哪个地方便宜，都十分在行。下车之前，他告诉我们，中午准备带我们去一家中餐馆，品尝比较正宗的中餐。我们本来是应该服从他的安排，但那天结束后，时至中午，大家的肚子早就饿了，忽然看到近处有个中餐馆，价格也不贵，就不想再跑得更远了，一屁股坐下来，自作主张地把一顿午餐给打发掉了。没想到他知道后非常生气，大发雷霆。说老实话，没及时跟他打个招呼是我们的错，但除此之外,也没有什么大的过错,谁知道他与那家中餐馆有没有利益关联!但往好处想,可能是他已经提前预订好了,我们这样做确实会让人家措手不及,信用受损。

在接下来的几天里,我们真的害怕他给我们"穿小鞋",而他非但没有想象中那么坏,还比我们想象的更好。通过交流,我们知道他来自福建农村,最初是做厨师的,干这行有好多年了,这也就难怪他身上葱花味重,学究气少了。他很早就来到英国,也是在英国结的婚,现在已经有两个孩子。他没有专门学过英语,只是在日常运用中自学成才。他最初开饭店,生意还不错,后来便不景气了,这两年从事起旅游行业了。这次陪团任务完成后,他自己也要到冰岛去休假了,他的两个孩子正翘首以盼呢!他告诉我们,到英国来买东西,红葡萄酒性价比最高,但我们对此没有什么兴趣,这一下子打断了他的思路,本来他想介绍各种类型的酒就没有机会了。好在他跟我们熟悉之后也没当回事,说起话来也不藏着掖着,什么都说,以至于我们不仅对他事业发展、家庭情况都了如指掌,甚至就连他们家的装修风格也基本一清二楚。他每天都穿得很单薄,却把车子里的暖气开得十足,天气本来就不太冷,我们穿得比较多,常常因此热得大汗淋漓。车载音乐也就是那么几首,虽是中国歌曲,但翻来覆去,不断循环,耳朵都听出老茧来了。我们坐车的可以随时眯一会儿,但他开车,必须目不转睛。几天下来都这样,干这一行还真的不容易!他讲话没有跌宕起伏,听起来容易疲劳,但偶然也会有一两句话很搞笑,总体上很平淡,可有的时候也会让人心惊胆战,特别是当后排有人发问时,他居然敢在车子行进的过程中,掉过头来讲话,吓得我赶忙提醒他注视前方。

他做事非常贴心,只要你提出要求,他总是想方设法去完成;你没有发现的兴趣点,他也会提出方案供你参考;对于容易晕车的人,他总是事先准备好塑料袋;矿泉水每天也是准备得足足的。为了满足大家的购买欲,他总会把你拉到那些大型的购物商场,或者特别有特色的地方。你们尽管去消费,他只坐在一旁耐心等待。车行一段距离,他会及时告诉你前面有休息区。只要有要求,他都会停下来。大家下车休息一会儿,他自己也会喝点咖啡,吃点零食,看看报纸,偶尔还会抽上一支烟。在购物方面,他从来不会给你提出建议。我们吃饭的时候,总是喜欢叫上他,这时他绘声绘色地给我们讲起当地菜肴的特色,包括用什么料、怎么配、怎么烧,讲得头头是道,让我们再次确认这是他的专业,他是厨艺最好的司机,也是司机中最好的厨子,这也就难怪如此功力不凡!

在去机场的路上,他主动跟我们介绍了他家开的宾馆,并将视频发到群里。我们看后,发现设施配套还真的不错,价格也适中。他欢迎我们下次去住,还说他每年都要回国,

十、凝 情

有机会就去看望我们。看来他早已不把我们当外人了,倒像是我们失散多年的老朋友似的。凝视着他那可爱的神情,我突然有个想法从心头冒了出来,发现他很像一个人,无论是从正面看,还是侧面看,都像同一模子刻出来的。其实这些天来,这个悬念一直挂在心间,隐隐约约的感觉与日俱增,只是没能准确地对号入座,亏得在这个时候想了出来,要不然这个悬念还不知道什么时候才能揭晓!他像的不是别人,就是创作了《东方之珠》《光阴的故事》《童年》《明天会更好》等优秀歌曲的著名歌手罗大佑。没想到,当我把这层纸捅破了以后,大家恍然大悟,齐声说"像",还说不仅形似,更神似,好像他们早就了然于胸,只是没说而已。对我们这样的评价,他自己也非常惊讶,却喜上眉梢,情不自禁,谁不愿意像名人呢?这是多么大的肯定啊!一说他像,他还真的像那么回事,举手投足秒变明星。只可惜他不会弹吉他,也不会唱歌,要是来个模仿秀,活脱脱地就是一个伦敦版的罗大佑!

警察与小偷

在意大利的罗马,你可以在街上看到许多骑警的风采,他们身材修长,制服笔挺,威风凛凛,穿行在车水马龙之中,虽与现代化都市的节奏有点不太合拍,但那份特有的古老和原始,也别有情调。与骑警相映成趣的是,意大利的小偷也多得出奇。对这个问题,我们真的不太理解。导游告诉我们,这些小偷来无影去无踪,无处不在,无孔不入,只要看到陌生人,特别是中国人,就会趁机凑上去,先做些孩子似的把戏,然后就直奔主题,偷你没商量。所以,导游再三叮嘱我们要提高警惕,不要与这些人靠近,更不要去搭讪。我们不以为然,光天化日之下,小偷竟敢如此胆大包天?但"安民告示"毕竟产生了作用,我们还是非常谨慎地走在一起,抱团防御,尽量做到360度无死角。

去古罗马斗兽场是我们第二天的重要行程,那里曾是古罗马角斗士与猛兽搏斗、厮杀以博取皇帝及王公贵族一笑的残酷之所。我当年看小说《斯巴达克斯》时就知道了这段历史。古罗马著名的奴隶起义首领斯巴达克斯曾是这里的一名角斗士。他最初率领78个角斗士起义,很快就发展到9万多人,在罗马各地坚持战斗达两年之久。这次奴隶起义虽然没有取得最后的胜利,但给了罗马奴隶制度极其沉重的打击,马克思曾赞誉斯巴达克斯是"整个古代史中最辉煌的人物"。那天我们到了斗兽场实地,看到椭圆形的建筑虽残破不全,充满沧桑,但其雄伟之气魄、磅礴之气势犹存。历史的硝烟已日渐远去,唯有美学的遗存令人惊叹!大家忙不迭地从不同角度进行拍照,希望留下纪念,当时我们的整个注意力都集中在这上面。

同行的一位朋友因帮别人拍照,自己想把相机收起来,大家离开的时候,他没有马上跟上,仅仅耽误了一点时间,落后了队伍大概10米,谁也没想到,就这么点距离,还是被两个小偷钻了空子。他们早就在旁边晃悠,当时大家都没在意,以为是行人。看到有可乘之机,他们突然扑向那位掉队的朋友。朋友大声地喊了起来,我们赶忙回头去增援,厉声喝

十、凝　情

斥,虽用的中文,但那种愤怒的气势却势不可当,他俩好像无所畏惧,根本不为所动,好像正大光明,拽着朋友的包,死活不肯放开,这哪里是偷,分明是在抢！是可忍,孰不可忍,我们几个人一拥而上,硬是把他们的手掰开,但他们好像是护着自己的包一样,拼命挣扎,在争夺中有一个人被我们推翻在地,但另一个还是不肯松手。直到导游跑回来,用英语大喝了一声,他们这才不敢动了,放下与我们争抢的包,但并不是灰溜溜地,而是哼着小调若无其事地走开了。

按照常规,小偷应该是那种避人耳目、偷偷摸摸的一类人,怎么到了这儿就变成了明火执仗？导游告诉我们,这些只是"小巫",人数也不多,还有比这更厉害的呢,有十几个人一起作案的,如果碰到他们,那麻烦更大了。斗兽场是小偷成群结队的地方,也是屡受重创的重灾区。这里的警局也拿他们没有办法,在多次博弈中败下阵来。每天这里的骑警好像也不在少数,但都不怎么管用,小偷越来越猖狂,越来越明目张胆,骑警的"视而不见"就是一种纵容,知而不管更是一种放任！

为了尽早离开这个地方,我们没有到斗兽场里面去。尽管残垣断壁近在咫尺,曾经让我们多年魂牵梦萦,但我们此刻却变得毫无心情,在安全都没有保障的前提下,谁还会有闲情逸致去欣赏古迹呢！街上骑警依然耀武扬威,在我眼中却早已成了银样镴枪头。我们看到,许多人都会去找这些骑警拍照,他们也非常乐意停下来给予配合。我却不愿赶趟儿,因为我觉得不值得,也没有必要！恰好这时有个骑警在我的身边停下,还是一个漂亮的警花,有人拿出照相机,叫我摆好姿势,赶快抢拍一张。她也好像听懂什么似的,主动往我这边靠了靠,我却断然拒绝,不拍！

十一、激 情

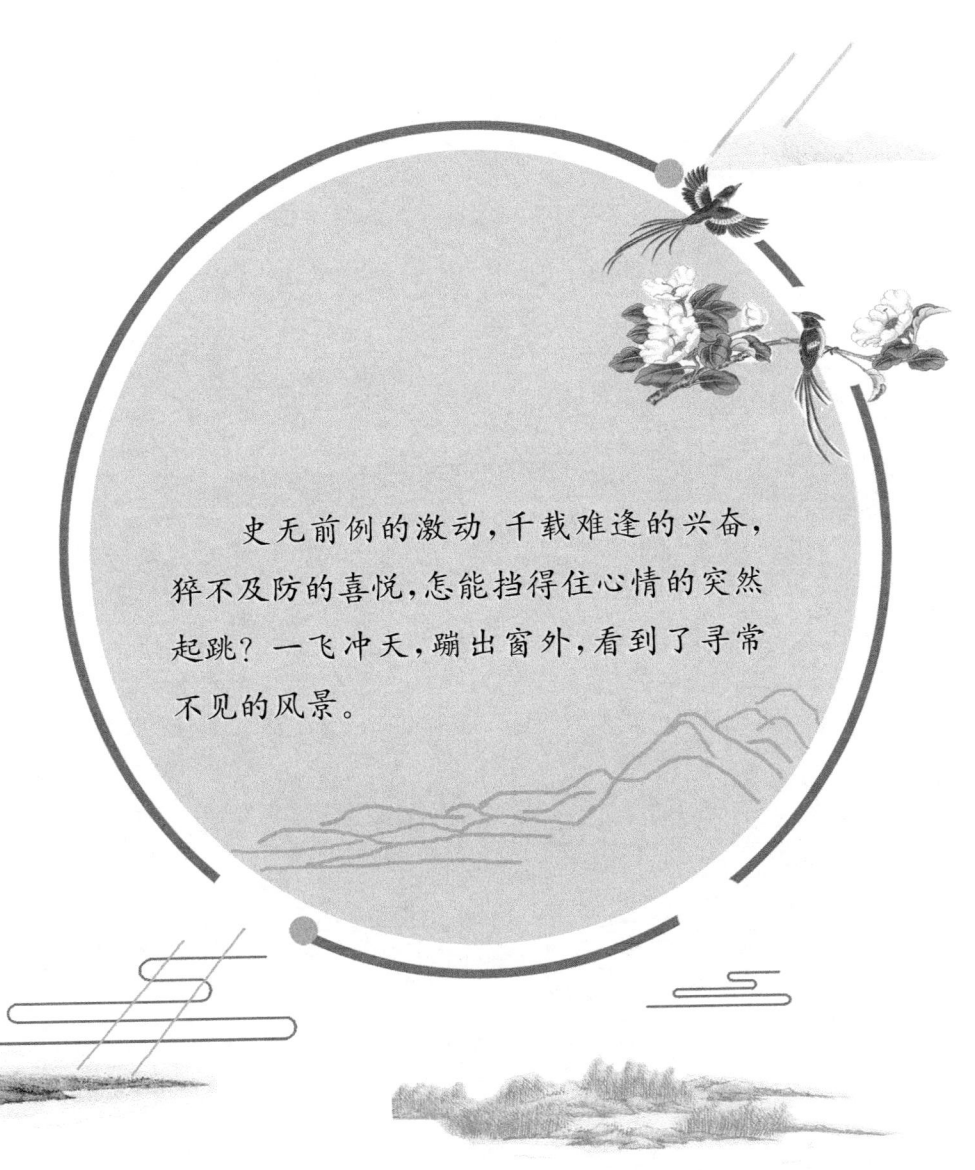

史无前例的激动,千载难逢的兴奋,猝不及防的喜悦,怎能挡得住心情的突然起跳?一飞冲天,蹦出窗外,看到了寻常不见的风景。

中国女排,真的"神"了

中国女排以 3∶1 打破了塞尔维亚女排的"魔咒",华丽逆袭,成功登顶。在 2016 年里约奥运会即将结束之际,这个史诗级的胜利,直接将人们喜出望外的心情,推向了荡气回肠的巅峰。球场沸腾了,全家沸腾了,全区沸腾了,全城沸腾了,全国沸腾了。这个时候,我有意无意地瞟了一眼塞尔维亚队员,她们的眼神是落寞的、飘忽的、疲乏的、遗憾的、嫉妒的、钦佩的……

说句实话,塞尔维亚队能够打进决赛,凭借的是超强实力和昂扬斗志的"硬"道理。她们发球强力、凶狠,落点刁钻、古怪,常常会因此直接得分,但也容易失分。她们的进攻异常猛烈,狂轰滥炸,根本不给人以任何喘息之机,防御体系更是密不透风、疏而不漏。她们作为小组赛的赢家上场,早已有了一种心理上的优势,趾高气扬,不可一世,也因此迅速地拿下了第一局。面对高手强手,中国女排毫不畏惧,奋力拼搏,英勇顽强,奋起直追,承认可以被打败,但坚决不能被打倒。她们顽强冲击,不仅在发球、背飞、短平快等方面,想着法子,动着点子,先人一步,快人一招,而且在拦防、接球、救球等方面,也见招拆招,去招废招。忽然看到对方发过来一个勾手飘球,在一传没有接到位,二传也无法将球再传给他人的情况下,前排球员索性将球直接抹了过去,歪打正着,排球没有按照原有的线路运行,而是紧贴着球网画了一个很低的弧线,神不知鬼不觉地飞了过去,这时对方根本来不及反应,排球已毫不客气地落地得分。球奇在出人意料、出神入化,更妙在富有美感、旷心怡神。

中国女排个个都是女"神",郎平则是众"神"之"神"。在比赛中,郎平的动静不大,开始总是坐着,气定神闲、神态自若;对方的教练却坐立不安,来来回回地走个不停,一派惶惶不可终日的样子,还不停地嚼口香糖,转播者及时抓住,反复聚焦,这几乎成了他留在镜头中一以贯之的经典动作。郎平看似稳如泰山,事实上全神贯注,时刻盯住场上的风云变幻，任何风吹草动，她都能明察秋毫，见机行事，随机应变，顺势而为，乘势而进。在第三局的关键时刻，她果断换人，改变了进攻节奏，打乱了对方阵脚，效果立竿见影，此局很快就被拿下了。第四局在中国队以 24：23 领先的情况下，她恰到好处地叫了个暂停，及时布置了自己的战术。随着张常宁的一个减速发球飘过去，对方被打得措手不及，对方没有想到，球在空中会这样的左右摇摆，稍一恍神，就没有接好，球被直接垫上了网，正好被高高跳起的惠若琪打了个探头，打"死"在地。这种心有灵犀的默契配合，定格了两位江苏姑娘创造的奇迹，但我们更希望了解郎平对张常宁面授机宜的具体内容，可惜在后期的采访中都没有涉及这点。我们猜想郎平是让她朝实力比较薄弱的后排发过去，"到敌人后方去"。毫无疑问，张常宁心领神会，贯彻意图也坚决彻底，郎平更是料事如神，果然一球生效，一锤定音，锁定终局。

应该说，这一场比赛的胜利确实来之不易，因为这是历经小组赛多次挫折之后的强势回归。之前，中国女排以 2：3 输给荷兰队，0：3 输给塞尔维亚队，1：3 输给美国队，这些非但没有给她们心里留下阴影，反而激发起她们发誓取得胜利的决心和信心。"破釜沉舟，百二秦关终属楚；卧薪尝胆，苦心人、天不负，三千越甲可吞吴"，"置之死地而后生"，遇到挫折不气馁，每一场比赛都打得惊心动魄，每一次球都拼得精彩纷呈。相反，巴西队被打得叫苦不迭，荷兰队被逼得节节败退，而美国队早先就被淘汰了，要是撞到枪口上，也不可能有什么"好果子"吃。令中国女排没想到的是，她们在决赛时又遇到了塞尔维亚队，"老对手"相见，分外"眼红"。她们顶住压力，放下包袱，从零开始，稳打稳扎，巧妙周旋，全力突破，四面出击，出其不意，绝处逢生，最终在决赛中上演了一场漂亮的"大逆转"。意料之外，情理之中，这不是一般人所能为，也不可能是一般人所能为！她们拼得辛苦，忍着痛苦，终于在完美的时间，取得完美的结果，在实现结局大逆转的同时，也实现了人生的大逆转。她们化茧成蝶，凤凰涅槃，"阳光总在风雨后"，美丽的女人花在赛场上尽情绽放，让全世界的人们见证了中国女排创造的传奇。

这时，人们自然会想到 12 年前的奥运会，更想到了 35 年前的世界杯。那种不怕输、不服输、不抛弃、不放弃的女排精神，一直都是中国女排的人生激励和力量源泉。依稀记得，1981 年在日本大阪，中国女排以七战七捷，取得了世界杯的完胜！那天，同样是万众瞩目，同样是激动人心，同样是欢呼雀跃，五星红旗高高飘扬，国歌齐唱慷慨嘹亮，情景历历在目，情感油然而生。宋世雄老师激情飞扬的解说一泻而下，一气呵成，至今声犹在耳："一场比赛，弘扬了一个民族的自信，丰富了一个民族的精神内涵，这就是体育的力量！"而

十一、激 情

2016年里约奥运会上,这一幕的再度重现,不仅代表着大气磅礴的王者归来,也展现了中国女排精神的再创辉煌。风雨彩虹,铿锵玫瑰,排山倒海,势不可当,中国女排精神已成为砥砺我们不忘初心、继续前进的无穷力量!

担当,就是横扫一切的霸气

看过太多激动人心的中国男子乒乓球队的团体决赛,有的是跟瑞典较量,有的是跟韩国过招,而这一次是跟日本对阵,中国男子乒乓球队又以势不可当的姿态登上了巅峰。当刘国梁带领着队员们展开五星红旗,放在自己的胸前,频频向观众挥手致意时,热泪盈眶的不仅是他们,还有我们!

担当,是中国男团的主调和亮色!在比赛的球场上,他们是选手,是队员,更是中国的符号、中国的象征,是中国精神的体现。他们怀揣梦想,肩扛信念,勇往直前,冲锋不息,"咬定青山不放松,立根原在破岩中"。他们发球的角度,攻球的速度,回球的力度,拉球的旋度,都凝聚着内心立于不败之地的强度和硬度。他们打出了风格,打出了水平,打出了气势,打出了精彩。"千磨万击还坚劲,任尔东西南北风",不管是高球、低球,还是长球、短球,不管是上旋、下旋,还是左旋、右旋,他们都严阵以待,目光炯炯,全力以赴,兵来将挡,水来土掩,沧海横流,方显英雄本色!如果说,进攻时,担当是无坚不摧的"千年火药",那么防守时,担当就是牢不可破的"万里长城"。

我非常喜欢看马龙打球,他进攻意识强,技术精,节奏快,动作干净利落。作为新鲜出炉的单打冠军,他是继瓦尔德内尔、刘国梁、张继科之后,又一个乒乓球大满贯的得主。如果用"春风得意马蹄疾"来形容他的话,其气势应该是"黄河之水天上来,奔流到海不复回",取胜是不可逆转之势,成功非他莫属!但他没有轻视对手,也没有放过对手,他更尊重对手,脑子里的弦绷得很紧,球逼得很近,毫不松懈,逐球逐局,不迟疑、不手软、不随意,落点、焦点、特点全面开花,精准打击,如大坝开闸,排山倒海,如白浪滔天,惊涛拍岸,一个浪头刚打过去,对方还没来得及反应,接着又是一个浪头打过去,不给对方任何喘息之机,将他们逼上"梁山",逼上"悬崖",惶惶然走上了不归之路,让他们只有招架之功,没有还手之力。帝王至尊威风凛凛,大将风度跃然场上,那一丝不苟的背后,我们看出了那种毫不

十一、激 情

懈怠的使命感和责任心。

担当,不仅体现在一泻千里的顺风球中,也表现在逆势飞扬的反转剧中。许昕的那场艰难之战便是如此!我们对许昕的超常能力毫不怀疑,他的乒乓球艺术精湛至极,在赛场上经常给我们带来惊喜,特别是当年与韩国女选手搭档获得混双冠军的情景,至今让人记忆犹新。有许多球,我们都以为接不上了,也不可能接上了,但在他的手下,却能魔术般地起死回生。将不可能变成可能,是他在比赛场上的常态。他这次上场不久就被"十面埋伏",让人担忧,在对方先赢两局的情况下,他紧急发动,全力加速,奋起直追,正手拉扣,直拍横打,中远台是他的特长,近台也是他的防区,难接的球,接住了,无法接的球,也接住了。他一路拼杀,奋勇向前,终于杀出重围,将"乒乓教科书"又翻到了超常发挥的一页!后来,他侦查到了对方的薄弱之处,便改变战术,紧盯反手,抓住不放,穷追猛打,死缠烂打,稳扎稳打,只要有机会,便把所有的球都往对方的反手送。每一球都是历险,每一球都是领悟,每一球都值得回味。当对手出其不意让球猛攻过来时,他反应迅速,以快制快,随手一打,就打了个令人措手不及的漂亮回头!他左盼右顾,全场跑动,灵活机动,频率速度无人能比,一个字就是"拼",拼尽智力,拼尽体力,拼尽能力,打出了所有精彩。尽管在最后的较量中还是输掉了比赛,让人惋惜,叫人遗憾,但为了追逐心中的梦想,他永不言弃,九死无悔,他所呈现出的球的弧线、球的速度和球的力量,依然美轮美奂!

担当,是一个人崇高情怀的拼搏,也是两个人共同撑起的天空。团体双打重在配合,张继科和许昕对阵的是两个日本新手,他们缺乏大赛经验,也彰显出初生牛犊不怕虎的精神。他们敢打、敢拼、敢抢、敢攻、敢拉、敢吊,先下手为强,刚进入阵地便频频得手,但随着战时拉长、战线铺开,他们的弱点就暴露无遗了,不够全面、不够沉着、不够成熟。至此,张继科和许昕已居高临下,完全掌握了全场的主动权:一个似磐石般坚定,一个如雄鹰般矫健;一个拉球如旋风,一个攻球如雷震。他们不停地给同伴创造机会,也不停地给对方制造麻烦,球技出神入化,球风无与伦比。他们互相鼓励,配合默契,形神合一,人球一体,其战术、技术、节奏和风格,控制在股掌之间,时时处处,都发挥得淋漓尽致,令人叫绝,令人叹为观止!胜利是他们同心协力的结果,也是他们共同担当的成果。

总之,担当是一种责任,是一种灵魂,是一种境界。"人生能有几回搏",无限风光在险峰,没有箭在弦上的紧张,没有旗鼓相当的对垒,没有出乎意料的惊险,你就不知道担当的重要和价值,你也无法领略担当的力量和风采。

此情此景

对于中国男子乒乓球队来说,每一场、每一局、每一球,担当都是取胜之本,力量之源!有了担当,就有了精湛高超的灵气;有了担当,就有了猛虎下山的勇气;有了担当,就有了坚韧不拔的硬气;有了担当,就有了横扫一切的霸气!

邓亚萍的"三头六臂"

我从小就非常喜欢打乒乓球,也爱看打乒乓球。当年看到县里许多高手球技娴熟,自己就羡慕得不得了,觉得非常精彩。其实对于精彩的理解也是有层次的,高地、高山、高峰绝对不是一回事。当邓亚萍出现的时候,所有的精彩都成了不一样的精彩,那就是敢打敢拼、愈挫愈勇的精彩,常常看得人热血沸腾、激情高涨。所以,凡是电视台转播她打球的比赛,我几乎每场必看。当然也会有遗漏,当时没有点播一说,但这次漏掉,下次复播可能又补上了。我自以为是这方面的热心"票友",是懂球的,喜欢邓亚萍顺理成章,毕竟咱有专业水准。可看到许多观众同样欢呼雀跃,推崇她,甚至连国际奥委会主席萨玛兰奇都对她特别青睐,我这才意识到她的球风早已深入人心,岂仅吾辈之独爱?

什么是邓亚萍的球风?如果要用一句话来概括,就是敢打敢拼,雷厉风行。这种虎虎有生气的风格,不仅体现在打顺风球上,更表现在打逆风球上。说老实话,一边倒的球确实没有悬念,也没什么看头。乒乓球的最大魅力就是在遭遇极度困难的条件下,还能够反败为胜。记得当年乒乓球是五局三胜制,在大局2:2之后,在第五局中又出现了比分落后,可以说对手已胜利在望,一般人难以正常发挥下去。邓亚萍却能沉着冷静,临危不惧,一分一分地打,一分一分地追,就是这样追了两分,再失一分,再追四分,再失两分,一如既往地稳定发挥,技术特长依然高超,给人的感觉是,她就是为克服困难而生的,越是困难,她越是坚定,越是能打出风格、打出水平!

一切成功都不是偶然,而是必然。邓亚萍从不墨守成规,深知没有变化就是可怕,因为如果跟不上技术的发展,那么被淘汰指日可待。特别是当你处于巅峰状态,全世界都在研究你,你的战术早就被人洞若观火,你若还是我行我素,等待你的必然是失败,这一次不失败,总有一次躲不过,只是时间而已。应该说,对于这一点,她的头脑非常清醒,时时都有迫在眉睫的危机感。我们不知道她训练时对自己技战术的调整情况,但刻苦训练是必不可少的。"台上十分钟,台下十年功",从她在比赛中的随机应变,就知道她背后付出了多少汗水。她时常根据不同的对象,采取不同的打法,对外国运动员是这样,对国内运动员也是这样……即便是面对同一个对手,或者是在不同的盘局中,邓亚萍也永远处在变化之中,叫人捉摸不透。她唯一不变的就是变。比如,在对阵王晨的守摆战中,她发现对方的速度比自己还要快,但弱点是两边兼顾比较缓慢,于是她改变了单纯以速度抢先的打法,而是先从中路突破,再打边线,为自己赢得进攻时间,创造时机,等到对方在匆忙中回球且质量不高时,再一个死命扣杀,把双方"打趴在地";同样,对待乔红也是这样,乔红的防守比较严密,"照顾面"非常大,邓亚萍利用自己近台快攻的特长,左打右调,右打左调,声东击西,指南打北,漫无目标,漫天边际,整体战术体系让人"丈二和尚摸不着头脑",乔红看不出对方的战略意图和战术指向,只有穷于应付之力,没有还手之功,一再被动,头昏目眩,苦不堪言。邓亚萍就是这样,善于抓住别人的短处,穷追猛打,敢变、快变、突变,扬长避短,常常因此奔赴胜利。

她在赛场上便始终处于十分有利的地位,总是吊着别人打,再大的"块头"也会被打得兼顾不及。思维清晰、战术清楚、技术炉火纯青都为她"魔术师"般的打法奠定了基础,因为战术到位还需要技术来实现,如果技术能力达不到,再好的战术思路也是白搭。打乒乓球两手都要硬,正手拉,反手攻,反手拉,正手攻,两手需要流畅转换和默契配合。但就正手与反手的对比而言,显然正手要比反手更有力量、更有威胁力。没有正手就没有杀伤力,只要有机会正手出击,就应该毫不犹豫,大打出手。所有的推、切、拉、调,都是为了正手的雷霆出击。她的正手球,堪称世界第一。她善于铺垫,善于捕捉战机,有时甚至是自己创造时机,不是等万事俱备再东风劲吹,而是没有条件也要上,许多台内球她都能够果断起板,及时争取主动,同样,她也时常被对手打得被迫退台。有时拳头缩回来,是为了出击更加有力,她只要有机会,马上跑到台前反攻,以迅雷不及掩耳之势,打得对手落花流水。她的那种凌厉的攻势,如电闪,如雷鸣,如飓风,如海啸,痛快淋漓,毫不拖泥带水,每一球的处理都出神入化,具有赏心悦目的美感。

总之,乒乓球是技术的竞争,也是心理的战争。特别是同处于高水平的对峙,最终打的不是技术,而是心理,常常是谁的心理素质好就能占有优势,谁的技术特长就能得到充分发挥。最艰难的时刻,也是最能考验心理素质的时刻,心理素质的毫厘之差,就是结果的天壤之别。在这方面,邓亚萍的心理素质毫无疑问是过硬的!也许她的先天心理素质就不错,但肯定也是在一次次艰苦磨炼中不断提高的,通过她在许多重大比赛中的卓越表

十一、激　情

现,敏锐的观众一下子就看到了她身上的这种优秀的特质,这也是她让人们十分钦佩的地方。其实,不管是谁,在人生的征途中都会遇到难过的关口,能够跨过去的就是"门",跨不过的就是"坎",人们及时对她报以热烈的掌声,是对她拼搏精神的鼓励,邓亚萍也从这一次次掌声中获得了自我肯定。她自己觉得这样做是对的、是受人认可的,实践也证明这是成功的、有效的。这种感觉一旦进入良性循环之后,就会使许多正向能量得到不断叠加,从而进一步强化球场上那种坚韧不拔的信心和战无不胜的力量,超常发挥,高水准发挥,这种"十分"明显的特点,也变得"百分"鲜明,甚至是"千分"显著了。

她无疑彻底地征服了观众。人们不仅喜欢她所向无敌的勇猛风格,对她的那些习惯动作,也喜爱有加。她在发球的时候会自言自语,好像是在给自己加油;赢了一球会不由自主地点点头;输了一球也会吐吐舌头……这些纯属个人的下意识行为,对她自己或许有某种辅助性的意念的作用,对观众来说,则绝对没有什么实际意义,但许多人对它却饶有兴趣、津津有味,这大概是爱屋及乌的缘故吧。

获得了世界杯、世乒赛、奥运会"大满贯"的邓亚萍,成了当之无愧的"乒坛皇后"。然而当我们看到这份辉煌时,却分明感觉到她背后的艰辛。她在亚特兰大奥运会获得"双料冠军"以后,曾动情地说:没想到我在四年以后还能拿到冠军,我付出的太多了。是的,她确实付出了不少,我们看到报道说,她个子比较矮,先天条件并不好,但她在训练场上练得最刻苦、最认真,每天的训练时间也最长。起初她面对的也许是无数次的失败,但无数次的失败最终孕育出无数次的成功。一次次的国际大赛,一次次的艰苦卓绝,把邓亚萍塑造得光彩照人。胜负本身无法预料,但她给人的感觉就是常胜将军,就是永远的赢家,只要她出现在球场上,人们的心里就特别踏实。这是因为她拥有一种克服困难、走向胜利的顽强斗志,拥有一种"人生能有几回搏"的"拼"劲。运动员需要这种精神,人生进取也需要这种精神,所以人们特别爱看邓亚萍打球,道理也许就在这个地方。

张继科,应该感谢对手

2016年里约奥运会乒乓球男团半决赛中,中国队以总比分3∶0轻取韩国队。马龙对阵朱世赫虽可圈可点,但没有张继科与郑荣植的对垒来得紧张激烈、势均力敌、高潮迭起……

对于比赛而言,人们希望自己获得期盼的胜利,但也不希望毫无悬念,竞技体育的魅力就是险象环生、跌宕起伏。那种压倒性的优势,尽管势如破竹、一气呵成、可喜可贺,但三下五除二就知晓的结局,还没来得及玩味,就戛然而止,不仅失去心惊肉跳的紧张感,也没有抓耳挠腮的致命诱惑,更缺少乒乓球运动的美学魅力。许多精彩的球局都是旗鼓相当的对峙、"球"逢对手的较量,更是你死我活的拼搏。有些运动员在平时并不显山露水,但在那种万众瞩目的气氛中,就好像打了鸡血一样,突然爆发,像换了一个人似的,郑荣植就是如此!他的球固然打得很有特点,但还不到顶级的水平,跟"大满贯"得主张继科相比还有差距,但郑荣植的超常发挥却不容小觑,他节奏快、落点刁、防守好、进攻强,本来张继科跟他比,赢得比赛应该是"小菜一碟",但张继科打得却非常艰难,比分咬得很紧,双方拉锯,比分交替上升。技术优势毫无疑问是在张继科这边,但心理优势应该在郑荣植那边,因为弱的一方拼强的一方,打输了毫不丢人,万一赢了,他就会像一匹黑马一样脱颖而出,所以他一上场就拼尽全力,而张继科的压力也是巨大的。对于运动员来说,有压力,才有抗力,也才有动力和活力,这并不是坏事,反而是好事,人被逼到绝境,又怎么会不爆发呢?试想,如果没有郑荣植的凶猛顽强,又怎么能显示张继科的沉着冷静;如果没有郑荣植的步步逼近,又怎么能体现张继科的应付自如?

我是乒乓球的业余爱好者。我知道当两个运动员打成僵局、难解难分之时,比的就不仅是能力水平,更是意志品质,而坚强的意志品质就是来自千锤百炼。当张继科和郑荣植难分伯仲之际,我们感受到张继科不是在和别人较劲,而是在和自己较劲!众所周知,张

十一、激 情

继科赛前一度比较低迷,整个人好像都不在状态,这是运动员的周期性反应。但在教练们的耐心开导下,他逐渐找回了自己,他觉得更重要的可能还是自己的心理问题。于是,他积极调整心态,放下思想包袱,克服自我障碍,焕发了青春,增强了斗志,展现了风采,既然是战士,那就要敢于上战场,敢于上战场就要敢于战斗。他希望自己像以往一样在球场上充满着朝气、灵气和神气,生龙活虎,虎虎生威。这一点,他在单打中做到了,一路攻关,一直杀到了决赛,但在决赛中却以微弱的劣势输给了马龙,确实有一点可惜。在这种失利的雾霾还未消散殆尽之时,他又要挥拍团体半决赛。对于他能不能坚持下来,当时我隐隐担忧,还好他进入状态以后,发挥还比较正常,你来我往,旗鼓相当。但在郑荣植以15∶13拿下第一局以后,我的心又吊了起来,害怕张继科会因此收回自己,可贵的是,他没有任何退缩,依然勇往直前、敢打敢拼,一上来就发挥了凌厉的攻势,不肯给对方任何机会,哪怕是一点点。各种"火炮""机关枪""冲锋枪"一起上阵,一番穷追猛打的"厮杀"之后,他以13∶11拿下第二局。但第三局却又被郑荣植以11∶9拿下。韩国队一直以来就以凶狠战术著称,郑荣植继承了这种犀利的打法,而且有过之无不及,面对这种强悍的风格,要想取胜,前提是要善于寻找战机,抓住战机,充分运用过硬的进攻技术和连续进攻的能力,不达目的,誓不罢休。应该说,在这一局中,郑荣植不仅没有战术失误,反而把自己的战术运用到极致,打得淋漓尽致。但到了第四局,张继科极力避其锐气、击其惰归,只要发现空挡,就死死咬住,绝不放过,一阵乱拳,"打到死"为止。如此再三,对方终于招架不住,败下阵来,张继科凭着过硬的个人技术和战术优势,又胜一局。到了第五局,双方都没有退路了,两强相遇勇者胜,一开始就箭在弦上、剑拔弩张,火药味非常浓厚,双方都想抢占优势,赢得先机。郑荣植更是显得迫不及待,急于求胜。该上手的,他抢了;不该上手的,他也抢了。而这反而暴露出他大赛经验不足、比较稚嫩。"姜还是老的辣",这时的张继科颇有大将风度,沉着冷静,窥测战机。"沧海横流,方显英雄本色"。他一旦抓住破绽,就全力突破防线,大兵压境,不断扩大战果,以秋风扫落叶之威和迅雷不及掩耳之势,让对方没有还手之力,也没有喘息之机。对方被打得晕头转向、云里雾里,还没有反应过来,比赛就以11∶4大比分的差距结束了,全场顿时爆发出雷鸣般的掌声。

从整个比赛过程来看,这最后一局才像张继科的风格,凸显了他的风范,更能代表他的实际水平。在前几局中,尽管有输有赢,总体打得比较保守,可能是心理压力影响了激情的发挥,到了最后一局,满腔豪情才被彻底释放。张继科最终赢了对手,为国争了光,取得了荣誉。这是在克服巨大的困难后取得的胜利,值得大大地点赞。但我认为,一名优秀的运动员,最重要的是能战胜自我,"去山中贼易,去心中贼难",并不是每个人都能想到,也不是每个人都能做到,在球场上别人没有办法帮助你,只有靠自己,只能靠自己,张继科不仅找回了自己、做到了自己,也做到了最好的自己!

既然对方是自己的对手,自己也是自己的对手,那么对于张继科来说,"知己知彼"显得尤为重要。这不仅是他取得成绩的法宝,也是他争取胜利的利器。知彼是非常重要的,需要研究每一个对手,思考每一场战役,了解每一球的奥秘,但问题是,每一场比赛对于张继科来说,都是"现场直播"。他不仅要面对老对手,还要面对新对手,要面对"明枪",还要防备"暗箭"。对手会露一手,也可能留一手,所以张继科防一手,更要多一手。要做好应对各种情况的艰苦准备,尤其是要做好克服困难的精神准备,能够做到"兵来将挡,水来土掩",所以在知彼的前提下,知己就显得更为重要了。自己要把自己想透,自己要把自己"逼上梁山",自己要把自己的潜能全部开发出来。只有这样,才能把意志品质磨砺得锋利无比,才能逢山开路,遇水架桥,剑指所向,所向披靡。

我们希望张继科能够继续重视内心的对手,打败比赛的对手,同时,也要真诚感谢这些对手,因为他们都是助力成功的"无形之手",更是把张继科一步一步地推向胜利顶峰的有力之手!

天地境界中的中国精神

冯友兰先生在《中国哲学简史》中描述人生有四种境界：自然境界、功利境界、道德境界和天地境界。前三者代表了自然、现实和精神的境界，而天地境界则是将世界、社会、国家、人类的前途命运萦系于心的境界。冯友兰先生从哲学的高度建构了宏大视野和灵魂世界，没想到恰恰成了影片《流浪地球》所展现的一系列影像制作的精神源泉。这些影像生命均来源于天地之间，都以自然界的最高法则为信仰，不计得失，不惧生死，只为万世开太平。对于它们来说，生是一种能量的聚合，死不过是一种能量的消散，前赴后继，永生不灭。如此相似，与其说这是影像遭遇哲学的一种巧合，或者说是不谋而合，倒不如说这是根植于源远流长的中国文化。

这部影片是根据刘慈欣同名小说改编的，预设的时间是在 2075 年。因为太阳急速衰老膨胀，地球面临被太阳吞没的灭顶之灾，面对世界的末日和星球的绝境，人类不愿坐以待毙，九死一生地开启了"流浪地球"计划，试图逃离太阳系的危险境地，去寻找人类新的家园……

这是一个多么富有想象的主题，多么令人振奋的行动！影片通过科幻的方式，异想天开地将地球从现行运转的状况下"卸载"下来，按照编导幻想的思路进行重新组装。当我们顺着这个思路看影片的精神内核时，忽然发现，原来影片表达的就是中国文化精神中的忧患意识。所谓"忧患意识"，就是当你过着好日子的时候，要想到苦日子的时候，当你没有危险的时候，要想到危险来临的时候。几千年来，历经苦难的中国人对此有着格外深刻的认识和体验，很早就提出"祸兮福之所倚，福兮祸之所伏"，始终把这两者看成二而一、一而二的事情，因而格外重视"生于忧患，死于安乐"。他们提出的有效对策就是居安思危、未雨绸缪，这才会有"先天下之忧而忧，后天下之乐而乐"的中国思维和中国人格。因此，如此防患于未然的宏大叙事，在中国的科幻影片中出现也就不足为怪了。

此情此景

为拯救地球于危险之中,人类在地球表面建造了 11 000 座行星发动机,用来推动地球,使之在太阳氦闪引发爆炸之前,能够逃离死亡峡谷。离开太阳系就意味着失去太阳的光照,整个地球表面温度急剧下降,其中的 5 000 台发动机瞬间被冻坏。于是,地球联合政府赶紧派遣 5 000 个救援队前去抢修,我们在影片看到的就是来自中国的救援队。

这是由军人王磊所带领的 171 - 11 救援队,他们执行命令,目标明确,意志坚定,不畏艰险,不畏困难。为了完成救援任务,他们舍身忘己,挺身而出,可歌可泣,虽然到处是冰山、冰原、冰川、冰路,天寒地冻,冰天雪地,但到处流动着穿透人心的阵阵暖流。韩子昂开车送孙子、孙女回家,在路上被王磊以"流浪地球"法案强制征召进 171 - 11 救援队,他们爷孙三人对此极有抵触,但为了美丽的地球——自己的家园,他们义无反顾地履行了职责、担当了使命。可当孙子、孙女看到姥爷近在咫尺却抢救不得,眼睁睁地陷在死亡的深渊里,他们在情感上是接受不了的,这时他们更加想念自己的家了。但心里的波动没有改变已经做出的选择,他们最终还是希望世界有个安全的家。作为军人的王磊,有着很强的责任感,不管遇到什么艰难险阻,总是一马当先。周倩在看到队友牺牲以后,无法掩饰内心的悲痛,不愿再做无谓的牺牲,不想继续救援了,甚至把燃料打报废了,这下好像难以为继了,但她心中的燃料始终没有熄灭,最终还是继续行进在救援的路上。面对世界末日的到来,许多人都在自我筹划、夺路而逃,但中国救援队却始终奔着地球的一线生机,与死亡进行殊死搏斗,直到最后一刻,他们用精神和行动,深深地感染着世界各国的救援人员。他们终于走到一起来了,相互配合,互相帮忙,一起接力,一鼓作气,命运的共同体变成了行动的共同体。"众人拾柴火焰高","众人划桨开大船",我们感动了,我们喜悦了,我们振奋了,我们流泪了,"不要哭泣,当我们还有力气呼吸,就要有面对明天的勇气"!

孤注一掷的逃离和对人性的终极拷问,几乎都在这次冒险行动中凸显出来,我们确实能够从宇宙的视野中看到人类行为的正当性和正义感。因为人们都会将人类的安全幸福置于顶端,这是人类的壮举,也是人性的光辉!刘培强作为国际空间站中的中国航天员,因为频频执行国家任务,对孩子的成长缺少陪伴,导致父子关系疏远,以致儿子刘启在长大后十分记恨父亲。刘培强对此深感内疚。他很爱儿子,更懂得人间的至情大爱,所以在看到地面人员已竭尽全力仍无法改变地球悲剧的时候,不顾自身的安危,只身开着飞船,飞蛾扑火般撞向木星,用燃料爆炸的弹射力推开地球,也用自己的生命救活了地球的生命,同时也唤醒了自己的儿子刘启。在万里之遥的星空中,刘启看到了父亲的博大胸怀和牺牲精神,最终也理解了父亲,向父亲学习,成为帮助地球从木星引力中挣脱出来的真正

十一、激 情

英雄。影片通过天上父亲和地上儿子这两条线索的相互交织,天上人间,融为一体,让人情人性在浩瀚的宇宙空间里绽放得更加璀璨,中国文化中的天人合一思想也得到了生动诠释和发扬光大。

整部影片以宇宙为背景的宏大设定,不仅让我们看到地下的北京、冰封的上海,甚至还能够隐隐地看到东方明珠的身影,特别是空间站里的全自动化设备以及见所未见的上太空场景,还有高大威猛的行星发动机。这些前所未有的壮观、举世瞩目的壮举,让我大饱眼福,激动无比。但细细琢磨,我认为影片也存在着一个问题,就是一切都围绕着疯狂逃离和紧急救援的节奏展开,箭在弦上,一触即发,总是迫不及待,总是刻不容缓,总是剑拔弩张,总是命悬一线,处处波澜壮阔,时时悬念丛生,看得人有点喘不过气来,很急,很累,很沉重。如果能够在节奏方面做出调整,做到动静快慢相间,浓淡稠稀相隔,在情感层面稍稍拨开点情节层面的缝隙,特别是让爱情和亲情方面的情节有所延宕,从人们的接受角度来看,无论是在视觉还是心灵上的冲击力都会更大,效果也会更好。影片有一个特别的提示语,被反复多次地播送,即"道路千万条,安全第一条;行车不规范,亲人两行泪"。不管编导出于何种考虑,这种停顿总是舒缓的,让人感到很温馨、很暖心,以至于这个并不关键的旁白,会让许多人牢记不忘。这个细节充分说明高强节奏中的短暂停顿,对于影片是多么的重要和不可或缺,有时具有举足轻重的作用。

影片中所讲述的故事,在小说原著中,也就只有几小段文字描述而已,但到《流浪地球》中,却被大张旗鼓地铺排成了人类带走地球到宇宙流浪的一出大戏。对于影片来说,地球路过木星这一段故事已经结束,实现了完整的闭环,但对于科幻系列的生发来说,这只是拉开了一个情节的序幕,事实上这部影片是在构建一个宏阔的故事背景和框架,在未来预计长达2 500年的宇宙流浪之旅中,可能还会有源源不断的故事发生,需要我们人类去想象、去填充、去探索、去再现。也就是说,这个题材已经具备了可以生发和拓展的无限可能和绵绵不绝的想象空间,相信以后会因此有更多、更为精彩的科幻故事腾空而起,耀我中华!

不负每一份热爱

刚到南京工作的时候,恰逢省级机关举行乒乓球比赛,每个单位只有四个名额。因为喜欢打乒乓球的人比较多,派谁参加,都会有不同意见。组织者无奈却也很智慧,看到大家都是意气风发、舍我其谁的样子,那就只有通过比赛见分晓、分高低,"是骡子是马拉出来遛遛"。对于我来说,这也是一个公平竞争的机会,打赢了硬气,打输了服气。大家都为自己的荣誉而战,虎狼相争,龙虎相斗,狼烟四起,硝烟弥漫,最后尘埃落定,我进入前三名。

记得第一次参加单打比赛的时候,第一轮还比较顺利,到了第二轮就卡了壳。我遇到了一位长胶选手,在练球的时候,看他不紧不慢的样子,好像水平并不怎样,自己估量着与他过招应该不成问题。但一开打起来,他就变得精神抖擞,慢条斯理成了以柔克刚的太极神功,看似在上演一场风花雪月的故事,不慌不忙,不急不慢,缠缠悱恻,绵绵不绝,似乎不具备攻击性,但我接起来却非常别扭,不是球冒高,就是下网,弄得我一头雾水,找不到南北,三下五除二,把本应守牢的第一盘阵地,轻而易举地给丢失了。一般情况下,经过第一盘的互相适应,第二盘应该能够有所好转,但没想到,问题更加严重,每况愈下,我几乎被打得抬不起头来,不知如何是好,感觉最后自己好像不会打球了,看到过来的球就发怵,不知是推还是搓。应该说,能够把对手打得心慌意乱,甚至心灰意冷,基本已臻于最高境界,意味着不仅对方没有还手之力,更没有招架之功。被动"挨打"到这种地步,胜利岂望,必败无疑,既然死定了,总要死个明白吧?与其困兽犹斗,不如停下来,主动请教,看看这种球究竟该怎么对付,这样也不算枉比赛一次。这位球手也乐于助人,和盘托出,他说长胶球拍因为胶粒比较长,在球和球拍接触以后,出来的球的旋转基本都是反效果的。比如搓球,一般过来的都是下旋,但长胶过来的却是上旋或不旋球,按照一般接法,就应该以搓对搓,但如果这时你搓了,就等于上当了,正中对方下怀,回过去的球一定会很高,对方一板

十一、激　情

子就会把你拍死,正确的接法应该是推或攻,对搓过来的球,不要怕下网,要敢于上手,这样才能积极争取,主动出击。同样,如果是对方推过来的球,按照习惯思维推回去,其结果一定是下网,因为长胶推过来的球基本都是下旋,这时用搓或铲的方法接过去就行,能拉球则更好。总之,长胶运用的是一般球拍的反向原理,因此遇到长胶选手,就要学会改变思维,要敢于改变以往的打法,适应长胶规律,及时做出调整。

按照他的这种说法,我试了几下,还真的有效,至少可以打起来了,不像开始时不知道如何接球,但因为缺乏训练,我还时不时地会乱了阵脚。怎样才能够做到忙而不乱呢?他教的办法就是"记住上一板",如果上一板是推的,下一板就要搓,上一板是上旋球,下一板就一定是下旋球。因此,必须经常练习,才能熟能生巧。"听君一席话,胜读十年书",这提醒我以后与长胶选手进行对阵时,要逐步熟悉其中原理,甚至把自己的球拍反面也贴上长胶,以进一步了解这种球拍的性能。我把他的话牢记在心,始终当作金科玉律,但后来发现这些原则对高手好像不太适用,他们又打又拉,毫不费力,就像正常打球一样,没有什么特别的调度,看来这是专用于我们这些"低手"的定律。其实文以载道,道是一样的,只不过高手们技高人胆大,处理的方法更加灵活、多变、积极。我曾看到有场比赛,开始没有注意到对方的球拍,待两个球没拉上去以后,他看了对方的拍子,知道是长胶,然后他就照着长胶的套路来打,思路非常清楚,态度非常坚决,什么时候打,什么时候拉,随心所欲,发发命中,一打一个准,防线处处被突破,对手已不是戒备森严的禁区,而是长驱直入的无人区。

我喜欢打乒乓球,应该是小时候埋下的兴趣种子,现在虽没能长成参天大树,但也算长成了树,看来童年的兴趣对人的影响是巨大的。记得舅舅的乒乓球打得非常好,在县城很有名气,他的拿手绝招在反手,反手的推、带、抽都比正手要强,人们一般都认为重点要防正手,反手翻不了什么大浪,但反手威慑力恰恰在于能够出奇制胜,瞬间发力。也许是由于耳濡目染,我在不知不觉中也受到影响,通常都是反手比正手好,比较喜欢运用反手弹击,因为打得比较顺手,使用频率非常高,甚至发展到在正手部位,也喜欢用反手去击打,觉得这样心里踏实,觉得更有把握。

当年,学校有水泥球台,用几块砖头放在中间当球网,我们也玩得不亦乐乎,可人特别多,有时抢不到球台。虽然有这个水泥球台练手,但毕竟与正规的球台相去甚远。于是,我们就想着法子到外面去找球台。球台一般都是单位里有,外人不得入内,我们常常会巧妙地躲过门卫,偷着进去,在粮食局楼顶上打过,到长途汽车站活动室打过,但被人家抓住以后,就会被毫不客气地拎出来。最后没办法,稳妥起见,我只好把自家的木板床抬到外面,中间用两块砖担个竹竿子,当作球台用起来,原以为能够自得其乐,可以痛痛快快地过一把瘾,但打起来却是高低不平,东跑西颠,痛苦不堪,难以为继。

有次,母亲带我到她的单位,那里正好有几个人在打球。母亲跟他们说,我也是乒乓球爱好者,他们就让我上去"比画"两下。那纯粹是看在我母亲的面子上,客气客气而已,但我那时年龄小,没有眼头见识,根本没有顾及对手是母亲的同事,一上球台不由分说,就照死里打,一招不让,一步不退,反手特长雷厉风行,势不可当,一下子就把他们打蒙了。但好处在于,从此以后,他们不敢小觑我了,再去的时候,非常客气,都要争着和我打,还非要赢我不可。其实,他们都比我打得好,只是开始不熟悉,一旦熟悉了以后,我就成了垫底的。长大了以后,我才知道,这就是球场上无处不在的"潜"规则。如果人家对你不了解,在你的请求下,可能会陪你打两下,那纯粹是出于礼貌或者试探性的,不能太当真。而一旦知道你"几斤几两"以后,他们就不会有那么多的耐心陪你玩下去了,因为水平不在一个层面上,跟你打没意思、没情趣,不仅浪费时间,还消耗体力。对此,我能够理解,这也不断提醒着自己,凡是到新的地方,与新的球友交手,一定不能谦虚谨慎,千万不要手下留情,要拿出你的最好状态,这是你结识新朋友的基础,也是人家认为值得与你结交的前提。每每如此,我屡试不爽。

在那个年代,我的梦想就是能够参加县少年队集训。但由于没有机会融入其中,也没有教练看得上我,最关键的还是自己的水平不能入流,那么自己只能干的一件事,就是放学以后跑过去蹭点技术,到县体育场的乒乓球馆去看人家打球。当时他们是封闭式训练,球馆里不让进,我只能趴在窗子上看看。窗子比我个子还要高,也没有把手,我只能抓住窗沿,脚蹬在墙上,小心翼翼,探头探脑,够着窗子向里看一会,用不了多久,手就撑不住了,"哎呦"一声,掉了下来。其实,我什么球技都没学到,就是看看"西洋景",只见几个小孩在里面进行对攻练习,还有技艺高超的教练背着手,晃来晃去,偶尔停下,指点江山。

想起当年那种飞蛾扑火的劲头,自己现在也感到很好笑。事实上,中学毕业就等于告别了乒乓球,很长时间,我几乎都不打球了。还是到了单位后,才又重操"旧业",因为这里爱球的人很多,又有了热闹的氛围。下班以后,大家聚在一起打球,兴高采烈,你争我夺,各不相让,"众人拾柴火焰高",把对乒乓的兴趣之火烧得旺旺的。大家一起抱团取暖,再加上时不时的乒乓球比赛,也在不断地"推波助澜"。我们系统就组织过两次比赛:一次在连云港,一次在盐城。在前一次比赛中,我打过两轮,第一轮交过手的对手成了朋友。在

十一、激情

打第二轮的时候,他还专门跑过来助威,尽管没有多少观众,但他声嘶力竭的叫好声,对我的鼓励也是极其重要的。在后一次比赛中,我打过三轮,进入了16强,那应该是成绩比较好的一次,也是值得自豪的一次。许多高手因为运气不好,强中自有强中手,这关过了那关难,而我一路都比较幸运,遇到的都是"软柿子",对此云淡风轻,球打得风生水起。

比赛现场看起来是遍地开花,其实人们的关注点还是非常集中的。高手对决永远都是赛场上的兴奋点,高潮迭起,喊声震天,水平较差或相形见绌的选手常常都被"边缘化",属于自娱自乐,无人问津,凄凄惨惨戚戚。有时自己单位的队员或熟悉的朋友也可能过来支持一下,但就是这些人也不一定"靠得住",他们常常是"身在曹营心在汉",一旦有风吹草动,他们就会直接丢下眼前的比赛,转过头去目不转睛地追踪现场热点。这还算不错的,他们毕竟没有离开,更过分的是立马走人,不告而别。其实,再差的选手,也会打出一两个漂亮的好球,尽管可能有很多巧合的因素,但毕竟也代表着他们的高光时刻。没有办法,球场就是这么残酷,嫌低爱高!

凡是参加比赛的选手都是来"登山"的,大家都希望自己能够登上顶峰。但我从来没有这个奢望,因为有自知之明,这样的结果不是凭个人心愿就能达成的,背后需要高超水平和强有力的支撑,我显然不具备这样的素质。但机遇也曾意外地垂青过我一次。那次,我们办公大楼里的几家单位联赛,我这一路打过去,遇到的不是退赛的,就是没来的,真正能打起来也不是强劲对手。如此这般,我竟歪打正着地打进了决赛,出乎许多人的意料,甚至连我自己也没想到。决赛在即,气氛庄严,不容置疑!原先赛场里的台子全部撤掉,只留下一张放在赛场中央。随着铿锵有力的进行曲,我们雄赳赳、气昂昂地走进了赛场。四面八方期待的目光"唰"地一下子聚焦,我们不想成为焦点却必然是焦点,不想成为中心也必然是中心。大幕拉开,剑拔弩张,山雨欲来。与我对阵的是我们单位的老对手,受过专业训练,基本功扎实,打球意识成熟,技术非常全面。实事求是地讲,我们之间差距很大,不是一个量级的,但人离成功只有一步之遥的时候,"不蒸馒头,也要争口气",精神的力量是无比强大的。我国第一个世界乒乓球冠军容国团不是讲过"人生能有几回搏"吗?这是我离登顶最近的一次,此时不搏,更待何时!

比赛一开始,我就格外重视,希望自己认真打好每一球。我想只要发挥出正常的水平,就能争取一线希望。凡事都怕认真,只要认真了,球风就会向着你,机遇也会靠近你,这时场上就会发生以前从来没发生过的事情。对手本想迅速占据制高点,拉开比分距离,炫耀一下高超的技巧,但天不遂愿,一打就下网,一拉也下网。在他看来,对付我这样的业余水平,就是小菜一碟,但不知为什么,他那种擅长的声东击西、虎虎生风的打法,却显得局促不安,有力无处使。既然你不行,那就意味着我行了。趁他立足未稳,我加快了步伐,三步并两步,毫不客气地先拿下了第一盘。高山被矮坡比下去,他怎么受得了呢?尤其是输给根本不入他法眼的人。他马上向裁判喊停,并对我的球拍提出质疑,经裁判检查,我的球拍符合标准,只是球拍使用时间过长,海绵已经被氧化得没有弹性了,就像光板一样。他的旋球我不吃,但我打过去的球,他就不适应了。后来他们都亲切称这样的拍子为"死皮"。习惯了弹性球拍,他对没有弹性的球拍,确实要有个适应的过程,而一旦适应过来,他就像打了鸡血一样,如猛虎下山,杀气腾腾,似乎要把第一盘输掉的"仇恨",全部发泄到第二盘和第三盘。不管是左调右打,还是左打右调,他正反手全上,全台进攻,如电闪雷鸣,暴风骤雨。每一球都是恶狠狠的,非要"置人于死地",但我也没示弱,坚持不懈,坚决顶住,顽强抵抗,经过多个回合,反复较量,最终还是技不如人,但虽败犹荣。他洋洋自得地获得了冠军,我也心满意足地拿到了亚军。能够站在最终的领奖台上,对我来说已经是传奇,以后不知道还会不会有这样的机会,至少到目前为止还没有破过这个纪录。

我们有几个球友,经常约着打球,至少每周一次。我们打的时候都非常认真,彼此都很较劲。这次我输了,下次他来"报仇",下次他赢了,我再去认真"雪恨",就这样你"咬"着我,我"咬"着你,互相拽拉,互相撕扯,经常会死缠烂打地纠缠在一起,难解难分,难分胜负,每次都打得大汗淋漓、气喘吁吁。有次碰到一位乒乓球教练,他看着我们打球,说:你们这样打,再怎么练,水平都不可能提高,因为许多动作不规范,没有自觉地运用乒乓思维来建立行之有效的运动体系,要提高水平必须"痛改前非",要进行规范化的训练才行!他稍微给我们点拨了一下,纠正了我们的一些自以为是的动作,强化了规范程度,确实提高了命中率,加大了杀伤力。

在那以后,我又有幸遇到了两位专业队的高手,经过他们悉心的开导,原来不清楚的套路变得清楚了,原本比较模糊的技术现在变得鲜明了。有一位是原江苏省男子乒乓球队的主力队员。第一次见他时,他也是礼节性地跟我打了几下,后来觉得我水平还行,就陪我练了一段时间。他的发球刁钻古怪,在桌子上游来游去,就像是摆"蛇阵"似的。有时根本碰不到拍子,即使能够接住球,他随之而来的攻球,也是威力无比!那天,他详细地给我讲解了运用腰部力量的重要性,他说,攻球如果光靠臂力是非常有限的,通过腰的力量顺势而为,就能势如霹雳、雷霆万钧,专业运动员都是这样打球的,后来我注意观察电视上的赛事,他们确实都是如此。那天整个晚上,他就专注地教我练习这个动作,经过几百次的练习,

十一、激 情

我基本掌握了要领,有了肌肉记忆,打起球来确实比以前轻松了很多。还有一位是外省青年队的主力队员。他教我拉弧旋球,并告诫我要在下降时击球,不仅要用小臂带动大臂,而且整个腰和手腕也要顺势转上去,这样球会跟着拍子运动,保证整体动作的协调一致,直奔那个摩擦的方向而去,最大限度地释放出拉球的旋转质量。

但水平究竟有没有提高,还要到球场上去进行检验。这次我又遇到了强劲的对手,他又打又拉,非常凶狠,动作麻利,打起来的姿势也非常潇洒。第一盘上来,我还没整明白怎么回事,就输了。后来,许多人都围过来帮我出谋划策,什么不要让他上手,他反手比较弱,不要硬拼、要找机会,等等。真的非常感谢他们,各种各样的技战术纷至沓来,但究竟怎么用、用什么、什么时候用,还得要靠自己临场发挥。对此,我认真总结了首战失利的教训,也发现了对手求胜心切的弱点,而且通过第一盘较量,他已看到我和他之间的差距,志在必得的心理占据了上风。在他看来,打我应该是不费吹灰之力,因此不管什么球过去,他都果断起板,攻势凌厉。前几球因为搓球出台,确实给他提供了进攻的机会,而且势不可当,但他的毛病在过于轻敌,认为自己可以排山倒海,长驱直入。面对如此不可一世的强敌,我及时调整了战术,主打台内短球,加大下旋力度,不仅把他的性子调了起来,而且点着了,很快就爆炸了。人越是急就越会打不好,许多的失误又进一步挫伤了他的情绪。这时,我倒一点不紧张了,觉得反正输给他是正常的,只是做好一种积极争取的姿态,打几个好球而已,不行就算!想开了也就放开了,按照既定战术,我比较稳定地发挥自己的特长,把教练教的功夫和大家出的点子全都用上了,做到心中有数,有板有眼,先保证过去,再注重质量,球打得比较得心应手,但他的情绪却一落千丈,因为在他的字典里,这场球必须取胜,所以心理负担比较重,自己把自己压得喘不过气来。其实,在技术与心理之间,起决定性作用的还是心理,心理稳定,技术能够得到超常发挥,心理不稳定,技术肯定会被套牢。

总之,当我处于主动地位时,他就希望尽快摆脱,变被动为主动。但这时如果处理不好,又会节外生枝、出现差池。这又让他不敢轻举妄动,待他经过"山重水复",真正调整过来之后,这时的我已一骑绝尘,遥遥领先,"回眸一笑百媚生",哪怕他再有回天之术,也无可奈何。所以,当我拿起笔在胜方一栏签名时,心中涌起了一阵从未有过的激动。自己在负方签名的机会太多了,方知这场胜利来之不易。尽管当时没有多少人注意到这场球,但我想,无限风光不只在别人的眼里,更应该在自己心中。

小 球 友

我们出去旅游住在宾馆里,上午各自活动,下午约着打乒乓球。我们几个实力旗鼓相当。大家争先恐后,热火朝天,每天都较着劲,火药味很浓,争吵声不断。不服气是主调,不服输是主题。每每挥"时"如土,挥汗如雨,打在兴头上,困在胶着里,谁也没有注意到静悄悄站在一旁的小男孩。我们以为他是来凑热闹的,所以一直没当回事,但他每天都来,热情很高,本以为是特别喜欢看我们打球,直至看到他带的球拍,我们这才恍然大悟,人家不是专门来观战的,而是来参战、会战的,只是因为我们没完没了地霸占球台,人家在无可奈何的情况下,只好顺便给我们捧捧场。我们经过一番你争我夺、互相厮杀之后,看到小男孩在那儿等了很久,还跑来跑去频频给我们捡球,大家心里就好像欠账似的,不由自主地要喊他到台子上来打一盘。他拿的横拍,架势不错,本以为他应该有两下子,可一交手就知道他只是个初学者,跟他打球只能给他"喂球",没有旋球,没有攻球,没有拉球,只有放高球,让他一个劲地抽,直至抽到失误为止。差距之大,几乎就是"一边倒",没有悬念,没有紧张,没有反复,没有交错,当然也就没有意思了。但我们还是用极大的耐心和他比画到底,这也算是对他的付出有所交代。这样下去总不是回事,后期的比赛节奏明显加快,因为我们还是急切地希望重回老对手之间的较量,小男孩也常常因此知趣而退,但从无怨言,依然会在一旁认真地观看,慢慢琢磨,慢慢等待。

我们一般都是约好下午三点打球。因为都没有带上自己的球拍,就只能借用宾馆的球拍,这种球拍只具备普通的性能,而且经历过许多人的反复使用,也没有保养,胶皮早就氧化,变得硬邦邦的,几乎没有一点弹性,打起来就跟光板一样,不管是推、攻、拉、搓,好像都"不在线",只要触球就是下网。我们被逼无奈,只能顺势而为,慢慢挑打,就好像回归到了原始状态,从头再来,但我们居然乐此不疲,还能打得有滋有味。中途有个球友回宁了一趟,拿来了自己的球拍,以为从此能够得心应手,恢复往日的神勇,但没想到的是,球一

十一、激 情

碰拍就飞。这是因为他已习惯了没有弹性的感觉,对有弹性的球拍反而变得不适应了。

宾馆上午没人打球,我们下午来的时候,由于天气太热,不能马上进入状态,先要打开空调,等温度稍微降下来以后,才能挥拍上阵。一般情况下,我们几个都是按部就班,三点钟才大摇大摆地进来。但我们发现,到的时候球拍已借好,空调已打开,一进屋就有凉爽爽的感觉,马上可以进入阵地,开始拼搏。这时,我们看到那个小男孩早就坐在那里。原来他每天下午两点半就来做好准备工作了。如此善解人意,如此细致周到,就不得不让我们对他另眼相看了。

这孩子长得白白净净的,穿的一身运动装,眼睛小小的,个子高高的,身材颀长,看起来就是个小帅哥,脸上洋溢着一副忠厚诚实的样子,真切而自然。他今年11岁,刚上五年级,才开始在学校里跟体育老师学打乒乓球,基础理念比较端正,动作姿势也比较规范,但其球技不能高估。除了会一点正手攻球以外,发球、搓球、推挡、拉球都不能算入流,因此陪他练练球是可以的,权当调剂,但真正打起来几乎不堪一击,根本就不是我们的对手。我们三下五除二就能将其打败,所以都不太愿意跟他打,让我陪他一两次可以,关心下一代,人人有责嘛,但一直要陪他,就有点儿为难了,我想其他人也应该是这样,这大概也是有些高手为什么不愿和我们打球的共同原因吧。

那天,我们本应照常赴约的,但一位球友有事,我也因中暑有点头晕,只得临时爽约,还好我给另一位球友留了言,说明了特殊情况。但我想,三人有两人去不了,至少还有一位球友去,可以陪男孩打打,也可以教教他,因为我们不去,反而能够让他拥有更充裕的练习时间,也让孩子高兴高兴。可第二天一问,完全不是那么回事,那位球友也没去。这下可害苦了那个小男孩,他在那里等了整整一个下午。他说自己当时想走又不敢走,就这样一个人孤零零地看看球台,瞅瞅空荡荡的乒乓球室,实在无聊,一个人对着球台比画几下,就这样熬了一个下午。那寂寞的时光,我们都能想象得出来,更重要的是孩子翘首以盼的急切心情一直紧绷着,非但没有得到缓解,最终还是碎成了一地的失望。对此,我觉得有点过意不去,尽管面对的是个孩子,我们也不能够失去对他应有的尊重。听说这种情况以后,我不无遗憾地拍拍其肩膀,说:"哥儿们,我们对不起你啦,让你白等了一个下午!"但孩子宛然一笑,说了声:"叔叔,没关系的。"

我把这个情况告诉大家后,大家都非常感动。为了回报孩子的殷殷深情,我们一反常态,轮番上阵陪他练球,大家非但没有抵触情绪,还能够边打边讲,不厌其烦,把自己比较擅长的技艺毫无保留地教授给他。这孩子悟性很高,基本上一学就会,也许是陪练的大人心态发生了改变,他的自信心也得到了激增。用他自己的话来说,这一次是他打得最过瘾的一次。他在我们每人身上学了一招,加到一起就能掌握好几招了。他不仅学会了我们的绝招,打球时还敢对我们耍起"花招"。他通过攻球把我压到后台,又利用短球把我调到前台,我跑得气喘吁吁,累得够呛。一会儿打右,一会儿调左,忙得我左推右挡,应接不暇。看着他能和我们打起来了,我们也适当地提高技术难度,有意识地激发他的各种能力,通过这样的反复磨砺,小家伙的球技提高得还真的挺快!

在离开宾馆的那天早上,我在餐厅里见到他。他主动叫"叔叔早"。通过几次接触,我真的喜欢上他了,我也希望自己的外孙以后能像他一样。这时我突发奇想,要给他拍张照片。他赶忙规规矩矩地站到面前,变成一本正经的样子,但拍出来更多的还是孩子的天真和稚气。正要打听他的姓名,这时他爷爷叫他了,他赶忙跟我挥挥手,说了声"叔叔再见"。看着他的背影,我想再过几年,我们这些人可能都不是他的对手,后生一定是可畏的,后生更是可爱的。他的一系列与自己年龄不相仿的行为举止,也让我们能够重新定义球友更加丰富的内涵,球友不应受年龄限制!

玩的就是心跳

我一直不明白,许多人为什么一定要夜里爬起来看足球?有必要这么焚膏继晷、夜以继日吗?第二天看复播不也一样吗?但此言一出,很快就遭遇群起而攻之,他们说看比赛只能是第一时间!第二时间、第三时间就味同嚼蜡,等于没看。我后来想想也是,自己对此不解,主要是兴趣不浓,随着喜爱程度的加深,就越发觉得世界杯的魅力不在结果,而在过程。高开高走,起承转合,紧张激烈,常常会把我们带入巨大的情感旋涡之中,动心、揪心、痴心、担心、痛心和伤心,甚至为之倾倒,为之发狂……

足球啊,你真叫人琢磨不透!你神通广大,变幻无穷,像一个幽灵似的飘在绿茵场上,牢牢地攫住人们紧绷的神经。多少次匪夷所思的射门可能体现着肆意流淌的灵感,这些本可以"一剑封喉",却偏偏撞在门柱上又弹了回来;多少次电光石闪的激情时刻,忽又变得雾里看花,让人惊叹不已又神伤不止;多少次已届风雨飘摇之时,忽然一球命中,力挽狂澜,"山重水复疑无路,柳暗花明又一村";多少次灵气四射的妙传,变成了呼风唤雨、神采焕发的点睛之笔。世界杯就是这样,能把平常变为不平常,把不平常变为平常;把可能变为不可能,把不可能变为可能。这种不可预见性就是悬念!就是神奇!就是魂魄!就是激情!

现代足球不是变得越来越简约,而是越来越复杂,越来越充满着心灵的激荡。这里承载着球迷们太多的期待和梦想。许多人不是把足球捧在胸前,而是揣在心中,他们站在地球上,心在足球里。每一支球队都有自己的粉丝团,每一支球队都有自己的拥趸者。所有的球迷都希望自己国家的球队或者是钟爱的球队,能够在绿茵场上叱咤风云、力挫群雄,取得桂冠。他们为此全力以赴,全心投入,脸上涂满油彩,手中舞动小旗,吹着那"刺"耳欲聋的小喇叭,声嘶力竭,呐喊助威,甚至为此不惜大打出手。在他们的眼中,球队的抢占先机代表着勇往直前的民族精神,球队的奋力拼搏寄托着自强不息的人生理想。因此,他们的虔诚崇拜,不亚于面向麦加朝圣的信徒;他们的痴迷狂热,也不逊于须臾不离的情侣;他们庆祝胜利的喜悦,不差于二战中攻克柏林;他们表达失败的忧伤,不输于被木马攻陷的追悔莫及。

　　时下的球迷们都不愿待在家里,他们或三五成群或多人共饮,在广场电视前,在大街小巷的酒吧茶楼里,并不是为了在别具一格的浪漫气氛中度过快乐的时光,而是要在高潮到来之时获得一种发泄狂欢的山呼海啸。在这里,他们就像汪洋大海上的一条船,无法自控,只能随着球赛进展的波峰浪谷上下起伏,上一秒在此处,不知道下一秒在何处。他们喝着啤酒,声嘶力竭,针锋相对,争执不下,这里成了球场之外的球场,没有比赛的比赛。在他们的眼中,巴西人是播撒热情的高手,在足球的舞台上尽情地跳着桑巴;西班牙人把足球场看成了斗牛场,面对强劲的对手,无所畏惧,勇往直前;荷兰人更是出手无所顾忌,纵横驰骋;法国人的华丽舞步虽高雅莫测,却难堪重任,但毕竟带来了塞纳河畔的几丝浪漫。一波接着一波,一浪高过一浪,随着主持人短促而急切的讲解,处处充满着激动人心的冲动和闪烁真知灼见的激情。身处其间,无不受其感染,大家都会跟着去、向前走,头也不回,形影不离。电视上出现凌空抽射、马赛回旋、飞铲救险的镜头时,忽然振臂高呼,喊声一片。我们也会不由自主地激动万分,变得一发而不可收,情绪是会传染的,是会炙烤人的,足球情绪由此风生水起,互相影响,愈演愈烈,愈烧愈旺,不断走向高点和顶点,变成一道道涌来的心灵龙卷风,带着摧枯拉朽的审美快感,电闪雷鸣般地超越自我、突破自我,一时间就会演变成狂欢。

　　在偌大的绿茵场上,每一个球员都在用他们的生命描绘着最新最美的图画。你一笔,我一笔,你一点,我一点。他们又好像在联手创作足球世界的巨幅画册,把色彩变成了出彩,把出彩变成了精彩,把精彩变成了神采。不同的画面组合,变幻着球场上十足的动感,激烈的对抗,拼搏的精神,火热的激情,回放的"经典",速写的"镜头",致命的诱惑,温情的演绎,这一切的一切,都让我们神魂颠倒,让我们如痴如醉。但最终让我们难忘的凝聚点,还是那抬起一脚,飞向球门的一道又一道美妙的弧线。看着它们在空中飘啊飘啊,就好像电影的慢动作,世界安静了,时间停滞了,最终是不是被截断,是不是被顶出,是不是被踢进?在它没有落下来之前,这一切都是未知,可能一柱擎天,可能波峰陡起,可能瞬息万变,也可能意外丛生……

　　因此,足球比赛从开端、发展、高潮到结局,它们之间没有明显的界线。我们只知道什么是开端,什么是结局,但发展无时不有,高潮无处不在。比赛就是沿着这条垂直线上的

十一、激　情

每一个点，可能是逗点，可能是句点，可能是爆发点，也可能是爆破点，更可能是爆炸点，一点就通，一点就破，在这个时候，哪怕稍有差池，也会把整个世界搅得天翻地覆。箭在弦上，剑拔弩张，扬剑出鞘，刀光剑影，所以看足球比赛的人们，一定要有强大的心脏和强大的心理素质，否则难以承受，无法继续。因为足球赛弥漫的就是激情，玩的就是心跳！

看球如看戏

2014年,如火如荼的世界杯拉开序幕,在陆陆续续中开始比赛,在龙争虎斗中彰显波澜,在与日俱增中凸显精彩。好戏连台处处有,鹿死谁手时时争,针锋相对有胜负,你打赢来我就输……热闹的现场,沸腾的球场,激情的广场,好似一个绿茵茵的大舞台!

这个舞台上汇聚着各路英豪,他们怀着一个共同的"革命目标"走到了一起。他们中有老将重征,有新荷才露,有天上"神仙",有海里"蛟龙"。他们不仅兴致勃勃地参加演出,更野心勃勃地争当主角。在行进的队伍中,有不少陌生的面孔,也有许多熟悉的明星,一一数过来,有"世界级偶像"贝克汉姆、"外星人"罗纳尔多、"天才球星"范德贝克、"常胜将军"齐达内、"小飞侠"罗本、"幻影杀手"比利亚等。但他们能不能成为足球场上的主角,他们自己夸下海口不作数,尽管以往的战绩在他们身上铸就了炫目的光环,使他们成为足球场上的风云人物,但这一次必须通过赛场表现重新刷新。是骡子是马,还要拿出来遛遛,历史不可能成为永远的"通行证",只有现实才是获得认可的"硬通货"。这个舞台注定没有永久的主角,也没有预定的主角,一切都以踢球见分晓,一切都以进球论英雄,谁能临门一脚续写传奇,谁就风光无限,谁就风头最足!

在90分钟规定的时间里"展开情节",到处都充满着戏剧性的矛盾冲突。11个人"对战"11个人,双峰并峙、双水分流、进进出出、来来回回、前前后后、左左右右、里里外外、反反复复。这些对立、对比、对抗的因素都在激荡着、澎湃着、呼应着、起伏着。时而暴风骤雨,穷追不舍,"上穷碧落下黄泉,两处茫茫皆不见";时而十面埋伏,四面楚歌,"曲终人不见,江上数峰青"。在这里,对戏剧的所有规则都不拒绝,大胆采用,毫无顾忌,冲突显性格,时势造英雄。"浪漫骑士"在场上冲锋陷阵,"桑巴军团"在脚下逞才显能,"无冕之王"乘风破浪,"日耳曼战车"横冲直撞。他们就是想把复杂的事情简单化,尽快速写自己的王者风范,但在球场上哪有这等轻而易举的好事?"不经历风雨,怎么见彩虹",险情丛生,高

十一、激情

潮迭起,云谲波诡,如火如荼,只有在冲撞、旋转、轮回中,才能把足球的巨大激情和神奇魅力表现得淋漓尽致,才能让那一次次精彩瞬间,永久地留在人们美好记忆之中。

这里没有现成的结果,这里没有片刻的宁静。"颠覆"是永恒的主题,"意外"是赛场的常态,"转折"是戏剧美学的"包袱","转折"也成了足球比赛的"定律"。我们没有想到荷兰队在开赛18分钟后,就能一剑封喉,锁定终局,力克塞黑;没有想到亚洲巨人伊朗队在技术更加出色的墨西哥人面前那么不堪一击,3分钟之内就轰然倒塌;没有想到在日本队1∶0领先的情况下,澳大利亚队还能在最后9分钟连灌进3个球,于乌云密布中重现生机;没有想到"正规军"英格兰队与"游击队"特立尼达和多巴哥打得如此艰难,在前80分钟就根本无法冲破层层重围……没想到,对于足球比赛来说,这是通例,想到了,却是足球比赛的例外。因为想到了,也就没有意思了。

我们说得再明白点,许多"没想到"凑在一起,就等于世界杯。"没想到"就是世界杯的别名。其实,这次看世界杯的时间并不是特别好,都是在深更半夜。搞得中国球迷们欲看不能、欲罢不忍,但他们为什么在面露疲惫之时、眼睛惺忪之际,仍不畏艰苦,起早贪黑,就是因为这些"没想到"太闹心了,带给了他们太多的期待。他们太希望看到这些"没想到",也常常被这些"没想到"耍弄,但他们非但不恼,反而觉得很开心。我问何故,他们说,知道结果就没有悬念了——原来看球如看戏!

妙在懂与不懂之间

有人问:你懂球吗?我说不懂。开始只知道看进球和输球,对于什么情况下发点球、发任意球、发角球之类的知识一概不知。我喜欢看球并不是由来已久,以前我对足球并没有兴趣,后来因为有报刊约稿,被逼无奈后,反而把兴趣给点燃了起来。因此我起早贪黑,目不转睛,声嘶力竭,摇旗呐喊,凡球迷能排除万难的,我也能排除万难,凡球迷去争取胜利的,我也去争取胜利。荷兰队和英格兰队是我心仪的"英雄团体"。看到葡萄牙队一路攻城略地,力挫两队,我当时气就不打一处来,很希望法国队把葡萄牙队干掉,法国队没辜负我的期望,可我尤嫌不够,又把希望寄托在德国队身上,结果德国队也把葡萄牙队打得落花流水,让我狠狠地出了一口"恶气"……

有人说,你不是挺懂球的嘛。这么多场球看下来,耳朵里灌满了黄健翔等人的解说术语,能不有点起色吗?我不仅知道哪个国家打了几场球,而且记得每场球的小分如何。后来还坚持每天看技术统计,甚至还能从历史的维度来预测球赛的胜负。更绝的是,我也对A罗、B罗、C罗的不同的风格特点进行了独家分析,认为他们之间不是胖与瘦的问题,不是高与矮的问题,而是急与慢的问题。我不太希望就足球谈足球,而是坚持把足球放到大环境中去思考,从整个足球文化的链条中去把握体育与政治、经济,甚至军事的密切关系,也希望在足球人才的培养体制和机制以及世界足球赛制上有所思考。

网罗了一大堆专业知识,我算行家里手了,本以为自己可以得心应手,可比赛又让我看不懂了。事先,我和大家一样都看好巴西队的夺冠实力,而且这次巴西队与法国队狭路相逢,是他们报一箭之仇的绝好机会,但天有不测风云,号称梦幻组合的"桑巴舞队",出人意料地被"高卢雄鸡"死死地挡在四强之外。能够把足球玩到最高境界的顶尖高手,怎么就拦不住已经"老掉牙"的"法国战车"呢?这时,有人告诉我,法国队也是一支技艺高强的著名球队,他们在决赛中因齐达内漂亮的点球而先声夺人、脱颖而出,整场比赛行云流水、

十一、激　情

活力四射，似乎是为齐达内即将隆重谢幕而精心准备着的一顿可口大餐，然而，他最后一刻用头顶人的动作，彻底摧毁了他本应拥有的辉煌告别。也许，当时确实有着万不得已的原因，但在大功即将告成之际，出现了这匪夷所思的一幕，确实让人心痛，让人惋惜。

　　由此，我也知道，对于足球，懂与不懂也不是绝对的。看到有些人并不懂足球，偏要不懂装懂，一谈起来没完没了，铺天盖地，不着边际，漏洞百出，张冠李戴，有的时候真害怕他们贻笑大方。但这又何妨呢？足球何须懂，不懂足球也意味着不受老生常谈的思维束缚，反而能够提供一些新鲜的思路，给人耳目一新的感觉，而且从不懂到懂，确实也是一个需要实践、不断积累的过程。因此，懂与不懂对我们来说并不重要，重要的是已经陪伴过每一场比赛、每一支队伍和每一位球员。特别是在这次一决雌雄的结束大战中的出现的戏剧性变化，更让我们体会到足球的神奇莫测，它让我们痛苦，让我们快乐，也让我们失望。懂也看球，不懂也看球，也许妙就在于这懂与不懂之间，让我们体会到或此或彼、亦此亦彼的无穷乐趣！

十二、闲　情

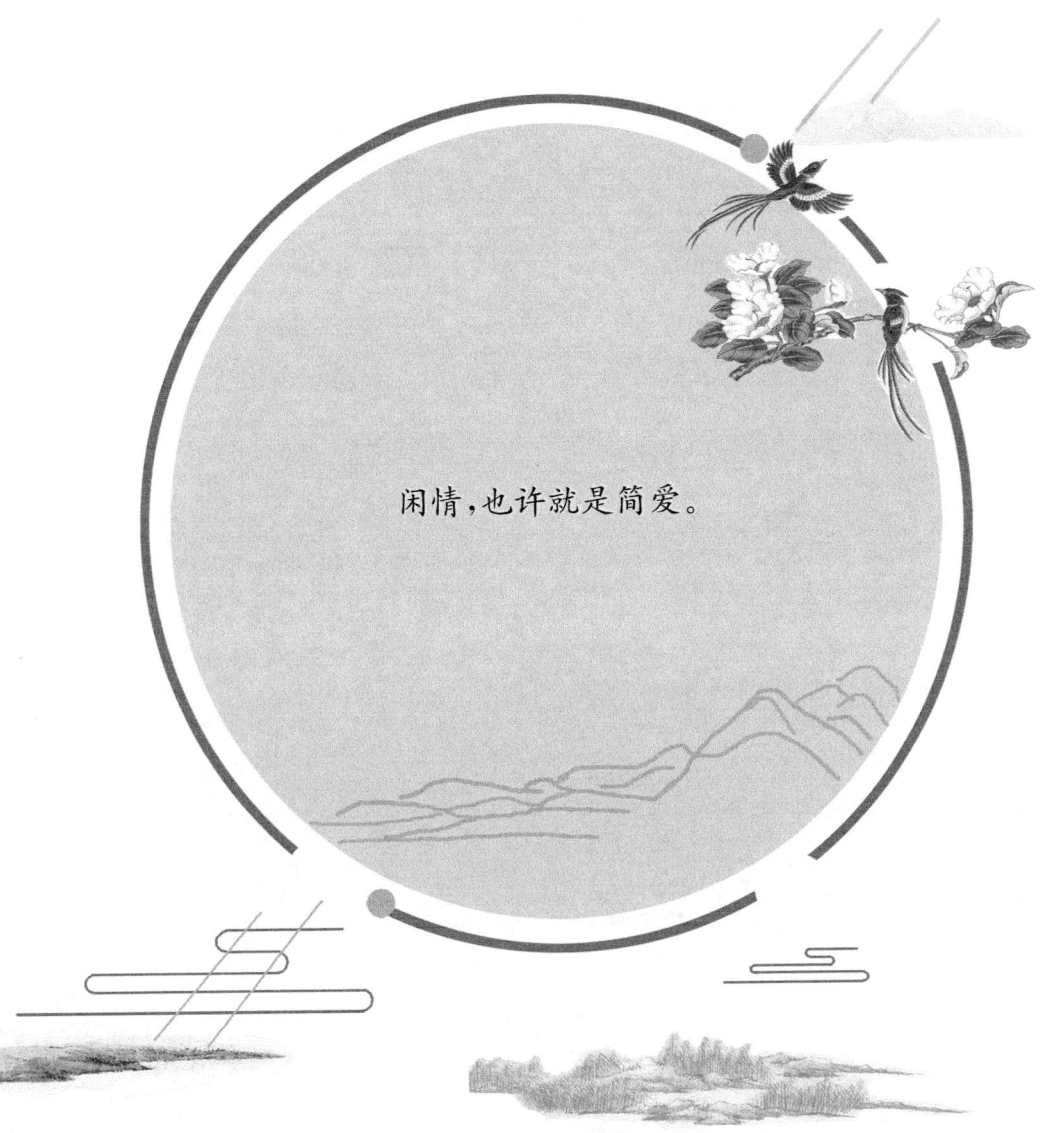

闲情，也许就是简爱。

"绰"海泛舟非闲情

绰号作为一种文化现象，虽不引人注目，却无法否认已经存在的事实：随着岁序更替，斗转星移，有些人的名字可能会不经意地沉没在岁月的深处，而绰号却会时常跃出脑海，给记忆带来出人意料的欣喜。

绰号是什么？有人说绰号就是"诨号"。我觉得这个表述还是比较准确的，最能体现绰号动机与效果统一的灵魂的，就是这个"诨"字。《玉篇》解释说："诨，弄言。"通俗点，就是戏谑玩笑、诙谐打趣的意思。生活中确实不能没有幽默，也不能没有笑声，它是"黏合剂"，也是"强心针"，但这笑声不应是莫名其妙的偷笑和窃笑，而应该是从特定环境、特定群体、特定事件中爆发出来的自由的、轻松的、爽快的、用心的、善意的笑。很显然，绰号就是因此而生，是信手拈来的笑料。有的绰号，一听就让人发笑；有的绰号，只有在解开谜团后才能让人会心一笑。引人发笑是起因，叫人发笑是结果，催人发笑是目的，我们必须看到在绰号的生成中蕴含着的引人发笑的机制。但这对于两种人不可能实现：一是怀着钦佩、崇敬、挚爱的人；一是带着厌恶、蔑视、仇恨的人。前者觉得是严肃的对象，于是在感情上对其充满着崇高的美感，而后者即便对其报以微笑，也只能是在报复心理支配下的一种轻蔑。因此绰号的创作被严格地限定在崇高与蔑视之间，其间凝结的笑声既反映了绰号本身的喜剧性质，也突出了创作者高明于对象的优越感。绰号常常就是因为有了先天的优越感，才会抓住别人的过失、反常、超常、巧合、误会等喜剧因素，在突然之间被一语道破而形成的杰作，其本身可能隐含着各种参照坐标下的综合分析过程，但基本的特点都离不开这种戏谑色彩。

绰号虽然是别人起的，但绝不是无缘无故的，而最基本的原因和触发还在于自身，也就是说绰号的构成，来自绰号载体的自身特点。由于暴露给别人的首先是人的外部形象，因此这种外部形象几乎成了绰号层出不穷的基本源泉。鲁迅先生就曾经说过"梁山泊上一百零八条好汉都有诨名。……不过着眼多在形体"，从黑旋风、豹子头、赤发鬼、青面兽、矮脚虎等绰号中不难看出,外部形象是绰号形成的第一触发剂。顺着这种创作轨道延伸下去,我们还可以发现对象的性格、情趣、习惯、爱好、特长技能、职业、境况、地域,乃至一个个具体行为、一次次特殊经历、一系列相关事件,也都可以成为绰号的速写。仅以宋代词人张先为例,他有个绰号叫"张三影"。《后山诗话》解释说:"尚书郎张先善著词,有云'云破月来花弄影''帘幕卷花影''坠絮轻无影',世称诵之,号张三影。"《高斋诗话》解释说:"子野(张先)尝有诗云:'浮萍断处见山影。'又长短句云:'云破月来花弄影。'又云'隔墙送过秋千影。'并脍炙人口,世谓'张三影'。"尽管他们所举例证稍有不同,但都反映了张先对"影"的嗜好,也就是说"张三影"的绰号是由张先的情趣演绎出来的。他自身的艺术情趣和创作实践是他的绰号的唯一出处。

作为一种标志,绰号本身也自有特点,与时俱进,与地相宜,与人相近。一般说来,人们在不同时期可能有不同的绰号,在不同的地方也可能有不同的绰号,但能保留下来的都是最贴切的绰号。因此贴切性是绰号的首要特征。相声《买猴儿》中曾经塑造过一个人物,叫"马大哈"。这虽是"马马虎虎、大大咧咧、嘻嘻哈哈"的缩写,但由于比较准确地概括了这类人的本质特征,显得异常贴切,也非常形象,以至于今日仍"活"在人们的口头。由此可见,绰号需要贴切,贴切需要概括,而概括必须生动。所谓生动的概括就要依靠生动活泼的形象来体现,尽管在绰号产生的过程中充满着理智的历险,但绰号的形象性却无法回避,只有具备了形象性,才会形成动人、喜人的文化效应。

一般说来,绰号在一定的文化圈内,代表了一寸光阴、一片笑声、一个故事、一段情结。但一离开这个文化圈,绰号也就可能从此销声匿迹了。那么怎样才能使绰号从小范围的孤芳自赏走向更大范围的众口皆碑呢?传播效应的形成无非有两方面的原因:一是绰号的自身魅力,一是接受者的态度。从接受者来说,只有在他们充分掌握了绰号的内涵以后,才有可能在相同的情况下产生共鸣和认同感,那么传播任务就应该是在最大的范围内把绰号的现实依据传递给大众。当我们现在听到"冒号"这个绰号时,已丝毫不会怀疑它就是"领导"的代名词,这显然应归功于电视媒介得天独厚的传播效应。从绰号的自身魅力来说,我觉得,采撷历史的绰号,是容易得到社会承认的一种捷径。因为这种绰号的传播任务已由历史来完成了,只要在现实与历史的准确对位上下点功夫,就会与现实一拍即合,从而风靡于世。例如,"铁公鸡"这个绰号典出于清代袁枚《子不语》:"济南富翁某,性悭吝,绰号铁公鸡,言一毛不拔也。"虽然人们对其来历并不明,但由于其概括得惟妙惟肖,以至于在今日还可以形成跨行当、跨区域、跨国度的喜闻乐见和脱口而出的接受状态。

地名的文化底蕴

地名,对于一个地方来说,就是区别于其他地方的一种标识。对于许多人来说,这个地方是家乡,是远方,是经历,是过往,是体验,是记忆,甚至是一种向往。所以当我们透过林林总总,面对由来已久的地名,抬起头来,向上看,向内看,向远看,向深看,地名俨然是一种理所当然的文化。

许多地名的产生确实与其自身所处的环境密不可分,常常是就地取材、信手拈来,但通过细致分析以后,我们发现这些所谓土生土长的"顺手牵羊",原来都是经过深思熟虑的精挑细选和匠心独运。"马兰"位于戈壁大沙漠。以前,这块地方是一个盐碱滩,没有人烟,没有城市。1959年4月,我国进行核基地勘探定址时,正值该地马兰花盛开,到处都是如画卷般艳丽的景致,美不胜收,令人喜不自禁。当时基地领导灵机一动,便将此地取名为"马兰"。这不仅是对基地环境的直接描述,更是希望中国的核事业在艰难的条件下,能和马兰一样盛开花朵。北京的"王府井",一看就知道是由"王府"与"井"联袂而成。明永乐十五年(1417年)在此街东侧修建了十个王府,这以后就成了王府人家集中的居住地。他们生活的水源主要来自街上的一口甜水井,我们现在已经看不到了,但在1998年王府井大街改造施工的过程中,确实曾挖出过一口古井。据一些专家考证,这口井的位置和绘于清乾隆十五年(1750年)的《乾隆京城全图》中的井的位置完全一致。这也进一步证实了这个地名不是无中生有,而是事出有因。

诸如此类的地名,确实满布着独具禀赋的特色,引人探幽索隐,入木三分,背后蕴含着随处可见的人文发现:曲阜,因城中有阜,委曲长七八里而制名;佛山,因山有铜佛而制名;温州,因"隆冬恒燠"而得名;银川,因土质含碱,银白而制名;等等。许多地名都由来已久,通过个性特点展现个性特色,通过个性特色散发个性魅力。以食品为首的地名有盐城、酒泉、茶陵、蚌埠、谷城、鱼台、枣庄、米脂、乳山等;以植物为首的地名有桂林、攀枝花、榕城、黄花岗、黄梅、兰溪、梨树、桃源、荔枝、榆次、莲花、梅县、柳州、桐庐等;以动物为首的地名有龙泉、虎林、鹿港、鹰潭、狼山、鸡西、鹤岗、牛栏山、威虎山、蜈蚣岭、蛇岛等;以矿产为首的地名有金华、银川、玉门、铜陵、铁岭、煤山、铅山、石城等;以颜色为首的地名有黄岩、青岛、蓝田、紫阳、白城、黑山、红安、赤峰、乌江等;以方位为首的地名有北京、上海、南昌、西安、东阳、中卫、下关、右江等。

这种以物命名的方式成了惯例,但一味见物而不见人,或者把这些物堆得太高,几乎看不到人气,自然也会消磨掉以人为本的基本法则,好像也不能够完整地反映出人们的审美理想。于是许多地方便陆续开始启发灵智,发动灵感,凸显人性,强化人文,利用姓氏命名的方式逐渐增多了。这不仅体现着中国姓氏文化的源远流长,更凝聚着"一方水土养一方人"的心性特点,还反映出许多地名随机而成的历史渊源。张家口在明代原属万全右卫城,是驻军重地,因为这里是到蒙古经商必经的交叉路口,而且当年镇守这里的将军张文在此建过一座城堡,所以人们就把这个地方叫"张家口堡"。因为多了一个"堡"字,读起来显得比较拗口,而且"堡"的范围指代非常明确,而现在的城市也不受其所限,所以干脆删繁就简,直接改称"张家口",我们今天读来才能够如此朗朗上口。焦作位于河南省西北部太行山南麓。"焦"为姓,"作"有"作坊"之意。据记载,多年前曾在井下挖出过唐代"开元"铜钱,也就是说,1 200年前,这里已经有煤炭交易了,主要控制在焦家作坊的手中,到了光绪年间作坊已经发展到100多家。此外,明隆庆六年(1572年)吕涧寺中嘉蓝殿碑记还有"焦家作……"的字样。由此可知,"焦作"由"焦家作坊"演变而来,说白了,就是"焦家作坊"的一个缩写。徐州古称"彭城",周穆王时有诸侯徐君偃,聪明仁爱,颇得民心。周穆王喜欢巡游四海,无心理政,以致民怨沸腾,大家希望徐君偃取而代之。开始他认为僭越不妥,后来,在挖河时,掘出了一个红色弓箭,认为这是天赐祥瑞,希望成君,诸侯们听说此事,也纷纷前来归附,于是他便自称"徐偃王",率领联军向周国展开进攻。周穆王此时正在昆仑山西王母那里做客,得到消息后,连夜动身,由造父驾车,一日千里,赶道回国,前来镇压。徐偃王没想到周穆王反应如此迅疾,措手不及之间,眼看一场大规模的战争就要爆发,这时他念及百姓安危,不忍生灵涂炭,权衡再三,还是退避三舍,躲进彭城的深山之中,因此这座山后来就叫徐山,也因此有了"徐州"。可见,徐州之"徐",就是来自徐偃王之"徐",正因为有了这个名字,徐州很早就步入了"九州"之列。

总之,这种以姓氏为首的地名比比皆是。我们还可以列举出万县、康平、彭泽、吴江、秦岭、江山、洪洞、乐平等。但对于地名,人们确实不会仅满足于姓氏,还要不断地向前一

十二、闲 情

步,希望直接以人名做地名。特别是在波澜壮阔的革命征程中,许多英雄人物前赴后继,抛头颅,洒热血,像志丹县、靖宇县和左权县等,都凝聚着红色经典,传承着红色记忆,代表着对先烈的由衷敬仰和永恒纪念。1936年4月14日,时任中国工农红军第28军军长兼瓦窑堡警备司令的刘志丹,在中阳县三交镇战斗中英勇牺牲,年仅33岁。他对党的事业忠心耿耿,为人民服务全心全意,被当地老百姓称为"陕北人民的好儿子"。毛主席曾说:"刘志丹同志牺牲后,陕北的老百姓伤心得很,这说明他是真正的群众领袖。"这是对刘志丹同志光辉一生的充分肯定和其英勇事迹的高度褒奖。同年6月,当地政府就决定将保安县改名为志丹县。杨靖宇是我国著名的抗日民族英雄。1940年2月23日,在吉林省蒙江县城保安村的三道崴子,在弹尽粮绝的情况下,他只身同数百名日伪军战斗到最后一刻,以身殉国,壮烈牺牲,年仅35岁。蒙江县为了表彰他的英勇事迹和革命精神,决定改名为靖宇县。左权是杰出的八路军高级将领。1942年5月,日军对太行抗日根据地发动大"扫荡",左权在指挥部队掩护中共中央北方局和八路军总部突围转移的战斗中,不幸中弹牺牲,年仅37岁。他的牺牲是我党我军的一大损失,延安和太行山根据地为其举行了隆重的追悼会,为了纪念他的功绩,决定改辽县为左权县。

  地名作为人的主体精神的对象化,也是客观对象的故事化。许多地名都蕴含着佚事和传说。包头市位于蒙古高原的南端。公元前300年,赵武灵王在这里设置九原县,到清朝时这里才逐渐形成了比较固定的居民点。包头市绿树依依、泉水潺潺,每天清晨,都会有鹿群前来饮水和嬉戏。因此,蒙古族人便以"包克图"(意为有鹿的地方)称呼这里,相沿日久,也就称其为"包头"了。1982年12月,包头市人民政府在市长常务会议上正式认定了这个说法,"鹿城"便作为包头的代称。1986年4月,确定的包头市徽就是一只昂首欲奔的雄鹿。光绪六年(1880年),北洋大臣李鸿章受命到大连湾一带建立北洋水师和军港。当时这个海湾还没有正式名称。李鸿章带着僚属前来察看海湾,极目远眺,千帆摆动,万舸争流,船坞一个接一个地出现在海岸线上,突然有人大发感慨:"好大的阵势,连着海,接着天啊!"李鸿章听后深受启发,马上就说:"海湾的名称有了,就叫大连湾!既气派,又实际。"后来,他在给皇上的奏折中就第一次使用"大连湾"这个名字。于是,这个滨海城市就用"大连"连接了历史,也照亮了现实。无锡的"蠡园"因毗邻蠡湖而得名。蠡湖是太湖的外围湖泊,本名"五里湖",主要典故来自春秋末期,越国大夫范蠡功成身退,携西施隐居于此,他们常常泛舟于五湖之上。据宋代范成大《吴郡志》卷四十八:"五湖,即太湖也。"但当地人却不称太湖为"蠡湖",而专称湖外"五里湖"为"蠡湖",这应是"里"与"蠡"谐音的缘故。这才会有后来的从"蠡湖",又推出"蠡园",真可谓"水不在大,音同则行"。

在古代,由于战乱频仍,烽火连天,民不聊生,满目疮痍,因此人们最基本的渴望和要求,就是四方安宁和生活安稳。许多地名对此表达得非常明确而坚定,"一往情深"的地名可以说俯拾皆是:延安、泰安、南安、集安、淮安、六安、宁夏、西宁、宁波、南宁、集宁等。而一旦拥有了这种安定平和的局面,随之而来的就是人们更为高层次的期盼,期盼五谷丰登,期盼丰衣足食,期盼繁荣昌盛,这种刻不容缓的期盼也会立竿见影地体现在地名上,希望以此造福民生,呼应人们内心诉求。比如肇庆,即开始招来吉祥喜庆;基隆,则有"基地昌隆"的吉祥之义。

中国古代文化的基本归宿主要寄希望于两点:君和天。前者可以从传统的典籍制度皆以君王为核心的态度中看出,帝王经过的地方,基本会以此来命名:秦皇岛因秦始皇曾去那里求仙而得名,天津也是因为朱棣南征从那里渡过而得名,承德也是因康熙曾在那里建行宫而得名(意即"敬承皇帝恩德")。后者可以从天地相应、天人感应的关系中找到可循的脉络。比如,人们就曾把长沙星对应的地方叫"长沙",天水也是因为有"天落之水"或更为浪漫的"天河注水"而得名。不难看出,在中国传统文化中,人们往往寄希望于天。天确实神通广大,无所不能,但它浩渺空旷,遥不可及,难以具象,无法把握,如果要进一步具体化,就必须要落实到人的身上,如此重大的使命只能由受命于天的君主来承担。他至少还是个活生生的人,看得见、摸得着、指望得到,比较实在,也比较明确,君王也因此被看成替天行道的"真龙天子"。他们亦常常会以此自居,因此真龙下凡,也就会不断地成为传统文化的参照点和聚焦点,许多地名都受其影响,直接照此推衍。传说南宋末年,幼帝赵昺在左丞相陆秀夫、元帅张世杰等人的护送下,逃难来到珠江口东南的大霸山。幼帝说:"这里有八座山,一山一龙,那么该有八条龙吧?"陆秀夫回答:"这里应有九条龙。"幼帝不解:"何谓九龙?"陆秀夫答道:"帝为天子,乃真龙下凡。八山八龙加上陛下,不就是九龙了吗?"幼帝听后很高兴。从此,这个半岛就被称为"九龙"。后来因元兵穷追不舍,陆秀夫背着赵昺跳海,坚贞不屈,流芳百世,而"九龙"这个地名却被永久地流传了下来。既然君王至高无上,因此凡是有损君王尊贵威严的,即使微不足道,也必须回避,这在地名上表现得尤为突出,如宿迁原名宿豫,因唐王李豫避讳而改为宿迁。

五千年的历史代表着五千年的文化,同一个地方会有多个名称并不奇怪,像南京就有冶城、金陵、建业、建康等旧称。这些旧称都是六朝古都在不同历史阶段的产物:春秋时,吴王夫差在今朝天宫的冶山上筑城铸剑,因名冶城;公元333年,楚威王在此建邑,因埋金

十二、闲　情

樽破王气而成金陵；三国时，东吴改为建业，意为在此建立帝王大业；西晋时，因避愍帝司马邺讳而改建邺为建康。由此可见，地名中遍布了历史苔迹的斑斑点点，是岁月形影不离的屐履痕和回音壁。这些地名也不是一成不变的，常常会因时而改，也会因事而变，甚至因音而换。镇江的焦山，本名"谯山"，因其扼守长江，有登高眺远的军事价值，山上至今保留着古炮台及大炮。"谯"与古代"谯门"相关，《史记·陈涉世家》注："谯门，谓门上为高楼以望远者耳。楼一名谯。""谯"字以"焦"为声符，二字音近，东汉时有隐士焦光隐居于此，山名因焦光之事，由雅变俗，遂呼为焦山，而原名"谯山"依然存在，只限于历史。可见，历史风沙的剥蚀，常常会使许多在当时为人们所熟知的地名含义，在今天看来却显得那么陌生，以至于人们最终难以达成共识，只能各执一词。关于"乌鲁木齐"，有人说是维吾尔语，意即"格斗"；有人说是准噶尔语，意即"宽大牧场"；有人说是突厥语，意即"捕鹿园场"；有人说是蒙古语，意即"红色靶场"。凡此种种，莫衷一是。

对于香港这个地名的由来，也是众说纷纭：一是由"红香炉山"一名演变而来。据说，清初在铜锣湾旁有红香炉从海上飘来，于是村民便在沙滩上建庙，庙后的山就被称为"红香炉山"，由此就有了"红香炉港"，后简称为"香港"。二是来源于芬芳的港口。香港早期常有外国商船停泊，水手们上岸浏览时，见到遍地芬芳的野花，他们非常高兴，就把这个地方称为"Harbour Fragrant"（意为芬芳的港口），于是被译作"香港"。三是来源于"香江"。港口在香江的入口处，因而被称为"香港"。四是来源于"香木"。香港在明代至清初盛产香木，名叫"莞香"。种香及制香盛行一时，不少人以此为生。香木先运往九龙的香城头，然后运到石排湾，再运往到广州乃至江浙一带，于是运香木的海湾就被称作"香港"……

历史在岁月中渐行渐远，蹒跚的行程积淀着日益丰厚的内涵。放眼望去，从许多地名中，我们可以看到星空的风云和岁月的画面。有喜悦，有悲伤，有惊奇，有平淡，有颂扬，有避讳；有人文，有地理，有历史，有沿革，有脉络，有线索；有单一意义，也有多重意义；有浮在表面一望便知的含义，也有隐藏岁月深处的细腻纹理。由物及人，由人及物；由小到大，由近及远。它见证着春夏秋冬的印迹，摇曳着悲欢离合的风景，激荡着风生水起的文化，奔涌着风起云涌的传奇！

奇 书 怪 信

在多年的阅读过程中,我不知不觉地发现自己对书信饶有兴趣,便慢慢地将其收集起来,积少成多,也似乎发现了其中的某些奥秘。通信是人们传递信息的基本方式,从古至今,源远流长。应该说,随着科学技术的发展,通信的手段和载体发生了很大的变化。从口信到物信到书信再到微信,洋洋大观,不一而足。但书信作为人们日常生活中不可或缺的沟通手段,其基本功能却始终如一,从未改变。岁月悠悠,大千世界,人各有异,无奇不有。有位编辑因久无住房,怒气冲冲地给自己的上司写了封"回字信":"上回会你,你回下回。下回会你,你回下回回我,回回会你,你回回回。你若回了我,省得我回回会你,你回回回。"一个回字,不堪回首,有刻不容缓的需求,也有峰回路转的期盼,字里行间,怒而欲争,怨而气馁,千回百转,山回海转,回肠荡气,回味无穷。

从一般意义上讲,信应该是写给别人看的,但也有专门写给自己看的信,虽觉得这有些不可思议,但设身处地想想,也不无道理。欧立希是德国著名的细菌学家、免疫学家,近代化学疗法的奠基人之一,因为全身心地投入自己的科学研究之中,对于家里的许多重要日子都记不住。家人很有意见,他也觉得有愧于心。于是想了一个提醒自己的好办法,把自己应该记住的事情全部排出来,在某个日子到来的前几天,他必定给自己写一封信。例如,在父亲生日来到前,他这样写道:"7月8日是父亲的生日,可别忘了给他送去一个大蛋糕,庆祝寿辰!"一两天后,他收到了这封自己寄给自己的信,就赶紧上街去买个大蛋糕,送到父亲那里,表达祝福之意后,又匆匆忙忙地赶回实验室。通过这种方式,他较好地处理了事业与家庭的关系,不仅家庭关系越来越融洽,事业发展也蒸蒸日上。此后,他在组织学、生物化学、病理学、免疫学、肿瘤学、化学疗法等方面发表了许多论著,提出了许多创见,在业界赢得极高的声誉。1908年,他与俄国生物学家、免疫学创始人之一的梅契尼科夫共同获得诺贝尔生理学或医学奖。

十二、闲　情

在人们信件交往的过程中,因为阴差阳错,或者莫名其妙,或者事与愿违,确实也发生过许多匪夷所思的趣事。曾有人在信封上写着"法国最伟大的诗人收",但未注明收信人的姓名。雨果收到后,连信封都未拆就寄给作家缪塞,而缪塞也没拆,又转给诗人拉马丁,拉马丁也认为自己不够资格,又将信转给了雨果。通过这封信的"漫游",虽没有找到收件人,却也把这些法国作家的谦逊美德表露无遗。他们都不认为自己是法国最伟大的诗人。既然不知究竟是寄给谁的,那么只好拆开来看看,果真不是给雨果的,不是给缪塞的,也不是给拉马丁的,而是给一位名不见经传的诗人的。要把"法国最伟大诗人"的桂冠戴在这个微不足道的诗人头上,不是名不符实的问题,就是一出闹剧!法国19世纪著名作家的奥多尔·冯达诺在柏林当编辑时,收到几首拙劣诗,作者还附上了一封短信。信的内容是这样的:"我对标点向来是不在乎的,请您用时自己填吧!"冯达诺很快把诗稿退了回去,也附上一封信。信中说:"我对诗向来是不在乎的,下次请您只寄些标点来,诗由我自己来填好了。"你诗我标,不如我诗你点。这虽属笑话一则,没想到,生活中还真的有人把标点寄给了出版商。雨果在写完《悲惨世界》后,把文稿交出后,一直没有得到回音,心中十分焦急,又不便多催,于是拿出信笺,在上面写了一个"?"便寄了出去,而那位出版商收到这封奇特的信后,也心领神会,赶忙给回了一封信,只是写了一个"!"。两封信,两个标点,一样的心情,他们完全表达了自己所想表达的意思,双方也因此都明白了对方的意思。人们能够用标点来写信,是因为标点符号本身就有自己的含义,多少还容易理解,但如果完全摆脱人们熟悉的符号系统,自说自话,自编程序,人们对此必然感到云山雾罩,只能面面相觑。20世纪50年代,有位战士收到自己妻子的来信,打开一看,里面没写一个字,只画了一个大圈,大圈里面套了一个小圈。啥意思呀?没想到这位战士看后,兴奋得跳了起来,他说自己有孩子了,拿着家信到处给人看。大家都不理解,看到这两个圆圈有什么好高兴的,怎么又变成有孩子了呢?原来这位战士的妻子不识字,他们在家时就约定,如果怀孕就画两个圈,一个大圈套一个小圈;如果没有怀孕就画一个圈。经他这么一解释,大家这才恍然大悟,同样喜悦,纷纷道贺!

文人擅长文字,也是写信的一把好手,他们轻车熟路。他们那种"笼天地于形内,挫万物于笔端"的解放状态,使得书信在手中绝少受到某种定式的束缚,甚至会忘乎所以地张冠李戴,乃至于人们对于其异想天开虽瞠目结舌,但一语道破之后又感到余味无穷。现代作家刘半农曾用戏文写信:"(生)咳,方六爷呀,方六爷呀,(唱西皮慢板)你所要,借的书,我今奉上。这其间,一本是俄国文章。那一本,瑞典国,小曲滩簧。只恨我,我有它,一年以上,都未曾,打开来,看个端详。(白)如今你提到了它,(唱)不由得,小半农,眼泪汪汪,(白)咳,半农呀,半农呀,你真不用功也。(唱)但愿你,将它去,莫辜负它。拜一拜,手儿呵,你就借去了罢(下)。"如此劝学,读来不尴不尬,反而情趣盎然。而老舍先生则似乎比他走得更远,赵景深先生曾以"老赵被围,速发救兵"的简短形式约稿,老舍先生很快写成了《马裤先生》,并致复函曰:"景深兄:元帅发来紧急令,内无粮草外无兵!小将提枪上了马,《青年界》上走一程。呔!马来!'参见元帅''带来多少人马?''两千来个字,还都是老弱残兵!''后帐休息!''得令!'正是:旌旗明日月,杀气满山头。"这哪里是什么信,分明是戏剧片段,双方都在斗文打趣,虽属信手拈来,读之却也不乏轻松愉悦之感。

  当然,应该说,以上这些书信仍聚焦于内容本身,整个书信的基本形式并没有颠覆性的改变,依然是一目了然的原模原样,而这恰恰给"别有用心"的人们提供了可乘之机,他们把自己的聪明才智,毫不保留地表现在这块人迹罕至的"处女地"上,让人一头雾水,也因此一鸣惊人。据说,有次秦观外出游玩,很久未归,苏轼写信询问,他便随手回了一封十分奇怪的信,在信纸上用十四个字"赏花归去马如飞满力微醒时已暮"排成一圈。苏轼看了以后,会心一笑,迅速将其排成四句诗:"赏花归去马如飞,去马如飞酒力微。酒力微醒时已暮,醒时已暮赏花归。"把圆形改变成方形,把整体改成分行,就可以清楚地看出,这是一首地地道道的回环诗,利用字的回环变成句的回环,进而形成全篇的回环,不仅回答了问题,解除了疑问,还拥有了文字的表情,生动有趣,相得益彰。据说,国外有一对男女青年相亲相爱,但却遭到女方的父亲的极力反对。他甚至提出,凡是男方来信,都必须经过他的审查后,女儿才能看,为了保持两人之间的来往,他们不得不答应这种无理的要求,但聪明的青年从此学会了用信中藏信的办法来诉说衷肠:"我对你表达过的热爱/已经消逝。我对你的厌恶/与日俱增。当我看到你时/我甚至不喜欢你的那副样子。/我想做的一件事就是/移情别恋,我永远不会/和你结婚。"女方的父亲在此信中读出了青年对女儿的种种厌恶,他本来就不同意这门婚事,这种结果是他希望看到的,正合他意,正中下怀;而姑娘却读得喜上眉梢,这是因为男朋友让她只读单数行,其结果就变成了一份热情洋溢的爱情表达:"我对你表达过的热爱,与日俱增。当我看到你时,我想做的一件事就是,和你结婚。"同样一封信,他们能读出两种意境,妙运从心,可谓登峰造极,原来许多智慧就是这样被"逼"出来的。这封皮里阳秋的信告诉我们,书信和其他表情达意的方式一样,只要是有心之人、有情之意,我们尽可以探幽索隐,看到各显神通后的出奇制胜。

  自古以来,书信就是爱情的催化剂。特别是对那些拙嘴笨舌的恋人来说,滚烫的词语

十二、闲　情

也许更具感染力、推动力和冲击力。沈从文顽固地爱着张兆和,张兆和却顽固地不爱他。在那个没有手机、没有网络的日子里,相思之苦只能寄托于书信,通过一封封情书的累积,用美好的文字来书写自己的情感,稠厚的情感浓度行胜于言、写胜于说。他不停地写,不断地写,不仅写出了爱恋,写出了灵魂,更写出了境界。其中最有名的一段情话就是:"我行过许多地方的桥,看过许多次数的云,喝过许多种类的酒,却只爱过一个正当最好年龄的人。"我不知道,沈从文如何能够写出这样深入骨髓的句子,不要说是怀春的少女,哪怕是一个陌生的路人,都无法经受得住如此打动人心的语言,更何况张兆和的内心的坚冰早已融化。"新春偷向柳梢归"。对于沈从文的情书,她从不愿看到愿意看,从喜欢看到盼望看,一路过来,已经是"千树万树梨花开",所以当这股已经开闸的爱情洪流不顾一切涌来的时候,她的心扉就被轰然撞开了,所有的声音在此都已消失,只有情书的文字哗哗漫过耳际,热情地浇灌着他们的爱情沃土,成就着他们最终的花好月圆。

　　劳燕分飞、天各一方,鸿雁传书、互通有无。南来北往的信件不仅是寄意的载体,更是传情的纽带。古代有位丈夫外出谋生,妻子"意恐迟迟归",便修书一封,因为世代行医,她就用了许多中药名字写了一封信:"槟榔一去,已过半夏,岂不当归耶?谁使君子,效寄生缠绕他枝,令故园芍药花无主矣。妾仰观天南星,下视忍冬藤,盼不见白芷书,茹不尽黄连苦!古诗云:豆蔻不消心上恨,丁香空结雨中愁。奈何,奈何!"丈夫收到妻子的信后,感念妾心是我心,我思乃妾思。他立刻回信一封,也用中药名串联成篇:"红娘子一别,桂枝香已凋谢矣!几思菊花茂盛,欲归紫苑。奈常山路远,滑石难行,姑侍苁蓉耳!卿勿使急性子,骂我曰苍耳子。明春红花开时,吾与马勃、杜仲结伴还乡,至时自有金银相赠也。"夫妻同心,深感其意,巧用中药,慰藉相思,可谓"何当共剪西窗烛,却话巴山夜雨时"。同样是离家外出,同样是丈夫在外,到了西汉司马相如这里就画风突变,有了别的含义。他被选为中郎将,告别妻子卓文君,奔赴功名而去。功成名就之时,本应是荣归故里之日,他却迷恋上了长安的灯红酒绿,乐不思蜀,彻底忘记了对卓文君的山盟海誓,直到第五年才勉强写了一封信。卓文君拆开一看,不见相思,但见冷漠,唯有"一二三四五六七八九十百千万"十三个数字,这分明表示已无话可说。卓文君揣度着丈夫的离弃之念,没有惊慌失措,也没有挑破最后一层窗户纸。还是利用现成的十三个数字,将其连缀成诗,给丈夫回了一封信:"一别之后,二地相悬。只说三四月,谁知五六年。七弦琴无心弹,八行字无可传。九连环从中折断,十里长亭望眼欲穿。百思念,千系念,万般无奈把郎怨。万语千言说不完,百无聊赖十依栏。九重九登高看孤雁,八月仲秋月圆人不圆。七月半,秉烛烧香问苍天,六月伏天人人摇扇我心寒。五月石榴似火红,偏遇阵阵冷雨浇花端,四月枇杷未黄,我欲对镜心意乱。急匆匆,三月桃花随水转。飘零零,二月风筝线儿断。噫!郎呀郎,巴不得下一世,你为女来我为男。"卓文君从一说到万,又从万写到一,不怕一万,也不怕万一,低调的霸气,深情的诉说,失望的希望,足足地写满了一个"大回环",就是希望自己的丈夫能够回心转意。司马相如读后,被卓文君的文采和深情所感动,自觉羞愧难当,赶忙高车驷马匆匆返乡,把卓文君风风光光地接到长安,甜蜜一如既往。由此可见,书信确实是有力量的,力量不全在文字,但也离不开文字。一步之遥的分崩离析,一点就通的相思之苦,因为字斟句酌、纸短情长,哪怕就是写作形式有点怪诞,下笔思路有点奇特,转瞬之间就能拨动心弦,感人至深,进而变幻出往后余生的一片万里晴空!

名字的密码

　　人的名字大多是由父母所取的,父母爱子爱女心切溢于言表,他们常常会根据当时当令的情况,随机确定或精心"谋划"一个名字。尽管各家的情况各有不同,但有一点是非常明确的,他们一定会千方百计地在名中寄寓美好的祝愿和人生的期许。据说,唐代大诗人李白,抓周时拿到一本《诗经》。看到他对诗歌情有独钟,父亲也觉得他将来有可能成为诗人,若是给这个诗人起名字,就一定要有诗意。父亲对此非常慎重,反复琢磨,大浪淘沙,沙里淘金,"过尽千帆皆不是",儿子7岁时还没有大名,这时父亲的灵感还未到来。有一天全家赏春,突然看到院子旁的李树披风,杏花怒放,父亲随口吟道"春风送暖百花开,迎春绽金它先来",母亲接着跟了一句"火烧杏林红霞落",没想到,话音未落,7岁的儿子就脱口而出"李花怒放一树白"。他父亲一听,连声叫好,但转念一想,这句诗的头一个字"李"字正好是自家的姓,最后一个"白"字,也正好道出了李花的圣洁高雅。这不正是一个求之不得的好名字吗?真是"踏破铁鞋无觅处,得来全不费功夫"!从此,"李白"这个名字就一飞冲天,照亮了大唐的辽阔天空。据记载,岳飞出生时因为正好有一只大鹏在屋顶飞鸣,父母就乘势给他起名"飞",并取字"鹏举"。后来岳飞挥师北伐,也算是做实了这个名字的具体含义。徐志摩,原名章垿,字槱森,因为有一个名叫志恢的和尚,曾预言"此人将来必成大器",其父望子成龙,即替他改为此名。著名数学家华罗庚是江苏金坛人,他当年在"乾生泰"小杂货铺呱呱坠地时,父亲华志祥刚好背着箩筐进店,这时接生婆主动贺喜,年过四十的父亲乐不可支,于是放下箩筐,把儿子轻轻放到里面,说:"进筐避邪,同庚百岁,就叫罗庚吧!"民族英雄林则徐诞生时,正好新上任的福建巡抚徐嗣曾坐轿鸣锣,经过他家的门口。父亲得知徐嗣曾是老百姓爱戴的清官,希望儿子长大后也能像徐嗣曾一样,廉洁奉公,诚心为民,遂为他取名"则徐","则"是"效仿"的意思。

　　民国时期,在出生于名门望族的世家子弟中,张武龄是人们眼中的"异类"。他没有什么恶习,一生热衷公益办学,对孩子教育也富有远见,从起名字开始就对他们充满热切的期盼。四个女儿分别取名为:元和、允和、兆和、充和;六个儿子分别取名为:宗和、寅和、定和、宇和、寰和、宁和。他认为"和"是每个人身心的最高境界。对于女孩来说,她们的名字中都有两条大长"腿",是希望她们敢于冲破束缚,走出闺门,迈出双腿,追求自己的梦想;而对于男孩来说,他们的名字里都有一个"宝盖头",是希望他们心里一定要有责任,不管走多远,也要记得回家的路。应该说,在那个封建的年代,他能有这样境界与格局,是难能可贵的,通过名字对孩子们形成激励,也是显而易见的。果不其然,他的四个女儿非常优秀。叶圣陶先生曾说:"九如巷张家的四个才女,谁娶了她们都会幸福一辈子。"后来,她们分别嫁给了小生名角顾传玠、著名语言文字学家周有光、著名作家沈从文、著名汉学家傅汉思。六个儿子也都出类拔萃、学贯中西,始终没有忘记父亲的谆谆教诲。

这些由父母做主的名字,与父母当年的价值取向紧密相连,但也有许多人自己主动改名,同样与他们当年的价值取向紧密相连。人各有志,人各有情,人各有趣,人各有梦,所以他们也要遵从内心,随机应变,表达各人的意愿,体现自己的选择。《说文解字》说:"名,自命也。"就是说许多人都是根据自己的生活经历、志趣爱好以及社会抱负而取名的,在"名副其实"之间,凝聚着漫漫的人生岁月,诉说着不得不说的故事。

周树人一生曾用过179个笔名。1918年5月,他首次以"鲁迅"做笔名,发表了中国文学史上的第一篇白话小说《狂人日记》。至于他为什么要取这样一个笔名,原因大概有这么几点:一是母亲姓鲁,他16岁丧父,母子相依为命,感情笃深,对母亲一直非常孝顺,以此寄托对母亲的感恩怀念,慎终追远;二是周鲁在春秋时是同姓之国,鲁国开国君主是周公旦之子伯禽,两千多年前周鲁曾是一家;三是表现鲁迅先生的谦逊和果断。"鲁",愚鲁之谓也;"迅",迅速敏捷之意也。鲁而迅,虽钝拙,却有担当、有追求,体现了鲁迅无所畏惧、冲锋陷阵、坚忍不拔、勇往直前的战斗精神。现代著名作家郭沫若,原名郭开贞。1919年,他在日本留学时,采用了"沫若"这个笔名。"沫""若",即沫水和若水,是流经他家乡四川的两条河流,其思乡之切,表露无遗。现代著名作家茅盾原名沈雁冰,1927年大革命失败后,他从武汉回到上海,花了四个星期写成了《幻灭》,准备在叶圣陶代编的《小说月报》上发表。可当时,他正被反动政府通缉,如果用真名,将会给叶圣陶招来麻烦,考虑到身份的隐蔽性,同时也反映当时自己苦闷的矛盾心理,他便取了"矛盾"二字做笔名,可叶圣陶认为"矛盾"二字显然是假名,反而会引起注意,于是便在"矛"字上加了一个草字头,这样就更像真名了。从此,沈雁冰便一直使用着这个笔名。

十二、闲 情

现代作家张恨水,原名张心远。有一次他读了李煜《乌夜啼》中"自是人生长恨水长东"一句后,认识到人生从来就是一去不复返,就像那东逝的江水那样,为了不让自己人生留下遗憾,必须努力抓住逝者如斯的宝贵时间,切不可在无所事事中荒废岁月,于是改名张恨水,作为对自己一生的鞭策,坚持做时间的主人,抛弃消极懈怠的思想,始终奋进在成长的路上。美学家王朝闻,原名王昭文,因受《论语》中"朝闻道,夕死可矣"的启发,在22岁时决定改名王朝闻,以此表达自己追求艺术真谛、探索人生真理的不懈精神。现代作家谢婉莹,用"冰心"做笔名,除了借用"一片冰心在玉壶"的诗意外,更表现了她不受功名利禄所束缚的高风亮节。至于邹韬奋这个名字,他自己就曾解释说:"韬"是韬光养晦的"韬","奋"是奋斗的"奋",一面要韬光养晦,一面仍要奋斗,代表着他在风雨如盘岁月中巧妙的斗争策略。著名画家徐悲鸿,原名徐寿康。小的时候,家境贫穷,他深感于世态炎凉,不禁悲从中来,犹如鸿雁哀鸣,后来干脆改名为"悲鸿"。尽管有点悲观主义色彩,但他此后一直以悲鸿自诩,非但没有负面影响,反而因此激励着自己发愤图强,最终艺术成就臻于顶级。著名作家、民主战士朱自清,原名朱自华,号秋实,取"春华秋实"之意。1917年,朱自华报考北大本科,为了表达不与邪恶势力同流合污的决心,始终保持做人做事的高洁品格,便取《楚辞·卜居》"宁廉洁正直以自清乎"中"自清"二字,改名"朱自清",还取字"佩弦"。"佩弦"出自《韩非子·观行》的"董安于之性缓,故佩弦以自急",意为弓弦常紧张,性缓者佩之以自警。朱自清文如其人,人如其名,确实做到了"自清""自洁"。毛主席曾在《别了,司徒雷登》一文中说:"朱自清一身重病,宁可饿死,不领美国的'救济粮'","表现了我们民族的英雄气概"。

很显然,取名是人生价值取向的具体体现,沉淀其中的都是主体的心态、情态和状态。改名不是无缘无故,总是事出有因,不仅是外在符号的改变,更代表着内在思想的变迁。《水浒传》的作者施耐庵,原名施端彦。他在创作《江湖豪侠传》时,写到"石秀智杀裴如海"一章时,感到灵感迟滞,笔不流畅,于是打算掩卷弃笔,半途而废。这时,好友给他讲了一个和尚潜心念经、端坐庵内30年,居然把木鱼敲了个深坑的故事。他听懂了言外之意,便写了"耐庵"两字贴在书房,时时激励自己,文思也一泻千里,灵感滔滔不绝,大作不断,以后他便干脆更名为"耐庵"。获得"人民艺术家"称号的老舍,原名舒庆春,因为他生在阴历腊月二十三那天,为图个吉利,取名"庆春",这是庆贺春天到来的意思。到他上中专师范的时候,他为自己起了一个字,叫舍予。从形式上来讲,这是把自己的姓拆成两半;从含义上来讲,"舍予"就是舍我,就是放弃私心和个人利益,做到无私地奉献自己。1929年他发表长篇小说《老张的哲学》时,他在舍字前边加上一个"老"字,意味着一直要坚持,所以索性改名为"老舍"。教育家陶行知因信奉明理学家王阳明的"知是行之始"格言,故取名"知行",但后来他认识到"行而后知,不行便不知",于是又改名为"行知"。从"知行"到"行知",虽是一种文字上的颠前倒后,但它所代表的却是一种世界观的彻底飞跃。以"疯子将军"著称的王近山和护士韩岫岩的爱情,是电视剧《亮剑》中李云龙与田雨故事的原型。韩岫岩原名韩秀兰,因为丈夫王近山名字中有个"山"字,就毅然把自己名字改为"岫岩",一下子就多了两个"山"字,可见她对自己的丈夫爱重如山,情重如山。

当然,有些人的名字是属于离形得神的那种,别有意蕴妙处生,如果望文生义,很可能谬之千里。当郭沫若听人介绍漫画家廖冰兄,因其妹叫廖冰而取名"廖冰兄"时,风趣地说:"哦,这样我明白了,郁达夫的妻子一定名叫郁达,邵力子的父亲一定叫邵力。"尽管郭沫若是一种戏谑性的调侃,但人们若仅满足于望文生义,其结果也就必然如此。明代著名文学家、书画家徐渭,字文长。徐渭自幼聪明,12岁便能落笔成章。在参加一次举人考试时,他见题生意,一挥而就,文章写得短小简练却精彩绝伦,自己洋洋自得,以为无出其右。主考官看后,也很佩服文章的言简意赅,但对其张狂轻慢的性格却颇为不满,最后还是忍痛割爱,甚至批道:"文章太短脸皮厚,名字排在孙山后。"徐渭三年后又去参加考试,凑巧又是那个主考官。徐渭抓住机会,想一雪前耻,他在试卷上历数了科举的种种弊端,文章越写越长,越写越多,洋洋洒洒,刀刀见痕,字字见血。主考官见状大惊失色,赶忙找来徐渭,徐渭笑道:"你不是喜欢长文章吗?我就给你写个长文章吧!"如此痛快淋漓的故事,不胫而走,人们对其钦佩不已,纷纷称他为"文长",叫的人多了,他也就习惯了,后来干脆就改名为"文长"。我国地质学家李四光,原名李仲揆,14岁时就以优异的成绩获准公费留学日本。他在填写登记表时误将年龄"十四"填入姓名栏内。由于表格不好换,他急中生智,将"十"字加上几笔改成了"李"字,"四"字却无法更改,但是叫"李四"这个名字好像太俗气了,又不好听又没意义。怎么办?他一抬头,看到中堂大匾上有"光被四表"四个大字,用来形容盛德善行远播四方,于是他便灵机一动,在"李四"后面加上一个"光"字,"李四光"之名由此诞生。

清代著名文学家、画家郑板桥,原名郑燮,"板桥"的名字出自唐代诗人刘禹锡的《杨柳枝》:"春江一曲柳千条,二十年前旧板桥。曾与美人桥上别,恨无消息到今朝。"名字借"板桥"二字来讽刺世态炎凉,而且充满着"人迹板桥霜"的意境,联系他的做官、他的为人、他的画作,别有风味,也耐人寻味。闻一多原名闻亦多,考上清华大学时改名"闻多",后因与

十二、闲 情

英语"One，Two(一、二)"、"widow(寡妇)"谐音，又改名"闻一多"。从表面上看，名里加上个"一"是与原名中的"亦"相呼应，但"一"与"多"的数量对比，即"由一而多"变化，实际上代表了一种"星星之火，可以燎原"的真理。现代作家萧红与萧军，从各自的名字中看不出有什么深意，但把他们连在一起的时候，就可以从名字中读出"小小红军"的意思，显然他们在当时是想用此纪念和祝贺红军长征的伟大胜利，并希望能够战斗在沉闷的文坛上，开拓出光明前程。

取名有寓意并不是说每一个名字都有微言大义，有的纯粹是一种形式拼合，或信手拈来，顺理成章，或偶发奇想，一蹴而就。音乐家聂耳，原名聂守信，他的耳朵特别好使，幼年就能够把听到的歌曲很快地唱出来，到了成年以后，这种个人绝技更是炉火纯青，他对旋律的把握几乎能达到过"耳"不忘，而他的姓又是由三个耳字组成，人们便亲切地称他为"耳朵"。他后来从事专业作曲，音乐方面的天赋得到了更加淋漓尽致的发挥。"你们不是叫我耳朵吗？我自己也觉得是靠耳朵在战斗"，于是他索性就改名为"聂耳"。中国武侠小说宗师金庸，本名查良镛。1955年在长篇小说要交稿的时候，他发现还没有笔名，于是就把自己名字的"镛"字一分为二，成为"金庸"。从此以后，这个名字便横空出世，传遍五洲四海。凡此种种，我们都无须皓首穷经，牵强附会，若非要时时处处发现蛛丝马迹，而到头来只能是作茧自缚；同时我们也应该看到，随遇而成的名字本身也有一种意义，或许是一种没有意义的意义。李隆郅改名李立三，在当时就是便于记忆。但后人将它纳入"太上有立德，其次有立功，其次有立言"的"三立"之中，我觉得也言之有理。与原名并不违逆，又何不顺水推舟、成人之美呢！蔡锷聪明好学，写得一手好文章，被当地的财主刘辉阁看中，将自己的大女儿刘长姑许配给他。但在结婚那天，新娘不愿意了，嫌弃蔡锷家穷，且比自己小八岁，姐姐悔婚不嫁，妹妹刘新英挺身而出，蔡锷非常惊讶，也非常欣赏她替姐姐出嫁的侠义之气，于是就将其名改为"刘侠贞"，高度赞美她"既侠且贞"的勇敢行为。现代作家冯文炳以"废名"而闻名于世。有人曾据此而认为他是反对命名取义的，但鲁迅先生却理直气壮地说："'废名'就是名"，"要是真废名，必须连'废名'这个笔名也不署"！

最近看到一个报道，说有位王先生跟妻子本来没想很快要孩子，希望多享受一下两人的自由世界。可妻子意外怀孕了，无奈只好把这个孩子生了下来，他们为此给孩子取名"王奈"。但在给孩子办出生证明的时候，护士不小心把"王奈"打成了"王来"。本来是笔误，可孩子家长非但没有生气，反而非常开心，将错就错，以此为名。因为"王来"有王者归来之意，没想到不经意之间，出现了神来之笔。

由此可见，取名看似微不足道，人人都有，人人都会，但这背后却体现着中国人的哲学、中国人的文化。不管是父母还是本人，对此都格外重视，孜孜以求，他们字斟句酌，锱铢必较，呕心沥血，不仅注重形美、音美，还注重情美、意美，希望"壶中有日月，杯中有乾坤"。一字一世界，一名一春秋，与生俱来，与时俱进，与事俱融。名字的密码代表人生的诉求，成为人生的激励。无论是理想化的使命感，还是世俗化的生命力，在每个人名字凝结的过程中，总有别人不可超越的地方。

数字的美学意趣

什么叫数字？《汉书·律历志》解释道："数者，一十百千万也。"除了"一、二、三、四、五、六、七、八、九、十"外，还有"壹、贰、叁、肆、伍、陆、染、捌、玖、拾"，但最早的还有阿拉伯数字，其实阿拉伯数字并不是阿拉伯人发明的，最早发源于古印度。公元前2000年到公元前1000年，印度河流域的雅利安人创造了简单的数字符号，到了公元前300年前后，印度出现了数字1至9，经过几百年的进化，又出现了"0"这个数字，因为完整的数字是由阿拉伯人传入欧洲的，所以欧洲人称之为"阿拉伯数字"。

数字最初产生的主要意义有两个方面：一是规范了世界顺序，没有数字的约束，就无法按部就班；二是增强了人类的可塑性，为人们探索更深层次的科学规律甚至美学规律提供了方便。

美是人类创造性实践活动的产物，是人类本质力量的感性显现。通常我们所说的美，是以自然美、社会美以及在此基础上创造的艺术美的具象存在，而数字美却是一种抽象的存在。所谓"大象无形""境由心生"，它们的美感发生方式，主要是通过抽象的数字，在人们心中唤起相关的联想而产生令人愉悦的情感。我们所熟悉的"黄金分割率"就是用数字"0.618"直接表达的美学定律。发明者是古希腊数学家毕达哥拉斯，他认为世间事物只要符合这个比例就能显得更好看、更协调。通过这个数字，我们可以联想到许许多多的审美实践。英国画家斐拉克曼在《希腊的神话和传说》一书中对96幅美人图进行细致的测量，竟然发现她们的比例与维纳斯异常相似，原来按0.618∶1来设计腿长与身高的比例，画出的人体身材最优美。一般女性腰身以下的长度平均只占身高的58%，因此维纳斯塑像也是通过故意拉长双腿，使之与身高的比值达到0.618。掌握和运用黄金分割的原理，确实能够使我们的生活变得更加美好：最漂亮的脸庞是眉毛到脖子的距离除以头顶到脖子的距离为0.618；三七分的头发比中分的更能衬托脸型；腰带的蝴蝶结系在衣服正中间就没有偏左或偏右美观;许多姑娘为什么都喜欢穿上高跟鞋,也是为了符合"黄金分割"的身材比例;大多数门窗的宽长之比也是 0.618∶1;人们为什么在环境温度为 22 ℃—24 ℃时感觉最舒适,因为人的正常体温数值 37 与 0.618 的乘积约为 22.8,在这一环境温度下,身体的新陈代谢、生理节奏和生理功能均处于最佳状态……

普洛克拉斯早就断言:"哪里有数学,哪里就有美。"亚里士多德也曾讲过:"虽然数学没有明显地提到善和美,但善和美也不能和数学完全分离。因为美的主要形式是'秩序、匀称和确定性',这些正是数学研究的原则。"我国著名数学家华罗庚说过:"就数学本身而言,是壮丽多彩、千姿百态、引人入胜的……认为数学枯燥乏味的人,只是看到了数学的严谨性,而没有体会出数学的内在美。"作为科学语言的数学,波谲云诡,出神入化,但它的基础、过程和结果都是数字。数学的美是来自数字的美,数字里原本就有许多为人不知的美。在我们的生活中,接触的数字基本都是用来计算的,感受最多的也就是逻辑体系和逻辑推演。尽管数字美感和数字直觉在眼前如风驰电掣,我们却常常视而不见,以为这些数字与生俱来就是一连串的冷冰冰的符号和一些枯燥无味的琐碎,事实上这背后常常会有始料不及的生命感悟。

数字美感的建立无疑是具有划时代意义的,自然界的种种奥秘,可能因为某些数学规律的发现而出现新的突破,但人们只习惯于认识数字的科学价值,没有更多地去发现它们的审美价值,客观上给审美把握留下了许多"可乘之机"。许多时候都会有人不失时机地把独特的文化内涵纳入数字的空间,使得那些数字在有意无意之间变成了审美世界中浓墨重彩之笔。在古希腊,"一"被看作万物之始,"二"意味着爱情,"三"则体现了"开始、中期、终了";而"六"既是一、二、三的乘积,又是它们之和。因此,在古希腊人看来,它们就代表着一个包罗万象的世界。同样,在《道德经》中也有所谓"一生二,二生三,三生万物","人法地,地法天,天法道,道法自然",最终达到"天人合一"的"太一"。对这些数字审美的孜孜不倦,正是蕴含着对辽阔大地、浩浩苍穹的审美密码的探索和发现。

中国文化,毫无疑问是被数字贯穿始终的历史,许多约定俗成的文化名词都凝聚着与数字血肉相连的广阔意境。"三皇五帝""三阳开泰""三从四德""三纲五常""三教九流""岁寒三友""四书五经""四大名旦""四大名园""四大名桥""四大名楼""四大石窟""北宋四大家""四大佛教名山""四大道教名山""四大民间传说""四大名绣""江南四大才子""五行""五彩""五音""五谷""五脏六腑""六礼""六艺""六义""六书""七情六欲""竹林七贤""八股文""八旗""书法九势""九属""十大名茶""十恶不赦""二十八星宿""三十六计""六

十二、闲 情

十甲子""十八罗汉""二十四史""七十二行""不管三七二十一""一亩三分地",等等。可以说,中国文化需要数字来点彩,中国式的审美也离不开数字的孵化,每一个数字的背后都有值得我们认真玩味的美学精髓。数字里的中国,不仅可以展现风俗文化的魅力,更能带领我们拾级而上,登临顶峰。

"九五至尊",这是对古代帝王的称呼。这个数字称呼从何而来?有两种说法。一种认为,古人把数字分为阳数和阴数,即奇数和偶数,奇数为阳,偶数为阴。《黄帝内经·素问》中说"天地之至数,始于一,终于九焉"。九为阳数之极,象征着地位,五居正中,象征着正统,因而以"九五"象征着帝王的权威,称之为"九五至尊"。另一种认为,《周易》有六十四卦,首卦为乾卦。因为"乾者天也",因此也就代表了帝王。该卦由六条阳爻组成,是极阳、极盛之相。从下往向上数,第五爻称为九五,九代表此爻为阳爻,五为第五爻的意思。由于阴阳转化是必然之道,盛极而衰也无法避免,因此"九五"即为"飞龙在天",而乾卦第六爻的"上九"则为"亢龙有悔"。就卦辞而言,"上九"为最阳之爻,再无上升的空间,也就意味着到了顶点必然要走向衰落,很快就会呈现凶相,爻辞说"有悔"就代表没什么好事。所以,只有"九五"才是乾卦中最好的一爻,也是最佳的一爻。

这样看来,"九五至尊"对于古代帝王有着特殊的意义,几乎成了唯我独尊的最爱、不可侵犯的权威。他们形影不离地与"九五至尊"为伍,也把自己看成"九五至尊"的化身。偌大的北京故宫里,九五之制比比皆是。传说,北京故宫共有九千九百九十九间半房屋,九是阳数,半间是0.5间,五位于一至九这10个数字的中间,这也就构成了"九五之尊"。前三殿院落东西宽为234米,"土"字形大台基的东西宽为130米,二者之比为9∶5;后宫土字形台基的长宽比例都是9∶5;九龙壁正面由270块琉璃塑块拼接而成,九条浮雕的巨龙各戏一颗宝珠,纵贯壁心的山崖奇石,将九条盘龙分割成五个部分。天安门城楼、端门城楼、午门城楼这些能够代表帝王权威的建筑,其内部布局都是面阔九间,进深五间。

九五之制在故宫大行其道,不仅因为至高无上,还在于美不胜收。《周易》的释义中有"乾道变化,各正性命,保合太和,乃利贞",太和殿的名字据说就来源于此。太和殿是皇帝用来举行重大典礼的地方,肯定会严格执行九五之制。但我们看到的却不是面阔九间、进深五间,而是面阔十一间、进深五间,这究竟是为什么呢?我们知道,太和殿在明朝时叫奉天殿,原建筑确实是面阔九间、进深五间,只是到了康熙十八年(1679年),一场大火把整个太和殿烧成灰烬。由于当时政局不稳,兵荒马乱,无暇顾及,直到康熙三十四年(1695年),天下太平,重建太和殿才被提上议事日程。据说,当时因为找不到上好的够长度的金丝楠木，建成九间的木材跨度不够，只好缩小开间，但为了保持大殿正中开门，开间数还必须是奇数，这才决定改成了十一间。

"面阔十一间"的问题解决了，但又有人提出太和殿的屋顶上，在"仙人"的背后，跑兽不是规定的九个而是十个。为什么中和殿、保和殿都是九个，唯独太和殿要多出一个？该跑兽像猴子，一手持金刚杵，背后生有双翼，据说它就是雷阵子的化身，名字叫"行什"，它是一种可以避雷防魔的瑞兽。因为太和殿屡遭雷火焚毁，所以在这里特意增加防雷的行什，主要是用来克火灭火，不足为怪。诸如此类的数字现象在北京故宫里还有很多，虽然不能全部理解它们的原本含义，但有一点是肯定的，即最初的设计者，他们对每一个细节的考虑和处理，都绝不是心血来潮，而是严格按照封建礼制的规定来实现数字与美学的巧妙结合。

应该说，数字的美学趣味源远流长。有史以来，数字给中国文化的发展带来了许多始料不及的影响，形成了习以为常的审美指向，不时地被人们作为评价事物和开阔视野的灵活模式，带动着文化成果的推陈出新。因此，破译不同时代的文化密码，只有放在特定的社会历史条件下，设身处地去进行考察研究，才能得到比较合理和比较准确的答案。在中国文化中，比较明确的崇拜数字还有"十二"，这是源于道家的"法天"思想。《礼记·郊特牲》："王被衮以象天，戴冕璪十有二旒，则天数也。"孔颖达疏曰："象天数十二也。"故又有十二月、十二生肖、十二星次、十二地支、十二哲等。同时，人们也经常用"八"为单位进行概括，这可能与《易经》的"八卦"有关。"八"字本身就具有圆融和谐的意思。例如，北京的"燕京八景""河阳八景"，上海静安寺附近的"静安八景"，承德市郊的"外八庙"等。同时，仙人有"八仙"，扬州有"八怪"，文学上有"唐宋八大家"，书法上有"永字八法"。从空间上看，有"八极""八表""八荒""八方"等；从时间上看，有"八代""八辈子"等。其他的还有"八索""八音""八风""八佾""八鸾""八比""八马""八采""八观""八表""八苦""八脉""八老""八翼""八统""八秩""八灵""八法""八斗""八成""八德"等。成语有"八面威风""八面玲珑""八面圆通""八方呼应""八拜之交""八珍玉食""八百孤寒""八竿子打不着""八抬大轿""八大金刚"等。现代人对"八"的追求不同于古代的生活理念，主要是因为"八"与"发"的谐音。曾有一段时期，"八"风强劲，不绝如缕。电话号码强调"八"，车牌号码强调"八"，楼层强调"八"，手机号码强调"八"，甚至餐厅的广告都这样说："我们这里一般便餐二发起价(88)，豪华宴席三发加1加2加3(1 888,2 888,3 888)……"

如此兴高采烈，如此方兴未艾，人们希望通过不同数字的选择，来达成自己所希望的

十二、闲　情

美好生活。但是不同的数字在不同的文化中是有审美差异的,如果因为某些事件对数字背后的含义进行改写,突然抽掉人们所熟知的内容而换上更新的含义,这时人们对它的态度就有可能会发生180度的大转弯,也许会从原来的奉若神明变得敬而远之。西方人非常忌讳"十三",特别是"十三日又逢星期五"。在这些日子里,那些患"十三恐惧症"的人纷纷卧床在家,唯恐祸从天降。他们为何如此害怕"十三日又逢星期五"呢?据《圣经》记载,耶稣及其十二个门徒共十三人,在被处死前举行"最后的晚餐"的那一天,恰巧是星期五。"十三"和"星期五",也就因此走向了审美的反面,成为负面情感的载体,以致今日虽新科学技术风起云涌,人们对此仍心有余悸,甚至避犹不及。伦敦的住宅区无法见到门牌编号为十三的公寓,楼房十二层以上是十四层,电影院里也不设十三排十三号,电车没有十三路,等等。应该说,随着这个数字特别意义的不断放大,已经成为横亘在西方人面前的一道无形的屏障。他们对此谨小慎微,小心翼翼,不敢越雷池一步,当初因数字文化所拥有的那份骄傲,在这里变成了一种扼杀天性的心理定式。有则笑话曾说,美国的一位母亲,为了回避"十三"这个数字,竟教自己十三岁的女儿,在回答别人关于自己年龄的问题时,不要直接说出"今年十三岁",而是要讲"去年十二,明年十四",草蛇灰线,神龙见首不见尾,希望别人自行推导出年龄。

其实,不同的文化对于同一数字的理解,有时也会截然相反。在中国文化中,"十三"就是一个地地道道的古老吉数,主要是源自古代"四灵"的"龟",龟是甲虫,其背甲由十三块甲骨组成,海龟及玳瑁也是如此。因为龟是长寿动物,古人非常喜欢用"龟龄鹤寿"来作为祝寿之词。君王们为了保证国运长久,也喜欢用这个数字,汉朝及明朝都不约而同地把全国划为十三个行政区。古人对"十三"表达出的过分钟爱,可以说不胜枚举。《孙子》有十三篇,佛塔最高十三层,道教有十三虚五,甘南拉卜楞寺正月法会以正月十三晒佛节最隆重,唐朝有少林寺十三棍僧,宋朝有儒学《十三经》,清朝有武侠小说《七剑十三侠》《侠女十三妹》等。客观地说,这个数字在许多中国人眼中具有不同凡响的魅力,这明显地表现出中西方对数字文化迥然不同的审美态度和审美观念,不同的文化意识对数字的影响之大、之广、之细,由此可见。

为什么我们能够特别容易地从许多数字中获得美学的喜悦?这是因为它们已经不知不觉地参与到艺术创造的活动中来了,好似飞蛾扑火,达到凤凰涅槃,最终与诗交融,变得浑然一体。《首县十字令》将数字与诗句结合,在谐趣中凸显规箴:"一曰红,二曰圆融,三曰路路通,四曰认识古董,五曰不怕大亏空,六曰围棋马钓中中,七曰梨园子弟殷勤奉,八曰衣服齐整言语从容,九曰主恩宪德满口常称颂,十曰座上客常满樽中酒不空。"这首嵌数诗如果将它们排列起来,就是非常漂亮的"塔形诗"。形式之美,扑面而来,能够将数字加入诗歌的行列,必定会赋予诗歌一种全新的审美意义。谓予不信,我们再看另一首嵌数诗,从中能够得到进一步的印证:"一别之后,二地相悬。只说三四月,谁知五六年。七弦琴无心弹,八行书无可传。九连环从中折断,十里长亭望眼欲穿。百思想,千系念,万般无奈把郎怨。万语千言说不完,百无聊赖十依栏。九重九登高看孤雁,八月仲秋月圆人不圆。七月半,秉烛烧香问苍天,六月伏天人人摇扇我心寒,五月石榴似火红,偏遇阵阵冷雨浇花端,四月枇杷未黄,我欲对镜心意乱。急匆匆,三月桃花随水转。飘零零,二月风筝线儿断。噫!郎呀郎,巴不得下一世,你为女来我为男。"传说这是卓文君因思念司马相如而作的一首倒顺嵌数诗,先从一到十到百千万,再从万千百到十到一,就好像荡秋千一样,从这边荡到那边,构成一种循环往复、反复回荡的气韵。形式上的美感自不待言,更重要的是内在情感的涓涓细流,她思念丈夫,无心弹琴,望穿秋水,依栏看雁,秉烛问天,对镜意乱,这些都毫无保留地渗透到各数字循序渐进的过程中,从低潮走向高潮,又从高潮退入低潮,我们从中读出了一种精神的亢奋,一种真实的感觉。在以一当万或者以万当一的回旋中,充分地表达出她因两地相隔而不能长相厮守的离愁别怨之情。那种"日日思君不见君"的柔情蜜意和缠绵悱恻,在诗句里能够看到,在数字里也能够体会到。

数字的嵌入对于诗歌来说,体现出的是一种次序的美,这就决定着人们对诗歌的领悟也不再仅仅依靠暗示、诱导、线索等方式,还可以直接通过数字的连缀,逐节递进来把握整体意境。但是当我们发现了数字的审美价值之后,数字的主导意识变得越来越强,不愿意总是在别人的控制下"苟活",也不愿意始终为他人作嫁衣裳,更希望自己由配角变成主角,从边锋变为C位(中心位)。所以我们常常会不由自主,跃跃欲试,腾空而起,脱口而出,真是应了那句大实话:哪里有对数字的偏爱,哪里就有对数字的审美,就像花蕾将绽,又何尝不期春风慰藉?一旦春暖花开,那种不顾一切的勇气,就会变成勇往直前的迸发,数字本身就成了可以直接读取的日常语言。据说,某人嗜酒如命,醉后不省人事,常常吵架斗殴,其外甥实在忍受不了,就认认真真地给他写了一封信。拆开一看,信上竟全是阿拉伯数字:"99:8 179,7 954。76 229,8 406,9 405。7 918 934。1.918 17。"他读了一遍又一遍,就是不解其意,于是去请教数学教师。数学教师看后,随口就读了出来:"舅舅:不要吃酒,吃酒误事。吃了二两酒,不是动怒,就是动武。吃酒要被酒杀死。一点酒也不要吃。"原来,外甥以数字代替文字,就是为了竭力劝舅舅戒酒。该信的奇特之处在于,全部抛开文字,让数字直接开口说话。

　　随着数字技术的突飞猛进,我们的生活已经进入数字化时代。数字化时代就是运用存储、处理和传播等信息技术,全面推进数字制式替代传统模拟制式的改变过程。要知道,撬动如此天翻地覆变化的伟大作者就是"0"和"1"这两个数字。它们是支点,是重点,也是亮点,整个社会因此拥有了无限的可能和高速的便捷。数字就是世界,数字就是一切。当我们喜气洋洋地迎接着纷至沓来的大数据的时候,那些原本熟悉的数字,正在以新锐的美感,带给我们对数字文化的最新诠释!

此景凝眸入神中（后记）

1921年7月1日，中国共产党诞生，揭开了伟大历史的光辉篇章，就像一盏明灯冲破了漫漫长夜的黑暗，又如初升朝阳给沉睡的中国大地带来了希望的曙光。"没有共产党就没有新中国。"从石库门到天安门，从兴业路到复兴路，百年征程波澜壮阔，百年初心历久弥坚，中国共产党带领全国各族人民实现了从站起来到富起来再到强起来的伟大飞跃，谱写出中华民族开天辟地、气壮山河的壮丽诗篇，凝聚着万众一心、共创未来的磅礴力量。我们这一代人恰好经历了改革开放，跨入了新世纪，走进了新时代，踏上了新征程，深感无时无刻不是沐浴在党的阳光雨露之中，"党啊党啊，亲爱的党啊，您就像妈妈一样把我培养大，教育我爱祖国，鼓励我学文化""母亲只生了我的身，党的光辉照我心""天大地大不如党的恩情大"！今年恰逢庆祝中国共产党百年华诞，能见证这一伟大的时刻，对于我们来说，是人生喜事、幸事和大事，非常激动！希望通过自己的方式敬献一份发自肺腑的礼物。从去年开始，我就着手收集整理这本散文集，精挑细选，字斟句酌，力求精益求精，努力尽善尽美！

这些散文记录了改革开放以来自己人生的点点足迹。在大学期间，我有次陪同高年级的师兄到南京杨公井新华书店去买书，我们看了一圈，待了很长时间，最后各自买了一本《现代散文集》。因为当年刚进校门不久，自己还比较懵懂，对文体类型缺乏了解，更不懂得如何欣赏。没想到，师兄拿到书以后，稍微翻了翻，就开始古今中外、滔滔不绝。他的知识面非常开阔，令人"耳"不暇接。从茅盾的《白杨礼赞》、朱自清的《荷塘月色》、冰心的《小橘灯》，一直讲到魏巍的《谁是最可爱的人》、刘白羽的《长江三日》等，他高谈阔论，条分缕析，许多观点我从来都没听说过，但又觉得言之有理，那时我对他真的好崇拜，甚至把他作为自己的人生偶像。那天师兄谈兴很浓，我也听得认真。本来我们是要坐公交车的，等了一会儿车没来，他说，我们就锻炼锻炼吧，干脆从杨公井直接步行回到学校。一路上确实有大把的时间，足够让他把散文的里里外外、上上下下和前前后后讲个遍。事后我才知道，他不仅能说，还非常能写，许多报刊上都有他写的散文，情真意切，娓娓道来，沁人心脾，绵绵不绝。

毕业以后，我就再也没有见过这位师兄。可能他也不会想到，至今我对他的话还记忆犹新。也就是从那一刻起，我就喜欢上了散文，对这方面的关注也比较多。后来经过大学课程的专业训练，建立了较为系统的理论基础和知识体系，努力认识和把握散文的写作趣味和写作特点，也尝试着开始了自己的写作。有回到镇江去游金山寺，我在回来的路上，透过开阔的车窗，忽然看到漫山遍野的油菜花盛开了，一朵朵、一簇簇、一片片，精神抖擞，兴高采烈，在骀荡的春风里昂首怒放，好像信手描绘春意，倏地打开了油画一般的金色世界，娓娓道来。我深感美不胜收、心旷神怡，心头不禁涌起了一股冲动，觉得这就应该是散文的样子。我想把它写出来，但能不能写出这个样子，心中没底，当天晚上趁着热度未消，就开始舞文弄墨，写得豪情满怀，写得心潮澎湃，写得酣畅淋漓。第二天一大早，我就把稿件投了出去，接下来的心情，就是非常急切的期盼，望眼欲穿。"晓看天色暮看云，行也思君，坐也思君"，日日思君不见君，"过尽千帆皆不是"，那些稿件就好像泥牛入海一样，一直杳无音信。至此，我认识到投稿的节奏不仅在于结果的兑现，还包括漫长的等待过程。那时，我几乎隔天都要跑到北京西路邮局去看看新出的刊物有没有上架，一路上浓密斑驳的树影已经记住了我的身影，我也成了报刊柜台的常客，甚至跟那里的营业员也混得很熟了。但理想很丰腴，现实很骨感，一直没有等到自己期盼的结果。我并没有气馁，继续投稿，果真有一天，"终于等到你，还好没有放弃"！虽是一篇微不足道的短文，但足以让我兴奋不已，上看下看，左看右看，关键是锁定了这种感觉，以为只要坚持不懈，印出的铅字就能随之而来——但事实并非如此，后来的故事也并没有自己想象的那么精彩。

随着20世纪八九十年代各类散文的狂飙突进，许多作者都以精细而敏锐的观察力，去捕捉身边的激情和内蕴的生命，力求写景如在眼前，写情穿透灵魂。他们好像并不刻意为文，却能无所不在，举凡社会现象、人生哲理、身边琐事、风花雪月、鸟虫宠物等，都会有感而发，遍布许多报刊的副刊版面。时常涵泳此类美文，自然能在潜移默化中受到启迪和熏陶，除了接收那些精神的见解和优美的境界外，还能够领略到清新隽永、质朴无华的文风。这段时间,自己边看边学,边学边思,边思边改,边改边写,把写作作为探索规律和修炼自我的过程。所谓"春赏百花冬观雪,醒亦念卿,梦亦念卿",写作终于成了自己多年矢志不移的一种业余爱好。记得当年《江苏工人报》开展了一次旅游征文大赛,我的散文《寒山寺的钟声》获得了二等奖,这样的结果对我来说是始料不及的,喜形于色也砥砺斗志,肯定意义超过了得奖的意义。

散文写作确实比较自由,能够借助想象与联想,由此及彼,由浅入深,由外而内,由实而虚,在情与景之间跌宕起伏,达到融情于景、寄情于事、寓情于物、托物言志。思考的深邃性和情感的包蕴性常常会臻于一种透过现象深入本质、揭示事物底蕴、发掘内在震撼的审美效果。我也努力透过心灵的眼睛,瞭望芸芸众生,通过切身感受,去努力凝聚生活中随处可见的人生风景。我觉得,散文最重要的不是文体限制或风格类型,关键是要写出自己的独特境界。正如王国维先生所说:"以我观物,故物皆著我之色彩。"散文要写出自己的所见所闻、所思所想,写出自己不同于别人的感觉,不能自我设限,更不能画地为牢,要善于将文字融入生活,去感受,去思辨,去体验,交给无微不至的思绪去探究,像浮萍随波逐流一样,边写边思地漂进自己的灵魂里。我的写作对象主要集中在身边人、身边事和身边情,许多亲人、友人、同学等都会走进我的视野,活跃在字里行间。他们是熟悉的陌生人,也是陌生的熟悉人。他们是我眼中的人物,是我记忆中的故事。他们的言谈举止时常都会出现在我写作的"显示屏"上,我对他们确实比较了解,但也不可能惟妙惟肖、毫厘不差,只是竭力还原他们的本来面目,让他们充满灵动和生机。有时候,我会事先征求他们的意见,他们也会热心地给我提出意见,特别是对文中提到的人和事,有些要求隐去姓名,我尊重他们的意见;有些文章是事后得到了他们的认可,他们对有些"瑕疵"也表示理解,但这次结集我都改了出来。尊重别人的故事,首先要尊重别人。

这些散文基本取材于日常生活的片段或自己的经历。有的希望通过见微知著感悟人生道理,有的希望通过平凡小事体察世俗风情,有的希望通过写景状物凸显见情见性,有的希望通过含蓄蕴藉探寻静水深流。很有意思的是,在写这些文章的时候,许多梦幻神奇的灵感常常来自猝不及防,有时正襟危坐,反而显得神思迟滞,不听使唤,"千呼万唤始出来,犹抱琵琶半遮面"。可以说,大部分灵感都是在情感不断升温后,于不经意间发现的,"山重水复疑无路,柳暗花明又一村""忽如一夜春风来,千树万树梨花开",突然灵魂发威,灵感叩门,"登山则情满于山,观海则意溢于海",超然于文字,了然于语句,悠然于段落,蔚然于篇章,如约而至,呼之而出!

此景凝眸入神中（后记）

我曾打趣地说过，在零散时间中写出来的文章就叫散文。如何能够把零散的时间充分利用起来，写作方式的革命至关重要。当电脑刚刚停在始发站点的时候，我就迫不及待地抢票上车，希望成为第一批乘客。是的，面对科学技术的发展不断提供新的可能，我们如果不能及时掌握它、运用它，就不能与时俱进，也会被时代所抛弃。在这一点上，我一直都有着比较清醒的认识。随着网络技术的突飞猛进，我也在第一时间捣鼓着运用手机进行写作，主动把自己从许多限制中解放了出来，这样能够更多地利用碎片化时间码字，哪怕在地铁和公交上也能争分夺秒。需要说明的是，我们这些作者，是伴随着纸质媒体一路走到今天的，因此对透着油墨香味的报刊始终充满着好感，当然在新媒体如雨后春笋、大张旗鼓的今天，我们肯定也会顺势而为、当仁不让地建立自己的微博、博客或微信公众号等，绝不排斥新媒体，但我对报纸、杂志这些传统媒体还是割舍不下，依然死心塌地，有一股犟牛劲，念兹在兹，想兹重兹，哪怕是在新媒体上登载过的文章，也还渴望到传统媒体上刊发出来。这本书里收集的文稿有新媒体上的文章，更多的还是传统媒体上的作品。

"每一个不曾起舞的日子，都是对生命的辜负。"写作是我自己喜欢做的事情，也在日常中伴着我的灵魂起舞。通过手机和电脑，在文字的世界里"浪迹天涯"，在想象的天地中一往情深。窗外落叶无声，屋内时光静好，常常会有一种动人心魄、引人入胜的意境。坚持写作给我带来的最大收获，就是内在的心灵建构和外在的文字叠加。从改头换面到脱胎换骨，都显而易见。就某一年份来说，也许没有几篇文章，但是经过十年、二十年之后，呈现在我面前的就是厚厚的一大册。这是岁月的年轮、时光的倒影。我自己也深深地体会到，写作是自我的慰藉，也是爱的奉献，是把自己感受到的爱传达出来，让别人也能感受到这份爱。许多文章破茧成蝶需要时间的铺垫，文字的流动也会变成两岸的风景：有的穿越春夏秋冬，有的蕴含酸甜苦辣，有的寄寓悲欢离合，有的强化起承转合；有感悟的参透，有思想的火花，有理念的凝聚，也有情感的诉求。抚今追昔，我感觉当年的温度还在，毕竟是曾经的心跳和生命的印迹。

不知不觉中，写作的浓厚兴趣攫住了自己的审美时光。眼中所见，心中所想，情中所系，笔下所写，寂寞的浸润和夜晚的煎熬，也锻炼了与自己相处的能力。我没有放弃自己，也没有放过自己，更没有放下自己。孤独并不意味着空洞、单薄或无所事事，而是代表着内在的执着、追寻和无所不能。别人眼中的孤独也许就是自己想要的自由，享受自由就是要能够避开猛烈的喧闹，赢得灵感的沸腾。面对屏幕的驰骋，如果能够保持心灵的清澈，人生就会变得广阔而美丽，因为只有在这个时候，生动的灵魂才能够悄悄地离开躯体，跑

此情此景

到自己想要去的地方,所谓"精骛八极,心游万仞",思接千载,视通万里,就是对这种感觉的精准诠释。穿越大千世界,聚焦点点滴滴,最后还是呼唤出栩栩如生的文字形象,来积极参与生命的塑造和情感的探索。宁远在《远远的村庄》中说得好:"孤独是非常有必要的,一个人在空白时间做的事,决定了这个人与其他人的根本不同。"这个不同对于我来说,就是通过文学的思维方式,走进自我,窥探自我,看到自己心中的天地,看到自己心中的山水,看到自己心中的人和事。每篇散文都是一片风景,都能够让自己达成感性直觉和理性顿悟的精神欢畅,最终能够升华到情性相通、生命交感、灵气往来的审美境界。

因此,散文形散,散文神聚,形散神聚就是散文的基本特质。散文写人写事只是表面上的林林总总,如果不经过提炼,还不属于情感的准确体验。《列子·黄帝》中说:"心凝形释,骨肉都融,不觉形之所倚,足之所履,随风东西,犹木叶干壳。"这是"心"与"神"的相通相融,是凝形聚神的真谛。用之对散文的解释,就是说这些散文殊途同归的凝聚点都是情感,也只能是情感。情感是无所不包的感动,无所不在的触动,无时不有的驱动。每个瞬间都来之不易,难能可贵,怠慢不得,应该珍惜!因此,围绕着情感的种种特质,我将这部散文集,分为亲情、乡情、感情、心情、深情、事情、神情、动情、倾情、凝情、激情、闲情12个部分。希望能够通过贯穿始终的一条线索把各种散装的具体形态串联在一起,将自己热情观照的散文世界的许多细枝末节,都能够囊括其中。"与其更好不如不同。"岁月渐远,芳华已逝,当我翻开这一篇篇文章,在校读的过程中,有时依然会热泪盈眶,情不能已。男儿有泪不轻弹,只因未到伤心处。对于写作者来说,流泪点就是动情点。也许作者与文字之间最大的默契,不仅要懂得言外之意,更要善于经营言内之意,当行则行,当止则止,将该留的留住,将该删的删去。我深感每篇文章都写有所值。

关于书名,我自己琢磨了很长时间,也和朋友们商量多次。书名是书稿的门面,应该是内容的凝练和作者的青睐。这期间我也想过许多名字,逐步淘汰,权衡再三,最后确定为《此情此景》。我主要有三点的考虑:一是强调明白晓畅。习惯运用的常用语,没有神秘感,没有朦胧感,没有微言大义,一语破的,一目了然。此情此景就是生命的现场。它不是一堵墙,而是一扇窗。二是强调情景融洽。喜怒哀乐,悲欢离合,这些纷纷扰扰,起起伏伏,说白了就是"情"和"景"两个字。它们可以分别作为侧重的描写对象,但完全分开是不可能的,因为情与景是与生俱来的连体,不可分割,情是景中情,景是情中景,离开景来谈情,情便没有载体,离开情来讲景,景便没有灵魂,所有写情的都有景,所有写景的都有情,所能彰显的写作正道就是情景合一、情景一体。三是强调此时此刻。所有情景都是此情

此景凝眸入神中（后记）

此景。只要能够写出来的情感故事，就意味着已经是过去式，但对于我来说，自己能够想到的或写出来的一切，肯定都是那些在人生中极为深刻的东西，烙在心中，力透纸背，它们寄存在某一个角落，无声无息，只要诉诸笔墨，永远都是正在进行时，就像发生在当下一样，总是那样历历在目、栩栩如生。

原本备一张照片用于勒口作介绍用的，后来美编将其直接放到封面上，并做精美编排。我曾请教他们为什么设计成现在这个样子，他们说用《此情此景》的作者正在看《此情此景》这本书，就是为了强调"此情此景"在此时此刻的主题，通过这种双层叠加，书名更能名副其实。同时，通过粉黛相融的底色，也更能体现天人合一的哲学以及江南的特有情调。他们如此用心用情的此情此景，也是我十分难忘的此情此景。

这本书稿能够顺利出版，要十分感谢南京师范大学出版社的张志刚社长、徐蕾总编辑和李思思编辑。为了尽快出版好这本书，他们从策划构思到框架结构，再到篇目筛选，甚至是语言文字，都提出了许多宝贵的意见。他们对书稿严格把关、一丝不苟的精神令我感动，本书也凝聚着他们的心血和汗水。有时下班以后，发现书稿问题，责任编辑都会及时与我沟通，希望每篇文章、每个段落、每句话、每个词，都能经得起推敲，展示应有的品质。根据责任编辑的建议，分别添加了章首语，片言只语，点到为止，希望成为精髓要义。说实话，作为南京师范大学中文系的毕业生，能够在母校的出版社出版自己的散文集，我深感荣幸，非常亲切，非常感激，也非常有意义！同时，我也要特别真诚地感谢良师益友储福金先生，他在自己创作十分繁忙和特别紧张的情况下，慨然提笔，拨冗作序，写得真切，写得真挚，写得真诚，写得真实，如春风化雨，润物无声，确实是行家风范、大家手笔！

风雨人生梦，万紫千红春。"片片绿叶泻心语"，落笔深情变微澜。悟随春风成过客，留待草木听雨声。没有惊艳的时光，没有温柔的岁月，却有情感的风景。这是我的风景，也期盼能够成为你的风景！

张永祎

2021 年 9 月 3 日